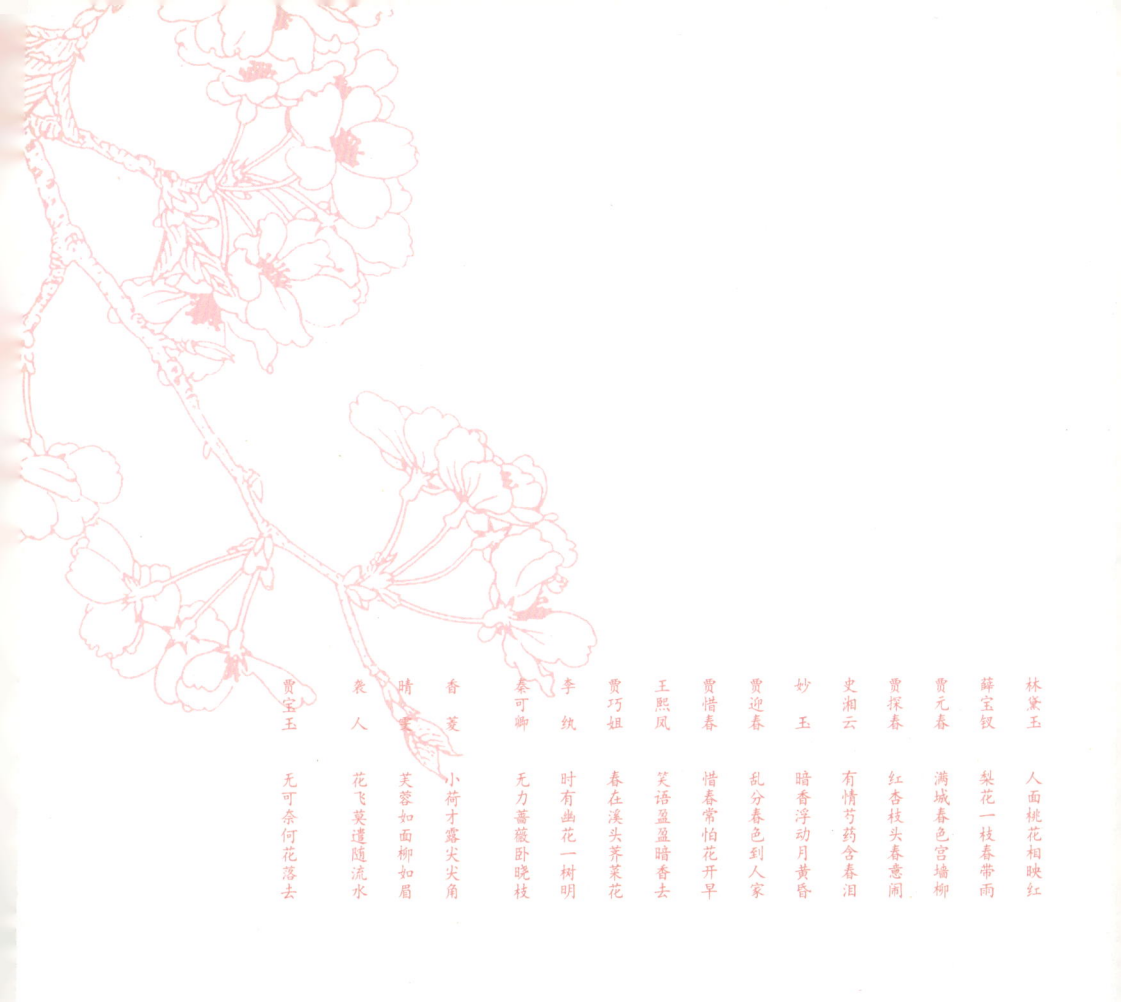

林黛玉	人面桃花相映红
薛宝钗	梨花一枝春带雨
贾元春	满城春色宫墙柳
贾探春	红杏枝头春意闹
史湘云	有情芍药含春泪
妙玉	暗香浮动月黄昏
贾迎春	乱分春色到人家
贾惜春	惜春常怕花开早
王熙凤	笑语盈盈暗香去
贾巧姐	春在溪头荠菜花
李纨	时有幽花一树明
秦可卿	无力蔷薇卧晓枝
香菱	小荷才露尖尖角
晴雯	芙蓉如面柳如眉
袭人	花飞莫遣随流水
贾宝玉	无可奈何花落去

·插图增订本·

红楼十二钗评传

曹立波 著

人民文学出版社

图书在版编目(CIP)数据

红楼十二钗评传/曹立波著.—增订本.—北京：人民文学出版社，2017
(2024.7重印)

ISBN 978-7-02-013316-1

Ⅰ.①红… Ⅱ.①曹… Ⅲ.①《红楼梦》研究 Ⅳ.①I207.411

中国版本图书馆 CIP 数据核字(2017)第 213501 号

责任编辑　胡文骏
装帧设计　李思安
责任印制　王重艺

出版发行　人民文学出版社
社　　址　北京市朝内大街 166 号
邮政编码　100705

印　　刷　北京新华印刷有限公司
经　　销　全国新华书店等

字　　数　311 千字
开　　本　710 毫米×1000 毫米　1/16
印　　张　25　插页 22
印　　数　14001—17000
版　　次　2018 年 11 月北京第 1 版
印　　次　2024 年 7 月第 4 次印刷

书　　号　978-7-02-013316-1
定　　价　66.00 元

如有印装质量问题，请与本社图书销售中心调换。电话：010-65233595

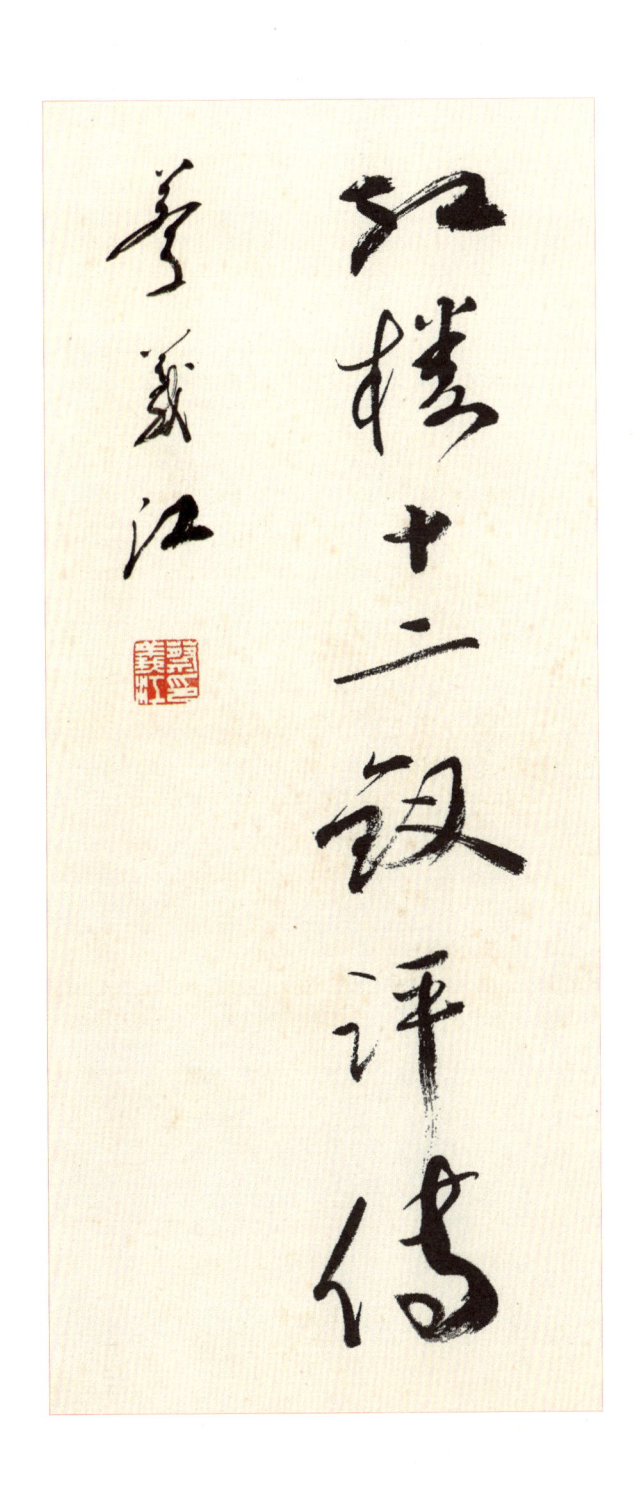

红楼十二钗评传 蔡义江

蔡义江先生题签

红楼十二钗评传

目　录

《红楼十二钗评传》刊行十年增订版序 …………… 张庆善 001

▌正册十二人 ▌

林黛玉——人面桃花相映红 …………………………… 003
薛宝钗——梨花一枝春带雨 …………………………… 036
贾元春——满城春色宫墙柳 …………………………… 067
贾探春——红杏枝头春意闹 …………………………… 088
史湘云——有情芍药含春泪 …………………………… 110
妙　玉——暗香浮动月黄昏 …………………………… 134
贾迎春——乱分春色到人家 …………………………… 152
贾惜春——惜春常怕花开早 …………………………… 170
王熙凤——笑语盈盈暗香去 …………………………… 191
贾巧姐——春在溪头荠菜花 …………………………… 222
李　纨——时有幽花一树明 …………………………… 240
秦可卿——无力蔷薇卧晓枝 …………………………… 256

▌副册一人 ▌

香　菱——小荷才露尖尖角 …………………………… 285

001

又副册二人

晴　雯——芙蓉如面柳如眉 …………………………… 311
袭　人——花飞莫遣随流水 …………………………… 326

绛洞花主

贾宝玉——无可奈何花落去 …………………………… 349

主要参考文献 ………………………………………… 376
《红楼十二钗评传》十年增订版题跋 ………………… 381

《红楼十二钗评传》刊行十年增订版序

张庆善

当我写下标题这几个字的时候,很是有些感慨。十年前立波的《红楼十二钗评传》出版时,嘱我写序,我没有想到十年后又要为这本书作序,当然这次是"刊行十年增订版序",与十年前写序的情况不同了。一本研究《红楼梦》人物的专著,十年后还能再版,而且是在人民文学出版社出版,这本身就是对这本书一个非常好的评价——这是一本很有学术含量,很受到广大读者,特别是大学生喜欢的《红楼梦》人物论专著。

十年,在历史的长河中,怕是连"弹指一挥间"都算不上,但在我们的人生旅程中,则是一段不算短的时间了。十年前,立波还是一位年轻的女教授。十年后的今天已经成为中央民族大学文学与新闻传播学院的名教授、博士生导师,是著名红学家了。这十年无论是我们的国家,还是我们的人生都发生了很大的变化。立波在这十年中,在《红楼梦》研究中所取得的成就也是非常令人瞩目的。在我的印象中,她似乎对《红楼梦》版本的研究,特别是对程刻本的研究下的功夫很大,成绩也很突出。继出版《红楼梦东观阁本研究》之后,又出版了《红楼梦版本与文本》一书,而且还主持了"《红楼梦》一百二十回本修订进程研究"和"《红楼梦》版本传播与北京宣南文化"等科研项目。但《红楼梦》版本研究毕竟太专业了,其影响基本上限于学术界。《红楼十二钗评传》这本书似乎比那两本研究版本的著作影响大得多,特别是从2012年开始《红楼十二钗评讲》在中国大学视频公开课网站上线,并被列为"国家级精品视频公开课"以后,影响就更大了。

　　写好《红楼梦》人物论的文章不容易,主要是因为大家对《红楼梦》中的人物太熟悉了。人们常说一千个读者,就有一千个哈姆雷特。对广大《红楼梦》读者来讲,也是一千个读者,就有一千个宝哥哥、林妹妹。而有一些人物如王熙凤、薛宝钗等,由于其人物形象的丰富性、复杂性,人们的解读往往是差别很大,以至于有了为论钗黛优劣,两个老朋友几挥老拳这样的趣事。因此,怎样解读《红楼梦》人物一直是红学的重要内容。立波的《红楼十二钗评传》可以说是《红楼梦》人物论中的上乘之作。作为一位女性红学家,其博学、才华和论述的细腻、观点的新颖、角度的独特,使得她的文章、她的讲课,深受年轻人,特别是大学生的欢迎,能被列为国家级精品视频公开课,是名副其实的。

　　我们常常为《红楼梦》的伟大而赞叹,《红楼梦》为什么那样有魅力,那样感人至深,那样吸引读者？我以为主要在于它的艺术成就。有人说,《红楼梦》的最大成就是塑造了一批栩栩如生的人物形象,这个评价是不错的。从艺术创作的视角看,《红楼梦》写人物确实是天下第一,独步千古,古今中外无出其右者。在一部《红楼梦》中,曹雪芹写了几百个人物,其中具有鲜明性格特征的人物形象不少于几十人,这是令人难以置信的。贾宝玉、林黛玉、薛宝钗、王熙凤等主要人物,个个特征鲜明、栩栩如生;即使不很重要的角色如一个小丫鬟、一个下等仆人,曹雪芹寥寥几笔,就能使这个人物跃然纸上,令人难忘。脂砚斋评价《红楼梦》中的人物描写时说:"摹一人,一人必到纸上活见。"("甲戌本"第十五回)真是这样。《红楼梦》中不仅写出了人物的鲜明性格,还写出了人物性格的复杂性,这充分显示出曹雪芹高超的艺术表现能力。正是因为写出了贾宝玉、林黛玉、薛宝钗、王熙凤等一系列栩栩如生的人物及其悲剧，才演绎出这怀金悼玉、悲天悯人的千古绝唱《红楼梦》。

解读《红楼梦》人物，是我们走进《红楼梦》艺术世界的关键。说到这里，我想起著名的红学家蒋和森先生，他在20世纪50年代写了一篇非常有名的文章《林黛玉论》，文章的开头他就引用了李商隐的诗："春蚕到死丝方尽，蜡炬成灰泪始干。"这两句诗用在林黛玉的身上，简直是太合适了。而在文章的结束，他说了一段很动情的话，给我留下极为深刻的印象。他说："林黛玉是中国文学上最深印人心、最富有艺术成就的女性形象之一。人们熟悉她，甚于熟悉自己的亲人。只要一提起她的名字，就仿佛嗅到一股芳香，并立刻在心里引起琴弦一般的回响。林黛玉像高悬在艺术天空里的一轮明月，跟随着每一个《红楼梦》的读者走过了他们的一生。人们永远在它的清辉里低徊沉思，升起感情的旋律。"是这样的吗？你读《红楼梦》，你读到林黛玉，你是否也有同样的感动呢？我们每一个读者的心里都有着读《红楼梦》以后的深深感受，都有着自己认识的贾宝玉、林黛玉，这些常常让我们心情无法平静的《红楼梦》人物，确实伴随着我们的人生历程。无论是宝玉的率真、黛玉的情痴、宝钗的城府、凤姐的泼辣……曹雪芹的伟大就在于他写得那样生动逼真，这些活生生的人物就像是我们的生活中曾经遇到过的人物一样，因而，读《红楼梦》常常会有一种身临其境的感觉，那种人情世故、那种世态炎凉，那样的人、那样的事，似乎在我们的生活中都有所经历。因此，我们读《红楼梦》就如同咀嚼自己的人生一样。正是从这个意义上讲，读《红楼梦》可以丰富我们的人生，可以加深我们对生活、对人物、对爱情、对生死，以及对世态炎凉的认知。

著名作家白先勇说，《红楼梦》是值得读一辈子的奇书，我说坚持读一辈子不容易，但《红楼梦》是我们这一辈子一定要读一读的书，或者说我们一辈子如果没有读《红楼梦》，如果不认识贾宝玉、林黛玉、薛宝钗、

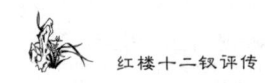

王熙凤等《红楼梦》中的人物,如果不走进《红楼梦》的艺术世界,那将是人生的一大遗憾!

最后对《红楼十二钗评传》增订版的出版表示衷心的祝贺!

是为序!

2017年1月7日于惠新北里

・正册十二人・

林黛玉——人面桃花相映红

《红楼梦》是一部悲剧小说,女主人公林黛玉的人生与爱情更是小说中的重头戏。她是曹雪芹倾情打造的新型美女,"秉绝代姿容,赋稀世俊美",又具博雅多思的内在气质,脱颖于红楼裙钗之中。黛玉的咯血之病和她的相思之愁,呈现出的腮红让她的情态"压倒桃花"。黛玉葬花时落红成阵,映衬着她的惊世之才和倾城之貌,洋溢着"人面桃花相映红"的诗意。

黛玉身份

林黛玉出身于钟鼎世家,书香之族,祖籍姑苏,家住扬州。先祖曾世袭列侯,父亲林如海乃是前科探花,升至兰台寺大夫,又被钦点为扬州巡盐御史;母亲贾敏是贾母的女儿,贾政的妹妹。"诗礼名族之裔"其实是贾政为儿女择亲时所强调的,林黛玉的出身可谓既有"钟鼎之家"的尊贵,又不乏"书香之族"的高雅。林如海四十岁时,仅有的一个三岁之子死了,因膝下无子,只有嫡妻贾氏生了女儿黛玉,爱如珍宝。黛玉从小聪明清秀,与诗书为伴,但父母让她读书识字,"不过假充养子之意,聊解膝下荒凉之叹"。母亲去世后黛玉进京,与宝玉一同深得贾母关爱。不久父亲病故,她便常住贾府,逐渐与宝玉相知相爱。

黛玉进贾府时到底几岁?有六七岁和十三岁两种说法。多数版本都没有直接写黛玉当时的年龄。第三回凤姐问黛玉："妹妹几岁了？可也上过学？现吃什么药？"一连串的问题，黛玉没有回答，似乎不合常理。我们从上文对黛玉、宝玉年龄的介绍推知，第三回黛玉的年龄应为六七岁。因为第二回初次介绍林如海的女儿"乳名黛玉，年方五岁"，接着写"堪堪又是一载光阴，谁知这女学生之母贾氏夫人一疾而终"。由这两点可知，丧母时黛玉六岁。第三回被外祖母接到贾府，贾母伤悼女儿，应是时隔不久的事情。贾雨村带着黛玉从扬州到京都，走运河正常的话，至多也只会是一个来月的时间。又根据第二回写宝玉"如今长了七八岁"，第二、三两回贾雨村的故事是连续的，而黛玉比宝玉小一岁，所以，第三回黛玉进贾府也应是六七岁。少数版本写了黛玉对凤姐问话的回答，如己卯本、杨藏本（梦稿）在"妹妹几岁了"后边写，"黛玉答道：'十三岁了。'"那么，刚进贾府的黛玉到底是幼女还是少女呢？程甲本曾写宝玉看到"一个袅袅婷婷的女儿"，显然是已入豆蔻年华的妙龄少女，而不是十岁以下的儿童。唐代杜牧写过："娉娉袅袅十三馀，豆蔻梢头二月初。"也印证了袅袅婷婷的女儿应在十三岁左右。其实不同版本出现的矛盾在黛玉成长过程中是可以统一的。在曹雪芹心目中的爱情理想，有三个重要因素：两小无猜、一见钟情、互为知己。作者写六七岁，是要强调两小无猜；写十三岁，是要强调一见钟情，甚至一见如故。两者都不愿意割舍，所以出现了不同阶段修改稿中的矛盾现象，由此可见作者构思宝黛爱情时的良苦用心。

　　黛玉的生日在二月十二花朝节，这一天是百花生日。《红楼梦》中曾写袭人和黛玉是同一天生的，袭人恰好姓花，也补充说明了黛玉生日的含义。关于花朝节的具体日期，古人有三种说法，分别是夏历的二月十五、二月十二和二月初二。宋代吴自牧《梦粱录》之《二月望》记载："仲春十五日为花朝节，浙间风俗，以为春序正中，百花争望之时，最堪游赏。"《广群芳谱·天时谱二》引《诚斋诗话》："东京二月十二日曰花朝，为扑蝶会。"又引《翰墨记》："洛阳风俗,以二月初二为花朝节。士庶游玩,又为挑菜节。"综合三种不同记载,尽管存在地域和时间的差异,但大体看来,古人在花朝节的活动主要是在"百花争望之时"游玩、赏花、扑蝶等。

"二月十二日曰花朝,为扑蝶会"这条记载值得注意。按此习俗,《红楼梦》第二十七回中宝钗扑蝶的故事,应该出现在花朝节,而不是芒种节。第二十七回写芒种节"饯花会",虽然在常见的辞书上查找不到芒种饯花的习俗,可是《红楼梦》中却用很多笔墨写道："至次日乃是四月二十六日,原来这日未时交芒种节。尚古风俗:凡交芒种节的这日,都要设摆各色礼物,祭饯花神,言芒种一过,便是夏日了,众花皆卸,花神退位,须要饯行。然闺中更兴这件风俗,所以大观园中之人都早起来了。那些女孩子们,或用花瓣柳枝编成轿马的,或用绫锦纱罗叠成干旄旌幢的,都用彩线系了。每一颗(棵)树上,每一枝花上,都系了这些物事。满园里绣带飘飘,花枝招展,更兼这些人打扮得桃羞柳让,燕妒莺惭,一时也道不尽。"曹雪芹颇有兴致地说"闺中更兴这件风俗"。

小说前八十回中并没有正面写黛玉如何过生日。要了解曹雪芹对黛玉生日的描写,可到第二十七回去找。作者似乎把花朝节要做的事,赏花、扑蝶,都移到了芒种节,而芒种节应该是宝玉的生日。把黛玉生日花朝节这天的风俗,拿到宝玉生日芒种节去写,且第二十七回安排的回目构成钗黛对峙,即"滴翠亭杨妃戏彩蝶,埋香冢飞燕泣残红",可见,曹雪芹在宝玉和黛玉故事的构思上是综合考虑的,情节的安排也有所调整。由此也可看出,《红楼梦》第二十七回的"饯花会",是黛玉和宝玉两人的生日组合。《红楼梦》中最精彩的两个情节"黛玉葬花"和"宝钗扑蝶",是花朝节的习俗和芒种节的时令糅合在一起而形成的艺术经典。黛玉生日与祭饯花神的关系表明,作者对她的构思是一位花仙子。"绛珠仙草"和"阆苑仙葩"也进一步说明了这一点。

值得注意的是,《红楼梦》后四十回中从正面写了黛玉的生日。第八十五回"贾存周报升郎中任"中，写了贾政荣升"郎中"，加之黛玉生日，凤姐说："不但日子好，还是好日子呢。"贾母对黛玉说："你舅舅家就给你做生日，岂不好呢。"随后写"黛玉略换了几件新鲜衣服，打扮得宛如嫦娥下界，含羞带笑的出来见了众人"。又写王子腾和亲戚家送过一班"新戏"来贺喜。出场的第三出戏"众皆不识"，听见外面人说："这是新打的《蕊珠记》里的《冥升》。小旦扮的是嫦娥，前因堕落人寰，几乎给人为配，幸亏观音点化，他就未嫁而逝，此时升引月宫。不听见曲里头唱的'人间只道风情好，那知道秋月春花容易抛，几乎不把广寒宫忘却了！'"这里的《蕊珠记》，经考证是根据元代吴昌龄的杂剧《辰钩月》改编而成，是特为黛玉的生日花朝节而"新打的"。联系第二十二回宝钗的生日宴上，众人眼中的小旦与黛玉长相酷似。而此回，黛玉的打扮"宛如嫦娥下界"，而戏中也是小旦扮嫦娥。因而，黛玉形象的艺术构思，在前文"绛珠仙草"和"阆苑仙葩"的基础上，还增加了嫦娥仙子"堕落人寰"，且"未嫁而逝"的悲剧意蕴。

黛玉的判词是与薛宝钗写在一处的。小说第五回写宝玉去取"正册"看：

只见头一页上便画着两株枯木，木上悬着一围玉带，又有一堆雪，雪下一股金簪。也有四句言词，道是：可叹停机德，堪怜咏絮才。玉带林中挂，金簪雪里埋。

画面中"两株枯木"，暗指"林"字；"木上悬着一围玉带"，谐音"黛玉"。四句诗交叉写钗黛，表现黛玉的是"堪怜咏絮才"和"玉带林中挂"。"堪怜"是值得怜爱，堪即可、能。"咏絮才"，指林黛玉的诗才。《世说新语·言语》记载了晋代谢道韫的趣事："谢太傅（谢安）寒雪日内集，与儿女讲论文义。俄而雪骤，公欣然曰：'白雪纷纷何所似？'兄子胡儿曰：'撒盐空中差可拟。'兄女（谢道韫）曰：'未若柳絮因风起。'公大笑乐。"谢道韫的"柳絮"比喻，令其叔叔谢安开怀大笑，这是对她诗才的赞赏。后人因以"咏絮才"比喻女子工于吟咏。作者对林黛玉敏捷的诗才，以"咏絮才"作比，同时以"堪怜"来感叹，如此有才华的女子，又有谁能不怜爱她呢？

黛玉之貌

林黛玉有能让"落花满地鸟惊飞"的美貌，比传统美女的沉鱼落雁更富有情韵。曹雪芹在西施、飞燕等古代美女基础上，赋予她"绛珠仙子"的神话，使她融古往今来之秀美，集仙界凡间之灵慧。

首先看她的容貌体态。

林黛玉的体态是娇弱、袅娜、风流、标致的。在众人眼中："黛玉年貌虽小，其举止言谈不俗，身体面庞虽怯弱不胜，却有一段自然的风流态度。"王熙凤说："天下真有这样标致的人物，我今儿才算见了！况且这通身的气派，竟不像老祖宗的外孙女儿，竟是个嫡亲的孙女。"在宝玉眼中则是"一个袅袅婷婷的女儿，便料定是林姑妈之女，忙来见礼"（出自程甲本）。在第五回对太虚幻境中可卿的描写中，也间接提到黛玉的形容："其鲜艳妩媚，有似乎宝钗，风流袅娜，则又如黛玉。"小说第二十五回当宝玉和凤姐遭魔法暗算而中邪，众人乱作一团时，薛蟠却被黛玉的美貌所吸引："忽一眼瞥见了林黛玉风流婉转，已酥倒在那里。"

以上关于黛玉体态的描写中，作者从各个角度展示给我们的是柔弱但又娇美的形象。所谓"袅袅婷婷""风流袅娜""风流婉转"该怎样理解？在宝玉看到黛玉时，作者用了一句比喻，即"闲静时如娇花照水，行动处似弱柳扶风。""娇花"和"弱柳"给我们提供了具体的形象，同时后边的两个词组"照水"和"扶风"，展现出黛玉的体态有水的滋润、风的抚慰，也就是有一种灵动之美。

就五官而言,林黛玉容貌俊美。她的眼睛是水汪汪的,脉脉含情又盈盈含露;眉毛弯弯的,像一缕轻烟,眉头微微蹙起,带动如烟云缭绕的神情。小说第二十六回对林黛玉的容貌有一句概括:"原来这林黛玉秉绝代姿容,具希世俊美,不期这一哭,那附近柳枝花朵上的宿鸟栖鸦一闻此声,俱忒楞楞飞起远避,不忍再听。"又第三回,宝黛初见,宝玉眼中黛玉的眉眼"与众各别:两弯似蹙非蹙胃(程甲本:笼)烟眉,一双似喜非喜含情目(列藏本:一双似泣非泣含露目。按:列藏本因藏于苏联科学院东方学研究所列宁格勒分所而命名,苏联解体后,列宁格勒恢复圣彼得堡旧名,故列藏本又改称俄藏本,亦称脂亚本。为避烦琐,本书仍用"列藏本"之名)。态生两靥之愁,娇袭一身之病。泪光点点,娇喘微微。闲静时如娇花照水,行动处似弱柳扶风。心较比干多一窍,病如西子胜三分。宝玉看罢,因笑道:'这个妹妹我曾见过的。'"第二十六回对林黛玉容貌的评价虽然很高:"秉绝代姿容,具希世俊美",但依然比较抽象,更为具体可感的还是第三回,宝黛初见时宝玉看到的黛玉。俗话说情人眼里出西施,更何况宝玉看到的黛玉更胜于西施,即"病如西子胜三分"。这里所谓胜西施三分的不单是"病",更是美。

如何理解黛玉的眉毛?有的版本写"两弯似蹙非蹙胃烟眉",而程甲本(乾隆五十六年刊本)作"两弯似蹙非蹙笼烟眉"。"胃"是挂的意思,"笼"是绕的意思,两个动词都很传神,综合考察,联系杜牧"烟笼寒水月笼纱"的诗句,我们不难想象到一缕轻烟缭绕于黛玉眉间。至于黛玉的眼睛,有的版本作"一双似喜非喜含情目",而列藏本作"一双似泣非泣含露目",一"喜"一"泣",看似矛盾,却皆可统一于黛玉的多种神态。

另外,庚辰本对黛玉的眉眼作了比喻:"两湾半蹙鹅眉,一双多情杏眼"。写美女的眉毛,用天鹅的"鹅"应属于笔误,蛾眉、娥眉都可以。早在《诗经·卫风·硕人》篇曾写一位美女:"螓首蛾眉,巧笑倩兮,美目盼兮"。这里的"蛾眉"指蚕蛾的触须,弯曲而细长,如人的眉毛,以此比喻女子长而美的眉毛。后来直接用"蛾眉"代指美女或美貌，如辛弃疾词"蛾眉曾有人妒"。"蛾"也可以写成女字旁的"娥"，有美好的意思。把黛玉的眉毛写成"两湾半蹙蛾眉"，又弯、又细、又长；把黛玉的眼睛写成"一双多情杏眼"，"杏"是圆形的，若按杏的常规大小与人的眼睛相比是偏大的。这个版本用比喻告诉读者，黛玉的眼睛又大又圆，且含情脉脉。

从不同阶段的抄本对黛玉容貌描写上存在的异文，我们更可以看出作者对林黛玉容貌的描摹是煞费苦心、反复修改的。而每一版本的文字都是既生动又传神的，我们不妨综合考察。

其次看她的气质情态。

林黛玉的气质和情态可以说集仙女的神韵、西施的病容，以及淑女的气派于一身。

仙女的神韵。林黛玉是一位"世外仙姝"。十二支《红楼梦曲》中有一支《终身误》是写钗黛的，其中两句是："空对着，山中高士晶莹雪；终不忘，世外仙姝寂寞林。"林黛玉本是"绛珠仙子"，小说第一回"甄士隐梦幻识通灵"中，作者借甄士隐的梦境讲述了绛珠仙子的"还泪"神话：

此事说来好笑，竟是千古未闻的罕事。只因西方灵河岸上三生石畔，有绛珠草一株，时有赤瑕宫神瑛侍者，日以甘露灌溉，这绛珠草始得久延岁月。后来既受天地精华，复得雨露滋养，遂得脱却草胎木质，得换人形，仅修成个女体，终日游于离恨天外，饥则食蜜青果为膳，渴则饮灌愁海水为汤。只因尚未酬报灌溉之德，故其五内便郁结着一段缠绵不尽之意。恰近日这神瑛侍者凡心偶炽，乘此昌明太平朝世，意欲下凡造历幻缘，已在警幻仙子案前挂了号。警幻亦曾问及，灌溉之情未偿，趁此倒可了结。那绛珠仙子道："他是甘露之惠，我并无此水可还。他既下世为人，我也去下世为人，但把我一生所有的眼泪还他，也偿还得过他了。"

西施的病容。黛玉有病西施的外形美。俗话说,情人眼里出西施,而黛玉在宝玉眼里不仅像西施,更胜过西施。小说多次借助宝玉的眼睛和诗句,写到黛玉与西施的相似。第三回宝玉初见黛玉,觉得黛玉"心较比干多一窍,病如西子胜三分",第三十七回宝玉《咏白海棠》,用这样两句分别写宝钗和黛玉:"出浴太真冰作影,捧心西子玉为魂。"一句"捧心西子玉为魂",生动地描绘了黛玉的情态。

不仅宝玉如此,在众人眼里黛玉也被看成西施。第六十五回兴儿对二尤介绍黛玉说:"一肚子文章,只是一身多病,这样的天,还穿夹的,出来风儿一吹就倒了。我们这起没王法的嘴都悄悄的叫他'多病西施'。"还有通过晴雯的长相,间接可以看出黛玉像西施。第七十四回王善保家的陷害晴雯:"太太不知道,一个宝玉屋里的晴雯,那丫头仗着他生的模样儿比别人标致些,又生了一张巧嘴,天天打扮的像个西施的样子,在人跟前能说惯道,掐尖要强。"王夫人听了忙问凤姐道:"上次我们跟了老太太进园逛去,有一个水蛇腰,削肩膀,眉眼又有些像你林妹妹的,正在那里骂小丫头。"因此,当王夫人提审晴雯时,冷笑着说:"好个美人!真像个病西施了。"晴雯是黛玉的影身,说晴雯其实是从侧面说黛玉。

黛玉本人是否喜欢西施的比附呢?第六十四回"幽淑女悲题五美吟",林黛玉写了五首诗,赞美古代的五位美女,分别是西施、虞姬、明妃、绿珠和红拂,第一位便是西施:"一代倾城逐浪花,吴宫空自忆儿家。效颦莫笑东村女,头白溪边尚浣纱。"可见黛玉对西施的仰慕。《红楼梦》中谈到黛玉或晴雯像西施时,都没有离开"病"字:"病如西子""捧心西子""多病西施""病西施"。西施,也称西子,是春秋末年越国美女。《管子·小称》:"西施,天下之美人也。"相传西施"捧心而颦",心口疼时皱着眉头的样子增加了她的美丽,所以有"东施效颦"的笑谈。宝玉称黛玉为"颦颦",小说对她与西施相似之处的描写,意在强调其病态的美丽。

黛玉有人面桃花的病态美。从黛玉咯血来看，她的病大概是肺病，又因相思之病，午后发烧，呈现出一种艳若桃花的病态美。第三十四回"黛玉题帕"中有这一病容的描述：

> 林黛玉还要往下写时，觉得浑身火热，面上作烧，走至镜台揭起锦袱一照，只见腮上通红，真合（原为"自羡"，此从程本）压倒桃花，却不知病由此萌，一时方上床睡去，犹拿着那帕子思索，不在话下。

黛玉"压倒桃花"般的腮红，洋溢着"人面桃花相映红"的诗意。细节中提到了"病"，提到了惹人思索的"帕子"。冯梦龙《山歌》中有一首可用来诠释宝玉派晴雯送来的两条半新不旧的帕子："不写情词不写诗，一方素帕寄心知。心知拿了颠倒看，横也丝来竖也丝，这般心事有谁知。"以"丝"与"思"的谐音双关，告诉读者黛玉的"病"正是由相思所起的。清代富察明义的《题红楼梦》组诗中有一首也写到黛玉的"病容"："病容愈觉胜桃花，午汗潮回热转加。犹恐意中人看出，慰言今日较差些。"可见，当时人已看到黛玉病中的"情思"成分，以及她的病态之美。

淑女的气派。林黛玉是仕宦之家的掌上明珠，不仅知书而且达理。小说第三回借王熙凤口说："这通身的气派，竟不像老祖宗的外孙女儿，竟是个嫡亲的孙女。"这里虽有恭维的成分，但黛玉的"气派"是有目共睹的，而且很有可能与贾母相像。第七十四回王夫人曾赞叹黛玉母亲："你林妹妹的母亲，未出阁时，是何等的娇生惯养，是何等的金尊玉贵，那才像个千金小姐的体统。如今这几个姊妹，不过比人家的丫头略强些罢了。"王夫人连用两个"何等"，贾敏的"娇生惯养""金尊玉贵"呼之欲出，而这种"千金小姐的体统"在女儿黛玉身上是有所传承的。

再看第三回黛玉在推让座位时表现出的礼仪："老嬷嬷们让黛玉炕上坐，炕沿上却有两个锦褥对设，黛玉度其位次，便不上炕，只向东边椅子上坐了。"黛玉仔细忖度,觉得按长幼尊卑自己是不能坐在炕上的主座上的。小说接着写:"贾母正面榻上独坐,两边四张空椅,熙凤忙拉了黛玉在左边第一张椅上坐了,黛玉十分推让。"当她弄清楚王夫人、凤姐都"不在这里吃饭"时才坐下。下边的排序是:"迎春便坐右手第一,探春左第二,惜春右第二。"左边为尊,黛玉是客,所以坐在了三姐妹之上座。黛玉对这些礼仪细节一丝不苟,足见其大家风范。

黛玉的书卷气来自她以诗书为伴的高雅情趣。第二回写黛玉从小就得到父母的悉心教养,以"假充养子之意,聊解膝下荒凉之叹"。第十六回写黛玉从江南回京,带了许多书,而且给宝玉和姑娘们的礼物也是纸笔等文房四宝。宝玉把北静王送的"鹡鸰香串"给她,黛玉并不珍视。两类物品相比,反映了黛玉平素的爱好。第四十回贾母领着刘姥姥见识大观园,在潇湘馆看到"书架上磊着满满的书",把黛玉的闺房误认为公子的书房,惊叹"这那像个小姐的绣房,竟比那上等的书房还好"。不过,黛玉的居室像书房,并非只有金石笔墨的厚重,贾母用"银红的霞影纱"替黛玉糊窗子,茜纱窗使绿色的潇湘馆更加和谐柔美。黛玉的淑女气质,来自她的书香氛围,也来自她诗意盎然的精神生活。

林黛玉这位"世外仙姝"的花容月貌,其实是集中国古典诗词于一身的。林黛玉的"还泪",有宋词中"寸寸柔肠,盈盈粉泪"的外在情态,更有唐诗中"感时花溅泪,恨别鸟惊心"的内在情韵。情人眼里出西施,宝玉不止一次地把黛玉比作西子,小说中众口一词地认为黛玉的模样像"多病西施",宝玉为黛玉取字"颦颦",宝钗也常叫她"颦儿",其实都是在称赞黛玉胜过西施的美妙情态。她的病,动情时也动容,经作者的精心安排,呈现出"人面桃花相映红"的朱颜。从日常生活所表现出的礼仪以及高雅情趣可知,林黛玉是一位书卷气十足的淑女,一举一动都显现出大家闺秀的气派。

黛玉之情

　　林黛玉的情感世界，集中表现在追求知己的爱情理想。她与宝玉不同，宝玉心底虽然只有妹妹，但眼中不乏对其他姐姐妹妹的怜惜和倾慕，即所谓"情不情"。而黛玉不仅心中只有宝玉，眼中也容不下宝玉之外任何男性世界的物件，甚至是宝玉转赠的北静王的香串。黛玉的情感是"情情"，即用情专一。

追求知己的爱情理想

爱情的萌生阶段——欣赏、吃醋

戴斗笠——表现了黛玉对宝玉的了解，第八回写道：

　　小丫头忙捧过斗笠来，宝玉便把头略低一低，命他戴上。那丫头便将着大红猩毡斗笠一抖，才往宝玉头上一合，宝玉便说："罢，罢！好蠢东西，你也轻些儿！难道没见过别人戴过的？让我自己戴罢。"黛玉站在炕沿上道："罗唆什么，过来，我瞧瞧罢。"宝玉忙就近前来。黛玉用手整理，轻轻笼住束发冠，将笠沿披在抹额之上，将那一颗核桃大的绛绒簪缨扶起，颤巍巍露于笠外。整理已毕，端相了端相，说道："好了，披上斗篷罢。"宝玉听了，方接了斗篷披上。

看斗方——表现出黛玉对宝玉的欣赏，第八回写道：

　　一时黛玉来了，宝玉笑道："好妹妹，你别撒谎，你看这三个字那一个好？"黛玉仰头看里间门斗上，新贴了三个字，写着"绛云轩"。

黛玉笑道："个个都好。怎么写的这们好了？明儿也与我写一个匾。"宝玉嘻嘻的笑道："又哄我呢。"

带醋意——表现出黛玉对宝玉的在意，第九回写宝玉上学前辞别黛玉，引出黛玉的半酸半妒：

宝玉忽想起未辞黛玉，因又忙至黛玉房中来作辞。彼时黛玉才在窗下对镜理妆，听宝玉说上学去，因笑道："好，这一去，可定是要'蟾宫折桂'去了。我不能送你了。"宝玉道："好妹妹，等我下了学再吃饭。和胭脂膏子也等我来再制。"劳叨了半日，方撒身去了。黛玉忙又叫住问道："你怎么不去辞辞你宝姐姐呢？"宝玉笑而不答，一径同秦钟上学去了。

宝玉和黛玉的爱情有青梅竹马的成分，也有一见钟情的因素，最后的两心相印是曹雪芹的爱情理想在他们身上的实现。然而黛玉却爱得十分痛苦。正如第五回开头所写："既熟惯，则更觉亲密；既亲密，则不免一时有求全之毁，不虞之隙。"黛玉对宝玉的求近之心，反成疏远之意；求爱之意，反成生怨之因。爱情萌生阶段的"口是心非"，让黛玉和宝玉都饱受折磨。

爱情的发展阶段——互相认同

二人共同葬花。第二十三回分别写了宝玉和黛玉葬花的场景。宝玉送花入水，表现了"花落水流红"的意境：

那一日正当三月中浣，早饭后，宝玉携了一套《会真记》，走到沁芳闸桥边桃花底下一块石上坐着,展开《会真记》,从头细玩。正看到"落红成阵",只见一阵风过,把树头上桃花吹下一大半来,落的满身满书满地皆是。宝玉要抖将下来,恐怕脚步践踏了,只得兜了那花瓣,来至池边,抖在池内。那花瓣浮在水面,飘飘荡荡,竟流出沁芳闸去了。

黛玉葬花入土,让落花"质本洁来还洁去":

回来只见地下还有许多。宝玉正踟蹰间,只听背后有人说道:"你在这里作什么?"宝玉一回头,却是林黛玉来了,肩上担着花锄,锄上挂着花囊,手内拿着花帚。宝玉笑道:"好,好,来把这个花扫起来,撂在那水里。我才撂了好些在那里呢。"林黛玉道:"撂在水里不好。你看这里的水干净,只一流出去,有人家的地方脏的臭的混倒,仍旧把花遭塌了。那畸角上我有一个花冢,如今把他扫了,装在这绢袋里,拿土埋上,日久不过随土化了,岂不干净。"宝玉听了喜不自禁,笑道:"待我放下书,帮你来收拾。"

双玉共读西厢。第二十三回写了"西厢记妙词通戏语",反映了二人的共同志趣:

黛玉道:"什么书?"宝玉见问,慌的藏之不迭,便说道:"不过是《中庸》《大学》。"黛玉笑道:"你又在我跟前弄鬼。趁早儿给我瞧,好多着呢。"宝玉道:"好妹妹,若论你,我是不怕的。你看了,好歹别告诉别人去。真真这是好书!你要看了,连饭也不想吃呢。"一面说,一面递了过去。林黛玉把花具且都放下,接书来瞧,从头看去,越看越爱看,不到一顿饭工夫,将十六出俱已看完,自觉词藻警人,余香

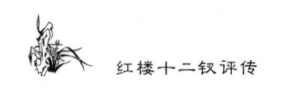

满口。虽看完了书,却只管出神,心内还默默记诵。

林妹妹不说"混账话"。第三十二回湘云让宝玉去"会会这些为官做宰的人们,谈谈讲讲些仕途经济的学问",遭到宝玉斥责,也涉及对宝姐姐的不满。同时宝玉又说了对黛玉的欣赏,被屋外的黛玉偶然听到,引发了一段对"知己"的感慨:

> 宝玉道:"林姑娘从来说过这些混账话不曾?若他也说过这些混账话,我早和他生分了。"袭人和湘云都点头笑道:"这原是混账话。"
> ……
> 林黛玉听了这话,不觉又喜又惊,又悲又叹。所喜者,果然自己眼力不错,素日认他是个知己,果然是个知己。所惊者,他在人前一片私心称扬于我,其亲热厚密,竟不避嫌疑。所叹者,你既为我之知己,自然我亦可为你之知己矣,既你我为知己,则又何必有金玉之论哉;既有金玉之论,亦该你我有之,则又何必来一宝钗哉!所悲者,父母早逝,虽有铭心刻骨之言,无人为我主张。况近日每觉神思恍惚,病已渐成,医者更云气弱血亏,恐致劳怯之症。你我虽为知己,但恐自不能久待;你纵为我知己,奈我薄命何!想到此间,不禁滚下泪来。待进去相见,自觉无味,便一面拭泪,一面抽身回去了。

《红楼梦》运用了多种叙事手法,其中不乏限知叙事的内视点的表现形式,即让人物通过侧面的不期而遇来耳闻目睹。黛玉在屋外意外听到宝玉"林妹妹不说混账话"的知己之言便是较为典型的细节。这种隔墙有耳、隔窗有眼的特殊叙事视点,比全知叙事的外视点所能达到的叙事效果更适当、更顺应人情事理。从小说中所描写的宝黛爱情来看,大体分为萌生、发展和成熟阶段,而宝玉知己之言的吐露,可以说是他们的爱情进入发展阶段的标志。

需要说明的是,黛玉与宝玉互为知己,她深知宝玉不喜欢八股时文,因而也不说混账话。小说八十回后为何安排黛玉谈论时文的情节呢?如果只从续书的角度去解释,未免简单化了。第八十二回,写黛玉对时文的看法:"内中也有近情近理的,也有清微淡远的。……况且你要取功名,这个也清贵些。"值得注意的是,听了黛玉的话后,宝玉的反应,在杨本(梦稿)的原文和改文中存在差异:

原文:宝玉听了却不甚入耳,然又不敢在他跟前驳回,只笑了一声。

改文:宝玉听到这里,觉得不甚入耳,因想黛玉从来不是这样人,怎么也这样势欲熏心起来?又不敢在他跟前驳回,只笑了一声。

程甲本、程乙本:宝玉听到这里,觉得不甚入耳,因想黛玉从来不是这样人,怎么也这样势欲熏心起来?又不敢在他跟前驳回,只在鼻子眼里笑了一声。

通过比对可知,杨本改文在这里增加了宝玉的心理活动"因想黛玉从来不是这样人,怎么也这样势欲熏心起来";而程甲本和程乙本在此不仅有心理活动,还描绘了宝玉的面部表情:"在鼻子眼里笑了一声"。可见,黛玉对待八股时文的态度,已经引起了宝玉的反感,这一点是修订者有意识强调的。

既然这样写有悖于宝玉和黛玉之间的默契,修订者为什么要这样改呢?要解释这一问题,需要仔细阅读前八十回有关黛玉的情节。我们知道,黛玉是一个爱宝玉胜过爱自己的人,有时为了改善意中人的处境,她可以放弃一些原则。比如,明知道帮宝玉写作业是不对的,但她可以非常真诚地替宝玉写诗,第十八回她代作了整首的《杏帘在望》,以应付元春的命题诗;代宝玉写字,第七十回她送了一卷子自己亲临的"钟王蝇头小楷",而且和宝玉字迹"十分相似",以备贾政检查功课。小说第三十二回倾诉了知己之言,下一回便写宝玉挨打,至第三十四回写黛玉哭了一夜,见到宝玉时依然"抽抽噎噎",说出的一句话不是安慰,却是劝说:"你从此可都改了罢!"与其说是违心,不如说是关心。依此类推,至第八十二回宝玉重入家塾,博雅多识的黛玉,不会对时文一无所知,黛玉谈时文,与上文貌似矛盾,实则符合黛玉急宝玉之所急的内在逻辑。不过,杨本的改文所增加的"因想黛玉从来不是这样人,怎么也这样势欲熏心起来"两句,其实是增加了两重误解:一是宝玉对黛玉的误解,修订者错把黛玉的爱意当成了"势欲";二是对宝黛两颗心的误解,修订者没有把宝黛关系理解到"知己"的程度,甚至到程本中还添加了宝玉从"鼻子眼里"发出的笑声,显然,经两番修改的文字,把宝玉和黛玉之间的心理距离拉大了。

爱情的成熟阶段——互相安慰

宝玉挨打,黛玉因心疼而劝其改过。第三十四回写道:

> 宝玉犹恐是梦,忙又将身子欠起来,向脸上细细一认,只见两个眼睛肿的桃儿一般,满面泪光,不是黛玉,却是那个?宝玉还欲看时,怎奈下半截疼痛难忍,支持不住,便"嗳哟"一声,仍就倒下,叹了一声,说道:"你又做什么跑来!虽说太阳落下去,那地上的馀热未散,走两趟又要受了暑。我虽然捱了打,并不觉疼痛。我这个样儿,只装出来哄他们,好在外头布散与老爷听,其实是假的。你不可认真。"此时林黛玉虽不是嚎啕大哭,然越是这等无声之泣,气噎喉堵,更觉得利害。听了宝玉这番话,心中虽然有万句言词,只是不能说得,半日,方抽抽噎噎的说道:"你从此可都改了罢!"宝玉听说,便长叹一声,道:"你放心,别说这样话。就便为这些人死了,也

是情愿的！"

黛玉生病，宝玉冒雨前来探望。第四十五回写黛玉"风雨夕闷制风雨词"，之后：

> 只见宝玉头上带着大箬笠，身上披着蓑衣。黛玉不觉笑了："那里来的渔翁！"宝玉忙问："今儿好些？吃了药没有？今儿一日吃了多少饭？"一面说，一面摘了笠，脱了蓑衣，忙一手举起灯来，一手遮住灯光，向黛玉脸上照了一照，觑着眼细瞧了一瞧，笑道："今儿气色好了些。"
>
> ……
>
> 黛玉又看那蓑衣斗笠不是寻常市卖的，十分细致轻巧，因说道："是什么草编的？怪道穿上不像那刺猬似的。"宝玉道："这三样都是北静王送的。他闲了下雨时在家里也是这样。你喜欢这个，我也弄一套来送你。别的都罢了，惟有这斗笠有趣，竟是活的。上头的这顶儿是活的，冬天下雪，带上帽子，就把竹信子抽了，去下顶子来，只剩了这圈子。下雪时男女都戴得，我送你一顶，冬天下雪戴。"黛玉笑道："我不要他。戴上那个，成个画儿上画的和戏上扮的渔婆了。"及说了出来，方想起话未忖夺，与方才说宝玉的话相连，后悔不及，羞的脸飞红，便伏在桌上嗽个不住。

宝玉挨打，疼在皮肉上，却甜在心里。因为黛玉为他不知流了多少眼泪，以至于"眼睛肿的桃儿一般，满面泪光"，说明她的心疼是掩饰不住的。她害怕王熙凤看到她的眼睛取笑她的多情，匆忙离开了。宝玉因惦念，派晴雯去看黛玉，并捎去两块旧手帕，黛玉随即写了三首诗来抒发情思。隔十回，到了第四十五回，黛玉即景生情写了长诗《秋窗风雨夕》，宝玉冒雨来探望她。这一情节,生动地描绘了"渔翁渔婆"的和谐画面。同时,宝玉的装束也暗合一首唐五代词:"青箬笠,绿蓑衣,斜风细雨不须归。"(张志和《渔歌子》)小说情节充满了诗情画意。到此,宝黛爱情已经走过萌生阶段的互相误解、发展阶段的互相认同,到了成熟阶段的互相安慰。从感觉上,也由酸楚、苦涩,开始品味甜蜜。

用情专一的爱情理念

在宝黛爱情问题上,用脂砚斋批语来说,林黛玉的特点是"情情",即用情专一;而宝玉的特点是"情不情",即爱博而心劳。二人常常因此而出现矛盾。

剪荷包的冲突,黛玉因专于情而专于物。通过荷包这一道具,写黛玉误解了宝玉,担心他辜负了自己的心,因而剪掉自己亲手为宝玉做的荷包。第十七回至十八回写黛玉为宝玉不珍惜自己的东西而哭泣,实是因物及人。她向宝玉说道:"我给的那个荷包也给他们了?你明儿再想我的东西,可不能够了!"说完,"赌气回房,将前日宝玉所烦他作的那个香袋儿——才做了一半——赌气拿过来就铰。"当她看到宝玉"把衣领解了,从里面红袄襟上将黛玉所给的那荷包解了下来",听到宝玉说:"你瞧瞧,这是什么!我那一回把你的东西给人了?"小说描写黛玉的心理:"林黛玉见他如此珍重,带在里面,可知是怕人拿去之意,因此又自悔莽撞,未见皂白,就剪了香袋。因此又愧又气,低头一言不发。"这段的戏剧冲突,可谓大起大伏,至黛玉"又愧又气,低头一言不发",似乎已风平浪静了,宝玉又向平静的水面扔了一块石子:"你也不用剪,我知道你是懒待给我东西。我连这荷包奉还,何如?"宝玉不仅出言不逊,而且把荷包掷向黛玉怀中便走了。以下情态是:"黛玉见如此,越发气起来,声咽气堵,又汪汪的滚下泪来,拿起荷包来又剪。"接下来作者给宝玉安排了软语相劝的机会,让他去抚慰黛玉受伤的心,"宝玉见他如此,忙回身抢住,笑道:'好妹妹,饶了他罢!'黛玉将剪子一摔,拭泪说道:'你不用同我好一阵歹一阵的,要恼,就撂开手。这当了什么。'说着,赌气上床,面向里倒下拭泪。禁不住宝玉上来'妹妹'长'妹妹'短赔不是。"黛玉索性赌气离开,宝玉执着相随,嘴里还说着:"你到那里,我跟到那里。"手里"拿起荷包来带上"。荷包由"掷"到"带",两个动作反映了宝玉态度的变化,心理上已经由抵抗到降服了,黛玉也顺势走下宝玉所给的"台阶","黛玉伸手抢道:'你说不要了,这会子又带上,我也替你怪臊的!'说着,'嗤'的一声又笑了。"黛玉最后的动作和情态写得娇真可爱。

论亲疏的风波,黛玉因专于情而专于人。湘云到来,宝钗拉宝玉去玩,黛玉平添失落感。她用自残的方式给宝玉施加压力,"越发抽抽噎噎的哭个不住"地说:"你又来作什么?横竖如今有人和你顽,比我又会念,又会作,又会写,又会说笑,又怕你生气拉了你去,你又作什么来?死活凭我去罢了!"这段话里有对宝玉薄情的埋怨,也有对宝钗的嫉妒。黛玉的感叹和眼泪,反映出她对宝玉的"情情"。宝玉只好"打叠起千百样的款语温言来劝慰"。尤其是论亲疏的一段可谓动之以情,晓之以理:"你这么个明白人,难道连'亲不间疏,先不僭后'也不知道?我虽糊涂,却明白这两句话。头一件,咱们是姑舅姊妹,宝姐姐是两姨姊妹,论亲戚,他比你疏。第二件,你先来,咱们两个一桌吃,一床睡,长的这么大了,他是才来的,岂有个为他疏你的?"黛玉的回答是出人意料的,她似乎没有拘泥于现象,而直入本质:"我难道为叫你疏他?我成了个什么人呢!我为的是我的心。"宝玉也坦言情愫:"我也为的是我的心。难道你就知你的心,不知我的心不成?"我们不能不佩服曹雪芹写小说的笔力,为了表现宝玉和黛玉之间心心相印的情感,精心设计了宝钗,甚至湘云的介入,在外力的作用下,恋爱双方由误解到相知,互相了解彼此的心意。"我为的是我的心",这句话看似为己,实则为他。但同样是以心相许,宝玉的心中虽只有林妹妹,眼中却还流连着其他的姐妹;而黛玉的心中、眼中只有宝玉。

闭门羹冷遇，是黛玉和宝玉之间的一次大误会。黛玉哭惊花鸟的程度，反映了她的至情，也写出了她的至美。第二十六回黛玉夜探怡红院，晴雯因和碧痕拌嘴，又见宝钗来访，而门外又有敲门声，不觉生气，便向门外说："凭你是谁，二爷吩咐的，一概不许放人进来呢！"黛玉吃了闭门羹，却见宝钗从里面出来，悲戚万分，不禁痛哭，以至感动花鸟。小说写道：

> 林黛玉听了，不觉气怔在门外，待要高声问他，逗起气来，自己又回思一番："虽说是舅母家如同自己家一样，到底是客边。如今父母双亡，无依无靠，现在他家依栖。如今认真淘气，也觉没趣。"一面想，一面又滚下泪珠来。正是回去不是，站着不是。正没主意，只听里面一阵笑语之声，细听一听，竟是宝玉、宝钗二人。林黛玉心中益发动了气，左思右想，忽然想起了早起的事来："必竟是宝玉恼我要告他的原故。但只我何尝告你了，你也打听打听，就恼我到这步田地。你今儿不叫我进来，难道明儿就不见面了！"越想越伤感起来，也不顾苍苔露冷，花径风寒，独立墙角边花阴之下，悲悲戚戚呜咽起来。
>
> 原来这林黛玉秉绝代姿容，具希世俊美，不期这一哭，那附近柳枝花朵上的宿鸟栖鸦一闻此声，俱忒楞楞飞起远避，不忍再听。真是：花魂默默无情绪，鸟梦痴痴何处惊。因有一首诗道：颦儿才貌世应希，独抱幽芳出绣闺；呜咽一声犹未了，落花满地鸟惊飞。

黛玉曾说"我为的是我的心"。她希望宝玉珍惜她亲手做的荷包，其实是希望宝玉珍视她的一片痴心。她希望宝玉既然成了她的知己，就不应再想着别人。当黛玉在怡红院吃了闭门羹，小说写她"一面想，一面又滚下泪珠来"。当她又看到宝钗从里面走出，内心更为酸楚，黛玉用情专一的爱情理念受到震撼。小说写她"越想越伤感起来","独立墙角边花阴之下,悲悲戚戚呜咽起来",以至于"呜咽一声犹未了,落花满地鸟惊飞"。这段描写情景交融,通过晴雯、黛玉和宝玉等人的误会,以及人物的悲伤与花鸟产生的通感共鸣,达到很好的抒情效果。惊动花鸟的不仅仅是黛玉的"绝代"之美,更是她的"希世"之情。

宝黛爱情的几对影子

曹雪芹在描述宝玉和黛玉的恋爱过程中,除了以这二人为中心的主线,还从侧面写了其他人的爱情。作为宝黛爱情的副线,小红与贾芸、龄官与贾蔷、尤三姐与柳湘莲、晴雯与宝玉,四组人物大体从初恋、热恋、定亲、悼念四个阶段,对宝玉和黛玉的情感历程起到了映衬和预示的作用。

小红和贾芸的初恋,是对宝黛初恋阶段的烘托。林黛玉和林红玉,名字上有相似之处,第二十四回"痴女儿遗帕惹相思",与宝玉黛玉的送帕、题帕,也有相似之处。清代许叶芬在《红楼梦辨》中说:"林小红,黛玉之小影也。黛玉姓林,小红亦姓林;……黛玉为凤姐诸人所不容,小红即为麝月诸人所不容。一笔分两笔写,是画家烘云托月法。"与小红和贾芸不同的是,宝黛爱情中,黛玉"题帕"比小红"遗帕"更能体现宝玉的体贴和黛玉的诗情。

龄官和贾蔷的热恋,是对宝黛热恋阶段的映衬。龄官是一位长相、扮相都像黛玉的戏子。她孤高自怜,她的情感世界包括咯血的病都与黛玉有几分相像。第三十回"龄官划蔷痴及局外",宝玉眼中:"只见这女孩子眉蹙春山,眼颦秋水,面薄腰纤,袅袅婷婷,大有林黛玉之态。"宝玉看到龄官用金簪向土上画字,"原来就是个蔷薇花的'蔷'字"。第三十六回"识分定情悟梨香院",宝玉在梨香院看到贾蔷给龄官买雀儿,龄官却不高兴,可是当贾蔷离开时,龄官却又叫住他:"站住,这会子大毒日头地下,你赌气自去请了来我也不瞧。"宝玉这才领会了画"蔷"字的深意。针对这一情节,清代嘉庆年间的东观阁评语指出:"贾蔷与龄官皆非读书通文理者,故一味昵昵儿女语,不得与宝林辈比其分毫也。"的确,龄官和贾蔷的感情纠葛,呈现出热恋阶段的彼此折磨,但因"非读书通文理者",所以与宝黛相比少了许多心有灵犀的默契。

尤三姐和柳湘莲的定亲,是对宝黛定亲的一种虚拟。第六十五回兴儿向二尤介绍林黛玉:"咱们姑太太的女儿,姓林,小名儿叫什么黛玉,面庞身段和三姨不差什么,一肚子文章,只是一身多病,这样的天,还穿夹的,出来风儿一吹就倒了。我们这起没王法的嘴都悄悄的叫他'多病西施'。"尤三姐和黛玉"面庞身段"竟然相似到"不差什么"的地步,也让我们联想到这两个女子的婚姻和命运。尤三姐是一位婚姻爱情上自觉意识较强的女子,她的择偶标准是"拣一个素日可心如意的人方跟他去",否则"虽是富比石崇,才过子建,貌比潘安的,我心里进不去,也白过了一世"。于是她想到了五年前就看上的柳湘莲。作者写"这柳二郎,那样一个标致人,最是冷面冷心的,差不多的人,都无情无义。他最和宝玉合的来"。尤三姐和柳湘莲定亲时用的是鸳鸯剑,这把剑让三姐"揉碎桃花红满地,玉山倾倒再难扶",这把剑也削去了柳湘莲头上的烦恼丝。六十六回的回目是"情小妹耻情归地府、冷二郎一冷入空门",三姐像黛玉,而无情的柳湘莲偏偏和多情的宝玉最合得来。地府和空门,似乎也暗示了黛玉和宝玉无法走向婚姻的不幸结局。

宝玉和晴雯的诀别,衬托宝黛之间的纯情;宝玉对晴雯的悼念,也是对黛玉悼念的预演。清代涂瀛有《红楼梦论赞》,其中《晴雯赞》写道:"红颜绝世,易启青蝇;公子多情,竟能白璧。"这是对晴雯的同情和赞美。"青蝇"是苍蝇的一种,用以比喻进谗言之佞人。《诗经·小雅·青蝇》:"营营青蝇,止于樊。岂弟君子,无信谗言。""红颜绝世,易启青蝇",写晴雯风流灵巧,易遭人怨;"公子多情,竟能白璧",则肯定了晴雯的清白。然而,唯其"白璧",而被"清君侧",便更觉冤枉。所以第七十七回"俏丫鬟抱屈夭风流",在宝玉探望她的时候,晴雯呜咽道:"我虽生的比别人略好些,并没有私情密意勾引你怎样,如何一口死咬定了我是个狐狸精!我太不服。今日既已担了虚名,而且临死,不是我说一句后悔的话,早知如此,我当日也另有个道理。"下文很有戏剧性,作者借一个特殊的叙事视角,即晴雯的姑舅嫂子灯姑娘,一个"恣情纵欲"的女人的眼睛,去看宝玉和晴雯的相处:"我进来一会在窗下细听,屋内只你二人,若有偷鸡盗狗的事,岂有不谈及于此,谁知你两个竟还是各不相扰。可知天下委屈事也不少。如今我反后悔错怪了你们。"在浑浊淫乱之人的眼睛中,两人尚且是纯洁而清白的,可谓反衬法。

晴雯的长相,用王夫人的话来说是"水蛇腰,削肩膀,眉眼又有些像你林妹妹",《红楼梦》中好几个美女像林黛玉,但与黛玉近距离接触的只有晴雯。黛玉和晴雯,可能是曹雪芹理想中的娇妻美妾。所以,在宝玉和黛玉两情相悦的时候,晴雯把宝玉写的"绛云轩"的斗方挂上,让黛玉含笑欣赏。在宝玉和黛玉两心相知的时候,晴雯把宝玉的两条旧帕子送给黛玉,让黛玉含泪题诗。在宝玉祭奠晴雯的时候,黛玉帮他修改祭文,宝玉深知黛玉素日待晴雯"甚厚",也无所顾忌。针对"红绡帐里,公子多情,黄土垄中,女儿薄命",黛玉将熟滥的"红绡帐里",改为现成又不俗的"茜纱窗下",继而改成"茜纱窗下,我本无缘;黄土垄中,卿何薄命。"庚辰本上脂砚斋的批语说:"一篇诔文总因此二句而有,又当知虽诔晴雯,而又实诔黛玉也,奇幻至此。"宝玉祭文因这最后一改,人物关系已变成了"卿卿我我",由对晴雯的悼念转而预示黛玉的薄命。

庚辰本第四十六回脂批说:"通部情案,皆必从石兄挂号,然各有各稿,穿插神妙。"告诉读者《红楼梦》中所写的情无论是广义还是狭义,宝玉都是纽带。从狭义角度讲,"情"指爱情,而小说中的所有情事,尽管有些男主角不是宝玉,女主角亦非黛玉,但与黛玉相似的几位女子,情感历程似乎都有黛玉的影子,像镜子一样反射着黛玉的眼前景和未来事,足

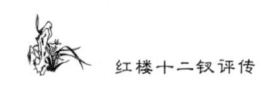

见作者对宝黛爱情所倾注的心血。

黛玉之才

林黛玉的"咏絮才"尽人皆知，贾府里就连贾琏的小厮兴儿都知道她有"一肚子文章"。她有伶牙俐齿、俏语雅谑的口才，也有出类拔萃的诗才、文才。

先看黛玉的口才。

黛玉的伶牙俐齿。伶牙俐齿这个成语形容人口齿伶俐，能说会道。口齿伶俐也是人头脑聪明的表现形式之一。小说第二回写林黛玉父母"见他聪明清秀，便也欲使他读书识得几个字"，所以她从小就聪颖过人。第七回周瑞家的送宫花时，"只见迎春探春二人正在窗下围棋"，"惜春正同水月庵的小姑子智能儿一处顽耍"，而黛玉此时"却在宝玉房中大家解九连环顽"。九连环是一种考验智力的玩具，小说在此通过几位荣府金钗的日常娱乐，衬托出黛玉的与众不同。

第八回的回目是"比通灵金莺微露意，探宝钗黛玉半含酸"，这一回可以说是宝黛钗爱情婚姻故事的开端。宝玉佩戴的通灵宝玉和宝钗佩戴的金锁初次相逢，又有"莫失莫忘仙寿恒昌"与"不离不弃芳龄永继"如暗号般的相对，金玉良缘的序幕由此拉开。正当宝玉与宝钗就近，闻到宝钗因服冷香丸而散发出"一阵阵凉森森甜丝丝的幽香"的时候，林黛玉来了。小说这样描写黛玉的"半含酸"：

林黛玉已摇摇的走了进来，一见了宝玉，便笑道："嗳哟，我来的不巧了！"宝玉等忙起身笑让坐，宝钗因笑道："这话怎么说？"黛玉笑道："早知他来，我就不来了。"宝钗道："我更不解这意。"黛玉笑道："要来一群都来，要不来一个也不来；今儿他来了，明儿我再来，如此

黛玉思鄉
鳳嬛

林黛玉

潇湘妃子

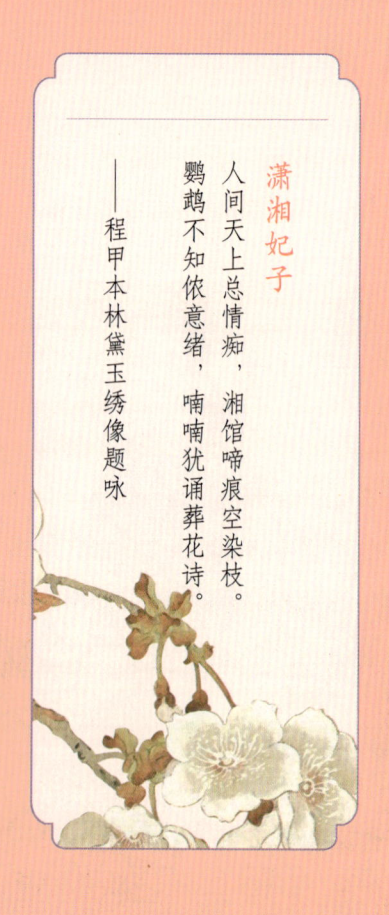

人间天上总情痴,湘馆啼痕空染枝。
鹦鹉不知侬意绪,喃喃犹诵葬花诗。

——程甲本林黛玉绣像题咏

间错开了来着,岂不天天有人来了?也不至于太冷落,也不至于太热闹了。姐姐如何反不解这意思?"

清代以来,许多读者由此而指责黛玉的尖酸刻薄。东观阁评语在"我来的不巧了"旁边写道:"黛玉出话刺人,本非福相。"在正文的"也不至于太冷落,也不至于太热闹了。姐姐如何反不解这意思"一段旁边评道:"此数句尚掩饰得过,以下则处处含酸矣。"随后雪雁遵紫鹃之嘱给黛玉送手炉时,黛玉便一箭双雕地数落起雪雁:"也亏你倒听他的话。我平日和你说的,全当耳旁风;怎么他说了你就依,比圣旨还快些!"东观阁批语写道:"黛玉舌上有刀,我不愿见。"显然东观阁评者对黛玉的拈酸吃醋是很反感的。作者为什么这样写美丽高雅的林黛玉?到底是尖酸刻薄,还是伶牙俐齿?到底是多心多疑,还是巧言善辩?再看黛玉自己的辩解:"姨妈不知道。幸亏是姨妈这里,倘或在别人家,人家岂不恼?好说就看的人家连个手炉也没有,巴巴的从家里送个来。不说丫鬟们太小心过馀,还只当我素日是这等轻狂惯了呢。"薛姨妈回答她:"你这个多心的,有这样想,我就没这样心。"对黛玉的伶牙俐齿,以及她的多心又善辞令,宝钗的评价反映了作者的态度,即:"真真这个颦丫头的一张嘴,叫人恨又不是,喜欢又不是。"甲戌本的夹批在"姐姐如何反不解这意思"下面写道:"吾不知颦儿以何物为心为齿,为口为舌,实不知胸中有何丘壑。"脂批甚至怀疑黛玉不是肉眼凡胎,因为她的心、齿、口、舌似乎是用特殊材料制成的,对黛玉的机灵敏锐叹为观止,对她的"胸中丘壑"也无可奈何。戚序本这一回的回前诗耐人寻味:"幻情深处故多嗔,岂独颦卿爱妒人?"评书人理解了作者的寓意,写黛玉的娇嗔,并非要人误解她"爱妒人",而是要人看到这"幻情深处"的表现。

黛玉的俏语雅谑。第二十回写湘云刚出场不久,黛玉取笑湘云说话咬舌:

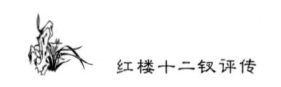

二人正说着，只见湘云走来，笑道："二哥哥，林姐姐，你们天天一处顽，我好容易来了，也不理我一理儿。"黛玉笑道："偏是咬舌子爱说话，连个'二'哥哥也叫不出来，只是'爱'哥哥'爱'哥哥的。回来赶围棋儿，又该你闹'幺爱三四五'了。"

湘云笑道："这一辈子我自然比不上你。我只保佑着明儿得一个咬舌的林姐夫，时时刻刻你可听'爱''厄'去。阿弥陀佛，那才现在我眼里！"说的众人一笑，湘云忙回身跑了。

湘云"咬舌"本是生理缺陷，但作者反要用它来表现湘云的活泼可爱。作者独具匠心，偏是让她"连个'二'哥哥也叫不出来，只是'爱'哥哥'爱'哥哥的"。挑湘云毛病的偏偏是黛玉，被唤作"'爱'哥哥"的又偏偏是宝玉。黛玉的"含酸"可谓自然流露，而史湘云的反击也是灵机一动，毫不示弱。曹雪芹将回目概括为"林黛玉俏语谑娇音"，湘云的咬舌是"娇音"，而黛玉的取笑是"俏语"，体现出作者对两人都有欣赏之情。

黛玉雅谑补馀香。第四十二回"潇湘子雅谑补馀香"，写黛玉取笑刘姥姥为"母蝗虫"，这是作者非常得意的比喻，从第四十一回回目中转到四十二回人物口中，意在表现黛玉的才思敏捷。这一回写惜春因有了画大观园的任务，向诗社告一年的假，众人追溯原因：

林黛玉忙笑道："可是呢，都是他一句话。他是那一门子的姥姥，直叫他是个'母蝗虫'就是了。"说着大家都笑起来。宝钗笑道："世上的话，到了凤丫头嘴里也就尽了。幸而凤丫头不认得字，不大通，不过一概是市俗取笑，更有颦儿这促狭嘴，他用'春秋'的法子，将市俗的粗话，撮其要，删其繁，再加润色比方出来，一句是一句。这'母蝗虫'三字，把昨儿那些形景都现出来了。亏他想的倒也快。"

众人听了,都笑道:"你这一注解,也就不在他两个以下。"

孔子曰:"君子欲讷于言而敏于行。"林黛玉却是反传统的。她继承了母亲的"敏"思,又多了一张"颦"嘴。作者深爱这个颦儿,并借用《红楼梦》中最具鉴赏力的人物薛宝钗,道出自己赋予黛玉伶牙俐齿的用意,即"叫人恨又不是,喜欢又不是"。《红楼梦》中对女子的评价似乎有两种标准,贾母与王夫人各执一词。贾母喜欢能说会道的,她一天都离不了凤姐,凤姐生病时尤氏的笑话竟把她讲得"已朦胧双眼,似有睡去之态了"。她喜欢晴雯的"模样爽利言谈针线",而不喜欢"从小儿不言不语"的袭人,说她是没嘴的葫芦。王熙凤与贾母同好,她曾蔑视尤氏:"你又没才干,又没口齿,锯了嘴子的葫芦,就只会一味瞎小心图贤良的名儿。"她对宝钗的"不干己事不张口,一问摇头三不知"持保留意见。而王夫人却欣赏袭人那样"行事大方,心地老实"的人。在口齿伶俐上,黛玉的能说会道不亚于王熙凤,但犀利含蓄、一箭双雕又超过了王熙凤。从宝钗的评价来看,黛玉与凤姐有雅俗之别,黛玉略胜凤姐一筹。曹雪芹担心读者用"尖酸刻薄"去误解这位聪明过人的女子,很多次在回目中提醒我们去欣赏黛玉的"俏语"和"雅谑"。

再看黛玉的诗才。

《红楼梦》中的诗词从创作动机来看,大致可分为两类,一类是自由发挥型的,一类是命题作文型的。在这两种类型中,林黛玉的作品都是首屈一指的。

自由发挥型。这类诗往往是作者要自觉地体现小说的主题、人物命运、人物才情等。如,第一回贾雨村的《中秋咏怀》、跛足道人的《好了歌》、甄士隐的《好了歌注》;第二十三回贾宝玉的《四时即事》;第二十七回林黛玉的《葬花吟》;第三十四回林黛玉的《题帕诗》(三首绝句);第四十五回林黛玉的《代别离·秋窗风雨夕》;第五十一回薛宝琴的《怀古诗》

（十首绝句）；第六十四回林黛玉的《五美吟》（五首绝句）；第七十回林黛玉的《桃花行》；第七十八回贾宝玉的《芙蓉女儿诔》骚体辞赋。在以上所列举的九回十一处诗作中，有五处是林黛玉的作品，约占一半。而且，三首七言歌行体长诗，都出自林黛玉的名下。曹雪芹替主人公林黛玉写了七言歌行体长诗《葬花吟》、《秋窗风雨夕》和《桃花行》，充分表现了黛玉的才情，也刻画出黛玉的性格，并预示了红颜薄命的悲剧命运。《葬花吟》模仿初唐刘希夷的《代悲白头吟》《秋窗风雨夕》模仿初唐张若虚的《春江花月夜》，《桃花行》也很有特点。海棠诗社建立后，做了几次诗，诗社便散了。一年后大家看了黛玉的《桃花行》，又有了兴致，重建诗社改称桃花社，"林黛玉就为社主"，黛玉因此而成为大观园的诗坛盟主。

命题作文型。这类诗与古代文人集团的吟咏唱和活动类似。《红楼梦》以闺中女儿为主的创作活动，沿用了文人墨客酬唱赠答的传统习惯。有时一个人出几个题目让大家做。如第十八回《大观园题咏》共十一首绝句，元春评价"终是薛林二妹之作与众不同，非愚姊妹可同列者"，黛玉的诗和宝钗一道脱颖而出。有时同一个题目，大家做。如第三十七回的《咏白海棠》先有探春和宝、黛、钗四首，后有湘云和韵二首。黛玉的《咏白海棠》"偷来梨蕊三分白，借得梅花一缕魂"，集中了梨蕊和梅花的洁白与芳香，虽然典出宋卢梅坡《雪梅》的"梅须逊雪三分白，雪却输梅一段香"，却更为生动传神。李纨认为宝钗的"含蓄浑厚"，黛玉的"风流别致"，各有千秋。黛玉诗虽被李纨评为第二，但深得宝玉的赞赏，在自己甘拜下风的情况下，尚极力推崇黛玉的诗。

第三十八回"林潇湘魁夺菊花诗"中《菊花诗》十二首，名列榜首的前三首诗，竟然都是黛玉的作品。李纨说"今日公评"：《咏菊》第一，《问菊》第二，《菊梦》第三，题目新，诗也新，立意更新，恼不得要推潇湘妃子为魁了。"《咏菊》中"毫端蕴秀临霜写，口齿噙香对月吟"，写黛玉的文采与口才；"满纸自怜题素怨，片言谁解诉秋心"，写作者的辛酸。从"满纸"

到"谁解",显然与曹雪芹在第一回中的《自题一绝》"满纸荒唐言"和"谁解其中味"如出一辙。作者把最好的诗,最能体现自己才情的诗都安排在黛玉名下。

黛玉不仅擅长写诗,而且善于教诗。小说在第四十八、四十九回有香菱学诗的情节。香菱先后写了三首《咏月诗》,都是七律。曹雪芹的设计很巧妙,既写了香菱的命运和性格,也写了黛玉的诗才和宝钗的鉴赏才能。第四十八回"慕雅女雅集苦吟诗",黛玉教香菱学诗,教学过程循序渐进、循循善诱:她先让学生熟读唐诗三百首,但这三百首诗只是三位诗人的诗作,即李白、杜甫和王维。她还让香菱预习,带着兴趣和疑问学习新知识;还有开放式的考核方式。第三首《咏月》诗,香菱从梦里得出,众人都叫好,但黛玉最后没有评,可见作者不想让学诗止于此,她也许认为香菱还会写出更好的诗。学诗过程中,老师的耐心和引导,学生的专心和悟性,一个循循善诱,一个孜孜以求。可见,黛玉不仅是一个出色的诗人,而且是一位出色的教师。在诗歌创作方法的传授中,也体现了黛玉自觉的创作意识和创作主张,从侧面说明她能有良好写作业绩的原因。

题对额和联诗,是对诗才和口才的综合考察。第七十六回"凹晶馆联诗悲寂寞"的情节中,黛玉和湘云联诗,对出了"寒塘渡鹤影"和"冷月葬花魂"的绝妙好词。这里还有一个细节显示了黛玉的灵气。大观园有两处名称十分有趣的景观,一个叫"凸碧堂",一个叫"凹晶馆",湘云很欣赏地说:"可知当日盖这园子时就有学问。这山之高处,就叫凸碧;山之低洼近水处,就叫作凹晶。这'凸''凹'二字,历来用的人最少。如今直用作轩馆之名,更觉新鲜,不落窠臼。可知这两处一上一下,一明一暗,一高一矮,一山一水,竟是特因玩月而设此处。"黛玉告诉湘云:"实和你说罢,这两个字还是我拟的呢。因那年试宝玉,因他拟了几处,也有存的,也有删改的,也有尚未拟的。这是后来我们大家把这没有名色的也都拟出来了……谁知舅舅倒喜欢起来,又说:'早知这样,那日该就叫他姊妹一并拟了,岂不有趣。'所以凡我拟的,一字不改都用了"。第十七回至十八回"大观园试才题对额",虽然写的是贾政在考宝玉的诗才,但隔了六七十回之后,曹雪芹告诉读者其实黛玉也参与了题对额,凡是黛玉拟的,都被采用了,而且"一字不改",可知她的文才深得贾政的赏识。

黛玉结局

太虚幻境的《红楼梦曲》"或咏叹一人,或感怀一事",十四支曲子中,首为引言,尾为结语,去掉首尾刚好是十二支,可对应正册中十二钗的命运结局。《红楼梦引子》交代这是一个"怀金悼玉的《红楼梦》",开宗明义,指出婚恋悲剧在小说中的重要位置。下面两首曲子紧接着讲述"怀金悼玉"的具体内容。"金"代表薛宝钗,"玉"代表林黛玉。"怀"和"悼"两个动词内涵有别,"怀"指思念,被怀念者可以是在世的人也可以是辞世的人;"悼"专指怀念死者,抒发哀痛。在这里,怀金指生离,悼玉指死别。因而,黛玉的死在曹雪芹的构思中是早有安排的。《终身误》和《枉凝眉》二曲,一般认为前者写宝钗,后者写黛玉。大体如此:

【终身误】都道是金玉良姻,俺只念木石前盟。空对着,山中高士晶莹雪;终不忘,世外仙姝寂寞林。叹人间,美中不足今方信。纵然是齐眉举案,到底意难平。

【枉凝眉】一个是阆苑仙葩,一个是美玉无瑕。若说没奇缘,今生偏又遇着他;若说有奇缘,如何心事终虚化?一个枉自嗟呀,一个空劳牵挂。一个是水中月,一个是镜中花。想眼中能有多少泪珠儿,怎经得秋流到冬尽,春流到夏!

诚然,正如钗黛合写一首判词一样,率先演奏的《终身误》也是你中有我,我中有你。《终身误》的抒情主人公"俺"是贾宝玉,从他的视点出发,感叹宝钗的终身大事之误。可是每写一句宝钗,都要跟写一句黛玉。《终身误》中,"都道是金玉良姻",写钗;"俺只念木石前盟",写黛。"空对着,山中高士晶莹雪",写钗;"终不忘,世外仙姝寂寞林",写黛。"叹人间,美中不足今方信",写黛;"纵然是齐眉举案,到底意难平",写钗。从钗黛判词的交错描写来看,她们的《红楼梦曲》似乎也应该如此。在写宝钗的曲子中,有一半是伤悼黛玉,呈现出宝钗和黛玉一人一句的特点,足见黛玉在宝玉心中的位置。

《枉凝眉》可以有两种解释。一种是沿用《终身误》中"俺"的视角,依然写宝玉眼中的两个女子。"若说没奇缘,今生偏又遇着他;若说有奇缘,如何心事终虚化?"可从男主人公与宝钗的无缘而遇,以及与黛玉的有缘无分来解读。如此看来,《枉凝眉》与《终身误》曲子一样,也是黛中有钗,钗中有黛的。《枉凝眉》的另一种解释是全曲感叹宝玉和黛玉之间木石姻缘的落空。"枉凝眉"的曲牌,写黛玉,因为她有"两弯似蹙非蹙罥烟眉",以"凝眉"写她的愁容。"枉"是徒然,白白地。"枉凝眉"与曲中的"枉自嗟呀"语义相同,都是徒劳伤感的意思。"阆苑仙葩"写黛玉,"美玉无瑕"写宝玉。"阆苑"是仙人的园林,也称"阆风苑",见《列仙传》:"昆仑圃阆风苑有玉楼十二玄室九层,右瑶池,左翠水。""仙葩"是仙花,苏轼的诗《次韵赵德麟雪中惜美且饷柑酒》云:"阆苑千葩映玉宸,人间只有此花新。"小说中的黛玉被称为"世外仙姝""神仙似的妹妹",闲静时如"娇花照水",都有仙葩的意韵。"若说没奇缘,今生偏又遇着他;若说有奇缘,如何心事终虚化?"通过从无到有,又从有到无的矛盾,两个人的有缘无分,成为"假作真时真亦假,无为有处有还无"的具体诠释。"枉自嗟呀"写黛玉的"莫怨东风当自嗟";"空劳牵挂"写宝玉的"多情公子空牵念"——这句虽是写晴雯的,然晴雯是黛玉的影子。"水中月"和"镜中花",无法逐一对应,综合来看是对空虚幻境的比喻。明代谢榛《四溟诗话》卷一:"诗有可解不可解,若水月镜花,勿泥其迹可也。"尽管空灵虚幻,我们从小说中也似乎能找到与水月镜花相似的意境。如黛玉和湘云在"凹晶馆"联诗的画面是:"二人遂在两个湘妃竹墩上坐下。只见天上一轮皓月,池中一轮水月",而黛玉的诗句有"冷月葬花魂",镜花与水月已融为一体,构成凄清幽美的悲剧意境。"想眼中能有多少泪珠儿,怎经得秋流到冬尽,春流到夏!"那"绛珠仙子"因为得到"神瑛侍者"甘露的灌溉,愿意随他下世为人,"但把我一生所有的眼泪还他,也偿还得过他了"。最后几句是对黛玉还泪过程的详细描述,也进一步照应了第一回所讲述的木石前缘的神话。

作者那样钟爱林黛玉,却为何让她过早死去?从小说结构来说,是爱情悲剧结局的需要;从人物塑造来说,是人物性格和形象的需要。也许黛玉的死和黛玉的美一样重要,对于她的整体形象来说,是一个"完美"的谢幕。鲁迅说:"自有《红楼梦》出来以后传统的思想和写法都打破了。"最喜欢的人先死了,"质本洁来还洁去,强于污淖陷渠沟",与妙玉"可怜金玉质,终陷泥淖中"结局不同。作者不想让黛玉这"一块美玉,落在泥垢之中",没有让她活到"大厦将倾""树倒猢狲散"的时候。黛玉的结局,从某种角度上说,可以让深爱黛玉的人们聊以宽慰。

黛玉的死因究竟是"掉包计"所致,还是"还泪说"的必然结果?清代的许叶芬在《红楼梦辨》中指出:"黛玉之死,莫不曰王熙凤死之也,贾母、王夫人死之也,而吾独曰死黛玉者黛玉也。……欲近而反疏,欲亲而转戚,兄鬲间物,不能掬以示人,此间日以泪洗面矣。"这段论述是从后四十回的情节谈起,提出通常把黛玉之死的直接原因归之于"掉包计"。我们姑且不论王熙凤、贾母、王夫人等人在宝玉的婚姻上舍黛玉而选宝钗的合理性问题,单就许叶芬"死黛玉者黛玉也"的论断而言,这位论者还是把黛玉之死的实质看得很透的。换句话说,林黛玉泪尽而逝的根本原因在于她多思的性格、多病的体质。这是黛玉自己早已想到的:"你我虽为知己,但恐自不能久待;你纵为我知己,奈我薄命何!"(第三十二回)小说第九十七回安排了"林黛玉焚稿断痴情"和"薛宝钗出闺成大礼"两个主要情节,成为宝玉爱情故事的尾声和婚姻故事的序曲,可以说是《红楼梦》婚恋悲剧的重要转折点。这一回将钗嫁和黛死安排在同一时间,戏剧冲突感较为强烈,黛玉焚稿的情节也说明,诗歌与黛玉的爱情、黛玉的生命是紧密联系在一起的。

这里需要注意的是,黛玉临终时留下的半句话"宝玉,宝玉,你好",现代标点本都在"你好"的后边加了省略号,较为直观地传达了黛玉欲言却止的情境,含不尽之意于言外。那么,后边的内容是好狠心、好糊涂,还是好自为之,或是好好活着?从各种角度出发都会有不同的理解。第九十八回的回目"苦绛珠魂归离恨天"和"病神瑛泪洒相思地",在写黛玉之死时,照应了小说开头"绛珠仙子"和"神瑛侍者"的神话,使泪尽而逝与"还泪说"遥相呼应。在焚稿的过程中,黛玉有些失望,但在"魂归"之际,黛玉不应有恨,应该饱含着牵挂。许叶芬说得有道理:"死黛玉者黛玉也",唯其不是外力,似乎更能展示悲剧的深邃意蕴。

林黛玉人生理念的主要内容一个是爱,一个是诗。她为爱而生,为还泪而死。她生来便与诗书为伴,她的死也充满诗情。王国维曾说,《红楼梦》与一切喜剧相反,是彻头彻尾的悲剧。黛玉之死当是《红楼梦》在主题和人物塑造上的创新。秀外慧中的美女过早地魂归幻境,从艺术角度来讲,读者的痛惜也恰恰是作者的欣慰。

薛宝钗——梨花一枝春带雨

薛宝钗是《红楼梦》婚姻故事的女主角,绝色佳人,有貌、有才,也有情。她的情比较含蓄,"任是无情也动人"。曹雪芹笔下的薛宝钗是一位传统淑女的典型形象,也是一位崭新的儒商形象,小说回目给她的一字评为"随分从时"的"时",让儒雅和时尚集于宝钗一身。她"唇不点而红,眉不画而翠",有着天然的鲜艳妩媚,但却固守素淡的审美情趣。作者选取梨花来衬托宝钗的美。梨花的花期、外形与桃花都近似,也象征了钗黛的对峙。唐代白居易在《长恨歌》中描写杨贵妃的"梨花一枝春带雨",也可以用来描绘薛宝钗这位洗尽铅华的美人形象。读者很少看到宝钗流泪,因为她对温度的控制,让女儿泪冷凝成了"晶莹雪"。

宝钗身份

薛宝钗的判词是与黛玉并题的一首:"可叹停机德,堪怜咏絮才。玉带林中挂,金簪雪里埋。"这四句中,"咏絮才"和"玉带林中挂"是写黛玉的,而"停机德"和"金簪雪里埋"在写宝钗。判词分别强调了黛玉之才和宝钗之德。"咏絮才"指女子的诗才,那么"停机德"具体指什么呢?戚序本和蒙府本此处的批语为:"乐羊子妻事。"《后汉书·列女传》中说,汉代乐羊子远出求学,中道而归,他的妻子停下织布机,并断了线来劝说丈夫不要半途而废。另外,《三字经》曾概括孟母教子的故事:"昔孟母,择邻处。子不学,断机杼。"孟母也曾以割断织机的线,来启发儿子不要辍学。因而,停机之德指一种妇德,即女子相夫教子的美德。十二支《红楼梦》曲子,没有把二人合写。宝钗的曲子《终身误》在第一首,排在写黛玉的《枉凝眉》之前。所以,从这个角度来说,她在金陵十二钗正册中应该排在第一位。

薛宝钗出身书香继世之家。她是金陵人氏,出自四大家族之一的薛家。第四回在贾雨村看到的护官符上,对薛家的描述是:"丰年好大雪,珍珠如土金如铁。"甲戌本的侧批写道:"隐'薛'字。紫微舍人薛公之后,现领内府帑银行商,共八房分。"紫微舍人,即中书舍人,为撰拟诰敕之专官,以有文学资望者充任。唐代开元年间曾改中书省为紫微省。帑银,指国库所藏之钱财。如果说,脂砚斋的批语显示了薛家之显贵,那么正文的"珍珠如土金如铁"则渲染了薛家的富有。这种现象也并非夸张,舒坤批本《随园诗话》曾记载,乾隆时贵族福康"穷奢极欲,挥金如土,以冰糖和灰堆假山,以白蜡和灰涂院墙,以白绫缎裱糊墙壁"。这可以证明《红楼梦》对薛家富足奢华的描写并不是妄说。然而,富贵子弟难免纨绔习气,薛家到了宝钗这一代已后继乏人。

宝钗幼年丧父,她的母亲王氏,人称"薛姨妈",是现任京营节度使王子腾之妹,和贾府的王夫人是一母所生的姊妹。宝钗有一个比她大两岁的哥哥名叫薛蟠,因寡母溺爱纵容而"老大无成",他"一应经济世事,全然不知,不过赖祖父之旧情分,户部挂虚名,支领钱粮"。因而宝钗的心理负担就重了起来。父亲死后,她为了给母亲"分忧解劳",放弃了读书识字,"只留心针黹家计等事",做一个贤孝的淑女。

宝钗进京以及她常住贾府的理由值得探讨。黛玉因无依无靠而投奔外祖母,宝钗有母有兄,为何进京?第四回写薛蟠进京:"一为送妹待选,二为望亲,三因亲自入部销算旧帐,再计新支,——其实则为游览上国风光之意。"在探亲、查账、旅游这三个理由之前,首要的目的是"送妹待选",书中写道:"近因今上崇诗尚礼,征采才能,降不世出之隆恩,除聘选妃嫔外,凡仕宦名家之女,皆亲送名达部,以备选为公主郡主入学陪侍,充为才人赞善之职。"宝钗进京的主要目的是待选秀女,争取走元春的路。薛家是富庶的皇商,"且家中有百万之富,现领着内帑钱粮",到京城竟然无处安身,只能寄居贾府?书中草草地写了理由:先是自家在"京中虽有几处房舍,只是这十来年没人进京居住,那看守的人未免偷着租赁与人,须得先着几个人去打扫收拾才好"。俗话说娘亲舅大,自家的房子暂时不能住,薛蟠进京应先投奔舅舅才是,"却又闻得母舅王子腾升了九省统制,奉旨出都查边",薛蟠正高兴省得"嫡亲的母舅管辖着"。因而,宝钗便顺理成章地住进了贾府"姨爹家"。小说辗转运筹笔墨,只不过为宝钗这样一个外姓的小姐像黛玉一样来到宝玉身边,为婚恋故事的展开做好铺垫。

宝钗的生日是正月二十一,民间的穿天节。据宋代庄绰(字季裕)《鸡肋篇》载:"襄阳正月二十一日谓之穿天节,云交甫解佩之日。郡中移会汉水之滨,倾城自万山泛彩舟而下,妇女于滩中求小白石有孔可穿者,以色丝贯,悬插于首,以为得子之祥。"其中"云交甫解佩之日"大意是说,正月二十一日的穿天节是郑交甫与汉水女神相遇定情的日子。"穿天节"的习俗从夏朝流传到宋朝,影响至今。从宋人的记载来看,包含了定情、求子、祈福方面的内容。《红楼梦》中作者让薛宝钗这个女子生在穿天节,为她的婚姻生活增添了祈求夫妻美满、母以子贵的传统色彩。在正月"灯节过后"这一天,小说起初还安排了贾母的生日。即第六十二回探春说道:"过了灯节就是老太太和宝姐姐,他们娘儿两个遇的巧。"所谓"遇的巧"莫过于两人的生日在一天了。小说第二十二回可能最初写了的贾母寿辰,因为宝钗所点的戏文和美食中,都与老太太的喜好有关,此回的"禅机"和"谶语"反映了宝玉和贾政的感受,皆是贾母偏爱的子孙,似与贾母的关系更为密切。后来,为了突出宝钗的品行,便改为单独给宝钗过生日,而将贾母的生日置后。程乙本把"老太太"改成了"大太太",考虑到了第七十一回写的贾政回京给贾母过生日。这一回开头写道:"话说贾政回京之后,诸事完毕,赐假一月在家歇息。"又交代了"八月初三日乃贾母八旬之庆"的信息。所以,贾母的生日在八月初三,而不是与宝钗一样的正月二十一了。

小说第二十二回在宝钗十五岁时,为她安排了一次"将笄之年"的隆重生日。凤姐亲自料理,老太太特意关照,家中搭台唱戏,好不热闹。然而这一回的回目是"听曲文宝玉悟禅机"和"制灯谜贾政悲谶语"。在宝钗的生日,繁华吵闹之后,竟以宝玉的了悟作结,寓意颇深。在众姐妹的灯谜中,宝钗的灯谜值得关注。因为宝钗的诗谜存在着原文与补写的问题,也存在着两类版本的差异。庚辰本此回惜春灯谜之上朱笔眉批写道:"此后破失,俟再补。"其后,正文也缺失了。隔一页写:"暂记宝钗制谜云:朝罢谁携两袖烟,琴边衾里总无缘。晓筹不用鸡人(原作"人鸡",据戚序本改)报,五更无烦侍女添。焦首朝朝还暮暮,煎心日日复年年。光阴荏苒须当惜,风雨阴晴任变迁。"后边是一条墨笔批语:"此回未成而芹逝矣,叹叹!丁亥夏,畸笏叟。"脂批曾告诉我们曹雪芹于"壬午除夕泪尽而逝",壬午与丁亥相距五年,也就是说畸笏叟在这一年夏天看到的第二十二回是缺失的,而且从语气来体会,他经眼的应是作者的手稿。宝钗这条诗谜,在庚辰本上以批语的形式附记在回后,只有谜面,没有谜底。到戚序本上,诗谜写进了正文,但仍没有谜底,只写了贾政内心自忖道:"此物还倒有限。只是小小之人作此词句,更觉不祥,皆非永远福寿之辈。"这条诗谜在杨藏(梦稿)、甲辰、程甲等本上,移给了黛玉,而且出现了谜底"更香"。

"更香"诗谜是否适合宝钗?我们看尾联"光阴荏苒须当惜,风雨阴晴任变迁",联系前文宝钗给宝玉诵读的《寄生草》中"烟蓑雨笠卷单行"和"芒鞋破钵随缘化",似乎都有苏轼《定风波》词的意象,"竹杖芒鞋轻胜

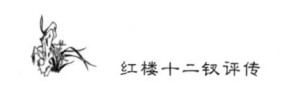

马，谁怕？一蓑烟雨任平生。……回首向来萧瑟处，归去，也无风雨也无晴。"其中"任"和"随"，与宝钗随分从时的性格相符；从烟蓑芒鞋，到风雨阴晴，宝钗的诗谜同宝玉的心曲也是和谐一致的。

后补给宝钗的"竹夫人"诗谜在强调什么呢？杨藏（梦稿）、甲辰、程甲等版本，给宝钗补了一首诗谜："有眼无珠腹内空，荷花出水喜相逢。梧桐叶落分离别，恩爱夫妻不到冬。"谜底为"竹夫人"，一种中间空、四周有眼的竹制品，夏天置于床席间，用于通风、乘凉。甲辰本在此诗谜后写有一条夹批："此宝钗金玉成空。"在宝钗带有成人仪式意味的十五岁生日，出现的"禅机"和"谶语"，预示了宝玉出家，宝钗良缘成空的不祥之兆。

可见，有关宝钗的两条诗谜都对她的悲剧命运含有谶语的意义，"更香"侧重于命运的无奈，"竹夫人"侧重于婚姻的感叹。相比之下，"竹夫人"的灯谜更突出了"悲金"的主题。第二十二回在构思上有个不断完善的过程，生日宴会的寿星由"老太太和宝姐姐"两个人改为宝钗一人，情节重心逐渐集中于婚姻悲剧的主角薛宝钗。而在灯谜的补写上，也体现了修订思想的变化。联系后文第二十三回集中于黛玉的情节来看，这两回一个写宝钗点戏、宝玉悟禅；一个写黛玉听戏，双玉读曲。构成了钗黛对峙之势，也使得"怀金悼玉的《红楼梦》"这一双重意蕴，前后映衬，相得益彰。

宝钗之貌

薛宝钗是曹雪芹精心塑造的淑女。作者让她"品格端方，容貌丰美"，"比林黛玉另具一种妩媚风流"，又给予她儒雅冷静的内在气质，使得这位杨玉环式的美女与赵飞燕般的黛玉成双峰对峙之势。《红楼梦》刻画薛宝钗突出"丰"与"雪"两个字，来体现她的美。

宝钗有一种丰润之美。从容貌上看,她的脸型是圆的,眼睛是又圆又大的。小说曾两次写宝玉眼中的宝钗,第八回是:"唇不点而红,眉不画而翠,脸若银盆,眼如水杏。"第二十八回是:"只见脸若银盆,眼似水杏,唇不点而红,眉不画而翠,比林黛玉另具一种妩媚风流"。脸盘、眼睛、嘴唇、眉毛,相隔二十回的文字对宝钗的描写几乎是一样的,可见这个人物形象在作者的构思中是非常成熟而且固定的。从体态上看,她是丰美、丰泽的,甚至有些"体丰怯热"。第五回写:"如今忽然来了一个薛宝钗,年岁虽大不多,然品格端方,容貌丰美,人多谓黛玉所不及。"第二十八回写宝玉要瞧瞧她的红麝串子,"可巧宝钗左腕上笼着一串,见宝玉问他,少不得褪了下来。宝钗生的肌肤丰泽,容易褪不下来。"

《红楼梦》中写薛宝钗,融入了古代美女杨贵妃的形象。因为丰美,宝钗常被比作杨贵妃。小说第二十七回写宝钗扑蝶的情节,回目中直接写"滴翠亭杨妃戏彩蝶"。第三十回,宝钗因怕热而不去看戏,宝玉搭讪笑道:"怪不得他们拿姐姐比杨妃,原来也体丰怯热。"另外,宝玉也曾写"出浴太真冰作影"的诗句。甚至,宝玉生辰"群芳开夜宴"时,宝钗抽的花签也是一枝牡丹花,题曰"艳冠群芳"。唐代人爱赏牡丹,牡丹也曾用来写杨贵妃。据宋代乐史《杨太真外传》记载:"开元中,禁中重木芍药,即今牡丹也,得数本红紫浅红通白者,上因移植于兴庆池东沉香亭前。会花方繁开……宣赐翰林学士李白立进《清平乐词》三篇。"李白的第三首诗是:"名花倾国两相欢,长得君王带笑看。解释春风无限恨,沉香亭北倚阑干。"随即,"上命梨园弟子略约词调,抚丝竹,遂促龟年以歌。"薛宝钗初来到贾府时,住的地方就是梨香院,后来成为戏班排练的场所,与梨园暗合。《红楼梦》中说黛玉像西施,她并不反感,反而写诗吟咏西施。但宝钗对宝玉说她像杨贵妃,却"不由的大怒",而且红着脸,冷笑着对宝玉说:"我倒像杨妃,只是没一个好哥哥好兄弟可以作得杨国忠的!"一向"罕言寡语""安分随时"的宝钗怎么忽然刻薄起来了呢?《红楼梦》中表面上只写贾家的后继乏人,其实薛家又何尝不是"露出那下世的光景来"呢?封建社会,当男子不满足于自己的家庭背景时,可以通过科举来改善,"朝为田舍郎,暮登天子堂"。女子则很被动,即使嫁给了显贵的人,如果没有娘家撑腰的话也如履薄冰。杨玉环一人为贵妃,使得"姊妹兄弟皆列土",杨国忠尽管奸佞,毕竟是能承担国事的人。而宝钗的娘家,宝钗的兄弟几乎目不识丁,"终日惟有斗鸡走马,游山玩水而已"。所以,宝玉此言,无疑刺痛了宝钗心灵的创伤,甚至是向她的伤口上撒盐。因而,向来"珍重芳姿"的宝钗,也动了怒容。

宝钗有一种淡雅之美。从衣着打扮上看,她不化妆,不戴花,不穿华丽的衣服。在面容的修饰上,她"唇不点而红,眉不画而翠",既说明她天生丽质,也反映出她不假雕饰、洗尽铅华的天然本色。小说第七回有一段经典情节,即周瑞家的送宫花。她把十二枝宫花送给贾府的三春、凤姐和黛玉等,所见所闻反映了每一位金钗的性格特征。还有一位重要的金钗,可谓不写之写,那便是宝钗。因为这些花本来是薛家的,周瑞家的来到薛姨妈处找王夫人,薛姨妈为何要让她把精致的绢花送人呢?下面的对话说出了因由,"王夫人道:'留着给宝丫头戴罢,又想着他们作什么。'薛姨妈道:'姨娘不知道,宝丫头古怪着呢,他从来不爱这些花儿粉儿的。'"可见,送宫花的情节来源于宝钗不爱戴花。照常人设想,作为皇商之家的女儿,宝钗的衣着一定是珠光宝气的。然而恰恰相反,小说多次用"半旧""半新不旧"等字眼来描述宝钗的打扮。第八回写宝玉去看宝钗,进屋之前,"只见吊着半旧的红绸软帘",未见其人,先从门帘上感受到主人素朴的品性。屋内女子又该如何呢?读者的视线跟着宝玉"掀帘"进去,"看见薛宝钗坐在炕上作针线,头上挽着漆黑油光的鬏儿,蜜合色棉袄,玫瑰紫二色金银鼠比肩褂,葱黄绫棉裙,一色半新不旧,看去不觉奢华。"宝钗衣服的颜色以淡色、冷色为基调。同样是金陵贵族之女,她与王熙凤爱穿"镂金百蝶穿花大红洋缎"截然不同。宝钗棉袄的颜色是"蜜合色",这是类似蜂蜜一样的淡黄色。清代李斗《扬州画舫录》卷一:"浅黄白色曰蜜合。"她的棉裙子是葱黄色的。可以想象,从上衣和下裙由浅渐深的黄色,搭配上一个淡紫色的坎肩,透出金银鼠的毛边。庄重而又典雅,真合了她的诗句"淡极始知花更艳"。

薛宝钗偏爱白色,小说通过她的饮食起居不止一次地从侧面加以反映。首先,她吃的药是白色的。她治疗热病所服用的"海上方",是用"春天开的白牡丹花蕊十二两,夏天开的白荷花蕊十二两,秋天的白芙蓉蕊十二两,冬天的白梅花蕊十二两"研制而成的"冷香丸"。而服用时还需"雨水这日的雨水十二钱,白露这日的露水十二钱,霜降这日的霜十二钱,小雪这日的雪十二钱"。这里"十二"虽非实指,但似乎暗示着某种"极限"。药的成分是各样白色的花,服用时要有雨露霜雪相伴,清冷苍白,助人凄凉。其次,她的居室是素淡的。她的蘅芜苑"雪洞一般,一色玩器全无。床上只吊着青纱帐幔,衾褥也十分朴素"。作者用来烘托薛宝钗的背景花卉是洁白的梨花,表现了她素朴的艺术品位。

薛宝钗的"薛"与"雪"同声韵,书中韵文写到薛家、薛宝钗时,多处以雪暗喻。护官符写薛家即"丰年好大雪";暗喻香菱遭遇薛蟠则写"菱花空对雪澌澌"(第一回癞和尚念)。直接与宝钗相关的"雪"往往与黛玉并提,如:"玉带林中挂,金簪雪里埋"(正册判词之一)、"空对着,山中高士晶莹雪;终不忘,世外仙姝寂寞林"(《终身误》),贾琏的小厮兴儿在向二尤描述宝钗的时候说她"竟是雪堆出来的"。作为水做的骨肉,薛宝钗的表现形式是雪。

宝 钗 之 情

薛宝钗"任是无情也动人",她的情感世界是发乎情而止乎礼的。我们从爱情、亲情和友情三方面来看宝钗的情。

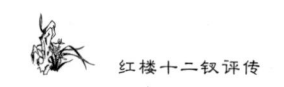

第一，爱情方面——情不自禁与含蓄内敛。从儿女之情上看，如果说黛玉之情是拍岸的惊涛，宝钗之情则是涟漪的水波。与表现黛玉的爱情相比，写宝钗的情愫似乎更见小说家的功力。仅举两例，宝钗到怡红院绣花和探伤。这两个情节将这位少女的情感表现得生动形象，把她的复杂心情揭示得恰到好处。

先看宝钗在怡红院绣花。小说第三十六回"绣鸳鸯梦兆绛芸轩"，写宝钗在宝玉居处绣鸳鸯的故事。"绛芸轩"本是宝玉到大观园怡红院之前的住所，但因回目的另一句是"识分定情悟梨香院"，若用"怡红院"则两个"院"字重复，所以仍用"绛芸轩"来表述宝玉的住处。书中写宝钗看到袭人手里的针线活"原来是个白绫红里的兜肚，上面扎着鸳鸯戏莲的花样，红莲绿叶，五色鸳鸯"，她不禁赞叹道："嗳哟，好鲜亮活计！这是谁的，也值的费这么大工夫？"袭人向她示意是正在睡午觉的宝玉的兜肚，又告诉她宝玉本来不戴，但是如果"特特的做的好了，叫他看见由不得不带"。可见做工好，会让宝玉喜欢的。作者似乎刻意安排袭人暂时出去一会儿，让宝钗独坐在宝玉的床前绣他的兜肚："宝钗只顾看着活计，便不留心，一蹲身，刚刚的也坐在袭人方才坐的所在，因又见那活计实在可爱，不由的拿起针来，替他代刺。"也许是精致的"活计"吸引了这位喜爱针黹女红的女子，但她所绣制的是"鸳鸯戏莲的花样"，古代的"莲"常与"怜"谐音，含有怜爱之意。鸳鸯戏莲，意味深长。宝钗对宝玉是真的"不留心"，还是寄心于"鸳鸯戏莲"，有意无意间的内容都有了。宋代柳永《定风波》有句词曰："针线闲拈伴伊坐"，是对这个情节的生动概括。

再看宝钗到怡红院探伤。第三十四回是上一回宝玉挨打之后引起的反响。作者把笔触直接对准宝钗和黛玉的情态和言行上，而把宝钗安排在黛玉之前，可以说除了袭人的感伤责备，紧接着就是宝钗了。小说写道：

只见宝钗手里托着一丸药走进来,向袭人说道:"晚上把这药用酒研开,替他敷上,把那淤血的热毒散开,可以就好了。"说毕,递与袭人,又问道:"这会子可好些?"宝玉一面道谢说:"好了。"又让坐。宝钗见他睁开眼说话,不像先时,心中也宽慰了好些,便点头叹道:"早听人一句话,也不至今日。别说老太太、太太心疼,就是我们看着,心里也疼。"刚说了半句又忙咽住,自悔说的话急了,不觉的就红了脸,低下头来。

首先应注意的是,这段话有逻辑不通之处。宝钗的话,"别说老太太、太太心疼,就是我们看着,心里也疼。"这句话显然是比较完整的,没有咽了半句的意思。庚辰本等六种版本相同,而列藏、杨藏(梦稿)、程甲、程乙本皆作:"就是我们看着,心里也",没有说出后边的"疼"字,显然含有"刚说了半句又忙咽住"的意思。如果说程甲、程乙本是后来修订的,但列藏和杨藏(没有改过的文字)本,则有早期抄本的文字特征,尤其是这两个抄本都写"垂"头的姿态,比"低下头来"更为传神。当然,程乙本后来写"不觉眼圈微红,双腮带赤,低头不语",增加了对宝钗"娇羞"情态的渲染。

宝钗探望宝玉最为切实的体贴是带去了医治棒伤的药。宝玉的皮肉之苦,也引发了宝钗的心疼,作者写了她的半句话,接着写她的表情"又忙咽住,自悔说的话急了,不觉的就红了脸,低下头来"。作者此时动用了两种叙事视点,一个是说书人的视点,另一个是宝玉的视点:"忽见他又咽住不往下说,红了脸,低下头只管弄衣带"。除了"咽住不往下说,红了脸,低下头",宝玉的眼中又看到了宝钗在"只管弄衣带",此时宝钗手里的动作,恰好是她心绪的写照。善解人意的宝玉对面前这位女子的一言一行是心领神会的。作者强调了半句话的寓意:"宝玉听得这话如此亲切稠密,大有深意",同时也渲染了动作心态的韵味:

> 那一种娇羞怯怯,非可形容得出者,不觉心中大畅,将疼痛早丢在九霄云外,心中自思:"我不过捱了几下打,他们一个个就有这些怜惜悲感之态露出,令人可玩可观,可怜可敬。假若我一时竟遭殃横死,他们还不知是何等悲感呢!既是他们这样,我便一时死了,得他们如此,一生事业纵然尽付东流,亦无足叹惜,冥冥之中若不怡然自得,亦可谓糊涂鬼祟矣。"

宝玉对女孩们所流露的"怜惜悲感之态",深感"可玩可观,可怜可敬",甚至坦言"一生事业纵然尽付东流,亦无足叹惜"。宝玉的有情有义是宝钗所欣慰的,但宝玉因情误事其实正是宝钗所担忧的。

说到爱情,我们似乎无法回避这样的问题,宝玉和宝钗之间有爱情吗?贾宝玉的爱情观大体要求三个因素,即两小无猜、一见钟情、互为知己。这三者与黛玉,甚至湘云相比,宝钗似乎都缺欠较多。宝玉偶尔对宝钗的外表发呆,第二十八回写宝玉看宝钗:

> 宝玉在旁看着雪白一段酥臂,不觉动了羡慕之心,暗暗想道:"这个膀子要长在林妹妹身上,或者还得摸一摸,偏生长在他身上。"正是恨没福得摸,忽然想起"金玉"一事来,再看看宝钗形容,只见脸若银盆,眼似水杏,唇不点而红,眉不画而翠,比林黛玉另具一种妩媚风流,不觉就呆了,宝钗褪了串子来递与他也忘了接。

宝玉是先注意她的肌肤,再去看她的眉眼,心里却不时想着黛玉,可以说宝玉对宝钗算不得钟情,也算不得知心,因为宝姐姐爱跟他说仕途经济之类的"混账话"。

宝钗对宝玉的态度可以说是发乎情而止乎礼。她曾是宝玉的"一字师"，对宝玉的关照入情入理。元妃省亲时，宝玉写诗，正作"怡红院"一首，草稿中有"绿玉春犹卷"一句，宝钗急忙提醒宝玉说元妃"因不喜'红香绿玉'四字，改了'怡红快绿'，你这会子偏用'绿玉'二字，岂不是有意和他争驰了？况且蕉叶之说也颇多，再想一个字改了罢"。宝玉想不起什么典故来，宝钗笑道："你只把'绿玉'的'玉'字改作'蜡'字就是了。"还告诉他典故的出处是唐诗中的"冷烛无烟绿蜡干"。宝钗给了宝玉很大的帮助，也笑着责备他："亏你今夜不过如此，将来金殿对策，你大约连'赵钱孙李'都忘了呢！"宝钗帮宝玉改诗，通过一个字引出一番道理。她是在作文，更要文以载道，注重教育意义。与宝钗的中规中矩不同，黛玉是一个爱宝玉胜过爱自己的人，有时为了改善意中人的处境，她可以放弃一些原则。比如，明知道帮宝玉写作业是不对的，但她可以非常真诚地替宝玉写诗，第十八回她代作了整首的《杏帘在望》，以应付元春的命题诗；她可以代宝玉写字，第七十回她送了一卷子自己亲临的"钟王蝇头小楷"，而且和宝玉字迹"十分相似"，以备贾政检查功课。两相比较，从仕途发展上来看，宝钗对宝玉更有好处；从尊重个性上看，宝玉更乐于接近黛玉。

宝钗不教香菱学诗，却善于借题发挥启发宝玉。香菱写诗有了起色，宝玉笑道："这正是'地灵人杰'，老天生人再不虚赋情性的。我们成日叹说可惜他这么个人竟俗了，谁知到底有今日。可见天地至公。"宝钗笑道："你能够像他这苦心就好了，学什么有个不成的。"宝玉无话可答。小说紧接着写："只见香菱兴兴头头的又往黛玉那边去了。"这句既是正面写香菱，也从反面写宝玉，以香菱的"兴兴头头"，反衬宝玉的扫兴。

宝钗对宝玉除了含蓄的训斥，还有直接的奚落。宝玉"拿姐姐比杨妃"触怒了宝钗，正巧小丫头靓儿因不见了扇子，来问宝钗："必是宝姑娘藏了我的。好姑娘，赏我罢。"宝钗指他道："你要仔细！我和你顽过，你再疑我。和你素日嘻皮笑脸的那些姑娘们跟前，你该问他们去。"小丫头

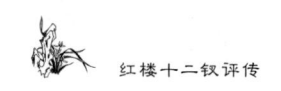

被说跑了,宝玉非常尴尬,"自知又把话说造次了,当着许多人,更比才在林黛玉跟前更不好意思,便急回身又同别人搭讪去了"。可见,宝钗有时一点面子也不给宝玉,使宝玉比在林黛玉跟前更不好意思。

宝钗对宝玉的关心,从角色上看更像一个贤德的妻子,而不是一个知心恋人。黛玉对宝玉是欣赏、牵挂、抱怨;宝钗则是提醒、讽刺、教训。黛玉是妹妹,以弱者的身份需要宝玉的呵护;宝钗是姐姐,以长者的姿态给宝玉以关照。所以宝玉在黛玉面前更有成就感,而在宝钗面前则总显得很没面子。

第二,亲情方面——娇嗔的女儿和任性的小妹。在妈妈面前,宝钗是一个娇嗔的女儿。第五十七回"慈姨妈爱语慰痴颦"的情节中,薛姨妈和宝钗都来到潇湘馆瞧黛玉,论及岫烟定亲之事,姨妈说:"比如你姐妹两个的婚姻,此刻也不知在眼前,也不知在山南海北呢。"下面作者写了一段宝钗的言语动作,以及姨妈的幸福感言:

> 宝钗道:"惟有妈,说动话就拉上我们。"一面说,一面伏在他母亲怀里笑说:"咱们走罢。"黛玉笑道:"你瞧,这么大了,离了姨妈他就是个最老道的,见了姨妈他就撒娇儿。"薛姨妈用手摩弄着宝钗,叹向黛玉道:"你这姐姐就和凤哥儿在老太太跟前一样,有了正经事,就和他商量,没了事,幸亏他开开我的心。我见了他这样,有多少愁不散的。"黛玉听说,流泪叹道:"他偏在这里这样,分明是气我没娘的人,故意来刺我的眼。"宝钗笑道:"妈瞧他轻狂,倒说我撒娇儿。"

宝钗"伏在他母亲怀里"撒娇,曾让黛玉因羡慕而难过。薛姨妈也表现出对黛玉的慈爱,宝钗竟然开出让黛玉做嫂子的玩笑。这个十几岁的女孩,尽管在众人面前显得稳重成熟,可在自己母亲面前依然是个孩子,不减女儿的天性。

在哥哥面前,宝钗是一个任性的妹妹。宝钗比黛玉多了一个哥哥,似乎也比黛玉多了一块心病。因为她的哥哥是个贪玩好色之徒,很不上进,就连薛姨妈都怕儿子把"邢女儿"糟蹋了,才给了薛蝌。第四十五回"金兰契互剖金兰语"中,宝钗和黛玉互剖金兰的时候,宝钗说"我也是和你一样"的话时,黛玉反驳并羡慕地说:"你如何比我?你又有母亲,又有哥哥,这里又有买卖地土,家里又仍旧有房有地。你不过是亲戚的情分,白住了这里,一应大小事情,又不沾他们一文半个,要走就走了。"宝钗宽慰黛玉,其实也是为自己感叹:"我虽有个哥哥,你也是知道的,只有个母亲比你略强些。咱们也算同病相怜。"可见她对哥哥的漠视。

不过,虽然宝钗觉得薛蟠作为哥哥的角色形同虚设,但薛蟠却很关心妹妹。小说第三十四回写宝玉挨打后的馀波,先是"情中情因情感妹妹",通过黛玉题帕表现宝玉和黛玉之间的恋爱关系的确定。与此同时,"错里错因错劝哥哥",通过宝钗流泪,表现宝玉和宝钗之间婚姻关系已受到家人的关注。这一情节,源于宝钗探伤时袭人对薛蟠的指责,三十三回结尾曾写袭人听茗烟说"那琪官的事,多半是薛大爷素日吃醋,没法儿出气,不知在外头唆挑了谁来,在老爷跟前下的火。那金钏儿的事是三爷说的,我也是听见老爷的人说的"。大家猜测宝玉挨打是薛蟠因迷恋琪官而告发了宝玉。宝钗回来便质问哥哥,却遭到了薛蟠的抢白:"真真的气死人了!赖我说的我不恼,我只为一个宝玉闹的这样天翻地覆的。"而且还进一步揣度宝钗的心事:"好妹妹,你不用和我闹,我早知道你的心了。从先妈和我说,你这金要拣有玉的才可正配,你留了心。见宝玉有那劳什骨子,你自然如今行动护着他。"此话一出,宝钗母女的反应都很强烈,"薛姨妈气的乱战",而宝钗先是"气怔了",后又难过了一夜,"满心委屈气忿,待要怎样,又怕他母亲不安,少不得含泪别了母亲,各自回来,到房里整哭了一夜"。第二天早晨黛玉看到她"眼上有哭泣之状,大非往日可比",还取笑她:"姐姐也自保重些儿。就是哭出两缸眼泪来,也医不好棒疮!"黛玉似乎在以自己之心度宝钗之腹。黛玉把眼睛哭得像桃一样只是为宝玉,而宝钗的眼泪则很复杂——为母亲的不省心、为哥哥的不省事、为自己的前途未卜,当然最直接的还是哥哥给她带来的"满心委屈气忿"。小说写"薛蟠见妹妹哭了,便知自己冒撞了,便赌气走到自己房里安歇",他的理屈词穷,屈服于妹妹的眼泪等表现,照应了这一回的回目"以错劝哥哥"。后来,薛蟠去南方不忘给妹妹带一箱子礼物,有"笔、墨、纸、砚、各色笺纸、香袋、香珠、扇子、扇坠、花粉、胭脂等物",足见宝钗在她哥哥心中的地位。

第三,友情方面——稳重随和与慷慨助人。宝钗富而知礼,且乐善好施,在贾府上下深得人心。在本我、自我和超我的三个层面,薛宝钗更多地表现为后者。作者对宝钗的悲悯不亚于对黛玉的伤悼,只不过一隐一显。

宝钗为人大气。在物质上,替湘云出钱摆螃蟹宴、为宝玉送药、真心送黛玉燕窝。人们甚至不能接受她的某些舍己为人的行为,例如拿自己的衣服为金钏送葬,为姨妈解围。还有,点戏点菜,事事想着老太太等。第四十五回写黛玉叹道:"你素日待人,固然是极好的,然我最是个多心的人,只当你心里藏奸。从前日你说看杂书不好,又劝我那些好话,竟大感激你。往日竟是我错了,实在误到如今。细细算来,我母亲去世的早,又无姊妹兄弟,我长了今年十五岁,竟没一个人像你前日的话教导我。怨不得云丫头说你好,我往日见他赞你,我还不受用,昨儿我亲自经过,才知道了。比如若是你说了那个,我再不轻放过你的;你竟不介意,反劝我那些话,可知我竟自误了。"宝钗的话让黛玉深感欣慰:"你放心,我在这里一日,我与你消遣一日。你有什么委屈烦难,只管告诉我,我能解的,自然替你解一日。"精诚所至,金石为开,竟然连素日嫉妒她的黛玉都因宝钗的燕窝和她推心置腹的关怀而自责,可见宝钗的人格魅力。

宝钗对朋友、对亲戚格外厚道，但对自家人，她像严于律己一样，一律严格要求。在利益上，先人后己。对她的贴身丫鬟莺儿与贾环之间的争执，她明知贾环的为人，还要劝莺儿让步。在花销上，注意节俭。客居贾府不给人家铺张挥霍。第五十七回写了她对邢岫烟问寒问暖，并帮助她赎回冬衣。邢岫烟此时已与宝钗的叔伯兄弟薛蝌定亲，所以宝钗已经不拿岫烟当外人了。小说写宝钗和岫烟的一段对话：

> 宝钗又指他裙上一个碧玉珮问道："这是谁给你的？"岫烟道："这是三姐姐给的。"宝钗点头笑道："他见人人皆有，独你一个没有，怕人笑话，故此送你一个。这是他聪明细致之处。但还有一句话你也要知道，这些妆饰原出于大官富贵之家的小姐，你看我从头至脚可有这些富丽闲妆？然七八年之先，我也是这样来的，如今一时比不得一时了，所以我都自己该省的就省了。将来你这一到了我们家，这些没有用的东西，只怕还有一箱子。咱们如今比不得他们了，总要一色从实守分为主，不比他们才是。"岫烟笑道："姐姐既这样说，我回去摘了就是了。"宝钗忙笑道："你也太听说了。这是他好意送你，你不佩着，他岂不疑心。我不过是偶然提到这里，以后知道就是了。"

宝钗不喜欢戴饰物，有她素朴典雅的美学追求，也有她因客居贾府而固守的"一色从实守分"的处世原则。但是对贾府赠送的饰物，她是要佩戴的。从她对岫烟裙上或摘或戴"碧玉珮"的论述当中可知，宝钗为什么自家的花不戴让妈妈随意送人，而元春赐予的手串要戴。原因正如她对岫烟所言"这是他好意送你，你不佩着，他岂不疑心"。宝钗对元春的礼物很重视，也不排除她对元春本人追慕的原因。

宝钗真的城府很深吗？人们对这一艺术形象似乎存在误解。从宝钗的年龄来看，只不过是一个花季少女，不应该有那么多"超我"的成分。从某种意义上讲，作者为了突出宝钗和黛玉的"停机德"和"咏絮才"，都作了典型化的处理。黛玉的才华反复皴染，让人叹为观止；而宝钗的贤德反复强化，则让人敬而远之了。

宝钗之才

薛宝钗也是一个才女，与黛玉一样从小聪明过人，"生得肌骨莹润，举止娴雅。当日有他父亲在日，酷爱此女，令其读书识字，较之乃兄竟高过十倍"。也像黛玉一样，深受父亲的喜爱。与黛玉不同的是，宝钗的才华，除了诗文之才，还有管理才能。薛宝钗高出一般的传统佳人，是一位才干出众的女子。她的银白雪色与王熙凤耀眼的金色形成鲜明对照，突出地体现出新型儒商的形象，具体表现为同时具有商人的精明和儒生的文雅。从叙事的角度说，宝钗的"冷"也体现了她高雅的见识。

首先，她的精明表现在管理有方上。作者给她的一字评是"时"，书中所写的"行为豁达，随分从时"，可以作为注解。关于宝钗之"时"，《红楼梦》第五十六回的回目，几个版本有一个字的差异，却正是对宝钗评价的关键之处，一个是"贤"，一个是"识"，一个是"时"。作"贤"的版本有程甲、程乙、甲辰本，及北师大校抄本；作"识"的版本有杨藏（梦稿）、蒙府、戚序本；作"时"的版本有庚辰、己卯本，列藏本"时"字旁边点改成"薛"。相比之下，"时"更能概括宝钗的才能和品质。第五十七回所写的宝钗"从实守分为主"值得注意，作者在第五回介绍宝钗就曾表达众人对她的评价"随分从时"，这里的"从实"和"从时"在内容上存在交叉和衔接。务实、朴实、随时、入时，"从实"也可以理解为从实际出发，而"从时"除了说她为人处世善于审时度势之外，还有与时俱进的意思。

小说第五十六回写王熙凤病重，李纨、探春、宝钗三人协作临时管家。人们往往将注意力集中到矛盾重重、冲突迭起的探春理家上,而对宝钗的作用则相对忽视。其实这一回的回目是"敏探春兴利除宿弊,时宝钗小惠全大体",宝钗的戏应该与探春平分秋色。这段情节从管理财务到训教员工,都表现出宝钗的才能。

通过一番换位思考的话,她让下人们自律、慎独,不吃酒赌博,然后让人"敬伏",做到"既能夺他们之权,生你们之利,岂不能行无为之治,分他们之忧",这里的"他们"指有权执事的。宝钗这番话,使得"家人欢声鼎沸"。

宝钗的"全大体",还有大公无私,不任人唯亲的成分。探春理家,首先面临的最棘手的问题是亲舅舅赵国基之死。在发放费用的问题上,探春秉公执事。凤姐平儿本来是冷眼观瞧的,探春的行为让她们不敢轻视。随后,平儿又向宝钗送人情。面对怡红院"弄香草的没有在行的人",平儿忙笑道:"跟宝姑娘的莺儿他妈就是会弄这个的,上回他还采了些晒干了辫成花篮葫芦给我顽的,姑娘倒忘了不成?"宝钗笑着回绝平儿的好意:"我才赞你,你到来捉弄我了。"并陈清利害:"断断使不得!你们这里多少得用的人,一个一个闲着没事办,这会子我又弄个人来,叫那起人连我也看小了。"作者在第八回曾写宝钗"罕言寡语,人谓藏愚;安分随时,自云守拙"。这种愚拙的背后其实是何等的精明!

薛宝钗的白色与王熙凤的金色形成对比,更凸现了宝钗之"时"。这一回宝钗能走到管理层,是由于凤姐的暂时病退。其实,就白色与金色的反差而言,宝钗的儒商形象,还与凤姐形成对比。这是一种时尚与陈腐的对立,是儒雅与恶俗的对立。"钗头凤"并看,钗和凤都是头饰,王熙凤尽管"少说也有一万个心眼子",但她胸无点墨,唯利是图。在第四十二回,黛玉说起"母蝗虫"时,宝钗说黛玉说话用的是"'春秋'的法子",即"一字含褒贬"的"微言大义",并联想起凤姐来,说了一段耐人寻味的话,宝钗笑道:"世上的话,到凤丫头嘴里也就尽了。幸而凤丫头不认得字,

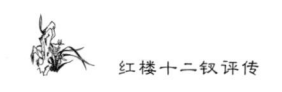

不大通，不过一概是市俗取笑。"宝钗对凤姐之俗的认识，已流于言表。

自古典小说中出现西门庆为代表的暴发暴亡的商人形象，儒与商的矛盾便十分尖锐。《儒林外史》中"四大奇人"的出现，表露出作者对自食其力的小商人的理想寄托，以及才艺与利益相统一的朦胧意识。到了《红楼梦》中，如果说王熙凤还是对传统商人形象的承袭，那么薛宝钗则成为中国小说史上儒商结合的新亮点，她营造的雪一样洁白的氛围，为利欲熏心的世界增添了一分理想色彩。

其次，宝钗的文雅表现在出众的文才上。文如其人，在她的作品中有突出的体现。在元春省亲时，宝玉写《怡红快绿》，先写芭蕉叶"绿玉春犹卷，红妆夜未眠"。宝钗提醒他，元妃不喜欢"红香绿玉"，才改成"怡红快绿"，建议他把"玉"改作"蜡"。这里，她既善解人意，又熟知典故，故宝玉感激地称她"一字师"。可见她作诗，更是在做人。第三十七回，大观园诗社刚成立，首次题咏宝钗便一举夺魁。在《白海棠》的同题吟咏中，黛玉因为"偷来梨蕊三分白，借得梅花一缕魂"的佳句，而深得宝玉赞赏。宝钗的诗也毫不逊色："珍重芳姿昼掩门，自携手瓮灌苔盆。胭脂洗出秋阶影，冰雪招来露砌魂。淡极始知花更艳，愁多焉能玉无痕？……"其中"珍重芳姿昼掩门"和"淡极始知花更艳"更成为她的美貌和人品的写照。己卯、庚辰本上"珍重芳姿昼掩门"下边有条双行小字夹批，盛赞宝钗此诗："宝钗诗全是自写身份，讽刺时事，只以品行为先，才技为末。纤巧流荡之词，绮靡秾艳之语，一洗皆尽。非不能也，屑而不为也。最恨近日小说中，一百美人诗词语气，只得一个艳稿。"并在"淡极始知花更艳"之句下评道："好极！高情巨眼能几人哉？正'一鸟不鸣山更幽'也。"因而，诗社社长李纨认为这首诗有与黛玉的"风流别致"不同的风格，因"含蓄浑厚"应推为第一。

接着，第三十八回"林潇湘魁夺菊花诗"与"薛蘅芜讽和螃蟹咏"并提，当黛玉的菊花诗名列榜首之后，宝钗的咏螃蟹诗又创佳句："桂霭桐阴坐举觞,长安涎口盼重阳。眼前道路无经纬,皮里春秋空黑黄。"借物喻人,含蓄蕴藉。小说写:"看到这里,众人不禁叫绝。"

第七十回林黛玉重建桃花社的时候,诗社成员开始尝试填词。尽管作者将"史湘云偶填柳絮词"写在回目中加以表彰,但在《柳絮词》的创作中,宝钗的词句是最受瞩目的。她的词调是《临江仙》:"白玉堂前春解舞,东风卷得均匀。蜂团蝶阵乱纷纷。几曾随逝水,岂必委芳尘。　　万缕千丝终不改,任他随聚随分。韶华休笑本无根,好风频借力,送我上青云!"在场之人的反馈是"众人拍案叫绝",而且都说"果然翻得好气力,自然是这首为尊"。宝钗的词到底好在哪里呢?书中曾写当她刚说出"白玉堂前春解舞,东风卷得均匀"时,湘云便赞叹"好一个'东风卷得均匀'!这一句就出人之上了"。"几曾随逝水,岂必委芳尘",反映了柳絮虽然外表柔弱,但不肯随波逐流,不肯被尘土埋没的坚毅精神。苏东坡写杨花的归宿是"二分尘土,一分流水",而宝钗的词却为杨花柳絮安排了另一种出路。"任他随聚随分",表现了薛宝钗"随分从时"的处世原则。"好风频借力,送我上青云"一句,历来指责较多,人们多从凭借外力而实现青云直上的野心等角度,来贬低薛宝钗是与贾雨村一样追名逐利的小人。其实,"青云"还可以理解成青云之志。王勃《滕王阁序》有"穷且益坚,不坠青云之志"的句子,"青云之志"是一种清高和超脱的志向。《续逸民传》:"嵇康早有青云之志。"所以"青云"也是宝钗高洁人格的写照。

薛宝钗的才,有时是通过她的"冷"来体现的。作者把宝钗塑造成冷美人的形象,其实"冷"有时是出于叙事上的需要,冷静的思考和高超的见地往往是作者赋予宝钗形象的重要使命。薛宝钗堪称一位记者兼艺术评论家的双料人才。《红楼梦》不止一次地写到宝钗的"冷":她服用的药叫"冷香丸",她姓氏的谐音也是寒冷的"雪",作者把她称为"山中高士晶莹雪"。但若从叙事角度而言,宝钗的冷,也可以理解成冷眼旁观。

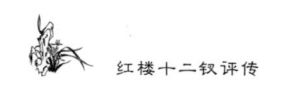

例如,第四十回的那幅"大笑图",通过各个人物的身姿动作,在对比中突出人物的性格特点:

贾母这边说声"请",刘姥姥便站起身来,高声说道:"老刘,老刘,食量大似牛,吃一个老母猪不抬头。"自己却鼓着腮不语。

众人先是发怔,后来一听,上上下下都哈哈的大笑起来。史湘云撑不住,一口饭都喷了出来;林黛玉笑岔了气,伏着桌子"嗳哟";宝玉早滚到贾母怀里,贾母笑的搂着宝玉叫"心肝";王夫人笑的用手指着凤姐儿,只说不出话来;薛姨妈也撑不住,口里茶喷了探春一裙子;探春手里的饭碗都合在迎春身上;惜春离了座位,拉着他奶母叫揉一揉肠子。

我们注意到,在这幅大笑图中,未写宝钗,这正是未写之写。到了第四十二回加了个补笔进行回放,补充说明了宝钗冷静沉着的性格,比当时在场更耐人寻味:

黛玉道:"论理一年也不多。这园子盖才盖了一年,如今要画自然得二年工夫呢。又要研墨,又要蘸笔,又要铺纸,又要着颜色,又要……"刚说到这里,众人知道他是取笑惜春,便都笑问说"还要怎样?"黛玉也自己掌不住笑道:"又要照着这样儿慢慢的画,可不得二年的工夫!"众人听了,都拍手笑个不住。宝钗笑道:"'又要照着这个慢慢的画',这落后一句最妙。所以昨儿那些笑话儿虽然可笑,回想是没味的。你们细想颦儿这几句话虽是淡的,回想却有滋味。我倒笑的动不得了。"惜春道:"都是宝姐姐赞的他越发逞强,这会子拿我也取笑儿。"

宝钗说"昨儿那些笑话虽然可笑,回想是没味的",无疑是宝钗性格的展现,也体现出她对幽默的深层理解。她认为,真正"有味"的笑话应该是能令人长久回味的。诸如此类的回放还有多处,如元春省亲之时,她对宝玉作诗的点评;大观园行酒令之后,她对黛玉"口无遮拦"的点评等,都带有回放的性质,也都不乏冷静的思考。而值得一提的还有香菱学诗。

香菱是薛家的丫鬟,为何隔着宝钗而向黛玉学诗?黛玉循循善诱、诲人不倦,似乎每每在以黛玉的热心来衬托宝钗的冷酷。其实这里不乏作者叙事视点上的匠心。宝钗虽然没有亲自教香菱学诗,但是她对学诗一事却是全程关注的。作者借宝钗的眼睛和口吻,反映了香菱从开始的"呆"——"越发弄成个呆子了",随后的"疯"——"这个人定要疯了",再后来的"诗魔"——"可真是诗魔了",到最后的"通仙"——"你这诚心都通了仙了",其描绘非常传神。但是,她说的虽然中肯,却一定不会是一个积极支持者所说的,一定是站在冷眼或者是讽刺的角度说出来,才恰到好处。宝钗便扮演了这样的角色,这也是作者为了更好地塑造香菱的形象所作的艺术上的安排。宝钗对香菱的了解而不理解,细心观察和精当点评都是不可替代的。所以在香菱学诗的情节中,有诗人黛玉在教诗、教人,也有宝钗在论诗、论人。

宝钗的"高情巨眼",不仅仅体现在对"大笑图"之馀韵的回味、对香菱学诗过程的跟踪和点评,还有论惜春绘画、论黛玉怀古等。如,第六十四回的"幽淑女悲题五美吟"情节中,黛玉因"见古史中有才色的女子,终身遭际令人可欣可羡可悲可叹者甚多",以唐前的西施、虞姬、明妃、绿珠、红拂为题,写了五首七绝。其中《明妃》一诗"绝艳惊人出汉宫,红颜命薄古今同。君王纵使轻颜色,予夺权何畀画工?"表达了对昭君的理解和同情。宝玉看了,赞不绝口,"命曰《五美吟》"。而宝钗在此则通过咏史题材,发表了自己对诗歌创作的见解:

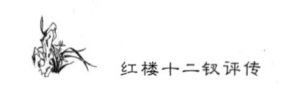

宝钗亦说道："做诗不论何题，只要善翻古人之意。若要随人脚踪走去，纵使字句精工，已落第二义，究竟算不得好诗。即如前人所咏昭君之诗甚多，有悲挽昭君的，有怨恨延寿的，又有讥汉帝不能使画工图貌贤臣而画美人的，纷纷不一。后来王荆公复有'意态由来画不成，当时枉杀毛延寿'，永叔有'耳目所见尚如此，万里安能制夷狄'。二诗俱能各出己见，不与人同。今日林妹妹这五首诗，亦可谓命意新奇，别开生面了。"

宝钗这段诗论可谓高屋建瓴、深入浅出。她先从"不论何题"的广义上讲，认为作诗的第一要义是立意上的创新，要"善翻古人之意"，其次才是选词炼句，做到"字句精工"。然后，以咏昭君题材为例，对前人的相关诗作加以综述，"有的""又有的""纷纷不一"句式的运用简明扼要，收放自如。再以王安石和欧阳修《明妃曲》的同题吟咏为例，说明其"各出己见，不与人同"的特点。最后，回到黛玉的《五美吟》，从"好诗"的标准出发，用"命意新奇，别开生面"的评语给予高度赞扬。

曹雪芹诗画理论的载体，除了黛玉之外，也付诸宝钗形象。借宝钗之眼，冷静观察；借宝钗之口，娓娓道来。

宝钗结局

宝钗的结局是嫁给了宝玉，但婚后生活充满闺怨。《终身误》说明了这一点：

都道是金玉良姻，俺只念木石前盟。空对着，山中高士晶莹雪；终不忘，世外仙姝寂寞林。叹人间，美中不足今方信。纵然是齐眉举案，到底意难平。

宝钗扑蝶 风绘作

薛宝钗

蘅芜君

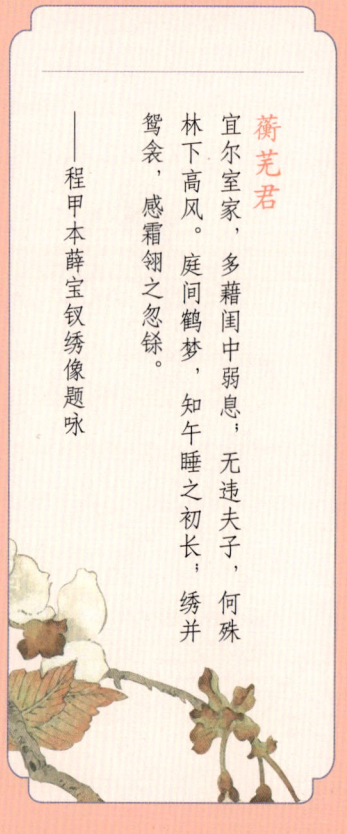

宜尔室家,多藉闺中弱息;无违夫子,何殊林下高风。庭间鹤梦,知午睡之初长;绣井鸳衾,感霜翎之忽铩。

——程甲本薛宝钗绣像题咏

曲牌名为"终身误",终身可以从两个方面来理解,一生和婚姻大事,因为人们常把婚姻之事说成终身大事。曲牌概括了宝钗的婚姻和命运都被耽误了,都是不幸的错误,正如陆游在《钗头凤》中感叹他的婚姻:"错!错!错!"

"金玉良姻"指宝钗和宝玉的婚姻悲剧。这在书中是一条断断续续,但又贯穿始终的线索。从第八回"比通灵金莺微露意"开始,写通灵宝玉和金锁初次相会,玉的上面"莫失莫忘仙寿恒昌"和金锁上面"不离不弃芳龄永继"十六个字相映成趣。"金莺微露意"是写宝钗的丫鬟莺儿笑道:"我听这两句话,倒像和姑娘的项圈上的两句话是一对儿。"此时莺儿似乎扮演了红娘的角色。到第三十五回"黄金莺巧结梅花络",宝钗提议让莺儿为宝玉的玉打一个络子:

> 宝钗笑道:"这有什么趣儿,倒不如打个络子把玉络上呢。"一句话提醒了宝玉,便拍手笑道:"倒是姐姐说得是,我就忘了。只是配个什么颜色才好?"宝钗道:"若用杂色断然使不得,大红又犯了色,黄的又不起眼,黑的又过暗。等我想个法儿:把那金线拿来,配着黑珠儿线,一根一根的拈上,打成络子,这才好看。"

这一段寓意比较丰富。"打个络子把玉络上",其实含有把宝玉拴住的意思。不过拴住宝玉的不是粗糙的绳索,而是灵巧的莺儿所打制的精美的络子。宝钗在颜色的搭配上格外有学问。什么颜色的玉呢?五彩晶莹的——小说第二回冷子兴演说荣国府时说元春之后"又生一位公子,说来更奇,一落胎胞,嘴里便衔下一块五彩晶莹的玉来,上面还有许多字迹,就取名叫作宝玉"。所以,宝钗说"杂色断然使不得",因为杂色和五彩配起来就乱了。"大红又犯了色,黄的又不起眼,黑的又过暗",最后决

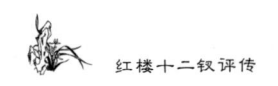

定用"金线"和"黑珠儿线"捻在一起,配在五彩的宝玉上,其和谐明亮、富丽耀眼的审美效果可想而知。

然而,落花有意,流水无情。打络子的下一回,第三十六回便写绣鸳鸯梦兆绛芸轩,在宝玉身边埋头绣着鸳鸯图案的宝钗,意外听到了宝玉的梦中之语:"这里宝钗只刚做了两三个花瓣,忽见宝玉在梦中喊骂说:'和尚道士的话如何信得?什么是金玉姻缘,我偏说是木石姻缘!'薛宝钗听了这话,不觉怔了。"宝玉梦中的喊骂表明他对"金玉姻缘"是不愿意接受的,宝钗"不觉怔了"也反映出她的出乎意料。接着写宝钗问袭人林姑娘和史大姑娘"他们没告诉你什么话",袭人说他们那些玩话没有什么正经的。宝钗却笑道:"他们说的可不是玩话,我正要告诉你呢,你又忙忙的出去了。"宝钗因为从薛姨妈那里先知道了,特地来告诉袭人她被收到宝玉身边,享受姨娘的待遇之事。由宝玉的妾的选定,到宝玉娶妻的预示,第三十六回是专门写宝玉的妻妾之事。这一回的"梦兆"指"金玉良缘",也明确写出了宝玉的不满,作者安排宝钗亲耳听到宝玉的梦话,是一种艺术上的巧合。

宝钗后来虽然嫁给了宝玉,但她婚后生活充满闺怨。《红楼梦》第三十五回,通过宝玉的问话详细交代了莺儿姓黄。宝玉笑道:"这个名姓倒对了,果然是个黄莺儿。"莺儿笑道:"我的名字本来是两个字,叫作金莺。姑娘嫌拗口,就单叫莺儿,如今就叫开了。"唐代金昌绪有一首诗,名为《春怨》:"打起黄莺儿,莫教枝上鸣。啼时惊妾梦,不得到辽西。"这首五言绝句从一个闺中思妇的角度,写她对远方丈夫的思念。诗歌没有直接写她的所想,却写了她的动作"打起黄莺儿",原因是黄莺儿在枝头的啼叫吵醒了她和丈夫相会的好梦。通过迁怒黄莺的举动,把思妇的深情表现得曲折、细腻。宝钗的丫鬟叫黄金莺,小名莺儿,恰与"打起黄莺儿"的诗意相吻合,反映了宝钗婚后与丈夫离别的相思之苦。

到底谁更可能促成金玉良缘?小说中曾写元春是积极的倡导者。

1987年版电视剧《红楼梦》的处理,是王夫人借助了元妃的力量来促成宝玉娶宝钗,还是合情理的。元妃省亲时对两个亲戚家的妹妹格外关注。她欣赏黛玉和宝钗的容貌,"贾妃见宝、林二人亦发比别姊妹不同,真是姣花软玉一般。因问:'宝玉为何不进见?'"从两位亲戚的美女想到弟弟的婚事,表现了元妃自然真情的流露。她也欣赏二人的文才,"贾妃看毕,称赏一番,又笑道:'终是薛林二妹之作与众不同,非愚姊妹可同列者。'"我们看到,虽然在才和貌上,元春始终将黛玉和宝钗相提并论,可是后来在赏赐时则表现出厚此薄彼的倾向了。先是二十三回,派人入住大观园时,旨意说的是"命宝钗等只管在园中居住"。到二十八回的端午节礼物,更分出薄厚了。她赏赐给黛玉的与贾府三春一样,"只单有扇子同数珠儿",独给宝钗的与宝玉相同,"上等宫扇两柄,红麝香珠二串,凤尾罗二端,芙蓉簟一领"。接下来的情节是宝钗把红麝香珠串戴在手臂上,宝玉看到之后便发了呆。小说写宝钗的心理活动:"薛宝钗因往日母亲对王夫人等曾提过'金锁是个和尚给的,等日后有玉的方可结为婚姻'等语,所以总远着宝玉。昨儿见元春所赐的东西,独他与宝玉一样,心里越发没意思起来。幸亏宝玉被一个林黛玉缠绵住了,心心念念只记挂着林黛玉,并不理论这事。"《红楼梦》中宝钗形象的温度很难掌控。她每每"道是无情却有情","心里越发没意思起来",可以从两个角度来解释,一是"有意思",恰恰对金玉良缘之说很在意而故作冷漠;另一种看法应是宝钗对入宫依然抱有幻想,所以心思未必在宝玉身上。但无论宝钗怎样想,元春的礼物至少说明了她对宝钗已情有独钟,所以将宝钗与"爱弟"等量齐观。

第二十八回暗示了袭人和宝钗的婚姻结局。写宝玉与蒋玉菡、冯紫英等人行酒令:"宝玉饮了门杯,便拈起一片梨来,说道:'雨打梨花深闭门。'"耐人寻味的是,这一回的回目上句是"蒋玉菡情赠茜香罗",因蒋玉菡的酒令"花气袭人知昼暖"而引出了后来与袭人的姻缘。回目的下句则为"薛宝钗羞笼红麝串",也就是说,宝玉说完"梨花"酒令,宝钗随后便得到了元妃的"红麝串",其中的梨花与宝钗也建立起了联系,宝玉和宝钗的姻缘也由此可见端倪。然而,酒令说的是"女儿悲,青春已大守空闺;女儿愁,悔教夫婿觅封侯"。似乎道出了女主人公劝夫宦游后自酿的苦酒。而宝玉的"雨打梨花深闭门",和宝钗的"珍重芳姿昼掩门"的意境也十分相似。由此可以领略到婚后夫婿离去闺中思妇的凄凉处境。贾宝玉行酒令时道出了宝钗的"女儿愁",而从《红豆曲》中"睡不稳纱窗风雨黄昏后""照不见菱花镜里形容瘦",以及"展不开的眉头,捱不明的更漏"等意象来看,似乎应是黛玉心曲的倾诉。所以二十八回的酒令和曲子,似乎证明写宝钗的时候也不忘黛玉,宝玉空对着"晶莹雪",终不忘"寂寞林"。

宝钗的曲子《终身误》写"都道是金玉良姻,俺只念木石前盟","纵然是齐眉举案,到底意难平"。黛玉的悲剧是没有婚姻的爱情,而宝钗的悲剧是没有爱情的婚姻。前者是有目共睹的,后者似乎更潜在。

讨论宝钗的结局,有几个无法回避的问题,一是王熙凤是否有可能设计掉包计?二是宝钗是否怀有身孕?三是钗黛合一之说是否具有合理性?

王熙凤有可能设计掉包计吗?可能性似乎不大。首先,从王夫人让她代理家政的角度来说,如果宝钗做了宝二奶奶,那么儿媳妇的理家才能不在她之下,肯定会取代她这位侄媳妇的。而如果黛玉做了宝二奶奶,对她的威胁要小得多。宝钗对凤姐的称呼常常是"凤丫头",俨然长辈的口吻。凤姐对她也不看好,说宝钗"不干己事不张口,一问摇头三不知"。王熙凤不会主动把薛宝钗引入贾府,充当她未来权力的取代者。其次,种种细节表明,王熙凤为了取悦贾母,在宝玉的婚事上倾向于黛玉。第二十五回她曾对黛玉戏言"你既吃了我们家的茶,怎么还不给我们家作媳妇?"第五十五回凤姐儿笑道:"我也虑到这里,倒也够了:宝玉和林妹妹他两个一娶一嫁,可以使不着官中的钱,老太太自有梯己拿出来。"第三十四回黛玉探望宝玉还没坐稳时,听说凤姐来了,连忙说:"我从后院子去罢,回来再来。"宝玉不解:"这可奇了,好好的怎么怕起他来。"黛玉"急的跺脚",悄悄告诉宝玉:"你瞧瞧我的眼睛,又该他取笑开心呢。"凤姐对宝玉和黛玉的关系一直很热心,不仅常在嘴上开玩笑,也是内心意向的反映。

宝钗到底有没有怀孕?第一百二十回,写目睹了宝玉的尘缘之别,贾政回家后,"王夫人便将宝钗有孕的话也告诉了,将来丫头们都劝放出去。贾政听了,点头无语"。接着通过甄士隐和贾雨村的对话,强调了这个小生命将给贾府带来"兰桂齐芳"的复兴:

> 士隐道:"福善祸淫,古今定理。现今荣宁两府,善者修缘,恶者悔祸,将来兰桂齐芳,家道复初,也是自然的道理。"雨村低了半日头,忽然笑道:"是了,是了。现在他府中有一个名兰的已中乡榜,恰好应着'兰'字。适间老仙翁说'兰桂齐芳',又道宝玉'高魁子贵',莫非他有遗腹之子,可以飞黄腾达的么?"士隐微微笑道:"此系后事,未便预说。"

这是一百二十回小说中的情节。如果按这样的叙写,宝玉考取了功名,对朝廷尽了忠;留下一子,对家庭尽了孝。他的出家岂不成了儒生们所追求的忠孝两全,功成而身退的理想境界了?与前边相比,后四十回当中理想与现实之间、个人意愿与时人的愿望之间的矛盾纠结更为复杂,小说的悲剧性也相对隐曲了。

钗黛合一之说是否具有合理性?这个问题涉及对黛死钗嫁、钗黛之争等问题的综合理解。"钗黛之争"的问题自《红楼梦》问世以来一直存在。拥黛抑钗的观点,如清代许叶芬在《红楼梦辨》中说:"人固不可无高人之行,然高人之行,人非之。人固不可有随俗之见,然随俗之见,人好之。黛玉、宝钗,殆其人乎?黛玉近于薄,薄也而实厚;宝钗似乎厚,厚也而实薄。即如金玉之说,夫人知之,黛玉岂无一二金饰可以佩带者乎?黛玉之不屑,黛玉之高也。薄乎否耶?宝钗雅好朴素,谢绝雕饰,独沉甸甸日悬一锁于胸前,是插标出售不误主顾之招牌也,取巧之道也。厚乎否耶?"许叶芬认为黛玉有"高人之行",虽然"人非之",但是他欣赏;宝钗"随俗之见",虽然"人好之",但是他反感。拥钗抑黛的观点,如清代嘉庆年间东观阁评语在第二十回宝玉"亲不间疏"的正文处写道:"林黛玉之妒,我不愿见,其口口声声总怪宝钗,何也?"而到了第九十九回,东观阁评语赞扬婚后的宝钗:"绝世聪明,如此不妒不贪,便是贾氏门中第一人。"

对宝玉在爱情婚姻上是选择黛玉还是宝钗的问题,脂砚斋评主张"钗黛合一",无视现实生活中所必须作出的取舍,而采取理想化的折中主义,让宝姐姐和林妹妹兼而有之。如,庚辰本第四十二回的回前评:"钗、玉名虽二个,人却一身,此幻笔也。今书至三十八回时已过三分之一有余,故写是回,使二人合而为一。请看黛玉逝后宝钗之文字,便知余言不谬矣。"脂批认为"蘅芜君兰言解疑癖,潇湘子雅谑补馀香"一回是在写钗黛合一。脂砚斋的回前总评,强调作者运用了"幻笔",将薛宝钗和林黛玉"二人合而为一"。宝玉、黛玉和宝钗三人的恋爱婚姻故事中,恋爱阶段的主角是黛玉,而婚礼的主角是宝钗。二人各司其职,实际上是回避了世俗生活中固有的矛盾。

俞平伯后来也提出两峰对峙,双水分流的"钗黛合一"的和谐境界。《红楼梦》小说中,作者也常常将二者并提:第一回贾雨村的咏怀诗写"玉在椟中求善价,钗于奁内待时飞",玉钗并提。第五回判词是一首"玉带林中挂,金簪雪里埋";第二十七回的回目将钗黛并列,诸版本中甲戌、庚辰、蒙府、甲辰等脂本作"滴翠亭杨妃戏彩蝶,埋香冢飞燕泣残红",程甲、程乙本同。而有的刻本如东观阁本作"滴翠亭宝钗戏彩蝶，埋香冢黛玉泣残红"，改得实了一些，但无论虚实，"宝钗扑蝶"和"黛玉葬花"这两个经典情节，是同时推出的。还有众人也常把她们对举，如第二十二回宝钗的生日，贾琏对凤姐说："你今儿糊涂了。现有比例，那林妹妹就是例。往年怎么给林妹妹过的，如今也照依给薛妹妹过就是了。"当然写两人关系最融洽的在第四十五回"金兰契互剖金兰语"，钗黛二人契结金兰。

其实，拥钗还是拥黛的问题，之所以使读者每每"几挥老拳"，根源在于《红楼梦》的作者心中就是充满矛盾的。考察曹雪芹的审美观，不难发现一个有趣的现象，《红楼梦》中的薛宝钗和林黛玉也是两种美交织的混合体，时而是作者追求的近代美，时而是"时人"共赏的古典美。作者在塑造这两位佳人时可谓苦心经营：写外貌，黛玉纤弱可人，若中国古典水墨画；宝钗丰润健美，如西方近代油彩画。写内质，宝钗恪遵传统，黛玉使性任情。这种新旧、内外的交叉描写，反映了曹雪芹内心的矛盾，他也在这两种美之间徘徊。宝钗扑蝶，明写宝钗的娇媚，实写双玉的爱情。那一双"玉色蝴蝶大如团扇，一上一下，迎风翩跹，十分有趣"。蝴蝶是双玉的化身，作者借化蝶的意象，在宝玉、黛玉之间融注了悲剧意蕴，也隐含了希望。最终，他站在时代的前列，摒弃了时人众口皆碑的宝钗，在精神上选择了黛玉。作者对黛玉的青睐是因为她古典美的外表下，流动着超越封建樊篱的新思想，泪美人是表，她所昭示的外柔内刚的壮美是里。然而，舍钗取黛毕竟是形而上的、超现实的，所以到了后四十回，不得不向现实妥协，而促成了"金玉良缘"。脂砚斋的评语也只批到前八十回，还没有触及宝玉在现实婚姻面前的残酷抉择。

钗与黛是古典与现代两种美的互补。对黛玉、宝钗的评价，脂砚斋评侧重于对两种女性美的欣赏；东观阁评则联系到现实婚姻中谁更"宜家"的意义。这两个美女的精神世界体现两种人性美的理想，一真一善。黛玉的真,在自己一方是率真,对别人是真诚待人;宝钗的善,在自己一方是独善其身,对别人是与人为善。二者共同构筑了真善美的人生理想。虽然如作者所说,宝钗和黛玉只是"小才微善"的女子,但与"泥"的污浊世界相比,已经是难能可贵的了。

贾元春——满城春色宫墙柳

元春的名字,贵妃的身份,随她而来的是说不尽的太平气象,道不完的富贵风流。因为有了她,十二钗中多了一位"穿黄袍的"美人;因为有了她,贾府与皇宫建立起联系;因为她要回娘家,宁荣二府外平添了一座省亲别墅;因为她的一道口谕,宝黛钗等有了一处展现青春和诗情的场所。元春的特点用陆游《钗头凤》中的一句词来描述,即"满城春色宫墙柳"。

元春身份

贾元春在金陵十二钗中排在第三位,仅居《红楼梦》的两位女主人公林黛玉和薛宝钗之后,在贾府的小姐和少奶奶中位列第一。元春贵为皇妃,在红楼裙钗中的地位最为显赫。她是贾政和王夫人的长女,宝玉的姐姐,她令"光彩生门户",像唐代的杨贵妃一样成为家族的骄傲。

元春的名字源于她的生日。小说第二回贾雨村和冷子兴的对话中,雨村曾说女儿用这些"春""红""香""玉"等艳字是落入俗套,冷子兴解释道"不然。只因现今大小姐是正月初一日所生,故名元春,馀者方从了'春'字"。这里告诉读者元春生日的来历,也告诉读者贾府另外三位千金的名字,是随其长姊而带有"春"字。元春、迎春、探春、惜春,四春合在一起,构成了原、应、叹、息的寓意(见甲戌本侧批),共同抒写了对各自青春的嗟叹和伤悼。

小说第五回对元春判词的描述是：

  画着一张弓,弓上挂着一香橼,也有一首歌,词云:
  二十年来辨是非,榴花开处照宫闱。三春争及初春景,虎兔相逢大梦归。

元春的判词是十二钗判词中争议较大的一首。画面上两件物品从谐音的角度看,"弓"与"宫"音同,当指词中的"宫闱";"香橼"是一种植物,"橼"与"元"音同,香橼挂在弓上,意指皇宫中的元春。此外,透过表层意思,还可以看到作者塑造元春形象,在众金钗中设置一位后宫女子,在千红一哭的悲剧旋律中增添了宫怨音符,所以"弓"和"橼"的深层意蕴也可以理解为"宫怨",以表达宫中元春的宫怨之情。

再来看四句诗。

"二十年来辨是非",这句从年岁的角度写元春的成长和她努力的结果。"二十年来",有人认为是指元春在宫廷生活的时间;有人认为是元春入宫时的年龄。笔者认为应指元春省亲时的年龄,也可以说是她被晋封为贵妃的年龄。如果按《红楼梦》中红楼故事的纪历推算,第二回宝玉"如今长了七八岁",元春"现因贤孝才德,选入宫作女史去了",这里告诉我们宝玉七八岁的时候,元春入宫。她入宫那年应多大呢?据清代吴振棫《养吉斋丛录》卷二十五记载,当时挑选八旗秀女的年龄要求是"其年自十四至十六为合例"。薛宝钗上京准备入选宫中"才人赞善"时的年龄应是十四岁左右。因而,元春入宫时也应为十四至十六这个年龄,她比宝玉大七八岁。到元妃省亲过后,宝玉等入住大观园,作了几首即景诗,第二十三回写一些势利人"见是荣国府十二三岁的公子作的,抄录出来各处称颂"。所以,建成和入住大观园时宝玉十二三岁,与元春入宫的第二回相比，已经相隔五六年。当年十五岁左右的元春此时恰好二十来岁。"辨是非"，指懂得世事人情，即第五回宝玉所见的一副对联所写："世事洞明皆学问，人情练达即文章"。宝玉不喜欢这两句，但这却是常人在为人处世方面难以达到的境地。元春做到了这一点，才在二十年中接连创造了"因贤孝才德"被选中，又因"贤德"被晋封的佳绩。

"榴花开处照宫闱"，这句从季节的角度描述了元春的花样年华和辉煌成就。"榴花"，指石榴花。唐代韩愈《题张十一旅舍三咏》："五月榴花照眼明，枝间时见子初成。"石榴花开鲜艳似锦，也被称为"榴锦"。古人还用"榴火"来形容石榴花色红似火，如元代曹伯启《谢朱鹤皋招饮》："满院竹风吹酒面，两株榴火发诗愁。"所以，榴花是艳丽、红火的写照，无论是描述女性的容貌，还是称颂事业的火爆都较为形象。"照"字，则富有动感地表现了榴花似火的热烈景象。"宫闱"，后妃居住的地方。此句指元春"晋封为凤藻宫尚书，加封贤德妃"之事。她让贾府成为"金门玉户神仙府，桂殿兰宫妃子家"，呈现出"烈火烹油"般的繁华。

"三春争及初春景"，此句脂砚斋的侧批是："显极"（甲戌本），从月份的角度突出了元春的领先地位和尊贵气象。"三春"，指春季的三个月，即孟春、仲春、季春；也指贾府中元春的三个妹妹，即迎春、探春、惜春。"争及"：甲辰本、程甲本皆作"怎及"。宋代柳永词中常有"争"作副词，与"怎"用法相通，如《八声甘州》："争知我、倚阑干处，正恁凝愁。"清代纳兰性德词《画堂春》："一生一代一双人，争教两处销魂？"《红楼梦》第十四回写凤姐协理宁国府时"待要回去，争奈事情繁杂"。这里的"争"同"怎"，两者意思相同，可以理解为怎么赶得上。"初春景"，孟春之初的景象，即元春的荣耀。其实，三个妹妹中探春生于三月初三，惜春更晚，而迎春似应生在立春那天，也是可以争春的。然而元春生于大年初一，俗称"元日"，就是吉日的意思。所以，她所占据的春光是无人可比的。

"虎兔相逢大梦归"，这句从时辰的角度概述了元春省亲游园回宫后的寂寥之感，也暗含宫怨之情。"兔"字存在版本差异。"虎兔"，己卯本、梦稿本作"虎兕"；而甲戌本、庚辰本、蒙府本、戚序本、舒序本、甲辰本、程甲本皆作"虎兔"。作"虎兕"解释时，"兕"注释为"犀牛类的猛兽"，虎与兕两种猛兽相逢，借以比喻两派政治势力的斗争，而"大梦归"则指死亡，认为可能暗示元春死于两派政治势力的恶斗之中。作"虎兔"解释时，如一百二十回本第九十五回元春之死处写道："甲寅年十二月十八日立春，元妃薨日是十二月十九日，已交卯年寅月，存年四十三岁。"这里的"卯年寅月"指乙卯年的元月。显然，第九十五回把"虎兔相逢大梦归"写成"卯年寅月"元春薨逝。值得留心的是，"存年四十三岁"的问题。与前八十回元春年龄的信息，如十四岁进宫、五六年后晋封贵妃对照而言，时间跨度过大。而且，与后四十回中宝玉的年龄体系，即从元春省亲时的"十二三岁"到中举出家时的"十九岁"，共六七年的跨度相比而言，也是难以吻合的。有的学者把"虎兔"解释为甲寅年和乙卯年两年相交的时候。还有人认为康熙卒于1722（壬寅）年，雍正元年为1723（癸卯）年，也是"虎兔相逢"，进而把元妃省亲看成康熙南巡的隐喻。此类从索隐角度解释"虎兔"的看法有很多。还有人从比喻的角度，认为在宫廷争斗中，恶势力如虎，而元春只是一只弱小的兔子。

　　元春判词这四句从逻辑顺序上看，第一句写了年岁，第二句写了季节，第三句是月份，从由大到小的顺序看，第四句应该是日期或时辰。虎兔，即寅卯，从日期上不好解释，从月份上按夏历纪月法，一月是寅月，二月是卯月。元春生在寅月初一，省亲在寅月十五，似乎都离卯月有距离。那么，从时辰上看，似乎可以解释通。"虎兔相逢"：指时辰，寅时和卯时相交的时候元春从娘家回到宫中。《红楼梦》写元妃省亲时，在时间上描写十分精细。应该注意的两个时间点是"戌初才起身"，到"丑正三刻，请驾回銮"。24小时在古代被划分成12个时辰，与十二地支也相对应。戌时是从19到21点的时间段，戌初应靠近19点；丑时是从凌晨1点到3

点的时间段,丑正三刻大概是两点三刻左右,快到3点的时候。元妃在娘家只流连了不到4个时辰,大约六七个小时的时间。如果把来时"起身"后路上行走的时间刨除,可能只有五六个小时。值得注意的是,元妃"请驾回銮"的时间是"丑正三刻",等和父兄们、娘儿们依依惜别,再起驾回宫,大概要耗费一个时辰,所以元妃回到后宫时,应是寅时和卯时相交,即虎兔相逢的5点钟了。"大梦归"指梦醒时分回宫。元春游大观园,宛如《牡丹亭》中"游园"的春梦,而她的离去又恰似"惊梦",是红楼一梦的结束。元妃正月十五省亲的场景,可以借用辛弃疾《青玉案·元夕》一词"东风夜放花千树,更吹落星如雨"来表现其游园时繁华和热闹,也可以用这首词中"众里寻他千百度,蓦然回首,那人却在灯火阑珊处"来描述其回宫后的寂寥和冷落。

元春回宫后不久,在正月二十一派人给家里送去"一个灯谜儿":

> 能使妖魔胆尽摧,身如束帛气如雷。一声震得人方恐,回首相看已化灰。

贾政内心沉思的是"娘娘所作爆竹,此乃一响而散之物",娘娘为何送这样的谜语?以往每每从家运无常等宏观的角度去解释,如果把元春娘娘"幸大观园回宫去后"(第二十三回开头)的心境加以分析,这个谜团便可以找到较为贴切的谜底了。尽管第十九回写:

> 贾妃回宫,次日见驾谢恩,并回奏归省之事。龙颜甚悦,又发内帑彩缎金银等物,以赐贾政及各椒房等员。

但元春对父母亲人的眷恋从她"赐出糖蒸酥酪来"这一小事上不难领略到。这位久在深宫的女子"梦里不知身是客",在"一晌贪欢"之后,才醒悟到片刻的欢愉和美好的梦境都已化为"一响而散"的"爆竹"。元春所作的灯谜已预示了个人与家族的好景不长。元春给贾家带来的不祥未必一定到她的失宠夭亡，甚至不必等到省亲后经济的亏空和一蹶不振，而是伴随着建园、游园的兴盛之音，曹雪芹便在元春的"归省"与"梦归"这一"游园"和"惊梦"的过程中插入了"盛筵必散"（第十三回）的序曲。

元春的身份既单纯又复杂，单纯在她是贾府玉字辈正出的长女，与迎春相比，她的父母、身世都清晰明了，也没有版本差异。复杂在元春的戏虽然不多，但对于小说主旨的揭示，对于小说主要人物的塑造都起到了十分重要的作用。《红楼梦》的悲剧故事主要由三层因素构成，即家族、人生和婚恋的悲剧。在家族悲剧中，元春是贾家兴盛的造福者；她既带来了太平气象、富贵风流，也成为由盛转衰的肇始者。在人生悲剧中，她是诗意人生的倡导者；她让宝黛钗等入住大观园，为其提供了吟咏青春和诗情的场所。作为凤藻宫尚书，她本人的睿藻之才和宫怨之情也为十二钗的命运之悲增添了色彩。在婚恋悲剧中，她是金玉良缘的支持者；作为长女和贵妃，她对宝钗的偏爱，促使宝玉的婚姻向金玉良缘倾斜。所以，元春这一角色在《红楼梦》中兼有三重身份。

元春之貌

元春的长相如何，在十二钗中可以说是最模糊的。这样显赫的人物，居然没有写她相貌的笔墨，是作者的疏忽吗？试想，尽管从角色出场的频率来看，她不如黛玉、宝钗、凤姐，书中仅仅写那三人眼睛的文字，便可圈可点。哪怕是湘云的咬舌，甚至鸳鸯的雀斑，都让读者觉得如在身边一般亲切。可是，写元春外貌的时候，小说让我们可把握的文字实在是寥寥无几。

为什么会这样呢？有一个原因似乎可以说得通，那就是她的特殊身份让人无法也不敢看清她。她贵为皇妃，出门时由"八个太监抬着一顶金顶金黄绣凤版舆，缓缓行来"；入门时"太监等散去，只有昭容、彩嫔等引领元春下舆"。回到自己的娘家，能近距离走近她的人十分有限，书中清楚地写了八个人，贾母、王夫人与她"呜咽对泣"，其他人有"邢夫人、李纨、王熙凤、迎、探、惜三姊妹等，俱在旁围绕，垂泪无言"。这些亲人对她的相貌很熟悉，所以作者没有给任何人端详元春的机会。元春想见薛姨妈、宝钗、黛玉，王夫人启曰："外眷无职，未敢擅入。"元妃下令后，"薛姨妈等进来，欲行国礼，亦命免过，上前各叙阔别寒温"。也许宝钗、黛玉这样精细的女子，在如此隆重的仪式下，对贵妃的容颜也不敢多看。也许"母女姊妹深叙些离别情景"过于伤感，让多情的黛玉陪了不少眼泪，让一心想候选入宫的宝钗费了不少思虑。总之，也许是她们触景生情，情思过重了，都无暇从各自的视角去端详一下元妃。

元妃在自己娘家能面见的亲人有严格的限定。除了"母女姊妹"这些女眷，家中的男人，即使是亲生父亲也只能隔帘相视。小说写："又有贾政至帘外问安，贾妃垂帘行参等事。又隔帘含泪谓其父……"可见，连贾政都无法看清女儿的脸，所以，叙事者很客观地遵循了对皇宫中贵妃的礼仪，而没有行使万能叙事视点的权力，也没有借助书中某个人物的视点，带着新奇的眼神观察这位尊贵的女子。也就是说，元妃的容颜似乎总是被遮挡着，无论是全知的叙事者，还是限知的人物，都没有被作者安排一饱眼福。

元春的相貌很模糊，她的衣着却很清楚，那就是出场时候穿着"黄袍"。宝玉因为宝钗帮忙改诗而十分感激，要认作"一字师"。宝玉说："从此后我只叫你师父，再不叫姐姐了。"宝钗悄悄地回答宝玉："还不快作上去，只管姐姐妹妹的。谁是你姐姐？那上头穿黄袍的才是你姐姐，你又认我这姐姐来了。"这里给读者的服饰信息是：端坐在上的元妃穿着黄袍。"黄袍"是古代帝王的袍服。王楙《野客丛书·禁用黄》："唐高祖武德初,用隋制,天子常服黄袍,遂禁士庶不得服,而服黄有禁自此始。"可见黄袍是至尊的象征。此外,"黄裳"即黄色的裙子,还比喻中和以居臣职。《易·坤》:"六五:黄裳,元吉。"其《疏》解释道:"坤为臣道,五居君位,是臣之极贵者也。能以中和通于物理,居于臣职,故云黄裳元吉。"元春虽贵为皇妃,但对皇上来说她是臣子,她要以中和的心态去"辨是非",去为人处世。这里通过身着黄衣服,从气质的尊贵、性情的中和两方面对元春形象加以渲染。

这位穿着黄袍的淑女,其容颜给读者留下很多想象的空间。如果从十二钗其他女子身上找与元春的相似点的话,她似乎与宝钗相像。《红楼梦》中的人物素来有"影子"之说,诸如晴雯是黛玉的影子、袭人是宝钗的影子等。其实宝钗又是元春的影子,对元春可谓如影随形,只不过在写法上宝钗是明写,而元春则属于暗写。我们从元春和薛宝钗惺惺惜惜的关系可见一斑。

首先,元春欣赏宝钗。她欣赏宝钗的容貌:"贾妃见宝、林二人亦发比别姊妹不同,真是姣花软玉一般。因问:'宝玉为何不进见?'"从两位美女亲戚想到弟弟的婚事,表现了元妃自然真情的流露。她欣赏宝钗和黛玉的文才,对所题诗句:"看毕,称赏一番,又笑道:'终是薛林二妹之作与众不同,非愚姊妹可同列者。'"我们看到,虽然在才和貌上,元春始终将黛玉和宝钗相提并论,可是后来在赏赐时则表现出厚此薄彼的倾向了。回宫几天后,第二十三回,她"遂命太监夏守忠到荣国府来下一道谕,命宝钗等只管在园中居住,不可禁约封锢,命宝玉仍随进去读书"。虽然住进园子里的姐妹很多,但元妃这道谕中单提"宝钗等",应该说她对宝钗的关注不仅超过了亲妹妹,而且超过了同样有才有貌的黛玉。

这一点毕竟还是务虚的事,更有一桩比较务实的事情发生在几个月后。元妃赏赐端午节礼物,即二十八回所写的"薛宝钗羞笼红麝串"。贵妃所赐之物给宝玉的有"上等宫扇两柄,红麝香珠二串,凤尾罗二端,芙

元春思親

贾元春

花如桃李

窈窕淑女，宜君宜王。归宁父母，鸾声锵锵。终允兄弟，不可弭忘。永言配命，鼠忧以痒。

——程甲本贾元春绣像题咏

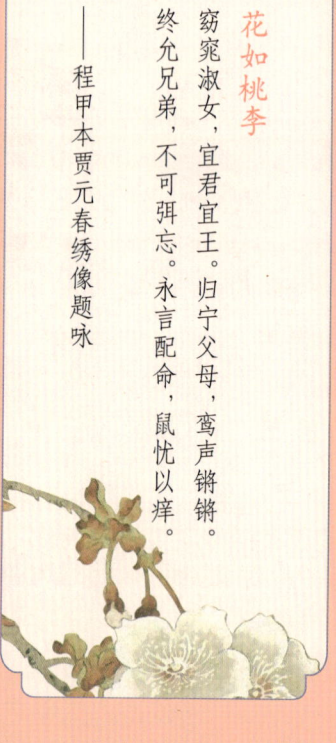

蓉簪一领。"袭人告诉他："你的同宝姑娘的一样。林姑娘同二姑娘,三姑娘,四姑娘只单有扇子同数珠儿,别人都没了。"接下来的情节是宝钗把红麝香珠串戴在手臂上,宝玉看到之后便发了呆。从元春所赐的礼物,宝钗的与宝玉的一样这一点来看,元春已对宝钗格外关注了。

其次,宝钗追慕元春。从十五岁左右参选秀女,到二十岁出头被封为贵妃。元春所经历的,恰恰是宝钗所向往的。薛蟠和母亲妹妹从金陵到"都中",有几个目的："一为送妹待选,二为望亲,三因亲自入部销算旧帐,再计新支,——其实则为游览上国风光之意。"其中"送妹待选"是首要目的。"近因今上崇诗尚礼,征采才能,降不世出之隆恩,除聘选妃嫔外,凡仕宦名家之女,皆亲送名达部,以备选为公主郡主入学陪侍,充为才人赞善之职。"才貌出众的宝钗当然要去参与了。而且,哥哥已无望光耀门庭,宝钗肩上的担子自然是很重的。她很仰慕身穿黄袍的表姐,对其敬重有加,对元春的举止、言行都很上心。当宝玉作"怡红院"诗,草稿中有"绿玉春犹卷"一句时,宝钗急忙回身悄推他道："他因不喜'红香绿玉'四字,改了'怡红快绿',你这会子偏用'绿玉'二字,岂不是有意和他争驰了?"于是建议宝玉："你只把'绿玉'的'玉'字改作'蜡'字就是了。"可见元春是宝钗的榜样,宝钗也是元春的知音。

第三,元春和宝钗都像杨贵妃。宝钗的体貌似乎是仿照杨贵妃而写的。如第四回写："乳名宝钗,生得肌骨莹润,举止娴雅。"第五回写："忽然来了一个薛宝钗,年岁虽大不多,然品格端方,容貌丰美,人多谓黛玉所不及。"《长生殿》第二十四出《惊变》中写唐明皇与杨贵妃在御花园中小宴的场景,皇上唱的《石榴花》曲云："雅称你仙肌玉骨美人餐",是对贵妃容颜的称赞,宝钗与杨妃的"肌骨"的确是相像的。《红楼梦》中公开将宝钗与杨贵妃相比的是宝玉。第三十回"宝钗借扇机带双敲"的情节中,宝玉问宝钗怎么不看戏去,宝钗道："我怕热,看了两出,热的很。要走,客又不散。我少不得推身上不好,就来了。"宝玉笑道："怪不得他们

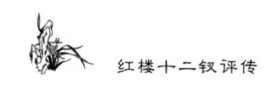

拿姐姐比杨妃，原来也体丰怯热。"宝钗不由得大怒，便冷笑着说道："我倒像杨妃，只是没一个好哥哥好兄弟可以作得杨国忠的！"这里面彼此的心情都很复杂，我们姑且看宝玉将宝钗比杨妃，所把握的相似点正是"体丰怯热"。

将元春与杨贵妃并提的是脂砚斋的批语。己卯本、庚辰本等在元妃所点的《乞巧》剧目下，有双行小字批语为："《长生殿》中伏元妃之死"，指出了元妃与杨贵妃境遇的相似之处。《长生殿》第二出《定情》中唐明皇的道白："昨见宫女杨玉环，德性温和，风姿秀丽。卜兹吉日，册为贵妃。"《红楼梦》中元春被封时则写道："晋封为凤藻宫尚书，加封贤德妃。"只强调了她的贤德，而对外貌没有描述。我们通过作者对宝钗的描述，似乎对元春的体貌可作补充。

元春之情

元春的情感世界，无论是爱情还是亲情，与其他裙钗相比都较为特殊，这种特殊既来自她的身份，也来自她的品性。元春的情，集中体现为"宫怨"二字，除了传统意义上帝王和妃子之间的矛盾，也包含了贾府中封建家长和女儿之间的矛盾。

元春的爱情其实存在着帝妃矛盾。贾元春婚恋故事的特殊性在于故事的男主人公是皇帝，即小说中所说的"今上"或"当今"，也就是当时的皇上。把爱情和婚姻托付于皇帝的女子，其心弦中不可避免地要弹奏"宫怨"的音符。中国封建社会中，皇帝一人可以拥有"三宫、六院、七十二嫔妃"，甚至更多的配偶。在"后宫佳丽三千人"中，受宠者毕竟是少数，而失意者则是多数。所以，宫怨诗便成了封建时代表现宫闱作品中的主要题材。在宫怨诗中，有抒发希望之情的，如唐代薛逢的《宫词》"十二楼中尽晓妆，望仙楼上望君王"，表达了后宫佳丽们对君王恩情的翘首以盼；也有抒发绝望之情的，如唐代白居易的《上阳白发人》："上阳人，上阳人，红颜暗老白发新。绿衣监使守宫门，一闭上阳多少春。……忆昔吞悲别亲族，扶入车中不教哭。皆云入内便承恩，脸似芙蓉胸似玉。未容君王得见面，已被杨妃遥侧目。妒令潜配上阳宫，一生遂向空房宿。"这是宫怨诗中较为典型的一首。需要指出的是，古代后宫的女子们常把失意的痛苦迁移到得意者身上。殊不知，即使是令"六宫粉黛无颜色"的杨贵妃，也在天宝十四载（755）被玄宗赐死于马嵬坡。富于戏剧性的是"上阳人"进宫也在这一年，即"玄宗末年初入选"。两个时间的偶合告诉人们，杨贵妃不再得宠的时候，"上阳人"也没有削减她的失意之苦。在宫怨诗中，不乏对负心汉的抱怨，可以说是"闺怨"的一种特例，如汉代班婕妤的《怨歌行》："新裂齐纨素，皎洁如霜雪。裁为合欢扇，团团似明月。出入君怀袖，动摇微风发。常恐秋节至，凉风夺炎热。弃捐箧笥中，恩情中道绝。"这是现存最早的宫怨诗，借团扇境遇的变化，描写了一位后宫女子对君恩的怀恋，也抒发了对此"君"恩断义绝的怨尤。

《红楼梦》曾借贾蓉之口将汉代和唐代戏称为"脏唐臭汉"，其实汉唐以来诗文的宫怨情结在小说中还是有所继承的。元春形象的塑造，便是较为具体的例证。《红楼梦》正面写到元春的章回很有限，出现其言谈举止的只有十七、十八回。贾家兴建大观园，元春衣锦归宁，那"烈火烹油"的繁华景象是元妃得宠的最好诠释。然而，在大观园中有"香烟缭绕，华彩缤纷"的欢庆氛围，也有重逢的哭泣和眼泪。正如班婕妤的《怨歌行》所云："常恐秋节至，凉风夺炎热。弃捐箧笥中，恩情中道绝。"元春和汉代宫女一样，居春思秋，居热思冷，居安思危，她所点的那出《长生殿》中的《乞巧》便是突出的证明。

早期抄本中在元妃所点的《乞巧》剧目下，加批语以示关注，揭示了元春后来遭遇了与杨贵妃相似的悲剧，这一点下文"元春结局"再详说。

元妃的封号中隐约带有不祥的信息。第十六回"贾元春才选凤藻宫"的情节中，赖大来禀报："咱们家大小姐晋封为凤藻宫尚书，加封贤德妃。"这里"尚书"之名，让人联想到白居易的《上阳白发人》，长诗中曾写"今日宫中年最老，大家遥赐尚书号"。"大家"是宫廷中的口语，称皇帝为大家。三国、北魏时，宫中设有女尚书。《旧唐书·职官志》记载，内官有尚宫、尚仪、尚服、尚食、尚寝、尚功各二员，正五品，分掌宫中事务，相当于前代的女尚书。唐代王建的《宫词》曾写："院中新拜内尚书"，也指的这类女官。上阳宫，在东都（洛阳）皇城西南，唐高宗上元时所建。唐代安史之乱后，上阳人所说的"玄宗"没到东都，这里说"遥赐尚书号"，指从长安遥加以女尚书的封号，是虚衔而非实职。而且结合上文，似乎"今日宫中年最老"与尚书的封号存在因果关系。所以，这个"尚书"之封，似乎隐含着因年老色衰而遭冷遇的意味。

元春的亲情中其实隐含着家长与女儿的矛盾。《红楼梦》里虽然爱说"长安"，但小说所写人物的生活背景显然不是唐代，而是作者所处的清代社会。"长安"虽然是虚构的符号，但有时也带有某些实际意义。例如，小说中几次提到"杨妃"，用来描述宝钗的丰韵，而宝钗本人并不喜欢这种比附。然而，透过表层文字，从脂砚斋的批语中，从小说的意蕴中，读者会感悟到元春其实与杨贵妃有更多的相似之处。除了从《乞巧》中透露的"宫怨"，从家庭对她的期望中也可看出。杨贵妃很荣耀，以至于"姊妹兄弟皆列土，可怜光彩生门户"。元春为了这样的荣耀，付出了巨大的代价，这一点在她省亲时的情愫发人深省。对祖母和母亲，她"满眼垂泪"、"忍悲强笑"，安慰道："当日既送我到那不得见人的去处，好容易今日回家娘儿们一会，不说说笑笑，反倒哭起来。一会子我去了，又不知多早晚才来！"在劝慰家人的同时，不禁又哽咽起来。对父亲，她隔帘含泪地说："田舍之家，虽齑盐布帛，终能聚天伦之乐；今虽富贵已极，骨肉各方，然终无意趣！"元春向父母哭诉的话语，可谓肺腑之言。她把宫墙之中说成"不得见人的去处",觉得富贵已极的生活若以骨肉各方为代价,还不如田舍之家的天伦之乐。

父亲贾政的回答与其说是对元妃的劝慰,还不如说是对她的勉励,让女儿只能更加忘我地去做"贤德"的宫妃。贾政含泪启道:"臣,草莽寒门,鸠群鸦属之中,岂意得征凤鸾之瑞。……贵妃切勿以政夫妇残年为念,懑愤金怀,更祈自加珍爱。惟业业兢兢,勤慎恭肃以侍上,庶不负上体贴眷爱如此之隆恩也。"贾政的这段话,"公文"味道极强,其中有一句话不乏意趣,即"今贵人上锡天恩,下昭祖德,此皆山川日月之精奇、祖宗之远德钟于一人,幸及政夫妇。"这与宝玉的女儿论有同工之妙,与《长恨歌》中"遂令天下父母心,不重生男重生女"的诗句遥相呼应。在父亲高调的带动下,元春只好收起她的家长里短,板起面孔,也嘱咐父亲"只以国事为重,暇时保养,切勿记念"等例行公事的话。她不能再以女儿的身份在父母面前畅所欲言了,她必须感念天恩祖德,为家族、为姊妹兄弟的荣耀而"业业兢兢"地侍奉皇上,元妃的眼泪暂时收起了。当三四个时辰过后,要"请驾回銮"的时候,她"不由的满眼又滚下泪来"。这一回的结尾写道:"贾妃虽不忍别,怎奈皇家规范,违错不得,只得忍心上舆去了。"在宗法社会,男尊女卑是普遍现象,但也有特例,那就是培养一个女子,将她送入宫中,宫墙内的苦痛只有她一人承受,但有可能带来满门生辉的"光彩"。这时,父母对女儿的养育之"恩",会转化成女儿的"怨"。无论是得宠还是失意,元妃的恩恩怨怨中除了对君王的,还有对父母的。白居易《上阳白发人》诗前小序写的是:"愍怨旷也。"《孟子·梁惠王下》讲述的古代仁政理想是"内无怨女,外无旷夫","愍怨旷"正是白居易关心现实的表现。大观园的一个匾灯写着"体仁沐德"四个字,但在元妃心中却深埋着"怨","盛世"之内仍有"怨女",这是《红楼梦》的思想含蓄而深刻的地方。

省亲过程中,元春所流露的真情中有抱怨,有留恋,也有对亲人的安

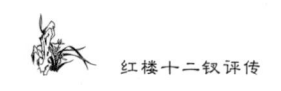

慰。这段描写，有较高的艺术表现力。在"一手搀贾母，一手搀王夫人，三个人满心里皆有许多话，只是俱说不出，只管呜咽对泣"下面，脂砚斋的夹批写道："《石头记》得力擅长全是此等地方。"而庚辰本在此处还有一条眉批："非经历过，如何写得出。"从生活来源的角度指出了《石头记》的创作基础。这两条脂批告诉读者，曹雪芹创作元春省亲的情节，既富生活真实性，又不乏艺术典型性。

宫怨与闺怨之情萦绕着元春，让她把宫墙看成樊笼。"久在樊笼里，复得返自然"的美梦她一定做过，她的侍女"抱琴"的名字便带有抒情意蕴。明代才子唐寅《抱琴归去图》一诗写道："抱琴归去碧山空，一路松声雨鬓风。神识独游天地外，低眉宁肯谒王公。"曹雪芹在小说中曾提到唐寅的春宫画，可见他对唐寅的诗也应该熟悉。还有一首《看泉听风图》的两句"如何不把瑶琴写，为是无人姓是钟"，可以与"抱琴归去"互补。红楼四春丫鬟的名字对小姐的性格与爱好构成补笔，元、迎、探、惜与琴、棋、书、画，显然构成整齐而有序的对应，这四种艺术修养既是业余爱好，又是生活主调。"琴"与之厮守的元春，应该有"抱琴归去"的潇洒，有高山流水的渴望。然而，《红楼梦》给元春的空间和时间都很有限，她所弹奏的心曲只能是"此时无声胜有声"了。

元春之才

小说第十六回的回目是"贾元春才选凤藻宫"，这里所强调的"才"似乎含有做人和作文两个方面的因素。

首先看元春做人的才能。"世事洞明皆学问，人情练达即文章"，元春的才体现在这样的学问和文章上。第二回"冷子兴演说荣国府"中，作者借冷子兴的口交代道："政老爹的长女，名元春，现因贤孝才德，选入宫作女史去了。"第十六回"贾元春才选凤藻宫"作者借赖大之口禀道："咱们家大小姐晋封为凤藻宫尚书，加封贤德妃。"从"贤孝才德"综合来看，元春的"才"与"贤孝""贤德"是分不开的。所以这种才能很大一部分表现在对宫墙内外、家里家外的人情事务的思虑和处理上。

她孝敬父母，尊老爱幼。对祖母，关爱有加；对幼弟，呵护备至。第七十一回贾母寿辰，元春送来厚礼，"金寿星一尊，沉香拐一只，伽南珠一串，福寿香一盒，金锭一对，银锭四对，彩缎十二匹，玉杯四只。"因与宝玉年龄差较大，她亲如母子般地照顾、教育宝玉，进宫后依然惦记着"爱弟"的成长。得知大观园的对额多出自宝玉之笔，她对弟弟在诗文上的"进益"深感欣慰。她对弟弟的呵护，突出地表现在未来的婚事上。看到"宝、林二人亦发比别姊妹不同，真是姣花软玉一般"，便想起宝玉，"因问：'宝玉为何不进见？'"当"元妃命他进前，携手拦于怀内"时，庚辰本侧批写道："作书人将批书人哭坏了。"的确感人至深。甚至园中的居所，作者也让元春偏爱后来钗黛的住所："此中'潇湘馆''蘅芜苑'二处，我所极爱。"对诗歌的赞赏："终是薛林二妹之作与众不同，非愚姊妹可同列者。"可见她对品貌出众的女子的关注，其实是对弟弟婚事的关心。

宝钗的诗《凝晖钟瑞》称赞元春"文风已著宸游夕，孝化应隆归省时。"文风，指诗礼之风；孝化，指孝道的教化作用。宸游，是皇帝后妃出外巡游。这两句诗高度颂扬了元妃省亲对诗礼之风的彰显和以孝道感化万民之德的隆盛。

其次看元春作文的才能。贾元春才选凤藻宫，"晋封为凤藻宫尚书"。"凤藻"，就是美丽的文辞。唐卢照邻《释疾文》："谒龙旂于武帐，挥凤藻于文昌。"李白也有《夏日诸从弟登汝州龙兴阁序》："当挥尔凤藻，挹予霞觞，与白云老兄，俱莫负古人也。"关于元妃的文辞，小说中正面写到的作品不多，但评价很高。如宝钗的诗《凝晖钟瑞》称元春"睿藻仙才盈彩笔，自惭何敢再为辞"。睿藻，是颂扬帝后诗文的用语。睿是通达，明智。唐代宋之问《夏日仙萼亭应制》："睿藻光岩穴，宸襟洽薜萝。"这里指

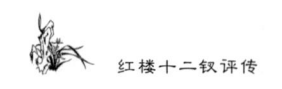

元春的题咏辞藻通达睿智。宝钗自谦中包含颂扬，即面对你睿智的辞藻、非凡的才华，我怎敢再题咏呢？

从元春改诗、倡议作诗谜等事来看，她是一个颇具风流雅趣的文人。第二十三回写了《西厢记》的妙词通戏语和《牡丹亭》的艳曲警芳心，除此之外，也写了元春的一些风雅创意。"自那日幸大观园回宫去后"，贾元春也许是意犹未尽，接连向家中传达旨意。先是编辑诗集并刻于大观园，"将那日所有的题咏，命探春依次抄录妥协，自己编次，叙其优劣，又命在大观园勒石，为千古风流雅事"。然后是绿化大观园，"园子东北角子上，娘娘说了，还叫多多的种松柏树，楼底下还叫种些花草"。最后是派人入住大观园，小说写道："如今且说贾元春，因在宫中自编大观园题咏之后，忽想起那大观园中景致，自己幸过之后，贾政必定敬谨封锁，不敢使人进去骚扰，岂不寥落。况家中现有几个能诗会赋的姊妹，何不命他们进去居住，也不使佳人落魄，花柳无颜。"于是，宝黛钗的爱情婚姻才有了潜滋暗长的环境，才有了诗社，有了许多诗情画意的故事。庚辰本上此段有一条脂砚斋的眉批写道："大观园原系十二钗栖止之所，然工程浩大，故借元春之名而起，再用元春之命以安诸艳，不见一丝扭捏。己卯冬夜。"的确，从编辑诗集、勒石镌字，到种植花草、召集诗人，元春俨然是大观园雅事的设计师。《红楼梦》故事的主角，虽没有让元春担当，其实作者安排她做了大观园这台大戏的总导演。

清代嘉庆年间的东观阁批语中，有两条写元春。在正文"题其园之总名曰'大观园'"处，东观阁评："元妃极通。"在正文"方不负我自幼教授之苦心"处，东观阁评："元妃风雅。"此类批语可谓言简意赅。

元春结局

在十二支《红楼梦曲》当中，元春那一首，名为《恨无常》，词曰：

喜荣华正好,恨无常又到。眼睁睁,把万事全抛。荡悠悠,把芳魂消耗。望家乡,路远山高。故向爹娘梦里相寻告:儿命已入黄泉,天伦呵,须要退步抽身早!

题为"恨无常",概括了元春的命运。在四春中贾政两个女儿的《红楼梦曲》的曲词中都写到"爹娘",元春的《恨无常》写与爹娘的死别之悲,探春的《分骨肉》则写与爹娘的生离之苦。"无常"一词,大致可作两种解释:一是命运变化无定;一是人死时勾魂的鬼。此处用来概括元春命运之悲的时候,这两层意思应该都有,也可以说是互为因果。因宫廷生活的宠辱无常,导致元妃被无常鬼勾走;也可以说,因为命入黄泉,而感叹生死得失的变化无定。

"喜荣华正好,恨无常又到",这句说元妃是在"满城春色宫墙柳"的得意之时,而遭遇"无常"降临的。"眼睁睁,把万事全抛",对于贵为皇妃的元春来讲,万事不外乎国事和家事,不外乎她所眷恋的盛事,那"太平气象,富贵风流",也不排除她所担心的家亡事败。而当她离开人世的时候,这一切都无法顾及了。"荡悠悠,把芳魂消耗",这句大概是说元春死时阴魂不散。上一句虽说"把万事全抛",但她还有许多抛不下的事,所以芳魂不安。元杂剧《窦娥冤》第四折写窦娥鬼魂诉冤的情节,旦角的名称叫"魂旦",演绎了阴间的窦娥向人间的父亲窦天章托梦,倾诉冤情。这一剧情有助于我们理解元春的曲子。"望家乡,路远山高",似在写元春与亲人故里阴阳永隔。窦娥的鬼魂曾倾诉:"我每日哭啼啼守住望乡台。"若将"望家乡"理解为元春还活着的动作的话,那么,"路远山高"只能视为宫墙与民间的距离宛如咫尺天涯。结合上下文,从冥界的角度表达元春的心情,似乎更通顺。"故向爹娘梦里相寻告:儿命已入黄泉,天伦呵,须要退步抽身早!"这句写死去的元春向爹娘托梦,一是报告自己的死讯，二是嘱咐家里的后事。"天伦"，旧时指父子、兄弟等天然的亲属关系。若说元春的牵挂，除了为朝廷"朝乾夕惕"的父亲，还应该有她"眷念切爱"的宝玉。但从"儿"与"天伦"的对应来看，这里专指父亲更合适一些。一百二十回本的第八十六回，写贾母在"不大受用"时梦见元妃，老太太说："元妃还与我说是荣华易尽，须要退步抽身。"这里反映出续作者对《恨无常》中"天伦"的理解似乎存在偏差，"须要退步抽身"的，应该是在官场上"忠于厥职"、以贾政为首的男人们，而非早已是"享福人"的老太太。

在一百二十回《红楼梦》中，集中写元春的情节概为三次，前八十回的写了一次省亲，后四十回中写了两处，一处为第八十三回"省宫闱贾元妃染恙"，写元妃生病，贾府举家进宫探望。宫中的旨意是："宣召亲丁四人进里头探问。许各带丫头一人，馀皆不用。亲丁男人只许在宫门外递个职名，请安听信，不得擅入。"而且限定了探问时间："辰巳时进去，申酉时出来。"可见，娘娘出宫省亲和家人进宫探亲的时间，都被限定在4到6个时辰。元妃见到贾母、王夫人、邢夫人和凤姐，问寒问暖，当面对贾赦贾政等人的"职名"而不得一见的时候，元妃含泪道："父女兄弟，反不如小家子得以常亲近。"又特地询问了宝玉的近况。依依不舍的情态，与第十八回省亲时前后呼应。另一处便是第九十五回所写的"元妃薨逝"。

总体而言，《红楼梦》中塑造元春形象较为生动的笔墨应在"元妃省亲"一回。元春的四句判词，也集中写了这一件事，通过一事来写一生。

元妃省亲，无论在经济状况，还是政治地位方面，都造成了贾府从鼎盛到衰落的转折。从经济状况来看，"月满则亏"，元春省亲是以盛来写奢，进而表现极度奢华之后给荣府造成的亏空。当面对园内外的"豪华"光景时，小说写元妃"因默默叹息奢华过费"（庚辰本），程甲本则用直接引语写元妃"因点头叹道：'太奢华过费了！'"临行时她还嘱咐家人："倘明岁天恩仍许归省，万不可如此奢华靡费了！"省亲一事不仅让荣宁二府

"人人力倦,各各神疲",也在财力上开销巨大。到了第二年的元宵节,小说第五十三回通过乌进孝与贾珍、贾蓉的对话道出了两年来元妃给荣国府经济带来的窘困:

> 乌进孝笑道:"那府里如今虽添了事,有去有来,娘娘和万岁爷岂不赏的!"贾珍听了,笑向贾蓉等道:"你们听,他这话可笑不可笑?"贾蓉等忙笑道:"你们山坳海沿子上的人,那里知道这道理。娘娘难道把皇上的库给了我们不成!他心里纵有这心,他也不能作主。岂有不赏之理,按时到节不过是些彩缎古董顽意儿。纵赏银子,不过一百两金子,才值了一千两银子,够一年的什么?这二年那一年不多赔出几千银子来!头一年省亲连盖花园子,你算算那一注共花了多少,就知道了。再两年再一回省亲,只怕就精穷了。"

可见元春省亲,给娘家带来的经济压力。可怕的是这一压力并不止于元妃本人,就连她周围的太监也不时地去贾府敲竹杠。小说第七十二回写凤姐因日间常应候宫里的事,连做梦都梦见一个人"说娘娘打发他来要一百匹锦",当日果然夏太监打发"一个小内监"来借银子买房,开口就是"短二百两银子",累借的银两也有数以千计。从贾琏吓得躲避起来的举动来看,这样的盘剥应该是比较频繁的。针对乌进孝进奉给贾府的礼单,清代嘉庆年间的东观阁批语指出:"极力铺张,以见盛极之必衰也。"的确,盛极之必衰也道出了贾府经济的未来走向。

就政治地位而言,伴君如伴虎,元春晋封为贵妃使贾家"皇恩永锡"的体面又多了一层,然而,他们在朝中有了靠山的同时,又将举家置于危险的境地。元妃省亲时所点之戏有《长生殿》中的《乞巧》一出,早期抄本中在《乞巧》下,双行小字批语为:"《长生殿》中伏元妃之死"(见己卯本、庚辰本等)。清代初年洪昇的传奇剧《长生殿》,选取了唐明皇和杨贵妃的爱情故事这一传统题材,在唐代白居易《长恨歌》的基础上有所创新,把现实的"长恨"化成艺术的"长生"。《乞巧》是《长生殿》第二十二出《密誓》中的一段戏,写杨玉环在七夕乞巧:

> 妃子说:"今乃七夕之期,陈设瓜果,特向天孙乞巧。"皇上笑道:"妃子巧夺天工,何须更乞。"妃子哭诉:"妾想牛郎织女,虽则一年一见,却是地久天长。只恐陛下与妾的恩情,不能够似他长远。"皇上为妃子擦着泪说:"妃子,休要伤感。朕与你的恩情,岂是等闲可比。"妃子说:"既蒙陛下如此情浓,趁此双星之下,乞赐盟约,以坚终始。"于是帝妃二人焚香设誓,一个道:"双星在上,我李隆基与杨玉环",一个合:"情重恩深,愿世世生生,共为夫妇,永不相离。有渝此盟,双星鉴之。"

可见,七月初七的夜晚,"杨娘娘到长生殿去乞巧",其实是为了祈福,正因为她"受恩深重","只怕日久恩疏,不免白头之叹",所以希望皇帝恩情长久。值得注意的是,《乞巧》这场戏只有恩情没有怨恨,只有生没有死,但长生之殿却埋伏着后来的长恨之情。抄本批语写道"伏元妃之死",则揭示了元春后来遭遇了与杨贵妃相似的悲剧。

从"《长生殿》中伏元妃之死",我们看到这与后四十回存在差异。说到元春之死,这里存在一个回避不了的问题,元春是正常死亡吗?若按一百二十回本中的第九十五回所写,"元妃薨逝"之前贾政告诉王夫人"因娘娘忽得暴病,现在太监在外立等,他说太医院已经奏明痰厥,不能医治"。书中的解释是:

> 元春自选了凤藻宫后,圣眷隆重,身体发福,未免举动费力。每日起居劳乏,时发痰疾。因前日侍宴回宫,偶沾寒气,勾起旧病。不

料此回甚属利害,竟至痰气壅塞,四肢厥冷。

贾政和贾母王夫人都"遵旨进宫",亲人们守护着元妃,直到"元妃目不能顾,渐渐脸色改变"。可以说这是一种正常死亡,死者临终前把该见的"爹娘"都见到了,没有必要死后再借助鬼魂去向他们诉说临终遗嘱。若按脂砚斋批语的暗示,元春之死似乎与杨贵妃之死有相似之处。在元春《恨无常》曲的结尾处"须要退步抽身早"的下面,脂批写道:"悲险之至!"(甲戌本)可以想见,元妃之死像杨贵妃一样,有不测风云,正因为她是非正常、出乎意料的死亡,才有无常之恨,那"荡悠悠"的"芳魂"才有对父母天伦的不了情。

元妃省亲的确如秦可卿托梦所云,是"一件非常喜事,真是烈火烹油,鲜花着锦之盛"。然而,这"不过是瞬息的繁华,一时的欢乐"。元春走后,那"三春去后诸芳尽"的谶语也在不久便会应验。晚唐诗人李商隐曾在《马嵬》诗中抒写了对杨贵妃遭遇的同情:"海外徒闻更九州,他生未卜此生休。空闻虎旅传宵柝,无复鸡人报晓筹。此日六军同驻马,当时七夕笑牵牛。如何四纪为天子,不及卢家有莫愁。"诗中指出杨玉环委身于皇帝,远不如民女莫愁的生活过得太平祥和。元春归宿这两种文字,虽然都是"恨无常",但病逝和意外,命运结局不同。

金陵十二钗正册中,有两位荣国府的长女,一位是玉字辈的元春,一位是草字辈的巧姐。从判词的预示可知,元春进了宫闱,而巧姐则到了田园。从赫赫扬扬之不测到平平淡淡之安宁,也体现了作者对仕宦之家千金小姐理想与幸福的深刻思考。

贾探春——红杏枝头春意闹

探春的名字,探春的出生季节,都在讲述着春天的故事,但与元春、迎春不同的是,她在春三月中所处的是仲春。在草长莺飞的季节,她出众的文采与才干,她高远的志向与理想,都在春光中生长着。虽然是庶出,但她千金小姐的派头十足。与迎春、惜春相比,她给人的印象可谓"秋爽斋"中的一个字——"爽"。在贾府四春中,贾政的两个女儿皆非等闲之辈,元春赐住大观园,为宝玉和姐妹们提供了一个物质场所;探春倡议办诗社,使大观园成为一座精神乐园。探春的特点用宋代词人宋祁《玉楼春》的一句词来描述,即"红杏枝头春意闹"。

探春身份

贾探春在金陵十二钗中排在第四位,居于《红楼梦》的两位女主人公林黛玉、薛宝钗和元妃之后,在贾府的小姐和少奶奶中位列第二。探春的排位值得思考,因为如果序齿的话,按元、迎、探、惜的长幼顺序,探春应在迎春之后;如果按正庶论,元春、惜春是正出,而迎春、探春都是姨娘所生,惜春又应往前排。现在探春紧随她的皇姐之后,一定与她的身份有关。按照曹雪芹的初衷,她可能也成为王妃。在第六十三回"寿怡红群芳开夜宴"中,探春掣签,上面是一枝杏花,红字写着"瑶池仙品",诗云:"日边红杏倚云栽。"签上的注释是:"得此签者,必得贵婿,大家恭贺一杯,共同饮一杯。"众人笑道,"……我们家已有了个王妃,难道你也是王妃不成。大喜,大喜。"这虽然是闺中游戏,但每个女子所得花签上面的文字似乎也在描述各自的性格和命运。"日边红杏倚云栽"是唐代高蟾的诗《下第后上永崇高侍郎》中的句子,全诗是:"天上碧桃和露种,日边红杏倚云栽。芙蓉生在秋江上,不向东风怨未开。"科举落第的作者在前两句表达了对考中的向往,后两句抒发了自己失意的心情。从天上地下的对比来看,"日边红杏倚云栽"是十分显赫的。清代洪昇《长生殿》第七出《倖恩》中,写杨贵妃"邀殊宠,一枝已傍日边红","日"在此比喻皇帝,显然这枝花已经开到皇帝身边去了。

又根据舒氏《批本随园诗话批语》记载:"乾隆五十五、六年间,见有抄本《红楼梦》一书。或云指明珠家,或云指傅恒家。书中内有皇后,外有王妃,则指忠勇公家为近是。"(见袁枚《随园诗话》)程甲本是乾隆五十六年冬至刊行的,而这段文字告诉我们,在《红楼梦》没有正式出版之前的抄本阶段,读者对书中所写的王公贵族便十分感兴趣,而且纷纷加以索隐。我们姑且不去追究哪一家才是小说的本事,但不要放过一条与书中文字相关的信息,即"书中内有皇后,外有王妃",皇后与王妃与元春、探春可以对应。可见,早期抄本中曾有探春嫁为王妃的情节安排。

贾探春是贾政和赵姨娘的女儿,有一个同母胞弟贾环,但更欣赏其异母兄弟贾宝玉。赵姨娘身份卑微,人品鄙贱,常使探春在庶出的难堪面前雪上加霜。所以,她只认王夫人是自己的母亲,只认王子腾是自己的亲舅舅。

探春的名字也与她的生日有关。虽然因姐姐是正月初一日所生,取名元春,她也从了"春"字,但她的名字本身也另有意蕴。"探春"一词指春初作郊外之游,意谓探望春光。王仁裕《开元天宝遗事·探春》:"都人士女,每至正月半后,各乘车跨马,供帐于园圃或郊野中,为探春之宴。"探春生在三月初三,是传统的上巳节。古时以阴历三月上旬巳日为"上巳"。《后汉书·礼仪志上》："是月上巳，官民皆洁于东流水上，曰洗濯祓除，去宿垢疢，为大洁。"魏晋以后改为三月三日。吴自牧《梦粱录》卷二"三月"："三月三日上巳之辰，曲水流觞故事，起于晋时。唐朝赐宴曲江，倾都禊饮踏青，亦是此意。"这里提到两个三月三的风俗，一个是"曲水流觞"，古时候人们于阴历三月上旬的巳日（魏以后始固定为三月三日），就水滨宴饮，认为可解除不祥，后人因引水环曲成渠，流觞取饮，相与为乐，称为"曲水"。在上流放置酒杯，任其顺流而下，停在谁前面，谁即取饮，叫做"流觞"，也叫"流杯"。王羲之《兰亭集序》："又有清流激湍，映带左右，引以为流觞曲水。"另一个风俗是"修禊"，人们在上巳日到水边嬉游，以消除不祥，叫做"修禊"，即王羲之《兰亭集序》所写："暮春之初，会于会稽山阴之兰亭，修禊事也。"上述可见，探春生在这样一个到水边嬉游，以消除不祥，踏春祈福，充满诗情雅趣的日子。杜甫《丽人行》也曾有"三月三日天气新，长安水边多丽人"的诗句。值得一提的是，如果元春、探春去掉共同的"春"字，元、探似乎也含有状元、探花的意味，极言小姐才华出众、品位不凡。

小说第五回对探春判词的描述是：

后面又画着两人放风筝，一片大海，一只大船，船中有一女子掩面泣涕之状。也有四句写云：

才自精明志自高，生于末世运偏消。清明涕送江边望，千里东风一梦遥。

先看画面上的人物和景物。大海的背景十分开阔，一条大船也显得尊贵而有气势。然而，在这样阔朗的环境中，却上演着别离的悲剧。船上是将要远行的女子，从她"掩面泣涕之状"来看，应属于长久而且遥远的别离。在封建社会一个闺秀与亲人这样的别离莫过于远嫁，所以这幅

蕉葉
邀社
鳳嬛畫

賈探春

蕉下客

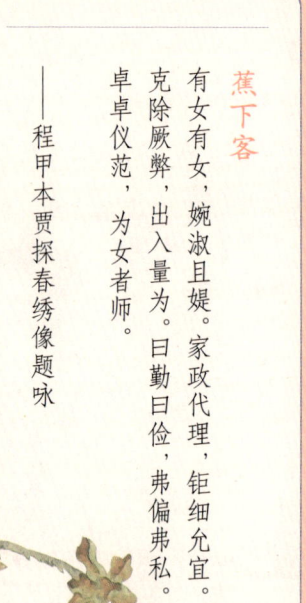

有女有女,婉淑且媞。家政代理,钜细允宜。克除厥弊,出入量为。曰勤曰俭,弗偏弗私。卓卓仪范,为女者师。

——程甲本贾探春绣像题咏

画描绘的是探春远嫁时的离别场景。放风筝的两人是谁？有人认为是赵姨娘和贾环，似乎并不准确。如果说风筝在比喻探春，那么放飞她的两个人一定是为她这桩婚姻做主的人，无论探春是情愿还是不情愿，她都必须服从，故而这两个人只能是贾政和王夫人。小说第二十七回，探春给宝玉做鞋，宝玉担心赵姨娘和贾环有想法，而探春却说："我只管认得老爷、太太两个人，别人我一概不管。"这里的老爷、太太指贾政和王夫人，《分骨肉》曲中有"告爹娘，休把儿悬念"，这里的爹娘也应是贾政和王夫人。

再看四句诗。"才自精明志自高"，这句赞叹探春的才华和志向。两个"自"用在名词后、形容词前，即主谓之间，应做副词，具体可解释为本来、自然、当然等。这样的句式，《红楼梦》中还有香菱的《咏月》诗"影自娟娟魄自寒"，还可追溯到李清照的著名词句"花自飘零水自流"。虽然"自"从语法上看当副词较为合适，但在语义上还应兼有"自己"的意思，含有孤芳自赏、顾影自怜的寓意。也就是说探春精明的才华和高远的志向虽本来就有，但无人赏识。

"生于末世运偏消"，这句感叹探春的命运，说她生不逢时，时运不济。"末世"，指一个历史阶段的末尾时期，王熙凤的判词中也有"凡鸟偏从末世来"，这里指贾家这个百年望族的末尾时期。"运"指时运、运气。"消"指减少或消失，苏轼《前赤壁赋》："盈虚者如彼，而卒莫消长也。"运偏消，合起来也可以用描写香菱命运的词语来解释，即"有命无运"。

"清明涕送江边望"，这句是画面内容的延伸，描述了探春远嫁时亲人送别的时间、地点和愁情。清明是二十四节气之一，旧时称为三月节，在阳历的四月四、五或六日。清明节在民间有踏青扫墓的习俗，唐人有"清明时节雨纷纷，路上行人欲断魂"的名句。《红楼梦》第五十八回也写了清明祭扫以及藕官烧纸等情节。曹雪芹在写探春的时候，曾两次写到清明。除了判词，第二十二回探春的谜语也写了清明的别离。宝玉的亲姐姐元春是春节生，元宵节来；探春是上巳节生，清明节走。在构思中是刻意的安排，十分符合人物的性格和命运。

"千里东风一梦遥"，与风筝的比喻相呼应，写了探春的归宿既高远又飘忽不定。"千里"和"一梦遥"，形容探春所嫁之处离家遥远，乡情只在梦境中。"东风"，是让风筝飘荡的根源所在，她满腹的乡愁只能化作对东风的怨恨。第二十二回"制灯谜贾政悲谶语"，四春的谜语都与命运相关，探春写的是："阶下儿童仰面时，清明妆点最堪宜。游丝一断浑无力，莫向东风怨别离。"贾政猜出是风筝，探春笑道："是。"贾政觉得"探春所作风筝，乃飘飘浮荡之物"，在上元佳节作此是"不祥之物"。对照探春的风筝诗，可以加深对这句判词的理解。

探春之貌

探春长什么样？她很幸运地得到了林黛玉的仔细端详。小说第三回，黛玉眼中探春的容貌是："削肩细腰，长挑身材，鸭蛋脸面，俊眼修眉，顾盼神飞，文彩精华，见之忘俗。"借林黛玉细心的观察，这里写了探春的体形"削肩细腰，长挑身材"；写了探春的相貌"鸭蛋脸面，俊眼修眉"；还写了探春的神态"顾盼神飞，文彩精华"；最后一句话是林黛玉的观后感，她那样一个高雅脱俗的美女见了探春后的总体感觉都是"见之忘俗"。在迎春、探春、惜春三姐妹中，探春给黛玉留下的印象是最深刻的，也是最美好的。

探春形象，结合其悲远嫁、怨别离等意蕴，似乎有古代美女王昭君的影子。王昭君，名"嫱"，汉元帝时宫女，后远嫁匈奴。晋代时为避司马昭之讳，改称明君，又称明妃。宋代王安石、欧阳修等都写过《明妃曲》。在元代马致远的杂剧《汉宫秋》第一折中，写王昭君"生得光彩照人"，在汉元帝眼中她的体貌是："眉扫黛，鬓堆鸦，腹弄柳，脸舒霞。"与探春的俊眼修眉、削肩细腰有相似之处。

曹雪芹在书中多次写到"王昭君"或"王嫱"。如第五回写警幻仙姑之美："其神若何,月射寒江。应惭西子,实愧王嫱。"第六十四回"幽淑女悲题五美吟",其中一首《明妃》写的是："绝艳惊人出汉宫,红颜命薄古今同。君王纵使轻颜色,予夺权何畀画工?"宝钗评价说："做诗不论何题,只要善翻古人之意。若要随人脚踪走去,纵使字句精工,已落第二义,究竟算不得好诗。即如前人所咏昭君之诗甚多,有悲挽昭君的,有怨恨延寿的,又有讥汉帝不能使画工图貌贤臣而画美人的,纷纷不一。后来王荆公复有'意态由来画不成,当时枉杀毛延寿';永叔有'耳目所见尚如此,万里安能制夷狄'。二诗俱能各出己见,不与人同。今日林妹妹这五首诗,亦可谓命意新奇,别开生面了。"宝钗评价黛玉所写的《五美吟》,重点针对黛玉的《明妃》一诗加以评论,也涉及了王安石、欧阳修的《明妃曲》,可见曹雪芹对王昭君的熟悉。小说第七十七回,宝玉论草木有情时说："小题目比,就有杨太真沉香亭之木芍药,端正楼之相思树,王昭君冢上之草,岂不也有灵验。所以这海棠亦应其人欲亡,故先就死了半边。"宝玉从草木谈到与古代美女有关的草木,说到了"杨太真沉香亭之木芍药",说到了"王昭君冢上之草"。正如曹雪芹把杨贵妃的形象分别在宝钗和元春身上加以体现一样,作为古代四大美女之一的王昭君,在《红楼梦》中予以幻形再现,应该是情理之中的事。

宋代欧阳修的《明妃曲·再和王介甫》云："明妃去时泪,洒向枝上花。狂风日暮起,飘泊落谁家?红颜胜人多薄命,莫怨春风当自嗟。"欧阳修诗歌中"飘泊"和"莫怨春风"的意蕴,在探春的风筝诗谜中都有体现,即"游丝一断浑无力,莫向东风怨别离"。《红楼梦》中元春称"元妃",元日生、元宵节来,而探春在清明节洒泪别离,即"清明涕送江边望",出嫁后做了王妃,小说似应称她为"明妃"。探春有着王昭君的相貌,也有着和明妃相似的命运,她的远嫁,她的眼泪,可以用王安石《明妃曲》的结尾来点题,即"人生失意无南北"!

探春之情

　　探春的情感世界,正如她的出身一样复杂。她是赵姨娘的亲生女儿,但她所敬重的母亲是王夫人。相应的兄妹、姐弟之间的关系也平添出许多曲折来。精明的探春有自己的原则,她用事理来衡量人情,她用自尊来掩饰自卑,作者把一位庶出的小姐,在情理之间的是是非非演绎得多姿多彩。

　　探春在用事理来衡量人情。探春远近亲疏的标准不是亲缘关系,而是好坏是非。第二十七回写探春亲手给宝玉做鞋,以求宝玉为她买一些工艺品。赵姨娘为此而抱怨她不给"正经兄弟"环儿做鞋。探春认为赵姨娘"不过是那阴微鄙贱的见识。他只管这么想,我只管认得老爷,太太两个人,别人我一概不管。就是姊妹弟兄跟前,谁和我好,我就和谁好,什么偏的庶的,我也不知道。论理我不该说他,但忒昏愦的不像了!"

　　探春是不是太绝情?对赵姨娘的指责,对赵国基丧葬费的限制,从表面上看探春似乎的确有些绝情。其实她是从长远的根本利益上考虑了赵姨娘的面子。"太太满心疼我,因姨娘每每生事,几次寒心","如今因看重我,才叫我照管家务,还没有做一件好事,姨娘倒先来作践我。倘或太太知道了,怕我为难不叫我管,那才正经没脸,连姨娘也真没脸!"探春"一面说,一面不禁滚下泪来"。暂时的没面子,是为了能得到信任,而拥有这样主事的机会。赵姨娘不仅没有这样的眼量,还无法理解探春的苦心,进一步要求:"太太疼你,你越发拉扯拉扯我们。你只顾讨太太的疼,就把我们忘了。"探春的回答是很犀利的:"我怎么忘了?叫我怎么拉扯?这也问你们各人,那一个主子不疼出力得用的人?那一个好人用人拉扯的?"这段话乍一听起来有些无情,容易让读者产生误解。清人大某山民姚燮曾在此情节的眉批上写道:"探姑娘说话一句紧一句,全无母女天性,何其忍也?"其实,曹雪芹的同情心倾向于探春还是赵姨娘,从第五十五回的回目"愚妾争闲气"中可以显见,作者是在借赵姨娘的"愚",写探春的"敏"。探春这番话让赵姨娘知道,要想让主子"疼",你得是个"出力得用的人",而一旦成了"好人"就不用别人"拉扯"了。探春很希望自己的生母能成全她,做一个出力得用的好人,将来为他们母子也争得一个脸面。这实在是"道是无情却有情"。

探春是不是太势利?探春不认赵姨娘的兄弟赵国基为舅舅,而只认王夫人的兄弟王子腾。她生气地驳斥赵姨娘对她的指责:"谁是我舅舅?我舅舅年下才升了九省检点,那里又跑出一个舅舅来?我倒素习按理尊敬,越发敬出这些亲戚来了。既这么说,环儿出去为什么赵国基又站起来,又跟他上学?为什么不拿出舅舅的款来?"按封建社会的规矩,主子和奴才的差别,比亲属关系更重要。所以,赵国基虽是赵姨娘的兄弟,但他毕竟是贾环的奴仆,所以尊卑胜过长幼。探春此言虽不出于情却是入于理的。

如果探春真的势利,她对炙手可热的凤姐,甚至平儿就不能总是以"冷笑"相对。其实凤姐和平儿对她还是很友好的,凤姐曾经想让探春"做个臂膀",平儿发现茯苓霜一案是"赵姨娘屋里起了赃"时,也顾及探春,怕"又伤着一个好人的体面"。而探春对凤姐和平儿似乎并不太客气。例如,迎春没了金凤,她对平儿说:"你们奶奶可好些了?真是病糊涂了,事事都不在心上,叫我们受这样的委曲(屈)。"抄检大观园时,凤姐笑着说待(侍)书:"好丫头,真是有其主必有其仆。"探春冷笑道:"我们作贼的人,嘴里都有三言两语。这还算笨的,背地里就只不会调唆主子。"一箭双雕地直接指向凤姐和平儿。探春的态度不是出于个人的恩怨或成见,而是对凤姐理家给贾府造成败势的不满。

探春私下里对平儿也是很友善的。第六十二回,宝玉生日,也是平儿的"华诞"。"探春一面遣人去问李纨、宝钗、黛玉，一面遣人去传柳家的进来，吩咐他内厨房中快收拾两桌酒席。柳家的不知何意，因说外厨房都预备了。探春笑道：'你原来不知道，今儿是平姑娘的华诞。外头预备的是上头的，这如今我们私下又凑了分子，单为平姑娘预备两桌请他。你只管拣新巧的菜蔬预备了来，开了帐和我那里领钱。'"小说写柳家的忙去预备酒席。探春又邀了宝玉，同到厅上去吃面。通过给平儿过生日，身为管理者却组织大家自掏腰包，足见探春重情重义，又公私分明。

探春是不是太矫情？俗话说新官上任三把火，探春拿自己生母、娘舅开刀，经受住了不徇私情的考验；探春给平儿过生日组织凑份子，不用公款，经受住了廉洁奉公的考验。读者不禁要说，这些事都是众目睽睽之下的，探春也许是在做给大家看，尤其是给凤姐和平儿看的。作者为了不让我们轻视探春，还表现了探春的慎独和自律。如第六十一回司棋闹厨房风波时，柳嫂子以当权者为例，劝司棋不要用公家的伙食费搞特殊化。她说："连前儿三姑娘和宝姑娘偶然商议了要吃个油盐炒枸杞芽儿（程甲、程乙本作：油盐炒豆芽儿）来，现打发个姐儿拿着五百钱来给我，我倒笑起来了，说：'二位姑娘就是大肚子弥勒佛，也吃不了五百钱的去。这三二十个钱的事，还预备的起。'赶着我送回钱去。到底不收，说赏我打酒吃，又说：'如今厨房在里头，保不住屋里的人不去叮登，一盐一酱，那不是钱买的？你不给又不好，给了你又没的赔。你拿着这个钱，全当还了他们素日叮登的东西窝儿。'这就是明白体下的姑娘，我们心里只替他念佛。"厨房里的柳嫂子对探春和宝钗的"明白"和"体恤下人"赞不绝口，同时也捎带数落起赵姨娘来："没的赵姨奶奶听了又气不忿，又说太便宜了我，隔不了十天，也打发个小丫头子来寻这样寻那样，我倒好笑起来。"小说通过侧面描写，借助"柳嫂子"的视角，让探春与赵姨娘构成对比，在人格上，一个如巍巍长城，一个则似断井颓垣。

探春在用自尊来掩饰自卑。让"三春"当中最出众的小姐，有一个最糟糕的生母,这难道不是作者艺术上的刻意安排?探春刚在"议事厅"理政,就面临着"赵姨娘的兄弟赵国基昨日死了",这难道不是作者刻意为探春设计的棘手之事?为塑造好探春小姐的性格,曹雪芹在人物设置和事件安排上,还是颇费苦心的。虽然在道德和情感的倾向上,探春曾引起读者的非议。不过,争吵的场面无论有多么纷繁,从回目中的"辱亲女愚妾争闲气"可知,作者的爱憎还是很明确的。

探春形象体现了当时封建大家族一个比较突出的矛盾,即正庶之间的矛盾。庶出是探春与生俱来的一大缺憾,但是与同是庶出的迎春相比,探春的缺憾却屡次被强调。人们几乎在夸奖她的同时,也都在揭她这块创伤。第二十回贾环曾抱怨:"我拿什么比宝玉呢。你们怕他,都和他好,都欺负我不是太太养的。"论出身,探春和贾环一样,都"不是太太养的",虽然没有人像对贾环一样不待见探春,但她也难免尴尬的处境。第五十五回凤姐对探春初次理家的业绩很赞赏,但赞赏中依然伴随着庶出的感叹:"好,好,好,好个三姑娘!我说他不错。只可惜他命薄,没托生在太太肚里。"平儿笑道:"奶奶也说糊涂话了。他便不是太太养的,难道谁敢小看他,不与别的一样看了?"凤姐儿叹道:"你那里知道,虽然庶出一样,女儿却比不得男人,将来攀亲时,如今有一种轻狂人,先要打听姑娘是正出庶出,多有为庶出不要的,殊不知别说庶出,便是我们的丫头,比人家的小姐还强呢。将来不知那个没造化的,挑庶正误了事呢;也不知那个有造化的,不挑庶正的得了去。"可见凤姐觉得如果有一个"不挑庶正的"有识之士选探春为妻,那可谓"有造化"之人了。这番善意的祈祷反映了对当时现实的无奈,探春未来的远嫁也许和她是庶出的小姐有关。

除了凤姐,就连一些下人,也常常纠缠这一点。第六十五回贾琏的小厮兴儿向尤二姐介绍贾府的小姐,讲到探春时,兴儿说:"三姑娘的浑名是'玫瑰花'。"尤氏姊妹忙笑问何意。兴儿笑道:"玫瑰花又红又香,无人不爱的,只是刺戳手。也是一位神道,可惜不是太太养的,'老鸹窝里出凤凰'。"第七十四回"惑奸谗抄检大观园",那王善保家的胆敢搜她的身,除了自己不识好歹,"内心没个成算",还有一个重要的原因,就是"况且又是庶出,他敢怎么"。也许是积郁已久的自尊心,在奴才拉起探春衣襟的一刹那得以迸发;也许是探春对凤姐等人抄检自家人的反感,终于找到了一个合适的发泄对象。小说写探春大怒,"只听'拍'的一声,王家的脸上早着了探春一掌"。探春这朵"刺戳手"的"玫瑰花",这只"老鸹窝里"的"凤凰",她是以维护自尊的方式,来弥补着庶出的自卑。

为了避免因庶出而受人歧视,探春时时端着贵族小姐的架子。她常把"主子""奴才"挂在嘴边,她叫赵姨娘不要与奴才争短长,第六十回当赵姨娘与芳官等人争执时,探春道:"那些小丫头们原是些玩意儿,喜欢呢,和他说说笑笑;不喜欢便可以不理他。便他不好了,也如同猫儿狗儿抓咬了一下子,可恕就恕,不恕时也只该叫了管家媳妇们去说给他们责罚。何苦自己不尊重,大吃小喝失了体统。"这段话是说给生母赵姨娘听的,更是她自己的心理独白。她在告诫赵姨娘,身为主子的人是要自觉地与奴才区别开来的;她在标榜自己,主子的身份是尊贵的,主子的言行是有修养的。正因为如此,探春与贾环虽为一母所生,同样都因庶出而自卑,但探春则因贾母的喜爱、王夫人的器重,加之自己的内在修养使她愈加自尊自重,而贾环则因赵姨娘的教唆而自暴自弃。

曹雪芹在回目中用一个字来评价探春,即是"敏"。这个字既可以用来描述探春的才,也可以用来揭示探春的情。第五十六回的"敏探春行利除宿弊","敏"字的评价,首先是敏锐的意思,即判词所说的精明。这一点下文将详细分析。其次,还有一个意思在探春身上体现得也很明显,那就是敏感。在一些小事上,探春极力显示出自己的威严。第五十五回探春痛哭之后补妆的情节,把一位贵族小姐的气派写得细致入微:"因探春才哭了,便有三四个小丫鬟捧了沐盆、巾帕、靶镜等物来。此时探春因盘膝坐在矮板榻上,那捧盆的丫鬟走至跟前,便双膝跪下,高捧沐盆;那两个小丫鬟,也都在旁屈膝捧着巾帕并靶镜脂粉之饰。平儿见待(侍)书不在这里,便忙上来与探春挽袖卸镯,又接过一条大手巾来,将探春面前衣襟掩了。探春方伸手向面盆中盥沐。"平儿虽为奴才,却颇有体面,探春如此坦然地接受她和另外三个丫鬟的伺候,也似乎在有意无意地强调着主子的身份。在化妆的细节上,李纨则不在意尊卑,甚至用尤氏丫头的脂粉。相比之下,探春处处维护自己脆弱的自尊,也反映出她的极度敏感。

探春的情感世界中敏感的成分较重,对赵姨娘的不徇私情是一种敏感,对平儿的关心和接受平儿的服侍也是一种敏感,对迎春唇亡齿寒地相助更是出于敏感。因为庶出的身份,探春像一些古代贤人那样,不得不面对"才秀而人微"的现实。

探春之才

"才自精明志自高",判词中的"精明"二字是对探春之才的高度概括。这个词语有三重意思:一是晴明,光明。《淮南子·览冥训》:"于是日月精明,星辰不失其行。"二是精诚,诚信。《礼·祭统》:"是故君子之齐也,专致其精明之德也。"三是精细,明察。《国语·楚语》:"夫神以精明临民者也。"就探春的才华而言,这三个义项应该都含有。她既光明磊落、诚信待人,又精细明察。她是大观园最有创意的人,"三春"中最有诗才的人,是大观园的书法家,更是闺中女儿里颇具事业心和丈夫气的人。探春之才,表现为文墨才能和理事才能。

探春的文墨才能。探春既能舞文,又擅长弄墨。探春的居所"秋爽斋"本身的文化意蕴是很浓的。张俊老师曾说:

为什么叫秋爽斋呢？我曾看到清代的两部笔记，一种叫《燕京杂记》，一部叫《帝京岁时纪胜》，这两部书都讲到北京当时的这样一种习俗，是说京师小儿懒于嗜学，严寒就要歇冬，酷暑就要歇夏，都不读书。所以，有的学堂门口到立秋的时候，就挂一块牌子，大书一个"学"字，并在旁边写上四个小字——"秋爽来学"，说秋天天气凉爽了，快来读书吧。我觉得"秋爽斋"这个命名大概反映了北京的当时的这种文化背景。而且，"秋爽斋"里有字帖，有笔筒，有宝砚，还挂着颜真卿写的对联等等。探春和她的姐姐迎春、妹妹惜春比起来，是最有才华的，也是最喜欢学习的。我认为秋爽斋这样的命名是有比较深的涵义在其中的。

海棠诗社的首倡者是探春。探春是大观园最有创意的人，是诗社的发起人。在结社之前，红楼诗卷中虽然也出现了宝玉的《四时即事》，黛玉的《葬花吟》和《题帕三绝句》等自由创作的作品，也出现了元春率众人作的《大观园题咏》十一首，但自三十七回海棠结社之后，园中诗人们的创作才更为自觉了。在古代诗篇中，作品一般分自选和命题两类，后者一般同题吟咏较多。例如，建安时代著名的建安七子，是曹氏父子周围的御用文人，他们经常在一起，用同一个题目吟诗作文。如《鹦鹉赋》，曹植、王粲、陈琳、阮瑀等人都写过。宋代仅就《明妃曲》而言，王安石、欧阳修也都唱和过。《红楼梦》中的《咏白海棠》《螃蟹咏》组诗，以及五首《柳絮词》等，皆是同一题材反映不同人物的文才，不同人物的性格。对小说作者来说，这无疑是一种挑战，但曹雪芹却乐此不疲，从某种意义上讲，他写《红楼梦》，也是为了施展诗词才华的。作者在第一回曾说："但事迹原委，亦可以消愁破闷；也有几首歪诗熟话，可以喷饭供酒。至若离合悲欢，兴衰际遇，则又追踪蹑迹，不敢稍加穿凿，徒为供人之目而反失其真传者。"这段话虽在强调小说的真实性，但"几首歪诗"也不可忽视。作者采用了欲扬先抑的笔法,于自轻自谦之中,强调了书中所写之诗。他不同于那些为了"要写出自己的两首情诗艳赋来"而假捏出小说情节的作家,而是在《红楼梦》中竭力施展自己在写诗作赋等方面的才能的同时,对小说艺术丝毫没有忽视。

大观园诗社的创办,促进了诗词创作的繁荣。那么,探春是如何提出起诗社这一创意的呢?第三十七回"秋爽斋偶结海棠社",写探春给宝玉送了一副花笺,上面写道:

娣探谨奉

二兄文几:前夕新霁,月色如洗,因惜清景难逢,讵忍就卧,时漏已三转,犹徘徊于桐槛之下,未防风露所欺,致获采薪之患。昨蒙亲劳抚嘱,复又数遣侍儿问切,兼以鲜荔并真卿墨迹见赐,何痌瘝惠爱之深哉!今因伏几凭床处默之时,因思及历来古人中处名攻利敌之场,犹置一些山滴水之区,远招近揖,投辖攀辕,务结二三同志盘桓于其中,或竖词坛,或开吟社,虽一时之偶兴,遂成千古之佳谈。娣虽不才,窃同叨栖处于泉石之间,而兼慕薛林之技。风庭月榭,惜未宴集诗人;帘杏溪桃,或可醉飞吟盏。孰谓莲社之雄才,独许须眉;直以东山之雅会,让馀脂粉。若蒙棹雪而来,娣则扫花以待。此谨奉。

这封书信,洋溢着书卷气,语言骈散相间。然而,程甲、程乙本上,有些句子,骈文的特征较为明显。比如后边几句:"孰谓莲社之雄才,独许须眉;直以东山之雅会,让馀脂粉。"则为:"孰谓雄才莲社,独许须眉;不教雅会东山,让馀脂粉耶?"骈体文的气势较强。

探春写给宝玉的书信主旨在于要成立诗社,但信上有个信息值得玩味,即宝玉曾在探春着凉后,"数遣侍儿问切",几次派下人去探望,而且

"兼以鲜荔并真卿墨迹见赐",宝玉送去了鲜荔枝,还有颜真卿的墨迹。宝玉称赞"倒是三妹妹的高雅",兴冲冲赶到探春的秋爽斋,发现宝钗、黛玉、迎春、惜春等都被探春召唤来了。探春很得意地说:"我不算俗,偶然起个念头,写了几个帖儿试一试,谁知一招皆到。"可见探春不仅有高雅的想法,而且有高雅的做法,也是一个颇具感召力的人。起诗社的想法李纨也有过,但没有实施。于是,宝黛钗、三春加李纨,这七个人成立了诗社。古代文学团体,七人组的较多,诸如汉魏时的建安七子、竹林七贤,明代的前七子、后七子等。大观园诗社因为最初以贾芸送的两盆白海棠花为题写诗,因而叫海棠社。李纨自荐做社长,二姑娘和四姑娘当了副社长。在领导人的问题上,探春笑道:"好好的我起了个主意,反叫你们三个来管起我来了。"虽然笑着服从了领导,但诗社的名称还是探春起的,理由是:"俗了又不好,特新了,刁钻古怪也不好。可巧才是海棠诗开端,就叫个海棠社罢。虽然俗些,因真有此事,也就不碍了。"由此可以看出探春不仅颇有管理才能,而且是一个敢想敢做、敢做敢当的人。

探春是三春中最有诗才的人。她的诗虽不如"薛林",也是女儿作品中的上乘。迎春、惜春都因为不会作诗而当了副社长,一位出题限韵,一位誊录监场,贾府三姐妹中唯一能与黛玉、宝钗、宝玉,以及后来入社的湘云等人同题吟咏的,只有探春了。

在《咏白海棠》组诗中,探春的作品是最先呈现的:

斜阳寒草带重门,苔翠盈铺雨后盆。玉是精神难比洁,雪为肌骨易销魂。芳心一点娇无力,倩影三更月有痕。莫谓缟仙能羽化,多情伴我咏黄昏。

小说的注意力虽然放在评价黛玉的"风流别致"和宝钗的"含蓄浑厚"上,还提到宝玉的诗"压尾",并没有评论探春的诗,但探春的诗句与她的判词和风筝诗谜,还是有呼应的。如"斜阳寒草带重门",有辛弃疾"斜阳正在烟柳断肠处"的伤春之感,"芳心一点娇无力"与风筝诗谜中的"游丝一断浑无力"语义相似。

在第三十八回的十二首《菊花诗》中,雅号"蕉下客"的探春写了两首。其中《簪菊》中的"短鬓冷沾三径露,葛巾香染九秋霜"和《残菊》中的"蒂有馀香金淡泊,枝无全叶翠离披"受到好评。宝钗笑道:"你的'短鬓冷沾','葛巾香染',也就把簪菊形容的一个缝儿也没了。"宝玉自叹不如的佳句中有探春的"短鬓""葛巾""金淡泊""翠离披"等,甚至不服地说:"明儿闲了,我一个人作出十二首来。"李纨道:"你的也好,只是不及这几句新巧就是了。"可见,探春的诗从用词到立意,都受到大家首肯。

第七十回的《柳絮词》,以柳絮为题,限各色词调,大家填词。词在《红楼梦》中出现较少,宝玉都认为"这词上我们平常,少不得也要胡诌起来"。限时的一支梦甜香燃尽的时候,探春只写了半首《南柯子》,后半首是宝玉续上的:

空挂纤纤缕,徒垂络络丝,也难绾系也难羁,一任东西南北各分离。 落去君休惜,飞来我自知。莺愁蝶倦晚芳时,纵是明春再见隔年期!

我们看探春写的前四句,与宝钗《临江仙》中的"万缕千丝终不改,任他随聚随分"词意相似。探春的"纤纤缕"和"络络丝"是"空挂"和"徒垂"的,相比之下宝钗的"万缕千丝终不改"要坚定得多。探春的"一任东西南北各分离",比宝钗的"任他随聚随分"缺少了自主,也不够超脱,但与探春的判词和序曲,乃至风筝的象征意义都是相互照应的。探春的远嫁,是不由自主的,是无可奈何的,甚至走上了不归之路,都在这半首词里有所表露。

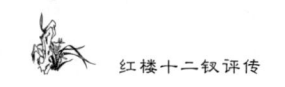

探春偏爱并擅长书法。贾府四位小姐的丫鬟分别体现了琴棋书画的文人雅趣,小说中对元春与"琴"的关系未展开写,但迎春下棋、惜春绘画都曾进入小说的情节当中。探春所长在书法上,她的丫鬟一个叫待书(也称侍书),一个叫翠墨,加起来是"书墨"的意思。探春喜好书法,在《红楼梦》中有多处提及,一是第二十七回探春说:"这几个月,我又攒下有十来吊钱了。你还拿了去,明儿出门逛去的时候,或是好字画,好轻巧玩意儿,替我带些来。"尤其是"那柳枝儿编的小篮子,整竹子根抠的香盒儿,胶泥垛的风炉儿",还说"我喜欢的什么似的"。探春托宝玉从外边为她代买的东西,天真中透着质朴和清雅,除了纯天然的工艺品,首要的是"好字画"。二是元春省亲之后,"命将那日多有的题咏,命探春依次抄录妥协,自己编次,叙其优劣,又命在大观园勒石,为千古风流雅事。"这里强调了"命探春依次抄录",可见元春欣赏探春的字。再有第三十七回探春写给宝玉的信中谈到,宝玉以"真卿墨迹见赐",让探春颇感"惠爱之深"。当然,与书法爱好关联最大的,还是对探春书房的描写。第四十回贾母领着刘姥姥游览大观园,她们看到探春的秋爽斋是地道的书房:

> 探春素喜阔朗,这三间屋子并不曾隔断。当地放着一张花梨大理石大案,案上磊着各种名人法帖,并数十方宝砚,各色笔筒,笔海内插的笔如树林一般。那一边设着斗大的一个汝窑花囊,插着满满的一囊水晶球儿的白菊。西墙上当中挂着一大幅米襄阳《烟雨图》,左右挂着一副对联,乃是颜鲁公墨迹,其词云:"烟霞闲骨格,泉石野生涯。"案上设着大鼎。左边紫檀架上放着一个大观窑的大盘,盘内盛着数十个娇黄玲珑大佛手。右边洋漆架上悬着一个白玉比目磬,旁边挂着小锤。

书房的陈设,显示出主人的性格志趣。首先,视野开阔,三间屋子并不曾隔断。其次,气势宏大,室内摆设的物品都显得大气,如一张花梨大理石大案、斗大的一个汝窑花囊、一大幅米襄阳《烟雨图》、大鼎、一个大观窑的大盘、十个娇黄玲珑大佛手。其三,风雅清高,墙上挂的是唐宋名人的字画。透着学者的风度和闲逸的志趣。黛玉的潇湘馆也被刘姥姥误认为公子的书房,但只体现了书卷气。探春的书房却带有丈夫气。值得一提的是,探春的秋爽斋挂着宋代书画家米芾的《烟雨图》,还有唐代书法家颜真卿手书的对联。《红楼梦》的作者把当时文人心目中奉为至尊的书画作品,设置到探春的书房中,也反映出这位闺阁才女的趣尚和修养。还有一点需要指出的是,探春的生日在三月初三,为传统的上巳节,书圣王羲之于东晋永和九年的三月初三,有感于"流觞曲水""畅叙幽情"的美景乐事,挥毫写下天下"行书第一"的《兰亭集序》。所以,探春形象的塑造,在很多方面与文墨书香建立起千丝万缕的联系。

探春的处事才能。探春是红楼闺中最有丈夫气的人,其爱好有男子气。在闺阁的青年小姐中,探春喜欢"那朴而不俗,直而不拙者"。她没把兴趣放在胭脂花粉上,她的房间陈设没有丝毫的脂粉气。她希望自己能是男人。这一点,与黛玉不同,与凤姐也不同。《红楼梦》中曾写到黛玉和凤姐从小都是当作男孩养的,但是长大后黛玉没有丝毫的仕途之心;凤姐虽是脂粉堆里的英雄,与宝玉成阴阳互逆之势,但她自己并没有做男人的愿望。探春则不然,她有着较强的事业心,曾坦言:"我但凡是个男人,可以出得去,我必早走了,立一番事业,那时自有我一番道理。偏我是女孩儿家,一句多话也没有我乱说的。"探春的管理才能在她理家一事上表现较为突出,除此之外,她日常的为人处世也表现出善于解决复杂矛盾的出众才干。

为王夫人解围。小说第四十回,贾母因为贾赦欲娶鸳鸯一事气得"浑身乱战",迁怒于王夫人。一时之间,在座的人既不敢辩也不好辩,就连一向能言善道的凤姐儿也无言以对,只有探春挺身而出,替王夫人解

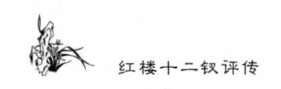

围。书中虽然没有描述王夫人对于探春的帮助有何反应,但可以想见,她在心中对探春定是感服有加的。

为贾母解颐。小说第七十六回,中秋赏月时,众姊妹"熬不过,都去睡了",只有探春陪着贾母直到四更天,贾母赞叹道:"只是三丫头可怜见的,尚还等着。"难怪贾母在有需要孙女抛头露面之事的时候,首先想到的是探春。第七十一回写贾母生日,诰命夫人们来拜寿,南安太妃看戏时问到宝玉和众小姐,贾府命凤姐把史、薛、林带来,又特地叮嘱:"再只叫你三妹妹陪着来罢。"

为家族担忧。鲁迅曾在《中国小说史略》中说"悲凉之雾,遍被华林,然呼吸而领会之者,独宝玉而已"。宝玉是"悲凉之雾"的领会者,也是彷徨者;而探春是悲凉的觉察者,也是呐喊者。第七十四回,探春怒斥抄检的人:"你们别忙,自然连你们抄的日子有呢!你们今日早起不曾议论甄家,自己家里好好的抄家,果然今日真抄了。咱们也渐渐的来了。可知这样大族人家,若从外头杀来,一时是杀不死的,这是古人曾说的'百足之虫,死而不僵',必须先从家里自杀自灭起来,才能一败涂地!"说着,她不觉流下泪来。这是为"大族人家"在流泪。也许宝玉的彷徨有着更深沉的思考,但是探春的呐喊则需要勇气和胆量。探春理家之时,人们"渐觉探春精细处不让凤姐",其实,凤姐只有"精细"而缺少"明察",探春能明察秋毫,一叶知秋,所以其"精明"的才干是在凤姐之上的。

探春结局

在红楼十二曲中,探春的一曲题为《分骨肉》,预示了探春的结局:

一帆风雨路三千,把骨肉家园齐来抛闪。恐哭损残年,告爹娘,休把儿悬念。自古穷通皆有定,离合岂无缘?从今分两地,各自保平安。奴去也,莫牵连。

在小说所写的时代,封建大家族的女子抛家远去的目的不可能是宦游,或如今天的求学等事,故后四十回回目中所列的"悲远嫁"还是有道理的。但嫁给谁?为什么要远嫁?这些问题似乎在因果关系上安排得不尽如人意。

探春的判词、诗谜都曾用风筝的飘荡来象征探春的远嫁。小说第七十回也写到了放风筝,探春放的是"一个软翅子大凤凰",照应了"游丝一断浑无力"。小说中还有一段富有象征意味的情节:

> 探春正要剪自己的凤凰,见天上也有一个凤凰,因道:"这也不知是谁家的。"众人皆笑说:"且别剪你的,看他倒像要来绞的样儿。"说着,只见那凤凰渐逼近来,遂与这凤凰绞在一处。众人方要往下收线,那一家也要收线,正不开交,又见一个门扇大的玲珑喜字带响鞭,在半天如钟鸣一般,也逼近来。众人笑道:"这一个也来绞了。且别收,让他三个绞在一处倒有趣呢。"说着,那喜字果然与这两个凤凰绞在一处。三下齐收乱顿,谁知线都断了,那三个风筝飘飘摇摇都去了。众人拍手哄然一笑,说:"倒有趣,可不知那喜字是谁家的,忒促狭了些。"

这段文字借三个风筝描绘了探春的婚事。先是天上那凤凰向探春的凤凰"渐逼近来",两只凤凰"绞在一处",暗喻凤求凰。后来一个大喜字"也逼近来",与两个凤凰绞在一处,写喜事光临,应指探春完婚。外来的两个风筝都是"逼近来",可见探春的婚姻从提亲到出嫁都是被动的。当三个风筝绞在一处的时候,地下放风筝的人"三下齐收乱顿,谁知线都断了,那三个风筝飘飘摇摇都去了"。众人哄笑说那个"喜字"风筝"忒促狭

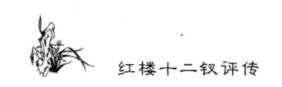

了些",责备得不无道理,"促狭"属于方言,是刁钻、爱捉弄人的意思,这里是抱怨远嫁这件喜事对探春命运的捉弄。可见第七十回的描写已具体暗示了探春的婚姻问题。

　　从全书的情节安排上看,在第七十回到七十九回之间,曹雪芹已紧锣密鼓地写起了迎春、探春、惜春的事,开始考虑她们的归宿。如第七十三回写迎春的善良懦弱,第七十四回写探春的敏锐豪爽以及惜春的孤高耿介,第七十七回透露了迎春要相亲和探春有人说媒之事,第七十九回写迎春出嫁。如果后四十回还是曹雪芹的笔墨的话,估计八十回后不久便应该写探春的悲远嫁。因为第七十七回在"美优伶斩情归水月"故事的结尾处,小说写王夫人的心境:"且近日家中多故,又有邢夫人遣人来知会,明日接迎春家去住两日,以备人家相看;且又有官媒婆来求说探春等事,心绪正烦,那里着意在这些小事上。"王夫人心中"这些小事"指的是小丫头芳官等人要做尼姑的事,相比之下她心中的大事显然就是迎春、探春的婚事了。而迎春是贾赦的女儿,邢夫人已遣人接过去住了,让她操心的莫过于探春的婚事了。书中写"官媒婆"来,这"官媒婆",在甲辰本、程甲本和程乙本上写的是"官媒",没有"婆"字。"官媒"指官衙中的女役,也指专以做媒为业的妇女。试想,如果是元春那样的归宿,王夫人一定是满面春色,何来的"心绪正烦"呢?可见探春的亲事既有来头,又让她烦忧。这样的"官媒婆"所促成的婚姻,将要带来的悲剧气氛与判词中的水边送别,也许能够呼应起来。

　　后四十回中探春结局,虽也写她嫁到很远的地方,但是"服彩鲜明"、衣锦还乡的情节似与判词和序曲中的悲剧预示不符,与第七十回中风筝的暗示、第七十七回王夫人的心情烦忧也照应不上。首先,探春所嫁之人,只是贾政的世交,在海疆任职的周琼之子,没有体现"凤凰"或"王妃"等信息。其次,两家"素来相好",而且门当户对,才貌相配,看不出王夫人的烦恼和远嫁中的悲情。其三,探春出嫁登船时,"分骨肉"、别父母的内容表现不足。第九十九回写周琼传书与贾政联姻，贾政看了，心想："儿女姻缘果然有一定的。旧年因见他就了京职，又是同乡的人，素来相好，又见那孩子长得好，在席间原提起这件事。因未说定，也没有与他们说起。后来他调了海疆，大家也不说了。不料我今升任至此，他写书来问。我看起门户却也相当，与探春到也相配。"如果这位周琼之子正如湘云序曲中所写的，是一位"才貌仙郎"，那么，探春"悲"从何来呢？第一百回的回目是"悲远嫁宝玉感离情"，写宝玉听到探春出嫁之事"啊呀的一声，哭倒在炕上"，他只是伤心于姐姐妹妹的离散。至于探春在此回的"悲"情，是由于对赵姨娘的态度不满，"这里探春又气又笑，又伤心，也不过自己掉泪而已"。而到海滨辞别的时候，第一百零二回写道："次日，探春将要起身，又来辞宝玉。宝玉自然难割难分。探春便将纲常大体的话，说的宝玉始而低头不语，后来转悲作喜，似有醒悟之意。于是探春放心，辞别众人，竟上轿登程，水舟车陆而去。"探春会说什么"纲常大体的话"呢？也许是"自古穷通皆有定，离合岂无缘"？那么，在探春的《红楼梦曲》中，"骨肉家园"在此似乎只强调了宝玉，而"告爹娘，休把儿悬念"等"分骨肉"的内容，体现得不够充分。贾府两个同为庶出的小姐相比较，迎春的婚姻悲剧，是屈从于金钱；而探春的婚姻悲剧，似屈从于权势。

　　按第五回的构思，贾宝玉听到的《红楼梦曲》中，《恨无常》写他的姐姐，《分骨肉》写他的妹妹。如果说大小姐元春的《红楼梦曲》写的是死别之悲，那么三姑娘探春的序曲写的便是生离之痛，因而前者叫《恨无常》，后者名为《分骨肉》。在金陵十二钗的第三位和第四位，曹雪芹让贾政两个贵为妃子的女儿，共同演奏了生离死别的悲剧序曲。宋代周邦彦《瑞龙吟》中的词句"探春尽是，伤离意绪"，可作为三姑娘探春命运的注解。

史湘云——有情芍药含春泪

《红楼梦》问世以来,当钗黛之争不可开交的时候,一旦提起史湘云,交战双方似乎都能达成共识。"湘江水逝楚云飞",湘云的名字中有奔涌的湘江,有飘浮的彩云,还应有辽阔的楚天。"是真名士自风流",史湘云的气质,是不同于众女儿的别样风流。她为大观园带来了一份烂漫的真纯,一股潇洒的清流。然而,就是这样一位"英豪阔大"的女子,生活却并没有给她应有的关爱,幸福的童年和美满的婚姻都与她无缘。"憨湘云醉眠芍药裀",集中描绘了芍药花对湘云醉态的映衬。宋代秦观的《春日》诗"有情芍药含春泪",正是湘云青春的写照。

湘云身份

史湘云在金陵十二钗中位居第五,仅次于婚恋故事的核心人物宝钗、黛玉,以及贾府两个贵为妃子的小姐元春、探春。史湘云是贾母史老太君兄弟的孙女,也是侯门之女。从护官符上看,有"阿房宫,三百里,住不下金陵一个史",形容史家的显赫。但史家虽然显赫,湘云却很贫寒,过着寄人篱下的生活,不能不令人感叹这位红颜的不幸。

小说第五回对湘云判词的描述是:

画几缕飞云,一弯逝水。其词曰:

> 富贵又何为？襁褓之间父母违。展眼吊斜晖，湘江水逝楚云飞。

先看画面。

画上"几缕飞云，一弯逝水"，有水有云，暗含湘云之名。"飞云""逝水"皆非长久之物，隐喻斗转星移、人事已非。烟消云散、流水不返的背后，读者不难看出这位有着魏晋名士般豁达胸怀和乐观态度的女子，最终也同大观园中的其他女儿一样，难逃凄凉落魄的悲惨结局。

再来看判词，从出生到暮年，湘云的判词概述了她的一生。

"富贵又何为？襁褓之间父母违"，关于湘云的身世，小说中并无正面描写，判词的前两句对此作了些许补充。"襁褓"，是婴儿裹体的被服，此处指年幼。"违"，指丧失、死去。由此可见，湘云自小父母双亡，寄居在叔婶家，因而金陵世勋史侯家的富贵对她来说并没有什么用处。从小说中可以得知湘云由叔父抚养成人，婶子对其极为苛刻，虽然贵为小姐，却要像丫鬟般辛苦劳作。如此高贵的出身，如此尴尬的处境，她却没有养成林黛玉般的多愁善感，生活得乐观而又潇洒。性格与身世的反差凸现了独属湘云的顽强之美。

"展眼吊斜晖"，"展眼"，一转眼、一瞬间；"吊"，凭吊，对景伤感；"斜晖"，即夕阳，暗指湘云的晚年。从后面的《红楼梦曲》中可知，湘云后来是"厮配得才貌仙郎"，只是好景不长，夫妻生活短暂。

"湘江水逝楚云飞"，"湘江"指舜的两个妃子娥皇、女英哭他的地方；"楚云"指宋玉《高唐赋》中写的楚襄王梦见巫山神女，能行云作雨。这里的湘江和楚云，暗含了湘云的名字，而飞逝则写她的不幸，由此可以想见她晚年是很凄惨的，也有学者认为云雨飞逝暗示了湘云婚事的不幸。

闲云野鹤一般的史湘云，她的居处是读者比较关心的问题。湘云到底寄养在哪位叔叔的家里？究竟是忠靖侯史鼎，保龄侯史鼐，还是保龄

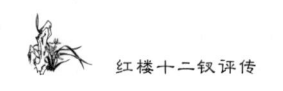

侯史鼐家呢？她到贾府的暂居之处又在哪里？这些细节问题，需要一一解释。

收养史湘云的叔叔到底是史鼐还是史鼐，这一问题需要结合版本异文的流变来考察。史湘云出身金陵望族史家，她是贾母的侄孙女。小说第四回介绍史家："阿房宫，三百里，住不下金陵一个史。"甲戌本侧批写道："保龄侯尚书令史公之后，房分共十八，都中现任（住）者十房，原籍现居八房。"史太君贾母是史公的女儿，贾母的兄弟当为湘云的祖父，庚辰本中写到他的三个儿子，一个早亡的湘云之父，一个是忠靖侯史鼎，一个是保龄侯史鼐。史鼎和史鼐的排行顺序当依《战国策·楚四》所云："故昼游乎江河，夕调乎鼎鼐。"鼎为长，鼐为幼。所以，庚辰本写到"小史侯家"，第二十五回宝玉凤姐出事后，"次日王子腾也来瞧问，接着小史侯家、邢夫人弟兄辈并各亲戚眷属都来瞧看"。还写到"小侯爷家"，第三十七回写"宝二爷要打发人到小侯爷家与史大姑娘送东西"（程本同）。若与第四十九回联系起来看，这"小侯爷家"应指史鼐家。但到了程甲本等版本中"保龄侯"和"史鼐"都不见了，一律改为忠靖侯史鼎。

收养史湘云的叔叔，人名和头衔都存在版本差异。归纳起来大体有三种异文：一是保龄侯史鼐，二是保龄侯史鼎，三是忠靖侯史鼎。文字差异出现在小说第四十九回。庚辰本是这样写的：

> 谁知保龄侯史鼐又迁委了外省大员，不日要带了家眷去上任。贾母因舍不得湘云，便留下他了，接到家中，原要命凤姐儿另设一处与他住。史湘云执意不肯，只要与宝钗一处住，因此就罢了。

这段话传递的信息很明确，史湘云寄养在保龄侯史鼐家，由于"迁委"，即官职调动的原因，他要到外地上任，需要带家眷，史湘云也应随去。但"贾母因舍不得湘云，便留下他了，接到家中"。如果不是叔叔迁到他乡，在"都中"有"家"的史湘云是不会常住贾府的。然而，在第二类版本中，这个"迁委了外省大员"的叔叔则改换了名字。戚序、蒙府、列藏、甲辰等本都作"保龄侯史鼐"，甲辰本缺"保"字，只写了"龄侯史鼐"。值得注意的是，蒙府本在这段正文旁边有一条侧批："史鼐未必左迁，但欲湘云赴社，故作此一折耳。莫被他混过。"正文和批语中都明写"史鼐"，显然不会是笔误。这类版本中，将"保龄侯"保留着，将名字由"史鼏"换成了"史鼐"。到了第三类版本中，这个"迁委了外省大员"的叔叔则是"忠靖侯史鼎"。以杨本（梦稿本）、程甲本、程乙本为代表。这类版本将"史鼎"的名字与"忠靖侯"的头衔协调起来了。

其实在《红楼梦》的第十几回曾写到忠靖侯史鼎。第十一回"庆寿辰宁府排家宴"时，各位王侯来宁府贺寿，其中有"南安郡王，东平郡王，西宁郡王，北静郡王四家王爷，并镇国公牛府等六家，忠靖侯史府等八家"。这里，忠靖侯是史府的代表，也是八家侯门的代表。第十三回写秦可卿丧事时，"忠靖侯史鼎的夫人来了"。在此处，多个抄本都有批语。甲戌本："史小姐湘云消息也。"戚序本："伏史小姐一笔。"庚辰本上"伏史湘云"四字抄成正文。甲辰本："伏下文史湘云"，"史湘云"三字为正文。到了刊本当中，程甲本、东观阁本都在"忠靖侯史鼎的夫人"后，加了"史湘云"三个字，似将批语混入正文中。可见，这些版本都将"忠靖侯史鼎的夫人"与史湘云联系在一起。且不说收养问题，小说首先在强调，忠靖侯史鼎是史湘云这一家族的代表。至程乙本，直接改为"史鼎的夫人带着侄女史湘云来了"，是修订者在统稿中与后文（第四十九回）综合考虑所致。

《红楼梦》的构思和修订过程中，初期人物设置一般较多，后来为了情节的集中和主题的突出，会出现将两个人物合并的现象。王熙凤的女儿大姐和巧姐，后来合成一个，将名字由"大姐"改为"巧姐"，就是突出的例子。在版本传抄和修订中，大姐和巧姐两个女儿同时出现的版本较早、庚辰、己卯、甲戌等有此类现象；只保留一个的，从戚序本开始，程本更为明显。似乎是同样的道理，史湘云的叔叔，在作者早期的构思中，是两个人，忠靖侯史鼎和保龄侯史鼐，庚辰本上分得很清楚；但在以戚序本为代表的几个版本中，呈现出将二人合并时的过渡状态的文字，即出现了"保龄侯史鼎"，也就是说人名为一个，但头衔还是两个。到了程甲本、程乙本中将人名和头衔都统一起来，史湘云的叔叔只剩下"忠靖侯史鼎"了。

总之，无论史湘云的叔叔是两人还是一个人，无论是史鼎，还是史鼐，若从其父亲为长兄而论，史湘云寄养在叔叔（小史侯）和二婶婶家，都是可以讲得通的。从第二十回到第四十九回，她在贾府来去无定，诗社成立也未能参加。而后来的一些回忆中，追述史湘云幼时也曾在贾母身边，由袭人服侍过。第二十回初到贾府时住在绛云轩，与黛玉在一处。待第四十九回叔叔举家迁到外省，居无定所的史湘云住进了大观园，贾母"原要命凤姐儿另设一处与他住，史湘云执意不肯"，所以她住在了宝钗的蘅芜院。

湘云之貌

史湘云长什么样？小说没有正面具体描绘。但我们却能感觉到她是一位美丽、活泼的女孩。

《红楼梦》中史湘云第一次出场已经到了第二十回，回目中的两句"王熙凤正言弹妒意，林黛玉俏语谑娇音"都与史湘云有关。第一个故事"王熙凤正言弹妒意"，说的是王熙凤指责贾环和赵姨娘对宝玉的嫉妒，而宝玉却认为"弟兄之间不过尽其大概的情理就罢了，并不想自己是丈夫，须要为子弟之表率"。他根本没有把贾环放在眼里，主要的原因是他"更有个呆意思存在心里"，书中写：

> 你道是何呆意？因他自幼姊妹丛中长大，亲姊妹有元春、探春，伯叔的有迎春、惜春，亲戚中又有史湘云、林黛玉、薛宝钗等诸人。他便料定，原来天生人为万物之灵，凡山川日月之精秀，只钟于女儿，须眉男子不过是些渣滓浊沫而已。因有这个呆念在心，把一切男子都看成混沌浊物，可有可无。

在宝玉阐述他的女儿至上论时，提到他"自幼姊妹丛中长大"，家中有姊妹四春，还有亲戚中的三位，在宝玉的潜意识中，湘云被排在了黛玉和宝钗的前面，读者第一次看到了史湘云的名字。

第二十回中一句"史大姑娘来了"，标志着史湘云的正式出场。需要指出的是，《红楼梦》是一个庭院故事，在介绍人物出场的时候，一般以荣宁二府为出发点，贾家的人要靠陌生人的感知去写，比如林黛玉、刘姥姥、尤二姐等。而贾家之外的亲朋，要从府内的视角出发，由外及内。十二钗正册中有四位宾客，在第二十回史湘云出场之前，林黛玉、薛宝钗、妙玉，在未见其人之前都有一些铺垫，进府时也需要一番引见。而史湘云的出场，一点初来乍到的迹象都没有。这一现象恐怕是由于作者"增删五次"的改稿过程所导致的。小说中正面写史湘云的文字不多，关于她的情节，往往采用补叙、插叙等笔法。有时追述前事，会流露出时间上的疏忽。如第三十二回写：

> 袭人道："这会子又害臊了。你还记得十年前，咱们在西边暖阁住着，晚上你同我说的话儿？那会子不害臊，这会子怎么又害臊了？"史湘云笑道："你还说呢。那会子咱们那么好。后来我们太太没了，我家去住了一程子，怎么就把你派了跟二哥哥，我来了，你就不像先待我了。"

史湘云比黛玉小，宝钗在第二十二回才十五岁，此时史湘云的年龄不过十二岁左右，"十年前"和袭人在"西边暖阁住着"有过闺中夜话，两岁的小女孩不大可能有"害臊""不害臊"等情感交流。这里应是为了补写袭人曾服侍过湘云，而为两个人添加了一段回忆。用"十年前"也许是为了强调在袭人服侍宝玉之前，但作者在构思这一情节时忽视了儿童情感成熟的年龄底线。陈庆浩在《八十回本〈石头记〉成书初考》中推论："旧稿黛玉十三岁才入京，大概是史湘云和宝玉一起在贾母身边生活。后来为使木石姻缘更有基础，就以黛玉取代湘云幼年在贾府的位置，湘云幼年的故事被删掉。"的确，从黛玉进府时年龄的版本差异，到湘云与袭人追忆中的年龄矛盾，小说在修订过程中应存在过这样的艺术加工，即删削湘云幼年在贾府生活的正面描写，以凸现木石姻缘。

史湘云对于贾府老少，甚至丫鬟们，无不是别后重逢的自来熟。有幸的是，作者还是对她的音容笑貌，做了陌生化的处理，让未曾谋面的读者通过言谈去感知这位"大笑大说"的另类美女。

未知长相，先听咬舌。同一回中"林黛玉俏语谑娇音"的故事，与史湘云有着直接的关系。她一出现便笑语不断，因为"咬舌"，还引出了黛玉的戏谑。面对黛玉揭露自己的毛病，湘云没有生气，却用"咬舌的林姐夫"的笑语相对。史湘云的优点作者没有强调，反而在她刚出场时便突出写她"咬舌"的毛病，黛玉笑话她："偏是咬舌子爱说话，连个'二'哥哥也叫不出来，只是'爱'哥哥'爱'哥哥的。"偏偏咬在"二"和"爱"的音差上，湘云的娇憨跃然纸上。脂砚斋在此有一番高雅的见识，庚辰本夹批写道："可笑近之野史中，满纸羞花闭月、莺啼燕语，除（殊）不知真正美人方有一陋处。如太真之肥，燕飞（飞燕）之瘦，西子之病，若施于别个，不美矣。今见'咬舌'二字加以湘云，是何大法手眼，敢用此二字哉！不独见陋，且更学（觉）轻俏娇媚，俨然一娇憨湘云立于纸上。掩卷合目思之，其'爱厄'娇音,如入耳内。然后将满纸莺啼燕语之字样,填粪窖可也。"将"咬舌"上升到白璧微瑕、以瑕映玉的审美高度,耐人寻味。仅就这一番说笑,湘云的乐观、豪爽,甚至"咬舌"的毛病都使其显得十分可爱。

关于湘云的容貌,作者惜墨如金,只是从侧面为读者提供了一些信息。第二十一回作者写了湘云的睡态,"那史湘云却一把青丝拖于枕畔,被只齐胸,一弯雪白的膀子撂于被外",这是宝玉去给她盖被子所看到的情态。作者以睡态来写湘云的美貌,与唐五代词人温庭筠《菩萨蛮》中"鬓云欲度香腮雪"的词句暗合。到了第四十九回通过侧面描写,交代了湘云"干净清秀"的长相。李婶对在"那里商议着要吃生肉"的宝玉和湘云的描述是:"一个带玉的哥儿和那一个挂金麒麟的姐儿,那样干净清秀",可见湘云是一位容貌清秀的"脂粉香娃"。

湘云之情

由于父母早亡,自幼寄居叔父之家,缺乏家庭关爱,所以湘云的情感世界,主要体现在性情、爱情和友情三个方面。提及性情,首要便是她不同于其他金钗的爽朗英豪、豁达乐观;所谓爱情,主要体现在她与宝玉的两小无猜、志趣相投上;至于友情,则集中反映在她对宝钗的感激敬重以及对黛玉的惺惺相惜上。

第一,性情。

《红楼梦》中,曹雪芹在塑造薛宝钗和林黛玉的形象时,似乎分别融入了儒家和道家的因素。宝钗的形象,端庄儒雅,是一位圣人般的女子;黛玉则道骨仙风,是一位仙人般的女子,即"绛珠仙子"。史湘云的形象则体现了儒道兼综的玄学思想,曹雪芹借这一人物塑造的是一位风流名士的形象。

心直口快,豪爽潇洒。《红楼梦》第二十二回,宝钗生日宴上,众人看

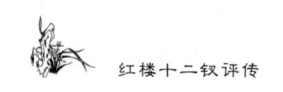

到一位小旦长得像黛玉,但都不敢说,只有史湘云毫无顾忌地说黛玉像那个戏子:

> 至晚散时,贾母深爱那作小旦的与一个作小丑的,因命人带进来,细看时益发可怜见。因问年纪,那小旦才十一岁,小丑才九岁,大家叹息一回。贾母令人另拿些肉果与他两个,又另外赏钱两串。凤姐笑道:"这个孩子扮上活像一个人,你们再看不出来。"宝钗心里也知道,便只一笑不肯说。宝玉也猜着了,亦不敢说。史湘云接着笑道:"倒像林妹妹(程本作"林姐姐")的模样儿。"宝玉听了,忙把湘云瞅了一眼,使个眼色。众人却都听了这话,留神细看,都笑起来了,说果然不错。一时散了。

庚辰本在"倒像林妹妹的模样儿"一句的正文之下,有双行小字夹批:"口直心快,无有不可说之事。"湘云心直口快,宝玉多心生事。但宝玉的一个眼色,貌似为湘云,实则为黛玉,由此把他和湘云的距离拉远了。

爱穿男装,英豪宽宏。史湘云豪爽的性格与其外在的喜好有关系。第三十一回"因麒麟伏白首双星"中,"史大姑娘来了"一节写道:

> 一时果见史湘云带领众多丫鬟媳妇走进院来。……宝钗一旁笑道:"姨娘不知道,他穿衣裳还更爱穿别人的衣裳。可记得旧年三四月里,他在这里住着,把宝兄弟的袍子穿上,靴子也穿上,额子也勒上,猛一瞧倒像是宝兄弟,就是多两个坠子。他站在那椅子后边,哄的老太太只是叫'宝玉,你过来,仔细那上头挂的灯穗子招下灰来迷了眼。'他只是笑,也不过去。后来大家撑不住笑了,老太太才笑了,说'倒扮上男人好看了'。"林黛玉道:"这算什么。惟有前年正月里接了他来,住了没两日就下起雪来,老太太和舅母那日想是才拜

了影回来,老太太的一个新新的大红猩猩毡斗篷放在那里,谁知眼错不见他就披了,又大又长,他就拿了个汗巾子拦腰系上,和丫头们在后院子扑雪人儿去,一跤栽到沟跟前,弄了一身泥水。"说着,大家想着前情,都笑了。

湘云爱男装,宝钗和黛玉的两段回忆都是有力而且有趣的证据。在《红楼梦》中探春有"期男"的想法,希望自己能像男人一样出去有所作为。湘云在装束上不爱红装爱男装,而且,用老太太的话来说她"倒扮上男人好看了"。

第四十九回"琉璃世界白雪红梅"中写了史湘云的冬装。从外到里,透着英俊豪放的气质。"一时史湘云来了,穿着贾母与他的一件貂鼠脑袋面子大毛黑灰鼠里子里外发烧大褂子,头上带着一顶挖云鹅黄片金里大红猩猩毡昭君套,又围着大貂鼠风领。"这是外边的打扮。湘云又让大家欣赏里边:"你们瞧瞧我里头打扮的。"一面说,一面脱了褂子。接着通过众人的视角写道:

> 只见他里头穿着一件半新的靠色三镶领袖秋香色盘金五色绣龙窄裉小袖掩衿银鼠短袄,里面短短的一件水红装缎狐肷褶子,腰里紧紧束着一条蝴蝶结子长穗五色宫绦,脚下也穿着麂皮小靴,越显的蜂腰猿背,鹤势螂形。

于是,众人都笑道:"偏他只爱打扮成个小子的样儿,原比他打扮女儿更俏丽了些。"也许这"蜂腰猿背,鹤势螂形"的装束,能让一个"脂粉香娃"更加挥洒自如地去"割腥啖膻"。行动是无声的语言,她的志向虽不像探春那样直露,但也可见一斑。《红楼梦曲》中写她"幸生来,英豪阔大宽宏量",装束上不让须眉正说明了这一点。

醉眠花裀,名士风流。湘云醉眠芍药裀的场景,有贵妃醉酒的美貌,更有刘伶醉酒的魏晋风度。这位脂粉香娃,堪称女中刘伶。作为水做的骨肉,史湘云的表现形式是酒。《红楼梦》中作者情意的载体,是小说中的"绛洞花主"宝玉,而志趣的载体,则是追求"是真名士自风流"的史湘云。我们先看"芍药裀"的外部背景,本身就蕴含了名士风采。"裀",是垫褥。"芍药裀",就是以芍药的落花当坐垫。《开元天宝遗事》记载:学士许慎选,放旷不拘小节,多与亲友结宴于花圃中,未尝具帷幄,设坐具,使童仆辈聚落花铺于坐下。慎选曰:"吾自有花裀,何消坐具?"坐在芍药花堆成的褥垫上畅饮足见其名士风采了,更何况《红楼梦》让一红粉女郎醉眠其上。山石僻处、芍药花飞、红香散乱、蜂蝶闹穰的景象,衬托出湘云酣醉的神态。与葬花的黛玉、扑蝶的宝钗相比,面对花落蝶飞而不牵动春恨秋忧的人,的确更多了一层智慧与逍遥。嘉庆年间的东观阁本批语在赞叹"天仙幻境"的同时,也指出湘云"实在豪爽,闺阁中另是一流。"此回写湘云醉眠,意在表现她的竹林名士风采。

史湘云身上的魏晋风度,早有清人评述。嘉庆年间二知道人在《红楼梦说梦》中就曾指出:"史湘云纯是晋人风味。"醉眠芍药裀最能代表史湘云的名士风采,尚兼醉境中还说着酒令:"泉香而酒洌""直饮到梅梢月上",联系她那"是真名士自风流"的豪言,自然更能让人联想到魏晋风度,联想到以醉酒著称的阮籍。潇洒的魏晋风度很大一部分成就于酒意醉态。阮籍的深度在于痛苦追求、"穷途而哭"之后,踩出了一条新路——既不完全出世,又不彻底入世,他把儒道兼综的玄学思想溶在酒里,人境与虚无之境的矛盾完全靠酒来调和。这也是史湘云醉态背后魏晋风度的深刻意蕴。

第二,爱情。

曹雪芹在《红楼梦》中要表达的爱情理想是:两小无猜、两容相悦、两心相知。湘云在两小无猜方面无疑较宝黛更占优势。尽管湘云"从未将儿女私情略萦心上"，但挂在嘴边的"爱哥哥"却在无情有意间耐人寻味。

史湘云来贾府，小说没有特意安排她初来乍到的场景。也许正因为她是贾府的常客，所以直到大观园建成她才出现，也没给她分配居所，而是住在黛玉处。但是她和宝玉的关系却十分密切，作者对此并无专门交代，只是到了二十一回才补叙了宝玉和湘云儿时两小无猜的情景：

> 黛玉起来叫醒湘云，二人都穿了衣服。宝玉复又进来，坐在镜台旁边，只见紫鹃、雪雁进来伏侍梳洗。湘云洗了面，翠缕便拿残水要泼，宝玉道："站着，我趁势洗了就完了，省得又过去费事。"说着便走过来，弯腰洗了两把。紫鹃递过香皂去，宝玉道："这盆里的就不少，不用搓了。"再洗了两把，便要手巾。翠缕道："还是这个毛病儿，多早晚才改。"宝玉也不理，忙忙的要过青盐擦了牙，漱了口，完毕，见湘云已梳完了头，便走过来笑道："好妹妹，替我梳上头罢。"湘云道："这可不能了。"宝玉笑道："好妹妹，你先时怎么替我梳了呢？"……（宝玉）不觉又顺手拈了胭脂，意欲要往口边送，因又怕史湘云说。正犹豫间，湘云果在身后看见，一手掠着辫子，便伸手来"拍"的一下，从手中将胭脂打落，说道："这不长进的毛病儿，多早晚才改过！"

从宝玉的"你先时怎么替我梳了呢"，到湘云和她的丫鬟翠缕都用"多早晚才改"来指责宝玉的老毛病，读者不难想见他们之间青梅竹马的关系。从洗脸、梳头、吃胭脂等细节的补叙可见，宝玉和湘云从前是相当熟悉的。

而且，湘云与宝玉的感情绝不仅仅建立在两小无猜的基础之上，否则，同样与宝玉一起长大的黛玉不会对湘云有如此多的妒意，更重要的是二人志趣相投，这给黛玉带来了更深的危机感。

第四十九回在"琉璃世界白雪红梅"的背景下,作者描绘了"脂粉香娃割腥啖膻"的场景:

> 史湘云便悄和宝玉计较道:"有新鲜鹿肉,不如咱们要一块,自己拿了园里弄着,又顽又吃。"宝玉听了,巴不得一声儿,便真和凤姐要了一块,命婆子送入园去。

"巴不得一声儿",可见湘云道出了宝玉的心思,若非志趣相投,怎能一拍即合?从黛玉的话中,读者也可看出这点来:

> 一时大家散后,进园齐往芦雪广来,听李纨出题限韵,独不见湘云宝玉二人。黛玉道:"他两个再到不了一处,若到一处,生出多少故事来。这会子一定算计那块鹿肉去了。"正说着,只见李婶也走来看热闹,因问李纨道:"怎么一个带玉的哥儿和那一个挂金麒麟的姐儿,那样干净清秀,又不少吃的,他两个在那里商议着要吃生肉呢,说的有来有去的。我只不信肉也生吃得的。"众人听了,都笑道:"了不得,快拿了他两个来。"黛玉笑道:"这可是云丫头闹的,我的卦再不错。"

这段话很重要。从黛玉"他两个再到不了一处,若到一处,生出多少故事来"的评论可知,黛玉对宝玉和湘云的志趣相投是了解的。第三十二回,黛玉曾讽刺宝玉道:"你死了倒不值什么,只是丢下了什么金,又是什么麒麟,可怎么样呢?"而此时作者通过李婶这一外来客人的陌生化视角,把宝玉和湘云描述成"一个带玉的哥儿和那一个挂金麒麟的姐儿",可以说是又一次触动了黛玉的敏感神经。黛玉的心中、口中见证着宝玉和湘云之间的默契。

醉卧芍药茵

史湘云

枕霞旧友

拾得麒麟去,非关风月媒。
芍裯沉醉后,花向夕阳开。

——程甲本史湘云绣像题咏

第三，友情。

十二正钗中，数湘云身世最为孤苦，但性格却最为豁达，最平易近人。她心中毫无尊卑贵贱之分，这使她得到贾府上下的喜爱，甚至与大观园中的丫鬟也相处颇善。这一点，从她感念袭人往日服侍她的旧情，特地给袭人带去"绛纹石的戒指"可见一斑。因为她的单纯善良，乐观真诚，使她从来不会嫉妒他人的富贵阔气，不会对过往的小事斤斤计较，也使得城府颇深的宝钗对她爱护有加，孤标傲世的黛玉愿意同她推心置腹。

前面说过，史湘云来贾府，小说没有特意安排她初进贾府的场景，直到大观园建成她才出现，并且也没给她分配居所，只是住在黛玉处。虽然与黛玉一处住着，她却喜欢宝钗的为人，以至后来索性要求住到宝钗那里。1987年版的电视剧《红楼梦》安排她来了就要求住在宝姐姐那里。第二十二回写道：

且说史湘云住了两日，因要回去。贾母因说："等过了你宝姐姐的生日，看了戏再回去。"史湘云听了，只得住下。又一面遣人回去，将自己旧日作的两色针线活计取来，为宝钗生辰之仪。

读者从她做客时还要派人取来"自己旧日作的两色针线活计"，而且是用作"为宝钗生辰之仪"，可见这位贵族小姐日常生活的勤劳，以及对宝钗生日的重视。

她对宝钗回护有加，从不指责宝姐姐。例如第二十回她对黛玉挑衅："你敢挑宝姐姐的短处，就算你是好的。"黛玉冷笑着回答："我那里敢挑她呢。"即使她看到宝钗的可笑之处，也不声张。如第三十六回，黛玉指引湘云看宝钗为宝玉的肚兜绣花，湘云虽也觉可笑，却极力为宝钗解围：

宝钗只顾看着活计,便不留心,一蹲身,刚刚的也坐在袭人方才坐的所在,因又见那活计实在可爱,不由的拿起针来,替他代刺。……林黛玉见了这个景儿,连忙把身子一藏,手握着嘴不敢笑出来,招手儿叫湘云。湘云一见他这般景况,只当有什么新闻,忙也来一看,也要笑时,忽然想起宝钗素日待他厚道,便忙掩住口。知道林黛玉不让人,怕他言语之中取笑,便忙拉过他来道:"走罢。我想起袭人来,他说午间要到池子里去洗衣裳,想必去了,咱们那里找他去。"

的确,正如湘云所想,"宝钗素日待他厚道"。小说第三十七回作完海棠诗,要起海棠社,湘云道:"明日先罚我个东道,就让我先邀一社可使得?"众人同意。她是性之所至,却忘记自己囊中羞涩。尴尬之时,宝钗慷慨解囊,帮她做东办了丰盛而热闹的螃蟹宴。宝钗的体谅、关心和慷慨,让湘云深深感激。"湘云听了,心中自是感服,极赞他想的周到。"更把宝钗当亲姐姐看,"我若不把你当亲姐姐一样看,上回那些家常话烦难事也不肯尽情告诉你了"。湘云的独特之处还在于她有着不同于其他金钗的爽朗与豁达,她不会因为曾经的小小不快而耿耿于怀,更不会因为一时的口角而心存芥蒂,她似乎生来便是一个"乐天派",能够让对她心存敌意的黛玉放下"包袱",同她推心置腹、惺惺相惜。

《红楼梦》第六十二回,围绕怡红公子宝玉的寿辰,叙写了大观园中众女子与宝玉共度寿宴的欢乐场景,并详细描述了"憨湘云醉眠芍药裀"的细节。史湘云醉卧花丛,头枕花瓣,睡在石凳子上。众人推她笑她,并用"醒酒石"和"酸汤"帮她解酒,独黛玉对这一细节深有感触。到了第六十三回行酒令时,湘云抽的花签上写着"只恐夜深花睡去":

  黛玉笑道:"'夜深'两个字,改'石凉'两个字。"众人便知他趣白日间湘云醉卧的事,都笑了。湘云笑着指那自行船与黛玉看,又说"快坐上那船家去罢,别多话了。"

这段叙述妙在一连串的照应。先借黛玉之口,照应前一回的湘云醉酒;又借湘云之口照应前数回即第五十七回的"慧紫鹃情辞试忙玉"。那一回紫鹃说黛玉"要回苏州去",一句顽话引发了宝玉的呆病根:

  正说着,人回林之孝家的单大良家的都来瞧哥儿来了。贾母道:"难为他们想着,叫他们来瞧瞧。"宝玉听了一个"林"字,便满床闹起来说:"了不得了,林家的人接他们来了,快打出去罢!"……一时宝玉又一眼看见了十锦格子上陈设的一只金西洋自行船,便指着乱叫说:"那不是接他们来的船来了,湾在那里呢。"贾母忙命拿下来。袭人忙拿下来,宝玉伸手要,袭人递过,宝玉便掖在被中,笑道:"可去不成了!"一面说,一面死拉着紫鹃不放。

第六十三回的酒令虽然是游戏,却通过照应之笔,交代了前几回丰富的情感积淀。作者写事后只有黛玉还记得"石凉",体谅湘云酣醉的情景下潜在的凄凉;也只有湘云还记着宝玉痴呆的疯语中对黛玉的痴情。

  贵族出身但又经济拮据,同为小姐,却做着丫鬟的活计,湘云的心中怎能没有委屈和辛酸?然而尽管"有情芍药含春泪",这朵美丽的"芍药"带给别人的却只有欢声和笑语。凭着真心来对待身边的每一个人,湘云的单纯带给大观园以难得的真诚,也让读者看到了那浑浊社会中的一丝美好。

湘云之才

　　湘云身上有宝钗的大气，也因仕途经济问题劝过宝玉，被宝玉同样斥责为"混账话"。然而性情亲宝钗，才思却亲黛玉。她能说出和宝钗一样的话，也能写出和黛玉一样的诗。湘云身上有黛玉的才气，才思敏捷，出口成章，《红楼梦》中几次作诗、行令、填词、联句，史湘云的诗词都名列前茅。

　　海棠组诗，湘云夺魁。白海棠和韵二首，比前人都多。作者让黛玉和宝钗的诗各有千秋，宝玉和李纨又各有所好，一个喜欢黛玉的"风流别致"，一个喜欢宝钗的"含蓄浑厚"。却众口一词，称赞湘云的诗，可见作者对湘云诗才的青睐。第三十七回"秋爽斋偶结海棠社"中，湘云的两首《咏白海棠》是：

　　其一

　　神仙昨日降都门，种得蓝田玉一盆。自是霜娥偏爱冷，非关倩女亦离魂。秋阴捧出何方雪，雨渍添来隔宿痕。却喜诗人吟不倦，岂令寂寞度朝昏。

　　其二

　　蘅芷阶通萝薜门，也宜墙角也宜盆。花因喜洁难寻偶，人为悲秋易断魂。玉烛滴干风里泪，晶帘隔破月中痕。幽情欲向嫦娥诉，无奈虚廊夜色昏。

　　众人看一句，惊讶一句，看到了，赞到了，都说："这个不枉作了海棠诗，真该要起海棠社了。"整体看来，湘云的诗作于"风流""含蓄"之外，多了一种随和旷达，如"也宜墙角也宜盆"；同时也不乏孤寂与感伤，如"花因喜洁难寻偶"的诗句,以及"风月""泪痕"等意象,从某种意义上说是对钗黛诗风的"兼美"。

湘云咏絮,诗社填词。第七十回回目是"林黛玉重建桃花社,史湘云偶填柳絮词",因为湘云见柳絮飞舞,偶用《如梦令》的词牌写成小令,从而引发诗社成员填词,这不能不归功于湘云的别出心裁。小说写:"时值暮春之际,史湘云无聊,因见柳花飘舞,便偶成一小令。"词调是《如梦令》,其词写道:

岂是绣绒残吐,卷起半帘香雾,纤手自拈来,空使鹃啼燕妒。且住,且住!莫使春光别去。

湘云作毕,"心中得意,便用一条纸儿写好,与宝钗看了,又来找黛玉。黛玉看毕,笑道:'好,也新鲜有趣,我却不能。'"湘云兴致勃发,鼓动黛玉起社填词,遂有后来众人的柳絮词,虽然宝钗因"好风频借力,送我上青云"的《临江仙》而令"众人拍案叫绝",黛玉因"粉堕百花洲"而被众人赞其"缠绵悲戚",但湘云的词也被评价为"情致妩媚"。

中秋联诗,湘云即景。第七十六回"凸碧堂品笛感凄清,凹晶馆联诗悲寂寞",写贾府中秋赏月,黛玉和湘云来到凹晶馆,二人联诗,联了二十一韵之后,湘云与黛玉被池中一只大白鹤吓了一跳,湘云颇受启发,联道:"窗灯焰已昏。寒塘渡鹤影,"林黛玉听了,又叫好,又跺足,说:"了不得,这鹤真是助他的了!……况且'寒塘渡鹤'何等自然,何等现成,何等有景且又新鲜,我竟要搁笔了。"后来黛玉经过冥思苦想才对出"冷月葬花魂",湘云也拍手称赞,"果然好极!非此不能对。好个'葬花魂'!"与黛玉的"半日"思索相比,湘云的妙手偶得要敏捷得多,因为"寒塘渡鹤"是稍纵即过的,与"冷月葬花"的静美相比,湘云的诗句因富有瞬间的动感而显得难能可贵。

曹雪芹借才女黛玉的语言和情态表现了湘云的诗才,可谓正面烘托。林黛玉"又叫好,又跺足"的动作描写,"何等自然,何等现成,何等有景且又新鲜"的语言描写,从多方面反映了她对史湘云妙手得佳句的赞扬,而湘云对黛玉巧妙的回应也反映了两人在诗才方面的相互欣赏。无怪乎脂砚斋曾在评价香菱时,说到"风流不让湘、黛"等话,在文采风流上将"湘黛"并提。

湘云结局

史湘云结局的谜底,仿佛暗含在金麒麟中。《红楼梦》中不止一次地说到麒麟,似乎都与湘云有关,又都牵涉到宝玉。先有第二十九回张道士送麒麟给宝玉,贾母等人便说起湘云也有同样的麒麟。小说写道:

> 贾母因看见有个赤金点翠的麒麟,便伸手拿了起来,笑道:"这件东西好像我看见谁家的孩子也带着这么一个的。"宝钗笑道:"史大妹妹有一个,比这个小些。"贾母道:"是云儿有这个。"

接着张道士给宝玉提亲,提的虽然是前日在一个人家看见的小姐,但由麒麟引出黛玉对宝钗含讽带刺的话,似乎都与"金玉良缘"有某种关联。到了第三十一回,回目写"因麒麟伏白首双星",直接写到了湘云和宝玉的某些天缘巧合。湘云人未到,先由黛玉的风凉话引出:

> 宝玉笑道:"还是这么会说话,不让人。"林黛玉听了,冷笑道:"他不会说话,他的金麒麟会说话。"一面说着,便起身走了。幸而诸人都不曾听见,只有薛宝钗抿嘴一笑。

后又有湘云的丫鬟翠缕和她论阴阳,话题最后转到麒麟的阴阳问题。这段对话很耐人寻味:

> 翠缕又点头笑了,还要拿几件东西问,因想不起个什么来,猛低头就看见湘云宫绦上系的金麒麟,便提起来笑道:"姑娘,这个难道也有阴阳?"湘云道:"走兽飞禽,雄为阳,雌为阴;牝为阴,牡为阳。怎么没有呢!"翠缕道:"这是公的,到底是母的呢?"湘云道:"这连我也不知道。"翠缕道:"这也罢了,怎么东西都有阴阳,咱们人倒没有阴阳呢?"湘云照脸啐了一口道:"下流东西,好生走罢!越问越问出好的来了!"

这里由万物的阴阳联系到麒麟,再由麒麟联系到人,可谓层层深入。接下来,小说的视点便集中到宝玉身上:

> 一面说,一面走,刚到蔷薇架下,湘云道:"你瞧那是谁掉的首饰,金晃晃在那里。"翠缕听了,忙赶上拾在手里攥着,笑道:"可分出阴阳来了。"说着,先拿史湘云的麒麟瞧。湘云要他拣的瞧,翠缕只管不放手,笑道:"是件宝贝,姑娘瞧不得。这是从那里来的?好奇怪!我从来在这里没见有人有这个。"湘云笑道:"拿来我看。"翠缕将手一撒,笑道:"请看。"湘云举目一验,却是文彩辉煌的一个金麒麟,比自己佩的又大又有文彩。湘云伸手擎在掌上,只是默默不语,正自出神,忽见宝玉从那边来了,笑问道:"你两个在这日头底下作什么呢?怎么不找袭人去?"湘云连忙将那麒麟藏起道:"正要去呢。咱们一处走。"说着,大家进入怡红院来。

宝玉丢的金麒麟比湘云的"又大又有文彩",正暗合了湘云主仆谈论阴阳的话题。到第四十九回"脂粉香娃割腥啖膻"中写宝玉和湘云吃鹿肉时分别佩戴着玉和金麒麟:"李婶也走来看热闹,因问李纨道:'怎么一个带玉的哥儿和那一个挂金麒麟的姐儿,那样干净清秀,又不少吃的,他两个在那里商议着要吃生肉呢,说的有来有去的。'"李婶说"那样干净清秀",可见湘云的容貌是清秀的,而且和宝玉在一起是和谐的。尤其重要的是从旁人之眼点出金玉的匹配。这里金麒麟的"金"与宝玉的"玉"相对应,似乎是金玉良缘的另外一种解释,暗示了宝玉与湘云的姻缘。

小说后来的发展果真如此吗?这涉及湘云的婚事和人物结局的问题,比较复杂。十二支《红楼梦曲》中写湘云的是第五曲,名为《乐中悲》:

襁褓中,父母叹双亡。纵居那绮罗丛,谁知娇养?幸生来,英豪阔大宽宏量,从未将儿女私情略萦心上。好一似,霁月风光耀玉堂。厮配得才貌仙郎,博得个地久天长,准折得幼年时坎坷形状。终久是云散高唐,水涸湘江。这是尘寰中消长数应当,何必枉悲伤!

说湘云"厮配得才貌仙郎"一句与婚姻结局有关。厮配,即匹配;才貌仙郎,指才貌出众的男子。对这一句,小说的两种版本有两种说法:一是现在通行的一百二十回刊本,在后四十回中,第九十四回写"史湘云因史侯回京,也接了家去了,又有了出嫁的日子,所以不大常来。"而第一百零六回"贾太君祷天消祸患"情节中,贾母含泪祷告天地,贾政上前安慰老太太,此时史侯家的两个女人进来向贾母请安说:"我们姑娘本要自己来的,因不多几日就要出阁,所以不能来了。"贾母问道:"你家姑娘出阁,想来你们姑爷是不用说的了。他们的家计如何?"两个女人回道:"家计倒不怎么着,只是姑爷长的很好,为人又和平。我们见过好几次,看来与这里宝二爷差不多,还听得说才情学问都好的。"贾母听了,喜欢道:"咱们都是南边人,虽在这里住久了,那些大规矩还是从南方礼儿,所以新姑爷我们都没见过。我前儿还想起我娘家的人来，最疼的就是你们家姑娘，一年三百六十天，在我跟前的日子倒有二百多天，混得这么大了。我原想给他说个好女婿，又为他叔叔不在家，我又不便作主。他既造化配了个好姑爷，我也放心。"又说："我是八十多岁的人了，就死也算不得没福的了。只愿他过了门，两口子和顺，百年到老，我便安心了。"

第一百零八回写"史湘云出嫁回门，来贾母这边请安。贾母提起他女婿甚好，史湘云也将那里过日平安的话说了，请老太太放心。"然而好景不长，相隔仅一回，第一百零九回便写："史姑娘哭得了不得，说是姑爷得了暴病，大夫都瞧了，说这病只怕不能好，若变了个痨病，还可捱过四五年。所以史姑娘心里着急。"到第一百一十回在构思上与"厮配得才貌仙郎"有所照应："且说史湘云因他女婿病着，贾母死后只来的一次，屈指算是后日送殡，不能不去。又见他女婿的病已成痨症，暂且不妨，只得坐夜前一日过来。想起贾母素日疼他；又想到自己命苦，刚配了一个才貌双全的男人，性情又好，偏偏的得了冤孽症候，不过捱日子罢了。于是更加悲痛，直哭了半夜。"这段话中"才貌双全的男人"，和"得了冤孽症候"等描述，与史湘云的《乐中悲》曲词相呼应。

第二种说法是在八十回手抄本脂砚斋评注中提到，史湘云后与一个贵族公子卫若兰结婚。在第三十一回"因麒麟伏白首双星"中，己卯本的回后评是："后数十回若兰在射圃所佩之麒麟，正此麒麟也。提纲伏于此回中，所谓草蛇灰线在千里之外。"庚辰本、戚序本的回后评与此相同。这里脂砚斋的批语中出现了"若兰"二字，而且有"射圃"的动作，俨然一位男子骑射的情态。那么书中是否还有其他有关"若兰"信息呢？我们在小说第十四回的正文中发现，在为秦可卿送殡的王孙公子中，有一个叫"卫若兰"的人，第十四回"贾宝玉路谒北静王"一节写道："那时官客送殡的，有镇国公牛清之孙现袭一等伯牛继宗……这六家与宁荣二家，当日所称"八公"的便是。馀者更有南安郡王之孙，西宁郡王之孙，忠靖侯

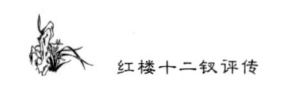

史鼎……馀者锦乡伯公子韩奇，神武将军公子冯紫英，陈也俊、卫若兰等诸王孙公子，不可枚数。"

综合小说正文和脂砚斋的批语可知，后来因麒麟而与湘云有姻缘关系的当是这位"王孙公子"卫若兰。

此外，还有另一种说法来自"旧时真本红楼梦"，史湘云的结局与现在能看到的本子不同。俞平伯先生《红楼梦辨》第十三章论及"所谓'旧时真本红楼梦'"，曾从《续阅微草堂笔记》转录了一段文字："《红楼梦》……自百回以后，脱枝失节，终非一人手笔。戴君诚甫曾见一旧时真本，八十回之后皆不与今同。荣宁籍没后均极萧条；宝钗亦早卒；宝玉无以为家，至沦为击柝之流；史湘云则为乞丐，后乃与宝玉仍成夫妇，故书中回目有'因麒麟伏白首双星'之言也。闻吴润生中丞家尚藏有其本，惜在京邸时未曾谈及，俟再踏软红，定当假而阅之，以扩所未见也。"这里我们重点看宝玉和湘云的结局，写宝玉的"击柝"，指敲击打更的梆子，《木兰诗》有："朔气传金柝。"1987年版的电视剧为湘云设计的结局比乞丐还惨，沦落风尘，一再让宝玉为她赎身。显然，"旧时真本"中的文字基本是由"因麒麟伏白首双星"而引发出宝玉和湘云的后续姻缘。

不过，从前八十回脂砚斋的批语来看，首先指明佩戴金麒麟的青年男子，于宝玉之外另有其人，名卫若兰。再者，还点出曹雪芹艺术构思上的意图，己卯本第三十一回回前评语写道："金玉姻缘已定，又写一金麒麟，是间色法也。何颦儿为其所惑？故颦儿谓'情情'。"可见，脂砚斋告诉读者，湘云的麒麟只不过是为宝玉和宝钗之间的金玉良缘起"间色"作用的，是出于艺术上的考虑，使故事情节更为曲折摇曳。诸多说法比较而言，笔者更倾向于麒麟在艺术衬托上的作用。也就是说，金麒麟之"金"，是《红楼梦》金玉良缘故事的副线。同时，从第三十二回因金麒麟掀动的涟漪过后，宝黛互认知己的现象来看，湘云的金麒麟也为宝黛爱情的成熟，起到了催化的作用。

《红楼梦》第六十二回"憨湘云醉眠芍药裀",集中写了芍药花对湘云醉态的映衬。而大观园中过了芍药圃,便进入蔷薇院。"芍药圃"与"蔷薇院"的相邻,让人联想到宋代秦观《春日》中的诗句"有情芍药含春泪,无力蔷薇卧晓枝"。诗歌背景虽为姹紫嫣红的春日花园,烘托的主体却是泪美人与病西施的形象,充溢着一种感伤无奈的情怀。早在《诗经》当中芍药就曾被用来表达恋人的离情别意,如《诗经·郑风·溱洧》中:"维士与女,伊其相谑,赠之以勺药。"可见,古代男女离别时互赠芍药以寄托情怀,表达爱慕之意。古人将芍药视为离别花,在有朋友、亲人离别时就赠送芍药以示思念,所以又名"离草"。这里自然也带有一定的悲剧意蕴了。湘云是那样的乐观、豪爽,那样的与世无争,"幸生来,英豪阔大宽宏量,从未将儿女私情略萦心上",却依然逃脱不了"云散高唐,水涸湘江"的悲剧命运。

妙　玉——暗香浮动月黄昏

金陵十二钗正册的四位宾客中,有一位带发修行的女子,即妙玉。妙玉在十二正钗中居于第六,在她前面的五位女子分别是婚恋故事的核心人物宝钗、黛玉,以及贾府两个贵为妃子的小姐元春、探春,还有贾母的侄孙女史湘云。作为宾客,能够高居贾府的三位媳妇和另外三位小姐之前,甚至超过女管家王熙凤,可见这一人物形象的分量。其实妙玉的重要性,很大一部分来自作者对宝玉婚恋故事的艺术构思。因为与宝玉的藕断丝连,兼及辉映黛玉,使其戏份得以提升。作为年轻貌美的女子,小说描写妙玉时选用的花卉背景是——红梅。宋代诗人林逋在《山园小梅》中曾经写道:"疏影横斜水清浅,暗香浮动月黄昏",可用来表现妙玉的倩影和幽情。

妙玉身份

妙玉是贾府众芳中唯一一位带发修行的女子。她在小说第十七至十八回大观园建成后首次出现,其命运和大观园兴衰与共,有着一定的象征意义。

在小说中,妙玉的身世是通过侧面描写展现给读者的。第十七至十八回先交代贾蔷已从姑苏采买了十二个女孩子,并将梨香院腾挪出来,令教习在此教演女戏。又有林之孝家的来回:

采访聘买得十个小尼姑、小道姑都有了，连新作的二十分道袍也有了。外有一个带发修行的，本是苏州人氏，祖上也是读书仕宦之家。因生了这位姑娘自小多病，买了许多替身儿皆不中用，到底这位姑娘亲自入了空门，方才好了，所以带发修行，今年才十八岁，法名妙玉。如今父母俱已亡故，身边只有两个老嬷嬷，一个小丫头伏侍。

这里点明妙玉是苏州人氏，出身仕宦之家，父母俱已亡故，从小多病。这些信息与黛玉十分相似，所不同的是她的病已导致她自幼就入了空门。

关于妙玉入空门的动因，存在版本差异。上段引文里"到底这位姑娘亲自入了空门"，这一句是按梦稿本（杨本）、甲辰本改的。查其他版本，庚辰本作"足的这位姑娘亲自入了空门"，"足的"二字点去；己卯本把"足"改成"逼"；北师大本抄作"逼的这位姑娘亲自入了空门"；戚序本、蒙府本作"促的这位姑娘亲自入了空门"；舒序本作"只的这姑娘亲自入了空门"；列藏本作"须得他亲自入了空门"；程甲、程乙本与杨本和甲辰本一样，都是"到底这位姑娘亲自入了空门"。归纳这几类版本的异文，妙玉"亲自入了空门"的结果是一致的，不同在于"足的""逼的""促的""须得"和"到底"的差异。"足的"与下文讲不通，似笔误；"逼的""促的"有被动、被迫之意；"须得"有被迫之意，但略含主观意愿；"到底"有无奈中的结果之意。其实，如果从动态的视角考察《红楼梦》各版本的传抄和修订过程，通过这一细节也能体会到，关于妙玉出家的动因，也是一个从被迫到无奈的过程。

王夫人听闻下人的回报，很是热心，命人即刻接了妙玉来。不承想妙玉却称"侯门公府，必以贵势压人，我再不去的"。面对官宦小姐的骄傲气性，王夫人盛情下帖相请。在贾府的诚邀之下，妙玉终于走进了大观园，住进了栊翠庵。

小说第五回对妙玉的判词描述是:

画着一块美玉,落在泥垢之中。其断语云:
欲洁何曾洁,云空未必空。可怜金玉质,终陷淖泥中。

"一块美玉"寓妙玉之名,"落在泥垢之中"喻妙玉之结局。"美玉"与"泥垢"相互对照,暗示了这位妙龄幽尼"风尘肮脏(kǎng zāng)违心愿"的悲惨遭际。

"欲洁何曾洁,云空未必空","洁"既指清洁,又指佛教所说的净。佛教宣扬现实世界是污秽的,唯有天堂佛国才算"净土",所以佛教又称净教。妙玉本有"洁癖",又身在佛门,故云"欲洁"。"空",亦为佛教用语,佛教认为"空"乃天地万物的本体,一切终属空虚。妙玉终日与青灯蒲团相伴,以"洁"和"空"为至高理想,却始终未能真正地"因色悟空","因空见道",只得沦为一个贵妃娘娘省亲别墅中的高雅点缀品。妙玉在苏州修行的居所名为"蟠香寺",到了大观园她住的是"栊翠庵",含香与着色,两处都体现了妙玉的"云空未必空"。

"可怜金玉质,终陷淖泥中","金玉质",古代的一种极尊贵的称谓,一般多用于皇族子孙或宗室成员。这里作者用它来比喻妙玉"出身不凡,心性高洁"的特质,远远超过了判词中对迎春"金闺花柳质"、惜春"绣户侯门女"的评价,激赏之情可见一斑。综合来看,妙玉仕宦之家的"金玉质"主要体现在以下几个方面:其一,出家时的境况。文中描述妙玉出家是带发修行,这就不同于一般的削发为尼,是要施舍给寺院相当一笔经费。妙玉出家的地点是苏州玄墓山蟠香寺,这等名山宝刹也非一般小家碧玉可以随便出入。再有,妙玉在出家前曾"买了许多替身儿",出家时还带有不少服侍她的婆子和丫鬟,若不是生于权贵之家,断难如此。妙玉的师父以"精演先天神数"而闻名于世,其弟子之多自不必说,独带妙玉到长安朝拜"观音遗迹并贝叶遗文",也反映出妙玉在蟠香寺的特殊地位。其二,入园时的礼遇。与妙玉同时进贾府的十个小尼姑、小道姑,无一不是贾府"聘买"的,唯独妙玉是下请帖"聘请",甚至"侯门公府必以贵势压人"的论调也能得到王夫人的理解与青睐,更显出她身世不凡,骄傲之气不比常人。其三,生活中的雅趣。贾府的主子们历来锦衣玉食,生活讲究,妙玉与他们相比,却没有丝毫的逊色。雕漆填金的茶盘,梅花上收集的雪水,九曲十环一百二十节蟠虬整雕竹根的茶具等,作者以沏茶之水、品茶之杯的稀奇罕见,表现妙玉的物质生活和精神品位都非同一般。如此难能可贵的金玉之人,最后却陷于"淖泥",不得善终,令人悲叹。

妙玉之貌

　　同身份一样,小说中几乎没有正面介绍妙玉的容貌。对于这位绝世女子的一颦一笑,作者仅借贾府下人之口赞了句"模样儿又极好"。第一百零九回"候芳魂五儿承错爱　还孽债迎女返真元"中,妙玉也只是岫烟眼中的一个侧影:"头带妙常髻,身上穿一件月白素绸袄儿,外罩一件水田青缎镶边长背心,拴着秋香色的丝绦,腰下系一条淡墨画的白绫裙,手执麈尾念珠,跟着一个侍儿,飘飘拽拽的走来。"这种婉曲的叙述方式既为幽尼妙玉增添了些许神秘色彩,又给读者留下了无尽的想象空间。正如脂批所说:"妙玉世外人也,故笔笔带写,妙极妥极。"可以想见,同黛玉一样有着天生不足的妙玉,必也是"闲静时如姣花照水,行动处似弱柳扶风",加之几分仙风道骨,宁静素淡,其情其态更非寻常女子所能企及。

　　小说用于妙玉相貌上的笔墨不多,可以从以下几个方面来思考:其一,妙玉自幼与佛法结缘,青灯蒲团是她的最终归宿。禅语有云:"色即是空,空即是色。"从这个角度来讲,鲜艳的姿色对于妙玉而言,有也是无,无即是有,是否鹅脂之鼻,是否银盆之面根本无足轻重。况且对于这样一位遗世独立的女子来说,过度的相貌描写反倒显得轻薄而有失庄重,与妙玉性情不相符合,索性略去一切,任由读者自己描画为好。其二,纵观《红楼梦》中芸芸女子,其音容笑貌大多出自他人之眼。如三春的姿态与凤姐的神采源于黛玉的"含情目",宝钗"银盆"般的俊俏脸蛋也映于宝玉的脉脉"秋波"中。而妙玉平日里深居简出,旁人极少有机会一睹芳容。即便面对面,隔着那世人皆罕的孤僻性情,作为知己的宝玉尚不敢造次,他人又从何"着眼"呢? 故此,读者只有带着幻想,去细细琢磨这块美妙璞玉的质地成色了。

值得注意的是,《红楼梦》后四十回中增添了对妙玉外貌服饰的具体描写,并运用了戏曲服饰名词"妙常髻"。 这里,"妙常髻"可解释为:戏曲舞台上女尼头部所戴装饰物,原名道姑巾,因明高濂的《玉簪记》中陈妙常为女尼形象代表,故得名"妙常髻"。妙玉这一头饰存在版本上的细微差异,程甲本、东观阁本作"妙常髻",杨本、蒙府本、程乙本作"妙常冠"。

关于明代传奇《玉簪记》,曹雪芹在第五十四回"史太君破陈腐旧套 王熙凤效戏彩斑衣"情节中提到了此剧,书中写到众人赞叹芳官唱的《寻梦》用箫管时,贾母指着湘云对众人道:"我像他这么大的时节,他爷爷有一班小戏,偏有一个弹琴的凑了来,即如《西厢记》的《听琴》,《玉簪记》的《琴挑》,《续琵琶》的《胡茄十八拍》,竟成了真的了,比这个更如何?"从贾母的回忆中可知,《玉簪记》在当时与《西厢记》一样家喻户晓。《玉簪记》主要描写了女尼陈妙常与书生潘必正的婚恋故事。时人将妙玉、妙常相提并论的评语都集中在后四十回。如,第八十七回"坐禅寂走火入邪魔"情节中,写妙玉"抱住那女尼呜呜咽咽的哭起来,说道:'你是我的妈呀,你不救我,我不得活了。'"东观阁评:"一念静中思动,遍身欲火难禁。"这句话出自《玉簪记》第十八出"词姤私情"。第一百零九回正文写道:"只见妙玉头戴妙常髻,身上穿一件月白绸袄儿……"姚燮评曰:"细写妙玉

雅收梅花雪
鳳嫁作

妙玉

调寄女冠子·槛外人

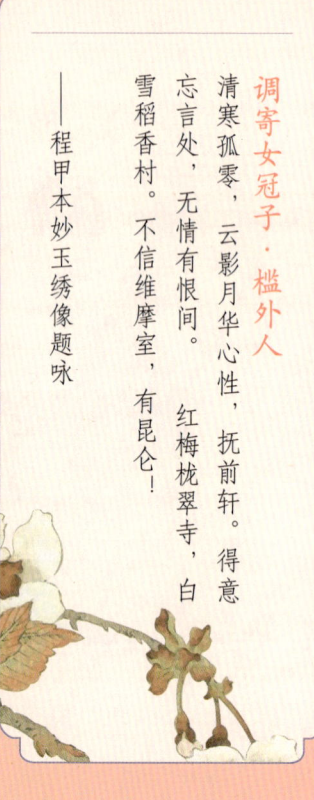

清寒孤零,云影月华心性,抚前轩。得意忘言处,无情有恨间。红梅栊翠寺,白雪稻香村。不信维摩室,有昆仑!

——程甲本妙玉绣像题咏

服饰,绝似《玉簪记》上场打扮,否则如《孽海记·思凡》一出也。"二知道人在《红楼梦说梦》中点评道:"妙玉偶遇宝玉,便有走火入魔之病。闻有陈妙常者,妙玉岂其宗派与?"这可以说是较早点明妙常和妙玉内在联系的论断。清人对二者形象相似性的认可似乎都来源于后四十回中妙玉"凡心偶炽"的情节。

戏曲舞台上的妙常形象是"女尼思凡"的典型,《红楼梦》后四十回借鉴其形象特点为妙玉的形象做了类似的设计。《红楼梦》前八十回,妙玉在身世、才艺上与妙常确有相似处,而后四十回对"妙常髻"的添加,不但借妙常对妙玉的形象做了补充,也使妙玉形象在妙常的基础上有所超越。具体表现为,妙常"逐芳尘"而妙玉的"世难容";妙常的结局是"大团圆",而妙玉则是"遭泥陷"(参见周舒的论文)。后四十回也以美的毁灭来彰显妙玉的命运悲剧。以妙常为参照系,一百二十回本《红楼梦》中妙玉形象的整体性得到了体现,这有助于加深我们对妙玉形象的理解。

妙玉之情

大观园里千红万艳,芳香各异。论及性情怪癖者,首推妙玉。出身仕宦,遁入空门,妙龄玉貌,才华比仙,诸多因素纠结在一起,造就了妙玉这一心性高洁的"槛外人",以及幽思难断、心系红尘的"畸人"形象。

首先来看妙玉之"性"。对妙玉的脾气秉性,从未嫌弃并悉心对待妙玉的宝玉曾经对她有过这样的评价:"为人孤癖,不合时宜,万人不入他目",归结起来就是厌俗。统观全篇,妙玉眼中的"俗"大概可以包括以下两类。

一是权贵。虽然因家世衰败,遵循师父的"临寂遗言"而不得不依附于贾府,妙玉却与铁槛寺的静虚、水月庵的智通、地藏庵的圆心等人有着本质的不同。静虚曾挑唆王熙凤弄权铁槛寺,谋财害命;智通曾助王夫人让芳官那样的美优伶归于水月，同时圆心也把蕊官和藕官带到了地藏庵。妙玉则始终保持着闲云野鹤的高傲姿态，从不迎合谄媚，即使对待贾母她也没有阿谀之态，反而不如对宝玉、黛玉等人那么热情。文中有一个细节很值得注意，同样是饮茶做客，第四十一回贾母率众人游栊翠庵，妙玉却未奉陪到底，得空拉了宝钗、黛玉到耳房内吃"梯己茶"，而且在茶水和茶具上，招待贾母的固然讲究，但不如给黛玉和宝钗的清雅，更不如给宝玉的显得亲切。当贾母一行意欲离开时，妙玉"亦不甚留，送出山门，回身便将门闭了"。相反，第七十六回黛玉和湘云离开栊翠庵时，妙玉"送至门外，看他们去远，方掩门进来"。对比之下，"槛外人"的好恶向背一目了然，因而涂瀛在《妙玉赞》中说："壁立万仞，有天子不臣、诸侯不友之概。"

第一百零九回"候芳魂五儿承错爱　还孽债迎女返真元"中也有类似的情节。其时贾母生病妙玉前来探望，旧相识邢岫烟前往迎接，向她直道"幸会"，妙玉却道："头里你们是热闹场中，你们虽在外园里住，我也不便常来亲近。如今知道这里的事情也不大好，又听说是老太太病着，又惦记你，并要瞧瞧宝姑娘。我那管你们的关不关，我要来就来，我不来你们要我来也不能啊。"贾府盛时，她不趋炎附势，即使是权高位重的贾母也不曾远送。贾府败时，她却不离不弃，特来探望病中的贾母。妙玉对待贾母的态度前后对比，发人深省，秉直率性之品性与前文有所呼应。

二是俗人。妙玉将与自己志趣不相投的一干人等皆算在俗人范围之内，以"白眼"对之。这其中既有李纨等身居侯门的小姐媳妇，又有粗俗不堪的下人奴才。第五十回"芦雪广争联即景诗　暖香坞雅制春灯谜"，李纨心系栊翠庵的红梅，欲寻一枝来插瓶，却"可厌妙玉为人"，不愿理她，责了宝玉代劳。照理说，这位稻香老农为人最少事端，温柔可亲，遇到妙玉也要退避三舍，可见妙尼为人之孤僻。再者，第四十一回"栊翠庵茶品梅花雪　怡红院劫遇母蝗虫"也有一突出的例证，刘姥姥用过的成窑五彩小盖钟,妙玉忙命扔掉,经宝玉劝解才赠予了那"母蝗虫"。据考证,"成窑"乃是明代成化年间官窑所出的瓷器,以五彩为上乘。妙玉把这样珍贵的瓷器随意丢弃,既是丰实物质基础的体现,也显出了她孤高遗世的脾性。众人走后,宝玉欲命小幺儿为妙玉打水洗地,孰料依旧未合佳人之意,妙玉只允许这些下人抬了水搁在山门外头墙根下。在她眼里,粗俗之人进入庵门便是对她圣洁之地的玷污。真真是"天生成孤癖人皆罕",然而"过洁世同嫌"。

再看妙玉之"情"。潜心向佛,参经悟道是妙玉作为出家人的分内之事,但事实上,尘世的珠围翠绕、柳绿花红也对这个妙龄少女产生了极大的影响,情缘如青丝一般愈发绵长。

于闺中友人,妙玉以诚相待,颇念旧情。小说第六十三回借邢岫烟之口交代,她曾与妙玉做过十年的邻居,仅一墙之隔。两人相依相伴,称得上是贫贱之交。妙玉教岫烟读书识字,岫烟为妙玉排遣"芳情",从"土馒头"到"畸零之人",从诗词到文章,一双女儿天南海北,无话不谈。如今天缘凑合,相遇于贾府,"旧情竟未易",妙玉待岫烟"更胜当日"。短短数句,妙玉重情一面毕现。

于"槛内"知己,妙玉欲言又止,无尽向往。这一点与宝钗待宝玉发乎情而止乎礼的含蓄内敛颇有些相似。如果说宝钗之情是水面上荡漾的涟漪,妙玉之情则是河床下涌动的暗流。面对身边唯一可以交心的多情公子,妙玉心动是自然合情的。在这个年纪上,崔莺莺"游丝牵惹桃花片,珠帘掩映芙蓉面",杜丽娘"云鬓罢梳还对镜,罗衣欲换更添香",同为佳人的妙玉虽不能像莺莺那样"樱桃红绽,玉粳白露",却也难敌满园春色,有丽娘般的感受,"袅晴丝吹来闲庭院,摇漾春如线"。然而,锁着"带发修行"的镣铐,舞姿又怎能轻松自如。缁衣重裹下的"槛外人"不得不将自己的七情六欲捆绑起来,心中的情愫欲道还休,正所谓"剪不断,理还乱"。品茶、赠梅与贺寿三段情节便是绝佳的体现。

绿玉斗——怡红栊翠映双玉。小说第四十一回写贾母率众人赴栊翠庵品茶,其间妙玉把宝钗和黛玉的衣襟一拉,宝玉也悄悄跟随其后,去喝"梯己茶"。"妙玉自向风炉上扇滚了水,另泡一壶茶",然后分别给钗黛二人拿了珍稀的古玩茶具,接着写她:

> 仍将前番自己常日吃茶的那只绿玉斗来斟与宝玉。宝玉笑道:"常言'世法平等',他两个就用那样古玩奇珍,我就是个俗器了。"妙玉道:"这是俗器?不是我说狂话,只怕你家里未必找的出这么一个俗器来呢。"宝玉笑道:"俗说'随乡入乡',到了你这里,自然把那金玉珠宝一概贬为俗器了。"妙玉听如此说,十分欢喜,遂又寻出一只九曲十环一百二十节蟠虬整雕竹根的一个大盏出来,笑道:"就剩了这一个,你可吃的了这一海?"宝玉喜的忙道:"吃的了。"妙玉笑道:"你虽吃的了,也没这些茶糟踏。岂不闻'一杯为品,二杯即是解渴的蠢物,三杯便是饮牛饮骡了'。你吃这一海便成什么?"说的宝钗、黛玉、宝玉都笑了。妙玉执壶,只向海内斟了约有一杯。宝玉细细吃了,果觉轻浮无比,赏赞不绝。妙玉正色道:"你这遭吃的茶是托他两个福,独你来了,我是不给你吃的。"宝玉笑道:"我深知道的,我也不领你的情,只谢他二人便是了。"妙玉听了,方说:"这话明白。"

就现知的文本内容而言,宝玉当是初来品茶。所以此段开头的"仍"字应作"乃"讲,解释为"于是",而不是"仍旧"。从表面看宝玉好像是沾了钗黛的光,还对妙玉明言"我也不领你的情",其实妙玉的"梯己茶"更是想给宝玉这一"蠢物"喝的,席间"饮牛饮骡"的顽闹取笑,更是与一般的小儿女无甚差别。对于刘姥姥弄"脏"的成窑五彩小盖钟,妙玉称若是她自己吃过的,"就砸碎了也不能给他",而自己日常用的"绿玉斗",她却肯让宝玉这样一个"须眉浊物"沾染。可见,妙玉的清浊标准不在杯上,而在心里。第十九回时，宝玉去袭人家做客，袭人也曾"将自己的茶杯掷了茶，送与宝玉"，却与妙玉之举大相径庭。一个因"敬"，一个缘"情"，前者求的是照顾周全、免出差池；后者虑的是亲切稠密、情谊相通。

作为水做的骨肉，妙玉的表现形式是"茶"。茶，既是文人雅士表达志趣的载体，也是传情的媒介。《红楼梦》第二十五回曾写过一个有趣的场景，王熙凤取笑黛玉既喝了他们家的茶，就要做他们家的媳妇。其实，由茶谈到"做媳妇"，论起人物、门第、根基、家私等条件，妙玉对于宝玉来说也是没有一点"配不上"的。她在苏州修行时的居所叫"蟠香寺"，与"栊翠庵"对看，一个含香，一个带色，可见作者写妙玉"云空未必空"的寓意。不过，妙玉居所名称中的两个动词，更耐人寻味。"蟠"，环绕。"栊"，槛、牢之意，《说文解字》："栊，槛也。从木，龙声。"总之，蟠是束缚，栊是禁闭。妙玉自比"槛外人"，可见其对幽闭环境的无奈，对随性任情的向往。

一剪梅——白雪红梅赠暗香。在宝玉乞红梅的情节中，妙玉并没有在众女子中出现，但妙玉的音容恰似红梅的暗香，一直萦绕在白雪红梅的画面中。

《红楼梦》第四十九回回目是"琉璃世界白雪红梅"，主要是写景，而白雪中的红梅是从宝玉的眼睛看出的。小说先写宝玉看到的雪景，"揭起窗屉，从玻璃窗内往外一看，原来不是日光，竟是一夜大雪，下将有一尺多厚，天上仍是搓绵扯絮一般"。接着写他看到了妙玉栊翠庵中的红梅"如胭脂一般，映着雪色，分外显得精神，好不有趣！"这里作者从宝玉的叙事视点出发，调动他的嗅觉和视觉，先闻到"一股寒香"，再看到"胭脂一般"的红梅，强调了梅花"映着雪色"的背景，红白相映"分外显得精神"。其实，作者虽在写景，已经融入了赏花人的羡慕之情，并为下一回宝玉被罚乞红梅而欣然前往埋下了伏笔。

第五十回"芦雪广争联即景诗"，叙述了大观园诗社成员即景写诗的场面。宝玉联句时落第，被罚去妙玉处取红梅。李纨命人跟着，黛玉忙拦住说："不必，有了人反不得了。"一向小心小性的黛玉，对于宝玉向妙玉处去竟然很宽容，足以见得她对妙玉脱俗品格的了解与欣赏。待红梅乞来，插入"美女耸肩"的花瓶之中，引得众人连连称赞。"原来这枝梅花只有二尺来高，旁有一横枝纵横而出，约有五六尺长，其间小枝分歧，或如蟠螭，或如僵蚓，或孤削如笔，或密聚如林，花吐胭脂，香欺兰蕙，各各称赏"。这里表面写梅花，实则写妙玉之香慧脱俗。至于宝玉是怎样敲开妙玉的庵门，怎样采折的，小说没有直接写，而是通过后文宝玉的诗作加以补叙的。

酒未开樽句未裁，寻春问腊到蓬莱。不求大士瓶中露，为乞嫦娥槛外梅。入世冷挑红雪去，离尘香割紫云来。槎枒谁惜诗肩瘦，衣上犹沾佛院苔。

可以想见，"不求大士瓶中露，为乞嫦娥槛外梅"，也许是当时宝玉扣动妙玉之门的话语。而黛玉说"凑巧而已"，似乎得到了证实。妙玉的"槛外梅"究竟有怎样的情韵呢？南朝民歌《西洲曲》曾有"采莲南塘秋，莲花过人头"的著名诗句，我们知道"莲"与"怜"谐音双关，是怜爱的意思。而《西洲曲》的开头也有"忆梅下西洲，折梅寄江北"之句，借"梅"和"媒"的谐音双关，传达对意中人的思念。可见"红梅"是具有传情之意的。最后，宝玉再访栊翠庵，妙玉赠予每人一枝红梅，这断断不是妙玉欲与人交好的表现。试想若没有宝玉的深细之情予一访再访，众人之"光"又何处得"沾"呢？

生日帖——槛内槛外寄芳情。第六十三回"寿怡红群芳开夜宴"的热闹场面中，怡红公子宝玉所用情的女子全都出现了。除怡红院的成员外，有与他经常来往的黛玉、宝钗、湘云、探春，有客人宝琴，有宝玉曾为之"理妆"的平儿,也有因宝玉"情解石榴裙"的香菱。独有一个女子虽没有亲临,却捎来了祝福,这人便是妙玉。《红楼梦》第六十三回写夜宴之后,宝玉意外发现了妙玉给他的生日贺帖——"一张粉笺子,上面写着'槛外人妙玉恭肃遥叩芳辰'"。

> 宝玉看毕,直跳了起来,忙问:"这是谁接了来的?也不告诉。"袭人晴雯等见了这般,不知当是那个要紧的人来的帖子,忙一齐问:"昨儿谁接下了一个帖子?"四儿忙飞跑进来,笑说:"昨儿妙玉并没亲来,只打发个妈妈送来。我就搁在那里,谁知一顿酒就忘了。"众人听了,道:"我当谁的,这样大惊小怪,这也不值的。"宝玉忙命:"快拿纸来。"当时拿了纸,研了墨,看他下着"槛外人"三字,自己竟不知回帖上回个什么字样才相敌。

宝玉的重视,从一个"跳"字可以看出,作者又一连写了几个"忙"字和一个"快"字,反映了宝玉对妙玉所送的生日贺帖极为上心。为了能礼貌地回一个帖,宝玉可谓煞费苦心。在要去咨询的人中他将宝钗和黛玉权衡了一下,还是选择去问黛玉,路上意外遇到了解妙玉的邢岫烟:

> 岫烟听了宝玉这话,且只顾用眼上下细细打量了半日,方笑道:"怪道俗语说的'闻名不如见面',又怪不得妙玉竟下这帖子给你,又怪不得上年竟给你那些梅花。既连他这样,少不得我告诉你原故。他常说:'古人中自汉晋五代唐宋以来皆无好诗,只有两句好,说道:"纵有千年铁门槛,终须一个土馒头。"'所以他自称'槛外之人'。……如今他自称'槛外之人',是自谓蹈于铁槛之外了;故你如今只下'槛内人',便合了他的心了。"

145

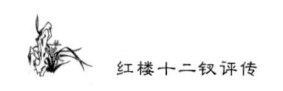

岫烟的话令宝玉忽然明白了家庙"铁槛寺"的来由。他在回帖上面只写了"槛内人宝玉熏沐谨拜",亲自拿了到栊翠庵,隔着门缝儿投了进去。从一连几个"怪不得"可知,邢岫烟判断宝玉的才貌性情是妙玉所欣赏的。而对妙玉帖子的重视,也反映出宝玉对妙玉与众不同的情谊。

细读小说不难发现,作者在处理妙玉宝玉之间的微妙关系这一问题上,着实费了些心思。《红楼梦》第一次正面写妙玉是在第四十一回,回目是"栊翠庵茶品梅花雪　怡红院劫遇母蝗虫",作者把栊翠庵和怡红院安排在一处,特意让妙玉与宝玉的居所呈现出快绿怡红的对应。当然,在上一回,曾写到贾母领着刘姥姥先逛的是黛玉的潇湘馆,也就是说怡红快绿的对应首先是宝玉和黛玉的居所,即怡红院的金彩珠光与潇湘馆的绿竹碧纱。但小说的构思往往追求文似看山不喜平的境界,正如写金玉良缘,在宝钗的金锁之外再加一湘云的金麒麟一样,写怡红快绿,也在黛玉的潇湘馆之后再加一妙玉的栊翠庵,而且从人物的名字上看,黛玉和宝玉都有玉,而妙玉和宝玉也可视为"双玉"。小说情节设置的波澜起伏,人物关系的复杂错落,由此可见一斑。

妙玉之才

妙玉虽身处红尘之外,却也是满腹经纶,聪慧过人,才识不在宝黛之下。若将她对宝玉的牵念称为"芳情",在续诗、论茶、下棋、评琴等情节中表现出来的才智则可归为"雅趣"。

首先来看续诗。小说第七十六回"凹晶馆联诗悲寂寞",写湘云和黛玉在中秋赏月时联出了"寒塘渡鹤影,冷月葬花魂"的绝妙好词。"未得下句"时,曹雪芹安排了一位欣赏者出场,便是妙玉:

　　一语未了,只见栏外山石后转出一个人来,笑道:"好诗,好诗,果然太悲凉了。不必再往下联,若底下只这样去,反不显这两句了,倒觉得堆砌牵强。"二人不防,倒唬了一跳。细看时,不是别人,却是妙玉。二人皆诧异,因问:"你如何到了这里?"妙玉笑道:"我听见你们大家赏月,又吹的好笛,我也出来玩赏这清池皓月。顺脚走到这里,忽听见你两个联诗,更觉清雅异常,故此听住了。

作者通过"清池皓月""清雅异常"等评语点出了妙玉不俗的鉴赏能力,随后又着力表现她的创作才华。妙玉提笔"一挥而就",写了一首较长的五言诗递与黛玉和湘云:

> 香篆销金鼎,脂冰腻玉盆。箫增嫠妇泣,衾倩侍儿温。空帐悬文凤,闲屏掩彩鸳。露浓苔更滑,霜重竹难扪。犹步萦纡沼,还登寂历原。石奇神鬼搏,木怪虎狼蹲。䶄屃朝光透,罘罳晓露屯。振林千树鸟,啼谷一声猿。歧熟焉忘径,泉知不问源。钟鸣栊翠寺,鸡唱稻香村。有兴悲何继,无愁意岂烦。芳情只自遣,雅趣向谁言。彻旦休云倦,烹茶更细论。后书:右中秋夜大观园即景联句三十五韵。

由于黛玉湘云的联句对景感怀,倚栏感伤,悲音不绝,妙玉遂想用自己所续把"颓败凄楚"的调子"翻转过来"。她对诗作提出明确的要求,既要合乎闺阁身份,又要切合诗题的旨意。于是她紧扣"中秋夜大观园即景"写了三十五韵,并说道:"休要见笑。依我必须如此,方翻转过来,虽前头有凄楚之句,亦无甚碍了。"从"赞赏不已"的反馈中可见黛玉湘云对妙玉之诗作和诗论的认可。妙玉的诗才很少显露,仅从这首长诗的后几句来看,"有兴悲何继,无愁意岂烦。芳情只自遣,雅趣向谁言",因从夜尽晓来的意思上做文章,这几句值得称道。"有兴""无愁"又岂会被世事所烦

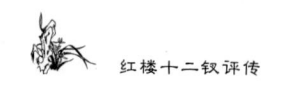

扰,情趣在聊以"自遣"和不知向"谁言"的孤寂之中更显"芳""雅"。身为修行之人,妙玉在作诗时对"闺阁身份"的强调,突出了她的芳情,也是"云空未必空"的具体体现。

其次看论茶。《红楼梦》中对"茶"讲究的人不在少数:贾母不喝六安,宝钗讲究茶色,黛玉也被教导饭后务待饭粒咽尽再吃茶。然而说到精通茶道,当首推妙玉。妙玉的茶器最为讲究:绿玉斗、海棠花式雕漆填金云龙献寿的小茶盘,玉杯金盏尚不足贵,还有罕见的植物制品、珍稀的动物制品,总之世上的至珍至奇都被她用来泡了茶,名贵而不庸俗,高雅且极具情调。妙玉泡茶之水也非比寻常,"旧年蠲的雨水"只用来招待一般的客人,五年前收的梅花上的雪才是珍藏,且用鬼脸青的花瓮盛着,埋在地下,只等着宝玉黛玉等知己之人来此享用。妙玉论茶,似乎让人感受到"禅茶一味"的境界,她重视品味,"一杯为品,二杯解渴,三杯饮牛饮骡"的高论,曾惹得宝玉等人开怀大笑,足见妙玉之博学和雅趣。

后四十回写到了妙玉的棋艺,主要是两次与惜春的对弈。第八十七回写妙玉和惜春"凝思"对弈,小说通过宝玉的视角写"他两个的手段":

> 只见妙玉低着头问惜春道:"你这个'畸角儿'不要了么?"惜春道:"怎么不要。你那里头都是死子儿,我怕什么。"妙玉道:"且别说满话,试试看。"惜春道:"我便打了起来,看你怎么样。"妙玉却微微笑着,把边上子一接,却搭转一吃,把惜春的一个角儿都打起来了,笑着说道:"这叫做'倒脱靴势'。"

这次妙玉以"倒脱靴势"胜了惜春。小说的情节重心不在棋盘的阵势,而在妙玉的脸颊上。写宝玉评棋,一面与妙玉施礼,一面又笑问道:"妙公轻易不出禅关,今日何缘下凡一走?"妙玉听了,"忽然把脸一红,也不答言,低了头自看那棋。"宝玉尚未说完,"只见妙玉微微的把眼一抬,看了宝玉一眼,复又低下头去,那脸上的颜色渐渐的红晕起来。"接着又写妙玉的心理活动,"妙玉听了这话,想起自家,心上一动,脸上一热,必然也是红的,倒觉不好意思起来。"总之,心动、脸红、不好意思,通过下棋与观棋,把妙玉与宝玉之间的情思牵连在一起。

第一百十一回,小说写妙玉访惜春,两人情投意合,品茶对弈:"惜春亲自烹茶。两人言语投机,说了半天,那时已是初更时候,彩屏放下棋枰,两人对弈。惜春连输两盘,妙玉又让了四个子儿,惜春方赢了半子。这时已到四更,天空地阔,万籁无声。"妙玉的棋艺远远高出惜春。

最后再看评琴。第八十七回"感深秋抚琴悲往事　坐禅寂走火入邪魔"一段,妙玉与宝玉坐在潇湘馆外山子石上静听黛玉抚琴。伴随房内清切的音调,妙玉如数家珍般地与宝玉谈论着一叠二叠,并慨叹黛玉"忧思之深","君弦太高了,与无射律只怕不配",音韵太过"恐不能持久",终于听得"君弦嘣的一声断了",妙玉起身就走,惹得宝玉满腹疑团。这段描写虽意在黛玉的琴音,却从侧面展示了妙玉的过人才情。终日打坐于古殿佛前,却有着高超的琴艺与细腻的心思,既能对黛玉的琴韵作技巧上的评判,又能深味其中的悲切之情并对未来有所预见,对于这等女子,才华比仙的评价又怎能为过呢?

妙玉结局

《红楼梦》十二支曲中写妙玉的是第六支,题名《世难容》:

气质美如兰,才华阜比仙。天生成孤癖人皆罕。你道是啖肉食腥膻,视绮罗俗厌;却不知太高人愈妒,过洁世同嫌。可叹这,清灯古殿人将老;辜负了,红粉朱楼春色阑。到头来,依旧是风尘肮脏违心愿。好一似,无瑕白玉遭泥陷;又何须,王孙公子叹无缘。

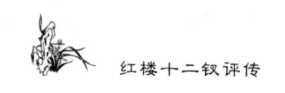

《世难容》曲中,理解妙玉品性的关键句子是"风尘肮脏违心愿"。"风尘"的本义为风起尘扬,引申义主要有行旅艰辛、战乱、流言蜚语、妓院等。描述妙玉时,应兼有行旅艰辛和流言蜚语的义项,指无瑕白玉所面对的现实环境。《红楼梦》中用"风尘"一词时,含义也比较宽泛,比如第一回"贾雨村风尘怀闺秀",应为行旅艰辛之意。

"肮脏",繁体字为"骯髒"。这一词含有两个感情色彩迥异的义项:一是刚直倔强,读作"kǎng zāng",亦写作"抗脏";另一词义是污秽、不洁,读作"āng zāng",也作"腌臜"。此处需要强调的是,"肮脏"并非只有污秽不洁的意思。《红楼梦》中表达污秽之意时常用"腌臜"。而"肮脏"用来描述妙玉时,应选取刚直倔强的义项。李白诗《鲁郡尧祠送张十四游河北》"有如张公子,肮脏在风尘",肮脏与高亢正直词义相同。

从妙玉的判词、曲子到妙玉的结局,看法大致有两种:

第一种是一百二十回刊本,说她尘缘未了,情欲未断,内虚所以外乘,因思念宝玉所以邪魔入心,强盗也随之入室了,觉得"活冤孽"是对妙玉的报应。第一百十二回"活冤孽妙尼遭大劫"写道:"不知妙玉被劫或是甘受污辱,还是不屈而死,不知下落,也难妄拟。"第一百十三回写:"渐渐传到宝玉耳边,说妙玉被贼劫去,又有的说妙玉凡心动了跟人而走。"第一百十七回写:"有个内地里的人,城里犯了事,抢了一个女人下海去了。那女人不依,被这贼寇杀了。那贼寇正要跳出关去,被官兵拿住了,就在拿获的地方正了法了。"又借贾环等人的闲谈,推出妙玉的下落。不过,八十回后以贾环等人的议论表现对妙玉"太高人愈妒,过洁世同嫌"的诠释,情节的安排似乎有点牵强。

第二是抄本批语的记载。靖藏本在第四十一回,妙玉不收成窑杯一节眉批写有:"妙玉偏僻处。此所谓过洁世同嫌也,他日瓜州渡口劝惩不哀哉屈从红颜固能不枯骨□□□"。"哀哉"之后的文字错乱,周汝昌先生校订为:"红颜固不能不屈从枯骨。"这里给我们提供的信息是,妙玉后来被迫还俗,"不能不屈从",嫁给了一个"枯骨"——一个老朽不堪的人。这里的一个地名耐人寻味:"瓜州渡口"。1987年版的电视剧《红楼梦》里演了刘姥姥赎回巧姐的地方,即瓜州古渡,在那里还遇到了出家的惜春。《杜十娘怒沉百宝箱》中,杜十娘被卖也在"行至瓜州"时。这一地名为妙玉的命运增添了飘零之感和风尘之叹。

可以说,妙玉的结局对黛玉和宝玉都是一种映衬和反讽。黛玉的早夭其实是一件幸运的事,"质本洁来还洁去,强于污淖陷渠沟",与妙玉的"可怜金玉质,终陷泥淖中"相比无疑也要幸运得多。同时也反映出,宝玉的日后出家也未必是自保的出路。

综而述之,妙玉堪称贾府众芳中最为特殊的人物之一。她身为尼姑,却时时透露出小姐的影子;她蔑视权贵,却不得不依附于贾府;她身在佛门,却又不自觉地心系红尘。从书中映衬妙玉的花卉背景上,我们能够领略到这株傲世独立的红梅散发出的阵阵暗香。红楼十二钗正册中的四位宾客,即钗、黛、湘、妙四位女子,在思想上分别带有儒、道、玄、佛的色彩,在构筑小说的爱情理想中,都承担了各自的角色。其中妙玉的品茶、赠梅、联诗和传递彩笺等,既显示出了文人雅士的高洁志趣,也是她与宝玉惺惺相惜而不为黛玉所嫌的重要原因。妙玉形象在小说中起到烘云托月的作用,她与湘云一起成为金玉良缘和怡红快绿的副线,给宝玉造成四面埋伏,让黛玉听到三面楚歌,并使小说情节波澜起伏、人物关系错综复杂。与同样佛缘甚深、"因色见空"的惜春相比,妙玉的"因空见色"更是多了几分悲剧美。总之,无论是婚恋故事的构思,还是女性形象的塑造,妙玉都为《红楼梦》这部小说增添了靓丽的色彩和隽永的韵味。

贾迎春——乱分春色到人家

迎春的名字,像迎春花一样充满着对春天的渴望,其人似乎应该是一位热情而开朗的女子。可是《红楼梦》中的二小姐迎春,却以她的不幸讲述了伤春的故事。她和元春都生在正月,却没有姐姐的高贵和福气;和探春都是庶出,却没有妹妹的自强和精明。元春的"春"辉映着"满城春色宫墙柳",探春的"春"舞动着"红杏枝头春意闹",而迎春的"春"似乎与自己无关,仿佛春光都是别人的,她什么都没有。迎春的特点不妨用秦观《望海潮·洛阳怀古》中的一句词来描述,即"乱分春色到人家"。

迎春身份

贾迎春在金陵十二钗中排在第七位,在她前面的不仅有《红楼梦》的两位女主人公林黛玉、薛宝钗,贵为妃子的元春和探春,还有与宝玉的情愫有所牵连的史湘云和妙玉。迎春的生日当在立春,住处在大观园的缀锦楼,起诗社时因住在紫菱洲一带,而雅号"菱洲",还有一个诨名叫"二木头"。迎春由父亲做主嫁给孙绍祖为妻,婚后受虐而死。

迎春是谁的女儿,她到底是正出还是庶出,这些问题各个版本上的分歧很大。目前通行的中国艺术研究院红楼梦研究所的校注本,所写的"二小姐乃赦老爹之妾所出,名迎春",是在众多版本的异文中择善而从的。有些异文所显示的迎春身份不同,如,甲戌本作"赦老爹前妻所出",

则迎春应该是正出；庚辰本作"政老爹前妻所出"，迎春应该是贾政的女儿，但是"前妻"似说王夫人不是原配，与事实不符。己卯本和梦稿本作"赦老爷之女，政老爷养为己女"，这里把父亲说清楚了，但没有谈及母亲。戚序本作"赦老爷之妾所出"，甲辰本、程甲本作"赦老爷姨娘所出"，后两种说法与后文中迎春的身份相符。迎春的父母问题，在第二回分歧较大，但第七十三回邢夫人说得比较清楚："总是你那好哥哥好嫂子，一对儿赫赫扬扬，琏二爷凤奶奶，两口子遮天盖日，百事周到，竟通共这一个妹子，全不在意。……你是大老爷跟前人养的，这里探丫头也是二老爷跟前人养的，出身一样。"还说，"况且你又不是我养的"，以及"我一生无儿无女"等等。邢夫人的话表明，迎春是贾赦的女儿，贾琏的妹妹，邢夫人不是贾琏和迎春的生母，迎春的母亲与赵姨娘的身份一样，所以她是庶出。

　　迎春的生日《红楼梦》中没有明写，但从名字可以推知，迎春应该生在立春那一天。"迎春"一词有两种解释：一是古代祭礼之一。《礼记·月令》孟春之月："立春之日，天子亲率三公、九卿、诸侯、大夫，以迎春于东郊。"二是花名，早春时花先于叶而开放，故名"迎春"。据《本草纲目》十六《草》五《迎春花》条目记载，这种花正月初开，小花，色黄，不结实。若按第一种解释，迎春之礼行于"立春之日"，所以贾迎春的生日应该在二十四节气中立春这一天。《水浒传》第九十三回"李逵梦闹天池　宋江兵分两路"写道："次日，宋先锋准备出东郊迎春，因明日子时正四刻，又逢立春节候。是夜刮起东北风，浓云密布，纷纷洋洋，降下一天大雪。"明代的时候，依然有在立春时"出东郊迎春"的习俗，延及到《红楼梦》中也是自然而然的事。

　　立春这一节气，在阳历二月四日或五日，若按农历算，一般都在正月，在三春中属于孟春。所以，迎春的生日与元春挨得很近。遗憾的是，小说中没有写她的生日。她的嫂子是当家二奶奶，虽然"百事周到"，却

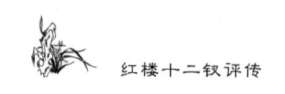

没有想着给迎春过个生日。这一点，也反映出迎春的性格和处境。

迎春的判词：

> 后面忽见画着个恶狼，追扑一美女，欲啖之意。其书云：
> 子系中山狼，得志便猖狂。金闺花柳质，一载赴黄粱。

不难理解，画中的"美女"和"恶狼"，指迎春和她未来的丈夫。"追扑"和"欲啖"表现了这只狼的凶狠和吃人的本性。

再来看四句诗。"子系中山狼"，写迎春的丈夫孙绍祖是一只中山狼。"子系"二字有双重含义，首先，"子"是对男子的尊称，"系"当"是"讲，"子系"即"你是"的意思。另外，子和系合成"孙"的繁体字"孫"，暗指迎春的丈夫孙绍祖。"中山狼"的典故，据明代马中锡所著小说《中山狼传》（一说宋代谢良著）所记，春秋时赵简子在中山打猎，追逐一狼。狼向东郭先生求救，东郭先生哄走了赵简子，掩护了狼，狼脱险后反而要吃东郭先生。后来用"中山狼"比喻人忘恩负义，揭示对坏人不能讲仁慈的道理。

值得注意的是，迎春的判词和《喜冤家》曲子中都提到"中山狼"，小说中并没有详写贾府曾如何有恩于孙家。那么，该怎样理解"中山狼"意象中"忘恩负义"的具体内涵呢？这一问题恐怕要借助一点外证的材料，需要从曹雪芹家世里与大同相关的信息中去寻找答案。近年研究成果显示，曹雪芹高祖，即曹寅祖父"曹振彦随多尔衮平定姜瓖叛乱后，留在山西做官。顺治七年任山西吉县知州，顺治九年任大同知府。"（邹玉义《〈重修大同镇城碑记〉考辨》）在任大同知府时，曹振彦为修城做了大量工作，到他十三年离任时，大同恢复了府城的形象。他再度擢升后任职浙江。曹雪芹高祖的军职、大同地名等信息，出现在了迎春的夫婿孙绍祖的家事中。即第七十九回所写："这孙家乃是大同府人氏，祖上系军官

迎春悟道

贾迎春

菱 洲

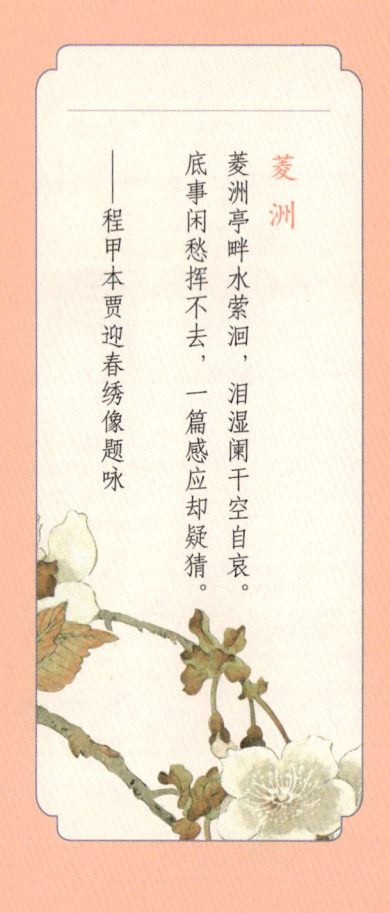

菱洲亭畔水萦洄,泪湿阑干空自哀。
底事闲愁挥不去,一篇感应却疑猜。

——程甲本贾迎春绣像题咏

出身，乃当日宁荣府中之门生，算来亦系世交。……虽是世交，当年不过是彼祖希慕荣宁之势，有不能了结之事才拜在门下的。"可是迎春刚出嫁，第八十回孙绍祖反而对迎春说："当日有你爷爷在时，希图上我们的富贵，赶着相与的。"这里，"大同""军官"等词语与曹振彦的信息相呼应。需要说明的是，小说中的"大同"与"金陵""扬州"等地名一样，都曾是曹家祖上任职或居住过的地方，它们仅成为作者构想艺术情节的地理背景资料。而"军官出身"，还成为贾政对迎春这桩婚事不满的理由，因为"并非诗礼名门之裔"。《红楼梦》在此没有炫耀家史，只是讲述了中山狼"全不念当日根由"的劣迹，本来孙家"希图荣宁之势"拜在门下，却反说成"当日有你爷爷在时，希图上我们的富贵"，而且对迎春打骂相加，俨然一只忘恩负义的中山狼。

"得志便猖狂"，是一句俗语，用来描述孙绍祖小人得志的丑态。《清稗类钞•讥讽类》："有集俗语为七绝以讽世者，其诗云……小人得志乱颠狂，不管旁观说短长。"

"金闺花柳质"，这句写千金小姐迎春如花似柳的容貌和体态。"金闺"，华美的闺房，代指侯门千金。"花柳质"，质是品质、质地。花指容貌。柳指体态身姿。花柳质这里指迎春经不住摧残的柔美体质。

"一载赴黄粱"，这句说迎春出嫁后一年就受丈夫虐待而死。"一载"指一年，载是年和岁的别称。"赴黄粱"，比喻死亡。"黄粱"即黄粱梦的典故，见唐代沈既济的传奇小说《枕中记》。落魄书生卢生，在邯郸旅店中遇道士吕翁，自叹贫困，吕翁便授之以枕，让他入梦。卢生在梦中历尽富贵荣华，年过八十而死，死后猛醒。等到他醒来时，旅店主人锅里的黄粱米饭尚未熟。

迎春虽然有命无运，遇人不淑，但作为艺术形象，她在小说中还算幸运，因为曹雪芹将迎春的主要故事在前八十回基本都交代了。第七十九回写她定亲、出嫁，紧接着第八十回便写迎春回门。迎春昔日住处的"寥落凄惨",以及归宁时"呜呜咽咽"的哭诉,都烘托了"更能消几番风雨,匆匆春又归去"的悲惨结局。

迎春之貌

"金闺花柳质"的迎春到底长得什么样?林黛玉进贾府时,最先看到的小姐就是迎春。第三回写道:"不一时,只见三个奶嬷嬷并五六个丫鬟,簇拥着三个姊妹来了。第一个肌肤微丰,合中身材,腮凝新荔,鼻腻鹅脂,温柔沉默,观之可亲。"

迎春的身材适中,也就是说她的高矮胖瘦都恰到好处。她的肌肤"微丰",用词很有分寸感。甲戌本侧批写:"不犯宝钗"。的确,宝钗是"肌肤丰润",与迎春的不同在一个"微"字上,可见迎春在丰润程度上还是逊于宝钗的。

迎春的眉眼没有写,只写了她的脸庞和鼻子,尤其是脸部皮肤。作者此时借林黛玉的视角来看迎春,"腮凝新荔,鼻腻鹅脂","凝"和"脂",令人联想古代写美女的句子。如《诗经·卫风·硕人》写美女"肤如凝脂","凝脂"指凝结的油脂,以此来比喻肌肤的洁白和细腻。唐代白居易写杨玉环的倾国倾城之美,也只着力写了她"温泉水滑洗凝脂"。

"腮凝新荔",曹雪芹写迎春的腮很有想象力。唐五代温庭筠《菩萨蛮》一词写美女的腮:"鬓云欲度香腮雪",说她的香腮像雪一样白皙。而迎春的腮像新鲜的荔枝,可以想象,当鲜荔枝刚刚剥了皮,那晶莹欲滴的样子,是何等白嫩?

"鼻腻鹅脂",对迎春鼻子的描写,作者用一个"腻"字,也是古代描绘美人时常用的词语。"腻"常作滑腻讲,与"凝脂"接近,《西厢记》第一本写张君瑞想象中的莺莺"眉儿浅浅描,脸儿淡淡妆,粉香腻玉搓咽项",《牡丹亭》第十二出《寻梦》写杜丽娘"腻脸朝云罢盥,倒犀簪斜插双鬟"。"腻"

还有细腻、均匀的意思,如杜甫《丽人行》:"三月三日天气新,长安水边多丽人。态浓意远淑且真,肌理细腻骨肉匀。绣罗衣裳照暮春,蹙金孔雀银麒麟。"曹雪芹写迎春"鼻腻鹅脂",腻字作动词,但也含有滑腻、细腻等形容词的内涵。一般女子鼻翼附近的毛孔容易粗大,所以鼻子的皮肤白润细嫩,整个面孔可谓窥一斑而知全豹了。

《红楼梦》描写女子的美丽,除了对容颜的描绘,还有对情态的刻画。小说在描写宝钗的娇羞和迎春的柔弱时都曾写到"低头"和"弄衣带"的动作。第三十四回宝玉挨打后,宝钗探伤的情节中写宝钗:"刚说了半句又忙咽住,自悔说的话急了,不觉的就红了脸,低下头来。宝玉听得这话如此亲切稠密,大有深意,忽见他又咽住不往下说,红了脸,低下头只管弄衣带,那一种娇羞怯怯,非可形容得出者,不觉心中大畅,将疼痛早丢在九霄云外。"此处借宝玉之眼所看到的宝钗"弄衣带"的情态,表现了宝钗的情愫,也写了宝玉的得意。在第七十三回,面对邢夫人的责备,两次写到迎春低头弄衣带:

　　迎春正因他乳母获罪,自觉无趣,心中不自在,忽报母亲来了,遂接入内室。奉茶毕,邢夫人因说道:"你这么大了,你那奶妈子行此事,你也不说说他。如今别人都好好的,偏咱们的人做出这事来,什么意思。"<u>迎春低着头弄衣带</u>,半晌答道:"我说他两次,他不听也无法。况且他是妈妈,只有他说我的,没有我说他的。"邢夫人道:"胡说!你不好了他原该说,如今他犯了法,你就该拿出小姐的身分来。他敢不从,你就回我去才是。如今直等外人共知,是什么意思。再者,只他去放头儿,还恐怕他巧言花语的和你借贷些簪环衣履作本钱,你这心活面软,未必不周接他些。若被他骗去,我是一个钱没有的,看你明日怎么过节。"<u>迎春不语,只低头弄衣带</u>。

在这段对话中，面对邢夫人的指责、训斥，加上同情、劝告，迎春似乎在以不变应万变。她的定力仅仅在于软弱。邢夫人从奶妈子无视主子的行为，说到迎春的"心活面软"，迎春只是一味"低头"听着，她的反应只有不停地"弄衣带"，第一次写"迎春低着头弄衣带"，第二次又写"迎春不语，只低头弄衣带"。这一肢体语言颇具表现力，此时无声胜有声，生动地展现了迎春羞怯、柔弱、无助的情态。

最后"温柔沉默，观之可亲"，写迎春的性格和给人的印象。后来发生的一些事情，凡与迎春本人以及其下人有关的，无不体现出迎春的温柔，她的"好性儿"，她"沉默"寡言，甚至被称作"二木头"。在林黛玉眼里，这位姐姐给人的印象是"可亲"的，迎春的亲和力也反映了她的善良。

迎春之情

迎春是一个"无意苦争春"的人，她的情感世界似乎没有任何主动的追求。她常要面临许多被动的指责、苛求、欺凌，乃至同情，也有哀其不幸、怒其不争的提醒。但迎春每每以不变应万变，手捧《太上感应篇》而置若罔闻。

让弟妹同情的二姐姐。在贾府尚未婚嫁的子女中，迎春的年龄最大，按理她应该有长者之风，让弟弟妹妹有靠山的感觉。但事实恰恰相反，她的心理年龄和生理年龄似乎有很大差距，做事反不如探春、宝玉等人成熟。

探春对迎春的事感同身受。第七十三回"懦小姐不问累金凤"一节，迎春的累丝金凤被奶妈拿去赌钱，探春来帮她论理说："我和姐姐一样，姐姐的事和我的也是一般，他说姐姐就是说我。"又说："如今那住儿媳妇和他婆婆仗着是妈妈，又瞅着二姐姐好性儿，如此这般私自拿了首饰去赌钱，而且还捏造假帐折算，威逼着还要去讨情，和这两个丫头在卧房里大嚷大叫,二姐姐竟不能辖治,所以我看不过,才请你来问一声:还是他原是天外的人,不知道理?还是谁主使他如此,先把二姐姐制伏,然后就要治我和四姑娘了?"探春联系到"物伤其类","齿竭唇亡"的道理,把二姐姐的事当成自己的事,既反映出探春的精明和仗义,又显示出迎春的软弱无能。

宝玉对迎春的出嫁写诗抒怀。第七十九回,迎春要出嫁了,邢夫人将迎春接出了大观园,宝玉很扫兴,"每日痴痴呆呆的,不知作何消遣。又听得说陪四个丫头过去,更又跌足自叹道:'从今后这世上又少了五个清洁人了。'"他天天到迎春往日居住的地方徘徊瞻顾,见草木摇落,似在追忆姐姐。面对"寥落凄惨之景",宝玉信口吟成一首诗:"池塘一夜秋风冷,吹散芰荷红玉影。蓼花菱叶不胜愁,重露繁霜压纤梗。不闻永昼敲棋声,燕泥点点污棋枰。古人惜别怜朋友,况我今当手足情!"这首诗前两联写景,借紫菱洲一带的寥落之景写凄凉之情;第三联写人而不见人,以"棋"喻人;最后一联直抒胸臆,抒发依依惜别的手足情。宝玉对大姐元春的省亲和回宫似乎都没有动容,他对迎春这番手足之情可谓情真意切。迎春出了阁,宝玉的心情是失魂落魄的。书中写"宝玉思及当时姊妹们一处,耳鬓厮磨,从今一别,纵得相逢,也必不似先前那等亲密了。眼前又不能去一望,真令人凄惶迫切之至"。

《红楼梦》前八十回,未婚女子的订婚、出嫁,宝玉都很惆怅。一个是邢岫烟,很贫寒,来大观园和迎春住在一处,宝玉为她订婚而感慨"绿树成荫子满枝"。姐妹中首先出嫁的是迎春,宝玉非常伤感,为此而作诗,为此而生病。从亲疏关系上看,宝玉应该更在乎元春,但事实上,元春省亲时宝玉反而心不在焉。第十六回元春的晋封与秦钟的死相继发生,让宝玉高兴不起来。元春的赏赐,因为自己和林妹妹的不一样,也让他不快。让宝玉上心的人有三类:第一类是可爱的人,黛玉、晴雯、秦钟应属于这一类;第二类是可亲的人,迎春、探春之类;第三类是可怜的人,如香菱、平儿等。迎春在宝玉的心中除了骨肉亲情,恐怕还有怜悯之心,所以他对二姐姐分外牵肠挂肚。

自顾不暇的二木头。迎春木讷老实的特点似乎是众人皆知的。贾琏的小厮兴儿说:"二姑娘的浑名是'二木头',戳一针也不知嗳哟一声。"《红楼梦》写人物个性鲜明,又往往无独有偶地加以映衬。排行在二的姑娘都软弱、口讷,像迎春是"二木头",尤二姐也是"心痴意软";三姑娘都刚强,探春像带刺的"玫瑰花",尤三姐也十分刚烈。

迎春平素好静,连湘云的"淘气""爱说话"她都嫌闹。藕香榭吃蟹,共题菊花诗时,"迎春又独在花阴下拿着花针穿茉莉花"。迎春可以说是一位娴静的淑女,但她在书中非但无人欣赏,反而招致指责,甚至受人欺负。这里有外界的原因,也不乏迎春性格的弱点。鸳鸯抗婚,王夫人受了委屈,"迎春老实,惜春小",只有探春走进来赔笑向贾母说情。宝钗接济邢岫烟,其实迎春是有责任的,因为岫烟是和她住在一起的。可是这位"二木头"竟然没感觉,幸亏宝钗知道:"邢夫人也不过是脸面之情,亦非真心疼爱,且岫烟为人雅重,迎春是个有气的死人,连他自己尚未照管齐全",也就谅解了迎春,暗中接济邢岫烟。迎春的表现,不仅令亲戚朋友漠视,就连邢夫人对她也很失望。虽然不是亲生,但看到探春那样顾及王夫人,邢夫人其实很嫉妒。第七十一回写邢夫人的心理活动:"前日南安太妃来了,要见他姊妹,贾母又只令探春出来,迎春竟似有如无,自己心内早已怨忿不乐,只是使不出来。"她对迎春不像探春那样受重视而失望。终于有一天,向迎春挑明了。第七十三回写邢夫人训斥迎春:"我想,天下的事也难较定,你是大老爷跟前人养的,这里探丫头也是二老爷跟前人养的,出身一样。如今你娘死了,从前看来,你两个的娘,只有你娘比如今赵姨娘强十倍。你该比探丫头强才是,怎么反不及他一半!"下人们曾趁机恭维邢夫人:"我们的姑娘老实仁德,那里像他们三姑娘伶牙俐齿,会要姊妹们的强。"

的确,从邢夫人到邢岫烟,迎春都无暇顾及,甚至侍奉自己多年的司棋被撵,她也无济于事。第七十七回写司棋实指望迎春能死保赦下的,可是迎春语言迟慢,耳软心活,不能做主。司棋哭道:"姑娘好狠心!哄了我这两日,如今怎么连一句话也没有?"迎春只能含泪与司棋作别:"我知道你干了什么大不是,我还十分说情留下,岂不连我也完了。你瞧入画也是几年的人,怎么说去就去了。自然不止你两个,想这园里凡大的都要去呢。依我说,将来终有一散,不如你各人去罢。"主仆一场,迎春这番话很让司棋寒心,"司棋无法,只得含泪与迎春磕头"。迎春真的很绝情吗?从伤心的泪水来看,她不是无情,而是无能。

受奴仆欺负的懦小姐。迎春最尴尬的事莫过于作为主子,却遭到下人欺负。第七十三回写"懦小姐不问累金凤",之所以出现欺负到迎春"头"上的事,主要原因是"素日迎春懦弱,他们都不放在心上"。奶妈获罪,她的子媳王住儿媳妇向迎春发难,"也明欺迎春素日好性儿"。本来拿了主子的东西,却反咬一口说她们倒贴了迎春等人。第七十四回抄检大观园时,探春怒打王善保家的,并训斥道:"你打谅我是同你们姑娘那样好性儿,由着你们欺负他,就错了主意!你搜检东西我不恼,你不该拿我取笑。"从探春的话中可知迎春房里的下人们因她的"好性儿",已胡作非为惯了。

《红楼梦》中的公子小姐有两个人对主仆纲常有所违背。一个是宝玉,一个是迎春。宝玉因为"情不情"而泛爱,所以能让晴雯撕扇子而换得一笑,能去袭人的家中探望……迎春的懦弱似乎也有理论根据,那就是她在纷乱的争吵中"自拿了一本《太上感应篇》来看",口中常说着"罢,罢,罢"以息事宁人。《太上感应篇》这部书的内容以劝人为善居多,托名为老子之师太上,宣扬因果报应。比如书中写道:"太上曰:'祸福无门,惟人自召;善恶之报,如影随形。'"告诫人们若想长生多福,必须行善积德。书中还列举了诸善与众恶条文,作为趋善避恶的准绳。迎春机械地想象因果报应，无原则地发善心。难怪黛玉说她："真是'虎狼屯于阶陛尚谈因果'。若使二姐姐是个男人，这一家上下若许人，又如何裁治他们。"迎春却笑道："正是。多少男人尚如此，何况我哉。"所问非所答，迎春并没有理解黛玉的意思。程甲本绣像上配有诗词，写迎春的《菱洲》是这样四句："菱洲亭畔水萦洄，泪湿阑干空自哀。底事闲愁挥不去，一篇《感应》却疑猜。""底事"即何事。"一篇《感应》"指《太上感应篇》，此诗在乾隆五十六年首次刊出，反映出当时人对迎春形象的解读是很深入的。

迎春之才

迎春不擅长写诗。她因"不会作诗"而被推选为诗社的副社长，专管出题限韵。《红楼梦》中，诗词曲赋尽管多，但只有几句拘谨而蹩脚的诗是属于迎春的。

第十八回《大观园题咏》时，针对"旷性怡情"的匾额，迎春题道："园成景备特精奇，奉命羞题额旷怡。谁信世间有此境，游来宁不畅神思？"迎春此诗"景备"与元春的"天上人间诸景备"呼应得很妙。"旷怡"指"旷性怡情"之匾，而末句的"畅神思"也是"旷性怡情"的意思，语意重复。尤其要指出的是"羞题"二字，虽有自谦之意，但显得拘谨而缺乏自信，迎春的性格也由此可见。不妨看一下探春的《万象争辉》："名园筑出势巍巍，奉命何惭学浅微。"虽然和迎春一样都写了"奉命"，也在自谦自己才疏学浅，但探春的"何惭"比迎春的"羞题"，更为自信、更为豪爽。

第四十回《牙牌令》鸳鸯道："左边'四五'成花九。"迎春道："桃花带雨浓。"众人道："该罚！错了韵，而且又不像。"迎春笑着饮了一口。迎春为什么被罚了酒呢？"错了韵"，是说上句是"九"，迎春接的下句应该是与"九"字谐韵的字，如"酒""柳"等。"不像"，是说左边"四五"成花九，这张牌的图案是上边四点、下边五点，而且是上红下绿。迎春所对的诗句"桃花带雨浓",虽然引用了李白的诗《访戴天山道士不遇》,但因诗句中只有红色,没有绿色,所以和牌型不符。相比之下,刘姥姥的酒令说得不错。如"中间'三四'绿配红。——大火烧了毛毛虫",这张牌型是上三点、下四点;颜色是上绿下红。刘姥姥虽然没有引用诗句,但大火表现四点红,毛毛虫描绘上边斜行的三点绿,生动贴切。所以说,刘姥姥的《牙牌令》比迎春说得要好。

迎春擅长下棋。她的丫鬟一个叫司棋、一个叫绣桔,合在一处是"棋局"的谐音。小说中迎春出现的时候,作者常提到棋。第七回周瑞家的送宫花,看到迎春时她在下棋:"迎春的丫鬟司棋与探春的丫鬟侍书二人正掀帘子出来,手里都捧着茶钟,周瑞家的便知他们姊妹在一处坐着呢,遂进入内房,只见迎春探春二人正在窗下围棋。周瑞家的将花送上,说明缘故。二人忙住了棋,都欠身道谢,命丫鬟们收了。"第七十九回"贾迎春误嫁中山狼"一节,宝玉因思念迎春写下一首七律,其中两句是:"不闻永昼敲棋声,燕泥点点污棋枰。"以"棋声"的消逝和"棋枰"(棋盘)的冷落,来表现人去楼空、物是人非,可见,"棋"已成了迎春的代称、迎春的象征。

迎春虽然喜欢下棋,但却缺少盘算、缺少全局的运筹。她的丫鬟虽叫"司棋",但却走错了着。小说第七十二回,当司棋对鸳鸯说:"如今我虽一着走错,你若果然不告诉一个人,你就是我的亲娘一样。"尽管鸳鸯守口如瓶,司棋也没有逃脱厄运。俗话说"一着走错,满盘皆输",嘉庆初年东观阁批语在此处评道:"名曰司棋,故偶然下错一着。"司棋的名字和她的"一着走错"之语,其实都是具有象征意义的。

司棋的爱情模式是迎春的补笔。从第七十一至八十回,曹雪芹对迎春三姐妹的故事格外用心,其中倾注心血最多的是迎春。有不少笔墨用来写司棋,但是明写司棋却暗写迎春。第七十一回"鸳鸯女无意遇鸳鸯"安排"迎春房里的司棋"恋爱,第七十四回抄检大观园时司棋的隐私败

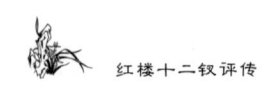

露,一直到第七十七回司棋被逐。司棋的爱情故事很有典型意义,她和姑表兄弟青梅竹马,从小"便都订下将来不娶不嫁"的"海誓山盟",后来"私传表记",并"已有无限风情",然而他们的结局是很凄惨的。它显示出,对于迎春来讲,无论是父亲包办,还是两厢情愿,这盘死棋是注定的,无论怎样走都没有活路,都逃不出悲剧的命运。

迎春结局

《红楼梦》后四十回,写了许多人的结局,也出现许多有争议的问题,但分歧较小的是迎春的结局,对判词的预示体现得相对合适。主要原因是曹雪芹在前七十几回到第八十回,紧锣密鼓地将迎春的婚姻故事大致讲完,将主要矛盾冲突展现得相对充分。不妨对照一下第五回的《红楼梦曲》,迎春的序曲名为《喜冤家》:

中山狼,无情兽,全不念当日根由。一味的骄奢淫荡贪还构。觑着那,侯门艳质同蒲柳;作践的,公府千金似下流。叹芳魂艳魄,一载荡悠悠。

这首曲子是对判词的补充说明,进一步交代了迎春的婚姻和命运的不幸。曲名"喜冤家",喜指婚姻,冤家指婚嫁的男女双方是冤家对头。"欢喜冤家"一词多见于古代戏曲小说中,是儿女或情人的昵称,含有又爱又恨的意思。事实上,迎春的婚姻毫无喜色,只是以泪洗面。所以"喜冤家"应属反语。

"中山狼,无情兽"与判词中"子系中山狼"同义,讲孙绍祖忘恩负义的禽兽本性。"全不念当日根由",是说孙绍祖将贾孙两家关系颠倒了说,本来是贾府"门生",反说是贾府希图孙家的富贵。"根由",根源来由。第七十九回定亲时介绍孙家"乃当日宁荣府中之门生",且"希慕荣宁之势,有不能了结之事才拜在门下的"。而到第八十回迎春回门时哭诉孙绍祖的叫骂:"当日有你爷爷在时,希图上我们的富贵,赶着相与的。论理我和你父亲是一辈,如今强压我的头,卖了一辈。又不该作了这门亲,倒没的叫人看着赶势利似的。"这样从根本上让本来就懦弱的迎春在孙家更抬不起头来。"一味的骄奢淫荡贪还构",这与迎春哭哭啼啼地对王夫人所倾诉的相符,她说孙绍祖"一味好色,好赌酗酒,家中所有的媳妇丫头将及淫遍。略劝过两三次,便骂我是'醋汁子老婆拧出来的'"。庚辰本上的"还构"二字,其他几个版本差别较大,如"顽彀""婚媾"等,解释起来都不太通顺。程甲本作"欢媾",欢指寻欢作乐,媾指交媾,与句意相符。

"觑着那,侯门艳质同蒲柳;作践的,公府千金似下流","觑"是窥视,这里应指轻视。"侯门艳质"与判词"金闺花柳质"同义,写迎春千金小姐丰满娇艳的姿容。"蒲柳",水杨,容易生长也容易凋落,所以常用以比喻体质衰弱的和本性低贱的人,这里应取后者。"作践",庚辰本为"作贱",其他版本多为"作践",指糟蹋。"作践"有践踏、蹂躏的意思,比"作贱"词义强烈。"下流",指下贱的人。这两句是说孙绍祖作践迎春,根本不把她当侯门公府的千金小姐看待。

"叹芳魂艳魄,一载荡悠悠",与判词结尾的"一载赴黄粱"同义,也是说迎春出嫁一年就被虐待而死。两处都有"一载",强调了迎春从出嫁到丧命的时间只有一年。"芳魂艳魄"和"荡悠悠",与元春《恨无常》曲中一句相似,即"荡悠悠,把芳魂消耗"。虽然说元春和迎春的婚姻归宿有天壤之别,一个"喜荣华正好"却"恨无常";一个虽"喜冤家"却被"作践的,公府千金似下流"。然而,无论是喜是恨,她们的结局都逃脱不了花容月貌变成"荡悠悠"的"芳魂",都在很年轻的时候就命丧黄泉。

迎春遇人不淑,难道父亲是故意把女儿往狼嘴里送吗?回答是否定的。理由有二:

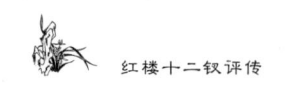

首先，贾赦是有选择的。第七十八回写"接连有媒人来求亲"，可见孙绍祖其实是贾赦在众多求亲者中挑选的，而非贾家巴结孙绍祖。

其次，选择是有标准的。事实证明迎春婚后的不幸是择婿标准出了问题。贾赦重视了外表、家资，而忽视了人品、性情。看外表：孙绍祖"生得相貌魁梧，体格健壮，弓马娴熟，应酬权变，年纪未满三十"；看家资："如今孙家只有一人在京，现袭指挥之职"，"且又家资饶富，现在兵部候缺题升。"贾赦也提到了"人品"，"贾赦见是世交之孙，且人品家当都相称合，遂青目择为东床娇婿"。但这里人品只从外在看了，没有考虑内在为人方面的品行。

第七十九回回目的安排，曹雪芹是别具匠心的。试看"薛文龙悔娶河东狮，贾迎春误嫁中山狼"，两联对仗工稳，比喻生动而贴切。戚序本在第八十回有一条回后总评："此文一为择婿者说法，一为择妻者说法。择婿者必以得人物轩昂，家道丰厚，荫袭公子为快；择妻者必以得容貌艳丽，妆奁富厚，子女盈门为快。殊不知以貌取人，失之子羽，试看桂花夏家，指挥孙家，何等可羡可乐，卒至迎春含恨，薛蟠贻恨，可慨也夫！"脂批将中山狼与河东狮对看，迎春的误嫁便具有了警醒世人的典型意义了。

难道父亲是完全从女儿的幸福着想，执意把迎春嫁给孙绍祖的吗？回答也是否定的，理由有二：

其一，贾赦是力排众议的。迎春的生母去世早，邢夫人作为继母并不关心迎春，反而是贾政和王夫人拿侄女当女儿看待。对迎春这桩亲事，小说也写了"贾母心中却不十分称意"，尤其是写了贾政的反感："贾政又深恶孙家，虽是世交，当年不过是彼祖希慕荣宁之势，有不能了结之事才拜在门下的，并非诗礼名族之裔，因此倒劝谏过两次，无奈贾赦不听，也只得罢了。"论门当户对，贾政的观点与贾赦不同。贾赦看重家资饶富，而贾政强调诗礼名族。王夫人在迎春回门时曾说："想当日你叔叔也曾劝过大老爷，不叫作这门亲的。大老爷执意不听，一心情愿。"迎春婚事显示贾母似乎在孙男弟女的婚姻问题上并不起决定作用,最后起决定作用的还是迎春的父亲。曹雪芹的这一信息可提供给我们去看待宝玉和探春的婚姻问题。

其二,贾赦是贪图钱财的。迎春从定亲到"出了阁"都在第七十九回发生的。下一回曹雪芹便安排了迎春归宁,回到贾府诉说在婆家之苦。孙绍祖的行为甚属不端:好色、好赌、酗酒、打老婆。他把"家中所有的媳妇丫头将及淫遍",迎春略加劝说,便骂她是"醋汁子老婆拧出来的"。孙绍祖之所以这样猖獗,不把迎春当夫人看待,有一重要原因,从他对迎春的呵斥中可以领略到:"你别和我充夫人娘子,你老子使了我五千银子,把你准折卖给我的。好不好,打一顿撵在下房里睡去。当日有你爷爷在时,希图上我们的富贵,赶着相与的。论理我和你父亲是一辈,如今强压我的头,卖了一辈。"一席话透漏出迎春的婚姻虽属包办,但其中已经含有买卖的因素,这对于贾府这样一个"诗礼簪缨之族"来说,无疑是一个讽刺。迎春吞下的不是"醋汁子",而是带有买卖性质的封建包办婚姻的恶果。

后四十回中对迎春在孙家受虐的描写,因为有第八十回定下的基调,所以与前面的描写出入不大。如第八十一回写迎春去后,宝玉很伤感地说:"二姐姐是个最懦弱的人,向来不会和人拌嘴,偏偏儿的遇见这样没人心的东西,竟一点儿不知道女人的苦处。"宝玉打算"把二姐姐接回来,还叫他紫菱洲住着,仍旧我们姐妹弟兄们一块儿吃,一块儿顽,省得受孙家那混帐行子的气"。还写了贾政对迎春的关心:"我原知不是对头,无奈大老爷已说定了,教我也没法。不过迎丫头受些委屈罢了。"第一百零八回宝钗过生日,迎春回娘家。迎春说贾家晦气时候,孙绍祖不让她回门,"二老爷又袭了职,还可以走走",才放迎春回来,反映出孙绍祖势利小人的嘴脸。第一百零九回"还孽债迎女返真元"一节,写迎春受虐身亡。这一回讲她回娘家,"含悲而别",对贾母说:"老太太始终疼我,

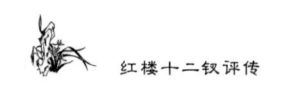

如今也疼不来了。可怜我只是没有再来的时候了。"这句话成了诀别。后来迎春的陪房婆子来报:"姑娘不好了。前儿闹了一场,姑娘哭了一夜,昨日痰堵住了。他们又不请大夫,今日更利害了。"紧接着外头的人已传进来说"二姑奶奶死了"。迎春与元春死前的症状相似,一个"痰塞",一个"痰堵",未免雷同,后四十回在两位小姐临终情节的描写上缺乏想象力。

迎春死后,作者的一番评论值得注意:"可怜一位如花似月之女,结褵年馀,不料被孙家揉搓以致身亡。又值贾母病笃,众人不便离开,竟容孙家草草完结。"结褵,指古代女子出嫁。母亲把类似手帕的帨巾结在女儿身上。《诗经·豳风·东山》:"亲结其褵。"年馀,指一年多。后四十回对迎春结局的安排,与前面判词和《红楼梦曲》的预示呼应得较为紧密。

迎春的悲惨结局难道是命中注定的吗?《红楼梦》在塑造迎春形象时宿命的色彩似乎比别人要浓,因为她信奉《太上感应篇》中的说教,看重因果报应。《太上感应篇》中说"是以天地有司过之神,依人所犯轻重,以夺人算。算减则贫耗,多逢忧患;人皆恶之,刑祸随之,吉庆避之,恶星灾之;算尽则死"。

迎春的生活之路是一盘没有棋路的棋,也是一个缺少盘算的算盘。第二十二回迎春诗谜的谜底便是"算盘":"天运人功理不穷,有功无运也难逢。因何镇日纷纷乱,只为阴阳数不同。"贾政认为"迎春所作算盘,是打动乱如麻",与元春的爆竹、探春的风筝、惜春的海灯一样,在"上元佳节"都是"不祥之物"。

迎春婚姻和命运的悲剧都源自失算。《红楼梦》中不乏会盘算的人,第四十五回李纨说凤姐"专会打细算盘分斤拨两","天下人都被你算计了去!"王熙凤"机关算尽太聪明,反误了卿卿性命"固然不好,迎春则是太缺少盘算了。屡遭不顺,她也曾质问过命运:"我不信我的命就这么不好!从小儿没了娘,幸而过婶子这边过了几年心净日子,如今偏又是这么个结果！"

俗话说人算不如天算。然而，迎春的悲剧中人为因素还是很多的。首先，罪魁祸首是她的父亲贾赦。涂瀛《红楼梦论赞》之《贾迎春赞》这样写道："才者造物之所忌也，则德尚已。然女子无才谓之有德，若迎春者非其人耶？何所遇之惨也！说者以为非贾赦遗孽不至此。由是言之，婚姻之故，虽曰天命，岂非人事哉！"一针见血地指出"天命"其实是"人事"的遁词。其次，也有人对一向疼爱迎春的王夫人提出指责。《增评补图金玉缘》中王夫人绣像的题诗写道："上失承欢下寡恩，尊荣安富处侯门。如何娇女和孱息，一委中山一外藩。"后两句诗涉及迎春。"娇女"，因对应委身于中山狼孙绍祖，这里显然指迎春。"孱息"中，"孱"是懦弱的意思，"息"是子息，孱息是懦弱的孩子。小说中曾写"狠舅奸兄"因贪财而谋划把巧姐卖给外藩做"偏房"，这里的孱息应指巧姐。娇女和孱息分别对应中山狼和外藩王爷，当指迎春误嫁和巧姐被卖。此类事情王夫人虽然充满无奈，但也是难辞其咎的。

迎春的厄运不必谈什么因果，其实是人的因素，"婚姻之故，虽曰天命，岂非人事哉"，贾赦的失算，邢夫人的失职，贾母、贾政、王夫人的无奈，体现出封建大家族中长幼之间、兄弟、妯娌之间的矛盾和分歧，最后只能让迎春这样一个懦弱而善良的女子去吞噬包办婚姻的恶果。然而如果抛开父母之命，就会有好结果吗？司棋作为迎春的丫鬟，她和表弟潘又安可谓自由恋爱，最后依然为家庭和社会所不容。正如司棋名字的谐音一样，迎春的婚姻似乎是一盘"死棋"，怎么走都看不到希望。迎春懦弱的性格、不幸的婚姻，与其他三春相比，更生活化，更具有典型意义。因为那三春或选进宫墙，或遁入空门，在女子中毕竟是少数，是特例，而迎春的婚姻悲剧在当时社会中则更带有普遍性。

贾惜春——惜春常怕花开早

《红楼梦》"千红""万艳"的女儿群像中,惜春是一位不可或缺的重要人物。她耿介孤僻的秉性反射了豪门深宅的人情冷暖;她精湛自如的画工聚齐了贾府四春琴、棋、书、画的才干;她万缘俱寂的结局则为众裙钗的悲剧命运平添了几分空灵玄虚的色彩。宋代辛弃疾《摸鱼儿》词曰:"惜春常怕花开早,何况落红无数。""惜春"二字本身即带有比喻色彩,作者借助这一形象对花开的领悟,进一步烘托出小说荣枯盛衰的题旨。

惜春身份

贾惜春是宁府贾敬之女,贾珍的胞妹,是贾府里元、迎、探、惜四春中年龄最小的,按排行称她为四小姐,亦称四姑娘,海棠诗社建起的时候,因住藕香榭而取别号为"藕榭"。在金陵十二钗中排位第八,列于迎春之后,凤姐之前。她虽是宁国府的小姐,但"因史老夫人极爱孙女,都跟在祖母这边一处读书",所以常住荣国府。惜春与宝钗、黛玉、迎春、探春众姐妹相比,度量最小、经事最少。进入大观园,她安居于略显狭小的"蓼风轩"中,画大观园时惜春的画室设在暖香坞。五颜六色的画彩却使她因色见空,最终看破红尘,遁入空门,与青灯古佛长伴,也引来世人无尽的嗟叹。

惜春的名字,是随其长姊元春而来的。从小说第二回贾雨村与冷子兴的对话中可得知,贾家大小姐是正月初一所生,故名元春,馀者从了

"春"字,分别为迎春、探春和惜春。表面上看来,"元""迎""探""惜"四字应合了人们之于春来春去的情感起伏、神思涌动,实际上,"原应叹息"的深刻寓意(见甲戌本侧批)从侧面预示了红楼一梦韶华终零落、大地白茫茫的命运归宿。

惜春的生日小说中没有正面提。十二钗中贾府的千金小姐共有五位,即四春和巧姐。小说中明确写了三位小姐的生日,即元春生在正月初一,探春生在三月初三,巧姐生在七月初七。也许,《红楼梦》中迎春和惜春两位小姐的戏略逊于元春、探春和巧姐,所以曹雪芹没有来得及细写她们的生日。按古代一般在立春这一天行迎春之礼的习俗来看,可以推断迎春的生日在立春。当然,若按数字惯性来推,迎春又应生在二月初二。按照同样的思路,惜春排在探春之后和巧姐之前,三月三的上巳节和七月七的乞巧节之间,最有影响的节日是五月初五的端午节。辛弃疾写有"惜春常怕花开早"词句的《摸鱼儿》,曾题为"暮春"或"晚春"之名。人们容易产生惜春之感的时候,往往是暮春时节。而五月初五,从节气上看一般是过了芒种(宝玉的生日应在芒种节),属于春末夏初了,所以这个生日与惜春名字的寓意是相符的。

小说第五回对惜春判词的描述是:

> 一所古庙,里面有一美人在内看经独坐。其判云:
> 勘破三春景不长,缁衣顿改昔年妆。可怜绣户侯门女,独卧青灯古佛旁。

惜春的判词简单明了,少有争议。作者仅用数十字即暗示出这位贾府四小姐出家为尼的悲剧结局。古庙、经书与美人形成鲜明的对比,正所谓"春恨秋悲皆自惹,花容月貌为谁妍"。面对此画卷,我们似乎亲历着那曾经盛极的夭桃、茂极的杏蕊在风中片片残落的凄凉情境。据脂批,惜

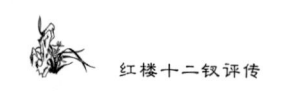

春追随妙玉称为"槛外人"后过着"缁衣乞食"的生活。"勘破"，看破、勘定是非的意思。"缁衣"为浅黑衣，指僧尼穿的衣服。宋代赞宁《僧史略》卷上："问'缁衣者何状貌？'答'紫而浅黑，非正色也'。""青灯"即油灯，因其灯光青荧，故得此名。这里指惜春灯谜的谜底——佛前海灯。

"勘破三春景不长，缁衣顿改昔年妆"，这两句道出了惜春对三位姐姐悲剧人生的深刻体悟。三人看似繁花似锦、令人艳羡，实则"荡悠悠，把芳魂消耗"。同为庶出的迎春和探春，一个温柔沉默、观之可亲却误嫁中山狼，受尽折磨，时仅一载即悲惨死去；一个顾盼神飞、精明志高却远嫁他乡，骨肉分离，只得哭损残年徒留憾怨。死别之悲与生离之苦令人慨叹！再说与惜春同为正出、身份尊贵异常的元春，贤德无双、占尽春光，却在"满城春色宫墙柳"的得意之时遭遇"无常"的降临，最终怀着宫怨与对家族命运的忧患命丧黄泉。王国维曾说"观他人之苦痛"而能生"解脱"之意，面对"三春"的过早凋零，佛缘甚深的惜春怎能不如此呢？抛却钗环裙袄、脂粉膏粱、广厦红帐，拾起缁衣海灯，参透红尘的善恶生死，如妙玉一般做闲云野鹤，这既是惜春所愿，也是她唯一的选择。另外，若将惜春作为尼姑之"空"的劫数，与元春作为宫妃之"色"的磨难结合起来看，《红楼梦》中的女性形象则显得更为丰富了。

"可怜绣户侯门女，独卧青灯古佛旁"，这里，作者用"可怜"二字概括了对惜春的全部情感，与妙玉判词中的"可怜金玉质"结合起来读解，更凸显了两位女子的命运之悲情和作者浸染纸背的泪水之辛酸。身为"绣户侯门女"，又将值豆蔻妙龄，本应在府院中粉黛玩笑、吃茶听戏、描花绣草，却偏偏了悟一切、遁入佛门。惜春"看经独坐"的画面实在堪怜。

惜春之貌

惜春长什么样？对于她的外貌，小说中并无细致描写，仅在第三回与第四十回中简略提及。第三回黛玉进贾府一段,以颦儿的眼睛,无论是"似喜非喜含情",还是"似泣非泣含露",她给我们展现的四小姐只是:"身量未足,形容尚小"。第四十回贾母提议惜春画大观园行乐图时,刘姥姥高兴地拉着惜春说道:"我的姑娘,你这么大年纪儿,又这么个好模样,还有这个能干,别是神仙托生的罢。"黛玉看惜春稚气未脱,刘姥姥道惜春"好模样",并说她小小年纪,聪明伶俐,有神仙般的灵气。

可是,仅凭着这些词句,实在无法在头脑中确切地勾勒出这"贾府三艳"之一的具体形态。也许有读者要问,为什么宝黛等人都有堪称经典的外貌描写,迎春探春也给读者留下了具体可感的文字,却偏偏在惜春这里作者要吝惜笔墨呢?这似乎可以从以下几个方面展开思考。

其一,纵观《红楼梦》中的芸芸女子,作者对其孩提时代的描述都很简略,极少涉及容貌。如巧姐最初几次在文中出现,均是睡觉或生病,同惜春一样始终未能一展容颜。只有黛玉和英莲有些例外,小说分别在第二回、第一回中对她们的容貌做了惜墨如金却十分难得的描写,称黛玉"聪明清秀",赞英莲"粉妆玉琢""乖觉可喜"。但值得注意的是,以上这些评价均来自两位女孩儿的至亲——爱黛玉如珍宝的林如海夫妇和惯养娇生英莲的甄士隐夫妇,有一层浓重的亲情光晕笼罩着。而惜春之父贾敬一心修道炼丹;巧姐之母凤姐钟情于积势弄权,父亲贾琏终日寻花问柳,对于自己的女儿极少上心,读者又怎能期待在他们眼中看到可爱的惜春与巧姐呢?

其二,惜春自幼与佛结缘,了悟红尘是她的宿命。《大般若经》说"色即是空,空即是色",从这个角度来讲,鲜艳的姿色对于惜春而言,有也是无,无即是有,因而是否鹅脂之鼻、是否银盆之面也就变得无足轻重了。

其三,作者在进行肖像描画时,无一处不是为了凸现人物性格。如"俊眼修眉""顾盼神飞"之于探春,"丹凤三角眼""柳叶吊梢眉"之于凤姐

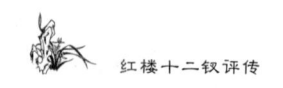

等,而惜春素以性情孤介奇僻著称,这样的神情在一个孩童脸上着实难以展现,大多只能通过言谈举止逐一点出。这样一来,作者也就无意细致雕琢这位"形容尚小"的美人的"好模样"了。

　　至于惜春的年龄,书中并无明确交代,只是以"小"字一笔带过。第四十六回贾赦要娶鸳鸯,贾母动怒,连王夫人怪罪起来,小说写探春的心理活动"迎春老实,惜春小",正是用得着自己的时候。第五十五回凤姐曾说"四姑娘小呢"。到后四十回,惜春还是年小,第一百零一回写她"于家事全不知道"。

　　通过比较和推算,我们只能大概得出这位四姑娘年龄的上限和下限。就上限而言,惜春比探春小,探春比黛玉小,黛玉比宝玉小一岁。元妃省亲时宝玉十三岁,则黛玉十二岁,惜春应比黛玉小两岁,大约十岁。虽然直到第五十三回才到第二个元宵节,可是第四十五回黛玉说"我长了今年十五岁",若按此推算,惜春应十三岁。这也就是刘姥姥游大观园,惜春作画的年龄。两种说法的差距是三年,故惜春年龄的上限是十三岁。就下限而言,惜春不能小于贾兰。第五十五回,凤姐向平儿说起公子小姐婚嫁的费用问题时曾经提到:"四姑娘小呢,兰小子更小。"第四回亦有贾兰"今方五岁",英莲"如今十二三岁"的描述。第六十三回时暗写香菱与袭人、晴雯、宝钗同庚,应是十六岁。香菱比贾兰大六七岁,此时贾兰八九岁。从"兰小子"比"四姑娘"更小来看,惜春至少是十岁。所以,惜春画大观园时,年龄在十岁到十三岁之间,直到抄检大观园,也没有到女子十五岁的"将笄之年"。

　　同时,惜春较之众姐妹,其心理年龄也不够成熟。如第四十回群笑图中,惜春在刘姥姥村野笑话的引逗之下,竟然笑离了座位,还不忘"拉着他奶母叫揉一揉肠子",这一拉一揉之间,娇小的言行愈发可爱。

惜春之情

　　惜春的情感世界,可以用一个"冷"字来描述。不同于迎春、探春,惜春与元春一样是正出的千金小姐。她是贾珍的"胞妹",是"正经的珍大爷的亲妹子",这对兄妹的名字恰好是一"珍"一"惜"。然而正因为她的父亲贾敬不"珍惜"这一双儿女,而醉心于修行炼丹以自保,才使贾珍挥霍无度,也使惜春冷酷无情。

　　惜春的人缘。为了自保,她撵走了并没有过错的丫鬟入画;为了清白,她与哥哥嫂子划清界限。在姐妹之间,也素日不大甚合。探春曾经评价惜春:"这是他的僻性,孤介太过,我们再傲不过他的。"

　　小说里曾有这样一个细节,第七十六回中秋赏月时,宝玉、探春等人各怀心事,无暇游玩,黛玉深感孤寂,"虽有迎春惜春二人,偏又素日不大甚合。所以只剩了湘云一人宽慰他"。黛玉与惜春不合:若说黛玉小性儿口舌刻薄,在画园子的事上惹恼了惜春,却也远不及她与史大妹妹发生的争执多;若说惜春性格孤僻,比她更甚的妙玉却也能和黛玉品茶论诗。可见惜春的秉性的确是有难与人相处的问题。

　　小说第七十四回"惑奸谗抄检大观园　矢孤介杜绝宁国府"尤为值得我们关注。这一回中,作者借抄检大观园的闹剧,集中刻画了惜春与入画主仆关系的矛盾冲突和惜春与尤氏姑嫂关系的剑拔弩张,淋漓尽致地展现出贾府四小姐的孤介癖性,同时草蛇灰线,为其遗世独行的出家结局埋下了伏笔。

　　小说里描写道,凤姐一行搜查到惜春房中时,在入画箱中寻出一大包金银锞子来,又有一副玉带板子并一包男人的靴袜等物,便要问罪。入画黄了脸,忙跪下哭诉真情,辩解说是珍大爷赏她哥哥的,只是代为收着。此时,惜春并没有像探春那样庇护自己的丫头,替入画抱不平,而是

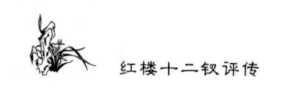

怂恿凤姐不要轻饶本无大错的入画,她说:"我竟不知道。这还了得!二嫂子,你要打他,好歹带他出去打罢,我听不惯的。"又说:"嫂子别饶他这次方可。这里人多,若不拿一个人作法,那些大的听见了,又不知怎样呢。嫂子若饶他,我也不依。"反倒是一向心狠嘴硬的凤姐为入画求了句情,称素日看他还好,谁没一个错。这一硬一软的对比设计得极为巧妙,更显出惜春面冷心冷。惜春之所以会有这等令人不解的举动,一方面如书中所说因年少尚未识事,被突然袭来的夜查唬得不轻,把事情想得过于严重,急于摆脱干系;另一方面,也是最重要的,则是出于对宁府这块肮脏之地的愤弃,平日里躲是非还躲不及,当下又有个从宁府带来的丫鬟惹事现眼,更觉丢了自己的颜面。

随后,为了彻底将入画之事结算清楚,惜春特遣人请来尤氏,将昨晚之事细细告知。尤氏等人虽十分分解,谁知惜春虽然年幼,却天生成一种百折不回的耿介孤僻的特性,一席话将尤氏顶得"羞恼激射",赌气离去:

"不但不要入画,如今我也大了,连我也不便往你们那边去了。况且近日我每每风闻得有人背地里议论什么多少不堪的闲话,我若再去,连我也编派上了。"……"古人说得好,'善恶生死,父子不能有所勖助',何况你我二人之间。我只知道保得住我就够了,不管你们。从此以后,你们有事别累我。"……"状元榜眼难道就没有糊涂的不成。可知他们也有不能了悟的。"……"我不了悟,我也舍不得入画了。"……"古人曾也说的,'不作狠心人,难得自了汉。'我清清白白的一个人,为什么教你们带累坏了我!"

自古以来,姑嫂关系就是家庭关系中的一块硬骨头。唐朝诗人王建有一首名为《新嫁娘》的诗:"三日入厨下,洗手做羹汤。为谙姑食性,先遣小姑尝"，意思是说一位刚嫁人的媳妇第一次做饭，为了掌握婆婆的口味，先请小姑尝一尝。其中深意颇为微妙且耐人寻味。从这个角度来看惜尤二人，她们不但是姑嫂关系，中间还隔着一个孤僻的性情、一群乌七八糟的琐事，要么耿直决绝，要么内有心病，战争岂有不一触即发的道理。说到底，矛盾皆因日益衰败堕落的宁府而升级，生活在这其中的女儿媳妇们互相折磨，也作践了自己。

惜春的佛缘。红楼众芳之中，与佛结缘的是妙玉与惜春。妙玉从小为摆脱疾病而带发修行，是众人认可的"槛外人"，而惜春作为"钟鸣鼎食之家"的小姐，没病没灾，却也佛性甚深，实在值得关注。《读花主人论赞》(增评补图绣像金玉缘卷首)之《贾惜春赞》评得甚妙："人不奇则不清，不僻则不净。以知清净法门，皆奇僻性人也。惜春雅负此情。"

毋庸置疑，惜春的佛缘比她的人缘要好许多。

小说第七回送宫花，周瑞家的往惜春房里来，"见惜春正同水月庵的小姑子智能儿一处顽耍"，便将花匣打开，说明缘故。惜春笑道："我这里正和智能儿说，我明儿也剃了头同他作姑子去呢，可巧又送了花儿来，若剃了头，可把这花儿戴在那里呢？"其时的惜春未满十岁，"剃头""作姑子"虽被众人视为戏言，却是日后出家的千里伏脉。第二十二回制灯迷贾政悲谶语，惜春为众人设了这样一个谜面：

> 前身色相总无成，不听菱歌听佛经。莫道此生沉黑海，性中自有大光明。

贾政因猜中是佛前海灯而伤悲感慨"一发清静孤独"，岂是永远福寿之辈。第二十五回宝玉从魔魇中脱身省了人事，别人未开口，黛玉先就念了一声"阿弥陀佛"，宝钗回头看了她半日，嗤的一声笑。对此众人都不会意，惜春却道："宝姐姐，好好的笑什么？"从这一追问中不难查探到惜春对此类事情抱有极高的敏感度。试想倘若宝钗取笑黛玉只知靠佛祖消灾解难，未等黛玉还嘴，惜春势必破颜驳斥。

顺着这一思路走下去，后四十回中陆续出现了这样的情节："病潇湘痴魂惊恶梦"时，惜春慨叹黛玉瞧不破，天下事没有多少是真的；听闻妙玉中邪，惜春便默想自己若出了家一念不生，万缘俱寂，并口占一偈：

大造本无方，云何是应住。既从空中来，应向空中去。

第八十八回请缨写经；第一百十一回与妙玉欣幸对弈；第一百十二回替妙玉辩解，铰去一半青丝；第一百十六回断荤……就这样，昔日的深闺梦里人为自己铺就了一条与红尘隔绝的不归路。

细细想来，正是因为惜春与生俱来的佛性造就了她孤介的秉性，落在他人眼中成了个"心冷口冷，心狠意狠"的人；反过来，与他人相处的艰难和世事的龌龊也在很大程度上加快了她迈进空门的步伐。人缘、佛缘纠结交错，冰冷地缠绕在四姑娘弱小的身躯上，任凭"香坞"如何的"暖"，也终是感化不了她那失去热情的心。

惜春之才

与其他裙钗相比，惜春算不得大观园中的才女。黛玉那婉转的诗韵与琴音，探春那精湛的绣工与书法，似乎都很少与惜春那双纤纤素手结缘。然而论起画画，惜春却是出类拔萃的，有限的诗作也透着自己独特的韵味。

首先看惜春的画功。第四十回"史太君两宴大观园　金鸳鸯三宣牙牌令"中，贾母提议让惜春画大观园行乐图，点出了惜春的绘画才能。戚序本回前评道："两宴不觉已中秋，惜春只如画中游"，也从侧面烘托出了四姑娘的画技。但随后作者却藏起了笔墨,文中再未出现惜春如何构图、如何着墨的细节描写,单在第四十二、四十八、五十、五十二回中安排众人去惜春房中看画,暗写作画工程的耗时耗力。

惜春作画的主观态度和客观效果值得注意。与探春对书法的态度和抄写作品相比,惜春对待绘画的热情远不如探春。小说第四十二回作者通过惜春与黛玉、宝钗的对话,表现了惜春作画之事在心理和物质准备方面的尴尬。先看与黛玉的对话:

> 黛玉忙拉他笑道:"我且问你,还是单画这园子呢,还是连我们众人都画在上头呢?"惜春道:"原说只画这园子的,昨儿老太太又说,单画了园子成个房样子了,叫连人都画上,就像'行乐'似的才好。我又不会这工细楼台,又不会画人物,又不好驳回,正为这个为难呢。"

从惜春的答话里可知,首先,她对绘画并不情愿。"又不好驳回,正为这个为难呢",可见一斑。其次,她对绘画并不擅长。"我又不会这工细楼台,又不会画人物",可见她并非刻意推辞,而是对画园子这样的巨作确实为难。再看惜春与宝钗的对话:

> (宝钗道)"还得一张粉油大案,铺上毡子。你们那些碟子也不全,笔也不全,都得从(重)新再置一分儿才好。"惜春道:"我何曾有这些画器?不过随手写字的笔画画罢了。就是颜色,只有赭石、广花、藤黄、胭脂这四样。再有,不过是两支着色笔就完了。"宝钗道:"你该早说。这些东西我却还有,只是你也用不着,给你也白放着。如今我且替你收着,等你用着这个时候我送你些,也只可留着画扇子,若画这大幅的也就可惜了的。今儿替你开个单子,照着单子和

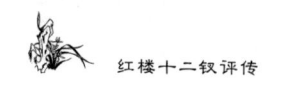

老太太要去。"

后边的情节是黛玉嘲笑宝钗"把他的嫁妆单子也写上了"。从开设的材料单子,足见宝钗对绘画的内行。而从缺少"粉油大案","碟子也不全,笔也不全",以及颜料只有四样等信息来看,惜春对这项绘画工程的准备可谓捉襟见肘。

进入绘画阶段后,惜春的积极性也不高。第四十八回写中秋之后"展眼已到十月",因香菱作诗痴迷,李纨笑道:"咱们拉了他往四姑娘房里去,引他瞧瞧画儿,叫他醒一醒才好。"于是大家"过藕香榭,至暖香坞中",读者借此视角,可看到惜春的工作状态:

> 惜春正乏倦,在床上歪着睡午觉,画缯立在壁间,用纱罩着。众人唤醒了惜春,揭纱看时,十停方有了三停。香菱见画上有几个美人,因指着笑道:"这一个是我们姑娘,那一个是林姑娘。"探春笑道:"凡会作诗的都画在上头,快学罢。"说着,顽笑了一回。各自散后,香菱满心中还是想诗。

这一回集中写香菱学诗,颇具励志的意义。但拿惜春绘画的"乏倦"和香菱学诗的着魔状态相比,惜春的懈怠尽在不言中。秋去冬来,半年过去了,惜春绘画的进展如何呢?第五十回写"芦雪广争联即景诗"又到"暖香坞雅制春灯谜",引出贾母一行人去惜春的画室看画:

> (贾母)说:"你四妹妹那里暖和,我们到那里瞧瞧他的画儿,赶年可有了。"众人笑道:"那里能年下就有了?只怕明年端阳有了。"贾母道:"这还了得!他竟比盖这园子还费工夫了。"
> ……

贾母下了轿,惜春已接了出来。从里边游廊过去,便是惜春卧房,门斗上有"暖香坞"三个字。早有几个人打起猩红毡帘,已觉温香拂脸。大家进入房中,贾母并不归坐,只问画在那里。惜春因笑问:"天气寒冷了,胶性皆凝涩不润,画了恐不好看,故此收起来。"贾母笑道:"我年下就要的。你别拖懒儿,快拿出来给我快画。"

贾母希望惜春"年下"完工,了解惜春进度的人们讥笑道"只怕明年端阳"才能画好,工期将延迟半年的时间。故贾母提出"竟比盖这园子还费工夫"的质疑,并催促惜春:"你别拖懒儿,快拿出来给我快画。"从八月到腊月,半年间惜春在绘制《大观园行乐图》的过程中,"乏倦"和"拖懒儿",应是常有的事。

我们再看看惜春对"画"的情缘。赏雪联诗的第二天,贾母又亲嘱惜春:"不管冷暖,你只画去,赶到年下,十分不能便罢了。第一要紧把昨日琴儿和丫头梅花,照模照样,一笔别错,快快添上。"小说写惜春的反应是:"惜春听了虽是为难,只得应了。一时众人都来看他如何画,惜春只是出神。"从"为难"到"出神",读者可以想见惜春绘画进度缓慢的根本原因在于用心不专。还有一件事,是不无寓意的,即惜春赶走贴身丫鬟入画。也可以说,惜春的本心是无意于画的。作者似乎在用"入画"的反义来写惜春"出画"的意愿。

惜春描画大观园情节并非以展现惜春才华为目的,否则半路就不必再杀出个宝钗,向众人讲授绘画之道了。于整部小说而言,惜春绘制的是大观园的极盛之景、众女儿的极乐之情,将美好的情景留于画卷之中本身即有纪念、怀念以至于悼念的味道,仿佛预示着终有一天这园子将会破败,其中的美人也将随之香消玉殒,对通篇主旨有隐喻的作用。于惜春自身而言,一笔一笔地画下来,仿佛把世间极富极贵的生活都亲历一遍。从积极告假到收画停笔,再到望着画只是出神,她似乎从这些万

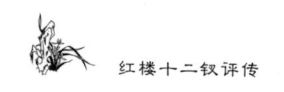

紫千红的色彩中悟出了万事皆空的真谛。程甲本绣像诗词评惜春,题为《藕榭》:"漫道扫眉班马,休论傅粉荆关。解识名园是画,居然拾得寒山。"

先看前两句诗。"扫眉班马"与"傅粉荆关",都借用典故,写惜春这位擅长绘画的名媛。"扫眉",画眉。唐代司空图《灯花》:"明朝斗草多应喜,剪得灯花自扫眉。"这里以画眉指女子。"班马",此处指班固和司马迁的并称。《晋书·陈寿传·论》:"丘明既没,班马迭兴。奋鸿笔于西京,骋直词于东观。"扫眉班马,应指有文才的女子。"傅粉",抹粉,修饰打扮。"荆关",五代后梁的画家荆浩和关仝(一作穜)。荆浩擅长山水,为一时名家。关仝从荆浩学画,有出蓝之誉。后世论画者,多以荆关并称。宋代梅尧臣《观邵不疑学士所藏名书古画》诗:"山水树石硬,荆关艺能至。"傅粉荆关,涂脂抹粉的画家,应指长于绘画的女子。

后两句诗值得注意,与惜春的志向与归宿相关。表面上看,"拾得"和上句的"解识"都用作动词,惜春从画中"解识"了名园色空,"拾得"了禅心悟性。其实"拾得"应该当名词解读,这里寒山、拾得是唐代两位诗僧。寒山住天台的翠屏山,拾得隐居国清寺,彼此友好。相传寒山为文殊菩萨的化身,拾得为普贤菩萨的化身。明清时佛教有寒山拾得,道家有和合二仙的说法。

这首六言体诗,三句都是两位名人的并列,从班马、荆关,到拾得寒山,由对名园之画的解识,到对寒山拾得的向往。概述了惜春描画大观园,因色见空、看破红尘的过程,小诗典故跌出,含蓄蕴藉。

惜春身边丫鬟们的名字也是颇具意蕴的。惜春的贴身丫鬟名为入画,还有彩屏,屏即屏风或屏条的简称,指成组的画幅。两个丫鬟之名合起来为"画屏"。表面上看起来迎合了四小姐的闲情雅趣,实则透出几分淡淡的哀愁。唐代杜牧的诗《秋夕》有云:"银烛秋光冷画屏,轻罗小扇扑流萤。天阶夜色凉如水,坐看牵牛织女星。"宋代秦观在《浣溪沙》中也写道:"漠漠轻寒上小楼,晓阴无赖似穷秋。淡烟流水画屏幽。自在飞花轻似梦,无边丝雨细如愁。宝帘闲挂小银钩。"尽管古人的诗词中写的是闺中愁思,但在愁云缭绕中,我们仿佛看到惜春在古佛海灯前跪拜的孤独身影。

其次看惜春的诗才。《红楼梦》中惜春的诗作很有限。只有元妃省亲时,她也参与了试才题诗,针对"文章造化"的匾额,赋了一首七绝,此外就是元宵节以海灯为谜底制了一首灯谜而已。大观园诗社兴起时,惜春居于藕香榭,遂得雅号"藕榭",但因"本性懒于诗词",而做了副社长,主管誊录监场。

单论《文章造化》一诗,几乎没有新奇之处。若与迎春、探春二人的诗作对比分析,倒是能品出些许味道。元春省亲时,她手书匾额、对联后,又写了《题大观园》一首绝句,然后命众姊妹也各题一匾一诗。迎春的匾额是"旷世怡情",诗曰:"园成景备特精奇,奉命羞题额旷怡。谁信世间有此境,游来宁不畅神思。"探春的匾额是"万象争辉",诗曰:"名园筑出势巍巍,奉命何惭学浅微。精妙一时言不出,果然万物生光辉。"到了四小姐惜春,她的匾额便是上文提到的"文章造化",她写的四句诗是:"山水横拖千里外,楼台高起五云中。园修日月光辉里,景夺文章造化功。"这三首皆非佳作,却都从某一角度体现了作者的性情。迎春、探春二人善用"有我之境",迎春的"羞题"与其沉默懦弱的性格相吻合;探春素来志高气傲,作起诗来自是"何惭"。唯独惜春起笔辽阔,纵观千里,一览四方,通篇不见"小我",只爱创造化育万物的天籁造化,颦笑皆在山水云雾之中,一展"传情入色,自色悟空"的绰约风姿。

惜春结局

太虚幻境《红楼梦曲》第八支为惜春而作,名曰《虚花悟》:

将那三春看破,桃红柳绿待如何?把这韶华打灭,觅那清淡天和。说什么,天上夭桃盛,云中杏蕊多。到头来,谁见把秋捱过?则看那,白杨村里人呜咽,青枫林下鬼吟哦。更兼着,连天衰草遮坟墓。这的是,昨贫今富人劳碌,春荣秋谢花折磨。似这般,生关死劫谁能躲?闻说道,西方宝树唤婆娑,上结着长生果。

"虚花",犹言镜中花,"虚花悟",意思是说悟到荣华是虚幻,亦即"色空"的禅理,写惜春因看破好景不常而了悟,隐遁,皈依佛门。

　　"将那三春看破,桃红柳绿待如何?"这里"三春"有两种解释,一是春季的三个月。农历正月称孟春,二月称仲春,三月称季春,合称三春。唐孟郊《游子吟》:"谁言寸草心,报得三春晖。"这里的"三春晖"指整个春天阳光的照耀。二是《红楼梦》中惜春的三个姐姐。"桃红柳绿"比喻青春韶华和荣华富贵。"待如何",则表达了对美景的忽视或摒弃。从惜春的名字看,"惜春"一词本是惋惜春光的意思。《唐诗纪事》卷五十二裴潾诗:"长安豪贵惜春残,争赏先开紫牡丹。"面对元春、迎春、探春或生离或死别的悲惨境遇,惜春深感世事变幻,人生幻灭,纵使繁花似锦又能如何?

　　"把这韶华打灭,觅那清淡天和。"句中"天和"即所谓元气,"清淡天和",既指与自然界浓艳春光相对的天地间清淡之气,又指人体的元气。因为古时有所谓不动心、不劳形、清静淡泊可保持元气不受耗伤的说法,所以,"觅天和"亦即所谓寻求养性修道。《庄子·知北游》道:"若正汝形,一汝视,天和将至。"肯舍弃美好年华静心养气,见识的确超于常人。

　　"说什么,天上夭桃盛,云中杏蕊多。到头来,谁见把秋捱过?"这里"天上夭桃""云中杏蕊"与"桃红柳绿"一样均指世间的富贵荣华。夭桃,出自《诗经·周南·桃夭》"桃之夭夭"。夭夭,美而盛的样子。唐代高蟾《下第后上永崇高侍郎》诗:"天上碧桃和露种,日边红杏倚云栽。芙蓉生在秋江上,不向东风怨未开。"古人常以天、日称皇帝,以雨露喻君恩,所以高蟾借天上桃杏比喻在朝的显贵,以秋江芙蓉自况。此句是说桃杏虽盛,但等不到秋天而早已落尽。以草木摇落的秋季来象征人世间不可避免的衰败。从其他线索看,原稿写贾府之败时在秋天,因此,这一句含义双关。

"则看那,白杨村里人呜咽,青枫林下鬼吟哦。更兼着,连天衰草遮坟墓。"句中"则看"是"只见"的意思。"白杨村",古人在墓地多种白杨,后来常用白杨暗喻坟冢所在。《古诗十九首》:"驱车上东门,遥望郭北墓。白杨何萧萧,松柏夹广路。下有陈死人,杳杳即长暮。""青枫林",李白遭流放时,杜甫怀疑他已经死了,便作《梦李白》一诗:"魂来枫林青,魂返关塞黑。"这里青枫林是借用,意同"白杨村"。"吟哦",即吟咏。此句意境凄凉,指桃李落尽后,只剩得枯骨孤魂四处漂泊。

"这的是,昨贫今富人劳碌,春荣秋谢花折磨。似这般,生关死劫谁能躲?"这里"的是"即"真是"。"昨贫今富",与《好了歌注》中的"昨怜破袄寒,今嫌紫蟒长"的昨贫今富语意相似。当然也含有"金满箱,银满箱,展眼乞丐人皆谤"之类昨富今贫的话外音。这几句慨叹人生无常,任谁也逃不出生死的劫数。

"闻说道,西方宝树唤婆娑,上结着长生果。"这句借比喻表达皈依佛教,求得超度,修成正果的愿望。"西方",佛教发源于西方,所以认为那里有极乐世界。"宝树",佛教用语,指西天净土的草木。《妙法莲花经》卷五:"宝树多花果,众生所游乐。""唤",名叫。"婆娑",目前有两种解释:一种认为是"娑罗"之误。娑罗是树木的名字,又叫沙罗,为龙脑香料之类常绿大乔木。传说佛祖释迦牟尼在娑罗树下圆寂。另一种解释,坚持用"婆娑",虽然我国古代传说中的婆娑树与西方佛教无关,也并不结果。乐史《太平寰宇记》:"日月石在夔州东乡,西北岸壁间悬二石,右类日,左类月,月中空隙有婆娑树一枝。"但也有人解释说,据传释迦牟尼在树下觉悟成佛的"宝树"枝叶婆娑,树的名字是菩提树,虽不叫"婆娑",但"婆娑"作为皈依佛门的象征至少在清代已有。如爱新觉罗·晋昌《题阿那尊像册十二绝》之二:"手执金台妙入神,婆娑树底认前因。"即是证明(见文雷《红楼梦外编》)。"长生果",也叫万寿果,指一种使人吃了能长生不老的果实。明代小说《西游记》中所写的人参果,俗传吃了可以长生不老,即是这种长生果。果,又是佛家语,指修行有成果。这里作者是捏合传说以取喻,暗示惜春最终逃避现实,出家为尼,以求得超度,寻觅长生。

在前八十回中,惜春总是因为年龄小,而少情寡友。到了后四十回中,从第八十二回到第一百十九回,多次写到惜春,写她的佛缘,也具体描写了这位侯门千金渐渐了悟的心路历程。第八十二回惜春由黛玉之情、黛玉之病而引发出感悟:"林姐姐那样一个聪明人,我看他总有些瞧不破,一点半点儿都要认起真来。天下事那里有多少真的呢。"第八十八回写鸳鸯告诉惜春,老太太因八十一岁大寿,准备请人写《心经》,"要几个亲丁奶奶姑娘们写上三百六十五部,如此又虔诚,又洁净。"惜春听了,点头道:"别的我做不来,若要写经,我最信心的。"欣然而郑重地接受了这项任务。从"瞧不破"的黛玉和"虔诚"的贾母身上,惜春对佛性的体悟是反面的,或是间接的。

惜春与尤氏姑嫂之间的矛盾,加剧了她对尘俗的厌弃。第一百零六回写宁国府被抄没后,"贾母命人将车接了尤氏婆媳等过来。可怜赫赫宁府只剩得他们婆媳两个并佩凤偕鸾二人,连一个下人没有。贾母指出房子一所居住,就在惜春所住的间壁。"在第七十七回曾写惜春"杜绝宁国府",也写她曾和嫂子尤氏发生过争执。从小失去母亲,又没有父爱的惜春,本来就性格孤僻,又加之东府的污浊,使惜春早已厌弃了宁国府。她因贾母喜欢孙女,一直住在荣府,后来又住进大观园。谁知,家业凋零之后,尤氏又"在惜春所住的间壁"住下了。第一百十七回,众人乱嚷"说是四姑娘合珍大奶奶拌嘴,把头发都绞掉了,赶到邢夫人王夫人那里去

惜春作畫

贾惜春

藕榭

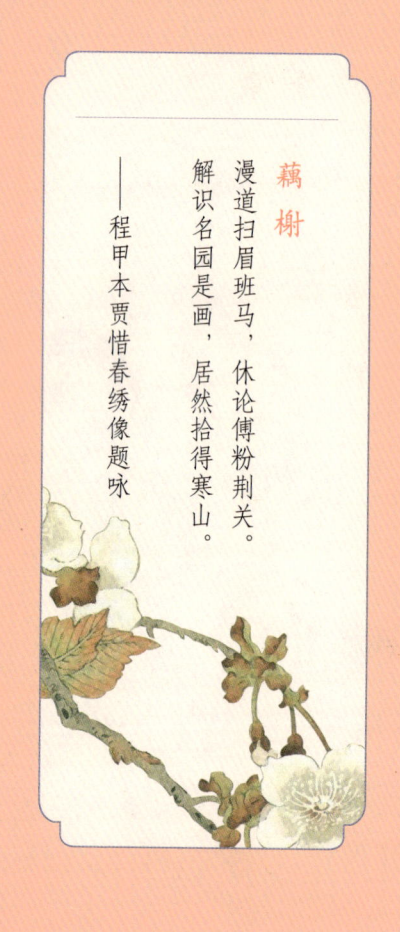

漫道扫眉班马,休论傅粉荆关。
解识名园是画,居然拾得寒山。

——程甲本贾惜春绣像题咏

磕了头,说是要求容他做尼姑呢,送一个地方,若不容他,他就死在眼前。"可见,姑嫂之间近距离的磕磕绊绊,成为惜春出家的催化剂。

惜春在与妙玉的密切交往中,表现出对"闲云野鹤"的向往。第一百一十二回写惜春的心理活动:"父母早死,嫂子嫌我,头里有老太太,到底还疼我些,如今也死了,留下我孤苦伶仃,如何了局!"想到:"迎春姐姐磨折死了,史姐姐守着病人,三姐姐远去,这都是命里所招,不能自由。独有妙玉如闲云野鹤,无拘无束。我能学他,就造化不小了。"第一百零九回贾母病重,栊翠庵的妙师父前来探望,小说曾通过对比,写妙玉在贾府盛时不趋炎附势、衰时不弃不离的高洁品性。妙玉来访时关照惜春:"四姑娘为什么这样瘦?不要只管爱画劳了心。"惜春道:"我久不画了。如今住的房屋不比园里的显亮,所以没兴画。"妙玉道:"你如今住在那一所了?"惜春道:"就是你才进来的那个门东边的屋子。你要来很近。"妙玉道:"我高兴的时候来瞧你。"惜春开始与妙玉近距离交往起来。第一百一十一回写在惜春的央求下,妙玉答应了和她下棋。书中写道:

惜春欣幸异常,便命彩屏去开上年蠲的雨水,预备好茶。那妙玉自有茶具。那道婆去了不多一时,又来了个侍者,带了妙玉日用之物。惜春亲自烹茶。两人言语投机,说了半天,那时已是初更时候,彩屏放下棋枰,两人对弈。惜春连输两盘,妙玉又让了四个子儿,惜春方赢了半子。这时已到四更,天空地阔,万籁无声。妙玉道:"我到五更须得打坐一回,我自有人伏侍,你自去歇息。"惜春犹是不舍,见妙玉要自己养神,不便扭他。

从这段描写可见,从品茶到对弈,惜春与妙玉不仅"言语投机",而且依依不舍。到第一百一十二回妙玉遭大劫,惜春极力维护妙玉的名声,而自己心里"出家的念头"愈加坚定,到第一百一十五回惜春已"一天一天的不吃饭,只想绞头发。"

按第五回判词的预示,惜春的最后归宿是身居"古庙","缁衣"伴"青灯"。后四十回在临近结尾处,写"惜春立意必要出家,就不放他出去,只求一两间净屋子给他诵经拜佛"(第一百十七回)。到了第一百十八回,家长们做出的让步是只答应惜春在家中修行。小说写道:"邢王二夫人听尤氏一段话,明知也难挽回。王夫人只得说道:'姑娘要行善,这也是前生的夙根,我们也实在拦不住。只是咱们这样人家的姑娘出了家,不成了事体。如今你嫂子说了准你修行,也是好处。却有一句话要说,那头发可以不剃的,只要自己的心真,那在头发上头呢。你想妙玉也是带发修行的,不知他怎样凡心一动,才闹到那个分儿。姑娘执意如此,我们就把姑娘住的房子便算了姑娘的静室。'"从后边的文字"惜春听了,收了泪,拜谢了邢王二夫人、李纨、尤氏等"可见,惜春是接受了这个条件,暂时没有离家到"古庙"中去。接着小说又为紫鹃写了富有悲剧性的一笔。王夫人说:"所有服侍姑娘的人也得叫他们来问:他若愿意跟的,就讲不得说亲配人;若不愿意跟的,另打主意。"便问彩屏等谁愿跟姑娘修行。彩屏等回道:"太太们派谁就是谁。"王夫人知道不愿意,正在想人。紫鹃道:

姑娘修行自然姑娘愿意,并不是别的姐姐们的意思。我有句话回太太,我也并不是拆开姐姐们,各人有各人的心。我服侍林姑娘一场,林姑娘待我也是太太们知道的,实在恩重如山,无以可报。他死了,我恨不得跟了他去。但是他不是这里的人,我又受主子家的恩典,难以从死。如今四姑娘既要修行,我就求太太们将我派了跟着姑娘,服侍姑娘一辈子。不知太太们准不准。若准了,就是我的造化了。

贾惜春——惜春常怕花开早

　　小说又通过在场者的情态，回应了紫鹃。"邢王二夫人尚未答言，只见宝玉听到那里，想起黛玉一阵心酸，眼泪早下来了。"接着，宝玉给众人念一首诗："勘破三春景不长，缁衣顿改昔年妆。可怜绣户侯门女，独卧青灯古佛旁！"王夫人道："什么依不依，横竖一个人的主意定了，那也扭不过来的。可是宝玉说的也是一定的了。"紫鹃听了磕头。惜春又谢了王夫人。紫鹃又给宝玉宝钗磕了头。宝玉念声"阿弥陀佛！难得，难得。不料你倒先好了！"小说随后概括性地交代了彩屏和紫鹃两个丫鬟的归宿："彩屏等暂且伏侍惜春回去，后来指配了人家。紫鹃终身伏侍，毫不改初。"这段情节中有几层人物关系值得思考：第一层在惜春与彩屏之间、黛玉与紫鹃之间。同是主仆关系，紫鹃之所以生死相依，源于黛玉待紫鹃"恩重如山，无以可报"；而惜春对彩屏的感情，我们仅从惜春对入画的态度可见一斑。所以，这一处文字，在描写人情世态，刻画惜春、彩屏、黛玉、紫鹃的性格方面，是比较成功的。

　　另一层关系表现在惜春与宝玉之间。这两个人与其说是手足兄妹，还不如说是由色到空的同路人。第一百十六回"得通灵幻境悟仙缘"的情节中，惜春说："那年失玉，还请妙玉请过仙，说是'青埂峰下倚古松'，还有什么'入我门来一笑逢'的话，想起来'入我门'三字大有讲究。佛教的法门最大，只怕二哥不能入得去。"宝玉听了，又冷笑几声。宝钗听了，不觉的把眉头儿盯揪着发起怔来。尤氏道："偏你一说又是佛门了。你出家的念头还没有歇么？"惜春笑道："不瞒嫂子说，我早已断了荤了。"王夫人道："好孩子，阿弥陀佛，这个念头是起不得的。"惜春听了，也不言语。第一百十七回写"宝玉自会那和尚以后，他是欲断尘缘"，并且"一心想着那个和尚引他到那仙境的机关。心目中触处皆为俗人，却在家难受，闲来倒与惜春闲讲。他们两个人讲得上了，那种心更加准了几分，那里还管贾环贾兰等。"宝玉在走出贾府之前，心已向佛，家中诸人，他能够谈得来的只有惜春了。到了第一百十九回"中乡魁宝玉却尘缘"的情节中,宝玉与家人道别时,"回头见众人都在这里,只没惜春紫鹃,便说道:'四妹妹和紫鹃姐姐跟前替我说一句罢,横竖是再见就完了。'众人见他的话又像有理,又像疯话。"宝玉走失后,"王夫人哭得饮食不进,命在垂危",忽然听说探春回京了,小说借助王夫人的视角,将探春的"服采鲜明"与惜春的"道姑打扮",构成对比。焙茗说:"我们二爷中了举人,是丢不了的了。"受到众人的赞扬。惜春却很冷静地说道:"这样大人了,那里有走失的。只怕他勘破世情,入了空门,这就难找着他了。"上述细节可见,在最后的一段日子里,宝玉弃绝红尘的所思所为,与惜春形成默契。

贾府的四小姐惜春虽涉世未深,却看透了红颜的凋零、家族的颓败与尘世的污浊。面对青春韶华,她不愿再"惜"也无法再"惜"了,卸下红妆与荣装,剪断青丝与情思,置身婆娑菩提的空幻中,结束了尘俗之缘,也斩断了未竟的红楼之梦。

王熙凤——笑语盈盈暗香去

王熙凤在金陵十二钗中是十分出众的一位,她既是一个香艳标致的少妇,又是一个心机深细的管家。一方面她艳丽张扬,才干过人,令人"爱慕";另一方面她利欲熏心,贪婪骄纵,使人侧目。正是这位典型的"正邪两赋"之人,用她八面玲珑的说服力和"丹唇未启笑先闻"的感染力,维持着大家族的运转,也操纵着贾府的命运。她如一股浓香,飘溢于贾府各处、贯穿了全书始终。然而,即使凭她的"此生才",仍无法挽回一个百年望族"忽喇喇似大厦倾"的悲惨结局。凤姐的特点可用辛弃疾《青玉案》的一句词来描述,即"笑语盈盈暗香去"。

凤姐身份

王熙凤在金陵十二钗中排在第九位,但在贾府的三位少奶奶中位列第一。她是贾赦之子贾琏的妻子,小说第二回冷子兴介绍贾琏"今已二十来往了,亲上作亲,娶的就是政老爹夫人王氏之内侄女,今已娶了二年。这位琏爷身上现捐的是个同知,也是不肯读书,于世路上好机变,言谈去的,所以如今只在乃叔政老爷家住着,帮着料理些家务。谁知自娶了他令夫人之后,倒上下无一人不称颂他夫人的,琏爷倒退了一射之地"。凤姐此时的年龄也不过二十左右,她嫁到贾府,便随贾琏在贾政家住着,王夫人既是她的姑母,又是她丈夫的婶子。贾琏本是个"言谈""机变"很不错的人,凤姐一来他便相形见绌了。

第三回从林黛玉的角度写王熙凤。黛玉曾听母亲说过,凤姐"自幼假充男儿教养的,学名王熙凤"。贾母告诉黛玉:"他是我们这里有名的一个泼皮破落户儿,南省俗谓作'辣子',你只叫他'凤辣子'就是了。"从学名到俗称,从"自幼假充男儿"到"泼皮破落户儿",凤姐豪爽、泼辣的形象跃然纸上。值得注意的是,林黛玉小时候也"假充养子之意",所不同的是,黛玉的父母"欲使他读书识得几个字",而凤姐徒有一个"学名"却不曾读书。《红楼梦》中还写过"假凤虚凰"的故事,强调"凤"的雄性特点。小说第五十四回女先儿讲了一个《凤求鸾》的故事:"这书上乃说残唐之时,有一位乡绅,本是金陵人氏,名唤王忠,曾做过两朝宰辅。如今告老还家,膝下只有一位公子,名唤王熙凤。"也补充说明了"王熙凤"一名,其实是在提醒读者凤姐性格中有某种阳刚之气,表现出巾帼不让须眉的特点。

王熙凤是四大家族中"金陵王"家的金闺娇女。第四回"东海缺少白玉床　龙王来请金陵王"渲染了王家的富有。第十六回说起当年太祖皇帝巡行的事,赵嬷嬷说:"咱们贾府正在姑苏扬州一带监造海舫,修理海塘,只预备接驾一次,把银子都花的淌海水似的!"凤姐忙接道:"我们王府也预备过一次。那时我爷爷单管各国进贡朝贺的事,凡有的外国人来,都是我们家养活。粤、闽、滇、浙所有的洋船货物都是我们家的。"赵嬷嬷也附和凤姐:"那是谁不知道的?如今还有个口号儿呢,说'东海少了白玉床,龙王来请江南王',这说的就是奶奶府上了。"这与第四回护官符中的两句构成不同的版本,二者细微的差异,反而说明了这句"口号"流传之广,证实了王家在金陵,乃至在江南富甲天下的声威。她的叔叔王子腾,在第四回中的官职是"京营节度使",又"升了九省统制,奉旨出都查边"。第五十三回写王子腾"升了九省都检点"。王子腾的权力由掌管京城里的军事,晋升为掌管九个省份军事的要职。军权在握,炙手可热。

凤姐的生日是九月初二。《红楼梦》第四十三回设置了"闲取乐偶攒金庆寿"的趣事。贾母说:"我想往年不拘谁作生日,都是各自送各自的礼,这个也俗了,也觉生分的似的。今儿我出个新法子,又不生分,又可取笑。"老太太倡议大家凑份子,于是"没顿饭的工夫,老的,少的,上的,下的,乌压压挤了一屋子"。然而,就在姑娘媳妇们要"好生乐一日"的时候,宝玉却在灯火阑珊处祭奠金钏去了。该回回目的另一半是"不了情暂撮土为香",一方庆寿,一方探丧,宝玉回到家时"将素服脱了,自去寻了华服换上",在气氛和色彩上构成鲜明的对比,对于反映凤姐的命运也起到了渲染烘托的作用。

小说第五回写王熙凤的判词是:

> 后面便是一片冰山,上面有一只雌凤。其判曰:
> 凡鸟偏从末世来,都知爱慕此生才。一从二令三人木,哭向金陵事更哀。

王熙凤的判词相对费解。"凡鸟"可以合成"凤"的繁体字"鳳",见《世说新语·简傲》:"嵇康与吕安善,每一相思,千里命驾。安后来,值康不在,喜(嵇康之兄嵇喜)出门户延之。不入,题门上,作凤字而去。喜不觉,犹以为欣。故作凤字,凡鸟也。"这段故事借"鳳"字的拆分讽刺了嵇喜像一只凡鸟。凤凰是古代传说中的百鸟之王,中国民间有"龙凤呈祥"的寓意。"熙"字是兴盛、和乐、光明的意思。所以,王熙凤的名字从字面上看是极为尊贵、兴盛的。然而,事与愿违,判词绘制的图画是"一片冰山,上面有一只雌凤",这只凤凰来到世间偏偏赶上"末世"。判词前两句预示了凤姐虽有才干却处于大厦将倾之时,自然命运多舛。对"一从二令三人木"的解释,似乎都从拆字法的角度展开,但历来说法纷纭。"人木"合成"休"

字之说相对合理,服从、命令、休弃道出了贾府这位少奶奶一生的三阶段:即贤妇、悍妇、弃妇。贤妇阶段,她三从四德,对婆婆们礼数到位,对丈夫思念牵挂;悍妇阶段,她强悍泼辣,发号施令,颐指气使;弃妇阶段,则指后来贾府事败,凤姐惨遭丈夫休弃,无奈之下"哭向金陵"的结局。

凤姐之貌

《红楼梦》将王熙凤塑造成一位容貌艳丽,身材苗条,锦帽貂裘,彩绣辉煌的少妇形象。与黛玉的灵动、宝钗的素雅相比,曹雪芹似乎把大量华丽的辞藻都用来写凤姐了,脂砚斋的批语中也每每称她为"阿凤",流露出欣赏的眼光。

王熙凤是一位"标致"的美人。小说第二回冷子兴的叙述中,概括地写了凤姐:"模样又极标致,言谈又爽利,心机又极深细,竟是个男人万不及一的。"第六回周瑞家的夸赞她:"如今出挑的美人一样的模样儿,少说些有一万个心眼子。"《红楼梦》描绘诸多美女,都曾用到"标致"二字,从黛玉、香菱,到尤二姐等,而凤姐的"标致"究竟有哪些具体表现呢?

小说第三回林黛玉带着一颗敏感的心,初进贾府,除宝玉之外,给她留下印象最深的要数凤姐了。黛玉对凤姐,从容貌、体态,以至衣着都看得很细致:

> 这个人打扮与众姑娘不同:彩绣辉煌,恍若神妃仙子。头上戴着金丝八宝攒珠髻,绾着朝阳五凤挂珠钗;项上带着赤金盘螭璎珞圈;裙边系着豆绿宫绦双衡比目玫瑰佩;身上穿着缕金百蝶穿花大红洋缎窄褃袄,外罩五彩刻丝石青银鼠褂,下着翡翠撒花洋绉裙。一双丹凤三角眼,两弯柳叶吊梢眉,身量苗条,体格风骚,粉面含春威不露,丹唇未启笑先闻。

凤姐给黛玉的第一印象是"彩绣辉煌,恍若神妃仙子",接着具体写她的辉煌之处,金光闪耀的头饰、胸前佩戴的挂饰,以及鲜红碧翠的衣裙。显然,这是一位张扬而不内敛的外向型美女。服饰之后,黛玉才细看她的体貌——"丹凤三角眼",眼角向上微翘;"柳叶吊梢眉",眉梢斜飞入鬓,眉眼都呈现出向上的飞动之势。尽管也是"身量苗条","粉面""丹唇",但凤姐的眉眼,加上风骚的体格,与"窈窕淑女"型的古典美人总是有一定距离的。

第六回刘姥姥眼中凤姐的衣着神态是:"那凤姐儿家常带着秋板貂鼠昭君套,围着攒珠勒子,穿着桃红撒花袄,石青刻丝灰鼠披风,大红洋绉银鼠皮裙,粉光脂艳,端端正正坐在那里,手内拿着小铜火箸儿拨手炉内的灰。"

第六十八回"苦尤娘赚入大观园"一节,写尤二姐眼中素妆的凤姐:"头上皆是素白银器,身上月白缎袄,青缎披风,白绫素裙。眉弯柳叶,高吊两梢,目横丹凤,神凝三角。俏丽若三春之桃,清素若九秋之菊。"与黛玉眼中"彩绣辉煌"、刘姥姥眼中"粉光脂艳"的凤姐交相辉映出"淡妆浓抹总相宜"之美。

尽管没有文化,缺少诗才,但曹雪芹并没有把凤姐写成一个俗艳的女子,书中曾借助自然景物的灵秀,来衬托凤姐的风流韵致:

> 黄花满地,白柳横坡。小桥通若耶之溪,曲径接天台之路。石中清流激湍,篱落飘香;树头红叶翩翩,疏林如画。西风乍紧,初罢莺啼;暖日当暄,又添蛩语。遥望东南,建几处依山之榭;纵观西北,结三间临水之轩。笙簧盈耳,别有幽情;罗绮穿林,倍添韵致。(第十一回)

平日里唯利是图的女人,也曾在秀美的景致面前流连忘返,这是小说写凤姐时少有的诗情画意之笔。且看具体的景观：黄花、白柳、红叶、疏林，五彩缤纷；清流、莺啼、笙簧，悠扬悦耳；篱落飘香、罗绮穿林，香气迷人。再者，"若耶之溪"是传说中西施浣纱之地；"天台之路"典出汉代刘晨、阮肇入天台山采药，被仙女留住半年的故事。可见，这里的"溪"和"路"都是通仙之境。最后一句"罗绮穿林"，既有王维诗"竹喧归浣女"（《山居秋暝》）的幽情，又不乏辛弃疾词"蛾儿雪柳黄金缕，笑语盈盈暗香去"（《青玉案》）的华丽，使作者笔下的罗绮美人"倍添韵致"。小说写凤姐"正自看园中的景致，一步步行来赞赏"，贾瑞于此时出现了。凤姐在看风景，而她恰恰成了贾瑞眼中的风景。此意境恰如"你站在桥上看风景，看风景的人在楼上看你"。正因为如此美人有如此美景的衬托，贾瑞才会"亦发酥倒"。小说第二十五回中薛蟠"忽一眼瞥见了林黛玉风流婉转，已酥倒在那里"。黛玉的美貌让薛蟠"酥倒"，第十一回"见熙凤贾瑞起淫心"，也同样从侧面渲染了王熙凤的美。

凤姐锦帽貂裘的脂粉英雄形象，结合其巧施计谋、胆大心细等特点，似乎有古代美女貂蝉的影子。"貂蝉"一词的原意指古代王公显官冠上之饰物，始于汉代武官。《后汉书·舆服志下》："武冠，……侍中、中常侍加黄金珰，附蝉为文，貂尾为饰。""貂蝉"也常用来比喻达官显贵。《汉书·楚元王传》："今王氏一姓乘朱轮华毂者二十三人，青紫貂蝉充盈幄内，鱼鳞左右。"又指传说中三国时的美女，初为董卓侍女，后为吕布妾。《三国演义》写吕布妻名貂蝉，为司徒王允家婢。《三国志·吕布传》仅言吕布与卓侍婢私通，不记名字。美女貂蝉，在史书中没有，到演义当中才为此女命名，而且给予她脂粉英雄的豪侠之气和倾城之貌。

凤姐之情

一直以来，人们关注王熙凤的豪气和才干，却忽视了她的情感世界。即使谈到凤姐之情,也由于刻毒、酸辣等因素,而多持否定态度,这不免有失偏颇。《红楼梦》人物塑造的立体感与典型性,在于衡量是非的标准没有定式,既无绝对的善人、好人,也无绝对的恶人、坏人。正如作者开篇所宣称的,书中的几个人物均为"正邪两赋",王熙凤亦如此。故而从复杂的因素中撷取一些真的、善的,或者美的成分来看凤姐,可以挖掘出这个人物的许多真情实感。

凤姐对贾琏的真情。读者对于贾琏和凤姐这对夫妻,讥讽、侧目者居多,或言贾琏懦弱荒淫,或语凤姐跋扈贪婪,尤其强调的是凤姐的凶悍与好妒带给贾琏的压抑与痛苦,很少看到这夫妻二人随顺的一面。在贾府的几对夫妻中,贾赦与邢夫人貌合神离,邢夫人纵容贾赦的"好色""胡为";贾政与王夫人相敬如宾,但"打发贾政安寝"的都是赵姨娘;贾珍与尤氏同床异梦,尤氏"软弱"得对贾珍"追欢买笑"睁一眼闭一眼。相比较来看,贾琏和凤姐堪称琴瑟和谐,这种和谐关系在文中曾含蓄地加以体现,在周瑞家的送宫花时,她来到凤姐的住处:

> 走至堂屋,只见小丫头丰儿坐在凤姐房中门槛上,见周瑞家的来了,连忙摆手儿叫他往东屋里去。周瑞家的会意,忙蹑手蹑足往东边房里来,只见奶子正拍着大姐儿睡觉呢。周瑞家的悄问奶子道:"姐儿睡中觉呢?也该请醒了。"奶子摇头儿。正说着,只听那边一阵笑声,却有贾琏的声音。接着房门响处,平儿拿着大铜盆出来,叫丰儿舀水进去。

对于这第七回中贾琏与凤姐的白日柔情,脂砚斋在甲戌本夹批中写道:"妙文,奇想!阿凤之为人,岂有不着意于风月二字之理哉?若直以明笔写之,不但唐突阿凤声价,亦且无妙文可赏。若不写之又万万不可。故只用'柳藏鹦鹉语方知'之法,略一皴染,不独文字有隐微,亦且不致污渎

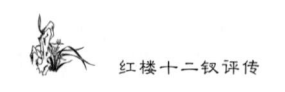

阿凤之英风俊骨。所谓此书无一不妙。"又如第二十三回的一段描写：

> 贾琏笑道："西廊下五嫂子的儿子芸儿来求了我两三遭，要个事情管管。我依了，叫他等着。好容易出来这件事，你又夺了去。"凤姐儿笑道："你放心。园子东北角子上，娘娘说了，还叫多多的种松柏树，楼底下还叫种些花草。等这件事出来，我管保叫芸儿管这件工程。"贾琏道："果这样也罢了。只是昨儿晚上，我不过是要改个样儿，你就扭手扭脚的。"凤姐儿听了，嗤的一声笑了，向贾琏啐了一口，低下头便吃饭。

对于这一回中暗写的二人闺房之趣，东观阁评语中虽然多有"淫极"之叹，但也发出"却比《金瓶梅》有味"的感慨。这些细节也正是凤姐向丈夫展现风情与女人味的体现。王熙凤与秦可卿是贾府中最具这种特征的媳妇，但不同于凤姐的是，可卿的风情与女人味却没有从丈夫的视角中反映出。由此可见，在情欲层面，凤姐之于贾琏可谓配合，甚至逢迎，其日后的"下红之症"就有"年少不知保养"之过。

其次，凤姐对贾琏的真情，还表现在丈夫远行时的牵挂，以及小别后笑语相迎的娇音俏态。她于日理万机之中，仍深藏着对丈夫的挂念。贾琏送黛玉回扬州奔丧之时，凤姐受贾珍委托在秦可卿丧期协理宁国府，虽然每日疲于奔命，但是仍对贾琏牵肠挂肚。这由家仆昭儿回府报平安、取衣服时，凤姐的表现可以说明：

> 凤姐见昭儿回来，因当着人未及细问贾琏，心中自是记挂，待要回去，争奈事情繁杂，一时去了，恐有延迟失误，惹人笑话。少不得耐到晚上回来，复令昭儿进来，细问一路平安信息。连夜打点大毛衣服，和平儿亲自检点包裹，再细细追想所需何物，一并包藏交付昭

儿。又细细吩咐昭儿:"在外好生小心伏侍,不要惹你二爷生气;时时劝他少吃酒,别勾引他认得混帐老婆,——回来打折你的腿"等语。赶乱完了,天已四更将尽,总睡下又走了困,不觉天明鸡唱,忙梳洗过宁府中来。

这时的凤姐虽仍有要强逞威的一面,但更多的还是对丈夫的牵挂思念。她的细心、她的体贴,让人感受到了思妇的真情。第十六回,宁府的丧事刚过,元春被封为贵妃。这件喜事,因为秦钟的夭折,在宝玉心中都没引起太大反响,但在凤姐对贾琏的称呼中却平添不少妙趣。小说写道:"正值凤姐近日多事之时,无片刻闲暇之工,见贾琏远路归来,少不得拨冗接待,房内无外人,便笑道:'国舅老爷大喜!国舅老爷一路风尘辛苦。'"此处庚辰本批语说:"娇音好闻,俏态如见,少年好夫妻有是事。"于细微处揭示出凤姐与贾琏颇具情趣的夫妻关系。

凤姐虽有万种风情,却不失妇道人的操守。贾琏离家这段时间,她虽感孤独却也耐得寂寞,第十三回中的描写可以说明,"话说凤姐儿自贾琏送黛玉往扬州去后,心中实在无趣,每到晚间,不过和平儿说笑一回,就胡乱睡了"。面对贾瑞的挑逗,她仍能坚守妇道,面上谈笑,心中恨极,故而设下了相思局来惩治贾瑞这个好色之徒。这固然显示了凤姐的狠辣,但是也不难看出,她在节操上的慎独,进而表现了她对贾琏的真情。在此需要说明的是,凤姐与贾蓉是否有暧昧关系?小说第六回写贾蓉向凤姐借玻璃炕屏,当事情谈妥,贾蓉告辞时,凤姐把他叫回来。对于二人情态的描写,存在版本差异。庚辰本写道:"那凤姐只管慢慢的吃茶,出了半日的神,又笑道:'罢了,你且去罢。晚饭后你来再说罢。这会子有人,我也没精神了。'贾蓉应了一声,方慢慢的退去。"程甲本写贾蓉时没有"应了一声",其他大体相同。但程乙本中,凤姐和贾蓉的表情则与此不同:"那凤姐只管慢慢的吃茶,出了半日神,<u>忽然把脸一红</u>,笑道:'罢

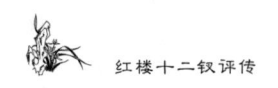

了,你且去罢。晚饭后你来再说罢。这会子有人,我也没精神了。'贾蓉答应个是,抿着嘴儿一笑,方慢慢退去。"画线部分为程乙本多出的文字,而在程甲本中还没有,可见,涉及凤姐与贾蓉暧昧关系的细节,是程乙本在修订时另加的。可以说,在曹雪芹的构思中,凤姐与贾蓉并没有暧昧关系。

再次,关于凤姐的泼醋,时人多从女德的角度出发,认为凤姐不贤惠,犯了七出之条。按"三从四德"的要求,只有甘心情愿地像邢夫人替贾赦说媒娶鸳鸯那样,主动地替丈夫讨妾,才是为人妻子的美德。但凤姐的情况又有不同,她不似"尴尬"的邢夫人,出身低微又属继室,"一味怕老爷""只知承顺贾赦以自保"。出身高贵的熙凤与贾琏少年结发,可以说她全部少女情怀和浪漫幻想都系在了贾琏这位少年公子身上,并且这位"脂粉英雄"的个性和才能也决定了她不可能做邢夫人第二。所以面对贾琏一次次的出轨,她哭她闹,甚至玩阴谋、弄小巧,这种嫉妒强烈得令人心惊,后果也残酷得让人心寒。鲍二家的和尤二姐的两条人命诉说着凤姐的毒辣,但也从另一个角度,表现出她对丈夫极强的独占欲,而这恰恰是她心里在意贾琏的明证。虽然手段过激,却出于对自己真情的维护,其恶不可饶恕,但其情可以理解。

凤姐对巧姐的真情。常言道"虎毒不食子",凤姐虽然有时心狠手辣,但对自己的亲生女儿却疼爱有加。巧姐虽然出场次数不多,但每次不是有人携抱,就是披锦着绫,手拿"好玩意儿",可见凤姐从吃穿用度等物质方面对女儿十分娇惯,无怪刘姥姥劝凤姐,孩子"过于尊贵了,也禁不起。以后姑奶奶少疼他些就好了"。虽然凤姐溺于权钱而忽视了对于女儿的教育,有失母职,但值得注意的是,这位"脂粉英雄"对女儿的照顾,是在力所能及的范围内,尽了自己最大努力的。这在巧姐几次生病时熙凤的表现中可以明显看出,女儿出痘,她不辞辛苦、悉心照料;女儿惊风,她心急如焚、亲自称药;就连女儿着凉,她也担忧地问神送祟。为了给女儿取个好名以佑平安,她向刘姥姥那样的村妇请求帮助。这个城府极深的女强人,在面对女儿的时候表现出了发自内心的坦诚。可以说巧姐是她那坚强的心房里最柔软、最温暖的地方。母女至亲,骨肉真情在"霸王"似的凤姐身上也不能例外。

凤姐对贾母的真情。关于凤姐对贾母这一贾府最高权威的感情,人们大都认为是一种出于利害考虑的逢迎和利用。但是,若只是为了逢迎和利用,凤姐有必要花费那么多的心血与精力吗?而且贾母年老却并不糊涂,颇能洞悉身边人的心思,若不是感受到凤丫头的真情,她是不可能百般疼爱维护这个孙媳妇的。王熙凤对于贾母的真情表现在她常以谐趣逗老人开心。凤姐是贾母的开心果,她在贾母面前总会打点起全副精神来凑趣逗乐,并总能哄得老太太开怀不已。清代二知道人评价说:"贾媪暮年,善于自娱,但情之所钟,未免烦恼。锁媪之眉者黛玉也,牵媪之肠者宝玉也,能开媪之笑口者,熙凤一人耳。"第五十四回"王熙凤效戏彩斑衣"中有这样一段:

凤姐儿笑道:"外头的只有一位珍大爷。我们还是论哥哥妹妹,从小儿一处淘气了这么大。这几年因做了亲,我如今立了多少规矩了。便不是从小儿的兄妹,便以伯叔论,那《二十四孝》上'斑衣戏彩',他们不能来'戏彩'引老祖宗笑一笑,我这里好容易引的老祖宗笑了一笑,多吃了一点儿东西,大家喜欢,都该谢我才是,难道反笑话我不成?"贾母笑道:"可是这两日我竟没有痛痛的笑一场,倒是亏他才一路笑的我心里痛快了些,我再吃一钟酒。"吃着酒,又命宝玉:"也敬你姐姐一杯。"凤姐儿笑道:"不用他敬,我讨老祖宗的寿罢。"说着,便将贾母的杯拿起来,将半杯剩酒吃了,将杯递与丫鬟,另将温水浸的杯换了一个上来。

"斑衣戏彩"是《二十四孝》之一,也称"老莱娱亲"。故事说的是七十岁的老莱子穿上色彩斑斓的衣裳,拿着玩具效仿儿童嬉戏,以博得双亲的欢娱。同在这一回,写正月十五夜晚,荣宁二府看戏、观灯、说笑话、放炮仗。贾母是一个享受过大富大贵的老人,元宵节的夜宵,她既嫌凤姐"预备的鸭子肉粥"是"油腻腻"的,又嫌"枣儿熬的粳米粥"是"甜的",最后选了"杏仁茶"。这一方面展示了贾府物质生活的丰富,同时也表现了王熙凤对贾母的尽心尽力,准备了各样粥品供贾母选用。结合"斑衣戏彩"典故,可见凤姐对贾母的孝敬,从精神上的笑话取悦到物质上的粥品滋养,关心是无微不至的。第八十四回也曾写吃饭的场景,贾母道:"既这么着,凤丫头就过来跟着我。你太太才说他今儿吃斋,叫他们自己吃去罢。"王夫人也道:"你跟着老太太姨太太吃罢,不用等我,我吃斋呢。"书中写凤姐周到的礼数,"于是凤姐告了坐,丫头安了杯箸,凤姐执壶斟了一巡,才归坐"。从以上文本中可以看出,凤姐在贾母面前的言行确实存有彩衣娱亲的心思,贾母的话在夸赞其诙谐的同时也是对她孝心的肯定,正如王伯沆所言:"此等确是凤姐可敬处,方是善读廿四孝。思之爽然。"从中不难看出凤姐的真情。

另外,都说凤姐恃宠而骄,但值得注意的是,面对贾母,凤姐虽也会有放诞嬉笑之举,但是却从来不曾在规矩上有所差池,且在随侍贾母时悉心体贴,常思旁人之不能思,想旁人之不能想。如第三回中,凤姐出场先声夺人,甚至有"放诞无礼"之嫌,但是在晚饭时,"贾珠之妻李氏捧饭,熙凤安箸,王夫人进羹"。凤姐"立于案旁布让",礼数周全。另外,在第三十八回中,凤姐恐贾母吃了螃蟹后,积冷在心,便在宴前故意讨老人家开怀大笑,可谓用心良苦。贾母对此十分满意,并向王夫人言及对凤姐的喜爱与欣赏:

贾母笑道:"明儿叫你日夜跟着我,我倒常笑笑觉的开心,不许回家去。"王夫人笑道:"老太太因为喜欢他,才惯的他这样。还这样说,他明儿越发无礼了。"贾母笑道:"我喜欢他这样,况且他又不是那不知高低的孩子。家常没人,娘儿们原该这样。横竖礼体不错就罢,没的倒叫他从神儿似的作什么。"

从凤姐的言行和贾母的评价中,不难感受到这对祖孙间的浓浓亲情。

凤姐对宝黛的真情。凤姐对于宝玉、黛玉这对"仙葩"和"美玉"一直心存怜爱,呵护有加。这其中既带有身为兄嫂应照顾弟妹的人之常情,又饱含对他们的貌、情、才的欣赏和肯定,当然也不乏讨老太太喜欢的成分。

于宝玉,姐弟两个亲密无间。但凡凤姐出门宝玉执意要跟去的,凤姐总会应允,"立等着换了衣服",姐儿两个同乘一车。初见秦钟时,凤姐见这位小后生"举止风流似在宝玉之上",便"喜的先推宝玉,笑道:'比下去了!'"宝玉挨打,凤姐呵命下人去抬春凳;宝玉被蜡灯泼得满脸是油,凤姐也两步三步上炕帮忙收拾。这些尽管是分内之事,却无处不透着凤姐对这块美玉的呵护与喜爱。

于黛玉,这对表姑嫂之间也有一段不解之缘。黛玉看凤姐"与众姑娘不同","恍若神妃仙子",凤姐看黛玉更是天下少有的标致人物,"通身的气派,竟不像老祖宗的外孙女儿,竟是个嫡亲的孙女"。这其中固有恭维、讨好贾母的成分,但作为自己亲表妹的宝钗进府时却没能得到凤姐的"美言",可见凤姐的爱憎向背。再者,探春协理大观园时,凤姐抱病在身,慨叹没有人能够帮衬自己,称林妹妹是个"美人灯儿,风吹吹就坏了",说宝钗"不干己事不张口,一问摇头三不知",对前者怜香惜玉,对后者冷眼旁观,喜恶之情溢于言表。

于宝黛之情,则热心诚意,不时戏谑。作为贾府的管家,凤姐说话办事一向拿捏分寸,唯独在宝玉黛玉的婚姻爱情这一问题上却基本没有正形。第二十五回她曾对黛玉戏言"你既吃了我们家的茶,怎么还不给我们家作媳妇?"第五十五回凤姐儿笑道:"我也虑到这里,倒也够了:宝玉和林妹妹他两个一娶一嫁,可以使不着官中的钱,老太太自有梯己拿出来。"第三十四回黛玉探望宝玉还没坐稳时,听说凤姐来了,连忙说:"我从后院子去罢,回来再来。"宝玉不解:"这可奇了,好好的怎么怕起他来。"黛玉"急的跺脚",悄悄告诉宝玉:"你瞧瞧我的眼睛,又该他取笑开心呢。"这等热心肠反映在嘴边,发自于肺腑,更显得凤姐情真意切。

　　凤姐对秦可卿的真情。若说凤姐与贾琏有夫妻之情,与巧姐有骨肉之情,与贾母有孝敬之情,与宝黛有呵护之情的话,凤姐与可卿在感情上可谓没有太多必然的交集。论辈分,可卿是凤姐的侄媳妇;论地位,可卿虽然受宠,但宁府主事的还是尤氏,可卿也只是一个不管事儿的少奶奶,但是凤姐却与她非常投缘,连心腹平儿都素知她二人"厚密"。熙凤对可卿的怜惜可谓情真意切,让人感动。得了宫花,忙里偷闲地命人转送;见了秦钟,爱屋及乌地赞不绝口;前去探病,强忍伤感地宽言安慰。及至可卿魂归,亲眼见到棺木之时,更是"眼泪恰似断线之珠,滚将下来"。种种情态绝非做戏所能及,凤姐并非草木,亦有真情。

凤姐之才

　　"凡鸟偏从末世来,都知爱慕此生才",我们姑且从诗才、口才、干才等方面探讨王熙凤的才。

　　王熙凤的诗才似乎无从谈起。与金陵十二钗的小姐们乃至李纨相比,凤姐的文才都要逊色得多,甚至黯然无光。她出生在"诗书大宦名门之家",从小也有学名,但作者偏偏不让她读书认字。甲戌本在"学名王熙凤"处写有一条批语:"奇想奇文。以女子曰学名固奇,然此偏有学名的反倒(原作"到")不识字,不曰学名者反若假。"《红楼梦》中几次强调凤姐不识字，或认字很少，例如，第四十二回宝钗说过，"世上的话，到了凤丫头嘴里也就尽了。幸而凤丫头不认得字，不大通，不过一概是市俗取笑"。第七十四回曾写，"凤姐因当家理事，每每看开帖并帐目，也颇识得几个字了"，这段情节的安排，是为了让她能读懂潘又安写给司棋的情书。凤姐不大识文断字，诗才自然更加匮乏。第四十五回写到大观园诗社需要资金时，大家去凤姐那里化缘，探春对凤姐说："我想必得你去作个监社御史，铁面无私才好。"凤姐对她们的用意已经心知肚明：

> 凤姐笑道："我又不会作什么'湿的''干的'，要我吃东西去不成？"探春道："你虽不会作，也不要你作。你只监察着我们里头有偷安怠惰的，该怎么样罚他就是了。"凤姐儿笑道："你们别哄我，我猜着了：那里是请我作监社御史，分明是叫我作个进钱的铜商！你们弄什么社，必是要轮流作东道的。你们的月钱不够花了，想出这个法子来拗了我去，好和我要钱。可是这个主意？"一席话说的众人都笑起来了。李纨笑道："真真你是个水晶心肝玻璃人。"

凤姐的答话反映出，她虽不擅写诗，却"世事洞明"，李纨对她"水晶心肝玻璃人"的评价说明了这一点。识时务者为俊杰，她马上表示："我不入社花几个钱，不成了大观园的反叛了，还想在这里吃饭不成？明儿一早就到任，下马拜了印，先放下五十两银子给你们慢慢作会社东道。"她只拿钱不作诗，还颇有自知之明地说："过后几天，我又不作诗作文，只不过是个俗人罢了。"凤姐虽然喜欢用看似自贬，实则自夸的方式说话，但在写诗作文上她还是甘拜下风的。第五十回赶上下雪起诗社，大家还是邀请凤姐光临了一次诗社。分次序时，李纨第一，凤姐便优先排在了李纨之前。小说有一个值得注意的细节，"宝钗便将稻香老农之上补了一个'凤'字"。若按规矩，似乎应该给凤姐取个雅号才好，宝钗却漫不经心地

只写了一个字,这个"凤"按照判词的拆字法解释,便是"凡鸟"二字,暗合了笨鸟先飞的俗语。众人按题目作诗时,书中写道:

> 凤姐儿想了半日,笑道:"你们别笑话我。我只有一句粗话,下剩的我就不知道了。"众人都笑道:"越是粗话越好,你说了只管干正事去罢。"凤姐儿笑道:"我想下雪必刮北风。昨夜听见了一夜的北风,我有了一句,就是'一夜北风紧',可使得?"众人听了,都相视笑道:"这句虽粗,不见底下的,这正是会作诗的起法。不但好,而且留了多少地步与后人。就是这句为首,稻香老农快写上续下去。"

唐代有许多大诗人以成百上千的诗作取胜,不过,杜甫等高产作家之外,也有像张若虚那样的诗人,凭借一篇《春江花月夜》压倒全唐,曹雪芹对此非常欣赏,以至于在自己的小说中借黛玉的笔,仿写了《秋窗风雨夕》。从某种意义上说,凤姐的"一夜北风紧"也有此类以少胜多的意义吧?

凤姐的口才是出类拔萃的,并因此而深得贾母的喜欢。同样,凤姐的用人标准也把口才放在首位——平儿能成为她的左膀右臂,其才能也表现在能说会道上,从"软语救贾琏"之"俏"可见一斑;小红能从宝玉周围鲜为人知的粗使丫鬟,被凤姐提拔到自己身边,也缘于她口齿伶俐,一张口能学出"几门子的话"来;探春能让她刮目相看,也因为三姑娘"心里嘴里都也来的"。她对尤二姐的排斥,不仅仅是醋意和嫉妒,还含有蔑视。她曾因其姐尤氏"又没才干,又没口齿",而对这类"锯了嘴子的葫芦"嗤之以鼻。即使众口皆碑的宝钗,因为"不干己事不张口,一问摇头三不知",凤姐对其也敬而远之,反而爱和伶牙俐齿的黛玉开玩笑。

凤姐个性鲜明的语言丰富多彩,难以机械地加以归类。从表达效果上,大体可分为两类。一类属于连珠妙语,富有调节气氛的感染力,例如欢声笑语、甜言蜜语、花言巧语等。欢声笑语，如"只听后院中有人笑声，说：'我来迟了，不曾迎接远客！'"凤姐的笑声给初来乍到的林黛玉留下深刻的印象。小说中多从贾母的视角看凤姐的笑颜和俏语。她能讲出让贾母开怀大笑的故事，例如"聋子放炮仗"，贾母笑道："真真这凤丫头越发贫嘴了"，心里却是喜欢的。当凤姐生病不能陪侍时，贾母若有所失。第七十六回中秋之夜，笛声悲怨，引起了贾母的伤感，尤氏笑道："我也就学一个笑话，说与老太太解解闷。"贾母勉强听着。尤氏乃说道："一家子养了四个儿子：大儿子只一个眼睛，二儿子只一个耳朵，三儿子只一个鼻子眼，四儿子倒都齐全，偏又是个哑叭。"此时再看贾母，"已朦胧双眼，似有睡去之态"。尤氏的笨嘴拙舌，对凤姐起到了很好的衬托作用。有了凤姐就有笑声，没有她的日子贾母深感乏味。

甜言蜜语，如第四十七回凤姐、薛姨妈等人陪着贾母"斗牌"，凤姐输了不少钱后，还找话逗老太太高兴：

（凤姐）拉着薛姨妈，回头指着贾母素日放钱的一个小木匣子笑道："姨妈瞧瞧，那个里头不知顽了我多少去了。这一吊钱顽不了半个时辰，那里头的钱就招手儿叫他了。只等把这一吊也叫进去了，牌也不用斗了，老祖宗的气也平了，又有正经事差我办去了。"话说未完，引的贾母众人笑个不住。偏有平儿怕钱不够，又送了一吊来。凤姐儿道："不用放在我跟前，也放在老太太的那一处罢。一齐叫进去倒省事，不用做两次，叫箱子里的钱费事。"贾母笑的手里的牌撒了一桌子，推着鸳鸯，叫："快撕他的嘴！"

这些话虽然是在讨巧，但都是善意的，不藏什么心机。

凤姐的花言巧语，突出地表现在扭转尴尬的处境上。例如，李纨等人向她为诗社化缘，凤姐打趣李纨不肯自己出资，"这会子你就每年拿出一二百两银子来陪他们顽顽,能几年的限?他们各人出了阁,难道还要你赔不成?这会子你怕花钱,调唆他们来闹我"。李纨笑道:"你们听听,我说了一句,他就疯了,说了两车的无赖泥腿市俗专会打细算盘分斤拨两的话出来。这东西亏他托生在诗书大宦名门之家做小姐,出了嫁又是这样,他还是这么着;若是生在贫寒小户人家,作个小子,还不知怎么下作贫嘴恶舌的呢!"李纨的话虽为指责,也不乏反语的意思,含有对凤姐口才的称赞。上述这些语言表明,凤姐幽默风趣,是一个为悲凉遍布的大观园增添笑料的人。

另一类属于唇枪舌剑,富于披荆斩棘的战斗力。口若悬河,嘴上有刀的,比较典型的是她那番欲扬先抑的卖弄。协理宁国府时贾琏不在家,回来时凤姐向他"显摆"的话语说得很巧妙,书中写道:"我那里照管得这些事!见识又浅,口角又笨,心肠又直率,人家给个棒槌,我就认作'针'。脸又软,搁不住人给两句好话,心里就慈悲了。……更可笑那府里忽然蓉儿媳妇死了,珍大哥又再三再四的在太太跟前跪着讨情,只要请我帮他几日;我是再四推辞,太太断不依,只得从命。依旧被我闹了个马仰人翻,更不成个体统,至今珍大哥哥还抱怨后悔呢。你这一来了,明儿你见了他,好歹描补描补,就说我年纪小,原没见过世面,谁叫大爷错委他的。"东观阁批语评价说:"一片言词,俱是舌上有刀。"

另有口蜜腹剑,笑里藏刀的。如第六十八回"苦尤娘赚入大观园",她将尤二姐骗进贾府的一段:"今日二爷私娶姐姐在外,若别人则怒,我则以为幸。正是天地神佛不忍我被小人们诽谤,故生此事。我今来求姐姐进去和我一样同居同处,同分同例,同侍公婆,同谏丈夫。喜则同喜,悲则同悲;情似亲妹,和比骨肉。不但那起小人见了,自悔从前错认了我;就是二爷来家一见,他作丈夫之人,心中也未免暗悔。所以姐姐竟是我的大恩人,使我从前之名一洗无馀了。若姐姐不随奴去,奴亦情愿在此相陪。奴愿作妹子,每日伏侍姐姐梳头洗面。只求姐姐在二爷跟前替我好言方便方便,容我一席之地安身,奴死也愿意。"接着就是"酸凤姐大闹宁国府",她历数贾琏的多层罪证,"国孝一层罪,家孝一层罪,背着父母私娶一层罪,停妻再娶一层罪"。此处,东观阁批语赞叹道:"大题目总束一段,可以为讼师矣。"讼师,是旧时以给打官司的人出主意、写状纸为职业的人,类似今天的律师。可见,嘉庆初年读者心目中王熙凤的口才,已称得上"讼师"了。戚序本的回后总评写道:"人谓:闹宁府一节,极凶狠;赚尤二姐一节,极和蔼。吾谓闹宁国府情由有可恕,赚尤二姐法不容诛;闹宁国府声声是泪,赚尤二姐字字皆锋。"无论是"泪",还是"锋",作者都是通过"声声"和"字字"来表现王熙凤的。第六十五回,兴儿说她"嘴甜心苦,两面三刀;上头一脸笑,脚下使绊子,明是一盆火,暗是一把刀:都占全了"。作为贾琏的小厮,他对凤姐口才和心机的概括可谓入木三分。口蜜腹剑这类语言表明,她的嘴从不饶人,是一个在柔声细语、娇弱无力的女儿国,用嘴来保护自己的厉害女人。

　　凤姐的干才是无与伦比的。所谓干才指办事的才能,若从人的角度讲也可理解为有办事才能的人。这两者用于王熙凤都很合适。凤姐在才干方面是脂粉堆里的英雄。未出场之前,小说先借冷子兴对荣国府的"演说",概括了凤姐除了模样标致,还有过人的才干,从贾琏的角度看,"上下无一人不称颂他夫人的,琏爷倒退了一射之地。说模样又极标致,言谈又爽利,心机又极深细,竟是个男人万不及一的"。至于凤姐的言谈是如何的"爽利",凤姐的心机是如何的"深细",小说则用了两个具体可感的比喻加以说明。一个是与她丈夫比,"倒退了一射之地"意思是说像射出一箭的距离,多达一百五十步之遥,凤姐让贾琏相形见绌,比喻形象至极。另一个是与所有的男人比,由一人到万人。开篇这些交代自然使读者对这位女强人产生了强烈的好奇心。

　　小说第六回,写到王夫人的陪房周瑞家的对凤姐的一段评价,从侧面可以看出,她的夸奖中已含有微词:

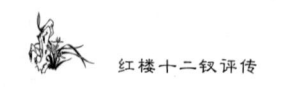

刘姥姥因说："这凤姑娘今年大还不过二十岁罢了,就这等有本事,当这样的家,可是难得的。"周瑞家的听了道："我的姥姥,告诉不得你呢。这位凤姑娘年纪虽小,行事却比世人都大呢。如今出挑的美人一样的模样儿,少说些有一万个心眼子。再要赌口齿,十个会说话的男人也说他不过。回来你见了就信了。就只一件,待下人未免太严些个。"

周瑞家的是王夫人的心腹女仆,自然带着王夫人的眼光来看凤姐。她的欣赏和赞叹运用了具体可感的比喻,形象地描绘了凤姐的难能可贵之处:一是"年纪虽小,行事却比世人都大";一是"少说些有一万个心眼子";一是"十个会说话的男人也说他不过"。这无疑是对第二回冷子兴的概括"言谈又爽利,心机又极深细"的补写。然而,周瑞家的赞叹之馀不乏转折,一句"待下人未免太严些个",道出了凤姐管理上严厉苛刻的一面。

　　凤姐是荣国府的管家,对于她日理万机地打理荣国府,作者似乎很少从正面直接叙述,却自侧面多次生动地皴染出凤姐"男人万不及一"的才干。第六回刘姥姥一进荣国府的时候,读者看到她在自鸣钟敲响之时准时出现,一面接待刘姥姥,一面照应着贾蓉,可谓尽心敬业、八面玲珑。第六十八回凤姐派给尤二姐的丫鬟善姐因尤二姐要头油,而数落她多事,其实也是在夸凤姐:

　　你怎么不知好歹没眼色。我们奶奶天天承应了老太太,又要承应这边太太那边太太。这些妯娌姊妹,上下几百男女,天天起来,都等他的话。一日少说,大事也有一二十件,小事还有三五十件。外头的从娘娘算起,以及王公侯伯家多少人情客礼,家里又有这些亲友的调度。银子上千钱上万,一日都从他一个手一个心一个口里调度,那里为这点子小事去烦琐他。

上述几个人物眼中口中的凤姐都只是她的一些侧面。作者集中笔墨写凤姐的心机和才干时,则让她走出荣国府,到宁国府去施展才能,以表现她的心机远非一府的小范围。

有关凤姐理家之才的事例很多,不妨聚焦于小说前十几回有关风月故事的描写。《红楼梦》虽然以宝黛钗的婚恋故事为主,但这个故事情节的展开主要在大观园中。大观园是为元春省亲而建,从第十六回开始筹划,十七、十八回建成,随后元春让姐妹们进去读书,演绎了未婚少女们如诗如画的故事。而在大观园建成之前,作者的笔力主要集中在王熙凤和秦可卿两位已婚的金钗身上。从第八回到十五回集中写秦可卿和王熙凤,第八回到十一回,主要写可卿,第十一到十五回主要写凤姐,第十三回是二人的交集。两位媳妇都可以说是脂粉英雄,可卿之才主要表现为深谋远虑,侧重于思考,多思多虑;而凤姐之才主要表现为运筹帷幄,侧重于行动,胆大敢为。一个含蓄温柔,一个豪放泼辣。

从第十一回到十五回,集中写凤姐的三件事,借凤姐写了贾府三个方面的危机,从道德、才能,到声誉:其一,毒设相思局,写贾府子侄的堕落。从贾瑞到贾珍,个个狼狈不堪。在自己府中,凤姐诱敌深入,瓮中捉鳖,调动贾蔷、贾蓉等人,治死了贾瑞。凤姐临危受命,也显出几分使命感来。而她果真能不辱使命吗?表面上是有拨乱反正之势,但她刚理顺了宁府,自己却去弄权,背着丈夫公婆行贿受贿、谋财害命。小说并没有对她隐恶扬善,而是客观地写了她正邪两赋的个性。对她治死贾瑞之事,历来便褒贬不一。赞扬凤姐者说:"余阅至王熙凤毒设相思局,凤姐忽然守贞,贾天祥独有报应,中流砥柱,不可不存此一线之天良也。"(周春《红楼梦约评》)指责凤姐者说:"凤姐当时何以不正颜厉色拒绝贾瑞,而必欲以计置之死也,何也?"(东观阁第十二回批语)并指出她行为不端的表现:"凤姐巧计,然何以同去蓉、蔷等计议?此又当于言外领之。"(同上)金陵十二正钗中,除王熙凤和秦可卿之外,曹雪芹还写了一位媳妇,那就是李纨。从妇德的角度,李纨可以说是王熙凤的一面镜子。在第四回,小说介绍道:"这李纨虽青春丧偶,居家处膏粱锦绣之中,竟如槁木死灰一般,一概无见无闻,唯知侍亲养子,外则陪侍小姑等针黹诵读而已。"东观阁本的批语评价道:"李纨亦必如此叙其妇德者,正反衬王熙凤也。"虽说贾瑞之死有凤姐之过,但也有他本人的罪责。第十二回和第十三回写了贾府中两个好色而淫欲无度的男子,无独有偶,王熙凤的丈夫贾琏也极不安分,时常趁乱惹出风流债。贾瑞的行为正是贾府子侄的一个缩影。

其二,协理宁国府,写贾府后继乏人。秦可卿死后,凤姐到宁府管家,迅速理出了那里的弊端:"头一件是人口混杂,遗失东西;第二件,事无专执,临期推委;第三件,需用过费,滥支冒领;第四件,任无大小,苦乐不均;第五件,家人豪纵,有脸者不服钤束,无脸者不能上进。"脂砚斋在批语中感叹道:"旧族后辈受此五病者颇多,余家更甚。三十年前事见书于三十年后,今余想恸血泪盈。"(甲戌本眉批)凤姐分析得切中要害,实践中也头头是道,充分显示出她的精明威严与泼辣干练。偌大一个宁府,鸡犬不宁,杂乱无章,这源于贾敬的不教,贾珍的不肖。精明能干的管家奶奶王熙凤自然会在荣宁二府中脱颖而出。

其三,弄权铁槛寺,写贾府声名辱没。在贾府之外,凤姐骄傲自大、利欲熏心,欺世盗名、狐假虎威。在馒头庵的老尼姑净虚的奉承之下,凤姐"越发受用",脂砚斋曾写侧批:"总写阿凤聪明中的痴人。"她假托丈夫贾琏所嘱,修书给长安节度使云光,让他了断了与当年贾雨村相似的一桩葫芦案,所不同的是,贾雨村断案时冯渊已死,而云光断案之后,才造成多情女子张金哥自缢,守备之子也"投河而死,不负妻义"。张李两家人财两空，凤姐却坐享三千两银子，小说写她自此"胆识愈壮"了，而"王夫人等连一点消息也不知道"。王夫人将荣府的大权交付给这样一个女子，居然能放心，也从侧面反映出其用人不当。"府里"的"这点子手段"在凤姐手中的施展，是对国公之名的辱没，给贾府带来厄运的，不仅仅是不肖子孙，还包括这位脂粉队里的"英雄"。第十三回可卿托梦的正文处，脂砚斋的批语为："一语贬尽贾家一族空顶冠束带者。"可卿还称赞说"婶婶，你是个脂粉队里的英雄"，"非告诉婶子，别人未必中用"。从王熙凤的表现来看，前两件事，自然显现出比贾府的男人强，而"弄权"一事，则比贾府的子侄更坏，也是"未必中用"的。从第十三回的托梦，到第十五回的弄权，王熙凤的表现及早地告诉九泉下的可卿，也及早地显现出这位贾府当家人败家的征兆。正如王朝闻《论凤姐》中所指出的："她那只为个人打算的私心始终居于压倒优势，形成了与贾府关系的那种支柱与蛀虫的对立统一。"

从第十一回到十五回，作者设计了可卿之丧，以及两起"官司"，一起是风月官司，一起是权术官司。运筹帷幄的凤姐，在荣国府惩治了贾瑞；到宁国府料理了可卿的丧事；而贾府之外，她一封信摆平了两家争女的纠纷。早在作者的改稿阶段，脂砚斋就已经看出小说十三回前后其实是凤姐的"正文"，也是塑造这一形象的关键性情节。所以，他在第十四回的一条夹批曾明确指出："写秦氏之丧却只为写凤姐一人。"这一回的回前评中，脂批写道："写凤姐之珍贵，写凤姐之英气，写凤姐之声势，写凤姐之心机，写凤姐之骄大。"然而，王熙凤的珍贵、英气、声势，乃至心机、骄大，种种超出一般女子，甚至贾府子侄的才干，小说是借助四个人的死来衬托的。从第十二回贾瑞在她的召唤之下屡次冒死走进"风月鉴"，到第十三回可卿对她的依依不舍、魂牵梦绕，再到第十四回被她棒打的一对屈死的鸳鸯，如此紧凑的笔墨，集中表现了作者的文才，也反复地提醒读者，凤姐才华的灿烂光环，是笼罩在"白漫漫"的丧葬氛围之中的。

此后，小说也多次写凤姐的能干和要强，以致积劳成疾。元春省亲，她忙得不亦乐乎。第十九回开头写道："且说荣宁二府中因连日用尽心力，真是人人力倦，各各神疲，又将园中一应陈设动用之物收拾了两三天方完。第一个凤姐事多任重，别人或可偷安躲静，独他是不能脱得的；二则本性要强，不肯落人褒贬，只扎挣着与无事的人一样。"《红楼梦》的第二个元宵节，她因小产而病倒了。第五十五回写"凤姐禀赋气血不足，兼年幼不知保养，平生争强斗智，心力更亏，故虽系小月，竟着实亏虚下来，一月之后，复添了下红之症"。第七十四回"惑奸谗抄检大观园"，凤姐连夜忙碌，"带了人，拿了赃证回来，且自安歇，等待明日料理。谁知到夜里又连起来几次，下面淋血不止"。第二天请太医来诊脉，诊断是"看得少奶奶系心气不足，虚火乘脾，皆由忧劳所伤，以致嗜卧好眠，胃虚土弱，不思饮食。今聊用升阳养荣之剂"。随即开了"人参、当归、黄芪等"药。这一病症与秦可卿当年有相似之处。第十回"张太医论病细穷源"中，太医给秦可卿的诊断是："大奶奶是个心性高强聪明不过的人；聪明忒过，则不如意事常有；不如意事常有，则思虑太过。此病是忧虑伤脾，肝木忒旺，经血所以不能按时而至。"于是给她开了"益气养荣补脾和肝汤"，其中不乏"人参""黄芪"之类的药，与凤姐的药相同，都属于医治妇科病的，尽管两个人"经血"异常的症状不同，一个"不止"，一个"不至"。

若从病态美的角度来思考，十二钗中的女孩，一般都有心肺方面的病症。而十二钗中的媳妇，秦可卿和王熙凤的病都出在气血上。除了病态令人怜惜，她们的病直接影响到子嗣的问题上。可卿在病榻上念念不忘的是："公婆跟前未得孝顺一天，就是婶娘这样疼我，我就有十分孝顺的心，如今也不能够了。"（第十一回）不孝有三，无后为大。婚后不能生子，这在封建社会，尤其是贾府这样一个大家族里，是身为长媳的"不孝"，自然也是这两位标致而又要强的女人最敏感的隐痛。可卿自虐，而凤姐则虐待她人，"人家是醋罐子，他是醋缸醋瓮。凡丫头们二爷多看一眼,他有本事当着爷打个烂羊头"(第六十五回)。平儿被收了房,有名无实;尤二姐的男胎生生被庸医打掉,也合了她的意;秋桐被她借刀杀人,驱逐出去。她以逞强的方式维护自身的弱点。王熙凤和秦可卿的自卑都隐藏在心底,可卿表现出柔弱与和顺,而凤姐则表现出刚强和跋扈。

如此有才干的凤姐,出面治理荣国府,作者为何又让她"机关算尽",让大厦倾颓在她的手中呢?难道她的才能还不够吗?

凤姐的才干表现为精明。与宝玉的痴呆纯情相反,凤姐是精明世故的;与宝玉的高雅相反,凤姐又是个俗气的女人。她是金陵十二钗中唯一胸无点墨的人,不懂诗书经易,却能揽起贾府这个诗书翰墨之族的大权,这不能不算做"奇迹",也愈加衬托出她的奇才了。和宝玉一样,她也有个好人缘儿,她给丫鬟们的好处并不亚于宝玉,对姑娘小姐们更是无不分心挂怀。然而她爱人是为了治人,为了维护自己的权势和威望,与宝玉的出发点截然相反。像宝玉一样,她也恨贾家的男人,尤其恨自己的丈夫。然而,与宝玉不同的是,她是恨男人不够"混账"。

凤姐的才干也表现为俗气。作为没有受过诗书礼乐熏染教化的人,除俗野的言谈和泼辣的举止之外,凤姐身上略带传统小说中侠女的色彩。她"眉头一皱,计上心来"的才智,是传奇形象中常见的。所不同的是,那些侠女形象寄托了百姓的美好理想——杀富济贫、行侠仗义、巾帼不让须眉等,而凤姐身上虽有许多男人不及的本领,但比传统小说中的女侠少了"义气",多了势利,因而显得"俗气"。所以她的精明强干就显得比贾琏还要可恶几分。

凤姐因有治家之才和生财之道而称雄一时,对贾家曾起过捍卫作用。然而,与"君子爱财,取之有道"正相反,她可以为钱闹乱宁府,闹得人仰马翻,也敢用钱买通官府、谋财害命,在所不惜。行贿受贿、唯利是图之事,《红楼梦》中的男人们也不少做,但凤姐比他们似乎更俗,她的重利愈加反衬了宝玉重情的可贵。凤姐的俗不可耐使她从贾府的支柱变为蛀虫,从而客观上对一个赫赫扬扬的封建大家族的败落起了推动作用。从这个意义上说,凤姐之"才"导致了贾府之"败"。

凤姐结局

在《红楼梦曲》中,写王熙凤的一首名为《聪明累》,即:

机关算尽太聪明,反算了卿卿性命。生前心已碎,死后性空灵。家富人宁,终有个家亡人散各奔腾。枉费了,意悬悬半世心;好一似,荡悠悠三更梦。忽喇喇似大厦倾,昏惨惨似灯将尽。呀!一场欢喜忽悲辛。叹人世,终难定!

曲名"聪明累",是受聪明之连累、聪明自误的意思。语出北宋苏轼《洗儿》诗:"人皆养子望聪明,我被聪明误一生。惟愿孩儿愚且鲁,无灾无难到公卿。"苏轼的聪明,使得他有"一肚皮的不合时宜",导致他遭遇"乌台诗案",被贬黄州,饱尝飘渺孤鸿的幽独之苦,所以他满怀感慨地希望儿子不要太聪明,以免聪明反被聪明误。王熙凤也恰恰是"被聪明误一生"的。

"机关算尽太聪明,反算了卿卿性命"。这两句紧扣题目,说王熙凤费尽心机,策划算计,聪明得过了头,反而连自己的性命也给算计掉了。"机关",指心机、阴谋、权术。宋代黄庭坚《牧童》诗:"骑牛远远过前村,短笛横吹隔陇闻。多少长安名利客,机关用尽不如君。"明代洪楩编《清平山堂话本》卷二《张子房慕道记》:"张良即便题诗一首:……使尽机关争名利,魂离魄散做骷髅。"这里,"卿卿",本为夫妻间的爱称。《世说新语·惑溺》:"王安丰妇常卿安丰,安丰曰:'妇人卿婿,于礼为不敬,后勿复尔。'妇曰:'亲卿爱卿,是以卿卿,我不卿卿,谁当卿卿?'遂恒听之。"后亦作夫妇、朋友间一种亲昵的称呼,这里指王熙凤。"生前心已碎,死后性空灵"。此句有疑问。"死后性空灵",从唯物的角度讲,"死去元知万事空",并无性灵可言。凤姐的心虽已操碎,但她仍有未了的情愫,使凤姐难以瞑目的事,最有可能是她到死都牵挂着的女儿巧姐的命运。

"家富人宁,终有个家亡人散各奔腾"。此言贾府的由盛到衰凤姐难辞其咎。"奔腾"在这里是形容灾祸临头时,各自急急找生路的样子。王熙凤是四大家族中首屈一指的"末世之才",从小生于权势显赫的王家,自幼当男孩抚养,到贾府后因才干过人而被重用。她标致的模样,深细的心机,使她几年间大权在握,炙手可热。她虽然对上讨好贾母,对下呵护宝玉,呕心沥血地操持着大家族的运转,但终因利欲熏心,而导致了败家之势。

"枉费了,意悬悬半世心;好一似,荡悠悠三更梦"。此言王熙凤枉费心机,梦幻破灭。"意悬悬",指时刻劳神、忐忑不安的精神状态。王熙凤是贾府的实际当权者,主持荣国府,协理宁国府,而且交通官府,为所欲为,表现出十足的权欲和贪欲。无论是为家族,还是为私利,她都费尽了心机。然而,一个"枉"字,如黛玉的情一样,凤姐之欲也"心事"虚化了。"荡悠悠",结合元春的曲子"眼睁睁,把万事全抛。荡悠悠,把芳魂消耗"可知,凤姐最终命丧黄泉。"忽喇喇似大厦倾,昏惨惨似灯将尽",既是凤姐的命数,也是大家族的末路。当一座红楼倾倒的时候,凤姐的生命烛光也燃尽了最后一滴。她在大观园中极力彰显繁华,最终却未能免掉"一场欢喜忽悲辛"的悲剧下场,也只能"叹人世,终难定"。与元春的词曲意境相似,王熙凤的曲子也有从荣华归于散落的意味。元妃娘娘曾作爆竹的灯谜,蕴含"一响而散"之意;凤姐也曾讲过聋子抬炮仗的笑话,最后抖开的包袱"咱们也该'聋子放炮仗——散了'罢",也是一语双关。

关于王熙凤的结局,历来有多种不同的论调。

先看一百二十回本,在后四十回对凤姐的刻画,以及对她归宿的

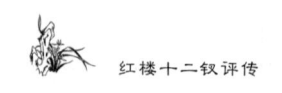

叙写。

后四十回强调因果报应。王熙凤恃强逞能，贪婪成性，终于体力不支，心虚神衰，常在日里、梦里有死神相扰、冤魂缠绕。第九十三回"水月庵掀翻风月案"一节写道："凤姐本是心虚，听见馒头庵的事情，这一唬直唬怔了，一句话没说出来，急火上攻，眼前发晕，咳嗽了一阵，哇的一声，吐出一口血来。"第一百零一回写她看到"贾蓉的先妻秦氏"，责备她"婶娘只管享荣华受富贵的心盛，把我那年说的立万年永远之基都付于东洋大海了"，自己"脚下不防一块石头绊了一跤，犹如梦醒一般，浑身汗如雨下。虽然毛发悚然，心中却也明白"，凤姐恐怕落人的褒贬，连忙爬起。后四十回这些描写，意在表现恶有恶报，与前面凤姐的贪婪成性，谋财害命"不怕阴司报应"的言行，构成讽刺。

后四十回对前文的照应有些只在语言上。尽管在情节的设置上，也考虑到对凤姐判词和《聪明累》曲子，以及前文内容的呼应等方面的问题。如第八十三回，写周瑞家的将歌儿词"算来总是一场空"说溜了嘴，"忽然想起这话不好，因咽住了。凤姐儿听了，已明白必是句不好的话了"。又如对可卿托梦的回应，第九十二回凤姐对贾琏说："我已经想了好些年了，像咱们这种人家，必得置些不动摇的根基才好，或是祭地，或是义庄，再置些坟屋。往后子孙遇见不得意的事，还是点儿底子，不到一败涂地。"这番家业问题的长远之计，王熙凤其实只是说说而已，并没有去做。她之所以导致"一败涂地"的结局，恰恰是忘了可卿的临终嘱托。

后四十回写王熙凤的重头戏是掉包计。她先是极力倡议金玉良缘，第八十四回写：

凤姐笑道："不是我当着老祖宗太太们跟前说句大胆的话，现放着天配的姻缘，何用别处去找。"贾母笑问道："在那里？"凤姐道："一个'宝玉'，一个'金锁'，老太太怎么忘了？"

鳳姐設局
鳳嬝

王熙鳳

冰雪净聪明

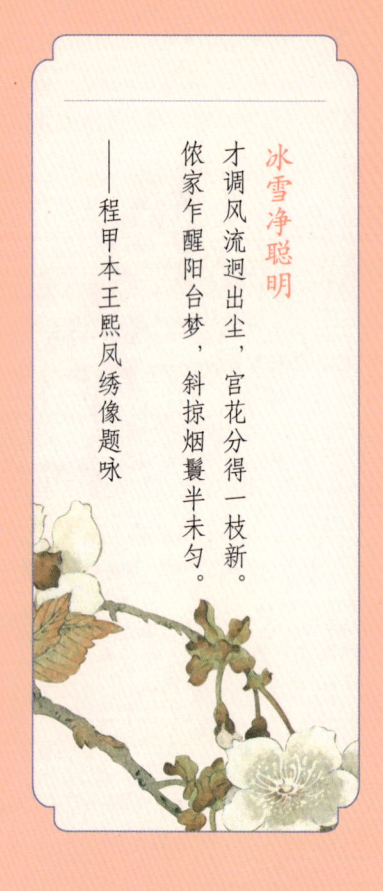

才调风流迥出尘,宫花分得一枝新。
侬家乍醒阳台梦,斜掠烟鬟半未匀。

——程甲本王熙凤绣像题咏

接着积极促成宝玉和宝钗定亲。第九十回写凤姐吩咐众丫头们严守秘密,她说:"你们听见了,宝二爷定亲的话,不许混吵嚷。若有多嘴的,提防着他的皮。"这里暗含的意思是不能让黛玉知道。第九十七回在"薛宝钗出闺成大礼"一场戏中,王熙凤扮演了主要角色,因为薛宝钗一直被蒙着盖头,宝玉处于痴呆状态,因此最活跃的人便是凤姐了。她欺骗宝玉说:"林妹妹早知道了。他如今要做新媳妇了,自然害羞,不肯见你的。"又说,"你好好儿的便见你,若是疯疯颠颠的,他就不见你了。"以至于宝玉"巴不得即见黛玉,盼到今日完姻,真乐得手舞足蹈"。小说夸赞"凤姐的妙计百发百中"。她又去安顿潇湘馆,让众人"不必走大门,只从园里从前开的便门内送去,我也就过去。这门离潇湘馆还远,倘别处的人见了,嘱咐他们不用在潇湘馆里提起"。从李纨的心理活动可知,"偏偏凤姐想出一条偷梁换柱之计"害了黛玉。第九十九回写贾母笑谈中的责怪,"猴儿,我在这里同着姨太太想你林妹妹,你来怄个笑儿还罢了,怎么臊起皮来了。你不叫我们想你林妹妹,你不用太高兴了,你林妹妹恨你,将来不要独自一个到园里去,隄防他拉着你不依。"可见宝玉与宝钗结婚一事,在后四十回中是王熙凤一手操持的,这似乎把王熙凤导致家族悲剧的成分淡化了,而只是全身心地投入掉包计的设置和实施之中,几乎成了婚姻爱情悲剧的直接导演者。

后四十回写凤姐是病逝的。第一百零五回锦衣军查抄宁国府时,凤姐曾昏死过一回。"先前圆睁两眼听着,后来便一仰身栽到地下死了"。又写她"面如纸灰,合眼躺着"。这些情态,后来她死时并没有详写,可谓互补性的文字。第一百十四回才写"王熙凤历幻返金陵",作者写"琏二奶奶的病有些古怪,从三更天起到四更时候,琏二奶奶没有住嘴说些胡话,要船要轿的,说到金陵归入册子去"。后来从宝玉的视角得知"琏二奶奶咽了气了"。贾琏的态度是"手足无措,叫人传了赖大来,叫他办理丧事"。自己"手头不济,诸事拮据,又想起凤姐素日来的好处,更加悲哭不已,又见巧姐哭的死去活来,越发伤心"。可见贾琏后来并没有休妻,对凤姐的不幸还很难过,这对判词中的"一从二令三人木"有所忽视。

后四十回写王熙凤的诗是照搬唐人的。第一百零一回"散花寺神签惊异兆",凤姐去散花寺求签,得了一个"上上大吉"的签,写着"王熙凤衣锦还乡",凤姐惊异于"古人也有叫王熙凤的",此事未免过于偶然。更出乎意料的是,签底下的一首诗写的是:"去国离乡二十年,于今衣锦返家园。蜂采百花成蜜后,为谁辛苦为谁甜!"后两句与唐代罗隐的诗作《蜂》几乎相同,罗诗为"采得百花成蜜后,为谁辛苦为谁甜",机械照搬古人诗句的现象在前八十回中是较为罕见的。

程刻本之外,从脂批中可以知道原稿后半部有以下情节:

一是获罪离家,与宝玉同淹留于狱神庙。狱神庙是待罪候命处,还不是监狱,她被关的原因不外乎她敛财害命等事被揭露。如第十六回"弄权铁槛寺"之后,逼迫一对未婚夫妻自尽、自己坐享三千两银子一节,庚辰本上的脂批指出:"如何消缴(檄),造业者不知,自有知者。"此处的"造业"即造孽。还有"后文不必细写其事,则知其平生之作为,回首时,无怪乎其惨痛之态"(甲戌、己卯、庚辰、戚序)等。淹留期间,刘姥姥还与她在"狱庙相逢"(靖藏本第四十二回眉批)。此外,在狱神庙见到凤姐的还有小红、茜雪等人。二是在大观园执帚扫雪。这当是她获罪外出,经一番周折,重返贾府以后的事。第二十三回的正文"怡红院的穿堂门前",庚辰本上脂批曰:"妙!这便是凤姐扫雪拾玉之处,一丝不乱"(戚序本同)。三是被丈夫休弃,"哭向金陵"娘家。从第二十一回脂批看,她发现丈夫私藏的多姑娘头发之事时,戚序本写道:"妙!设使平儿收了,再不致泄漏,故仍用贾琏抢回,后文遗失,方能穿插过脉也。"(庚辰本最后两句作"后文遗失后过脉也")头发是一个导火线,丈夫借此闹翻,将其休弃,那时凤姐"身微运蹇",只能忍辱,这与"俏平儿软语救贾琏"时的"阿凤英气"有天壤之别。所以后半部那一回的回目叫"王熙凤知命强英雄"。四是回首惨痛,短命而死。第四十三回凤姐生日,尤氏对平儿说:"我看着你主子这么细致,弄这些钱那里使去!使不了,明儿带了棺材里使去。"庚辰本的脂批写道:"此言不假,伏下后文短命。"

王熙凤是《红楼梦》中血肉丰满的女性形象。对于这一形象,要从风月宝鉴的两面去看,"须知青冢骷髅骨,就是红楼掩面人"(戚序本第十二回脂批)。凤姐的强悍与眼泪相伴,她在背负"拈酸""毒辣"等罪名的同时,也在吞咽、咀嚼着自己酿成的苦果。"酸凤姐""凤辣子",两种滋味合并成一位女强人的辛酸。读者既要看到她的美貌和才干,也要看到脂粉香浓背后的凄惨,以及作者对男性社会的失望和责难。

贾巧姐——春在溪头荠菜花

红楼十二钗中贾府的千金小姐共有五位，分别是四春与巧姐。元、迎、探、惜各占一春，却分别像"一响而散"的爆竹、"打动乱如麻"的算盘、"飘飘浮荡"的风筝和"清净孤独"的海灯，终究难免"流水落花春去也"的伤春之感。及至巧姐，花容月貌、才情俱佳自不必提，仅就其遇难而成祥、逢凶终化吉的气运而言，也足以令几位姑姑钦羡不已，她的特点可以用辛弃疾《鹧鸪天》的一句词来描述，即"春在溪头荠菜花"。

巧姐身份

巧姐，又名大姐，是王熙凤和贾琏的女儿，荣国府草字辈的千金小姐。在金陵十二正钗中位列第十，居于凤姐之后。整部《红楼梦》中，巧姐的戏份并不多。前八十回里大致有八处写到大姐或巧姐。第六回介绍刘姥姥路过"大姐儿睡觉之所"，第七回写周瑞家的看见"奶子正拍着大姐儿睡觉呢"，这两回中明确写凤姐和贾琏只有一个女儿"大姐儿"。第二十一回写"凤姐之女大姐病了，正乱着请大夫诊脉。"大夫说："姐儿发热见喜了。"之后，有的版本则出现了怪现象，即，凤姐有两个女儿，一个大姐，一个巧姐。第二十七回芒种节祭饯花神时，众女子来参加，庚辰本第二十七回中写道："且说宝钗、迎春、探春、惜春、李纨、凤姐等并巧姐、大姐、香菱与众丫鬟们在园内玩耍，独不见林黛玉。"很明显，在凤身边的是巧姐、大姐两个女儿。到了第二十九回写得更清楚:"奶子抱着大姐儿带着巧姐儿另在一车。"抱着、带着,还把大姐和巧姐的年龄加以区分。综合几个版本中第二十七、二十九回两处有关"大姐"和"巧姐"同时出现的文字,不难发现:戚序本"巧姐儿"三字作"丫头们";程甲本无"带着巧姐儿"五字。归结而言,在这两回去掉了"巧姐"这个人物,只保留"大姐",让凤姐只有一个女儿的版本,相对晚出。"巧姐"的名字曾被视为矛盾文字,但也成为我们考察版本出现次序、各本修订过程的重要参照点。庚辰本等早期版本中第二十七、二十九回在大姐还没有改名为巧姐时,便两度出场的"巧姐"实是作者修改未妥留下的痕迹。

大姐(后改名巧姐)在前八十回中集中出现过两次,并有故事情节发生。一次是第四十一回刘姥姥二进荣国府,带着板儿游园,大姐正式参与情节,与板儿换柚子、抢佛手。第二次是第四十二回,凤姐想借刘姥姥的寿,让其为女儿大姐儿命名,刘姥姥就为之取名为巧姐,祝她遇难成祥,逢凶化吉。刘姥姥改名之后,作为凤姐的独生女儿,巧姐的形象便固定下来了。第六十二回宝玉过生日时,众人来给宝玉拜寿,小说写道:"一群丫头笑进来,原来是翠墨、小螺、翠缕、入画,邢岫烟的丫头篆儿,并奶子抱巧姐儿,彩鸾、绣鸾八九个人。"这里奶子只抱着巧姐,而没有大姐了。

曹雪芹较早的构思中,凤姐有两个女儿。后来应该是情节安排的需要或是出于十二正钗名额上的考虑,将大姐与巧姐合二为一了,这也是艺术精炼化的表现。考察《金瓶梅》之类描写大家庭的世情小说,西门庆的女儿也叫"大姐",可见其继承性。《红楼梦》也不乏艺术创新,为了强调判词中的"偶因济刘氏,巧得遇恩人",刘姥姥给"大姐"取"巧姐"之名,后来成为她的救命恩人。

后四十回写巧姐的文字相对较多,然而争议也颇多。第九十二回与宝玉大谈《女孝经》和《列女传》,第一百十三回被凤姐托付给刘姥姥,第一百十八回被贾环等人私聘给外藩,第一百十九回被刘姥姥救出并许配给乡中富翁周氏,第一百二十回贾政、贾琏应允周家亲事。

巧姐生于七月初七乞巧节,乃牛郎织女相会之日。据民间习俗,每逢农历七月初七的晚上,妇女都会在院子里陈设瓜果,向织女星祈祷,请求帮助她们提高刺绣缝纫的技巧。作者将巧姐的生日安排在这一天,或许有应合其日后沦为平民、自食其力、纺绩田园之意。另外,《乞巧》也是元妃省亲时所点的剧目之一,是清代初年洪昇的传奇剧《长生殿》第二十二出《密誓》中的一段戏,描写了七夕之夜贵妃杨玉环赴长生殿乞巧的情形。牛郎织女一年一会,在他人看来凄美悲凉,杨妃却对此钦羡不已,认为纵使聚少离多,"却是地久天长",唯恐李隆基与自己的恩情不能够长远,"日久恩疏,不免白头之叹",遂于长生殿陈设瓜果,与皇上一道"向天孙乞巧",定永世之盟。整出戏情思绵绵,恩重意长,却暗中埋伏着李杨二人日后生离死别的长恨之痛。元妃省亲时钦点此剧,亦有居安思危的考虑,然终究还是与杨贵妃一样,难逃长恨的悲剧命运。这里,"乞巧"的剧名与巧姐的生日暗合,两位贵妃的人生悲剧无形中为这位闺中女儿的身世蒙上了一层挥之不去的阴影。

可以说,从贾府内部来看,"乞巧"巧妙地将元春、巧姐两代豪门长女同时推到了读者面前。元春点《乞巧》之戏,担心富贵不能长久;巧姐生于乞巧之日,刘姥姥祝福她"逢凶化吉"。一个在戏中、梦中,一个在生活中、田园中,却都应了唐代诗人李商隐在《马嵬》诗中的慨叹:"如何四纪为天子,不及卢家有莫愁。"莫愁,是民间幸福女子的典型代表。萧衍《河中之水歌》写莫愁女"织绮""采桑"、嫁为人妇、生儿育女的一生,的确比锦衣玉食却福祸莫测的后妃生涯来得踏实。《红楼梦》第十七、十八回中写元妃省亲时,也流露了同样的感慨。元春含泪对父亲说:"田舍之家,虽齑盐布帛,终能聚天伦之乐;今虽富贵已极,骨肉各方,然终无意趣!"探春也曾伤感:"我说倒不如小人家人少,虽然寒素些,倒是欢天喜地,大家快乐。我们这样人家人多，外头看着我们不知千金万金小姐，何等快乐，殊不知我们这里说不出来的烦难，更利害。"

巧姐名字的来由与生日相关，更与她的境遇有着密切联系。巧姐没起名时被唤作"大姐"。小说第四十二回写到，大姐进园子冲撞了花神，发热不止。凤姐经刘姥姥提醒，烧纸钱为其"送祟"，"果见大姐儿安稳睡了"，遂欣喜万分，请姥姥代为取名，一则借老人家的寿，二则贫苦人起的名字压得住。刘姥姥也不推托，得知大姐儿生于七月初七日，便道："这个正好，就叫他是巧哥儿。这叫作'以毒攻毒，以火攻火'的法子。姑奶奶定要依我这名字，他必长命百岁。日后大了，各人成家立业，或一时有不遂心的事，必然是遇难成祥，逢凶化吉，却从这'巧'字上来。"巧姐的名字带有平民意识，洋溢着刘姥姥身上的乡野气息。"以毒攻毒，以火攻火"，毒在哪里，火又在哪里？从七月七的习俗上看，民间传说这是牛郎织女相会的日子。一年三百六十日，只有一日会鹊桥，聚少离多，自然是不吉利的。村野妇人的信口开河恰恰言中了贾府日后大厦倾颓，一哄而散的衰败命数。巧姐能够借着"乞巧"的毒火被攻克，而化险为夷，实乃不幸中之万幸。

对于这样一个带有传奇色彩的人物，小说第五回判词的描述是：

后面又是一座荒村野店，有一美人在那里纺绩。其判云：
事败休云贵，家亡莫论亲。偶因济刘氏，巧得遇恩人。

"荒村野店"与"纺绩"暗喻巧姐的结局。"家亡"，指家业衰亡，人口沦丧。曹雪芹的原意贾府后来是"一败涂地""子孙流散"的，所以有"事败""家亡"之说。甲戌本夹批曾道："非经历过者，此二句则云纸上谈兵，过来人那得不哭！"待及家势衰败之时，出身显贵也无济于事，骨肉亲人也反目成仇，这里应指巧姐被"爱银钱忘骨肉的狠舅奸兄"骗卖的悲惨境遇。

"偶",偶然。"巧",一语双关,既指巧姐,又是凑巧的意思。当日刘姥姥进荣国府攀亲告难,王熙凤惜老怜贫,热情款待,对刘姥姥不过是偶施小惠而已。然而,就是这偶然之恩,使得贾家败落,巧姐遭难后,能赢得刘姥姥的及时相救,所以称刘氏为巧姐的恩人一点也不为过。

巧姐之貌

红楼裙钗或是美若天仙,或是别有一种风流韵致,构成了大观园图景中最为美丽的画中人。然而,对于巧姐这位草字辈长女的一颦一笑,小说却惜墨如金,仅能在后四十回中依稀觅得只言片语:"生得好相貌","穿得锦团花簇","千金贵体,绫罗裹大了的"……这对于读者的再创作是远远不够的。

为了能将巧姐的轮廓勾勒得更为清晰,首先来看其父母的容貌。父亲贾琏身份高贵,是一位风流倜傥的"青年公子","比张华胜强十倍"。母亲王熙凤亦是出于名门,生的"一双丹凤三角眼,两弯柳叶吊梢眉,身量苗条,体格风骚,粉面含春威不露,丹唇未启笑先闻","彩绣辉煌,恍若神仙妃子"。这样一对俊男靓女膝下的女儿,必定是"雏凤清于老凤声"。

次之,《红楼梦》中的其他幼女也有与巧姐身世相近者,或可作为对照。其一,巧姐曾被爱银钱忘骨肉的"狠舅奸兄"所卖,这与幼年香菱(即英莲)被拐子拐走的遭遇颇有几分类似。两位"真应怜"之千金的身世浮沉,反映出甄贾两家的沧桑变幻,在小说结构上也形成了"笏满床""歌舞场"与"蜘蛛儿结满雕梁"的真假呼应。遥想英莲当年,"粉妆玉琢,乖觉可喜",从中隐约看得到巧姐的神形情态。其二,巧姐的最终归宿是家亡人散,得遇刘姥姥相助,成为以纺绩为生的乡野女子,其寄人篱下的境况与黛玉有相似之处。刘姥姥与贾母年龄相仿,对巧姐也疼爱有加;板儿与巧姐青梅竹马,对巧姐呵护备至。但没有谁能保证王板儿家的其他人对这个落魄贵族家的小姐也那么待承。不过,若拿黛玉的母亲与巧姐之母王熙凤相比的话,凤姐似乎更有八面玲珑的本领,对"劳动人民"也有着一定的亲和力,不像林妹妹的母亲,是何等的"娇生惯养""金尊玉贵"。因此,遗传因素若能影响到各自的女儿,巧姐对环境适应性会比黛玉强一些。作为林如海夫妇膝下"珍宝"的黛玉幼时"聪明清秀",凤姐调教出来的金玉之质断不会愚鲁蠢笨。到这里疑问就来了,为何对于巧姐的长相不理不睬,而对身世相近的几个小女子,那样留心描述呢?或许可以这样思考:一般说来,幼儿稚女尚在襁褓中时,旁人是难得一见的。只有至亲至爱的父亲母亲才会对其寸步不离,悉心观察,举手投足皆入眼目。英莲与黛玉纵然身世可叹,却都拥有着幸福的幼年。相形之下,巧姐父亲一味好色,母亲意在权势,她的孩提时代几乎是在奶妈的怀抱中度过的。在前八十回中,只有刘姥姥和板儿进府那一次,这个小女孩才有表情和动作。其他时候,巧姐不是睡着,就是病着,或是被"奶子"抱着而淹没在人群中。缺少了父母无微不至的疼爱怜惜,再娇俏可爱也无人欣赏,读者也就无从得知了。

再次,小说中侧面补写的村姑也对巧姐起着一定的映衬作用。第十五回"王凤姐弄权铁槛寺"时,宝玉等人途中更衣之地曾经出现过一位十七八岁的乡村丫头,她斗胆呵斥宝二爷,要自己纺线给这位公子哥看,惹得宝玉念念不忘。对此有学者断言,这位以纺绩为生的二丫头将是青年时期的巧姐。第三十九回"村姥姥"为贾府众人杜撰的奇闻逸事中,也提到了村庄上一位已死"成精"的女子,名唤茗玉。十七八岁的光景,"梳着溜油光的头,穿着大红袄儿、白绫裙子",极为标致。虽然只是信口开河的产物,却也有模有样,令人不由得想起终将沦为村姑的贾巧姐。

至于巧姐的年龄,小说多数抄本中都具有如下两个特点:一是在前八十回中长久处于孩提时期。巧姐第七回首次亮相即是在奶子怀中睡觉,直到六十二回宝玉过生日,依旧被人"拍"着、"抱"着,始终没有长大。二是后四十回中年龄忽大忽小。第八十四回生病时被裹在桃红绫子的小棉被中,到了第九十二回就能认字、做针线、与宝玉谈论孝烈女子了,第一百零一回里因总哭不睡被奶子狠拧,第一百十七回贾蔷谈论起巧姐时,她又长至十三四岁,变成了大姑娘。对于这些问题,有学者作了如下解释:大观园"女儿国"的存在是以"男未及冠,女未及笄"为前提的,否则便会随男婚女嫁而自行消失,也就无从写这红楼一梦了。为了配合整部作品犹如爆竹一响而散的艺术构思,巧姐的年龄须与小说主要情节的时间跨度相一致,因而前八十回长期处于"冰封"状态。及至他人修订时,极有可能对这样的年龄设置无所适从,困惑不已,难以自圆其说,以致出现巧姐的年龄曲线出现上下波动的情形。

关于巧姐的年龄忽大忽小的现象,学界争论较多。俞平伯在《红楼梦辨》中认为巧姐回到幼年的文字,是与前八十回时序不协调的漏洞。对此,赵冈的解释似有说服力,即"雪芹最初写凤姐有两个女儿",第八十四回(婴儿惊风)、第八十八回(小儿学舌)、第一百零一回(李妈打孩子)等处对巧姐年龄幼儿化的描写,可视为"根据雪芹较原始的稿本(比庚辰本还早)所续"。的确,如果后四十回皆为续书的话,首先要解决的是年龄的呼应问题,前后章回随着时间顺序,让人物由小到大。而《红楼梦》后四十回中对于巧姐这一关键人物的年龄,即使有问题也不做调整,将两个女儿的名字合二为一后,她们的年龄特征也混为一谈,前一回还是豆蔻少女呢,后一回又到了幼童时期。所以《红楼梦》第八十四、八十八等回中巧姐的文字,与前面的第二十七、二十九回的文字有相似之处,都应含有作者修订之前稿本的遗迹。程伟元和高鹗在校书时"不欲尽掩本来面目",尽量不对原文做大的改动,程、高在序言中的讲述,应有可信之处。

巧 姐 之 情

　　巧姐与贾府其他闺秀一样,都在亲情上有所缺失。元春被一道宫墙隔断天伦;迎春、惜春母丧父疏而被养至祖母身旁;探春身份尴尬又与生母心有嫌隙;而巧姐作为荣府嫡长女,虽自幼被位尊权重的父母养在身旁,却仍未享受到应有的亲情。父不关心,每日耽于享乐,相比林如海珍惜黛玉、甄士隐娇宠英莲,贾琏在女儿病中犹自寻欢的做法,可谓冷漠无情;母虽疼爱,却终究溺于权财,不似李纨的精心课子。凤姐对巧姐的关爱,只停留在饮食起居的供给和平安健康的呵护等物质层面,对其心理成长多有疏忽,故巧姐每次出场都由奶子携抱,后来写她跟李妈认字,向刘妈学女红,王熙凤作为母亲"停机"或"断杼"的职责毫无疑问是脱卸了。

　　巧姐在小说中直接表现自己的喜怒哀乐之情的场合并不多,而且都在后四十回中。探讨与这一人物相关的感情问题,可以从间接视角来考察,即巧姐的几次生病。《红楼梦》常常通过"病"来写女子的貌和情。黛玉"病如西子胜三分",宝钗"体丰怯热"似杨妃。巧姐的病,虽然没有展现她的美,但她的几次生病像天平一样,将父母之爱、夫妻之情、子女之孝,以及族人中的远近亲疏、世态炎凉都衡量得清清楚楚。

　　初次写巧姐生病是在第二十一回。宝钗过生日、宝玉悟禅机,红楼儿女成长的烦恼开始潜滋暗长。紧接着写巧姐的生病,"谁知凤姐之女大姐病了,正乱着请大夫来诊脉。"到底是什么病呢? 只听大夫诊断说:"替夫人奶奶们道喜,姐儿发热是见喜了,并非别病。"这里所说的"见喜"指小孩出痘疹(天花),只要精心护理,并无大碍。富于戏剧性的是,凤姐和贾琏的反应。凤姐安排忌讳、隔离等事宜,要求与贾琏隔房。母亲"供奉痘疹娘娘",祈求女儿平安,父亲贾琏只得搬出外书房去斋戒。庚辰本

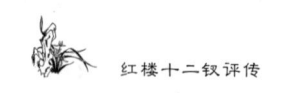

在"斋戒"处侧批为:"此二字内生出许多事来。"贾琏果然到外面拈花惹草,和多姑娘鬼混,还带回一绺青丝。巧姐的这次生病反映了贾琏和凤姐之间的关系,也加剧了二人的矛盾,为后来过生日时凤姐泼醋等情节的发展作了铺垫。

第二次写巧姐生病是在第四十二回。刘姥姥二进贾府,在贾母的率领下畅游大观园。巧姐也被带着逛园子,在风地里吃了一块糕而着凉发烧。但刘姥姥认为是因"大姐进园子冲撞了花神,发热不止",于是,建议烧纸钱为孩子"送祟","果见大姐儿安稳睡了",凤姐也欣喜万分。这场病直接引出了刘姥姥给她起名,大姐从此改称"巧姐"。刘姥姥也因此与凤姐的女儿结缘,为以后营救巧姐、报答凤姐的恩情作了铺垫。

第三次写巧姐生病是在第八十四至八十五回中,巧姐惊风,贾环前去探问。药中有珍贵的牛黄,贾环想看看,但因毛手毛脚泼洒了药锅子而招致了凤姐一顿痛骂,贾环便回去跟赵姨娘发狠赌咒要拿巧姐性命:

"我不过弄倒了药锅子,洒了一点子药,那丫头子又没就死了,值的他也骂我,你也骂我,赖我心坏,把我往死里糟踏。等着我明儿还要那小丫头子的命呢,看你们怎么着!只叫他们隄防着就是了。"那赵姨娘赶忙从里间出来,握住他的嘴说道:"你还只管信口胡嗳,还叫人家先要了我的命呢!"娘儿两个吵了一回。赵姨娘听见凤姐的话,越想越气,也不着人来安慰凤姐一声儿。过了几天,巧姐儿也好了。因此两边结怨比从前更加一层了。

这一情节接续了凤姐与赵姨娘之前"裁份例"和"魇魔法"等怨愤,也为日后贾环出谋拐卖巧姐作了铺垫。

第四次写巧姐生病是在第一百十五回,凤姐病逝,写巧姐因为"日夜哭母亲,也是病了"。这次写巧姐为母亲的去世而悲哭致病,足见其孝心。

巧姐的几次生病推动了小说情节的发展。从一百二十回的总体来看，直接写巧姐病情的内容较少，写亲友间的恩怨情仇较多。巧姐生病，展现了凤姐对巧姐的溺爱，巧姐对母亲的孝敬；反映了凤姐与贾琏之间的貌合神离，以及贾琏的荒淫无度；强调了凤姐对刘姥姥的善待，刘姥姥对凤姐的涌泉相报，以及姥姥与巧姐的缘分；也揭示了凤姐对赵姨娘、贾环的刻薄所招致的仇怨。巧姐，像一个情感的破折号，连接着她的亲人们，也预示了"亲娘"的善恶因果。

巧姐之才

由于年龄的局限，对于巧姐之才，书中并无过多体现，只在第九十二回"评女传巧姐慕贤良"中有宝玉的一句正面评价："我瞧大姐姐这个小模样儿，又有这个聪明儿，只怕将来比凤姐姐还强呢，又比他认的字。"除此之外，观照其作为理家能手的母亲王熙凤和琴棋书画各有所长的四位姑姑，也可以从侧面推想出巧姐绝非庸碌之辈。但是巧姐之才与她的母亲和姑姑们又有不同之处。

王熙凤是贾母长子的儿媳妇，公公世袭了荣国公的官，娘家也是富有而显赫的官宦人家。民间传说"东海缺少白玉床，龙王来请金陵王"，特殊的生存环境造就了她的优越感。她是《红楼梦》中的出类拔萃之人，聪明漂亮，泼辣能干，有眼光，有气度，善于逢迎又工于心计，在贾家大权独揽，春风得意，是一位"脂粉英雄"，也是"霸王"一样的人。

不同于母亲"男人万不及一"的爽利言谈、深细心机，巧姐对家事止于明白，并不参与深究。后四十回在对王仁的态度上，表现出巧姐的懂事。第一百十四回凤姐死时，王仁把他的外甥女儿巧姐叫过来说："你娘在时，本来办事不周到，只知道一味的奉承老太太，把我们的人都不大看在眼里。外甥女儿，你也大了，看见我曾经沾染过你们没有！如今你娘死了,诸事要听着舅舅的话。你母亲娘家的亲戚就是我和你二舅舅了。你父亲的为人我也早知道的了,只有重别人,那年什么尤姨娘死了,我虽不在京,听见人说花了好些银子。如今你娘死了,你父亲倒是这样的将就办去吗!你也不快些劝劝你父亲。"如果站在怀念母亲的角度,巧姐会觉得舅舅希望把母亲丧事办得风光一些自然是有道理的。但巧姐此时还很体谅父亲的处境,她回答王仁道:"我父亲巴不得要好看,只是如今比不得从前了。现在手里没钱,所以诸事省些是有的。"王仁又追问凤姐遗留的财物,巧姐虽知道有的被"旧年抄去",有的"父亲用去",但当着舅舅她"只推不知道"。王仁不肯罢休,进而指责巧姐:"哦,我知道了,不过是你要留着做嫁妆罢咧。"巧姐不敢言,"只气得哽噎难鸣的哭起来了",她"满怀的不舒服",并没有再说什么,只是在心里想:"我父亲并不是没情,我妈妈在时舅舅不知拿了多少东西去,如今说得这样干净。"于是便不大瞧得起他舅舅了。与此相同,在第一百十七回中,当贾琏要外出,把巧姐托付给王仁、贾芸、贾蔷等人,巧姐的感情倾向很明显:"贾琏又欲托王仁照应,巧姐到底不愿意;听见外头托了芸、蔷二人,心里更不受用,嘴里却说不出来,只得送了他父亲,谨谨慎慎的随着平儿过日子。"可见巧姐年龄虽小,却不乏明辨是非的能力。

　　从以上文本可见,巧姐承袭了凤姐的聪敏,面对舅舅的挑拨,能分清是非;面对芸、蔷的得志,能心存忧患。但是不同于母亲的泼辣张扬,巧姐作为一位读诗书、慕贤良的侯门千金,稳重矜持,并没有涉足家族矛盾。当舅舅无礼寻衅、出言不逊时,她也只是忍气吞声,独自呜咽。明明不放心芸、蔷的人品,却未出一言,只是自己谨言慎行,试图远离是非。这固然可以理解成在凤姐过度能干的保护下,巧姐失去了一些应对世事的能力,但是更多体现的还是巧姐的聪明灵慧。

　　红楼四春作为贾府玉字辈中闺秀的代表,均为雅慧之人。有意思的是,她们丫鬟的名字对小姐的性格与爱好构成补笔,元、迎、探、惜与琴、棋、书、画，显然构成整齐而有序的对应，这四种艺术修养既是四位小姐的业余爱好，又是生活主调，同时也与她们的命运息息相关。与琴"厮守"的元春应该有"抱琴归去"的潇洒，有高山流水的渴望，但是她的琴弦弹奏出的却是因高处不胜寒，而知音难觅的哀怨；擅长下棋的迎春本应精于计算，长于运筹，但是她的棋局所摆布出的却是因遇人不淑而满盘皆输的感伤；常伴诗书的探春本应含蓄温婉、宁静敦厚，但是她的笔墨挥写出的却是因生不逢时而怀才不遇的嗟叹；精于作画的惜春本应热爱生活、垂青色彩，但是她的画屏所展现出的却是因看破红尘而参佛入空的凄凉。不同于贾府四春在琴棋书画中各有所长，巧姐之才偏于针黹纺绩。

在时人眼中，相较于女红针线，琴棋书画似乎更能体现大家闺秀的身份，但是命运多舛的巧姐在家道败落的情况下，不得不抛开风雅，专攻务实之用。与前八十回十二钗所过的那种吟风弄月的寄生生活相反，巧姐走上了一条全新的自食其力的生活道路。一改之前绣户侯门之女的四体不勤、五谷不分，她将从前未曾接触的纺绩和只为消遣的针线作为衣食之道，终于从一个出身公侯之门的千金，变成一个在"荒村野店"里"纺绩"的劳动妇女，并用纺车纺出了真纯而安宁的心境，也用针线绣出了全新的生活画面。这种转变体现了贾府从诗书簪缨走向躬耕布衣，从没落贵族的忧虑隐痛转向耕织百姓的平和恬淡。其实这未尝不是一种出路，未尝不是一种幸福。对照秦可卿所预计的家族败落后，子孙读书务农的退路，和她"三春去后诸芳尽，各自需寻各自门"的预言，以及李纨、巧姐的判词，可以试着推测，在曹雪芹的预想中，贾兰与巧姐应该是分别走了读书与务农之路。虽然在时人眼中，巧姐的结局似乎不及贾兰，但是相对于贾府女儿国中其他女性的悲剧结局，长伴纺机绣针的田园耕隐生活已难能可贵。

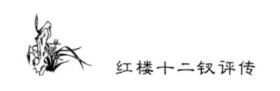

巧姐结局

《红楼梦曲》第十首是写巧姐的,名为《留馀庆》:

留馀庆,留馀庆,忽遇恩人;幸娘亲,幸娘亲,积得阴功。劝人生,济困扶穷,休似俺那爱银钱忘骨肉的狠舅奸兄!正是乘除加减,上有苍穹。

这支曲子,以巧姐遇难得救的生活经历,规劝世人修好积德,有寓劝惩的意义。"馀庆",祖先"积善"而留给后辈的恩德。《易·坤》中有"积善之家,必有馀庆"的说法。"阴功"与之意同,这里代指贾府和凤姐对于村妇刘姥姥的怜恤照顾。"乘除加减",喻人生的消长盛衰。又一说指老天的赏罚丝毫不爽,犹"善有善报,恶有恶报"。"苍穹"即青天。"正是乘除加减,上有苍穹"意谓人生枯荣,皆由天定。《京本通俗小说·拗相公》道:"万事乘除总在天,何必愁肠千万结?"清郑燮《瑞鹤仙·官宦家》亦是:"羡天公何限乘除消息,不是一家悭定。任凭他铁铸铜镌,终成画饼。"巧姐的母亲王熙凤的曲子中有"机关算尽";姑姑迎春的灯谜中有"因何镇日纷纷乱,只为阴阳数不同"。凤姐聪明却被聪明所累,"反算了卿卿性命";迎春的"算盘"终因"有功无运也难逢"而"打动乱如麻"。相比之下,巧姐要幸运得多。凤姐带给女儿的也并非完全是厄运,"偶因济刘氏,巧得遇恩人"、"幸娘亲,积得阴功",凤姐一生机关算尽,但对于刘姥姥所表现出的惜老怜贫,使得贾家在败落时"留馀庆,忽遇恩人"。从获得刘姥姥搭救的结局来看,巧姐还是享受到了凤姐所留之馀庆的。正如判词所预示的,巧姐成了荒村野店里纺绩的美人。

巧姐在小说结束的时候尚且如杜牧所云"娉娉袅袅十三馀,豆蔻梢

巧姐萃賢
凱嬡作

賈巧姐

竹篱茅舍自甘心

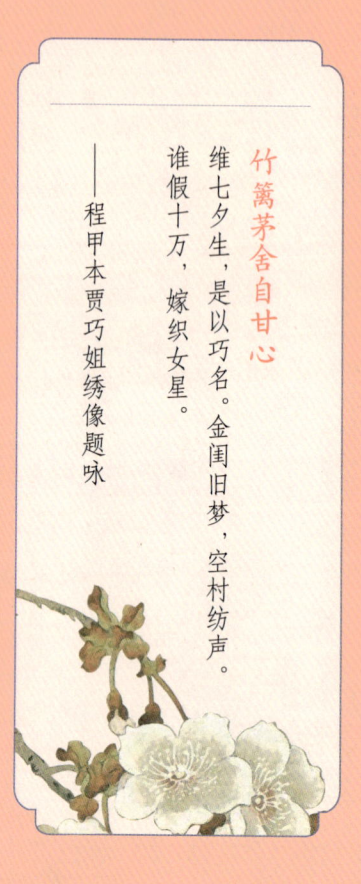

维七夕生,是以巧名。金闺旧梦,空村纺声。谁假十万,嫁织女星。

——程甲本贾巧姐绣像题咏

头二月初",她的生命之花还刚刚绽放。她的结局不是走进坟墓,而是步入婚姻。有关巧姐的结局问题争论繁纷,归结起来,大致集中在对巧姐婚姻归宿的看法上。《红楼梦》前八十回的判词和后四十回的情节,都肯定刘姥姥解救了巧姐。但从哪里解救的,解救之后把她嫁给谁,在这里有两个环节还存在争议。

关于巧姐被拐卖到哪里,目前有两种看法,一是认为她被"狠舅奸兄"卖入烟花巷。理由是《好了歌》中有"择膏粱,谁承望流落在烟花巷"一句,俞平伯在《红楼梦辨》中说:"依我底揣摩,是指巧姐。"小说第六回写刘姥姥面对凤姐"只得忍耻说道",甲戌本有眉批道:"老妪有忍耻之心,故后有招大姐之事,作者并非泛写。"批语中所言刘姥姥后"招大姐之事",也是因为有"忍耻之心",有人认为此"耻"应与招纳了"流落在烟花巷"的女子有关。但此说法的证据还不够直接和充分。

另一种看法是巧姐被"狠舅奸兄"策划卖给藩王做妾。这件事在后四十回中描写较为详细。巧姐少年经历了家业的衰败,独尝凤姐之果报,被"爱银钱忘骨肉的狠舅奸兄"拐卖。对于"狠舅"王仁,凤姐的过失在于要强护短,没有看出他"无耻忘仁"的本质,反而对其包庇纵容,最终带累了亲生女儿。至于"奸兄"贾芸,虽然后人对其存有疑惑,认为他毕竟受过凤姐的提携之恩,不应恩将仇报,但不可否认的是,凤姐的这种提携是在贾芸受过她的压制后,用借来的银钱屈膝奉承讨来的。贾芸对于这段经历估计是难以释怀的。后四十回中写巧姐被卖这一情节的缘由时,对于王仁和贾芸之于巧姐的感情变化,处理得比较到位。如在第八十八回中描写贾芸的心理活动:"人说二奶奶利害,果然利害。一点儿都不漏缝,真正斩钉截铁,怪不得没有后世。这巧姐儿更怪,见了我好像前世的冤家似的。真正晦气,白闹了这么一天。"初步透露出他对凤姐的不满和对巧姐的厌恶。在第一百十四回凤姐出丧时,王仁也因银钱利益关系而"嫌了巧姐儿"。到第一百十七回,他们的这种情感趋向得到了进一

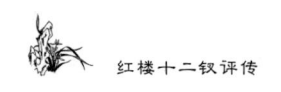

步表露：

> 众人又喝了几杯，都醉起来。邢大舅说他姐姐不好，王仁说他妹妹不好，都说得狠狠毒毒的。贾环听了，趁着酒兴也说凤姐不好，怎样苛刻我们，怎么样踏我们的头。众人道："大凡做个人，原要厚道些。看凤姑娘仗着老太太这样的利害，如今焦了尾巴梢子了，只剩了一个姐儿，只怕也要现世现报呢。"贾芸想着凤姐待他不好，又想起巧姐儿见他就哭，也信着嘴儿混说。还是贾蔷道："喝酒罢，说人家做什么。"那两个陪酒的道："这位姑娘多大年纪了？长得怎么样？"贾蔷道："模样儿是好的很的。年纪也有十三四岁了。"那陪酒的说道："可惜这样人生在府里这样人家，若生在小户人家，父母兄弟都做了官，还发了财呢。"众人道："怎么样？"那陪酒的说："现今有个外藩王爷，最是有情的，要选一个妃子。若合了式，父母兄弟都跟了去。可不是好事儿吗？"众人都不大理会，只有王仁心里略动了一动，仍旧喝酒。

在策划将巧姐卖给外藩的阴谋中，除了"狠舅奸兄"，后四十回还加入了贾环这一"劣叔"的戏份，也顺乎人物性格与情节发展，有其合理之处。第一百十八回"记微嫌舅兄欺弱女"一节写道：

> 贾环本是一个钱没有的，虽是赵姨娘积蓄些微，早被他弄光了，那能照应人家。便想起凤姐待他刻薄，要趁贾琏不在家要摆布巧姐出气，遂把这个当叫贾芸来上，故意的埋怨贾芸道："你们年纪又大，放着弄银钱的事又不敢办，倒和我没有钱的人相商。"贾芸道："三叔，你这话说的倒好笑，咱们一块儿顽，一块儿闹，那里有银钱的事。"贾环道："不是前儿有人说是外藩要买个偏房，你们何不和王大

舅商量把巧姐说给他呢?"贾芸道:"叔叔,我说句招你生气的话,外藩花了钱买人,还想能和咱们走动么。"贾环在贾芸耳边说了些话,贾芸虽然点头,只道贾环是小孩子的话,也不当事。恰好王仁走来说道:"你们两个人商量些什么,瞒着我么?"贾芸便将贾环的话附耳低言的说了。王仁拍手道:"这倒是一种好事,又有银子。只怕你们不能,若是你们敢办,我是亲舅舅,做得主的。"

从以上文本可见,贾环只是出于对凤姐的忌恨,又苦于无钱,寻了摆布巧姐的由头,至于具体行动还是王仁、贾芸所为,仍应合了判词的预示。正如清代张新之的评点所言:"直出巧姐。环主而不主,仍归主于贾芸,而总于王仁,故目录曰'舅兄'以出环入芸。"但是无论如何,巧姐是无辜的,她只是做了自己母亲的替罪羔羊。上述可见,后四十回谈论这件事时还细述了前因后果。

关于巧姐后来嫁给何人?巧姐的婚姻对象问题,目前有板儿说、周财主之子说两种看法。在前八十回的文本和脂批中,都曾透露巧姐和刘姥姥有缘、和板儿有缘的信息。第六回"刘姥姥一进荣国府"时,甲戌本有回前批云:"此回借刘妪,却是写阿凤正传,并非泛文,且伏二进三进及巧姐之归着。"周瑞家的领着刘姥姥和板儿进贾府,小说借助刘姥姥的视角,表现了"贾琏的女儿"住所之金贵:

周瑞家的听了,方出去引他两个进入院来。上了正房台矶,小丫头打起猩红毡帘,才入堂屋,只闻一阵香扑了脸来,竟不辨是何气味,身子如在云端里一般。满屋中之物都耀眼争光的,使人头悬目眩。刘姥姥此时惟点头咂嘴念佛而已。于是来至东边这间屋内,乃是贾琏的女儿大姐儿睡觉之所。

作者在此调动了刘姥姥的嗅觉——"只闻一阵香扑了脸来,竟不辨是何气味";视觉——"满屋中之物都耀眼争光的,使人头悬目眩";以及她的动作表情——"身子如在云端里一般","惟点头咂嘴念佛而已"。走过堂屋,东边便是"大姐儿睡觉之所"。小说采取了限制叙事的方式,小姐的房间并没有让刘姥姥一饱眼福,但是在香气扑鼻、金光耀眼的氛围中,贾琏夫妇对"大姐儿"的娇生惯养,可见一斑。蒙府本在此有一条批语:"不知不觉先到了大姐寝室,岂非有缘?"刘姥姥初到荣府,虽然没有正面接触大姐儿,但从她的门前走过,"点头咂嘴念佛",也牵起了彼此的情缘。

第四十一回刘姥姥二进荣国府时,巧姐与板儿争抢香柚佛手,庚辰本的脂批亦指出:"柚子即今香团之属也,应与缘通。佛手者,正指迷津者也。以小儿之戏,暗透前后通部脉络,隐隐约约,毫无一丝漏泄,岂独为刘姥姥之俚言博笑而有此一大回文字哉?"在此,脂批只强调了佛手的指点迷津之意。其实"佛"与"福"音相近,在民间,佛手与桃子、石榴组合成"福寿三多图",含有多福、多寿、多子的美好寓意。所以在大姐"忽见板儿抱着一个佛手,便也要佛手"的正文处,庚辰本的夹批为:"小儿常情,遂成千里伏线。"这条伏线似为千里姻缘。按此思路发展下去,巧姐最后的归宿应是乡野田园。她依靠自己的双手,享受着牧歌般的生活,实践着秦可卿所托之梦中"读书务农,也有个退步"的梦想。也许在曹雪芹看来,经历了空空色色,是是非非,只有回归自然,才能真正做到"豪华落尽见真淳"。

小说后四十回为巧姐做了这样的命运安排:贾赦病危,贾琏去见最后一面,贾府剩下贾芸和贾蔷等人理家。"狠舅"王仁、"奸兄"贾芸,以及贾环等将巧姐私聘予外藩,幸得刘姥姥相救,阴谋未能得逞。第一百十九回写巧姐由刘姥姥做媒,提的是"家财巨万,良田千顷"的乡村富翁周氏,而且郎君"生得文雅清秀,年纪十四岁,他父母延师读书,新近科试中了秀才"。这是刘姥姥三进荣国府的结果。后四十回中刘姥姥把巧姐介绍给周财主之子,则对前文的细节照应不够。

是否按后四十回的写法,巧姐的悲剧命运便削弱了呢？如果前八十回中写了巧姐与板儿佛手、香柚的姻缘,但长大后巧姐没有和两小无猜的板儿成婚,却由刘姥姥充当媒人把巧姐许配给周财主家。情与礼的矛盾冲突,导致了门当户对与青梅竹马的对立。这样,从当时社会现实出发,对巧姐的婚姻归宿的描写,也不乏启发意义。时人眼中的喜剧,恰恰是作者笔下的悲剧。较为遗憾的是,后四十回只强调了刘姥姥的侠义,却忽略了巧姐的情感。

李　纨——时有幽花一树明

在十二钗中位列第十一的李纨，在千红万艳中较为另类。同样是贾府的媳妇，与正册中其他两位少奶奶相比，她不同于王熙凤的泼辣艳丽、八面玲珑，也不似秦可卿般风流妩媚、秀外慧中。这位寡居的大奶奶清心寡欲、甘于寂寞，在她的身上蕴含着中国传统妇德的馨香。作者虽然没有着力描写她的花容月貌，也常常让娇艳的花饰和香浓的脂粉远离她的生活，可是她清雅的情趣，依旧难掩精华。其特点可用宋代苏舜卿《淮中晚泊犊头》中的一句诗来描述，即"时有幽花一树明"。

李纨身份

李纨是贾政与王夫人之长子贾珠的遗孀，贾家第五代嫡系孙子贾兰的生母。这位荣府大少奶奶"系金陵名宦之女，父名李守中，曾为国子监祭酒"，其"族中男女也无有不诵诗读书者"，出身虽不似贾府之钟鸣鼎食，却也可算诗书翰墨之家。但李纨因自小在父亲"女子无才便是德"的教导下成长，所以也只是"认得几个字，记得前朝这几个贤女"，只以"纺绩井臼为要"罢了。小说第二回冷子兴演说荣国府，在介绍贾政的子女时，率先提到的就是贾珠，"这政老爷的夫人王氏，头胎生的公子，名唤贾珠，十四岁进学，不到二十岁就娶了妻生了子，一病死了。"在青春丧偶之后，李纨虽居家处膏粱锦绣之中，却如槁木死灰一般，"一概无见无闻，惟知侍亲养子，外则陪侍小姑等针黹诵读而已"。李纨的心态和行为得到了贾府上下一致的尊敬与喜爱，因此她虽然手无权柄又不善逢迎，却享有最优惠的待遇和极超然的地位，可以说是贾府供奉的一尊贞节媳妇的塑像。

李纨字宫裁，她的名与字中也暗含了这一人物的性格与特点。姓氏为"李"，源于李花白如缟素之意。名"纨"，或谐音而言其完节；或寓其品格若"精细洁白的白绢"而取"素""白"之意；或如《隋书·卢思道传·劳生论》："纨绮之年，伏膺教义，规行矩步，从善而登。"所解而谓"少年"；三者分别含有贞节、素雅、年少的意思。字"宫裁"，有"女红"、"凤冠霞帔"之意，也不乏"公"正"裁"决的谐音。总之不论姓氏和名字都隐喻了李纨端方纯良的品性，以及看似完美实则凄清苍白的人生。其中名"纨"更令人深思，从白色的含义上看，与怡红快绿的大观园不相称，从少年的含义上看，与她青春守寡的境遇相矛盾。

小说第五回中李纨的判词描述是：

后面又画着一盆茂兰，旁有一位凤冠霞帔的美人。也有判云：
桃李春风结子完，到头谁似一盆兰。如冰水好空相妒，枉与他人作笑谈。

李纨画面中，"茂兰"指其子贾兰中举显贵。"凤冠"，一种上面绣着凤形图案并以珠花点翠的帽子，为皇后、宫妃戴的礼冠。"霞帔"，古代妇女的披服，宋以后定为妇女命服，随品级高低而不同。清代陈元龙《格致镜原》卷十六引《名义考》："今命妇衣外以织文一幅，前后如其衣长，中分而开之，在肩背之间，谓之霞帔。"《清稗类钞·服饰类》："霞帔，妇人礼服也。"凤冠、霞帔都是朝廷所赐予的礼服，与李纨的字"宫裁"暗合。这一

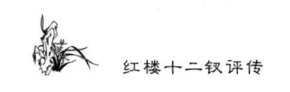

画面显示,贾兰中举做了高官,母亲成了诰命夫人。

  李纨的判词争议不大。首句"桃李春风结子完",其中"李""完"喻李纨二字,全句喻李纨生子后就青春丧偶,如同春天的桃花李花,结了果实,春色也就完了一样。《红楼梦》是一首赞美青春的歌,珍惜花季,却感伤结果的时节,不愿看到少女嫁人并生儿育女。第五十八回宝玉曾有"绿树成荫子满枝"的悲叹,与李纨判词的第一句遥相呼应。宋代黄庭坚的诗《寄黄几复》中有"桃李春风一杯酒,江湖夜雨十年灯",写诗人和朋友的聚散离合,表达了沧桑之感,其中"桃李春风"所蕴含的人世感慨也可作为画外音来补充李纨的判词。次句"到头谁似一盆兰",其中"一盆兰"喻贾兰的"兰"字,"到头谁似"强调贾府子孙"一代不如一代",到了"草"字辈,只有贾兰(蘭)爵禄高登。后一句"如冰水好空相妒","如冰水好"比喻生和死、荣和枯是紧密相依的。唐代僧人寒山的《无题》诗:"欲识生死譬,且将冰水比。水结即成冰,冰消返成水。已死必应生,出生还复死。冰水不相伤,生死还双美。""空相妒",即是说,李纨的品行如冰清水洁,她的命运也如"水结即成冰,冰消返成水"一样荣枯莫测,凤冠霞帔装点的却是已逝的青春。正如欧阳修《秋声赋》所云,"渥然丹者为槁木,黟然黑者为星星",红润的面容已如同枯木,乌黑的头发已花白,所以用不着嫉妒羡慕。末句"枉与他人作笑谈",意为李纨一生奉行三从四德,像她这样早年守寡,为儿子操心一辈子,待到晚年荣华方至,却随即死去,只留一个诰封的"虚名儿",白白地给世人作谈资笑料。

李纨之貌

  李纨是一位看不清面庞的年轻寡妇。这一方面是由于作者对其肖像的描绘是十二钗中笔墨最少的一个。较之其他正钗首次出场时的外貌描写,李纨可以说只是被一笔带过。在第三回中林黛玉初到贾府时,贾母一句"这是你先珠大哥的媳妇珠大嫂子"就完成了对她的介绍,可谓简约至极。另一方面也与这个人物本身的特点有关。论年龄,第四回贾兰五岁时,李纨不到二十五岁,当到六十几回,也不过将近三十。但是她虽身未离青春门槛,心境却已几经沧桑,故总给人一种老气横秋之感,让读者不觉自动忽略了她的相貌。另外从女人三从四德的角度来讲,李纨之"纨"可理解为完美。她是书中妇德的典范,因此不免有为德掩色之嫌。同样作为贾府的媳妇,凤姐泼辣艳丽却不免有违三从,可卿婉转妩媚却不免失于四德,李纨的"霜晓寒姿"反而能体现她的清静守节、安守妇道。但是从贾母"不管根基富贵,只要模样配得上就好"的择媳标准,和她"精华灵秀""水葱儿似的"的两个堂妹,以及第五回判词前的茂兰美人图,都可以隐约推测出李纨的天生丽质。这样一个青春美人由于年少夫亡,不得不在礼教的束缚下每日清心寡欲、简衣素颜。她不着脂粉,第七十五回中尤氏在她的居处盥洗时,脂粉用的都是大丫头素云的。更为可悲的是除了她自己心如槁木死灰,甘于保持"竹篱茅舍自甘心"的生活状态之外,旁人也认同并刻意维护着她的这种心境与生活,这从第七回送宫花一节,薛姨妈、周瑞家的以及凤姐均心照不宣地刻意忽略李纨的做法便可见端倪。

先看宫花的分配——薛姨妈道:"这是宫里头的新鲜样法,拿纱堆的花儿十二支。昨儿我想起来,白放着可惜了儿的,何不给他们姊妹们戴去。昨儿要送去,偏又忘了。你今儿来的巧,就带了去罢。你家的三位姑娘,每人一对,剩下的六枝,送林姑娘两枝,那四枝给了凤哥罢。"薛姨妈在预先分配这十二枝花的时候,就没有想着给李纨。再看送宫花的过程——"那周瑞家的又和智能儿劳叨了一会,便往凤姐儿处来。穿夹道从李纨后窗下过,隔着玻璃窗户,见李纨在炕上歪着睡觉呢,遂越过西花墙,出西角门进入凤姐院中。"也未想到李纨。最后看宫花的转赠——"平儿便到这边来,一见了周瑞家的便问:'你老人家又跑了来作什么?'

周瑞家的忙起身,拿匣子与他,说送花儿一事。平儿听了,便打开匣子,拿了四枝,转身去了。半刻工夫,手里拿出两枝来,先叫彩明吩咐道:'送到那边府里给小蓉大奶奶戴去。'次后方命周瑞家的回去道谢。"依旧没有李纨。

十二枝宫花代表了美,宫花的归属则体现了贾府对于李纨生活状态的刻意维护。同样是青春少妇,在薛姨妈心中凤姐配得四枝,而李纨与之无缘;凤姐更是宁可将宫花送到宁府,赠予侄媳妇,也没想到近水楼台的珠大嫂子;周瑞家的送花给凤姐时途经李纨后窗时,李纨偏偏在睡觉,读者不禁会赞叹小说构思上的匠心,也会对李纨的处境而叹息。值得一提的是,在周瑞家的送宫花的过程中,存在版本差异。上文所引正文出自庚辰本,己卯本、梦稿本(杨本)这段文字基本相同。而甲戌、舒序、列藏、蒙府、戚序、甲辰、程甲等本,都没有"隔着玻璃窗户,见李纨在炕上歪着睡觉呢"这句话。甲戌本的正文是:"那周瑞家的又和智能儿劳叨了一回,便往凤姐儿处来。穿夹道从李纨后窗下过,越西花墙出西角门进入凤姐院中。"在"后窗下过"下边,朱笔双行夹批为:"细极!李纨虽无花,岂可失而不写者?故用此顺笔便墨、间三带四,使观者不忽。"甲戌本的脂批分析得较为细致,作者不让周瑞家的给李纨送花,是有意安排的。己卯、庚辰、梦稿本强调了李纨的主观原因——她在睡觉,而其他版本只强调客观原因——宫花没有李纨的一份。贾府主仆有个共识,都在维护李纨"槁木死灰一般"清心寡欲的少妇形象。

李纨不戴花,但这些并不表示她不向往美。她爱花,只是由于特殊的身份与环境,对于花这种美的象征,有着特殊的对待:她秋撷菊花,让老太太戴。小说第四十回写道:"李纨忙迎上去,笑道:'老太太高兴,倒进来了。我只当还没梳头呢,才撷了菊花要送去。'一面说,一面碧月早捧过一个大荷叶式的翡翠盘子来,里面盛着各色的折枝菊花。贾母便拣了一朵大红的簪于鬓上。"就连刘姥姥还"将一盘子花横三竖四的插了一头",村媪的那句"年轻时也风流,爱个花儿的"的话,对于李纨的心理既是补写,也是反衬。她冬插红梅,领宝玉和姑娘们联诗。小说第五十回写雪天联诗,宝玉被李纨罚去乞红梅,李纨笑着对宝玉道:"也没有社社担待你的。又说韵险了,又整误了,又不会联句了,今日必罚你。我才看见栊翠庵的红梅有趣,我要折一枝来插瓶。可厌妙玉为人,我不理他。如今罚你去取一枝来。"宝玉出发了,"李纨命人好好跟着。黛玉忙拦说:'不必,有了人反不得了。'李纨点头说:'是。'一面命丫鬟将一个美女耸肩瓶拿来,贮了水准备插梅,因又笑道:'回来该咏红梅了。'"这些举动既体现出李纨作为孙媳妇、大嫂子的义务,也随顺了自己的闲情和雅趣。对于寡居的李纨来讲,美是他人的,自己只能旁观欣赏而不能拥有。这种与我无缘的自觉意识与自我束缚,令人不禁为这位青春寡妇扼腕唏嘘。

李纨之情

相对于李纨外貌的模糊,作者对于李纨人格的描写可谓完美,但是这种完美中却也揭示了一种青春的缺憾。

李纨的心境中保持着一种"结庐在人境"的恬淡清幽。俗话说"寡妇门前是非多",在那个一家子亲骨肉都"恨不得你吃了我,我吃了你",下人仆从更是"人多口杂","专能造言诽谤主人"的复杂环境中,李纨能与是非无缘,独守一种田园牧歌式的安宁与平静的生活,是十分难能可贵的。在沸沸扬扬的抄检大观园一回中,"彼时李纨犹病在床上,他与惜春是紧邻,又与探春相近,故顺路先到这两处。因李纨才吃了药睡着,不好惊动,只到丫鬟们房中一一的搜了一遍,也没有什么东西,遂到惜春房中来"。李纨可说是完全置身事外的。她衣食无忧,又自认聚散盈亏与己无关,已婚女人所要面对的所有伦理难题——婆媳矛盾、妯娌矛盾、姑嫂矛盾也都从不曾关顾她。作者对于李纨境遇的理想化描绘,一方面与王熙凤和秦可卿形成了一种人物群像的对比,她极懂得自爱,不肯同流合污,秉持无能、无好、无为的老庄哲学,待上尽礼,驭下宽厚的李纨,作为一个贤妻良母、相夫教子的典型,其完美的人格也应运而出。另一方面,作为贾府媳妇中少有的端方形象,在幽娴贞静的李纨身上也可看出作者所倾注的敬意与爱意,使人不禁联想这一人物也许就取自于某一个生活原型,而这一原型是作者十分敬重的母亲或长嫂,所以会尽量加以美誉,也因此最终使李纨摘得了书中第一贤人的桂冠。

然而,李纨的心田并不荒芜,稻香村里也"时有幽花一树明"。人格的完美与境遇的理想化并不能掩盖她青春的缺憾,少年丧偶的李纨,为了恪守礼教、维持身份,抛弃了一个年轻女人对于浪漫与爱情的一切幻想。她无欲无求、与世无争,在桃红柳绿、春意盎然的大观园中,李纨显得格格不入。她住在稻香村,雅号"稻香老农",每日无见无闻,唯知侍亲养子,陪侍小姑等针黹诵读而已,甚至抽花签都是老梅一枝,可以说浪漫与她无缘,爱情更与她无缘,甚至连家族婚迎嫁娶的大事都与她无关。第九十七回在金玉结缘,黛玉魂归时,"原来紫鹃想起李宫裁是个孀居,今日宝玉结亲,他自然回避"的文字令人心酸。但是这并不表示她对这些毫不向往,她的心也并非古井无波,而是经常涌动着童心雅趣与浪漫情思。例如在"寿怡红群芳开夜宴"时,在无须礼教束缚的场合,李纨也会如脱笼之鸟而尽显自己的真性情。第六十三回有这样两段文字:

> 黛玉却离桌远远的靠着靠背,因笑向宝钗、李纨、探春等道:"你们日日说人夜聚饮博,今儿我们自己也如此,以后怎么说人。"李纨笑道:"这有何妨。一年之中不过生日节间如此,并无夜夜如此,这倒也不怕。"

李氏摇了一摇,掣出一根来一看,笑道:"好极。你们瞧瞧,这劳什子竟有些意思。"众人瞧那签上,画着一枝老梅,是写着"霜晓寒姿"四字,那一面旧诗是:

　　　　竹篱茅舍自甘心。

　　注云:"自饮一杯,下家掷骰。"李纨笑道:"真有趣,你们掷去罢。我只自吃一杯,不问你们的废与兴。"说着,便吃酒,将骰过与黛玉。

前一段写李纨对"夜聚饮博"不但没有反对,反而积极支持。后一段写她自己主动饮酒,"我只自吃一杯,不问你们的废与兴",都是李纨放任不羁之天性的自然流露。

　　在天气好时她也会浪漫地命下人备出船只以供贾母休闲,这些都不会是一个完全心如灰槁之人的作为。她只是有选择地扼杀自己的一些热情,而这种选择是旧式女教的结果,是当时社会上主流道德所宣扬的、得到了公众认同的完美模式。贾母和王夫人就不止一次对此表示过满意,并用种种物质优待为其打造了一副温柔的精神枷锁。如第四十二回凤姐过生日众人凑份子时,贾母便明言怜惜李纨寡妇失业,要替她出钱。在第四十九回,贾母和王夫人更因素喜李纨贤惠,且年轻守节,令人敬伏,而对李纨前来探访的亲戚礼遇有加。在第四十五回凤姐调侃李纨时说:"你一个月十两银子的月钱,比我们多两倍银子。老太太、太太还说你寡妇失业的,可怜,不够用,又有个小子,足的又添了十两,和老太太,太太平等。又给你园子地,各人取租子。年中(终)分年例,你又是上上分儿。你娘儿们,主子奴才共总没十个人,吃的穿的仍旧是官中的。一年通共算起来,也有四五百银子。"这段话也可从侧面证实这一情况。但是"寡妇奶奶"的生活与心境,势必压抑了这位少妇的情性,是违拗自然的,正如"峭然孤出"的稻香村在大观园中的另类风格,李纨对于年轻女人天性的自绝,也是异常而且可悲的。

247

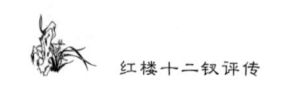

从某种意义上来讲,李纨形象的典型意义正在于揭示封建礼法和人间真情之间的矛盾。她父亲名为"李守中",暗含"以理自守"(甲戌本批语)的意思。同样是妙龄守寡的艺术形象,在她之前,曾有过卓文君听琴,在她之后也曾出现过祥林嫂捐门槛,虽各有各的不幸,但不可否认她们的人生都比李纨要曲折得多,也丰富得多。有别于卓文君,作为封建礼教的恪守者,"以理自守"的李纨是甘于守寡的;不同于祥林嫂,家族长辈的物质优待和精神束缚使李纨不仅有条件守寡,而且不得不守寡。在特定环境中,李纨的特定选择使她丧失了追求浪漫与真情的机会与欲念。

李纨之才

李纨是一个贤淑的女性,她的才能表现在处世之才和诗才方面。由此可知她并不仅仅是诨名叫作"大菩萨"的"第一个善德人",而且是大观园诗社的领袖,还是正义和公平的化身。

在文中大部分人的视野中,李纨长于德而短于才。众人公认其理家之才不如凤姐,所以王夫人才把家业让侄媳妇管了,凤姐病后,"将家中琐碎之事,一应都暂令李纨协理。但是李纨是个尚德不尚才的,未免逞纵了下人"。于是有了探春和宝钗的加盟。但是李纨真的是无才吗?恐怕并不尽然。第六十五回贾琏小厮兴儿的评价可谓公允:"我们家这位寡妇奶奶,他的诨名叫作'大菩萨',第一个善德人。我们家的规矩又大,寡妇奶奶们不管事,只宜清净守节。妙在姑娘又多,只把姑娘们交给他,看书写字,学针线,学道理,这是他的责任。除此,问事不知,说事不管。只因这一向他病了,事多,这大奶奶暂管几日。究竟也无可管,不过是按例而行,不像他多事逞才。"兴儿所指的"他",是凤姐。这位小厮的言谈中将李纨与凤姐相比,肯定了李纨的"善德"。

李纨处世之才,可谓桃李不言,下自成蹊。李纨的退避无为是秉承父亲"女子无才便是德"的家训,和维持自己"清净守节"身份的结果。对于贾母和王夫人,她止于"尽礼",晨昏定省、陪侍两侧从不懈怠,却也绝不多跨雷池一步;对于兄弟姊妹,她尽心照料、呵护规劝,决不厚此薄彼;而对于下人们,则宽厚仁爱,宁被人说作"失之太宽",也不逞威行权。在与探春宝钗共理家务的时日里,她把探春放在前面,自己着力赞助或干脆退居二线。在日常纷扰是非面前,她总是立刻带领姐妹走开。正是这种谦和自处、进退得度,使她得到了长辈的信任、同辈的尊敬以及下人们的好感。相对于凤姐跋扈张扬、机关算尽所带来的毁誉参半,李纨的韬光养晦未尝不是一种成功,也是她处世之才的一种表现。

李纨虽然超然宽厚,但却并不无知懦弱,她在很多场合也表现出待人接物的热情仗义和辞令言谈的洞彻犀利。这位大少奶奶虽然进退得体,却并非冷血圆滑,她同情弱者,并时常在恰当的时机就某些问题仗义执言,最难得的是其言论大都一针见血而又富有技巧。当平儿在贾琏、凤姐夫妇的醋海风波中受到迁怒而倍感委屈时,她首先把平儿带去诚心安慰,并在后来借邀请凤姐入诗社的机会,似假带真地当众数落了凤姐一番:

李纨笑道:"你们听听,我说了一句,他就疯了,说了两车的无赖泥腿市俗专会打细算盘分斤拨两的话出来。这东西亏他托生在诗书大宦名门之家做小姐,出了嫁又是这样,他还是这么着;若是生在贫寒小户人家,作个小子,还不知怎么下作贫嘴恶舌的呢!天下人都被你算计了去!昨儿还打平儿呢,亏你伸的出手来!那黄汤难道灌丧了狗肚子里去了?气的我只要给平儿打报不平儿。忖度了半日,好容易'狗长尾巴尖儿'的好日子,又怕老太太心里不受用,因此没来,究竟气还未平。你今儿又招我来了。给平儿拾鞋也不要,你们两个只该换一个过子才是。"说的众人都笑了。凤姐儿忙笑道："竟不是为诗为画来找我这脸子，竟是为平儿来报仇的。竟不承望平儿有你这一位仗腰子的人。早知道，便有鬼拉着我的手打他，我也不打了。平姑娘，过来！我当着大奶奶姑娘们替你赔个不是，担待我酒后无德罢。"说着，众人又都笑起来了。李纨笑问平儿道："如何？我说必定要给你争争气才罢。"平儿笑道："虽如此，奶奶们取笑，我禁不起。"李纨道："什么禁不起，有我呢。快拿了钥匙叫你主子开了楼房找东西去。"

这番不算客气的话却没有引来霸王似的凤姐一丝反感，这种不凡的心思与口才是其处世之才的有力佐证。

李纨的诗才，可谓创意新颖，评鉴精当。李纨之才还体现在她的诗情和雅趣。与荣府的其他媳妇相比，不同于"嫌隙人"邢夫人、"慈善人"王夫人、"鄙贱人"赵姨娘以及"弄权人"王熙凤，李纨是一个"清雅人"。

在探春发起诗社时，李纨带头响应入社，并自告奋勇担任社长。虽然这位受封建道德束缚颇深的少妇，因缺乏创作的激情与灵感而并不擅长写诗，但在贾府众媳妇中已算个通文墨者了。书中李纨唯一一首完整的诗作，即元妃省亲时她所写的《文采风流》，从中可以看出她的创作风格与功力：

秀水明山抱复回，风流文采胜蓬莱。绿裁歌扇迷芳草，红衬湘裙舞落梅。珠玉自应传盛世，神仙何幸下瑶台。名园一自邀游赏，未许凡人到此来。

首联"秀水明山抱复回，风流文采胜蓬莱"中，"秀水"一句指园中景色萦回曲折，层出不穷。"风流文采"紧承"文采风流"之匾额，指景物华丽，风

李纨课子 凤嫄作

李纨

稻香老农

抱得松筠操,青青耐早霜。桂发一枝香。爱雪邀开社,追凉玩插秧。教儿知稼穑,妇德自流芳。

——程甲本李纨绣像题咏

光优雅。清曹寅《题栋亭夜话图》曾有"文采风流政有馀,相逢甚欲抒怀抱"。"蓬莱"指仙境。此一句赞大观园胜似仙境。颔联"绿裁歌扇迷芳草,红衬湘裙舞落梅"中,"绿裁"句指女子歌舞时所用的扇子用绿绸裁制成,与芳草颜色一样,舞动时如碧草连绵、迷离难分。"红衬"句是说刺绣的裙子上衬着红花,舞动时如红梅落瓣,随风飞回,五彩缤纷。以歌扇、舞衣成对的诗句历来甚多,梁代阴铿有"莺啼歌扇后,花落舞衫前";清初吴梅村又有《鸳湖曲》:"芳草乍疑歌扇绿,落花错认舞衣鲜。"颈联"珠玉自应传盛世,神仙何幸下瑶台"中,"珠玉"比喻诗文美好。杜甫在《奉和贾至舍人早朝大明宫》一诗中就有"朝罢香烟携满袖,诗成珠玉在挥毫"。李纨在此借以指元春大观园题咏。值得注意的是,李纨诗中有"珠玉"二字,也许暗含其丈夫贾珠和宝玉的名字。"瑶台"一词,指美玉砌成的楼台,言其精巧华丽。《淮南子·本经训》:"晚世之时,帝有桀纣,为璇室瑶台。"亦借指传说中神仙所住的地方。李白在《清平调》中曾以瑶台仙子比杨贵妃,李纨则在此借以感慨元妃省亲如仙子下凡,对贾府来说是一大幸事。尾联"名园一自邀游赏,未许凡人到此来",则言自从蒙恩受邀游赏后,这座名园就不是一般人可以涉足的了,暗寓牵涉皇家之省亲别墅的尊贵。此诗或凑合前人旧句,或借用唐诗熟事,平妥稳当有馀而文采风力不足。

李纨虽创作力不强,却绝非庸碌之人,相反因颇具修养又兼理智公允而成为评诗的专家。她具有很高的艺术鉴赏能力,能从多种角度、多种风格去评价诗词创作,进而做出恰如其分的评论和极为公道的裁断,正如宝玉所说"稻香老农虽不善作却善看,又最公道,你就评阅优劣,我们都服的"。这可在诗社几次吟咏后李纨的评断中看出。如第三十七回的《咏白海棠》先是探春和宝、黛、钗四首,后有湘云和韵二首。黛玉的《咏白海棠》"偷来梨蕊三分白,借得梅花一缕魂",集中了梨蕊和梅花的洁白与芳香,虽然典出宋卢梅坡《雪梅》的"梅须逊雪三分白,雪却输梅一段香",却更为生动传神。而宝钗则在"珍重芳姿昼掩门"中表现了她对自己豪门千金身份十分矜持的态度。李纨精准地分析了宝钗、黛玉二人诗作的风格特点,认为宝钗的诗"含蓄浑厚",黛玉的诗"风流别致",各有千秋,并在宝玉等人为林黛玉的"风流别致"所折服的情况下,坚持理性的思考,从传统诗论及道德的角度将宝钗"含蓄浑厚"的诗推举为第一。有人说李纨的这种评价是受其封建卫道士思想的影响而刻意扬薛抑林,其实并不尽然。第三十八回"林潇湘魁夺菊花诗"的《菊花诗》十二首,名列榜首的前三首诗,竟然都是黛玉的作品。李纨在品评咏菊诗时,对于黛玉诗作的新颖奇巧大加赞赏和推崇,说"今日公评":《咏菊》第一,《问菊》第二,《菊梦》第三,题目新,诗也新,立意更新,恼不得要推潇湘妃子为魁了。"证实了她确实具有不拘一格的审美风格和公允的评判态度。又如,在第五十回芦雪广联诗时,为了避免"扭用",宁可缺韵也及时叫停的做法,可以看出她对待学问的严谨态度。

  李纨严谨但不迂腐,擅长用理性思维对诗作进行严密推证,而后得出客观的评价。如第五十一回中,在宝琴的怀古诗受到宝钗质疑时,李纨的辩护之词可看出其不凡的见识:

  李纨又道:"况且他原是到过这个地方的。这两件事虽无考,古往今来,以讹传讹,好事者竟故意的弄出这古迹来以愚人。比如那年上京的时节,单是关夫子的坟,倒见了三四处。关夫子一生事业,皆是有据的,如何又有许多的坟?自然是后来人敬爱他生前为人,只怕从这敬爱上穿凿出来,也是有的。及至看《广舆记》上,不止关夫子的坟多,自古来有些名望的人,坟就不少,无考的古迹更多。如今这两首虽无考,凡说书唱戏,甚至于求的签上皆有注批,老少男女,俗语口头,人人皆知皆说的。况且又并不是看了'西厢''牡丹'的词曲,怕看了邪书。这竟无妨,只管留着。"

可见正是因为有了她,才使闺中诗社增强了自觉性和理性的色彩,也才能使得诗社活动有序而和睦地进行。

她具有清雅别致的生活情趣。例如诗社里惩罚作诗不好的人,本来是个难题,李纨却能想出别出心裁的点子。宝玉赛诗失利,李纨派宝玉去栊翠庵向妙玉讨红梅,以示惩罚。这一任务既能使宝玉欣然接受而又雅致不俗,可谓创意高明。她准备好"美女耸肩瓶"来插红梅,以及用"大荷叶式的翡翠盘子"盛各色折枝菊花等细节,从质地、造型和色彩的搭配等方面,也可以看出李纨审美观的高雅独到。

《红楼梦》以兰梅竹菊四君子来比喻李纨的才情。其子名"兰",与兰花相依相伴,写她的幽芳高洁;居于"竹篱茅舍",写她的节操和虚心;自采秋菊,写她"人比黄花"的美好,也写她"悠然南山"的超然;雪中寻梅,写她的清雅与傲骨。古代知识分子以"琴棋书画养心,梅兰竹菊寄情",这在《红楼梦》中都有充分的体现。金陵十二钗虽是女子,但在他们身上也体现了文人士大夫的志趣和追求。比如,探春和李纨都是书卷气较浓的女子,但探春的秋爽斋洋溢着一种"兼济天下"的气概,而李纨的稻香村则飘散着一种"独善其身"的韵致。

李纨结局

与宝钗一样,李纨也是到第一百二十回还健在的玉字辈媳妇。李纨的归宿众说纷纭,有诸如"积德致福"说、"苦尽甘来"说、"老寡妇"说、"贾兰富贵后即卒"说、"晚年丧子"说、"老来富贵"说、"孀居以终"说等。但是究竟曹雪芹为李纨所设计的结局是怎样的呢?这还要从作为全书线索谶语的第五回寻找答案。

在十二支《红楼梦曲》中,李纨的一首名为《晚韶华》,词曰:

  镜里恩情,更那堪梦里功名!那美韶华去之何迅!再休提绣帐鸳衾。只这带珠冠,披凤袄,也抵不了无常性命。虽说是,人生莫受老来贫,也须要阴骘积儿孙。气昂昂头戴簪缨,气昂昂头戴簪缨;光灿灿胸悬金印;威赫赫爵禄高登,威赫赫爵禄高登;昏惨惨黄泉路近。问古来将相可还存?也只是虚名儿与后人钦敬。

此曲概括了李纨一生的枯荣变化。曲名《晚韶华》寄寓了"夕阳无限好,只是近黄昏"之意,昂扬显赫中伴有无奈的凄苦。首句"镜里恩情"指李纨早年守寡;"梦里功名"似指贾兰"爵禄高登"后她即死去。"那美韶华去之何迅,再休提绣帐鸳衾",指李纨在独守空闺中青春年华逝去。"只这带珠冠,披凤袄,也抵不了无常性命"一句是说待到李纨可以母凭子贵、安享诰封荣华之时,死期却也临近,这是得不偿失的。"虽说是,人生莫受老来贫,也须要阴骘积儿孙"至"昏惨惨黄泉路近"。这几句是说,李纨因守节,品德无亏而福及后代、荫及子孙,加之教子有方,使贾兰"头戴簪缨"、"胸悬金印"吐气扬眉地高登爵禄。但是这时的她已耗尽心血、黄泉路近。"问古来将相可还存?也只是虚名儿与后世钦敬。"最后一句是说李纨本来大可不必因望子成龙而呕心沥血。

  总结曲词中的义项,可知因贾兰登科,李纨应有晚来富贵,但是不久后即卒,并未享有多少荣华和清福。这种结局一方面是作者对李纨这一品行完美之人一生不幸的补偿,另一方面也是对于封建传统价值观念的无情嘲弄。在后四十回中,"兰桂齐芳,家道复初"的构思只暗示了李纨会在贾兰中举后穿戴了"凤冠霞帔",却没有提到她"黄泉路近"的不幸结局。

  从贾府媳妇群像系列的意义上来看,李纨孤苦的一生应该是薛宝钗在宝玉出家后闺怨生活的写照,是贾府"寡妇奶奶"的代表与模型。李纨的"晚韶华"与宝钗的"女儿愁"如出一辙。李纨的"镜里恩情",与宝钗的"对镜晨妆颜色美",以及她"青春已大守空闺"的情境相似。李纨的"梦里功名",与宝钗的"悔教夫婿觅封侯"异曲同工。

程甲本在李纨、贾兰的绣像后刻有一首诗,题为《稻香老农》:"抱得松筠操,青青耐早霜。鸾飞孤月影,桂发一枝香。爱雪邀开社,追凉玩插秧。教儿知稼穑,妇德自流芳。"可谓对李纨的总体评价。时人对李纨赞美有加,但曹雪芹对她却是充满悲悯的。李纨是金陵十二钗中悲剧开始最早的一个,在她接受"女子无才便是德"的训诫时,在她丧夫新寡时,这个不幸女子的悲剧就已开始。但最值得我们同情与深思的是,即使身着"凤冠霞帔",花香情韵却与之擦肩而过。十二金钗各有各的不幸,而李纨终其一生固守着自己的不幸,或许是她最大的不幸吧。

秦可卿——无力蔷薇卧晓枝

秦可卿是金陵十二正钗的最后一位,也是最早死去的一位。尽管小说中文字不多,但对这一形象的看法却纷纭复杂。这位秀外慧中的少妇,与警幻仙姑之妹可卿藕断丝连,扑朔迷离;在外貌上又兼有宝钗、黛玉之美。《红楼梦》在前十几回秦氏所活跃的时空中,与王熙凤相互映衬,从各个方面写其香艳,以及由美貌引起的风情韵事;也从各个方面写其心智,以及由思虑引起的致命伤痛。秦可卿形象的特点可用宋代秦观《春日》的一句诗来描述,即"无力蔷薇卧晓枝"。

可卿身份

秦可卿是宁国府中贾蓉的媳妇,贾珍和尤氏的儿媳,贾敬的孙媳妇。从辈分上看,虽然不是直系,但她是贾母的重孙媳,小说强调说,可卿是贾母"重孙媳中第一个得意之人"。

秦可卿出身寒门薄宦之家,是营缮郎秦业(也作"秦邦业")的养女,是从育婴堂抱来的弃婴,弟弟秦钟是秦业的亲生儿子。小说第八回介绍:"他父亲秦业现任营缮郎,年近七十,夫人早亡。因当年无儿女,便向养生堂抱了一个儿子并一个女儿。谁知儿子又死了,只剩女儿,小名唤可儿,长大时,生的形容袅娜,性格风流。因素与贾家有些瓜葛,故结了亲,许与贾蓉为妻。那秦业至五旬之上方得了秦钟。"营缮郎是怎样的官职呢？清代官署中没有同名的设置，与之接近的有"营造司"和"营缮清吏司"，分属内务府和工部，主管修建工程。设郎中、员外郎等职务，分管各项事务。秦家的经济状况很不景气，秦钟要去贾府的私塾念书，父亲想给老师贾代儒送一点见面礼，还要"东拼西凑"，才"恭恭敬敬封了二十四两赘见礼"。尽管如此，秦可卿和秦钟的人品在贾府却深受赏识，"众人素爱秦氏，今见了秦钟是这般人品，也都喜欢"，但是他们毕竟生在"寒门薄宦之家"，与贾府"这侯门公府之家"有着很大的差距。

关于秦可卿从养生堂抱来的问题，应属于作者构思上的考虑，目的是为了突出人物身世的可怜。这一点，可与香菱比较来看。小说第七回周瑞家的初见香菱，便笑着说："倒好个模样儿，竟有些像咱们东府里蓉大奶奶的品格儿。"又问香菱："你几岁投身到这里？"又问："你父母在何处？今年十几岁了？本处是哪里人？"香菱听问，都摇头说："不记得了。"周瑞家的和金钏儿听了，倒反为叹息伤感一回。小说第八回紧接着写了秦可卿被抱养的问题。《红楼梦》写了诸多值得悲悯的女子，襁褓中父母双亡的湘云，幼年丧母的黛玉，被赖大家用银子买来的晴雯等，而最可叹的莫过于香菱、可卿之类不知父母是谁的女子了。作者首先写了香菱，香菱自己不知父母是谁，但读者是知道的。她曾是甄士隐夫妇的掌上明珠，只是不小心遗失了。而秦可卿来自养生堂，是被遗弃的婴儿，遗弃比遗失更可怜。所以，说香菱有秦可卿的"品格儿"，也暗含了二人身世遭遇的相似之处。同时，也说明秦可卿的可怜可叹是甚于香菱的。

秦氏嫁给贾蓉，是贾母第一个得意的重孙媳。尽管家境相差悬殊，但这桩婚姻是符合贾母的择媳理想的。秦可卿在《红楼梦》中正式出场是在第五回。小说写宁府中梅花盛开，贾珍之妻尤氏请荣府中的贾母、邢夫人、王夫人等来赏花。书中特地强调："是日先携了贾蓉之妻，二人前来面请。"家宴之后，宝玉"欲睡中觉"，贾母命人安排，"贾蓉之妻秦氏"便主动接管了此事。小说借贾母的所思所想，反映了秦氏在她心目中的地位：

> 贾母素知秦氏是个极妥当的人，生的袅娜纤巧，行事又温柔和平，乃重孙媳中第一个得意之人，见他去安置宝玉，自是安稳的。

"重孙媳中第一个得意之人"，可见秦可卿在贾府的人缘。虽出身于寒门薄宦之家，但她"生的袅娜纤巧，行事又温柔和平"，从模样到性情，秦可卿作为第一得意之人，都无与伦比。同时，秦可卿是贾母选择媳妇之理想的集中体现。小说第二十九回，张道士给宝玉提亲时曾说："若论这个小姐模样儿，聪明智慧，根基家当，倒也配的过。"从模样、聪明，到家庭的富贵与否，道士说得已十分周到。而贾母却只说："不管他根基富贵，只要模样配的上就好，来告诉我。便是那家子穷，不过给他几两银子罢了。只是模样性格儿难得好的。"回顾前文，秦可卿是完全符合贾母标准的。然而，她也正是这一脱离现实的构想的牺牲品。封建时代的婚姻结构中，门当户对是一个刻度严明的坐标，尤其是贾府这样的公侯之家，一旦背离这个坐标，那"高攀"的人，需要付出很大代价，严重者甚至搭上一生的幸福。从表面上看，无论是婆媳关系，还是夫妻关系，可卿似乎都比凤姐的境遇融洽得多。她曾拉着凤姐的手，强笑道："这都是我没福。这样人家，公公婆婆当自己的女孩儿似的待。婶娘的侄儿虽说年轻，却也是他敬我，我敬他，从来没有红过脸儿。就是一家子的长辈同辈之中，除了婶子倒不用说了，别人也从无不疼我的，也无不和我好的。"作为儿媳妇，被"公公婆婆当自己的女孩儿"一样看待；作为妻子，她与丈夫相敬如宾到"从来没有红过脸儿"，这是令天下出嫁的女人望洋兴叹的事情。或许，凤姐听了可卿的幸福感言也会暗自产生一二分嫉妒。然而，正因如此，当秦氏的幸福在仓促间结束时，关于她的故事才更增添了悲剧感和震撼力。

所以,作者在塑造秦可卿形象时,为增加婚后的矛盾冲突,特意为她设置了一个与贾府的门第相差甚远的家庭出身,安排了一个恋风流而不读书的弟弟,也为她的命运悲剧埋下了伏笔。

可卿之貌

可卿长相如何?从贾母的视角可见,"袅娜纤巧"的好模样,再加上"温柔和平"的好性情,这是秦可卿给读者的总体印象。从她婆婆尤氏的口中可知,"再要娶这么一个媳妇,这么个模样儿,这么个性情的人儿,打着灯笼也没地方找去"(第十回)。

也许曹雪芹担心读者不能领会秦可卿的美,又举出几例着墨较多的美女,加以补充映衬。首先是黛玉和宝钗,秦可卿与警幻仙姑之妹可卿似乎是一个人,乳名"兼美",即兼有钗黛之美,"其鲜艳妩媚,有似乎宝钗,风流袅娜,则又如黛玉"。在宝玉的感觉中,黛玉的香气是暖的,宝钗的香气是冷的,可卿的香是甜的。小说中,她的房间里"有一股细细的甜香袭人而来",让宝玉觉得"眼饧骨软,连说好香"。其次是香菱,小说第七回写香菱出现在贾府,人们都说她像"东府里蓉大奶奶"。甲戌本夹批指出:"一击两鸣法,二人之美,并可知矣。再忽然想到秦可卿,何玄幻之极。假使说像荣府中所有之人,则死板之至,故远远以可卿之貌为譬,似极扯淡,然却是天下必有之情事。""玄幻",戚序本作"灵妙","何灵妙之极",似更容易理解。香菱的体貌,小说曾借贾琏的垂涎,来写她"出挑的标致",以及"好齐整模样"。钗黛之美,从兴儿的话语中可知是让人生畏的,以至下人们"不敢出气,是生怕这气大了,吹倒了姓林的,气暖了,吹化了姓薛的"。而香菱之美则有平易亲切之感,足见秦可卿有一种雅俗共赏的美。

小说让可卿姓秦,除了借秦观字"太虚"与太虚幻境暗合之外,另有寓意。小说提及秦可卿这一人物，常用的称谓是"秦氏"。而"秦氏"，暗合秦罗敷，以此表现她的美丽。汉乐府《陌上桑》曾云："日出东南隅，照我秦氏楼。秦氏有好女，自名为罗敷。"写秦罗敷的美貌采取了侧面烘托的笔法，即："行者见罗敷，下担捋髭须。少年见罗敷，脱帽着帩头。耕者忘其犁，锄者忘其锄。来归相怨怒，但坐观罗敷。"诗歌通过行者、少年、耕者、锄者的忘情，生动地描绘了罗敷摄魂捉魄的美丽。《红楼梦》中也有写"东南隅"的句子，如第一回"当日地陷东南，这东南一隅有处曰姑苏"，似亦有化用《陌上桑》诗句的迹象。

秦氏是"花容"最鲜艳的人，也是最"惜花"的人。《红楼梦》第七回，甲戌本的回前诗曰："十二花容色最新，不知谁是惜花人？相逢若问名何氏，家住江南姓本秦。"戚序本上也有相同的回前诗，只是"名何氏"作"何名氏"。这是脂砚斋的批语，也是他的读书体会。第七回写了周瑞家的从薛姨妈处拿来十二枝宫纱花，送给十二钗中住在荣府的几位女子。虽然她没有见到秦可卿，但却间接写到她。姑且沿着周瑞家的送花路线，追踪一下究竟"谁是惜花人？"先写宝钗不爱花，方有送花事起。送花过程中依次写了迎春、探春、惜春，都没有对花表现出爱惜来。周瑞家的进入凤姐院中，作者写道："平儿听了，便打开匣子，拿了四枝，转身去了。半刻工夫，手里拿出两枝来，先叫彩明吩咐道：'送到那边府里给小蓉大奶奶戴去。'"接着又写周瑞家的把最后两枝花送到了黛玉处，黛玉没有接花，还冷笑着说："我就知道，别人不挑剩下的也不给我。"如此看来，周瑞家的自始至终，没有遇到一个热情相待，珍惜宫花的女孩子。而从后文来看，由凤姐送出的两枝宫花却相反得到了没有出场的秦氏喜爱。从内容上看，这里写出了凤姐与秦可卿的亲密关系；从艺术角度上看，对于秦氏的不写之写，可谓弦外之音。秦氏是"十二花容色最新"的人，也是最"惜花"的人。可是"花容月貌"的秦氏却并没有得到应有的珍惜，也没有像《陌上桑》中的秦罗敷那样，机智地避免美貌所带来的困扰。这也是名为"秦氏"的反讽之处。

《红楼梦》强调红颜薄命,对美女常从"病"上来写。未婚女孩的病,像黛玉、宝钗、晴雯等,多从心肺上写,又往往会联系情思和心病;而已婚女子的病,如秦可卿、王熙凤、香菱等,则从气血上写,作者每每强调这些病都与她们的情绪、思虑有关,甚至影响到生育和子嗣问题。秦可卿"经期有两个多月没来。叫大夫瞧了,又说并不是喜"。她所服的"益气养荣补脾和肝汤",以及说出"昨日老太太赏的那枣泥馅的山药糕,我倒吃了两块,倒像克化的动似的"这样的话,都显示出气血不调的症状。可卿在病榻上念念不忘的是"公婆跟前未得孝顺一天,就是婶娘这样疼我,我就有十分孝顺的心,如今也不能够了"(第十一回)。不孝有三,无后为大。婚后不能生子,这在封建社会,尤其是贾府这样一个大家族里,是身为长媳者的"不孝",自然也是这位标致而又要强的女人十分敏感的隐痛。因而,若从病态美的角度来思考,秦可卿的病与林黛玉的病相比,黛玉的"病容愈觉胜桃花"(明义《题红楼梦》),既表现了她的美,又写了她的情,同时体现了爱情悲剧的意蕴;而可卿"治得病治不得命",既表现了她可人的病态,又写了她要强的心性,同时也隐含了家族悲剧的意蕴。

可 卿 之 情

秦可卿的情感世界,就如她的出身和死因一样复杂。她虽是"重孙媳中第一得意之人",却充满了失落之感。小说所集中反映的,既有幻境之女"意淫"理想的失落,也有寒门之女"要强之心"的失落。

小说写道,"秦氏是个极妥当的人",但这"极妥当"的背后秦氏所付出的艰辛,小说却并未多写,仅仅是用含蓄的笔墨,揭示了这位"第一个得意之人"的失意之处。俗话说,人无远虑,必有近忧。秦可卿的忧虑,恰恰是因为她不能安享眼前的荣华富贵,偏偏有深谋远虑。她的多思导

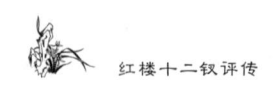

致她多病,以致积郁成疾,不可救药。小说集中从两个方面来反映这种失落。

其一,幻境之女"意淫"理想的失落。曹雪芹对秦可卿形象是有所偏爱的,他为可卿而增删改订的过程,在脂批中已有说明。例如,甲戌本上第十三回结尾处有一条眉批:"此回只十页,因删去天香楼一节,少却四五页也。"还有一层更为重要的原因是,作者采用虚实相生的笔墨,在太虚幻境中出现她的影子,为这一艺术形象笼罩上一层朦胧的雾霭。要穿云破雾,不能回避的问题是秦可卿和警幻仙姑的妹妹是否同一个人。如果完全否认,则无法解释前后文的一些虚实照应。例如,第十一回,宝玉跟凤姐去看望秦氏,小说写道:

> 宝玉正眼瞅着那《海棠春睡图》并那秦太虚写的"嫩寒锁梦因春冷,芳气笼人是酒香"的对联,不觉想起在这里睡晌觉梦到"太虚幻境"的事来。正自出神,听得秦氏说了这些话,如万箭攒心,那眼泪不知不觉就流下来了。

"太虚"是宋代词人秦观的字,他还有一字"少游",曹雪芹强调"太虚",似乎有意将"秦氏"与"太虚幻境"连在一起的。而宝玉将现实与梦境的对比,也是对二者的呼应。笔者认为这两个艺术形象是二支而同源的,正如"绛珠仙子"与林黛玉一样。不过,与黛玉不同的是,从仙界的甘露到人间的眼泪,黛玉的情感始终在形而上的精神层面,即"意淫"的体贴;而仙女"可卿",则与宝玉未免"云雨之事",且"柔情缱绻"。如何看待这一情节呢?是否真的说明秦氏与宝玉有越轨的行为?我们应从这件事的起因、结果和背景三个角度来看。

看起因,"可卿"仙女是被警幻安排去陪伴宝玉的,而警幻仙姑则是受"宁荣二公之灵"的嘱托,对这唯一"略可望成"的嫡孙宝玉予以关照。

"先以情欲声色等事警其痴顽",目的是让他"入于正路"。仙姑秉承着对宝玉"规引入正"的使命,采取了一种以淫治淫,以毒攻毒的办法,而具体执行者是她的妹妹"可卿"仙女。看结果,正当宝玉"与可卿难解难分",携手游玩之时,走到了"荆榛遍地,狼虎同群"的迷津,警幻再一次出现告诉宝玉:"此即迷津也",让他"作速回头要紧!"在一声"可卿救我"的喊声中,宝玉之梦方醒。看背景,与"绛珠仙子"的神话不同,神话中含有现实中人对生活的一种天真的解释和美丽的向往,所以黛玉之"还泪","绛珠"的幻形中真实的成分较多;而"可卿"仙子的存在既是在仙境,又是在梦境,可以说是梦中的仙境,所以虚幻的成分更多。在太虚幻境中,她乳名兼美字可卿,兼有黛玉的"袅娜"和宝钗的"妩媚",而这种"兼有"的特征,绝不仅仅单纯指外表,亦有思想之存在。她劝宝玉"留意于孔孟之间,委身于经济之道",俨然重"礼"的宝钗的口吻;她推崇的"如尔则天分中生成一段痴情,吾辈推之为'意淫'",又宛若重"情"的黛玉的心声。由此,似乎可以推论,宝玉梦见"兼美"的女子,或许是现实中宝黛钗婚恋的幻影,宝玉借"可卿"的幻形,做了一场由甜蜜到恐怖的"幽梦"。梦醒之后,他将更多的心思花在"意淫"上,作者通过一件件体贴女儿之事,以皴染他的"爱博而心劳"。她所生活的宁府,贾珍、贾蓉之流"恨不能尽天下之美女供我片时之趣兴,此皆皮肤淫滥之蠢物耳"。警幻仙姑所唾弃的,她在现实中都亲历了,所以大为失落。

　　从作者的原意来看,可卿的病是他要着力渲染的,因为他所钟爱的女性形象几乎都要以病来体现美。只是在写到可卿之死时,原稿中安排了上吊,后来改为病死。值得注意的是,与秦可卿的死因相比,她的病因似乎更为重要,更有助于我们挖掘这一形象的情感世界。上述种种失落,无一不是引发和加重可卿病情的原因。张锦池先生认为:"秦可卿不是个饱暖思淫欲的淫妇;她是个有心计,有手腕,有封建'治才'的女性;她的羞愤自缢,反映了她耻于聚麀而又无法摆脱这一厄运的精神苦闷。"

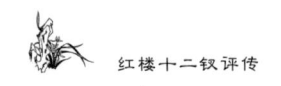

(《红楼十二论》)此说很有道理。秦可卿的幻形之身"兼美"是倡导"意淫"的仙女,而在凡间的"小蓉大奶奶"要忍受的恰是"皮肤淫滥"的纠缠。虚与实、雅与俗、美与丑的对比,使她陷入极度的失落和郁闷。

其二,寒门之女"要强之心"的失落。《红楼梦》中写秦可卿的笔墨并不多,但写到她的性格时,作者用了"孝顺""和睦""慈爱"等美好的词语。尤其是她死时,贾府老少的反应,给读者留下了深刻的印象:"那长一辈的想他素日孝顺,平一辈的想他素日和睦亲密,下一辈的想他素日慈爱,以及家中仆从老小想他素日怜贫惜贱、慈老爱幼之恩,莫不悲嚎痛哭者。"(第十三回)孟子曰:"爱人者,人恒爱之。"感情的反馈有时并非是对等的,可卿能赢得贾家上下如此厚爱,她的投入一定是成倍的。从表面上看,可卿给人的总体印象是温顺柔弱的。然而,一个不过二十岁(她去世时贾蓉二十岁)的女子,在嫁到宁府有限的时间里,便能让那么多人感受到她的"怜贫惜贱、慈老爱幼之恩",这与她的出身有关,与她的志向也不无关系。她温柔的外表下,其实蕴藏着一颗"要强的心"。小说曾直接或间接地强调了这一点。直接描写,是她自己的道白,"这如今得了这个病,把我那要强的心一分也没了。"间接表现,是给她看病的张友士的评价:"据我看这脉息:大奶奶是个心性高强聪明不过的人;聪明忒过,则不如意事常有;不如意事常有,则思虑太过。"

所谓"要强",指一个人的好胜心强,不肯落在别人后面。那么,秦可卿要的是什么强呢?虽然她自己口头上的遗憾是没有对长辈尽"孝顺的心",但从前后文来看,似乎远不止于此。《红楼梦》第十三回结尾处,一些抄本上写有两句篇尾诗,即"金紫万千谁治国,裙钗一二可齐家"(甲戌、庚辰、己卯等本有此诗)。这虽是用来形容凤姐的理家才能,但"治国"和"齐家",又何尝不是可卿"要强"的因素呢?如果把诗歌的含蓄之意落实的话,在贾府可以"齐家"的"裙钗"中,除王熙凤外,秦可卿也应是能数得上的,遗憾的是她像流星一样过早地陨落了。看病的大夫说她"是个心性高强聪明不过的人;聪明忒过,则不如意事常有",联想王熙凤的曲子《聪明累》,其中"机关算尽太聪明,反算了卿卿性命。生前心已碎,死后性空灵。家富人宁,终有个家亡人散各奔腾"等句子,似乎也可以用来表现秦可卿的心性和她对贾府兴衰的牵挂。在"心性高强""聪明忒过"这一点上,可卿和凤姐的确有相似之处。

小说第八回,从回目来看是写钗玉初逢,黛玉半含酸。但若将头尾内容联系起来看,则是秦可卿家事的正文。开头写秦钟"人品行事,最使人怜爱",结尾由秦钟写到他的父亲和姐姐秦可卿,尤其是他的家境:

> 那秦业至五旬之上方得了秦钟。因去岁业师亡故,未暇延请高明之士,只得暂时在家温习旧课。正思要和亲家去商议送往他家塾中,暂且不致荒废,可巧遇见了宝玉这个机会。又知贾家塾中现今司塾的是贾代儒,乃当今之老儒,秦钟此去,学业料必进益,成名可望,因此十分喜悦。只是宦囊羞涩,那贾家上上下下都是一双富贵眼睛,贽见礼必须丰厚,容易拿不出来,又恐误了儿子的终身大事,说不得东拼西凑的恭恭敬敬封了二十四两贽见礼,亲自带了秦钟,来代儒家拜见了。然后听宝玉上学之日,好一同入塾。

"营缮郎"这一官职是很寒微的,单就"东拼西凑的恭恭敬敬封了二十四两贽见礼",足见其"宦囊羞涩"了。在这样一个寒门薄宦的家庭,父亲对儿子的功名举业之事,还是寄以厚望的。而秦可卿所嫁的贾府则与之有天壤之别,贾珍说她"一天穿一套新的,也不值什么";凤姐劝她"别说一日二钱人参,就是二斤也能够吃的起"。两相比较,如何让可卿坐享安宁呢?她见到宝玉就与自己的兄弟比,由衷地希望秦钟能长进光耀门庭。一旦知道弟弟不好好读书,可卿的焦急是可想而知的。

关于可卿父亲的姓名和官名,脂砚斋的解释完全从"孽海情天"(第五回太虚幻境宫门的横批)四字出发,认为:"妙名,业者孽也;盖云情因孽而生也。"还指出:"官职更妙,设云因情孽而缮此一书之意。"秦可卿的父亲名"秦业",她的弟弟秦钟字"鲸卿","秦"与"勤""鲸"与"精"同音,父子的名字加在一起,笔者认为应含有"业精于勤而荒于嬉"的意思。当然,以前有研究者认为,"秦"是"情","业"是"孽",秦钟是"钟情"之意,而秦可卿则是"情可轻",如清代姚燮《大某山民总评》曾云:"秦,情也。情可轻而不可倾,此为全书纲领。"从"情"的角度看待秦氏一家,固然可讲得通。但笔者认为,秦可卿从病时的"要强",到死时的"托梦",都与家业有关。此"情"似乎更应从风月之外去看,从家业的兴衰去看,所以,秦氏父子的名字,从励志的寓意去解,也不无道理。

秦钟得以到贾家的学堂上学,是令可卿欣慰的事。然而,她始料不及的是,秦钟与宝玉却"不因俊俏难为友,正为风流始读书"。顽童闹学堂,反映最强烈的不是贾政,而是秦可卿。金荣挨了欺负,他的姑母贾璜之妻金氏,到宁府来"向秦氏理论"。尤氏接待了她,叙起了可卿的病情和为人:

"你是知道那媳妇的:虽则见了人有说有笑,会行事儿,他可心细,心又重,不拘听见个什么话儿,都要度量个三日五夜才罢。这病就是打这个秉性上头思虑出来的。今儿听见有人欺负了他兄弟,又是恼,又是气。恼的是那群混帐狐朋狗友的扯是搬非、调三惑四的那些人;气的是他兄弟不学好,不上心念书,以致如此学里吵闹。他听了这事,今日索性连早饭也没吃。我听见了,我方到他那边安慰了他一会子,又劝解了他兄弟一会子。我叫他兄弟到那边府里找宝玉去了,我才看着他吃了半盏燕窝汤,我才过来了。婶子,你说我心焦不心焦?"

尤氏这番话,道出了可卿的性格,能说会道,心思却又细又重,而其病因,"就是打这个秉性上头思虑出来的"。可卿是一个很有责任感的人,最令她焦虑的是弟弟不读书上进。小说写"金氏听了这半日话,把方才在他嫂子家的那一团要向秦氏理论的盛气,早吓的都丢在爪洼国去了",可卿的人格魅力,让告状的人都同情,都被感动了。这段文字采取了欲擒故纵的写法,从金氏的视角看可卿的品格。

与凤姐内外都逞强不同的是,秦可卿是一个外表温柔,内心却十分要强的人,但在贾府表面上越"得意",内心却越忧虑。在贾府的女子,不仅要自己尊贵,更要娘家尊贵。当权者,从贾母、王夫人,到王熙凤,无一例外,而邢夫人、尤氏则相形见绌,赵姨娘更是令亲生女儿都认为她"阴微鄙贱"。"伤过太真乳的木瓜"虽是游戏之笔,也可启发读者拿她与杨美人相比。贵妃一人得幸,而使"姊妹兄弟皆列土",其堂兄杨国忠荣登右相宝座,兼吏部尚书等要职。宝玉曾拿宝钗与杨贵妃相比,招致宝钗的反唇相讥:"我倒像杨妃,只是没一个好哥哥好兄弟可以作得杨国忠的!"虽是一时快语,也可见出即使贵为皇商之家的薛宝钗也在感叹娘家"没一个好哥哥好兄弟"令门户生辉,更何况寒门薄宦出身的秦可卿?如果说,在婆家遭遇淫威让她有苦难言,那么弟弟秦钟"闹学堂"一事给她的打击无疑是向受伤的心灵上再撒一把盐,加重了她的心病。

可卿之才

"大梦谁先觉?平生我自知,草堂春睡足,窗外日迟迟。"这是《三国演义》刘备三顾茅庐的情节中,孔明醒时所吟之诗,这里也可借来形容秦可卿。可卿房中墙壁上有唐伯虎画的《海棠春睡图》,两边有秦太虚的一副对联:"嫩寒锁梦因春冷,芳气笼人是酒香。"画面意在描写可卿春睡,表现她的睡态之美,同时也是在表现她的醒,写她在诸多《红楼梦》中人

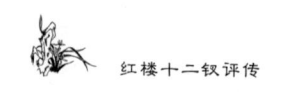

中属于先知先觉者。

作为侯门之媳,秦可卿最早感受到了"盛筵必散"的先兆,她是荣宁二府中最早居安思危的人,其预见能力集中反映在托梦之事上。秦可卿临终前,作者写她为贾家的事而死不瞑目,特向凤姐托梦。甲戌本第十三回回后,脂批写道:

> 秦可卿淫丧天香楼,作者用史笔也。老朽因有魂托凤姐贾家后事二件,嫡是安富尊荣坐享人能想得到处?其事虽未漏,其言其意令人悲切感服。姑赦之,因命芹溪删去。

这条批语中的"史笔",可以从两个角度来理解,即直笔和曲笔。史笔的本意指史官直言记叙历史的笔法,"其文直,其事核,不虚美,不隐恶",应属直笔。不过,中国古代的史学家常用微言大义的春秋笔法来写史,既写出历史真实又能远祸全身,因而,这种史笔便成了曲笔了。脂砚斋的批语中不乏对微言大义之春秋笔法的点评,如第四十五回在宝钗的正文"遂至母亲房中商议打点些针线来。……每夜灯下女工必至三更方寝"处,庚辰本的夹批写道:"写针线下'商议'二字,直将寡母训女多少温存活现在纸上。不写阿呆兄,已见阿呆兄终日醉饱优游,怒则吼,喜则跃,家务一概无闻之形景毕露矣。春秋笔法。"曹雪芹在褒扬宝钗孝顺的同时,让读者体悟到薛蟠的不孝,这种不写之写被脂砚斋视为"春秋笔法",属于曲笔。再来看十三回的"史笔",曹雪芹并非直接采用不写之写的方法,而是对"秦可卿淫丧天香楼"的情节,先直陈后隐去。所以他的"史笔",先是用的直笔,后来删去,则成了曲笔。正如同一回的眉批所云:"九个字写尽天香楼事,是不写之写。"对应的正文是:"无不纳罕,都有些疑心。"脂砚斋通过点评的方式提示了这段文字所隐含的家事和创作过程。史笔本应不虚美,不隐恶。但曹雪芹终因秦可卿"魂托"的善举,而隐去其"淫丧"的丑行。将秦氏早亡的意义从惩恶改成了扬善。

究竟是哪两件"贾家后事"令批书人为之"感服"呢？秦可卿在临终时对凤姐说："即如今日诸事都妥，只有两件未妥，若把此事如此一行，则后日可保永全了。"在凤姐的询问下，秦氏道出了对于贾家来说是继往和开来的两件事：

> 目今祖茔虽四时祭祀，只是无一定的钱粮；第二，家塾虽立，无一定的供给。依我想来，如今盛时固不缺祭祀供给，但将来败落之时，此二项有何出处？莫若依我定见，趁今日富贵，将祖茔附近多置田庄房舍地亩，以备祭祀供给之费皆出自此处，将家塾亦设于此。合同族中长幼，大家定了则例，日后按房掌管这一年的地亩、钱粮、祭祀、供给之事。如此周流，又无争竞，亦不有典卖诸弊。便是有了罪，凡物可入官，这祭祀产业连官也不入的。便败落下来，子孙回家读书务农，也有个退步，祭祀又可永继。若目今以为荣华不绝，不思后日，终非长策。

这段嘱托可谓瞻前顾后，"四时祭祀"是对祖业的考虑，"家塾供给"是对后代的筹划。既有物质的储备，又有教育的构想。而且，她还想到了即使有抄没家产的那一天，"这祭祀产业连官也不入的"，即使有败落那一天，"子孙回家读书务农，也有个退步，祭祀又可永继"。秦可卿的深谋远虑于此可见。脂砚斋提醒读者如此见解不是"安富尊荣坐享人能想得到"的，足见其对可卿的理解和认同。

可卿生前作者并没有给她很多的笔墨去表现其才干，但从她死后所得的口碑中可见一斑。可卿死时，贾珍的过度悲伤令举家起"疑心"是很自然的事。但贾珍含泪所说的那段话也反映出他对可卿才能的评价："合家大小，远近亲友，谁不知我这媳妇比儿子还强十倍。如今伸腿去了,可见这长房内绝灭无人了。"小说写"哭的泪人一般"的贾珍对贾代儒说了这番话后,"又哭起来"。作为公公,这固然有荒唐的成分,但从他对凤姐的首肯来看,足见其对可卿的才能应该是认可的。知子莫如父,试看贾蓉后来"脏唐臭汉"的言行,便知"媳妇比儿子还强十倍"的说法,并非夸张。可卿死后,宁府很快就续上了新的"蓉儿媳妇",所以贾珍说"长房无人"的"人"不是常人,而是可以继业的人。冷静体会,贾珍的哭诉似乎并非以声色之徒的眼光去看可卿的。

凤姐与秦可卿,因才情相当而情投意合。秦可卿病时,凤姐几次"眼圈儿红",第一次"凤姐儿听了,眼圈儿红了半天";第二次写"凤姐儿听了,不觉得又眼圈儿一红"。小说中写凤姐是一个十分坚强的人,她很少为别人流泪,而可卿是多次让她动容的人。秦可卿死后,她到灵前"放声大哭",清代王希廉《护花主人评》曰:"凤姐灵前大哭,是真哭不是假哭。秦氏灵动聪明,是凤姐知心,其情亦大略相似。惺惺惜惺惺,安得不恸?"这里的"惺惺惜惺惺",较为形象地道出了二人有一样的才干、一样受宠,又互相欣赏,但凤姐未必是可卿真正的"知心"。因为秦可卿有寒门的志向,以及对侯门的忧患,这些都是凤姐所无法理解的。正因为她不是"安富尊荣坐享人",所以她比身为贵胄又爱慕虚荣的王熙凤想得更多,看得更远。

可卿早丧情节有着重要的艺术效果。作者似乎对秦可卿的形象没有贬责,反而多有称赞,但又为什么安排她过早地死去呢?这恐怕出于表现主题、塑造人物等多方面的艺术构思。从文本来看,《好了歌》的注释,其实是在强调盛衰变幻的寓意。从评论来看,清代评点家在论及《红楼梦》主旨的时候,不少人谈到"盛衰"问题。秦可卿之死,作者集中笔墨,一石数鸟——以葬礼描写贾府的极端兴盛和富贵,以贾敬的冷漠反映富而不教的隐患,以凤姐的协理反映贾门后继乏人的危机。

首先,表现"烈火烹油"的富贵。"烈火烹油"是第十三回可卿托梦中的话:"眼见不日又有一件非常喜事,真是烈火烹油、鲜花着锦之盛。"可卿指的是"不日"元春被封为贵妃,进而省亲之事。诚然,元妃省亲是一件大喜事,而可卿之丧那四十九日间"宁国府街上一条白漫漫人来人往,花簇簇官去官来"的景象,同样也体现了一种"鲜花着锦之盛"。从第十三回到第十八回仅隔五回的篇幅中,作者紧锣密鼓地借宁府之丧和荣府之喜这一白一红两件大事,用铺张而奢华的笔墨,描绘了宁荣二府的繁盛。所以,写秦可卿丧事的意义是十分重要的。

王希廉《护花主人评》曰:"秦氏死后,不写贾蓉悼亡,单写贾珍痛媳,又必觅好棺木,必欲封诰。僧道推荐忏,开丧送灵柩,盛无以加,皆是作者深文。"可知清代评点家已看到作者在贾珍的种种反常之举中所蕴含的"深文",即是在表现"盛无以加"。脂砚斋曾在置办棺木情节的正文上面,写有眉批:"写个个皆知,全无安逸之笔,深得金瓶壶奥。"这里我们仅从"必觅好棺木,必欲封诰"两件事上,和《金瓶梅》中的相关描写加以对比。

在《金瓶梅》第六十三回李瓶儿的丧事场面描写中,并没有渲染棺木的板材,而是强调西门庆一定要在棺材内放置金银财物。小说写道:

> 西门庆交吴月娘,又寻出他四套上色衣服来装在棺内,四角安放了四锭小银子儿。依着花子由说:"姐夫倒不消安他在里面。金银日久,定要出世,倒非久远之居。"西门庆不肯,安放如故。放下一七星板,阁上紫盖,仵作四面用长命丁一齐钉起来。一家大小放声号哭。

相比之下,秦可卿的棺木不仅价值连城,而且来历不凡。小说写薛蟠来吊问,因见贾珍寻好板,便向他推荐了上好的棺木:

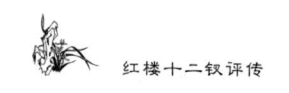

>"我们木店里有一副板,叫作什么樯木,出在潢海铁网山上,作了棺材,万年不坏。这还是当年先父带来,原系义忠亲王老千岁要的,因他坏了事,就不曾拿去。现在还封在店内,也没有人出价敢买。你若要,就抬来使罢。"贾珍听说,喜之不尽,即命人抬来。大家看时,只见帮底皆厚八寸,纹若槟榔,味若檀麝,以手扣之,玎珰如金玉。大家都奇异称赞。贾珍笑问:"价值几何?"薛蟠笑道:"拿一千两银子来,只怕也没处买去。什么价不价,赏他们几两工钱就是了。"贾珍听说,忙谢不尽,即命解锯糊漆。

尽管像花子由劝西门庆一样,贾政也劝贾珍:"此物恐非常人可享者,殓以上等杉木也就是了。"但小说写"贾珍恨不能代秦氏之死,这话如何肯听",于是秦氏就享用了这尊贵的棺木。

此外,《金瓶梅》还有西门庆为李瓶儿"铭旌"的写法煞费苦心:

>西门庆要写"诏封锦衣西门恭人李氏柩"十一字。伯爵再三不肯,说:"见有正室夫人在,如何使得?"杜中书道:"说曾生过子,于礼也无碍。"讲了半日,去了"恭"字,改了"室人"。温秀才道:"恭人系命妇,有爵;室人乃室内之人,只是个浑然通常之称。"于是用白粉题毕,"诏封"字贴了金,悬于灵前;又题了神主。

明清时妇女根据丈夫或子孙的官职品级受封赠,"恭人"是四品官的妻子。因为李瓶儿是西门庆的妾,所以不能享受正夫人的封赠。与《金瓶梅》情理之中的叙述所不同的是,秦可卿虽然享受了"恭人"的诰封,但贾珍的操作却是超乎情理的。《红楼梦》中写"贾珍因想着贾蓉不过是个黉门监,灵幡经榜上写时不好看,便是执事也不多,因此心下甚不自在"。于是不惜一千二百两银子,为贾蓉捐了个"五品龙禁尉"。这样,秦可卿的灵牌疏上皆写"天朝诰授贾门秦氏恭人之灵位",而灵前供用执事等物俱按五品职例。其实,按例而言五品官的妻子应叫"宜人",所以即使按贾蓉捐来的品级,秦氏也只能称"宜人",这里还是为了体面,而在旗幡、灵牌上将品级提高了一级。贾珍如此费心,要表现的不仅仅是可卿的风光,更要显示贾门的尊贵。两相比较,李瓶儿之死,写西门庆所体现出的是富有和实情,而可卿的葬礼上,写贾珍时作者极力要表现的是尊贵和虚荣。

其次,表现"富而不教"的隐患。清代周春在《红楼梦约评》中指出,"贾氏之弊,总在富而不教。"小说写贾珍的荒唐,也含蓄地指责了贾敬的失职。第十三回写:"那贾敬闻得长孙媳死了,因自为早晚就要飞升,如何肯又回家染了红尘,将前功尽弃呢,因此并不在意,只凭贾珍料理。贾珍见父亲不管,亦发恣意奢华。"儿媳之死,"贾珍哭的泪人一般",甲戌本的脂批评价说:"可笑,如丧考妣,此作者刺心笔也。"而真丧了考妣的时候,他又是如何料理的呢?第六十三回写了两个情节,即"寿怡红群芳开夜宴"和"死金丹独艳理亲丧",宝玉的生日宴会上,群芳齐聚。而贾敬去世,只有尤氏一人理丧事。一喜一忧,一热一冷,对比鲜明而又发人深省。《红楼梦》叙事常考虑到对比,贾敬的葬礼,近者,可以和宝玉的寿宴对比;远者,则与前五十回发生在宁府中的可卿葬礼遥相呼应。可卿的丧事,对棺木、灵位、治丧人都有精心的考虑,贾敬就似乎简化了许多。就棺木而言,贾敬的"寿木已系早年备下寄在此庙的,甚是便宜"。就排场而言,两者更有天壤之别。第十四回,作者用极为铺张扬厉的笔调描写了可卿的葬礼,渲染其富豪与显贵,祭奠的规格之高贵和阵容之浩大在书中是空前绝后的。规格之高贵,如送殡的有五位国公之孙和不可枚数的王孙公子。小说写道:

那时官客送殡的,有镇国公牛清之孙现袭一等伯牛继宗,理国公柳彪之孙现袭一等子柳芳，齐国公陈翼之孙世袭三品威镇将军陈瑞文，治国公马魁之孙世袭三品威远将军马尚，修国公侯晓明之孙世袭一等子侯孝康；缮国公诰命亡故，故其孙石光珠守孝不曾来得。这六家与宁荣二家，当日所称"八公"的便是。

这"八公"中，除了宁国公和荣国公，脂批暗示，这"镇国公、理国公、齐国公、治国公、修国公、缮国公"，无非是"修身、齐家、治国、平天下"的比附，而六国公的姓名其实是十二支，即十二属相的游戏之笔。甲戌本第十四回的回前评指出：

牛，丑也。清属水，子也。柳折（拆）卯字。彪折（拆）虎子（字），寅字寓焉。陈即辰。翼火为蛇，巳字寓焉。马，午也。魁折（拆）鬼，鬼金羊，未字寓焉。侯、猴同音，申也。晓鸣，鸡也，酉字寓焉。石即豕，亥字寓焉。其祖回（曰）守业，即守夜也，犬字寓焉。此所谓十二支寓焉。

针对"牛清""柳彪""陈翼""马魁""侯晓明""石光珠"等名字，这里需要补充的是，最后一个名字，"石光珠"，脂批指出其"石即豕，亥字寓焉"，其实，"珠"与"猪"音同，也寓亥字。结合十二生肖加以附会，十分有趣。无独有偶，还有四王府在路旁搭祭棚路祭。

小说写道：

走不多时，路旁彩棚高搭。设席张筵，和音奏乐，俱是各家路祭：第一座是东平王府祭棚，第二座是南安郡王祭棚，第三座是西宁郡王，第四座是北静郡王的。

以"东南西北"加"平安宁静",来构造王府的名称,体现出作者的美好愿望,自然也属于艺术想象。同样的笔墨在小说中并不少见,例如第五回中对可卿的居室描写。正如甲戌本上的侧批所说:"设譬调侃耳。若真以为然,则又被作者瞒过。"

吊唁和送殡的阵容也非常之浩大。小说第十三回写纷纷来吊唁的人:"只这四十九日,宁国府街上一条白漫漫人来人往,花簇簇官去官来。"第十四回写送殡的队伍:"一时只见宁府大殡浩浩荡荡,压地银山一般从北而至。"庚辰本脂批评价道:"数字道尽声势。"落款是"壬午春,畸笏老人"。而庚辰本第十四回回后又说:"此回将大家丧事详细剔尽,如见其气概,如闻其声音,丝毫不错,作者不负大家后裔。"是写实,还是夸张?虽多游戏之笔,其实现实感很强。与曹雪芹同时的亲密读者,一再向我们提示作者这些笔墨的用意,即是写"声势",以葬礼来写盛事。

如果说可卿的丧事,是泼墨如水,那么事隔五十回,到第六十四回贾敬的葬礼上,作者的描写可谓惜墨如金了。小说写道:

> 是日,丧仪焜耀,宾客如云,自铁槛寺至宁府,夹路看的何止数万人。内中有嗟叹的,也有羡慕的,又有一等半瓶醋的读书人,说是"丧礼与其奢易莫若俭戚"的,一路纷纷议论不一。至未申时方到,将灵柩停放在正堂之内。供奠举哀已毕,亲友渐次散回,只剩族中人分理迎宾送客等事。近亲只有邢大舅相伴未去。贾珍贾蓉此时为礼法所拘,不免在灵旁籍草枕块,恨苦居丧。人散后,仍乘空寻他小姨子们厮混。

与秦可卿的丧事相比,贾敬不仅棺木极为逊色,吊唁的门前冷落,主持者也不是特请的。但有一点值得注意,尤氏是唯一一个在秦可卿的丧事上未曾露面的人。可卿之丧,尤氏病在床上,事不关己一般;如今,宁府的又一件丧事,却由她一个人独当一面,可见当日是不为也,非不能也。两相对照,耐人寻味。国孝家孝在身,贾珍所想的依然是与"他小姨子们厮混"之事。"子不教,父之过",由贾敬看贾珍;"上梁不正下梁歪",由贾珍看贾蓉。尽管与可卿的葬礼相比,贾敬之丧的笔墨已简略了许多,或者说是惜墨如金,但作者引用了路人的议论"丧礼与其奢易莫若俭戚"却言约意丰。此语出自《论语·八佾》:"礼,与其奢也,宁俭;丧,与其易也,宁戚。""易"是轻慢的意思,全句是说丧礼与其奢侈而缺乏真情实感,还不如简朴而衷心悲戚。尽管"天子极是仁孝过天的",但贾珍对于父亲的"孝心"实在有限。他的悲戚和诚心的程度与当日儿媳之死的确相去甚远。

其三,表现了"无可继业"的危机。小说第五回警幻转述荣宁二公之灵的嘱托:"吾家自国朝定鼎以来,功名奕世,富贵传流,虽历百年,奈运终数尽,不可挽回者。故遗之子孙虽多,竟无可以继业。"秦可卿的丧事也从侧面反映了贾府这一忧患。庚辰本第十四回回后指出:"写秦氏死之盛,贾珍之奢,实是却写得一个凤姐。"所言极是。荣宁二府的男子尽管众多,但只是奢侈淫逸如贾珍、贾瑞者多。凤姐临危受命,也显出几分使命感来。而她果真能不辱使命吗?表面上她是有拨乱反正之势,但刚理顺了宁府,自己却去弄权,反背着丈夫公婆做行贿受贿、谋财害命之事。如果托梦给她的秦可卿泉下有知,也会扼腕痛惜的。

《红楼梦》第十六回的结尾是对第五回结尾的补充。第十六回写"秦鲸卿夭逝黄泉路",秦钟临死与宝玉诀别,甲戌、己卯、庚辰本等抄本上有一段话,后来的程甲等本子上给删掉了。这段话道出了秦钟的悔悟:"以前你我见识自为高过世人,我今日才知自误了。以后还该立志功名,以荣耀显达为是。"曾与女尼智能儿沉湎于彼此"风流""妍媚"的秦钟,临终时幡然悔悟,不应"瞻情顾意",而要"立志功名",但为时已晚。秦钟因流连风月而命丧黄泉,他把过来人的肺腑之言说给宝玉。再看第五回的结尾,当日秦可卿曾幻形成警幻仙姑的妹妹,在宝玉梦中以云雨淫事之恶来教育他,试图将他"规引入正"。但第五回可卿幻形显身没让宝玉觉悟,于是,第十五、十六回秦钟现身说法教育宝玉。将两回的情节对看可知,秦氏姐弟,谐"情"之音,实施情教,共同完成宁荣二公之灵对警幻仙姑的嘱托。随着秦可卿和秦钟在元春省亲之前匆匆辞世,贾府盛极而衰、后继乏人的末世之兆渐渐凸现出来。

可卿结局

秦可卿死了,她是十二金钗中死得最早的。虽然她死在曹雪芹的笔下,但关于她的文字却有不少争论。无论是病死、吊死,无论是为"情"、为"淫",她在令贾府老少惋惜的同时,更背负了骂名。古人常把"女人祸水论"用于一些有倾国倾城之貌的女子。而《红楼梦》给秦可卿的判词和曲子,似乎也含有这方面的内容,她的判词是:

画着高楼大厦,有一美人悬梁自缢。其判云:
情天情海幻情身,情既相逢必主淫。漫言不肖皆荣出,造衅开端实在宁。

这是宝玉在太虚幻境中所见判词的最后一首。第五回宝玉所经眼的"金陵十二钗又副册""金陵十二钗副册"和"金陵十二钗正册",三册中共阅览了与十五个女子相关的图画和判词。作者对这些诗画结合的谜语,并未直言谜底,但评点者对此竞相猜测。乾隆年间,脂批曾指出与晴雯、香菱、薛宝钗和林黛玉相关的判词。嘉庆初年,张汝执评本(评点时间为1800—1801)在程甲本上的眉批依次道出了判词所对应的女子,即晴雯、袭人、香菱、宝钗和黛玉、元春、探春、史湘云、妙玉、迎春、惜春、王熙凤、巧姐、李纨、秦可卿。至道光年间，王希廉的批语也依次指出了各幅图的具体所指，只是首尾两幅各写出了两个女子，即"又副册第一幅是晴雯、金钏等"；正册最后一幅"是秦氏，鸳鸯其替身也"。在此需要指出的是，因图画中"画着高楼大厦，有一美人悬梁自缢"，王希廉想到"鸳鸯"，只是强调了鸳鸯是秦氏的"替身"。可见，《红楼梦》刊行不久，嘉庆道光年间的评者不约而同地把第五回的最后一首判词的谜底，指向秦可卿。

这首判词前面的画面显示，小说起初的构思中秦可卿是"悬梁自缢"，后改为病逝。秦氏之死的寓意，与《金瓶梅》主旨的说法类似，有戒淫说，也有苦孝说。从甲戌本脂批透漏的修改记录来看，删掉了"秦可卿淫丧天香楼"的情节，胡适考证，恰与"王熙凤协理宁国府"对仗。又结合可卿死时给凤姐托梦，嘱托贾家两件要事，作者已经在亲友的建议之下，把可卿之死的意义，由"戒淫"改成了"苦孝"。

再来看四句诗。"情天情海幻情身"是说世间的风月之情如天空和大海般深广，无边的情思凝聚成一个仙境的幻形——"兼美"的伊人。"身"字存在版本差异，甲戌本原作"身"，后点改为"深"，卞藏本、程乙本作"深"，其馀版本皆为"身"。相比而言，"身"字比"深"富有意象感。"情天情海"与《好事终》中的结尾一句"宿孽总因情"结合起来，恰与太虚幻境中一座宫门上的四个大字相呼应，即"孽海情天"。"幻情身"应指《红楼梦》第五回中可卿幻化为警幻仙姑之妹的仙女之身形。"情既相逢必主淫"，似指可卿引诱宝玉梦游仙境，宝玉"依警幻所嘱之言，未免有儿女之事"。第五回写宝玉悉听警幻仙姑的训教："好色即淫，知情更淫。是以巫山之会，云雨之欢，皆由既悦其色、复恋其情所致也。吾所爱汝者，乃天下古今第一淫人也。"宝玉不敢谈及"淫"字，警幻仙姑指出"皮肤淫滥"与"意淫"的区别，"如尔则天分中生成一段痴情，吾辈推知为'意淫'。"一番情教之后，又劝宝玉"改悟前情，留意于孔孟之间，委身于经济之道。"为了不辜负"令祖宁荣二公剖腹深嘱"，警幻仙姑和她的妹妹可卿仙子，对宝玉,可谓动之以情,劝之以"淫"。"漫言不肖皆荣出",不要说不肖子孙都出自荣国府。"漫言",莫道,不要说。"造衅开端实在宁",作恶的开端实在应首推宁国府。"衅",事端;"宁",指宁国府。后两句合看,荣府中"古今不肖无双"的宝玉之"意淫",与宁府中的贾珍、贾蓉等"皮肤淫滥之蠢物"相比,"淫虽一理,意则有别"。

在十二支《红楼梦》曲子中,写秦可卿的一首名为《好事终》,即:

画梁春尽落香尘。擅风情,秉月貌,便是败家的根本。箕裘颓堕皆从敬,家事消亡首罪宁。宿孽总因情。

嘉庆初年的张汝执评本在《好事终》曲名上眉批写道:"秦可卿。"又在正文"箕裘颓堕皆从敬,家事消亡首罪宁。宿孽总因情"等句上,加眉批:"宁府因贾敬好道,以致箕裘颓堕。可知书中之福善祸淫,与甄宝玉之言忠言孝,自是作者本意。所以一切声色,其利总归一个幻字。"

《好事终》曲词,可以说是对秦可卿判词的呼应和补充。所谓"败家根本",字面上显然是在谴责这位美女的"风情"和"月貌",作者似乎也按传统看法,同样将"女人祸水论"沿用于秦可卿。但判词和《好事终》曲都没有止于此,而是将诗词主旨的重心落在"不肖"和"家事消亡"上,最后指责的焦点则在"宁"字上,"漫言不肖皆荣出,造衅开端实在宁"和"箕裘颓堕皆从敬,家事消亡首罪宁",都揭示出荣宁二府颓堕和消亡的原因。作者提醒我们不肖子孙并非都出自荣国府,其实开始作恶的首先在宁府。那么,这"造衅开端"写在秦可卿的词曲上,难道是应该由宁府里的秦可卿来承担罪责吗?非也。其实,与儿媳有乱伦关系的贾珍难逃干系,他的父亲贾敬也应承担"不教"之过。《好事终》曲子中说得更为具体,即"箕裘颓堕皆从敬"。"箕裘",指簸箕和皮袍,比喻祖先的事业。《礼·学记》:"良冶之子,必学为裘;良弓之子,必学为箕。"意思是说善于冶炼的

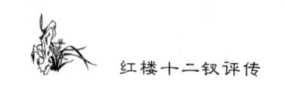

人家,其子弟必定先要学会缝补皮袍,以为铸铁、修补器具作准备;而善于造弓的人家,其子弟必定学会做簸箕,练习弄弯木竹等材料,以为弯弓做准备。"箕裘颓堕",指祖先的事业后继无人。这里的"敬"与下文的"宁"联系起来看,应指贾珍之父贾敬。"宿孽",即前世的罪过给今生带来的灾难,也应指前辈的罪过给后辈带来的灾难。秦可卿的曲子名为《好事终》,既写了这一位美女早夭的不幸,更为荣宁二府大厦的倾覆拉开了"好事终了"的序幕。

秦可卿的死因是"淫丧"(自缢),还是病故?目前能看到的《红楼梦》版本,在正文中写的是秦氏病故而亡。小说借助凤姐的叙事视点来表现秦可卿的病。第十一回,先是王夫人向尤氏问话:"前日听见你大妹妹说,蓉哥儿媳妇儿身上有些不大好,到底是怎么样?"说明王夫人得知可卿生病的信息来源是凤姐。后来又写凤姐两次探望可卿时的反应,一次是凤姐儿就紧走了两步,拉住秦氏的手,说道:"我的奶奶!怎么几日不见,就瘦的这么着了!"一次是凤姐"来到宁府,看见秦氏的光景,虽未甚添病,但是那脸上身上的肉全瘦干了"。从十一回的可卿发病、病重,到十三回病故,凤姐都亲历亲闻,感同身受。可卿之病重,在书中已是确切无疑的,而且第十一回凤姐去看秦可卿时已看出弥留的迹象了:

　　尤氏道:"你冷眼瞧媳妇是怎么样?"凤姐儿低了半日头,说道:"这实在没法儿了。你也该将一应的后事用的东西给他料理料理,冲一冲也好。"尤氏道:"我也叫人暗暗的预备了。就是那件东西不得好木头,暂且慢慢的办罢。"

从凤姐和尤氏的对话,不难看出,对可卿之死举家上下是早有思想准备的。可是到第十三回,当听到噩耗的时候,作者为什么要写"彼时合家皆知,无不纳罕,都有些疑心"呢?这段文字令人费解。也有一些版本,如戚序本、程乙本中,"疑心"作"伤心",似乎使上下文意更为通顺。清代徐凤仪在《红楼梦偶得》中指出:"第七回焦大骂中'连贾珍都说出来'七字,足襯可卿之魄。所以绘其缢死之由,一百十一回鸳鸯云:'他怎么又上吊呢!'词中亦有'画梁春尽'之句。阅者勿被瞒过。"这段论述是建立在将一百二十回通盘考虑的基础上的。从第五回可卿的判词,到第一百十一回写鸳鸯死时幻觉中遇到"东府里的小蓉大奶奶","拿着汗巾子好似要上吊的样子",想到"必是教给我死的法儿",可见后四十回的作者也已看到了可卿之死应与悬梁自尽有关,并对判词的画面有所照应。

种种疑团,当甲戌本等带有脂评的抄本受到关注的时候,似乎找到了解答的途径。借助脂砚斋的批语,可以了解到,病逝是在淫丧的基础上删节、净化的结果。如脂砚斋在甲戌本上的批语提到的曹雪芹曾在第十三回写有"秦可卿淫丧天香楼"的情节,后来删掉了,这一回也因此"少却了四五页"。但作者在修改的过程中,没有照顾到前面的判词,第十三回还留有合家"无不纳罕,都有些疑心"等初稿的文字,于是脂砚斋的眉批在此提醒读者:"九个字写尽天香楼事,是不写之写。"也许是作者"芹溪"听了"老朽"的劝说,把淫丧之事删去了,写成了病逝,但有些文字修订得还不够自然。

《红楼梦》塑造人物的立体感与典型性,在于衡量是非的标准没有单一的定式,既没有绝对的善人、好人,也没有绝对的恶人、坏人。正如作者开篇所宣称的,书中的几个人物都是"正邪两赋"(第二回),秦可卿也不例外。《红楼梦》思想的复杂深奥还表现在,读者在鉴赏过程中,对人物善恶的认识过程,常常被作者牵制而情不自禁地发生着变化。如果说王熙凤害死贾瑞是以恶惩恶,那么,秦氏的死应是以善惩恶。其父官职为"营缮郎","缮"与"善"谐音,从他东拼西凑也要让孩子读书,以及对秦钟的厚望来看,其家教中应不乏"善"的训导。如果秦可卿是一个潘金莲式的恶妇,那么,当丑事败露的时候,她不会率先自缢而死,或抑郁而亡。

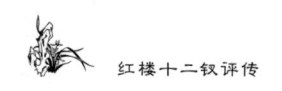

而目击者丫鬟瑞珠,也绝不可能在她死之后"触柱而亡"。而应是另外两种结果,或先被主子惩办了,或像庞春梅那样与主子同流合污。如果说秦可卿的"淫"是一件恶事,那么她的早丧,则变成了一件善行。这一善行,有主客观双重意义,主观上在自洗冤孽,客观上在警示宁府之恶。

可卿兼美

秦可卿

调寄南柯子·春梦如云

香案帘前使,瑶台月下逢。卿卿本是许飞琼,争被芳名唤起梦魂中。　　露冷珠旋落,人遥豆不红。低枝无奈五更风,一点幽情还逐晓云空。

——程甲本秦可卿绣像题咏

· 副册一人 ·

香　菱——小荷才露尖尖角

香菱是《红楼梦》"所写开卷第一个女子",居于金陵十二钗副册之首。她原名甄英莲,后改为香菱、秋菱,但无论哪个名字都没有离开荷花这一"香远益清"的高洁之花,没有改变"根并荷花一茎香"的本性。她由千金小姐被拐卖而为奴婢、侍妾,又惨遭薛蟠和夏金桂的蹂躏,凄苦的境遇似乎与李商隐"留得残荷听雨声"的诗韵相合。然而,曹雪芹偏爱香菱,众多侍女中参与诗歌创作的只有香菱。而香菱其人、其诗才也正如一株微露头角的嫩荷,美得"亭亭净植"而又保持着纯真羞涩,可谓出淤泥而不染,濯清涟而不妖。南宋杨万里《小池》中"小荷才露尖尖角"一句是对香菱这一形象的美好写照。

香菱身份

她是甄士隐的女儿,乡宦之家的千金小姐,先被拐卖,接着又被薛蟠强买去做了妾。薛蟠娶夏金桂为妻之后,香菱更是遭受到这两人的双重摧残。她并非主要的金钗,但在《红楼梦》中,却起着重要作用。在小说结构上,她起到了线索作用——引领主要人物的出场。香菱居于副册之首,引出了正册之首的黛玉和宝钗出场。也就是说,香菱的幼年与黛玉相似,这分别在第一回和第二回贾雨村的耳闻目睹中有所体现;香菱被拐卖,又与第四回宝钗进京密切相关。在人物塑造上,她起衬托作用——衬托了黛玉的热心和诗才、宝钗的冷静和鉴赏力,还衬托了宝玉的博爱。

副册之首,在金陵众钗中,应列于什么样的位置呢?宝玉在太虚幻境中所看到的"情榜"共有三册:正册十二人,副册一人,又副册二人。其实,每一册都应该有十二钗。这"警幻情榜"到底共有多少册?从脂砚斋的批语中可以找到一些线索,如第十八回写妙玉时,庚辰本的眉批曰:"数(原作树)处引十二钗总未的确,皆系漫拟也。至末回'警幻情榜',方知正、副、再(己卯本作又)副及三、四副芳讳。壬午季春,畸笏。"脂砚斋批语暗示的五册金钗约六十人中,副册的排名是很靠前的,仅仅次于贾府的小姐少奶奶,高于一般的丫鬟,例如晴雯、袭人那样男主角的主要丫鬟都排在又副册中。副册中应为香菱、平儿、二尤等人,据宋淇先生《红楼梦情榜的副十二钗》中的看法,这十二个女子先后是"香菱、薛宝琴、邢岫烟、李纹、李绮、平儿、鸳鸯、尤二姐、尤三姐、智能、尤氏、夏金桂",部分参考了己卯本的脂批。而在这些金钗中,作者把香菱排在首屈一指的位置,让宝玉先看到她的判词,足见作者的重视。

香菱是《红楼梦》中较为复杂的人物,共叫过三个名字,分别代表了她一生的三个阶段——甄英莲阶段、香菱阶段、秋菱阶段。其中,只有第一个阶段有姓氏,但后来她就不记得自己姓什么了。每个名字代表的正是她所经历的一种身份,即娇女、侍妾、弃妇。

香菱最初叫"甄英莲",名字谐音"真应怜"。那时她是乡宦甄士隐的爱女,特点是"有命无运,累及爹娘"。小说第一回写甄士隐眼中的女儿:

> 又见奶母正抱了英莲走来。士隐见女儿越发生得粉妆玉琢,乖觉可喜,便伸手接来,抱在怀内,逗他顽耍一回,又带至街前,看那过会的热闹。
>
> 方欲进来时,只见从那边来了一僧一道:那僧则癞头跣脚,那道

则跛足蓬头,疯疯癫癫,挥霍谈笑而至。及至到了他门前,看见士隐抱着英莲,那僧便大哭起来,又向士隐道:"施主,你把这有命无运、累及爹娘之物,抱在怀内作甚?"士隐听了,知是疯话,也不去睬他。那僧还说:"舍我罢,舍我罢!"士隐不耐烦,便抱女儿撤身要进去,那僧乃指着他大笑,口内念了四句言词道:

> 惯养娇生笑你痴,菱花空对雪澌澌。好防佳节元宵后,便是烟消火灭时。

这首诗可以说是香菱在甄英莲阶段的一首谶诗。"好防佳节元宵后,便是烟消火灭时",是马上应验的预示。她在"元宵佳节"丢失,正好两个月之后,三月十五那天,葫芦庙起火,隔壁的甄家便在一夜之间破落了。甄士隐只好投奔岳父封肃家,狼狈相也不受欢迎,后来看破红尘出了家,为跛足道人的《好了歌》作了深刻的注解。其实,这对《红楼梦》的主人公贾宝玉的悲剧也有一定的预示作用。

甲戌本上针对"有命无运,累及爹娘"有一条批语,写得很抒情:

> 八个字屈死多少英雄!屈死多少忠臣孝子!屈死多少仁人志士!屈死多少词客骚人!今又被作者将此一把眼泪,洒与闺阁之中,见得裙钗尚遭逢此数,况天下之男子乎?

从脂评来看,这八个字有广泛的概括性。甄英莲的"有命无运"写在小说开篇第一回,后来写她一连串的遭遇。作者写甄英莲一个人的不幸,却连累冯渊,薛蟠与冯渊的官司因她而起,有暗示整部小说人生悲剧主题的作用。

从"英莲"的谐音双关可见,她的结局应该是可怜的。小说开篇所提到的与甄家、英莲相关的人物,谐音双关的很多,例如丢了英莲的"霍启"

是"祸起",引起祸患的意思,因为英莲而被薛蟠打死的"冯渊"显然是"逢冤",遭遇冤孽的意思,都含有不祥之兆。唯有他家的丫鬟"娇杏"的名字,含有"侥幸"的寓意,因她在看到贾雨村时回过两次头,被落魄风尘的雨村引为知己,后来贾雨村发迹便纳"娇杏"为妾,很快正妻死了,她被扶正,又生了儿子。这个女子确实十分侥幸。脂批也曾对英莲和娇杏命运的颠倒置换抒发感慨:"莲主也,杏仆也。今莲反无运,而杏则两全。"然而,到了第一百二十回,薛蟠的正妻夏金桂咎由自取,香菱被扶了正,死于难产,为薛家留下一子。这样的结局,与"侥幸"比较相似,而似乎与"真应怜"不太相符。

英莲的名字,在己卯、庚辰本中出现过英菊、菊英等异文。甄英莲,除叫香菱、秋菱外,还有另外一个名字,即"英菊"(有时误抄作"菊英")。据应必诚先生统计,"英菊"在己卯本中从第一回到第七回改名为香菱为止,共出现十四处,庚辰本十三处(有三处写作"菊英",应系误抄)。在甲戌本中,不仅英莲的名字没有写错,而且第七回中把"英莲"的情节写进了回目,即"送宫花周瑞叹英莲"。庚辰、己卯、甲辰、程甲本则是"送宫花贾琏戏熙凤"。这一回中,庚辰本等多数版本偏重强调王熙凤的风月之情;而在甲戌本中独有的回目出现"英莲",则侧重于表现甄英莲(真应怜)的悲苦命运。

香菱的名字是宝钗起的,所以自从叫了"香菱",甄英莲的命运便与薛家连在了一起。进一步讲,是与贾府、与大观园连在了一起。香菱的身份是薛蟠的妾室,其特点是"菱花空对雪澌澌"。这是癞头和尚说的"疯话",但对她后来经历的事来说,也是一句谶语。"菱花"指"香菱"的名字,"雪"就是"薛"的谐音。第四回护官符中的"丰年好大雪",第五回宝钗的判词"金簪雪里埋"中,都在用"雪"来双关"薛"。菱花本来开在夏季,而遇到的却是冰冷的"雪",还发着"澌澌"的声音,有狂风暴雪之势,暗示了她的不幸命运。

关于"香菱",判词中也透露出与名字和命运相关的信息。第五回宝玉先看了又副册两人之后:

> 又去开了副册厨门,拿起一本册来,揭开看时,只见画着一株桂花,下面有一池沼,其中水涸泥干,莲枯藕败,后面书云:
> 根并荷花一茎香,平生遭际实堪伤。自从两地生孤木,致使香魂返故乡。

莲、菱同为水生,同为水做的骨肉。"香菱"的香到底在哪里?判词写道"根并荷花一茎香",改名时方知"香菱"的神韵。

秋菱这一名字是夏金桂所改。此阶段她的身份是弃妇,特点是"衰草残菱,更助秋情"。这两句出自第四十回林黛玉吟诵李商隐(义山)的诗句"留得残荷听雨声"时的景物描写。因为有"菱"有"秋",故而用它概述秋菱的命运。"自从两地生孤木",甲戌本上脂批写有"拆字法","孤木"是木字旁,"两地"是两个土字,合在一起就是"桂"花的桂字。"致使香魂返故乡"暗示了菱桂竞芳,香魂离去。夏金桂的到来,使香菱结束了悲凉的一生。

小说第七十九回"薛文龙悔娶河东狮",结尾处写薛蟠新娶的正妻夏金桂忌恨宝钗,"每欲寻隙",便问香菱:

> "香菱"二字是谁起的名字,香菱便答:"姑娘起的。"金桂冷笑道:"人人都说姑娘通,只这一个名字就不通。"

到了第八十回,回目有"美香菱屈受贪夫棒",小说写了夏金桂一来就要给香菱改名。她得知"香菱"是宝钗起的,便冷笑道:"菱角花谁闻见香来着?若说菱角香了,正经那些香花放在那里?可是不通之极!"香菱辩解道：

> 不独菱角花，就连荷叶莲蓬，都是有一股清香的。但他那原不是花香可比，若静日静夜或清早半夜细领略了去，那一股清香比是花儿都好闻呢。就连菱角、鸡头、苇叶、芦根得了风露，那一股清香，就令人心神爽快的。

在此庚辰本上有一条脂批："说出便是慧心人，何况菱卿哉！"赞扬了香菱的慧心。当然，最后她还是依从了她的主子奶奶。小说写了她们的对话：

> 香菱笑道："奶奶有所不知，当日买了我来时，原是老奶奶使唤的，故此姑娘起得名字。后来我自服侍了爷，就与姑娘无涉了。如今又有了奶奶，益发不与姑娘相干。况且姑娘又是极明白的人，如何恼得这些呢。"金桂道："既这样说，'香'字竟不如'秋'字妥当。菱角菱花皆盛于秋，岂不比'香'字有来历些。"香菱道："就依奶奶这样罢了。"自此后遂改了秋字，宝钗亦不在意。

这段描写，有二女争香的意味。由此可联想到宝玉《芙蓉女儿诔》中的一句诔文"蓉桂竞芳之月"，从宝玉悼念晴雯的哀怨中似乎亦能感受到对香菱的伤悼。小说第七十八回写痴公子杜撰芙蓉诔：

> （宝玉）竟杜撰成一篇长文，用晴雯素日所喜之冰鲛縠一幅楷字写成，名曰《芙蓉女儿诔》，前序后歌。又备了四样晴雯所喜之物，于是夜月下，命那小丫头捧至芙蓉花前。先行礼毕，将那诔文即挂于芙蓉枝上，乃泣涕念曰：维——太平不易之元，蓉桂竞芳之月，无可

奈何之日,怡红院浊玉,谨以群花之蕊、冰鲛之縠、沁芳之泉、枫露之茗,四者虽微,聊以达诚申信,乃致祭于——白帝宫中抚司秋艳芙蓉女儿之前曰:窃思女儿自临浊世,迄今凡十有六载。其先之乡籍姓氏,湮沦而莫能考者久矣。……

"蓉桂竞芳",也可以借用来概括香菱和金桂之争,即芙蓉花和桂花之争。芙蓉有两类:一类是木芙蓉,像牡丹、芍药那样的花型。一类是水芙蓉,应为莲花、荷花一类水中花的别称。《红楼梦》中写晴雯的是木芙蓉,宝玉"将那诔文即挂于芙蓉枝上",这里"芙蓉枝"当为木本。小说在第六十三回"寿怡红群芳开夜宴"中,写到黛玉抽取的花签儿是"上面画着一枝芙蓉,题着'风露清愁'四字,那面一句旧诗,道是:莫怨东风当自嗟"。这里的"风露清愁"可以和一句宋词对看,"叶上初阳干宿雨,水面清圆,一一风荷举"(周邦彦《苏幕遮》)。这首词写荷花,也谈到了芙蓉:"五月渔郎相忆否?小楫轻舟,梦入芙蓉浦。"所以,黛玉这枝芙蓉花,是作为水芙蓉来解释的。因此,芙蓉与香菱、英莲便建立起了联系。英莲名字中"莲"就是水芙蓉。香菱的名字,根据判词的描绘"根并荷花一茎香",可以看出菱角花和荷花的联系。在小说第七回,香菱首次出现在贾府的时候,脂砚斋在"香菱"的名字旁,写了一条批语:

> 二字仍从"莲"上来。盖"英莲"者,"应怜"也;"香菱"者,亦"相怜"之意。此改名之"英莲"也。

在小说第八十回,香菱曾说:"不独菱角花,就连荷叶莲蓬,都是有一股清香的。"可见菱花、荷、莲的天然联系。如此看来,香菱似乎也死在"蓉桂竞芳之月,无可奈何之日",死在"衰草残菱,更助秋情"的意境中,比晴雯有更具体的内涵。晴雯之死,一般认为是八月,正是芙蓉花、桂花盛开的时候，而香菱因有金桂的残害，悲剧成分更浓。夏金桂忌恨香菱，改了名字还不够，还要加害于她，在重病在身的香菱所喝汤药里下毒，几经周折，反毒死了自己，即第一百零三回写的"施毒计金桂自焚身"。这个情节类似于关汉卿的《窦娥冤》，张驴儿本想毒死窦娥的婆婆，以便霸占窦娥，结果却是张驴儿父亲喝了那碗有毒的汤。可见，后四十回在这个情节的安排上艺术独创性还不够强。再要指出的是，按判词的原意香菱应该死在金桂之前，方显出悲剧的浓重。有的版本八十回的回目直接写了香菱"病入膏肓"，她在第八十回就已病入膏肓，但后四十回为了强调善有善报、恶有恶报的观念，不忍让香菱直接因薛蟠的棍棒和金桂的淫威而死，使前八十回所展现的香菱的悲剧色彩淡化了许多。

香菱之貌

香菱的容貌如何？像秦可卿，兼宝钗黛玉之美。三岁时，在父亲的眼里便"越发生得粉妆玉琢"。十二三岁时，贾雨村和门子的对话，从侧面写她的外貌特征，门子说：

其模样虽然出脱得齐整好些，然大概相貌，自是不改，熟人易认。况且他眉心中原有米粒大小的一点胭脂痣，从胎里带来的，所以我却认得。

香菱带有特征性的面容令一个当年葫芦庙里的小沙弥七八年后依然记得，又令冯渊公子不畏薛蟠的淫威，执意要娶她而命丧黄泉，都从侧面说明了她的可爱。

上述外貌描写还只是英莲阶段，进入薛家，小说借周瑞家的口，对香菱有一段更加精彩的描述。第七回，周瑞家的送走了刘姥姥，正要找王夫人回话，王夫人到薛姨妈那里去了，周瑞家的便来到梨香院。小说借周瑞家的所见所闻写了"香菱"的出场：

> 周瑞家的拿了匣子，走出房门，见金钏仍在那里晒日阳儿。周瑞家的因问他道："那香菱小丫头子，可就是常说临上京时买的、为他打人命官司的那个小丫头子么？"金钏道："可不就是他。"正说着，只见香菱笑嘻嘻的走来。周瑞家的便拉了他的手，细细的看了一会，因向金钏儿笑道："倒好个模样儿，竟有些像咱们东府里蓉大奶奶的品格儿。"金钏儿笑道："我也是这们说呢。"周瑞家的又问香菱："你几岁投身到这里？"又问："你父母今在何处？今年十几岁了？本处是那里人？"香菱听问，都摇头说："不记得了。"周瑞家的和金钏儿听了，倒反为叹息伤感一回。

且看"倒好个模样儿，竟有些像咱们东府里蓉大奶奶的品格儿"。蓉大奶奶的品格儿，应从外貌和性情两方面来理解。第五回中写太虚幻境中的可卿："其鲜艳妩媚，有似乎宝钗，风流袅娜，则又如黛玉"。第十三回写可卿死了，"那长一辈的想他素日孝顺，平一辈的想他素日和睦亲密，下一辈的想他素日慈爱，以及家中仆从老小想他素日怜贫惜贱、慈老爱幼之恩，莫不悲嚎痛哭者"。从周瑞家的和金钏儿这段评价中，我们可以感受到香菱的容貌和性情，像秦可卿一样，兼具黛玉的风流袅娜、宝钗的鲜艳妩媚，以及温柔和顺的性格。小说第一回写香菱的母亲，即甄士隐的"嫡妻封氏，情性贤淑，深明礼义"。脂砚斋批语针对"情性贤淑，深明礼义"写道："八字正是日后之香菱，见其根源。"连周瑞家的都拉了她的手，细看、细问，并为之感叹，可知香菱是人见人爱、人见人怜的。第十六回通过贾琏的垂涎，写香菱"生的好齐整的模样"，"越发出挑的标致"，可以想见香菱的美貌。第六十二回袭人把自己的新裙子（石榴裙）慷慨相送，也是怜爱她的人品。

香菱之情

　　香菱作为薛蟠的妾,面对这样一个"皮肤淫滥"之徒,是不可能得到什么真情的,那么在香菱身上是否无情可言呢?当然不是,曹雪芹特地在第六十二回"呆香菱情解石榴裙"中,诗情画意地写了她与宝玉的交往,反映了香菱的纯情与天真,表现了宝玉的体贴和博爱,也描绘了美好如香菱般的女子所应得到的真情与关怀。

　　宝玉对香菱的关心,小说主要写了两件事:一是为了不让香菱为难,他帮香菱换了一条石榴裙;一是为了能给香菱解围,他向王一帖寻求治疗女人嫉妒的"疗妒方"。由此,可以反观宝玉的"爱博而心劳"。

　　香菱解裙的情节,作者以"呆"来表现香菱的纯情。小说第六十二回有两个很美的场景,写完了"憨湘云醉眠芍药裀",接着写"呆香菱情解石榴裙"。从作者的情志意趣来看,《红楼梦》第六十二回可以说是全书的文眼。作者津津乐道的所谓"意淫"、所谓"名士风流"在这一回都有充分的体现。

　　作者志趣的载体,是追求"是真名士自风流"的史湘云,在"醉眠芍药裀"的潇洒场景中已体现得很充分了。而作者情意的载体,是小说中的"绛洞花主"宝玉。小说第五回中借警幻仙姑之口说宝玉"乃古今天下第一淫人也"。脂评甲戌本的夹批说:"按宝玉一生心性,只不过是体贴二字,故曰'意淫'。"而第六十二回"呆香菱情解石榴裙"中,对香菱的体贴入微,可谓怡红公子"意淫"的典型例证。

　　宝玉的生日宴上,行酒令,湘云说"'宝玉'二字并无出处",而香菱却顺口从唐诗上找到出处,让湘云被罚了酒:

> 香菱道:"前日我读岑嘉州五言律,现有一句说'此乡多宝玉',怎么你倒忘了?后来又读李义山七言绝句,又有一句'宝钗无日不生尘',我还笑说他两个名字都原来在唐诗上呢。"

从这一细节可见黛玉教她学唐诗的长进,也可知她对"宝玉"的留心。下文便写了宝玉也不辜负这位有心人。香菱和芳官、蕊官、藕官、荳官等四五个人坐在花草堆中,玩"斗草"的游戏:

> 荳官便说:"我有姐妹花。"众人没了,香菱便说:"我有夫妻蕙。"荳官说:"从没听见有个夫妻蕙。"香菱道:"一箭一花为兰,一箭数花为蕙。凡蕙有两枝,上下结花者为兄弟蕙,有并头结花者为夫妻蕙。我这枝并头的,怎么不是夫妻蕙。"荳官没的说了,便起身笑道:"依你说,若是这两枝一大一小,就是老子儿子蕙了。若两枝背面开的,就是仇人蕙了。你汉子去了大半年,你想夫妻了?便扯上蕙也有夫妻,好不害羞!"

香菱被说得恼羞成怒,两个女孩动手打了起来。旁边有一汪积雨,香菱不慎,半扇裙子都污湿了。这时众人跑散,宝玉前来救驾:

> 香菱便说:"我有一枝夫妻蕙,他们不知道,反说我诌,因此闹起来,把我的新裙子也脏了。"宝玉笑道:"你有夫妻蕙,我这里倒有一枝并蒂菱。"口内说,手内却真个拈着一枝并蒂菱花,又拈了那枝夫妻蕙在手内。香菱道:"什么夫妻不夫妻,并蒂不并蒂,你瞧瞧这裙子。"宝玉方低头一瞧,便嗳呀了一声,说:"怎么就拖在泥里了?可惜这石榴红绫最不经染。"香菱道:"这是前儿琴姑娘带了来的。姑娘做了一条,我做了一条,今儿才上身。"

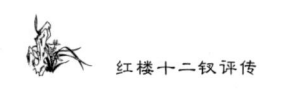

宝玉对香菱的关心，可谓从精神到物质。先是为她的"夫妻蕙"找到了"并蒂菱"来呼应，东观阁本的批语道："并蒂菱名色佳，与香菱巧合。"然后，带着理解为她弄脏了的裙子想办法，书中写宝玉跌脚叹道：

> 若你们家，一日遭踏这一百件也不值什么。只是头一件既系琴姑娘带来的，你和宝姐姐每人才一件，他的尚好，你的先脏了，岂不辜负他的心。二则姨妈老人家嘴碎，饶这么样，我还听见常说你们不知过日子，只会遭踏东西，不知惜福呢。这叫姨妈看见了，又说一个不清。

宝玉担心弄脏的裙子会辜负宝琴和宝钗的心，又会惹出姨妈唠叨。于是帮她想了一个好主意，袭人上月做了一条和这个一模一样的裙子，因有孝没有穿，送给香菱换下。除了换裙，宝玉给予香菱的关爱还有对薛蟠娶妻的担忧。只是，宝玉为她担心，她反不领情，作者写出了香菱的天真和单纯。看她满怀憧憬地期待薛蟠娶妻的神情，读者都在为她深表同情和怜爱，"我也巴不得早些过来，又添一个作诗的人了"。庚辰本脂评"真是浑然天真，余为之一哭"。小说又写宝玉冷笑道："虽如此说，但只我听这话不知怎么倒替你耽心虑后呢。"庚辰本脂评"为香菱之谶（原作识）"。香菱很不领情地说："这是什么话！素日咱们都是厮抬厮敬的，今日忽然提起这些事来，是什么意思！怪不得人人都说你是个亲近不得的人。"宝玉目送着香菱，似乎看着她走进深渊，他发着呆、流着泪地回去了。第七十九回"薛文龙悔娶河东狮"的描写，很有艺术感染力。宝玉似乎有一种先知先觉的预见力，从薛蟠的为人，就似乎预料到香菱将来的不幸。而事实果然如宝玉所料，小说第八十回便写了"美香菱屈受贪夫棒，王道士胡诌妒妇方"。这里的"妒妇方"即是宝玉为她去讨疗妒的药

方,以治疗夏金桂的"妒妇"的恶病。小说写道:

> 王一贴道:"这叫做'疗妒汤':用极好的秋梨一个,二钱冰糖,一钱陈皮,水三碗,梨熟为度,每日清早吃这么一个梨,吃来吃去就好了。"宝玉道:"这也不值什么,只怕未必见效。"王一贴道:"一剂不效吃十剂,今日不效明日再吃,今年不效吃到明年。横竖这三味药都是润肺开胃不伤人的,甜丝丝的,又止咳嗽,又好吃。吃过一百岁,人横竖是要死的,死了还妒什么!那时就见效了。"

尽管这"疗妒汤",无法治疗夏金桂的嫉妒之病,无法改变香菱的悲惨处境,但是我们由此能领略到宝玉的爱心。宝玉所体贴之香菱,是全书第一个出现的女子,她的不幸身世令人怜惜,作者在她的名字中也寄予了深切的同情。宝玉将并蒂的菱蕙与落花一同掩埋,大有"无可奈何花落去"的伤感。宝玉为香菱带去的一丝笑靥,是她悲苦命运中一支快乐的插曲,令读者为之欣慰。

香菱之才

除了与宝玉的对手戏,曹雪芹还在第四十八回"慕雅女雅集苦吟诗",写了她与黛玉的交往,除了表现出黛玉的诗才和耐心,也表现了小说给香菱的一字评"呆"。在向黛玉学诗时,作者以"呆头呆脑",反映出香菱的专心和执着。

要谈香菱学诗,首先要了解她入大观园的经过。香菱是薛家的丫鬟,薛蟠强买的妾,按理是没有理由较长时间住在大观园的。但是,作者觉得像她这样人品的人不参加大观园的诗社,是很遗憾的。于是就苦心设计了薛蟠因向柳湘莲调情而惨遭毒打,随后想出去躲躲,顺便学点生

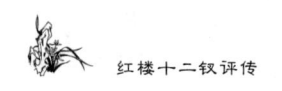

意经，便离开了京城。之后，香菱便遇到一连串的如意事，一是远离薛蟠，随了宝钗，二是随宝钗进了大观园。

关于曹雪芹为何安排香菱进大观园，脂砚斋表示了理解。庚辰本在第四十八回正文"宝钗和香菱同回园中来"之后写了一大段小字批语：

> 细想香菱之为人也，根基不让迎、探，容貌不让凤、秦，端雅不让纨、钗，风流不让湘、黛，贤惠不让袭、平，所惜者青年罹祸，命运乖蹇，足为侧室，且虽曾读书，不能与林、湘辈并驰于海棠之社耳。然此一人岂可不入园哉？故欲令入园，终无可入之隙，筹画再四，欲令入园必呆兄远行后方可。……脂砚斋评。

脂砚斋确是曹雪芹的知音，香菱的根基、容貌、端雅、风流、贤惠，都无可挑剔，实在应该找机会让她成为大观园海棠诗社的一员。

香菱想学诗，首选的老师理应是宝钗。小说也没有忽略这点，刚让她跟宝钗进园，香菱便笑着求宝钗："好姑娘，趁着这个工夫，你教给我作诗罢。"宝钗没有答应，而是笑着说她"得陇望蜀"，让她先进园去拜见一下贾府里的人。这个细节透露出宝钗的务实。她认为男人应着力于仕途经济，而女人则应留心于家务女红，因此对诗书风雅之类的事并不太感兴趣。她劝诫香菱："一个女孩儿家，只管拿着书作正经事讲起来，叫有学问的人听了，反笑话说不守本分。"宝钗对香菱学诗的反对，从家族的角度讲，是希望这位自己哥哥的妾，遵守妇德，因为那个时代世俗的看法是"女子无才便是德"。当然，宝钗并不仅仅这样劝诫自家的女子，她也曾在第四十二回劝诫黛玉：

> 你我只该做些针黹纺织的事才是，偏又认得了字，既认得了字，不过拣那正经的看也罢了，最怕见了些杂书，移了性情，就不可

香菱學詩
鳳嬛畫

香菱

调寄系裙腰·维参与昂

南国草色绿盈盈，朱栏外，有人声。秋桃艳李让渠赢，怎解道，夫妻蕙，占佳名。小娃恶谑太憨生，裙带染，绣苔青。郎君阿姊两多情，悄解换，偷眼看，怕卿卿。

——程甲本香菱、袭人绣像题咏

救了。

宝钗既不支持香菱学诗,也不支持香菱向黛玉学诗。宝钗的态度,或许是出于对香菱和黛玉的爱护,或许是作者为了强调她的"停机德",但无论如何都是有时代局限性的。不过宝钗对香菱"呆"的评价,却非常适合她,表现了香菱的求学之苦。

首先,求知心切。香菱刚一搬进园,就恳求宝钗教她作诗,宝钗没答应,她当天晚上就去找黛玉,黛玉欣然应允。并让她先熟读唐诗,模仿唐代李白、杜甫、王维的律诗、绝句。

其次,废寝忘食。香菱拿着黛玉借给她的《王摩诘全集》认真研读。废寝的表现:在读书阶段,"诸事不顾,只向灯下一首一首的读起来。宝钗连催她数次睡觉,他也不睡"。忘食的表现:在初学阶段,黛玉给她出了诗题,让她作诗,"香菱听了,喜的拿回诗来,又苦思一回,作两句诗,又舍不得杜诗,又读两首。如此茶饭无心,坐卧不定"。

再次,如痴如呆。宝钗见她废寝忘食的样子说:"何苦自寻烦恼。都是颦儿引的你,我和他算帐去。你本来呆头呆脑的,再添上这个,越发弄成个呆子了。"对此,庚辰本上的脂砚斋批语解释得妙趣横生:

"呆头呆脑的",有趣之至!最恨野史有一百个女子,皆曰聪明伶俐,究竟看来他行为也只平平。今以"呆"字为香菱定评,何等妩媚之至也!

脂砚斋用两个感叹句"有趣之至"和"妩媚之至"来称赞香菱的"呆"。在两次改诗的过程中,她的痴、呆表现出学习的全神贯注。香菱作了三首诗,其实都是针对黛玉给她出的同一道诗题。黛玉的题目是即景而生的:

昨夜的月最好,我正要诌一首,竟未诌成,你竟作一首来。十四寒的韵,由你爱用那几个字去。

诗题目应是《咏月》,香菱前两次写的习作不算成熟。第一首写道:

月挂中天夜色寒,清光皎皎影团团。诗人助兴常思玩,野客添愁不忍观。翡翠楼边悬玉镜,珍珠帘外挂冰盘。良宵何用烧银烛,晴彩辉煌映画栏。

黛玉的评价是"意思却有,措词不雅"。的确,这首七律抒发的感情是诗人和野客的愁思,首联写月景,起笔直露,颔联对仗不雅,情景游离,颈联略显合掌,结尾意脉突兀。但黛玉还是笑着鼓励她,"皆因你看的诗少,被他缚住了。把这首丢开,再作一首,只管放开胆子去作"。香菱听了,更加痴呆了。"默默的回来,越性连房也不入,只在池边树下,或坐在山石上出神,或蹲在地下抠土,来往的人都诧异"。宝钗甚至说:"这个人定要疯了!"宝玉却认为,这正是香菱的一个质的飞跃,这表现了香菱的由俗到雅的飞跃。宝玉的高见与众不同:"这正是'地灵人杰',老天生人再不虚赋情性的。我们成日叹说可惜他这么个人竟俗了,谁知到底有今日。可见天地至公。"第四十八回的回目叫"慕雅女雅集苦吟诗",正是说香菱羡慕雅女,而向黛玉学诗的。宝玉为香菱能有学诗的机会,能有体现不俗的机会而感到高兴。地灵人杰、不赋情性、天地至公,都是作者借助宝玉的口,对香菱学诗的最高赞誉。

功夫不负有心人,香菱又作出了第二首《咏月》诗,"兴兴头头的"又往黛玉那边去了。作者没有展示香菱的诗歌之前,先写了黛玉的点评:"自然算难为他了,只是还不好。这一首过于穿凿了,还得另作。"众人看到的诗是：

> 非银非水映窗寒，试看晴空护玉盘。淡淡梅花香欲染，丝丝柳带露初干。只疑残粉涂金砌，恍若轻霜抹玉栏。梦醒西楼人迹绝，余容犹可隔帘看。

黛玉所说的"过于穿凿了"，是针对第一首措辞不雅而言的。这一首为了追求措辞之雅未免牵强，不够自然了。例如"淡淡梅花香欲染，丝丝柳带露初干"，意象也美，对仗也工整，只是与月亮的关联不够紧密。作者为了说明"过于穿凿"，加了宝钗的补充："不像吟月了，月字底下添一个'色'字倒还使得，你看句句倒是月色。"的确，"淡淡梅花"和"丝丝柳带"，都是借助月光的照耀，才能看到的景象。

香菱很失望，她自以为这首诗用了最大的努力，甚至是"妙绝"的，听到黛玉和宝钗的微词，虽然"扫了兴"，但是并不气馁。作者写她"不肯丢开手"，也就是不肯罢休，依然继续思索去作诗，"挖心搜胆，耳不旁听，目不别视"。可以说是全神贯注了！小说到这里写了一件非常有趣的事来表现香菱学诗的境界：

> 一时探春隔窗笑说道："菱姑娘，你闲闲罢。"香菱怔怔答道："'闲'字是十五删的，你错了韵了。"众人听了，不觉大笑起来。宝钗道："可真是诗魔了。都是颦儿引的他！"黛玉道："圣人说'诲人不倦'，他又来问我，我岂有不说之理。"

香菱为什么说："'闲'字是十五删的，你错了韵了"？古诗韵分平、上、去、入四声，平声又分为上平声、下平声两类。上平声有十五个韵部，第十四部以寒字开头，叫"十四寒"；第十五部以删字开头，称"十五删"。黛玉给

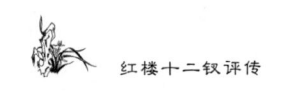

她出的诗题是用"十四寒韵"写诗,所以她的《咏月》诗句是寒、团、栏、观、盘、难、干等字;而十五删韵中有"闲"字。

《红楼梦》特别善于借形象的情节,来传达抽象的内容,此处即把一个人用功学习的状态,写得惟妙惟肖。到这里,还要注意的是,宝钗虽然没有亲自教香菱学诗,但是她对学诗一事却是全程关注的。作者借宝钗的眼睛和口吻,反映了香菱从"呆""疯",到"诗魔""通仙"的学诗过程。宝钗扮演这样的角色,也是作者为了更好地塑造香菱的形象,在艺术上的精心安排。

香菱已经成了"诗魔"了,最后写出的诗是什么样子的呢?作者故弄玄虚,让她想诗想到了梦里头。作者还是借宝钗的所见所闻、所思所想,来反映香菱梦中作诗的情景:

(宝钗)心下想:"他翻腾了一夜,不知可作成了?这会子乏了,且别叫他。"正想着,只听香菱从梦中笑道:"可是有了,难道这一首还不好?"宝钗听了,又是可叹,又是可笑,连忙唤醒了他,问他:"得了什么?你这诚心都通了仙了。学不成诗,还弄出病来呢。"

香菱的第三首《咏月》诗到下一回(第四十九回"琉璃世界白雪红梅")的开头才出现在读者眼中。香菱把诗递与黛玉及众人看,发誓"若还不好,我就死了这作诗的心了"。俨然是背水一战的样子。这愈加提起了读者的兴趣,她写的是:

精华欲掩料应难,影自娟娟魄自寒。一片砧敲千里白,半轮鸡唱五更残。绿蓑江上秋闻笛,红袖楼头夜倚栏。博得嫦娥应借问,缘何不使永团圆!

这首诗的确进步很大。开篇起势不凡，不见月字，月光月影却皎洁孤高，令人印象深刻。首联写月也在写人，香菱自强不息、顾影自怜的形象，跃然纸上。"精华欲掩料应难"，表面上是写月亮的光辉势不可挡，深层次上还寓意着香菱的身世——本为乡宦之家的千金小姐，却被拐卖，沦为婢女、沦为妾，但她的品格依然是高洁的。"影自娟娟魄自寒"，"影"指月亮的外形，"魄"指月亮的内质，"娟娟"是美好的样子，还有一个字重复使用，即"自"。这句诗的句式和句意都与李清照的"花自飘零水自流"相似，表现了月亮婵娟的孤独，因而又有李白举头邀月、形影相吊的意趣。

颔联紧承上句，"一片"与"半轮"两句，依然写月色、月轮，对仗工稳，用典含蓄。"一片砧敲"，含蕴着李白《子夜吴歌》的"长安一片月，万户捣衣声"，还有张若虚《春江花月夜》的"玉户帘中卷不去，捣衣砧上拂还来"等诗意。"鸡唱"，可联想李贺《致酒行》的"雄鸡一声天下白"。"千里"和"五更"分别从空间和时间的角度写月亮，意境开阔。颈联由写月空之景转而写月下之人，抒发离愁别绪。"绿蓑江上"和"红袖楼头"，游子和思妇对应，形象鲜明。依稀可品出《春江花月夜》中的"谁家今夜扁舟子，何处相思明月楼"，以及张志和《渔歌子》中"青箬笠，绿蓑衣，斜风细雨不须归"等诗词的韵味。尾联以反问收束，恰如苏轼的词"不应有恨，何事长向别时圆？"惹得月宫中的嫦娥不禁发问，是何故不让绿蓑红袖永远相聚相依？这四联诗句，起承转合，意脉贯通；写景写人，语淡情浓。

当然，小说为初学者香菱设计的诗篇，还是应该有白璧微瑕的。按黛玉的要求，香菱的咏月诗应该押十四寒韵。按《佩文诗韵》，难、寒、残、栏，所押韵部用字都在上平十四寒韵，而"圆"字，却在平一先韵。将"圆"字改为"圈"，就都在十四寒韵部中了。查《红楼梦》的诸多版本，写"圆"的版本有：庚辰、己卯、戚序、蒙府、列藏、甲辰；而写"圈"的版本有：杨藏、程甲、程乙。探讨"圆"字出韵原因，或有意为角色考虑，或无意因写作习惯所致。因为毕竟团圆比团圈常见，用语自然，也相对符合香菱的身份。

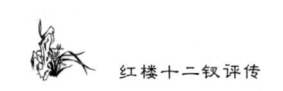

我们看看大家对香菱这第三首诗的评价。众人都说:"这首不但好,而且新巧有意趣。可知俗语说'天下无难事,只怕有心人',社里一定请你了。"香菱终于得到了入诗社的许可。最后这首诗可谓"妙手偶得",已经走过了"望尽天涯""衣带渐宽"的艰难路程,而到了"蓦然回首"的境界。

香菱向黛玉学诗的过程,反映了香菱的刻苦,也体现了黛玉的诗情和诲人不倦的耐心。她不仅擅长写诗,也擅长教诗。乐于助人是态度问题,善于助人是能力问题。黛玉不仅具备了良好的态度,也具备过人的能力。她教香菱学诗的过程,是一整套系统的教学实践。首先是教学计划:循序渐进的计划性。她先让学生熟读唐诗三百首,但这三百首诗只是三位诗人的诗作。先把王维的"五言律读一百首,细心揣摩透熟了,然后再读一二百首老杜的七言律,次再李青莲的七言绝句读一二百首",为学生安排了从读到写循序渐进的学习计划。然后是教学方法:循循善诱的启发式。黛玉先让香菱预习,让学生带着兴趣和疑问学习新知识。例如香菱看完了王维的诗,黛玉先听她自己的理解,说到"渡头馀落日,墟里上孤烟"时,香菱动用了自己的生活经历:

> 这"馀"字和"上"字,难为他怎么想来!我们那年上京来,那日下晚便湾住船,岸上又没有人,只有几棵树,远远的几家人家作晚饭,那个烟竟是碧青,连云直上。谁知我昨日晚上读了这两句,倒像我又到了那个地方去了。

黛玉在此基础上,教给她新知识,让学生温故而知新:

> 黛玉笑道:"你说他这'上孤烟'好,你还不知他这一句还是套了前人的来。我给你这一句瞧瞧,更比这个淡而现成。"说着便把陶渊

明的"暧暧远人村,依依墟里烟"翻了出来,递与香菱。香菱瞧了,点头叹赏,笑道:"原来'上'字是从'依依'两个字上化出来的。"

老师的耐心和诱导,学生的专心和悟性,都会让读者被这种一个循循善诱,一个孜孜以求的教学氛围所感动。最后是考核方式:馀音绕梁的开放式。第三首,香菱从梦里得出,众人都叫好,但黛玉最后没有评,"此时无声胜有声"。可见作者不想让香菱学诗仅止于此,也许她还会写出更好的诗。为了写诗,她还曾对夏金桂抱有幻想,进一步说明了香菱对诗的喜爱,以及她作诗的潜质。

香菱结局

香菱是甄士隐的女儿,但在阅读中需要将这父女二人的经历连起来看。甄士隐自己虽然在小说开端便因家破人亡悟出了《好了歌》中的道理,毅然出家,但他的女儿却到红楼之中走了一遭,一步步走进贾府、走进大观园,最后"香魂返故乡"。香菱是甄士隐的红尘一梦,应该充满了幻灭之感。而后四十回,对香菱结局的安排,与宝玉一样,同前八十回的预示不符。

贾雨村的宦海沉浮每每与香菱藕断丝连。香菱是《红楼梦》中第一个出现的女子,居于副册之首,领起了正册之首的二钗的出场。也就是说,香菱的幼年与黛玉相似,这分别在第一回和第二回由贾雨村的耳闻目睹所体现;香菱被拐卖,与宝钗进京密切相关,这件事紧接着发生在第四回。也是由贾雨村来审案的。第四回写"乱判葫芦案",之后就引出香菱跟着薛家进了贾府。到了第四十八回,薛蟠离京学做生意("游艺"),香菱得以进大观园,宝钗让香菱向凤姐请示说明一下,却遇到平儿,说到他们家的新闻。贾琏挨了老爷的打,原因在贾雨村身上。是他设法抄了石呆子的二十把旧扇子,讨好贾赦。贾赦为此夸赞贾雨村的本事,指责贾琏说:"人家怎么弄了来?"贾琏说:"为这点子小事,弄得人坑家败业,也不算什么能为!"贾赦于是就"混打了一顿"。其实宝玉挨打,一个重要的原因也来自贾雨村。第三十三回中写"不肖种种大承笞挞",除了结交戏子、逼死金钏,贾政更大的烦恼是宝玉见贾雨村时那垂头丧气的样子。贾政说:"方才雨村来了要见你,叫你那半天你才出来;既出来了,全无一点慷慨挥洒谈吐,仍是葳葳蕤蕤。"如果说宝玉挨打是贾政对其仕途之心的失望,那么贾琏挨打,也是因为他父亲觉得他不如贾雨村有本事。所以平儿的话是最好的总结:"都是那贾雨村什么风村,半路途中那里来的饿不死的野杂种!认了不到十年,生了多少事出来!"而平儿的话,偏偏在香菱进园子的时候对宝钗说,时间和场合均耐人寻味。这句话从侧面告诉我们,贾雨村从"乱判葫芦案"到"抄没石呆子",不到十年间,已经官运亨通,也丧尽天良了。

到了小说第一百二十回,香菱离开人世的时候,父亲去接应她,也有贾雨村在场。但那时的雨村,已经犯案遇到赦免,革职为民,住在茅草屋里了。甄士隐对他说:"富贵穷通,亦非偶然,今日复得相逢,也是一桩奇事。"可见,香菱一生,似乎伴随着贾雨村走完了他的由穷到通,再由通到穷的怪圈。

关于香菱怀孕这个问题在小说的叙述中,前后存在着矛盾。在夏金桂来之前,她作为薛蟠的妾已有几年。第八十回,在被薛蟠棒打之后写道:

> 自此以后,香菱果跟随宝钗到园内去了,把前面路径竟一心断绝。虽然如此,终不免对月伤悲,挑灯自叹。本来怯弱,虽在薛蟠房中几年,皆由血分中有病,是以并无胎孕。今复加以气怒伤感,内外折挫不堪,竟酿成干血之症,日渐羸瘦作烧,饮食懒进,请医诊视服

药亦不效验。

由此可知，她得了干血症，不太可能有胎孕。第八十回的回目存在版本差异：甲戌、己卯本无此回，庚辰、列藏本此回没有回目。杨藏本（梦稿）、卞藏本作"懦迎春肠回九曲，姣香菱病入膏肓"，蒙府、戚序本作"懦弱迎春肠回九曲，姣怯香菱病入膏肓"。甲辰本作"美香菱屈受贪夫棒，丑道士胡诌妒妇方"，程甲本作"美香菱屈受贪夫棒，王道士胡诌妒妇方"。现知版本第八十回的回目文字大致有两类，涉及香菱的内容，一类写她"病入膏肓"，另一类只写她"屈受贪夫棒"。与其他版本现象综合考察，杨本、蒙府等本的文字早于甲辰、程甲等本。可以说，写香菱在第八十回就"病入膏肓"是早期的构思，后来把香菱病重的信息在回目中隐去，只写了她"屈受贪夫棒"。到了后四十回中，第一百二十回写夏金桂死后，薛蟠把香菱扶正，她还怀了孕，最后因难产而死。

《红楼梦》后四十回往往只按照时间的顺序叙述事件，即"以后呢"，接续了以后发生的事，却较少地着重于因果关系叙述事件，即"什么原因"。香菱之死虽然从结局来看是后来该出现的结果，但其因果关系与前文是不相符的。香菱扶正生子，是实现了家族赋予女人的理想之后，再离开红尘与人世。这是从惯性思维出发，对香菱的结局作了如此"功成而身退"的安排，并没有体现判词中"自从两地生孤木，致使香魂返故乡"的悲剧意蕴。谈到因果问题，我们说从因果关系，即前后逻辑上讲，香菱的结局与第五回、第八十回等处的描写有出入。受到当时社会因果报应观念的制约，后四十回希望香菱得以善终。

香菱是甄士隐所做的红尘一梦，也反映出贾雨村所走的穷通怪圈。按一百二十回本看，这一甄（真）一贾（假），贯穿小说的始末，线索意义比较明显。如此重要的结构作用，却由香菱这条纤弱的细线加以贯穿。香菱是小说中身世悲苦的女子，其悲苦程度与秦可卿、晴雯一样，都不知道

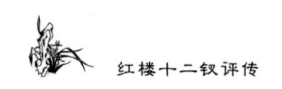

自己的亲生父母是谁。但更为不幸的是,读者都知道她是甄士隐的女儿,唯独她自己不知,这是非常具有戏剧性的情节设计。为了突出男女主人公的诗情和爱意,小说还安排了黛玉教香菱写三首咏月诗,让宝玉为香菱换一条石榴裙,所以香菱形象,又起到了突出主旨的作用。

香菱,残荷听雨时,一缕诗情,一股暖意;精华难掩,影自娟娟,几回掩卷,犹在眼前。

·又副册二人·

晴　雯——芙蓉如面柳如眉

晴雯是宝玉在太虚幻境的名册中看到的第一位女子。她不在金陵十二钗的正册、副册中,而是居于"又副册"之首。作为宝玉身边的知心丫鬟,她"身为下贱"却"心比天高",她的心志正如"晴雯"之名,如同雨后的彩虹一般高远而绚烂。作为黛玉身心的影子,她是怡红院中最聪明、最标致的女子,像黛玉一样也有西施般的病容和美貌。怡红公子把她比作"芙蓉女儿",将祭文挂在芙蓉花枝上,凄婉缠绵地幻化出《长恨歌》中"芙蓉如面柳如眉"的芳姿倩影。

晴 雯 身 份

晴雯是宝玉房中的大丫鬟。通过小说第七十七回的补叙读者可以知道,晴雯"系赖大家用银子买的,那时晴雯才得十岁,尚未留头。因常跟赖嬷嬷进来,贾母见他生得伶俐标致,十分喜爱。故此赖嬷嬷就孝敬了贾母使唤,后来所以到了宝玉房里。这晴雯进来时,也不记得家乡父母。只知有个姑舅哥哥,专能庖宰,也沦落在外,故又求了赖家的收买进来吃工食"。

关于晴雯的身世,前后文略有出入。小说第二十六回"蜂腰桥设言传心事"情节中,红玉向佳蕙倾诉"心里的事",她不满于自己在怡红院的处境。佳蕙也只对袭人服气,而对晴雯等人颇为不满:"可气晴雯、绮霰他们这几个，都算在上等里去，仗着老子娘的脸面，众人倒捧着他去。你说可气不可气？"这里值得注意的是，晴雯"仗着老子娘的脸面"，说明在第二十几回的构思中，晴雯作为丫鬟，还是个家生子。张爱玲在《红楼梦魇》中通过"改写与遗稿"的版本考证，曾得出晴雯在作者的早期构思中不是孤儿，还有父母的推论。而作者后来将晴雯的出身改成第七十七回的状态，让晴雯被身为奴才的"赖大家用银子买"来，并作为礼物"孝敬了贾母使唤"，也像香菱一样"不记得家乡父母"，这使得晴雯的身世更为卑微，更为可怜，以此来强化悲剧意蕴。

晴雯在金陵十二钗又副册中排名第一，关于晴雯的画面和判词，小说第五回写道：

  画着一幅画，又非人物，也无山水，不过是水墨渲染的满纸乌云浊雾而已。后有几行字迹，写的是：
  霁月难逢，彩云易散。心比天高，身为下贱。风流灵巧招人怨。寿夭多因毁谤生，多情公子空牵念。

先看画面。画上的"满纸乌云浊雾"象征着当时阴暗、污浊的现实环境。暂不说当时的大环境，即便是贾府也是藏污纳垢、浊臭逼人，通过荣宁二府也可对当时整个社会的风貌窥见一斑。

再看判词。"霁月难逢，彩云易散"，"霁月"，天净月朗的景象。《宋史·周敦颐传》："黄庭坚称其人品甚高，胸怀洒落，如光风霁月。""霁"，雨后新晴，寓"晴"字。云呈彩叫雯，寓"雯"字，彩云，喻美好。"霁月""彩云"既暗合晴雯的名字，又突出了在乌烟瘴气的环境中，晴雯这般人物存在的可贵性。

"心比天高，身为下贱"，"身"，指身份。"心"，即心性。晴雯不是贾府的"家生子儿"，在她十岁时，贾府的管家赖大，看她生得乖巧，于是当作一件小礼品买来"孝敬"贾母。算来晴雯仅仅是奴隶的奴隶,连自己的父母姓氏都无从知晓,只有个"专能庖宰"且"懦弱无能"的姑舅哥哥"多浑虫",因此说她"身为下贱"。然而偏是这样一个出身低贱的女子,却有着决不服软、"爆炭儿"般的性格,行事光明磊落、无所畏惧,从不肯低三下四地逢迎主子,绝无阿谀奉承的奴才嘴脸。

"风流灵巧招人怨",晴雯容貌出众、聪明灵巧,不仅是众丫鬟中姿色最为出众的,也是贾府中少有的会界线的一个,手工之巧,为他人所不及。然而,在封建社会里"女子无才便是德",女子要安分守己,随分从时,不能过分张扬,尤其是地位卑下的丫头。如果生得太好了,就难免轻佻,这本身就是罪过;美丽又有本事,就更是罪上加罪了。王夫人曾对贾母就晴雯的事说过:"有本事的人未免就有些调歪",而这"不安静"和"调歪"正是家族统治者的大忌。专制制度从来是"顺民性格"的制造者,对于被他们奴役的人来说,就只能顺从、安分、规规矩矩,倘有些许反叛,都会被当作大逆不道而加以拒杀。因此,"风流灵巧"的晴雯定会"招人怨",有人非将其置之死地而不能后快。

"寿夭多因毁谤生,多情公子空牵念","寿夭",即短命夭折。此处的"毁谤"指王善保家的向王夫人进谗言。抄检大观园时,凤姐、王善保家的一伙直扑怡红院时,袭人等顺从听命,任其搜检。唯独晴雯,"挽着头发闯进来,豁一声将箱子掀开,两手捉着底子,朝天往地下尽情一倒,将所有之物尽都倒出"。晴雯一向任性率直,此次公然反抗,更是遭到残酷的报复。她在"病得四五日水米不曾沾牙"的情况下,硬被撵出园子,不久便悲惨地死去。宝玉对这样一个任情任性的丫头充满同情和怀念,然而尽管不满,这位"多情公子"却也无能为力,只能"空牵念"。唯一能做的就是在其抱屈夭亡后,为她作了一篇长长的祭文《芙蓉女儿诔》,来抒发内心的愤慨和眷念。过于出类拔萃,耻于随波逐流,使这个"风流灵巧"的"第一等人物",最终只能淹没在不见天日的"乌云浊雾"中,"晴雯"

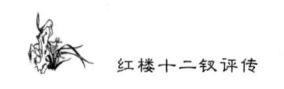

的名字与镜花水月一样，成为高悬于长空的理想之光影。

晴雯之貌

　　晴雯长相如何？作者对此惜墨如金，很少对之进行正面描写，但从其他人的评价中不难看出晴雯的出众姿色。

　　首先看其容貌。第七十四回"抄检大观园"时，王善保家的虽在诽谤晴雯，但其言语也侧面反映出了晴雯的美貌："太太不知道，一个宝玉屋里的晴雯，那丫头仗着他生的模样儿比别人标致些，又生了一张巧嘴，天天打扮的像个西施的样子，在人跟前能说惯道，掐尖要强。一句话不投机，他就立起两个骚眼睛来骂人，妖妖趫趫，大不成个体统。"王夫人的话语又告知读者，晴雯则是个"水蛇腰、削肩膀、眉眼又有些像你林妹妹"的"狂浪"丫头。脂评在这一段描写中间有三条批语："妙妙，好腰"，"妙妙，好肩"以及"凡写美人反用俗笔反笔，与他当不同也。""水蛇腰"者，杨柳腰也；"削肩膀"者，美人肩也。削肩柳腰都是古代女子极美的身材，而她的眉眼又是黛玉式的。由此，晴雯相貌身材之美便不言而喻了。

　　王夫人唤来晴雯，准备整治晴雯时，晴雯"并没十分妆饰"，"钗鬓鬓松，衫垂带褪"，却也"有春睡捧心之遗风"。脂批道："好。可知天生美人原不在妆饰，使人一见不觉心惊目骇。可恨世之涂脂抹粉，真同鬼魅而不自觉。"这令人不由得想起李白的诗句，"清水出芙蓉，天然去雕饰"。然而正因其美貌和娇媚，引起王夫人的暴怒，最终被赶出园。

　　在大观园里，晴雯的美是大家公认的。模样极标致的凤姐曾经说过，"若论这些丫头们，共总比起来，都没晴雯生得好"；与晴雯摩擦不断的袭人虽然对她十分嫉恨，也不得不承认晴雯"生的太好了"，是个"美人似的人"；同晴雯情真意切的宝玉更视她为"第一等的人"，赞她"过于生的好了"，以至于在《芙蓉女儿诔》中赞道"其为貌则花月不足喻其色"；贾母

晴雯撕扇

鳳舞於丁酉端午

晴雯

芙蓉女儿

丽质何因犯主威,披裘人自泣斜晖。
可怜白骨添新冢,蔓草荒烟蝶乱飞。

——程甲本晴雯绣像题咏

更是因为晴雯"生得伶俐标致","这些丫头的模样爽利言谈针线多不及他",故而才将其转赠予宝玉使唤。而其目的,也是希望将来宝玉能将之收在房中。众人对晴雯的评价、言论,不管是褒是贬,但在晴雯出众模样上,则是众口一词的。

其次,看其穿着打扮。原著中曾三次提及晴雯的衣着打扮。第一次是第五十一回"胡庸医乱用虎狼药",写到"那大夫见这只手上有两根指甲,足有三寸长,尚有金凤花染的通红的痕迹,便忙回过头来"。第二次是第七十回写到晴雯和麝月同芳官打闹,"那晴雯只穿葱绿院绸小袄,红小衣红睡鞋,披着头发,骑在雄奴身上。麝月是红绫抹胸,披着一身旧衣,在那里抓雄奴的肋肢。"第三次是第七十四回王夫人传唤晴雯,写到其"钗亸鬓松,衫垂带褪,有春睡捧心之遗风",王夫人怒斥晴雯"我看不上这浪样儿!谁许你这样花红柳绿的妆扮!"从小说的描述中可以看出,晴雯也像一般少女一样有爱美之心,留指甲、戴手镯等,充满了青春的活力和生机。王夫人怒目之下还不得不承认她有"春睡捧心"的西施之美。

最后,看其情态。娇憨可人、放纵任性,这是晴雯的性格所致。第十九回晴雯玩牌"混输了",便气得躺在床上一动不动。第三十一回宝玉为博晴雯一笑,竟让麝月将扇子匣子搬来,任晴雯撕着玩,晴雯也毫不客气,撕完后,"笑着,倚在床上说道:'我也乏了,明儿再撕罢。'"第五十一回麝月"出去走走",晴雯想唬麝月玩耍,故意吓她,"外头有个鬼等着你呢",待麝月刚一出门,晴雯便"仗着素日比别人气壮,不畏寒冷,也不披衣,只穿着小袄,便蹑手蹑脚的下了熏笼,随后出来"。第五十二回晴雯着凉感冒,吃了药,仍不见病退,急得乱骂大夫,说:"只会骗人的钱,一剂好药也不给人吃。"一个娇憨任性的俏丫头形象跃然纸上。

快人快语,喜怒形于色,也是晴雯的气质所致。第三十一回,宝玉同晴雯吵架,袭人前来相劝,不留意称自己与宝玉"我们",晴雯心生酸意,冷笑几声,道:"我倒不知道你们是谁,别教我替你们害臊了!便是你们鬼鬼祟祟干的那事儿，也瞒不过我去，那里就称起'我们'来了。明公正道，连个姑娘还没挣上去呢，也不过和我似的，那里就称上'我们'了！"，虽说所言非虚，但晴雯的快人快语却也着实让袭人难堪。第五十二回平儿丢了虾须镯，发现是被怡红院的小丫头坠儿偷去了，"晴雯听了，果然气的蛾眉倒蹙，凤眼圆睁，即时就叫坠儿"。宝玉忙劝阻，晴雯却说："只是这口气如何忍得！"后来她果然惩治了坠儿，书中写道："晴雯便冷不防欠身一把将他的手抓住，向枕边取了一丈青，向他手上乱戳，口内骂道：'要这爪子作什么？拈不得针，拿不动线，只会偷嘴吃。眼皮子又浅，爪子又轻，打嘴现世的，不如戳烂了！'坠儿疼的乱哭乱喊。"晴雯就这样耳聪目明，心直口快，手脚麻利，刚肠疾恶，得理不让人，不给人留情面，以至于日后"招人怨"。

涂瀛的《红楼梦论赞·晴雯赞》中指出："有过人之节，而不能以自藏，此自祸之媒也。晴雯人品心术，都无可议，惟性情卞急，语言犀利，为稍薄耳。使善自藏，当不致逐死。"脂砚斋对此也有评价："但观者凡见晴雯诸人则恶之，何愚也哉？要知自古及今，愈是尤物，其猜忌妒愈甚。若一味浑厚大量涵养，则有何令人怜爱护惜哉？……故观书诸君子不必恶晴雯，正该感晴雯金闺绣阁中生色方是。"（庚辰本第二十回夹批）这是晴雯可爱可敬之处，然而却也是其招恨生怨之处，正因如此她才遭人诬陷，以至于最终"俏丫鬟抱屈夭风流"。

晴雯之情

晴雯之情主要表现在她"爆炭"般的真性情，以及对宝玉的真感情上。晴雯拒绝奴性、疾恶如仇，自尊自爱、洁身自好，同情弱小、伸张正义，这既是她爽利、率真的个性使然，也是她作为受压迫者的觉醒和反抗。

首先来看真性情。晴雯的真性情最突出表现于拒绝奴性,疾恶如仇。她不齿于阿谀谄媚而斥责红玉;坚持人格平等而讥笑秋纹;厌恶偷窃行径而撵走坠儿。即使将身边的人全得罪光,也不愿奴颜媚骨,失掉尊严。小说第二十七回曾经写道,凤姐命小红传话取东西,晴雯得知冷笑道:"怪道呢!原来爬上高枝儿去了,把我们不放在眼里。不知说了一句话半句话,名儿姓儿知道了不曾呢,就把他兴的这样!这一遭半遭儿的算不得什么,过了后儿还得听呵!有本事从今儿出了这园子,长长远远的在高枝儿上才算得。"虽是有些尖酸刻薄,却明确地表达了自己摒弃谄媚的坚定立场。当秋纹因为太太的赏赐而扬扬得意时,晴雯却嗤之以鼻。同是丫鬟,偏被分出"谁比谁高"的等级,对此晴雯是极为不满的。在她看来人人平等,没有什么高低贵贱之分,只要有损尊严,即使"冲撞了太太"也决不服软,不做"西洋花点子哈巴儿"。而此处晴雯对秋纹的指责,对袭人无疑是一种更为犀利的讥讽。第五十二回,坠儿偷金镯之事宝玉麝月等人都知道了,唯有晴雯这块"爆炭"反应强烈。她带病动手戳坠儿,还假称宝玉的意思,立即将坠儿撵了出去,刚直不阿之秉性尽显无馀。

晴雯的真性情也表现为自尊自爱,洁身自好。这位芙蓉女儿一生光明磊落,见不得偷鸡摸狗之事,自然也不同意别人诬陷自己。因此,抄检大观园时,不怀好意的王善保家的前来搜查怡红院,晴雯当着众人将箱子掀开,"两手捉着底子,朝天往地下尽情一倒,将所有之物尽都倒出",以示自己的委屈与愤怒。这种大胆的反抗,表面上虽然是对着王善保家的,实际上倾倒而出的绝不仅仅是对恶奴的怒气,也还包括对王夫人的不满。可以说"反抄检"的壮举,是表现晴雯性格最动人的篇章。身为宝玉的贴身丫鬟,晴雯纵然与之情深义重,却也是清清白白。第七十七回宝玉探望晴雯,晴雯呜咽道:"我虽生的比别人略好些,并没有私情密意勾引你怎样,如何一口死咬定了我是个狐狸精!我太不服。今日既已担了虚名,而且临死,不是我说一句后悔的话,早知如此,我当日也另有个道理。不料痴心傻意,只说大家横竖是在一处。不想平空里生出这一节话来,有冤无处诉。"可见,晴雯平日与宝玉相处甚重自洁。同时,作者刻意安排灯姑娘这样一个"恣情纵欲"的女人,来看宝玉和晴雯相处,"就比如方才我们姑娘下来,我也料定你们素日偷鸡盗狗的。我进来一会在窗下细听,屋内只你二人,若有偷鸡盗狗的事,岂有不谈及于此,谁知你两个竟还是各不相扰。可知天下委屈事也不少。如今我反后悔错怪了你们。"以混浊淫乱之人的眼睛去看两个纯洁而清白的人,更衬托了晴雯的自尊、自爱。

晴雯的真性情还表现为同情弱小、伸张正义。第五十八回芳官被打,袭人要去劝架,晴雯看不下去,毫不顾忌是否会得罪人,忙先过来,指着芳官干娘骂道:"你老人家太不省事。你不给他洗头的东西,我们饶给他东西,你不自臊,还有脸打他。他要还在学里学艺,你也敢打他不成!"宝玉气得不知如何是好时,晴雯脱口而出:"什么'如何是好',都撵了出去,不要这些中看不中吃的!"看那婆子羞愧难当,一言不发。晴雯过去拉过芳官,"替他洗净了发,用手巾拧干,松松的挽了一个慵妆髻,命他穿了衣服过这边来了"。虽然"身为下贱",晴雯丝毫不像其他奴才般低三下四、自轻、自薄,她敢说敢做,任情任性,不怕惹祸上身。她的独立人格不仅表现在其个人的桀骜不驯、自律自洁上,也表现在她对和自己同样受压迫者的同情和打抱不平上。

其次再看真感情。晴雯虽然是宝玉的奴才,但在其内心深处从来不把自己看作是听任主子奴役、侮辱或践踏的下等人,即使对宝玉也没有例外。她所珍惜的只是互相尊重和真诚相待,因此她的自尊心在宝玉面前更不愿受到损伤。至于宝玉,也从来不愿以主人自居,以奴才看人,当然就更不会像对待一般丫鬟那样对晴雯。晴雯在宝玉心目中,扮演了三重角色:

一是贴心的红颜。宝玉和晴雯共看斗方,宛如初恋的儿女。第八回的一段这样写道:

(宝玉)一面说,一面来至自己的卧室。只见笔墨在案,晴雯先接出来,笑说道:"好,要我研了那些墨,早起高兴,只写了三个字,丢下笔就走了,哄的我们等了一日。快来与我写完这些墨才罢!"(脂批:"姣痴婉转,自是不凡,引后文。")宝玉忽然想起早起的事来,因笑道:"我写的那三个字在那里呢?"晴雯笑道:"这个人可醉了。你头里过那府里去,嘱咐贴在这门斗上,这会子又这么问。我生怕别人贴坏了,我亲自爬高上梯的贴上,这会子还冻的手僵冷的呢。"(脂批:"可儿可儿")宝玉听了,笑道:(脂批"是醉笑。")"我忘了。你的手冷,我替你渥着。"说着便伸手携了晴雯的手,同仰首看门斗上新书的三个字。

从脂砚斋的批语中,不难看出晴雯与宝玉之间绝不仅仅是奴才对主子的尽心尽力,更多的是一份彼此的欣赏和关爱。

晴雯的拈酸吃醋,流露恋人的情愫。第二十回宝玉为麝月篦头,也引出了晴雯的一缕醋意,朦胧的情感甚为美妙。晴雯与众人玩牌中途回屋取钱,碰巧撞见宝玉正在为麝月理妆,心直口快的她冷笑道:"哦,交杯盏还没吃,倒上头了!"宝玉见状忙说要为晴雯也篦一篦,晴雯则称自己没那么大福分,说着拿了钱摔帘子出去了。这一"摔"固然是洒脱率性的体现,细细品味,其中却也不乏闺中儿女的小情小怨,微妙之情愫令人回味无穷。

宝玉对晴雯的探望和祭奠,堪称生死之恋的绝唱。第七十七回"俏丫鬟抱屈夭风流",写晴雯被赶出贾府后,宝玉费尽心思前去探望,掀起草帘,"一眼就看见晴雯睡在芦席土炕上,幸而衾褥还是旧日铺的。心内不知自己怎么才好,因上来含泪伸手轻轻拉他,悄唤两声。当下晴雯又因着了风,又受了他哥嫂的歹话,病上加病,嗽了一日,才朦胧睡了。忽闻有人唤他,强展星眸,一见是宝玉,又惊又喜,又悲又痛,忙一把死攥住他的手。哽咽了半日,方说出半句话来:'我只当不得见你了。'接着便嗽个不住。宝玉也只有哽咽之分"。对于晴雯的无辜遭难,宝玉虽然满心愤恨,然而在母亲雷电震怒、泰山压顶的威势之下,也只能无可奈何地将自己的满腔痛愤与幻想写进吊祭晴雯的《芙蓉女儿诔》中。第七十八回"痴公子杜撰芙蓉诔"写道:"高标见嫉,闺帏恨比长沙;直烈遭危,巾帼惨于羽野","固鬼蜮之为灾,岂神灵而亦妒?钳诐奴之口,讨岂从宽;剖悍妇之心,忿犹未释!"宝玉把晴雯比作被朝廷排斥的贾谊、美貌遭忌的昭君,他在想象中对那些中伤陷害的奴才们伸张讨伐,"毁口""剖心",为晴雯复仇。"汝南泪血,斑斑洒向西风;梓泽余衷,默默诉凭冷月",这里分别用汝南王失去了碧玉、石季伦保不住绿珠的典故,来暗指自己对晴雯的思念,深重情谊可见一斑。而晴雯对宝玉的感情"底牌"也是直到她临死前一刻才被掀开。宝玉探望病危的晴雯,晴雯呜咽道:"今日既已担了虚名,而且临死,不是我说一句后悔的话,早知如此,我当日也另有个道理。不料痴心傻意,只说大家横竖是在一处。不想平空里生出这一节话来,有冤无处诉。"晴雯心里深藏着挚热的情感,不是惨遭迫害,生命垂危,自己也不会意识到这一点。弥留之际,她才猛然感觉到,后悔自己当日没另有个道理。晴雯最后剪下"两根葱管般的指甲"交给宝玉,又同宝玉交换了贴身内袄。指甲、内衣在那个时代,都是爱情的信物,晴雯的大胆举动是她为自己的爱情留下唯一的纪念,也是对封建桎梏的有力一击。

二是可信的知己。晴雯撕扇是《红楼梦》中的经典情节,也是二人不打不相知的生动趣事。这是一场晴雯与宝玉之间的正面冲突。一把小小的扇子在怡红院中掀起狂波巨澜,晴雯与宝玉的小儿女情态也在惊涛

骇浪中得到了淋漓尽致的展现。小说先有"宝玉心中闷闷不乐,回至自己房中长吁短叹",偏巧晴雯惹出了小麻烦:

> 偏生晴雯上来换衣服,不防又把扇子失了手跌在地下,将股子跌折。宝玉因叹道:"蠢才,蠢才!将来怎么样?明日你自己当家立事,难道也是这么顾前不顾后的?"晴雯冷笑道:"二爷近来气大的很,行动就给脸子瞧。前儿连袭人都打了,今儿又来寻我们的不是。要踢要打凭爷去。就是跌了扇子,也是平常的事。先时连那么样的玻璃缸、玛瑙碗不知弄坏了多少,也没见个大气儿,这会子一把扇子就这么着了。何苦来!要嫌我们就打发我们,再挑好的使。好离好散的,倒不好?"宝玉听了这些话,气的浑身乱战……

晴雯对于宝玉的突然发作,不是吓得低头服罪,而是毫无奴才声口地表示气愤、不服。袭人可以挨宝玉的窝心脚,晴雯却从来没有看主子嘴脸的习惯。宝玉看惯了,也厌倦了别人对自己的奴颜婢膝,他之所以敬重晴雯也正是由于她全无媚骨。这回偶然流露的贵公子习气,便果真遭到了晴雯的无情顶撞。晴雯的话激怒了宝玉,使得他更以主子的身份说晴雯人大了,有自己的心事了,要回王夫人打发她出去。"晴雯听了这话,不觉又伤心起来"。此处的伤心,是因宝玉挫伤了她的自尊,损害了他们之间平等相处的情谊。而这种真情也只有宝玉能够体悟,冷静下来,宝玉便意识到什么东西都不过是供人使用的器具,怎能比人贵重。于是就有了下文的"撕扇"这一动人情节。此情此景中,宝玉满怀歉意,比平日更显得谦和宽容,对晴雯低眉顺目地说:"那扇子原是扇的,你要撕着玩也可以使得。"弦外之音是"只要你高兴就行"。没想到晴雯果真痛快利落地几下撕碎了宝玉的扇子,接着又撕碎了宝玉从麝月手中抢过来的扇子。伴随着"嗤嗤"的响声,二人都放声大笑。笑声里,宝玉趾高气扬的主子身份消失了,晴雯也为自己找回了尊严。宝玉的连声叫好是对晴雯自由个性与自身价值的认可和尊重,而宝玉也正是从晴雯任性放纵、敢作敢为的行动中认清了这位女子不同凡响的心志与魄力。于是,他们在笑声中和解,在笑声中成为心灵上的知己。这场风波的振荡使晴雯与宝玉在灵魂深处获得了共鸣。

黛玉题帕写相思,是小说中最有诗意和爱意的情节,而晴雯送帕起到的便是鸿雁的作用。宝玉挨打后,黛玉哭了一夜,刚来探望,又因凤姐的闯入惊走。宝玉卧病在床,惦记着黛玉,急需有人鸿雁传书。而此时在宝玉心目中,能担当此任的只有晴雯。小说第三十四回写到宝玉有意支开袭人,私下嘱咐晴雯为黛玉送帕,这既与"晴为黛影"暗合,也从侧面证明在宝玉心中晴雯要比袭人可信得多。

三是仗义的闺友。"病补雀金裘"一段中,写贾母曾送给宝玉一件产自俄罗斯国用孔雀毛捻成线后织成的孔雀毛披衣。这件披衣金翠辉煌、碧彩闪烁,堪称稀世珍宝。不料宝玉刚披上就被手炉中迸出的炭火烧了指顶大的一个洞。恰巧第二天是正日子,老太太嘱咐了要穿去见她。宝玉心急火燎,让婆子拿出去缝补,能工巧匠们没有一个敢揽这个活。此时,晴雯恰好生病,"只觉头重身轻,满眼金星乱迸,实实撑不住。若不做,又怕宝玉着急,少不得恨命咬牙捱着"。她带着病体,"补不上三五针,便伏在枕上歇一会"。即便这样,她还担心宝玉,见宝玉不过意,围着她打转转,急得央道:"小祖宗!你只管睡罢。再熬上半夜,明儿眼睛抠搂了,怎么处!"而她自己则撑到天将明,待补完时,力尽神危地倒下。能这样拼着性命去维护对方,毫无一己之心,肯为朋友两肋插刀的人,该是何等人物?难怪作者曹雪芹要称她为"勇晴雯"了。一个"勇"字,使晴雯颇具"士为知己者死"的风度,也令读者不由得羡慕宝玉有此等佳人相伴了。

晴雯之才

作为宝玉的贴身丫鬟，晴雯以技压众人、机敏聪慧著称，其才能在怡红院众女儿里堪称翘楚。

擅长织补，巧夺天工。小说第五十二回"勇晴雯病补雀金裘"一段里，不仅写了她性格中的"勇"，也表现了女红方面的"巧"。宝玉的孔雀裘被炭火烫破，京城里那么多"织补匠人""裁缝绣匠""作女工的"都不敢承接补裘的任务，大观园内丫鬟成群，也无人"揭榜"，只有这位支撑病体的晴雯补得"若不留心，再看不出来的"，可谓天衣无缝，手工之精巧可想而知。

伶俐聪慧，足智多谋。她不仅手工精巧，而且有勇有谋。第七十三回，贾政要盘考宝玉，宝玉不知所措，想来想去，别无他法，只能理熟了书应付父亲，怡红院的气氛登时紧张起来。大丫鬟们尽管担心宝玉，也只能忙着"剪烛斟茶"；小丫鬟们坐夜伺候，也只是个个困眼蒙眬，前合后仰；袭人、麝月更是急得无可如何，只求"小祖宗"少管闲事，安心读书。只有晴雯见宝玉读书苦恼，"心下正要替宝玉想出一个主意来脱此难"，忽然听见金星玻璃从后房门跑进来，口内喊说："不好了，一个人从墙上跳下来了"，于是心生一计，建议宝玉"趁这个机会快装病，只说唬着了"。此话正中宝玉心怀，遂传起上夜人等来，打着灯笼四处搜寻。晴雯随后虚张声势，宣称宝玉吓得"颜色都变了，满身发热"，并到王夫人处要药，最后传到贾母耳中，宝玉就此过了一关。这段小小的插曲虽属闹剧，却足以表现晴雯的机灵聪敏。她既了解宝玉，又善于抓住时机，这点是袭人、麝月等"粗粗笨笨"之辈望尘莫及的。

晴雯心灵手巧，反应机敏。但抄检大观园时，她却成了众矢之的，小说把这一形象推到风口浪尖上，以彰显她的聪明才智。第七十四回写王夫人听信谗言传唤晴雯时,冷笑着说:"好个美人!真像个病西施了。你天天作这轻狂样儿给谁看?你干的事,打量我不知道呢!我且放着你,自然明儿揭你的皮!宝玉今日可好些?"晴雯一听,心内大异,便知有人暗算了自己。晴雯"本是个聪敏过顶的人",见王夫人问宝玉可好些,便不肯以实话对,只说:"我不大到宝玉房里去,又不常和宝玉在一处,好歹我不能知道,只问袭人麝月两个。"王夫人怪罪,晴雯又道:"我原是跟老太太的人。因老太太说园里空大人少,宝玉害怕,所以拨了我去外间屋里上夜,不过看屋子。我原回过我笨,不能伏侍。老太太骂了我,说'又不叫你管他的事,要伶俐的作什么。'我听了这话才去的。不过十天半个月之内,宝玉闷了大家顽一会子就散了。至于宝玉饮食起坐,上一层有老奶奶老妈妈们,下一层又有袭人麝月秋纹几个人。我闲着还要作老太太屋里的针线,所以宝玉的事竟不曾留心。太太既怪,从此后我留心就是了。"晴雯这一段话下来,严丝合缝,无懈可击,唬得王夫人也"信以为实"了,其心思之缜密,语言之伶俐,令人叹为观止。

晴雯结局

　　晴雯形象的幸运之处在于她死在了前八十回,故而她的结局少有争议。关于晴雯,学界素有"晴为黛影"的说法。曹雪芹精心创作了《红楼梦》中篇幅最长也最富有文采的诔文来祭奠晴雯,偏爱之情亦不言而喻。然而,面对黛玉和晴雯这两个心仪的女子,作者刻意安排两者同患肺痨之症,同样悲惨死去,这其中又有着深刻的含义。二人的相似之处主要在貌和情上。肺病有"脸上作烧"之症,表现为人面桃花之美;"病西施"之容,也是为了体现女子的倾国倾城之美。就性情而言,晴雯与黛玉一样直率坦荡、使性任情,在大观园中与众不同,为其他爱说"混帐话"的姐妹所不容。而二人高傲、磊落的性格也决定她们无法在那个"污淖"的环境中生存,因此曹雪芹用美的毁灭来控诉不合理的现实。与宝玉挨打的皮肉之苦相比,抄检大观园使宝玉遭受了心灵的重创。晴雯之死既是王夫人给宝玉的又一次打击,也是给宝黛的一次警告,更是宝黛爱情失败的前兆。

"其为质则金玉不足喻其贵,其为性则冰雪不足喻其洁,其为神则星日不足喻其精,其为貌则花月不足喻其色"。宝玉越是高扬晴雯,越是在捧杀晴雯。她的悲剧在于:明明是个丫鬟,却有着"芙蓉如面柳如眉"的俊俏外貌和心灵手巧的过人才能;明明是个奴婢,却有着锋芒毕露的自我意识和不甘蹂躏的自由灵魂;这些不和谐的因素,导致她要被无法颠覆的尊卑纲常所毁灭。晴雯的地位和个性之间不可调和的矛盾,使她注定要为此付出悲剧的代价。晴雯,一个心比天高却命比纸薄的俏丫鬟过早地去做了芙蓉花神,用夭折的风流留给读者无限的同情、无穷的遗憾和无尽的反思。

袭　人——花飞莫遣随流水

袭人和晴雯一样，是金陵十二钗中"又副册"的女子，宝玉身边的丫鬟。这位"温柔和顺"的女子用她的满腔痴情关爱宝玉，用她的善良随和对待众人。然而，却也逃脱不了无法善终、被迫改嫁的命运。她因"似桂如兰"的贤惠，被视为宝钗的影子。袭人姓花，暗合了苏轼《水龙吟》词"似花还似非花"的描述，"春色三分，二分尘土，一分流水"，她与黛玉都生在花朝日，黛玉"一抔净土掩风流"，袭人的生命之花则顺水而逝。其身不由己随波逐流的归宿，可用宋代谢枋得《庆全庵桃花》中的诗句来概括，即"花飞莫遣随流水"。

袭人身份

花袭人出身于一个平民家庭，年幼时因家道破落而被家人卖到荣国府做丫鬟，后来家境复苏，母、兄欲为她赎身时，她却由于特殊原因不愿离去。而这个特殊原因来自贾府的贵公子宝玉。小说第三回交代，"袭人亦是贾母之婢，本名珍珠。贾母因溺爱宝玉，生恐宝玉之婢无竭力尽忠之人，素喜袭人心地纯良，克尽职任，遂与了宝玉"，并在第六回中成为宝玉在现实生活中"初试云雨情"的对象，因此袭人不仅是宝玉房中的贴身大丫鬟，实际上也是宝玉的准姨娘。

小说通过回忆的方式，补写了袭人曾服侍过湘云。第三十二回通过袭人和湘云的对话，追述了十年前袭人伺候湘云的情景。袭人问湘云："你还记得十年前，咱们在西边暖阁住着，晚上你同我说的话儿？"史湘云笑道："你还说呢。那会子咱们那么好。后来我们太太没了，我家去住了一程子，怎么就把你派了跟二哥哥，我来了，你就不像先待我了。"袭人笑道："你还说呢。先姐姐长姐姐短哄着我替你梳头洗脸，作这个弄那个，如今大了，就拿出小姐的款来。你既拿小姐的款，我怎敢亲近呢？"史湘云道："阿弥陀佛，冤枉冤哉！我要这样，就立刻死了。你瞧瞧，这么大热天，我来了，必定赶来先瞧瞧你。不信你问问缕儿，我在家时时刻刻那一回不念你几声。"尽管当时年龄幼小，袭人和湘云的主仆情意胜似亲姐妹，而且十年后依然很亲近。第五十四回借助贾母和凤姐的对话，从贾母的视角谈了袭人在贾府的经历。贾母叹道："我想着，他从小儿服侍了我一场，又服侍了云儿一场，末后给了一个魔王宝玉，亏他魔了这几年。他又不是咱们家的根生土长的奴才，没受过咱们什么大恩典。他妈没了，我想着要给他几两银子发送，也就忘了。"凤姐儿道："前儿太太赏了他四十两银子，也就是了。"这段对话可见，袭人还只是个十几岁的丫鬟，竟然三易其主，且都"竭力尽忠""克尽职任"。

  袭人是宝玉的贴身侍妾。宝玉在现实生活中，朝夕不离、关系最近的既不是王夫人、贾母，也不是黛玉、宝钗，而是袭人。宝玉的起居饮食等一应大小事务均由袭人操办，所有贴身衣物也无不经袭人之手，除此之外，袭人还曾求湘云和宝钗代劳。小说第三回告诉读者，"这袭人亦有些痴处：服侍贾母时，心中眼中只有一个贾母；如今服侍宝玉，心中眼中又只有一个宝玉。只因宝玉性情乖僻，每每规谏宝玉不听，心中着实忧郁"。贾母因袭人"心地纯良"，将其分派到宝玉身边，果然此后她眼中就只有一个宝玉了。宝玉外出回来稍晚一点，她不是倚门而望，就是四处寻找；宝玉的面色神气略有变异，她一定最先察觉得到；宝玉"命根"似的通灵宝玉以及宝玉所有用过的东西，她都非常细心地收存着，呵护着，她

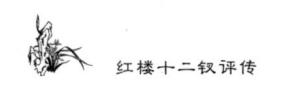

无时无刻不担心着自己的主子,生怕他有丝毫闪失与烦恼。袭人还不时规劝和留意宝玉的行为举止。最具代表性的是第十九回"情切切良宵花解语",袭人以赎身回家试探宝玉,巧妙地使宝玉答应其三个要求。这一切无不像在履行一个贤妻的职责。

袭人是王夫人的心腹之人。袭人服侍宝玉的悉心和敬业,得到了王夫人的信任与宠爱。在第三十六回王夫人给袭人涨月钱时写道:

> 凤姐道:"既这么样,就开了脸,明放他在屋里岂不好?"王夫人道:"那就不好了,一则都年轻,二则老爷也不许,三则那宝玉见袭人是个丫头,纵有放纵的事,倒能听他的劝,如今作了跟前人,那袭人该劝的也不敢十分劝了。如今且浑着,等再过二三年再说。"

可见,在王夫人眼中袭人是宝玉姨娘的不二人选。这种关系虽未明确,却也已是半公开化的事实。第三十一回,黛玉称袭人为"好嫂子"。第三十六回则从宝钗的角度写袭人身份的确定。"绣鸳鸯梦兆绛芸轩"一节,写宝钗问袭人,林姑娘和史大姑娘"他们没告诉你什么话?"袭人说那些玩话没有什么正经的,宝钗却笑道:"他们说的可不是玩话,我正要告诉你呢,你又忙忙的出去了。"宝钗因为从薛姨妈那里先知道了,特地来告诉袭人她被收到宝玉身边,享受姨娘的待遇之事。由为宝玉选妾,到宝玉娶妻,第三十六回似乎专门在写宝玉的妻妾之事。第五十一回袭人母亲病重,哥哥花自芳接袭人回家,凤姐特意嘱咐袭人回家前"穿几件颜色好衣裳,大大的包一包袱衣裳拿着,包袱也要好好的,手炉也要拿好的。临走时,叫他先来我瞧瞧"。还要了大小车辆,并派丫鬟婆子陪同。这固然有贾府注重"大家的体面",讲究虚荣排场的成分,但也含有对袭人准姨娘身份的默认因素。值得一提的是袭人临行时的服饰,小说写凤姐笑道:"这三件衣裳都是太太的,赏了你倒是好的。但只这袄子太素了些,如今穿着也冷,你该穿一件大毛的。"这一方面表现出凤姐对袭人的关心,另一方面从袭人穿的衣服竟然都是王夫人给的这一细节,反映出王夫人对袭人关爱有加,毫不见外。

袭人名字的来历。关于袭人的名字也有一段故事,她在贾母身边侍候时名唤珍珠,被赐给宝玉后,"宝玉因知他本姓花,又曾见旧人诗句上有'花气袭人'之句,遂回明贾母,更名袭人"。小说第二十三回对这一更改又有说明。贾政责怪袭人名字刁钻,宝玉解释道:"因素日读诗,曾记古人有一句诗云:'花气袭人知昼暖'。因这个丫头姓花,便随口起了这个名字。"陆游的《村居书喜》原句是"花气袭人知骤暖","骤"字的意思是突然,意为花香变浓是因为天气突然变热了,强调花对冷暖变化很敏感。这里是作者的失误?还是刻意安排给宝玉一个错字,既符合他的年龄性格,又自然生动?值得玩味。在《红楼梦》中,主要人物身边的丫鬟名字往往与其主人的性情、才华甚至命运相关联,从"珍珠"到"袭人",由俗到雅,后者更能反映宝玉的才情与雅趣,也更符合宝玉怜花惜人的性情。

袭人的生日是百花的生日。袭人的生日,是农历二月十二的花朝节,即百花的生日。巧合的是这一天也是黛玉的生日。作者为何这样处理呢?一方面出于她姓"花",用以补充说明黛玉生日的含义;另一方面,可能也有生日相同,性情不同而又互补之意。耐人寻味的是,第十九回分别写了袭人和黛玉二人与宝玉的冬日温情。庚辰本此回无回目,己卯等版本上均作"情切切良宵花解语,意绵绵静日玉生香",概括了两个花朝节出生的女子对宝玉的真切之情、缠绵之意。

袭人在金陵十二钗又副册中位居第二,小说第五回介绍了关于她的画和判词:

一簇鲜花,一床破席,也有几句言词,写道是:

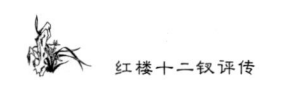

枉自温柔和顺,空云似桂如兰。堪羡优伶有福,谁知公子无缘。

先看画面。"一簇鲜花,一床破席"。"花",对应袭人之姓。"席"则谐"袭"之音,自然应合袭人之名。再看判词。"枉自温柔和顺,空云似桂如兰","温柔和顺""似桂如兰"都是用来形容袭人贤良和善的脾气禀性。"似桂如兰",同时暗点其名。宝玉从宋代陆游《村居书喜》中"花气袭人知骤暖,雀声穿树喜新晴"中取"袭人"二字为她起名,而以兰桂的香气表现花的香气。然而即使温柔和顺,博得主子的好感,也只是"枉自""空云",终究难逃离开宝玉的结局。"堪羡优伶有福,谁知公子无缘"。"堪羡",值得羡慕。"优伶",旧称戏剧艺人为优伶,此处指蒋玉菡。"公子",即指宝玉。在后四十回的尾声,袭人因客观情势所迫,嫁给了蒋玉菡,故而说"公子无缘"。从这两句诗中,读者也不难体味到作者对宝玉未能与袭人相守终身的遗憾。

关于画面中的"破席"问题。反感袭人者认为一床"破"席,是暗讽袭人的改嫁,斥责其不能从一而终,这在很大程度上是受后四十回的影响。从全书原稿的脂砚斋评语中不难看出,作者对这位"温柔和顺"的女孩并无厌烦之感。脂批口口声声称袭人为"袭卿",在这首判词后,还写道"骂死宝玉,却是自悔"。何以袭人最后嫁给蒋玉菡?是对宝玉谴责吗?恐怕这也是作者的无奈。宝玉遭遇变故,袭人"似桂如兰"的脾性,使她既不会像晴雯那样做出铰指甲、换小袄之类不顾死活的大胆举动,也不可能像鸳鸯那样横了心发誓一辈子不嫁人。她唯一能做的就是在心里不忘旧情,行动上却要听凭命运摆布。因此,袭人的改嫁,不管是否出于自愿,都不应让她负全责。袭人册子上所画的"破席",不应含贬义,不是讥讽其一女偏侍两夫,而应该是指其处境的寒微,地位的卑贱,与晴雯的"身为下贱"相似。

袭人之貌

袭人在红楼女性中出现的次数很多,仅次于黛玉、宝钗和凤姐,然而作者却较少提及她的容貌,只是借他人之眼告知读者,袭人虽不及钗黛、晴雯等人,但也"俊俏可人"。

小说中有限的文字写到袭人的容貌和体态。第六回写宝玉眼中的袭人"柔媚娇俏"。在第十九回中,宝玉和茗烟私自到袭人家去,看到她"两眼微红,粉光融滑"。脂砚斋此处有批语,"八字画出才收泪之一女儿,是好形容,且是宝玉眼中意中"。而第二十六回,贾芸初次走进宝玉房间,看见一个大丫鬟给他倒茶,那丫鬟"细挑身材,容长脸面,穿着银红袄儿,青缎背心,白绫细折裙。——不是别个,却是袭人"。整部小说对袭人外貌的描绘尽于此矣。宋淇在论袭人出场和容貌时曾引述张爱玲的观点,《红楼梦》"写黛玉,就连面貌也几乎纯是神情,唯一具体的是'薄面含嗔'的'薄面'二字。通身没有一点细节,只是一种姿态,一个声音。袭人在怡红院中地位如此重要,作者应着力描写,然而也止此三段,别无赘笔"。不得不令人感叹作者的惜墨如金。

作者对袭人服饰的描写可映衬她的美貌。第五十一回,袭人母亲病重,哥哥花自芳要接其回家,凤姐为此作了周密的安排,尤其是在袭人的装束行囊上格外上心,走前亲自过目检查一番:"凤姐儿看袭人头上戴着几枝金钗珠钏,倒华丽;又看身上穿着桃红百子刻丝银鼠袄子,葱绿盘金彩绣绵裙,外面穿着青缎灰鼠褂。"她嫌袭人褂子太素,包裹不体面,就命平儿将自己的石青刻丝八团天马皮褂子、玉色绸里的哆罗呢包袱和一件大红猩猩毡的雪褂子给了袭人,最后还关照袭人,如果母亲不见好转,及时通知以便打发人送铺盖妆奁去。戚序本在回末有这样一段评语:

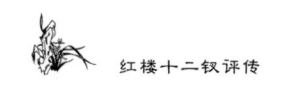

搁起灯谜,接入袭人了,却不就袭人一面写照,作者大有苦心。盖袭人不盛饰,则非大家威仪,如盛饰,又岂有其母临危而盛饰者乎?在凤姐一面,于衣服、车马、仆从、房屋、铺盖等物,一一检点,色色亲嘱,既得掌家人体统,而袭人之俊俏风神毕现。

从脂砚斋的评语中,可以看到作者的高明之处。这段描写可谓一石两鸟,一方面可以一览凤姐指挥若定的气度,另一方面则使读者多了一个欣赏袭人相貌的机会。第三十六回薛姨妈再次告知读者袭人的"俊俏风神",她说:"早就该如此。模样儿自然不用说的,他的那一种行事大方,说话见人和气里头带着刚硬要强,这个实在难得。"这里,"模样儿自然不用说",虽然没有细说,但已含不尽的赞许于言外。可见袭人不光如薛蟠所说是宝玉的"宝贝",也是众人心中的可人。

袭人的美还在于她的柔媚娇俏。小说第六回"贾宝玉初试云雨情"中写道,"宝玉素喜袭人柔媚娇俏,遂强袭人同领警幻所训云雨之事",这是作者借宝玉之口对袭人的评价。而袭人对宝玉的态度则是忽嗔忽喜、忽刚忽柔、忽远忽近。这在"贤袭人娇嗔箴宝玉"一回中表现最为明显。小说写湘云来到贾府,和黛玉同住,袭人几次派人催宝玉回房休息。第二天宝玉不在怡红院洗漱,反而一大早跑到潇湘馆。袭人看到湘云替宝玉梳辫子,"不免动了真气",回去之后,就对宝玉说道:"你从今别进这屋子了,横竖有人服侍你,再不必来支使我。我仍旧还服侍老太太去。"一面说,一面便在炕上合眼倒下。两人怄了一天的气,直到隔天早晨,宝玉又来迁就袭人,这场纷争才算结束。文中写道:

宝玉见他不应,便伸手替他解衣,刚解开了钮子,被袭人将手推开,又自扣了。宝玉无法,只得拉他的手笑道:"你到底怎么了?"连问几声,袭人睁眼说道:"我也不怎么。你睡醒了,你自过那边房里去梳洗,再迟了就赶不上。"宝玉道:"我过那里去?"袭人冷笑道:"你问我,我知道?你爱往那里去,就往那里去。从今咱们两个丢开手,省得鸡声鹅斗,叫别人笑。横竖那边腻了过来,这边又有个什么'四儿''五儿'伏侍。我们这起东西,可是白'玷辱了好名好姓'的。"宝玉笑道:"你今儿还记着呢!"袭人道:"一百年还记着呢!比不得你,拿着我的话当耳旁风,夜里说了,早起就忘了。"宝玉见他娇嗔满面,情不可禁,便向枕边拿起一根玉簪来,一跌两段,说道:"我再不听你说,就同这个一样。"袭人忙的拾了簪子,说道:"大清早起,这是何苦来!听不听什么要紧,也值得这种样子。"宝玉道:"你那里知道我心里急!"袭人笑道:"你也知道着急!可知我心里怎么样?快起来洗脸去罢。"说着,二人方起来梳洗。

袭人的"娇嗔满面"令宝玉"情不可禁",一句"可知我心里怎么样"更是道尽了少女心中的委屈和埋怨。眼看着深爱的人"无晓夜和姊妹们厮闹",怎能不心生酸意?然而她又是如此了解宝玉,知道"若直劝他,料不能改,故用柔情以警之"。脂砚斋在第二十回的一长段批语中对此作了极为客观的评价:"然后知宝钗、袭人等行为,并非一味蠢拙古板,以女夫子自居。当绣幔灯前,绿窗月下,亦颇有或调或妒,轻俏艳丽等说。不过一时取乐买笑耳,非切切一味妒才嫉贤也,是以高出诸人百倍。不然,宝玉何甘心受屈于二女夫子哉?看过后文则知矣。"(庚辰本)这段点评合情合理,足见袭人虽有"女夫子"的道学一面,但往往因她的娇媚可人而被宝玉所接纳,以至于"甘心受屈"。

袭人之情

袭人的情集中表现在她对宝玉的痴情,以及对和自己一样身处奴才地位的弱者的同情上。袭人对宝玉付出的是一片真情、一份痴心,并非某些评论所谓的,只是为了成为奴才中的上等人。袭人对自己的处境有着清醒的认识,她不会越出自己的阶层做出晴雯般惊世骇俗的举动,但也绝非奴性十足。

宝玉同袭人的关系非同寻常。两人初试云雨情后,"自此宝玉视袭人更比别个不同,袭人待宝玉更为尽心",袭人对宝玉的痴情初露端倪。而到第十九回袭人则真情毕露,她的母兄因家境好转,借接其回家喝年茶时,商议赎身之事,袭人坚持不肯,哭闹了一阵。正在这时宝玉不期而至,"花自芳母子两个百般怕宝玉冷,又让他上炕,又忙另摆果桌,又忙倒好茶。袭人笑道'你们不用白忙'","一面说,一面将自己的坐褥拿了铺在一个炕上,宝玉坐了;用自己的脚炉垫了脚;向荷包内取出两个梅花香饼儿来,又将自己的手炉掀开焚上,仍盖好,放与宝玉怀内;然后将自己的茶杯斟了茶,送与宝玉"。脂砚斋此处有批语,"叠用四'自己'字,写得宝袭二人素日如何亲洽,如何尊荣,此时一盘托出。盖素日身居侯府绮罗锦绣之中,其安富尊荣之宝玉,亲密浃洽、勤慎委婉之袭人,是分所应当,不必写者也。今于此一补,更见其二人平素之情义,且暗透此回中所有母女兄长欲为赎身角口等未到之过文。"(庚辰本夹批)宝玉告诉袭人,"我还替你留着好东西呢",袭人笑道,"悄悄的,叫他们听着什么意思",庚辰本批曰:"想见二人来日情常",而己卯本的批语是"想见二人素日情长"。素日和来日其实可以互补,都可表现他们的绵绵情意。袭人还亲手摘下宝玉项上之玉给家人传观。作者这样描写,一方面固然是通过袭人的亲昵举动表示其不愿赎身的原因和决心,另一方面也告诉读者袭人与宝玉确有非同一般的感情。

袭人对宝玉的感情真挚忠实。有的说法认为袭人"不是真爱宝玉,而是为了维护自己的姨太太梦,千方百计往上爬",似有偏颇。首先,贾府虽是个温柔富贵乡,丫鬟的吃穿用度都比寻常人家的小姐强,但是仍然摆脱不了身不由己的归宿,或"配小厮"或"交官媒婆",万一有所错失,轻则如茜雪,因为打破一个茶杯而被撵出园去;重则如金钏、司棋,招致惨死。即使有较好的归宿,也至多不过是成为赵姨娘般人物,落得一个妾的名分。袭人家虽属平民,并一度生计艰难到需要卖女以渡难关,但是当母、兄有能力为她赎身时,家境应该可称得上衣食无忧,这时只要贾府开恩,她便可以被放回家去,嫁与平常富足人家做正室,既有尊严又能得到自由。但是袭人却宁愿寄人篱下,继续为奴,也不愿离开贾府,这不能不归因于袭人对宝玉发自内心的一片痴情。正因为深爱着宝玉,但又不能确定自己在对方心中的地位和重要性,袭人才假言要赎身回家来试探宝玉,而宝玉想方设法的挽留和赌气神伤的反应,自然让她颇感欣慰。

袭人对宝玉读书之事关切体谅。宝玉读书,宝钗等人皆有规劝,而袭人则不同,她并非为希冀宝玉立身扬名,仕途亨通,而是更多地考虑如何保障宝玉出门在外时的生活冷暖。第九回袭人送宝玉上学曾说道:"这是那里话。读书是极好的事,不然就潦倒一辈子,终久怎么样呢。但只一件:只是念书的时节想着书,不念的时节想着家些。别和他们一处顽闹,碰见老爷不是顽的。虽说是奋志要强,那工课宁可少些,一则贪多嚼不烂,二则身子也要保重。这就是我的意思,你可要体谅。"这一番话虽然并不能讨得宝玉欢心,但是却也是时人眼中的忠言,更为可贵的是,这忠言并不逆耳,"工课宁可少些","身子也要保重",仿佛只要宝玉平安,什么仕途经济、功名利禄都只是其次,透着浓情蜜意。而且袭人之后所言"大毛衣服我也包好了,交出给小子们去了。学里冷,好歹想着添换,比不得家里有人照顾。脚炉手炉的炭也交出去了,你可着他们添。那一起懒贼,你不说,他们乐得不动,白冻坏了你"。更是俨然一副少女送别情人时依依不舍的模样。虽没有"寸寸柔肠,盈盈粉泪",但思妇送游子的情态依稀可见。

袭人对宝玉是发自内心的体贴。如在第二十三回,贾政传见宝玉,袭人担心宝玉被责罚,一直守在门外,见宝玉平安回来,方才安心。类似情节多有体现,第二十六回写道,"宝玉回至园中,袭人正记挂着他去见贾政,不知是祸是福;只见宝玉醉醺醺的回来,问其原故,宝玉一一向他说了。袭人道:'人家牵肠挂肚的等着,你且高乐去,也到底打发人来给个信儿。'"第二十五回,宝玉、凤姐遭马道婆施法,"贾母,王夫人,贾琏,平儿,袭人这几个人更比诸人哭的忘餐废寝,觅死寻活",袭人的反应甚至超过了黛玉等人,不难看出袭人对宝玉的感情并不亚于其他人,甚至更深刻、更执着些。

除了对于宝玉的痴情,袭人的情感世界也不乏亲情和友情。

就亲情而言,在贾府的奴才中,袭人的家庭是很有人情味的。袭人自幼家境贫寒,她不忍心看老子娘饿死,为解家中贫困,才答应卖与贾府为奴。与生俱来的善良仁义,使她多年来在贾府安分随时,但这并没有淹没她的所有觉悟,袭人并非一些学者所说的只有"奴性",相反,她对自己所处的阶层有清醒的认识。在第十九回宝玉去过袭人家后,向她询问起穿红的女孩子并感叹这样的女儿却没有生在自己身边时,袭人冷笑道:"我一个人是奴才命罢了,难道连我的亲戚都是奴才命不成?定还要拣实在好的丫头才往你家来。"话中不难听出她对于自己的奴才地位是反感的,也表露出对姐妹亲人的回护。

就友情而言,她为人之厚道是众口皆碑的。对平儿、对鸳鸯、对香菱,也许是同命相怜,袭人对她们的同情与关心,给大观园增添了暖意。第四十四回中平儿无辜被凤姐打了耳光,袭人早就想让平儿来怡红院中,只因大奶奶和姑娘们都让了,才没有开口。看到平儿的新衣服被弄脏了,袭人"特特的开了箱子,拿出两件不大穿的衣裳来与他换",并安慰平儿道:"二奶奶素日待你好,这不过是一时气急了。"话虽如此说,但她心里明白奴才在主子心目中不被当作人看的现实。耳光打在平儿的脸上,也打在袭人的心上,也许正因为如此,她才对宝玉未来妻子的性情格外关心。又如第四十六回中贾赦欲纳鸳鸯为妾,鸳鸯嫂子游说鸳鸯不成,拿袭人、平儿当台阶下,袭人、平儿说道:"你倒别这么说,他也并不是说我们,你倒别牵三挂四的。你听见那位太太、太爷们封我们做小老婆?况且我们两个也没有爹娘哥哥兄弟在这门子里仗着我们横行霸道的。他骂的人自有他骂的,我们犯不着多心。"这话自然是说给鸳鸯嫂子的,但也不难看出袭人和平儿对于自己身份的清醒认识,以及对鸳鸯的同情与理解。再如在第六十二回香菱的石榴裙被荳官等人弄脏后,宝玉为其到怡红院向同样拥有石榴红裙的袭人求助,而袭人的做法也堪称仗义,她"一闻此信,忙就开箱取了出来折好,随了宝玉来寻着香菱",送出自己的新裙子还不算,考虑到香菱若将脏裙子拿回家被人看到会惹出事端,特地留了下来待收拾完后方才亲自送还。袭人对同类女子的同情、理解和帮助都反映出她并非完全奴化了的傀儡,也有自觉的意识和清醒的头脑。软语安慰,慷慨解囊,这一切都反映出她并非一味巴结权贵的势利小人。

袭人之才

袭人的才表现在她的贤上。作者在小说回目中给袭人的一字评是"贤"。袭人的贤在贾府中也是有目共睹的,上自贾母、王夫人,下至麝月、芳官,对其无不交口称赞。她的贤可以表现在贤明、贤德、贤能三个方面,即心思细密、体贴他人的贤明,忍气吞声、顾全大局的贤德,以及遇事镇定、处事有方的贤能。

袭人的贤中之明表现为心思细密,体贴他人。作为宝玉的贴身大丫鬟,心思细密是必需的。然而袭人不仅将她的细心用在服侍宝玉上,对待与宝玉相关的人与事,袭人也同样处处留心。如在第三回宝黛初会时,宝玉摔玉引得黛玉多心难堪,细心的袭人恐怕黛玉心里过意不去,晚

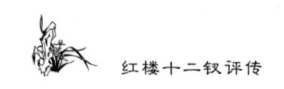

上宝玉睡下后,亲自来到黛玉处细语宽慰,使黛玉释怀。在第三十二回,湘云劝宝玉会见贾雨村,宝玉非但不领情,反下逐客令,袭人忙替湘云解围,"云姑娘快别说这话。上回宝姑娘也说过一回,他也不管人脸上过的去过不去,他就咳了一声,拿起脚来走了。这里宝姑娘的话也没说完,见他走了,登时羞的脸通红,说又不是,不说又不是。幸而是宝姑娘,那要是林姑娘,不知又闹到怎么样,哭的怎么样呢"。如果不是她这番话,湘云的难堪与尴尬是可想而知的。第二十九回宝黛闹别扭,宝玉砸玉出气时,小说写道:

> 袭人见他脸都气黄了,眼眉都变了,从来没气的这样,便拉着他的手,笑道:"你同妹妹拌嘴,不犯着砸他;倘或砸坏了,叫他心里脸上怎么过的去?"林黛玉一行哭着,一行听了这话说到自己心坎儿上来,可见宝玉连袭人不如,越发伤心大哭起来……袭人见他两个哭,由不得守着宝玉也心酸起来,又摸着宝玉的手冰凉,待要劝宝玉不哭罢,一则又恐宝玉有什么委曲闷在心里,二则又恐薄了林黛玉。不如大家一哭,就丢开手了,因此也流下泪来……袭人因劝宝玉道:"千万不是,都是你的不是。往日家里小厮们和他们的姊妹拌嘴,或是两口子分争,你听见了,你还骂小厮们蠢,不能体贴女孩儿们的心。今儿你也这么着了。明儿初五,大节下,你们两个再这们仇人似的,老太太越发要生气,一定弄的大家不安生。依我劝,你正经下个气,陪个不是,大家还是照常一样,这么也好,那么也好。"

袭人的体贴周全,连黛玉都觉得宝玉比之不及。不是明白事理之人断然说不出这些一针见血而又处处留有馀地的安慰之语。

袭人的贤中之德表现为忍气吞声、顾全大局。第十九回,李嬷嬷吃了宝玉为袭人留的酥酪,袭人担心宝玉发怒,打圆场笑道:"原来是留的这个,多谢费心。前儿我吃的时候好吃,吃过了好肚子疼,足的吐了才好。他吃了倒好,搁在这里倒白遭塌了。我只想风干栗子吃,你替我剥栗子,我去铺床。"这才不了了之。她这种息事宁人的态度,与晴雯在豆腐皮包子被李嬷嬷吃后的赌气、使小性儿大为不同。在第二十回,袭人被李嬷嬷当众辱骂时的忍气吞声、顾全大局更是表现得淋漓尽致:

> 只见李嬷嬷拄着拐棍,在当地骂袭人:"忘了本的小娼妇!我抬举起你来,这会子我来了,你大模大样的躺在炕上,见我来也不理一理。一心只想妆狐媚子哄宝玉,哄的宝玉不理我,听你们的话。你不过是几两臭银子买来的毛丫头,这屋里你就作耗,如何使得!好不好拉出去配一个小子,看你还妖精似的哄宝玉不哄!"袭人先只道李嬷嬷不过为他躺着生气,少不得分辨说"病了,才出汗,蒙着头,原没看见你老人家"等语。后来只管听他说"哄宝玉"、"妆狐媚",又说"配小子"等,由不得又愧又委屈,禁不住哭起来。……宝玉见他这般病势……劝他只养着病,别想着些没要紧的事生气。袭人冷笑道:"要为这些事生气,这屋里一刻还站不得了。但只是天长日久,只管这样,可叫人怎么样才好呢。时常我劝你,别为我们得罪人,你只顾一时为我们那样,他们都记在心里,遇着坎儿,说的好说不好听,大家什么意思。"一面说,一面禁不住流泪,又怕宝玉烦恼,只得又勉强忍着。

也只有袭人才能如此忍让,即使受了气,也时时记挂宝玉,无怪乎脂砚斋也要为袭人抱不平,"在袭卿身上去叫下撞天屈来"。又有第三十回,袭人挨了宝玉的"窝心脚",书中写"袭人从来不曾受过一句大话的,今儿忽见宝玉生气踢他一下,又当着许多人,又是羞,又是气,又是疼,真一时置身无地。待要怎么样,料着宝玉未必是安心踢他",袭人自己受了委屈,还担心宝玉愧疚,更担心以后别的丫头再挨打。一面忍痛换衣裳,一面笑道:"我是个起头儿的人,不论事大事小事好事歹,自然也该从我起。但只是别说打了我,明儿顺了手也打起别人来。"第三十一回接着写此事的馀波,见袭人吐了血,宝玉即刻便要叫人烫黄酒,要山羊血黎洞丸来。袭人劝阻他:"你这一闹不打紧,闹起多少人来,倒抱怨我轻狂。分明人不知道,倒闹的人知道了,你也不好,我也不好。正经明儿你打发小子问问王太医去,弄点子药吃吃就好了。人不知鬼不觉的可不好?"这种忍辱负重,宽以待人的风范实在难得。

袭人贤中之能表现为遇事镇定、处事有方。袭人的能干在第四十一回刘姥姥醉酒,误闯宝玉卧室一回中体现得尤为明显,小说中写道:

> 袭人一直进了房门,转过集锦槅子,就听的鼾齁如雷。忙进来,只闻见酒屁臭气,满屋一瞧,只见刘姥姥扎手舞脚的仰卧在床上。袭人这一惊不小,慌忙赶上来将他没死活的推醒。那刘姥姥惊醒,睁眼见了袭人,连忙爬起来道:"姑娘,我失错了!并没弄脏了床帐。"一面说,一面用手去掸。袭人恐惊动了人被宝玉知道了,只向他摇手,不叫他说话。忙将鼎内贮了三四把百合香,仍用罩子罩上。些须收拾收拾,所喜不曾呕吐,忙悄悄的笑道:"不相干,有我呢。你随我出来。"刘姥姥满口答应,跟了袭人出至小丫头们房中。命他坐了,向他说道:"你就说醉倒在山子石上打了个盹儿。"刘姥姥答应知道。又与他两碗茶吃,方觉酒醒了,因问道:"这是那个小姐的绣房,这样精致?我就像到了天宫里的一样。"袭人微微笑道:"这个么,是宝二爷的卧室。"那刘姥姥吓的不敢作声。袭人带他从前面出去,见了众人,只说他在草地下睡着了,带了他来的。众人都不理会,也就罢了。

袭人掩饰和收拾刘姥姥醉后卧倒在宝玉床上的"遗臭",从容麻利,不留一丝痕迹。她对刘姥姥的态度,与凤姐、鸳鸯的嘲弄,黛玉的雅谑,以及宝玉的怜悯相比,多了许多平等基础上的包容。当然,如果张扬此事,刘姥姥将受到责罚,袭人本身也难逃看屋不严的干系,所以她如此息事宁人的处置,实属上策。无独有偶,袭人平日的待人接物也显示出她举重若轻的能力。第五十八回芳官被干娘打,袭人照管芳官,教其服侍宝玉;第五十九回春燕被老娘打,向袭人求救,袭人宽恕春燕老娘;袭人款待鸳鸯、平儿、香菱,与宝玉配合得天衣无缝,俨然半个怡红院女主人的做派,其处事能力让人赞叹。

袭人的贤,作者还从侧面加以表现。小说除了从袭人为人处世的情节中正面写她的贤,还通过他人的评价来渲染烘托。如第二十一回中宝钗对袭人"倒有些识见""言语志量深可敬爱"的评价;第二十六回佳蕙与红玉闲谈时,佳蕙说"……袭人那怕他得十分儿,也不恼他,原该的。说良心话,谁还敢比他呢?别说他素日殷勤小心,便是不殷勤小心,也拚不得……"的感慨;以及第三十四回宝玉挨打后,袭人向王夫人进言后,王夫人"如雷轰电掣的一般,正触了金钏儿之事,心内越发感爱袭人不尽"的反应都可看出袭人的贤。而且这种贤德绝非一朝一夕的,更不是有意装出的样子,否则也不可能得到贾府上下的交口称赞。

然而,袭人的贤也并非圣贤。如何看待袭人一些不厚道的做法?作为一个正常的人,袭人难免也有私心,特别是在大观园这样一个人人自危的环境下,面对着晴雯、麝月等诸多"竞争对手",即使不考虑把握宝玉的心,单从自保的角度讲,袭人也不能不想方设法排除这些潜在的"竞争者"。这一点,作者并不避讳。第三十一回袭人被宝玉踢伤而吐血,写到了袭人的心理活动:

袭人见了自己吐的鲜血在地,也就冷了半截,想着往日常听人说:"少年吐血,年月不保,纵然命长,终是废人了。"想起此言,不觉将素日想着后来争荣夸耀之心尽皆灰了,眼中不觉滴下泪来。

袭人并非圣人,作者也承认她有"争荣夸耀之心",但这"争荣夸耀之心"在当时的社会中又是多么合情合理。封建伦理对妇女的束缚,使"夫荣妻贵"观念深入人心,整个社会都是如此,又有什么理由去指责袭人这个柔弱女子呢?袭人深爱着宝玉,但她不能像宝钗黛玉那样有成为宝玉妻子的机会,她唯一留在宝玉身边的可能就是被宝玉收作姨娘。然而这又谈何容易?首先,宝玉身边有晴雯、麝月等诸多强有力的竞争对手;其次,要想成为宝玉的偏房,需要努力得到贾母、王夫人的认可;再次,宝玉爱博而心劳,与大观园中的大多女孩都有些暧昧,这在宝钗、黛玉眼中都是一个问题,在袭人心上,分量自然更重。若是像晴雯那样任情任性,不计成败;像紫鹃那样只考虑黛玉,不为自己打算,袭人或许可以少伤点脑筋,但却极可能"为他人作嫁衣裳"。她只能一千个小心、一万种涵养,事事求其妥帖,人人求其和好,若不如此,非但无法实现自己的爱情理想,恐怕也难逃被撵出园的厄运。历来有很多人指责袭人虚伪、阴险,但试想袭人向王夫人所进之言,哪句话不是入情入理?或许其间有些许私心,但怎么能够苛求一个为免家人饿死而从小被卖为奴、供人使唤的丫头,去打破常规,据理力争呢?莫说她不能,即便公认最有反抗性的晴雯、最具叛逆性的黛玉,乃至作者自己也无法完全跳出藩篱,成为一个"世外高人"。袭人是真实的,有血有肉的,她的贤也自然是有局限性的。她的"小报告"、她的爱、她的无奈,或者都是为其生计所迫。

一直以来,人们一般认为晴雯是黛玉的影子,袭人是宝钗的影子。袭人、宝钗于性情上有很多相同之处,例如同样随分从时,豁达宽厚等。小说第二十一回宝钗来到怡红院,听了袭人一番话后,"心中暗忖道:'倒别看错了这个丫头,听他说话,倒有些识见。'宝钗便在炕上坐了,慢慢的闲言中套问他年纪家乡等语,留神窥察,其言语志量深可敬爱"。戚序本此处有批语:"好!逐回细看,宝卿待人接物,不疏不亲,不远不近,可厌之人,亦未见冷淡之态,形诸声色;可喜之人,亦未见醴蜜之情,形诸声色。今日便在炕上坐了,盖深取袭卿矣。二人文字,此回为始,详批于此,诸公请记之。"自此,宝钗、袭人间便形成了一种无形的联系,作者在安排情节时,也往往将两人安排在同一场景中。如第二十八回"蒋玉菡情赠茜香罗,薛宝钗羞笼红麝串"暗示两人的结局;第三十二回,宝钗提醒袭人湘云的处境,帮袭人为宝玉"做活";第三十六回宝钗替袭人为宝玉绣鸳鸯戏莲的兜肚;袭人劝宝玉参加薛姨妈生日等。甚至两人讲话的口吻都极其相似。第三十四回宝玉被打,袭人心疼地说:"我的娘,怎么下这般的狠手!你但凡听我一句话,也不得到这步地位。幸而没动筋骨,倘或打出个残疾来,可叫人怎么样呢!"不多时,宝钗也来探望宝玉,无意中流露真情,"早听人一句,也不至今日。别说老太太,太太心疼,就是我们看着,心里也疼。"蒙府本此处的批语写道:"同袭人语。"可见袭人多被视为宝钗的影子。

然而"影子"说又有其深意,不光是对人物的性格、命运作了补充,在小说角色间也起到了牵线搭桥的作用。作者安排袭人与黛玉同庚,在第六十三回"寿怡红群芳开夜宴"中,让袭人抽到桃花,并且注云:"杏花陪一盏,坐中同庚者陪一盏,同辰者陪一盏,同姓者陪一盏。"众所周知,小说中林黛玉与桃花有不解之缘,其名作《葬花吟》《桃花行》等均以桃花为对象感叹自己的命运。作者借桃花让袭人同黛玉产生某种关联,实际上是以袭人为媒介将宝钗、黛玉联系起来,从而应了脂砚斋的"钗黛合一"之说,"钗、玉名虽二个,人却一身,此幻笔也"。袭人这一角色,除了与宝玉的千丝万缕的情愫,还因为与黛玉、宝钗间藕断丝连的关系,在《红楼梦》中显得举足轻重。从影子的角度来讲,袭人之贤近似宝钗,袭人之情则更像黛玉。

红楼十二正钗中，元春因"贤孝才德"而被封为贵妃；有的版本中，也将宝钗的"小惠全大体"评价为"贤"。但元春和宝钗都是读书通文墨的千金小姐，又承担了大家或小家的重任。而袭人作为一个目不识丁的侍女，能担当此"贤"字，实属不易。故而，庚辰本在第二十一回的回目"贤袭人娇嗔箴宝玉"的"贤袭人"三个字旁边，用朱笔批了三个字"当得起！"

袭人结局

袭人的结局是，当贾家败落之后，她被迫嫁给了蒋玉菡。这一点无论是前八十回的暗示，还是后四十回的文字，以及脂砚斋的批语，都可以找到相关论据。

有判词为证。第五回袭人的判词写道："柱自温柔和顺，空云似桂如兰。堪羡优伶有福，谁知公子无缘。"此处，"优伶"指"做小旦的琪官"，琪官是蒋玉菡的小名儿，"优伶有福"即指袭人嫁给了蒋玉菡。

有伏线为证。其一，曲词的暗示。小说第二十八回"蒋玉菡情赠茜香罗"，蒋玉菡说的酒令"女儿喜，灯花并头结双蕊。女儿乐，夫唱妇随真和合。"他唱的曲子中"度青春，年正小；配鸾凤，真也着。呀！看天河正高，听谯楼鼓敲，剔银灯同入鸳帏悄"。以及酒底"花气袭人知昼暖"，都与袭人的夫妻之缘有关。其二，汗巾的牵线。蒋玉菡曾私下与宝玉互换汗巾。第二十八回写琪官"撩衣，将系小衣儿一条大红汗巾子解了下来，递与宝玉"，他说："这汗巾子是茜香国女国王所贡之物，夏天系着，肌肤生香，不生汗渍。昨日北静王给我的，今日才上身。若是别人，我断不肯相赠。二爷请把自己系的解下来，给我系着。"宝玉随后"将自己一条松花汗巾解了下来，递与琪官。"宝玉后来发现松花汗巾乃袭人所给，于是又将蒋玉菡所赠的大红汗巾子转赠袭人，因而袭人、蒋玉菡在不知不觉中互易汗巾，伏下姻缘。

有脂批为证。庚辰本上,脂砚斋在第二十八回的回前总评曰:"茜香罗、红麝串写于一回,盖琪官虽系优人,后回与袭人供奉玉兄、宝卿得同始终者,非泛泛之文也。"(亦见甲戌本回后)在正文"将自己一条松花汗巾解了下来"处,甲戌本侧批写道:"红绿牵巾是这样用法,一笑。"在甲戌本回后评中,还有一条批语指出:"茜香罗暗系于袭人腰中,系伏线之文。"脂砚斋的批语向读者点明宝玉和蒋玉菡互换汗巾,具有"红绿牵巾"的象征意义,为茜香罗后来"系于袭人腰中"作一伏笔。

有文本为证。《红楼梦》一百二十回本中描写到,宝玉出家之后,袭人守节不能,寻死不成,最终由王夫人和宝钗做主聘予了蒋玉菡。小说第一百二十回,对袭人复杂心理的刻画较为生动。当袭人得知"宝玉若不回来,便要打发屋里的人都出去,一急越发不好了"。对于自己的后路,她首先想到的是守节,但是行不通。从薛姨妈的话里可知袭人是没有资格守节的,"正配呢理应守的,屋里人愿守也是有的。惟有这袭人,虽说是算个屋里人,到底他和宝哥儿并没有过明路儿的"。袭人"想来不过是个丫头,那有留的理呢?"不能守节,她只有死路一条了。她考虑在哪里寻死合适,她不能死在贾府,"我若是死在这里,倒把太太的好心弄坏了。我该死在家里才是"。然而回家后,她又觉得"哥哥办事不错,若是死在哥哥家里,岂不又害了哥哥呢"。书中写她最后只好断了寻死的念头"千思万想,左右为难,真是一缕柔肠,几乎牵断,只得忍住"。其实,生比死要艰难得多,选择生的人比拼得一死的人需要更多的责任和勇气。忍痛苟活,而后再嫁,是袭人善良而厚道的性格所致。与刚烈的晴雯相比,她多了一些韧性和张力。在不得不直面的环境中,袭人的坚强和包容几乎是超负荷的。

对于袭人的结局,历来褒贬不一。时人的评价较为保守,多从节烈角度出发,"恶其跟蒋玉菡也"。同样在第一百二十回,东观阁本在正文"只见袭人心痛难禁,一时气厥"处,批语为:"又发晕、又心痛、又气厥,何以不死？群者深思,丫头巴结买好,终靠不住者。"对于袭人的思忖"若是老爷太太打发我出去,我若死守着,又叫人笑话",东观阁评语亦是:"好活动的心,天喜红鸾照命。"相比较而言,脂批则较为缓和,甚至略带肯定,认为袭人有始有终,出嫁而心未离去。第二十回晴雯看到宝玉为麝月篦头的情节之后,己卯本有大段夹批写道:"……有袭人出嫁之后,宝玉宝钗身边还有一人,虽不及袭人周到,亦可免微嫌小敝等患,方不负宝钗之为人也。故袭人出嫁后云:'好歹留着麝月'一语,宝玉便依从此话。可见袭人虽出嫁去实未去也。"庚辰本此处最后一句无"出嫁"二字。同一回在"当日吃茶茜雪出去"一段的上面,庚辰本有一条眉批:"茜雪至狱神庙方呈正文。袭人正文标目曰:'花袭人有始有终。'余只见有一次誊清时,与狱神庙慰宝玉等五六稿,被借阅者迷失,叹叹！丁亥夏,畸笏叟。"袭人心念旧情,宽厚善良之秉性尽现。

　　袭人的人生之路很漫长,漫长到宝玉做了和尚之后,这是宝玉当年的戏言都预料不到的。试想,当"桃红又见一年春"的时候,"红消香断"已无人堪怜。从这个意义上说,她比黛玉、晴雯等人更为不幸。袭人固然嫁给了蒋玉菡,但她为收获爱情的苦苦守候,为顾全大局的忍气吞声,给女儿国平添了一曲低调的悲歌。《红楼梦》中,千红、万艳的悲剧各有各的不同,晴雯和袭人,都曾是常伴宝玉左右的丫鬟,都曾是怡红公子在太虚幻境率先观顾的女子,二人的悲剧之美却有明显差异。晴雯刚烈地死,如夏花般灿烂;袭人柔韧地生,则如秋叶般静美。

袭人送扇

凤姐作

袭人

调寄系裙腰·维参与昴

南国草色绿盈盈,朱栏外,有人声。秾桃艳李让渠赢,怎解道,夫妻惠,占佳名。 小娃恶谑太憨生,裙带染,绣苔青。郎君阿姊两多情,悄解换,偷眼看,怕卿卿。

——程甲本香菱、袭人绣像题咏

绛洞花主

贾宝玉——无可奈何花落去

贾宝玉是曹雪芹竭力塑造的男主人公,在贾府男性世界中,其貌、才、情都与众不同。他"神彩飘逸,秀色夺人",他"聪明乖觉,百个不及他一个",题咏大观园,也曾几步成诵。然而在《红楼梦》的时代,宝玉虽有潘安之貌、子建之才,却因无心仕途之路,而"于国于家无望"。贾宝玉是大观园女儿国的核心人物,正如脂砚斋所说"通部情案,皆必从石兄挂号"。他是天生的情痴情种,对知心恋人林黛玉持有执着专一的爱情,对姐妹丫鬟们也满怀怜惜和尊重。他见月叹息,对鸟伤情,只愿花开,不愿结果,对青春的飞逝极度敏感。《红楼梦》主旨中家族、婚恋和人生的三重悲剧汇集在宝玉一身,他是金陵十二钗判词的预知者,也是众女子命运的见证人。面对着千红一哭、万艳同悲,贾宝玉只能如晏殊所云"无可奈何花落去"。

宝玉身份

贾宝玉是贾政和王夫人的第二个儿子,因嘴里衔玉而生,而取名叫宝玉。宝玉有两个兄弟,同母所生的哥哥贾珠不幸早亡,还有一个异母兄弟即赵姨娘所生的贾环。宝玉的姐妹,有同母所生的贾元春,比宝玉大很多,十分怜爱这个弟弟,"情状有如母子";还有一个异母妹妹,即赵姨娘所生的贾探春,与贾环相比,宝玉对她的手足之情更浓一些。宝玉不喜欢功名利禄,无心学习八股取士之文。他热心于在大观园中与女儿们吟诗作赋、调脂弄粉;尤其心仪于才貌出众的表妹林黛玉,并引以为知己。宝玉的所作所为,开始令家长们失望,他的前途、他的婚姻,成为与家族命运息息相关的大事。宝玉是《红楼梦》中婚恋悲剧的男主角,爱情悲剧中的女主角是林黛玉,而婚姻悲剧中的女主角则是薛宝钗。黛死钗嫁,宝玉最后只好"空对着,山中高士晶莹雪;终不忘,世外仙姝寂寞林"。

与金陵十二钗不同的是,第五回中没有给宝玉设置判词和曲子,正、副册诸女子的命运是以宝玉的视点展现的。其实,宝玉的特性作者早已在小说第三回中交代了。在宝玉刚出场时,曹雪芹用两首《西江月》词,对其进行了概括性的描述,其词曰:

> 无故寻愁觅恨,有时似傻如狂。纵然生得好皮囊,腹内原来草莽。 潦倒不通世务,愚顽怕读文章。行为偏僻性乖张,那管世人诽谤!

> 富贵不知乐业,贫穷难耐凄凉。可怜辜负好韶光,于国于家无望。 天下无能第一,古今不肖无双。寄言纨绔与膏粱:莫效此儿形状!

作者说这两首词"批宝玉极恰"。第一首写了宝玉的外表、性格、习性,以及世人的评价。"无故寻愁觅恨,有时似傻如狂",这两句借日常情态形象地描述了宝玉的情与痴。"纵然生得好皮囊,腹内原来草莽",这两句用对比手法说明了宝玉的表里不一,其实也是贬中有褒。"皮囊",指人的躯体、长相。"草莽",丛生的野草,比喻不学无术。这里指宝玉腹中没有"仕途经济"的学问。"潦倒不通世务,愚顽怕读文章",这句写宝玉在举业文章之事上的荒疏。"潦倒",魏晋之际的嵇康《与山巨源绝交书》有"足下旧知吾潦倒粗疏,不切事情"之语,意为举止不知检束。"愚顽",无知而固执。"文章",这里指四书五经和时文八股之类。"行为偏僻性乖张,那管世人诽谤",这两句概述了宝玉遭世人诽谤的原因是行为和性情为世难容。"偏僻",不端正。"乖张",性情执拗、怪癖。

第二首则写了宝玉的凄凉晚景,家业败落,一事无成。"富贵不知乐业,贫穷难耐凄凉",这两句通过富贵和贫穷的对举,交代了宝玉在贾府兴盛和衰败两种境况下的生活。"乐业",这里是满意、安于富贵的意思。贫穷难耐凄凉,脂砚斋的批语曾预示宝玉后来的处境是"寒冬噎酸齑,雪夜围破毡",可印证"贫穷难耐凄凉"词句。"可怜辜负好韶光,于国于家无望",这两句是追悔和慨叹年少的碌碌无为,没有学好修身、齐家、治国的本领,也隐约含有反讽的意思。"韶光",本指美景或春光,这里的"好韶光"比喻美好的青年时代。"天下无能第一,古今不肖无双",无能与不肖本为贬义,在天下和古今、第一和无双的修饰下,似贬实褒。"不肖",不像自己的父母、祖先,即不成材。"寄言纨绔与膏粱:莫效此儿形状",作者的语气虚实相间,有劝说,也有彰显。"寄言",传话、告诉。"纨绔",本指细绢裤,代指富家子弟。"膏粱",本指精美的食品,膏是肥肉,粱是美谷,这里同样代指富家子弟。第一回《好了歌注》中有"择膏粱,谁承望流落在烟花巷",意同。

小说第三回,林黛玉初见宝玉,留下的印象如何?作者是由表及里写的。先看外貌:"面如敷粉,唇若施脂;转盼多情,语言常笑。天然一段风骚,全在眉梢;平生万种情思,悉堆眼角。"接着写黛玉的心理活动:"看其外貌最是极好,却难知其底细。"接着用说书人的口吻,借助"后人有《西江月》二词",补充说明了宝玉内在特性,与"极好"的外貌构成呼应,看似嘲讽,实则称颂。

宝玉的生日应是芒种节。《红楼梦》中不仅提到宝玉的生日,还写了他的生日夜宴,但没有明确说出是哪一天。根据小说所给的相关信息可以推测，宝玉生在芒种节，也就是书中所写的四月二十六。小说在第二十七回的前半部分，写了"至次日乃是四月二十六日，原来这日未时交芒种节"。后半部分又提及探春为宝玉做鞋的事，宝玉说："你提起鞋来，我想起个故事：那一回我穿着，可巧遇见了老爷，老爷就不受用，问是谁作的。我那里敢提'三妹妹'三个字，我就回说是前儿我生日，是舅母给的。"虽然宝玉说的"那一回"也许不是此年，但在芒种节这天叙述，并非偶然。小说中还有一次特地提到"四月二十六日"，第二十九回五月初一那天，贾母等人去清虚观打醮时，张道士对贾母说："托老太太万福万寿，小道也还康健。别的倒罢，只记挂着哥儿，一向身上好？前日四月二十六日，我这里做遮天大王的圣诞，人也来的少，东西也很干净，我说请哥儿来逛逛，怎么说不在家？"这里似乎用调侃的口吻在说宝玉的生日。因为张道士心里记挂着宝玉的生辰，六十二回写："当下又值宝玉生日已到，原来宝琴也是这日，二人相同。因王夫人不在家，也不曾像往年闹热。只有张道士送了四样礼，换的寄名符儿；还有几处僧尼庙的和尚姑子送了供尖儿，并寿星纸马疏头，并本命星官值年太岁周年换的锁儿。"作者写其他亲戚朋友也送了礼，包括"王子腾""薛姨娘"等，但把张道士放在首位，以示他对宝玉的生日比别人都重视。这也许缘于这位道士是荣国公的替身，而宝玉又和国公爷长相酷似。

　　曹雪芹设计芒种祭饯花神的情节，为宝玉的生日寄寓了伤春之意。第二十七回写了一件趣事，也是一番美景，"至次日乃是四月二十六日，原来这日未时交芒种节。尚古风俗：凡交芒种节的这日，都要设摆各色礼物，祭饯花神，言芒种一过，便是夏日了，众花皆卸，花神退位，须要饯行。然闺中更兴这件风俗，所以大观园中之人都早起来了。那些女孩子们，或用花瓣柳枝编成轿马的，或用绫锦纱罗叠成干旄旌幢的，都用彩线系了。每一颗树上，每一枝花上，都系了这些物事。满园里绣带飘飘，花枝招展，更兼这些人打扮得桃羞杏让，燕妒莺惭，一时也道不尽"。作者所言芒种节是"尚古风俗",以及作者所写的"祭饯花神"之事,似乎在常见的辞书上查找不到。可知的关于芒种节的解释有:"五月芒种为节者,言时可以种有芒之谷,故以芒种为名。"《月令七十二候集解》:"五月节,谓有芒之种谷可稼种矣。"而第二十七回的一些情节,像赏花、扑蝶,似乎是黛玉生日花朝节的风俗,但小说中并没有正面写黛玉如何过生日。曹雪芹把花朝节的习俗和芒种节的时令糅合在一起,形成了宝玉生日的背景。对"花落水流红"的怜惜,对"绿树成荫子满枝"的感伤,以及对"芙蓉女儿诔"的书写,反复凸现了宝玉的惜花之情和伤春之感。

宝玉的年龄,通观一百二十回,从七八岁写到了十九岁。小说第二回,"冷子兴演说荣国府"时说到王夫人于贾珠、元春之后"又生了一位公子,说来更奇,一落胎胞,嘴里便衔下一块五彩晶莹的玉来,上面还有许多字迹,就取名叫作宝玉。你道是新奇异事不是?"雨村笑道:"果然奇异。只怕这人来历不小。"子兴冷笑道:"万人皆如此说,因而乃祖母便先爱如珍宝。那年周岁时,政老爹便要试他将来的志向,便将那世上所有之物摆了无数,与他抓取。谁知他一概不取,伸手只把些脂粉钗环抓来。政老爹便大怒了,说:'将来酒色之徒耳!'因此便大不喜悦。独那史老太君还是命根一样。说来又奇,如今长了七八岁,虽然淘气异常,但其聪明乖觉处,百个不及他一个。"在第二回中,通过冷子兴的全知叙事视角,道出了与宝玉年龄有关的信息,即出生、周岁,到"如今长了七八岁"。也就是说,小说第二回,红楼序曲开始之时,宝玉七八岁。

《红楼梦》具体情节是从第六回开始的,而"贾宝玉初试云雨情"也是宝玉进入青春期征兆。大观园修建、入住,以及元妃省亲之时,宝玉十二三岁。时间标志是第二十三回写那几首诗:"是荣国府十二三岁的公子作的",众人吟哦赏赞。至第二十五回,宝玉着魔,来了"一个癞头和尚与一个跛足道人",那和尚接通灵宝玉,长叹一声道:"青埂峰一别,展眼已过十三载矣!人世光阴,如此迅速,尘缘满日,若似弹指!"突出了宝玉到人间"十三年"的信息。第三十九回"村姥姥是信口开合"讲故事:"原来这老奶奶只有一个儿子,这儿子也只一个儿子,好容易养到十七八岁上死了,哭的什么似的。后果然又养了一个,今年才十三四岁,生的雪团儿一般,聪明伶俐非常。可见这些神佛是有的。"这一席话,实合了贾母王夫人的心事,连王夫人也都听住了。刘姥姥说得让贾母王夫人的心事相合,可见其中"生的雪团儿一般,聪明伶俐非常"的男孩,"今年才十三四岁"的信息也与当时宝玉的岁数相合。

后四十回写了宝玉从十五岁到十九岁,读书、科考,同时娶妻、出家的过程。第八十四回"试文字宝玉始提亲"中,写贾政翻开宝玉的作文,见头一篇写着题目是"吾十有五而志于学",想到他原本破的是"圣人有志于学,幼而已然矣"。代儒却将"幼"字抹去,明用"十五"。贾政道:"师父把你'幼'字改了'十五',便明白了好些。"接着贾政又问"改的懂得么?"宝玉答应道:"懂得。"这里的"明用'十五'",应该是在强调宝玉十五岁的年龄。至第一百二十回,贾政叹道:"岂知宝玉是下凡历劫的,竟哄了老太太十九年!如今叫我才明白。"可见宝玉出家时是十九岁。

从小说结构的艺术设计而言,《红楼梦》对《金瓶梅》有所借鉴。《金瓶梅词话》第四回西门庆告诉潘金莲,自己"属虎的,二十七岁",到第七十九回暴亡时写他"三十三岁而去",西门庆生活在书中的时间段是六年。而《红楼梦》中的男主人公贾宝玉,小说情节展开时他十二三岁,主要故事都是住进大观园中发生的,那时十三四岁,结尾写十九岁出家,从十三岁到十九岁,时间跨度也是六年。小说中的宝玉形象,源于生活,更归于艺术。

宝玉之貌

宝玉的容貌气质是"神彩飘逸,秀丽夺人"的。《红楼梦》借助几个人物的视点,描绘了宝玉的容颜。在黛玉的眼中,第三回写他"面若中秋之月,色如春晓之花,鬓若刀裁,眉如墨画,面如桃瓣,目若秋波(程甲本作:鼻如悬胆,睛若秋波)。虽怒时而若笑,即瞋视而有情"。在北静王的眼中,第十五回写他"戴着束发银冠,勒着双龙出海抹额,穿着白蟒箭袖,围着攒珠银带,面若春花,目如点漆","名不虚传,果然如'宝'似'玉'"。在贾政的眼中,第二十三回作者写:"贾政一举目,见宝玉站在跟前,神彩飘逸,秀色夺人。"

综合来看,宝玉的脸型圆润而饱满,若中秋的满月;脸色粉嫩而微红,像春天的桃瓣;鼻子挺拔而丰润,似悬在脸上的胆囊;眼睛乌黑而温存,如秋波一样明亮、澄澈,即使发怒生气的时候也是带笑、含情的。总之,宝玉的外貌是秀丽飘逸的。

宝玉的长相像女孩。小说曾多次写人们误会,把宝玉错看成女孩。第三十回"龄官划蔷痴及局外"的情节中,蔷薇花下的龄官竟然管宝玉叫姐姐:"一则宝玉脸面俊秀;二则花叶繁茂,上下俱被枝叶隐住,刚露着半边脸,那女孩子只当是个丫头,再不想是宝玉,因笑道:'多谢姐姐提醒了我。难道姐姐在外头有什么遮雨的?'"第五十回贾母欣赏宝琴立雪的画面,看着宝琴披着凫靥裘站在山坡上遥等,身后一个丫鬟抱着一瓶红梅,喜得忙笑道:"你们瞧,这山坡上配上他的这个人品,又是这件衣裳,后头又是这梅花,像个什么?"众人都说像老太太屋里的《艳雪图》。贾母认为画中人也不如眼前景。小说又写道:"一语未了,只见宝琴背后转出一个披大红猩毡的人来。贾母道:'那又是那个女孩儿?'众人笑道:'我们都在这里,那是宝玉。'贾母笑道:'我的眼越发花了。'"龄官和贾母的错觉从侧面告诉读者,宝玉的男孩发型一旦被遮住,他的面庞俨然是一张女儿的脸。

宝玉不仅外表像女孩,还喜欢和女孩在一起。针对宝玉讨厌须眉浊物,喜欢"和丫头们好"的问题,贾母也百思不得其解。第七十八回贾母说道:"我也解不过来,也从未见过这样的孩子。别的淘气都是应该的,只他这种和丫头们好却是难懂。我为此也耽心,每每的冷眼查看他。只和丫头们闹,必是人大心大,知道男女的事了,所以爱亲近他们。既细细查试,究竟不是为此。岂不奇怪。想必原是个丫头错投了胎不成。"老太太只得从娘胎里找原因,猜想是"丫头错投了胎"。

宝玉也享受着女孩一样的待遇。第十五回"王凤姐弄权铁槛寺"一节,写凤姐怕宝玉在郊外纵性逞强,唯恐有个失闪,难以向贾母交代,因此便把宝玉叫到自己的车前,笑着哄宝玉:"好兄弟,你是个尊贵人,女孩儿一样的人品,别学他们猴在马上。下来,咱们姐儿两个坐车,岂不好?"凤姐的能说会道在这里可见一斑。信马由缰的宝玉,好不容易出来骑着马乱逛,岂肯到凤姐的轿厢里拘束着?然而,一句"女孩儿一样的人品",说到了宝玉的得意处,他"忙下了马,爬入凤姐车上",如此轻易地束手就擒了。可见凤姐谙熟此道,宝玉也乐此不疲。后来元春安排妹妹们进大观园读书时,也特地搭上宝玉。第二十三回元妃"遂命太监夏守忠到荣国府来下一道谕,命宝钗等只管在园中居住,不可禁约封锢,命宝玉仍随进去读书"。由此可见,贾府的家长们,以及家中的当权者,日常对待宝玉往往与女子混为一谈,以示"尊贵",这无形中在宝玉的成长过程里给了他以女性化的心理暗示。

宝玉的衣着打扮以红色调为主。第三回初次写他外貌的时候,这位"年轻的公子"的服饰为:"头上戴着束发嵌宝紫金冠,齐眉勒着二龙抢珠金抹额;穿一件二色金百蝶穿花大红箭袖,束着五彩丝攒花结长穗宫绦,外罩石青起花八团倭缎排穗褂;登着青缎粉底小朝靴。"阅读想象中,宝玉似乎是在金光映衬下的红衣男孩。红箭袖,是红色的窄袖袍服。箭袖是便于射箭的衣服,清代有箭衣外罩,以戎装为礼服。所以,宝玉穿箭袖的时候,往往是外出或比较正规的场合。他的"箭袖"以大红色居多。第十九回,宝玉擅自去袭人家,小说写其穿戴为:"当下宝玉穿着大红金蟒狐腋箭袖，外罩石青貂裘排穗褂。袭人道：'你特为往这里来又换新服，他们就不问你往那去的？'宝玉笑道：'珍大爷那里去看戏换的。'袭人点头。"

除了正装，宝玉的日常便装，往往也是红的。第三回写宝玉换了冠带，便装出场时的打扮是："头上周围一转的短发，都结成小辫，红丝结束，共攒至顶中胎发，总编一根大辫，黑亮如漆，从顶至梢，一串四颗大珠，用金八宝坠角；身上穿着银红撒花半旧大袄，仍旧带着项圈、宝玉、寄名锁、护身符等物；下面半露松花撒花绫裤腿，锦边弹墨袜，厚底大红鞋。"从头上的"红丝"、身上的"银红撒花半旧大袄"，到脚下的"厚底大红鞋"，可谓从头到脚，通体红色。宝玉还有一件斗篷，是大红猩猩毡的。第一百二十回写宝玉在微微的雪影里面"光着头，赤着脚，身上披着一领大红猩猩毡的斗篷，向贾政倒身下拜"。从后四十回的描写来看，在宝玉的服饰上与前八十回有所呼应。"猩猩毡斗篷"是用红毛料制作的斗篷。"猩猩"，指红色，旧时说猩猩的血可作红颜料，所以这种红色为猩红。第三十一回曾写湘云"前年正月"下雪时，把"老太太的一个新新的大红猩猩毡斗篷"穿上。第四十九回"琉璃世界白雪红梅"一节，写下雪了，宝玉的小丫头子给他"送了猩猩毡斗篷来"。大红猩猩毡不仅做斗篷，有时也做宝玉的便装褂子，第五十二回"勇晴雯病补雀金裘"，正因为"贾母见宝玉身上穿着荔色哆罗呢的天马箭袖，大红猩猩毡盘金彩绣石青妆缎沿边的排穗褂子"，老太太担心雪天宝玉冷，才把雀金裘送给了他。因此，宝玉的外套在大红的基调上，又增添了"金翠辉煌，碧彩闪灼"的色彩。

宝玉之情

《红楼梦》是一部言情小说，曾有过《情僧录》的书名。通篇的"情"几乎无不与宝玉有着直接或间接的联系。正如脂批所说："通部情案，皆必从石兄挂号,然各有各稿,穿插神妙"(庚辰本第四十六回批语)。宝玉对待"情"的态度是"情不情"。这是一个动宾结构,以"不情"为情,即用情广泛、博爱的意思。宝玉之"情"的传达方式是"意淫"。这是一种不同于"皮肤淫滥"的形而上的精神关怀,或者说体贴之情。宝玉的"情",应该是大写的、广义的,包含了亲情、友情和爱情等诸多成分。突出表现为两个方面,即对知心恋人的钟情和对闺阁良友的体贴。

首先,从姻缘角度看宝玉对知心恋人的钟情。

在婚恋问题上,《红楼梦》是反传统的。它对父母之命、媒妁之言的婚姻模式是一种超越,小说里写了河东狮和中山狼给薛蟠和迎春带来的悲剧说明了这一点。它对私订终身、以身相许的恋爱模式也是一种超越,小说里司棋的私订终身和尤三姐的主动择婚所带来的悲剧也印证了这一点。

贾宝玉的婚恋故事由两方面内容组成,一个是宝玉和黛玉之间的爱情故事,一个是宝玉和宝钗之间的婚姻故事。在人物名字的设置上,前者是二玉,后者是二宝。二玉的故事来自神话,第一回就写了木石前缘,交代了黛玉还泪的因由。二宝的故事来自彼此的饰物,即金玉良缘。黛玉第三回进贾府,投奔外祖母;薛宝钗在第四回也来到京都,住进了姨父家。与其他章回小说一样,《红楼梦》的回目也常在同一回之中写两个主要事件。第八回的回目,版本差异较大。现知的十馀个版本对两件事的选择各有侧重。涉及宝黛钗婚恋情节的有三类:甲戌本为"薛宝钗小恙梨香院,贾宝玉大醉绛云轩",侧重宝玉探宝钗;甲辰和程甲等本为"薛宝钗巧合认通灵,贾宝玉奇缘识金锁",侧重金玉良缘;而庚辰、己卯、梦稿(杨)本为"比通灵金莺微露意,探宝钗黛玉半含酸",与前两类相比涵盖的内容较为丰富,这两句既写了金玉良缘,也写了木石姻缘。当金锁和宝玉初次相遇的时候,黛玉的醋意由此萌生,她与宝玉的爱情也正式拉开了序幕。

到了第二十回,宝黛爱情发展到了新的阶段,作者记叙了两个人这样一段对话。当宝玉解释他和宝钗的交往不会影响自己对妹妹的感情时,林黛玉啐道:"我难道为叫你疏他?我成了个什么人了呢!我为的是我的心。"宝玉道:"我也为的是我的心。难道你就知你的心,不知我的心不成?"如果说第三回"这个妹妹我曾见过的"是一见如故、心有灵犀,那么第二十回的"为的是我的心"则是心心相印、两情相悦了。大观园女儿国中宝玉最关心林黛玉。春去秋来,黛玉感受着"秋窗风雨",宝玉夜雨探望,举灯相看,"渔翁"和"渔婆"的对话,标志着宝黛爱情的成熟,而情节之外是"青箬笠,绿蓑衣,斜风细雨不须归"词句的意境。可见,曹雪芹描写宝黛爱情是以古典诗词作为背景的,因而至情本身也是至美的境界。

金玉良缘的故事与木石前缘始终相伴。先有金莺儿用梅花络去拴住"宝玉",又有宝钗绣鸳鸯而听到宝玉的梦话。梦中对金玉良缘的责骂,对木石前缘的向往,彰显出宝玉的个人意愿。后有紫鹃试玉,宝玉痴狂,都表明他心里只有林妹妹,而不是宝姐姐。

为了将这两个故事写得更为生动,曹雪芹于金锁之外又加一金麒麟,也构成金玉良缘的暗合;同时,在潇湘馆外又添一个栊翠庵,造成怡红快绿的又一辉映。湘云和妙玉在十二钗中的排位很能说明问题——高居贾府的三位媳妇和另外三位小姐之前,她们的重要性,很大程度上来自作者对宝玉婚恋故事的艺术构思。这样,在宝玉的婚恋问题上,已经不只是黛玉和宝钗的"双峰对峙",还有湘云和妙玉的呼应,给宝玉造成四面埋伏,让黛玉听到三面楚歌。其实,这是作者故意释放的烟幕,使小说的矛盾冲突变得更为错综复杂。实际上,宝玉最钟情的仍然是林妹妹。为了照顾黛玉的自尊,宝玉给湘云使眼色,不让她说黛玉像戏子;不知怎样给妙玉回贺帖,宝玉也打算去问黛玉;看到宝钗的动人的臂膀,宝玉心里想的依然是黛玉。第二十八回凤姐向宝玉要走红玉时,宝玉道:

"只管带去。"甲戌本脂批云:"如此写来,可知玉兄除颦儿外俱是行云流水。"的确,小说中写了诸多姐姐妹妹、小姐丫鬟,宝玉虽然偶尔对她们发呆,其实也是在映衬他对黛玉的爱意。

从言情的角度而论,《红楼梦》就是在追求一种爱我所爱、无怨无悔的理想境界。脂评为《红楼梦》一书补充了这一意旨:"补不完的是离恨天,所馀之石,岂非离恨石乎?而绛珠之泪,偏不因离恨而落,为惜其石而落。可见惜其石,必惜其人。其人不自惜,而知己能不千方百计为之惜乎?所以绛珠之泪,至死不干,万苦不怨,所谓'求仁而得仁,又何怨',悲夫!"(戚序本第三回回后总评)这是一种以"惜"为基础而"通灵"的情感现象。《红楼梦》打破了它以前的作品中"问世间情是何物,直教生死相许"(元好问《摸鱼儿》)、"永老无别离,万古常完聚,愿普天下有情的都成了眷属"(《西厢记》第五本第四折〔清江引〕曲)等以婚姻为最终归宿的传统模式,对"情"进行了新的诠释。周国平在《人与永恒》一书中说"现实中的爱情多半是失败的,不是败于难成眷属的无奈,就是败于终成眷属的厌倦。然而,无奈留下了永久的怀恋,厌倦激起了常新的追求,这又未尝不是爱情本身的成功。说到底,爱情是超越于成败的。爱情是人生最美丽的梦,你能说你做了一个成功的梦或失败的梦吗?"《红楼梦》也是一个梦,宝黛爱情是梦中之梦,这个梦的结局是超越成败、超越离合的。脂砚斋这段评语是对曹雪芹小说的补充和点化,是对《红楼梦》中宝黛爱情的升华,道出了黛玉泪尽而逝,宝玉"心事终虚化"的美学价值。

其次,从处事的角度看宝玉对闺阁良友的体贴。

第五回警幻仙姑对宝玉说道:"吾所爱汝者,乃天下古今第一淫人也。"接着解释了宝玉的"淫",是与"皮肤淫滥"不同的"意淫",即:"如尔则天分中生成一段痴情,吾辈推之为'意淫'。'意淫'二字,惟心会而不可口传,可神通而不可语达。汝今独得此二字,在闺阁中,固可为良友,然于世道中未免迂阔怪诡,百口嘲谤,万目睚眦。"的确,宝玉作为情痴情种的表现被人讥为"痴""呆""傻",但他的痴、呆也正显示出他对人与人之间彼此关爱的追求与向往。

宝玉对自己身边的丫鬟体贴入微。替晴雯留包子——"今儿我在那府里吃早饭,有一碟子豆腐皮的包子,我想着你爱吃,和珍大奶奶说了,只说我留着晚上吃,叫人送过来的,你可吃了?"(第八回)为袭人留点心——"忽又有贾妃赐出糖蒸酥酪来;宝玉想上次袭人喜吃此物,便命留与袭人了。"(第十九回)给麝月篦头——"早上你说头痒,这会子没什么事,我替你篦头罢。"(第二十回)再加上第三十一回的"撕扇子作千金一笑",这些对宝玉的描写,似乎都含有颠覆主仆关系的叛逆情结。

宝玉对别人家的丫鬟、侍妾也关心呵护。平儿和香菱,分别是贾琏和薛蟠的侍妾,能为这样两个苦命而可爱的女儿尽一次心,宝玉感到无比欣慰。凤姐和贾琏发生冲突却使平儿挨打蒙冤,第四十四回写"宝玉素日因平儿是贾琏的爱妾,又是凤姐儿的心腹,故不肯和他厮近,因不能尽心,也常为恨事"。宝玉替平儿理了妆,"竟得在平儿前稍尽片心,亦今生意中不想之乐也。因歪在床上,心内怡然自得。忽又思及贾琏惟知以淫乐悦己,并不知作养脂粉。又思平儿并无父母兄弟姊妹,独自一人,供应贾琏夫妇二人。贾琏之俗,凤姐之威,他竟能周全妥贴,今儿还遭荼毒,想来此人薄命,比黛玉犹甚。想到此间,便又伤感起来,不觉洒然泪下。因见袭人等不在房内,尽力落了几点痛泪"。而宝玉对香菱的关心,小说主要写了两件事:一是帮香菱换一条石榴裙;二是为给香菱解围,去为夏金桂寻求治疗女人嫉妒的药方。由此,我们可以反观宝玉的"爱博而心劳"。

甚至对大观园以外的聪明美貌女子,宝玉也心存牵挂。贾政的门生有一个叫傅试的,与贾府时常走动。一次傅试家中的两个婆子来了,"宝玉素习最厌愚男蠢女",只因"闻得傅试有个妹子,名唤傅秋芳,也是个琼闺秀玉,常闻人传说才貌俱全,虽自未亲睹,然遐思遥爱之心十分诚敬,不命他们进来,恐薄了傅秋芳,因此连忙命让进来"。这个傅秋芳虽然"尚未许人","几分姿色,聪明过人,"但已经二十三岁了,比宝玉要大将近十岁。可见宝玉当时对美女的态度,似乎并未存有婚嫁私心,而只是单纯的羡慕、惦念。这个特殊的缘故竟让宝玉接待了"两个婆子"。后来婆子不小心将汤泼了宝玉手上,宝玉自己烫了手倒不觉的,却只管问玉钏儿:"烫了那里了?疼不疼?"玉钏儿和众人都笑了。玉钏儿道:"你自己烫了,只管问我。"宝玉听到别人的提醒,才感觉到自己烫了。这个细节和"龄官画蔷"时宝玉的反应类似。他自己淋雨、挨烫浑然不觉,却一心只在关怀别人。这并不能上升到"高风亮节"的程度,而是"情不情"的具体外化。曹雪芹为了表现宝玉的泛爱,或者说"爱博而心劳",不惜花费大量笔墨,设计若干情节加以反复皴染。

他因惦念一轴美人的画,撞见了茗烟和卍儿的云雨之事。他斥责茗烟:"连他的岁属也不问问,别的自然越发不知了。可见他白认得你了。可怜,可怜!"足见宝玉对卍儿的同情,意淫和"皮肤淫滥"也因而划出了界限。

因牵挂刘姥姥故事中的雪地女孩,他派茗烟去村庄寻找。第三十九回"村姥姥是信口开合"和"情哥哥偏寻根究底",描写了刘姥姥编故事:"去年冬天,接连下了几天雪,地下压了三四尺深。我那日起的早,还没出房门,只听外头柴草响。……原来是一个十七八岁的极标致的一个小姑娘,梳着溜油光的头,穿着大红袄儿,白绫裙子——"刘姥姥的故事被救火声打断了,火熄了,宝玉依然忙着问刘姥姥:"那女孩儿大雪地作什么抽柴草?倘或冻出病来呢?"宝玉对姥姥的故事信以为真,"盘算了一夜"。次日一早,便打发茗烟按着刘姥姥说的方向地名去先踏看明白。小说写"那茗烟去后,宝玉左等也不来,右等也不来,急的热锅上的蚂蚁一般"。如此焦虑的心情表现出宝玉对那个"小姑娘"的关心。后来茗烟告诉他在破庙里只见到"瘟神爷"的"泥胎",宝玉才放弃追究。作者写宝

落紅成陣
鳳嫏作

賈宝玉

怡红公子

琳琅品重,未贡王廷;花月情多,自开绛洞。尘网重而情缘素结,真如会而色相俱空。从此归来三宝地,不妨还我太虚天。

——程甲本贾宝玉绣像题咏

玉对女子的呵护,其爱心之广博,不仅是对身边的女子,甚至波及画中、故事中。

　　悼亡,是男子对女子最圣洁无私的情感。古代悼亡诗,专指写给亡故妻子的诗。比较典型的有魏晋时期潘岳的《悼亡诗》:"望庐思其人,入室想所历",真切感人。唐代元稹的《遣悲怀》:"同穴窅冥何所望,他生缘会更难期。惟将终夜长开眼,报答平生未展眉。"悲切动人。还有如宋代苏轼的悼亡词:"十年生死两茫茫,不思量,自难忘,千里孤坟,无处话凄凉。"(《江城子》)生动缠绵。宝玉伤悼金钏的行为,缅怀晴雯的诗文,在此不妨也视为悼亡之举。此时的美人已非"在水一方",而是幽冥永隔,无论有多少柔情缱绻,都只能是愁心相托。第四十三回写"不了情暂撮土为香",宝玉离开凤姐生日的热闹场面,到水仙庵去祭奠金钏。作者刻画了宝玉的两次流泪,一次是见洛神像:"宝玉进去,也不拜洛神之像,却只管赏鉴。虽是泥塑的,却真有'翩若惊鸿,婉若游龙'之态,'荷出绿波,日映朝霞'之姿。宝玉不觉滴下泪来。"一次是伫立井台:"来至井台上,将炉放下。茗烟站过一旁。宝玉掏出香来焚上,含泪施了半礼,回身命收了去。"前者是虚写,后者是真情实感。接着是茗烟的一段悼念:"我茗烟跟二爷这几年,二爷的心事,我没有不知道的,只有今儿这一祭祀没有告诉我,我也不敢问。只是这受祭的阴魂虽不知名姓,想来自然是那人间有一,天上无双,极聪明极俊雅的一位姐姐妹妹了。二爷心事不能出口,让我代祝:若芳魂有感,香魄多情,虽然阴阳间隔,既是知己之间,时常来望候二爷,未尝不可。你在阴间保佑二爷来生也变个女孩儿,和你们一处相伴,再不可又托生这须眉浊物了。"作者采取了侧面描写的手法,借茗烟之口,传达了宝玉难以名状的自责和思念之情。

　　晴雯在宝玉身边算是很幸运的女子,因为作者安排她死在了黛玉的前面,又设置了宝玉写长篇诔文,黛玉参与修改,两个人共同伤悼的场景。黛玉和晴雯,可能是曹雪芹理想中的娇妻美妾。但晴雯"心比天高",却命比纸薄,判词中让"多情公子空牵念",也预示了后来宝玉在她临终时的探望和死后的悼亡。在宝玉祭奠晴雯的时候,黛玉帮他修改祭文,宝玉深知黛玉素日待晴雯"甚厚",也无所顾忌。针对"红绡帐里,公子多情;黄土垄中,女儿薄命",黛玉将熟滥的"红绡帐里",改为现成的真事"茜纱窗下"。宝玉因这是黛玉的住处,便将"公子"和"女儿",改为"小姐"和"丫鬟",黛玉认为人物关系不妥,宝玉便改成"茜纱窗下,我本无缘;黄土垄中,卿何薄命。"黛玉听了以后"怵然变色",因而,庚辰本上脂砚斋批语说:"一篇诔问(文)总因此二句而有,又当知虽诔晴雯,而又实诔黛玉也,奇幻至此。"因为宝玉祭文的最后一改,人物关系已变成了"卿卿我我",同时也预示了黛玉的薄命。

宝玉祭奠晴雯,可谓一石两鸟。一方面反映了宝玉的"情不情",即对服侍过他的"芙蓉女儿"的同情和怜惜;另一方面也表现了宝玉的"情情",即对知心恋人黛玉的专情。《红楼梦》的"通部情案",都在宝玉处"挂号",虽然宝玉的情愫与众多女子有关,但百川归海,最终都汇集到黛玉身上。

"人间自是有情痴,此恨不关风与月。"欧阳修的《玉楼春》似乎也可以用来诠释贾宝玉丰富的情感世界。除了恋情、闺阁良友之情,宝玉还不乏与秦钟等男友的感情,以及与迎春等姐妹的手足之情。除了对诸多靓女俊男的记挂,宝玉还把他的爱心付诸花月鸟虫。他"时常没人在跟前,就自哭自笑的;看见燕子,就和燕子说话;河里看见了鱼,就和鱼说话;见了星星月亮,不是长吁短叹,就是咕咕哝哝的。"(三十五回)他认为"不但草木,凡天下之物,皆是有情有理的,也和人一样,得了知己,便极有灵验的。"(七十七回)宝玉就是这样一个情痴情种。

宝玉之才

《红楼梦》中,作者对女儿们的才,无论是诗才、口才,还是理家之才、女红之才,都是带着欣赏的眼光去描绘的。而对贾宝玉的才,则难下定论。因为对这个人物的褒贬,书中始终存在两种声音。一种是当时人的世俗标准,另一种是作者的理想标准。两种视点下的宝玉,表现出"草莽""愚顽"和风流潇洒两种截然不同的审美效果。

首先看时人的标准。在世俗人的眼光中,贾宝玉不是一个正经的男孩。用其母王夫人的话来说,宝玉"是一个孽根祸胎,是家里的'混世魔王'"。他正经书不读,正经人不交,正经事不做。第三十二回宝玉和湘云的对话,集中地反映了这三方面的问题。贾雨村来访,贾政派人来叫宝玉出去会见,宝玉"心中好不自在"。小说写道:

> 宝玉道:"那里是老爷,都是他自己要请我去见的。"湘云笑道:"主雅客来勤,自然你有些警他的好处,他才只要会你。"宝玉道:"罢,罢,我也不敢称雅,俗中又俗的一个俗人,并不愿同这些人往来。"湘云笑道:"还是这个情性不改。如今大了,你就不愿读书去考举人进士的,也该常常的会会这些为官做宰的人们,谈谈讲讲些仕途经济的学问,也好将来应酬世务,日后也有个朋友。没见你成年家只在我们队里搅些什么!"宝玉听了道:"姑娘请别的姊妹屋里坐坐,我这里仔细污了你知经济学问的。"

史湘云不愧从小和宝玉在一起,对他的所作所为十分了解,但是不理解。她站在时人的世俗立场上,说"主雅客来勤",宝玉则反驳她:"我也不敢称雅,俗中又俗的一个俗人。"宝玉口与心恰好相反,他认为史湘云的观点才是真正"俗"的。湘云劝说宝玉的一大段话告诉读者三方面的信息:

第一,在读书方面,他不读时人所谓的正经书。因为宝玉"不愿读书去考举人进士"。时人追捧"两耳不闻窗外事,一心只读圣贤书"的人,宝玉却"愚顽怕读文章"。宝玉怕读的并非是全部文章,而是八股取士的书。第七十三回写宝玉听说父亲要考问他的读书情况,想到四书五经都是一知半解,急忙连夜抱佛脚:

> 如今打算打算,肚子内现可背诵的,不过只有"学""庸""二论"是带注背得出的。至上本《孟子》,就有一半是夹生的,若凭空提一句,断不能接背的;至"下孟",就有一大半忘了。算起"五经"来,因近来作诗,常把《诗经》读些,虽不甚精阐,还可塞责。别的虽不记得,素日贾政也幸未吩咐过读的,纵不知,也还不妨。至于古文,这是那几年所读过的几篇,连"左传""国策""公羊""谷梁"汉唐等文,不过几十篇,这几年竟未曾温得半篇片语,虽闲时也曾遍阅,不过一时之兴,随看随忘,未下苦工夫,如何记得。这是断难塞责的。更有时文八股一道,因平素深恶此道,原非圣贤之制撰,焉能阐发圣贤之微奥,不过作后人饵名钓禄之阶。

宝玉即使被逼无奈背诵了一些考举人进士的必读书,但他的态度很明确,即"平素深恶此道"。《西厢记》在当时属于禁书,他在偷看的时候,谎称是《中庸》《大学》。宝玉明知什么书是应该看的,然而生性叛逆的他偏偏看自己愿意看的。

第二,在交友方面,他不愿结交时人所谓的正经人,尤其是为官做宰的人。湘云劝他去见贾雨村,"会会这些为官做宰的人们,谈谈讲讲些仕途经济的学问,也好将来应酬世务,日后也有个朋友"。他十分反感,把此类话视为"混账话"。第三十三回写宝玉挨打,小说的回目是"手足耽耽小动唇舌,不肖种种大承笞挞",小动唇舌的是贾环,他把金钏跳井的事告诉了贾政,还说是宝玉调戏所致。贾政打宝玉,金钏之死是一个导火索,说明他正经事不做。但回目中还写了"不肖种种",这才是宝玉"大承答挞"的真正原因,或者说更重要的缘由。宝玉挨打,除了贾环告状,还有一个人告状,即忠顺府的长史官来向贾府讨要"一个做小旦的琪官",贾政由此知道"十停人倒有八停人都说,他近日和衔玉的那位令郎相与甚厚"。在这一回的开头,还曾写道"方才雨村来了",宝玉的样子是"垂头丧气"的,"全无一点慷慨挥洒谈吐,仍是葳葳蕤蕤"。可见,宝玉挨打,很重要的原因是他不与父亲所认为的正经人打交道,对"为官做宰的"贾雨村不理不睬,反而与戏子蒋玉菡私赠汗巾子。再有就是宝玉在官宦们面前缺乏"挥洒的谈吐",不见抖擞的精神,也令贾政大失所望。这构成了"不肖种种"的多重内涵。

第三,在做事方面,他不愿做时人所谓的正经事。"宝玉性格异常,其淘气憨顽自是出于众小儿之外,更有几件千奇百怪口不能言的毛病儿。近来仗着祖母溺爱,父母亦不能十分严紧拘管,更觉放荡弛纵,任性恣情,最不喜务正。"(第十九回)湘云说他"你成年家只在我们队里搅些什么",指责、不满的意味已经很浓了。一向对女孩"作小服低"的宝玉,此时毫无怜香惜玉的柔情,很不客气地对湘云说:"姑娘请别的姊妹屋里坐坐,我这里仔细污了你知经济学问的。"为了给湘云挽回面子,袭人忙道:"云姑娘快别说这话。上回也是宝姑娘也说过一回,他也不管人脸上过的去过不去,他就咳了一声,拿起脚来走了。"可见,宝玉对此类劝教都是毫不留情的。

宝玉不做正经事,偏偏又是个"无事忙"。第十九回袭人曾借"赎身之论"规劝宝玉,告诉他如果改了"两三件"毛病,"就是你真心留我了"。一是不许再说化灰、化烟;二是"再不可毁僧谤道,调脂弄粉";更要紧的一件是"再不许吃人嘴上擦的胭脂了,与那爱红的毛病儿"。针对这三点意见,宝玉欣然接受:"都改,都改。再有什么,快说。"袭人说:"再也没有了。只是百事检点些,不任意任情的就是了。你若果都依了,便拿八人轿也抬不出我去了。"宝玉嘴上答应得乖,内心却很顽固。就在第二十一回,他依然去用湘云的洗脸水,"不觉又顺手拈了胭脂,意欲要往口边送,因又怕史湘云说。正犹豫间,湘云果在身后看见,一手掠着辫子,便伸手来'拍'的一下,从手中将胭脂打落,说道:"这不长进的毛病儿,多早晚才改过!"实际上,宝玉一刻也没有停止"任意任情"。

其次看作者的标准。在作者的心中,贾宝玉是一个天资聪慧的男孩,有着不同于流俗的见识。第五回作者曾借警幻仙姑的视角评价宝玉"那仙姑知他天分高明,性情颖慧"。宝玉独树一帜的"女儿论"化水为女儿,对传统的水意象无疑是一种开拓。宝玉断言"女儿是水做的骨肉,男子是泥做的骨肉",本身就有别于男女同为泥塑、女人是男人身上的一部分的传统观念。从物质构成上将男女分开,使千百年来女人是男人附属物的观念焕然一新。能证明不同,就在于肯定了不同双方存在的意义。历史上,女人只有劳作之义务而无思辨之权利。间或有些巾帼精英的出现,也都因为她们身上有阳刚之气,如"双兔傍地走",让世人难辨雌雄,才能被社会认可。其实社会所接受的是男性化了的女性灵性,而不是独立的女性人格。这一点宝玉识别得很清楚,所以他为宝钗身上的"国贼禄鬼"气污染了"一个清净洁白的女儿"而叹息。透过宝玉的女儿即水的观点,细究水的无色无味无形的性质,我们能够领悟宝玉对女性态度的基本原则——无论肉体、灵魂哪方面沾了男人气,他都排斥。肉体上沾了男人浊臭气的自然被他的女儿国拒之门外;灵魂上宝玉的要求较前者更为严格。大观园的女性中,宝玉因其体态色貌而发呆的比比皆是,宝钗更在其中,只有黛玉例外。从宝钗、湘云到袭人,都曾说过劝宝玉读书入仕的"混账话",唯独"林妹妹不说这样混账话",所谓"混账话"就是在灵魂上沾了男人气的。所以,从水意象的严格意义上讲,大观园女儿国中只有黛玉"清如水",故而宝玉把她视为知己。

宝玉读《西厢记》的场景,作者的描写饱含欣赏之情。第二十三回写"西厢记妙词通戏语":

那一日正当三月中浣，早饭后，宝玉携了一套《会真记》，走到沁芳闸桥边桃花底下一块石上坐着，展开《会真记》，从头细玩。正看到"落红成阵"，只见一阵风过，把树头上桃花吹下一大半来，落的满身满书满地皆是。宝玉要抖将下来，恐怕脚步践踏了，只得兜了那花瓣，来至池边，抖在池内。那花瓣浮在水面，飘飘荡荡，竟流出沁芳闸去了。

"落红成阵"既是《西厢记》中的文字，也是贾宝玉眼前的景物，艺术与生活水乳交融。接着林黛玉出现了：

黛玉道："什么书？"宝玉见问，慌的藏之不迭，便说道："不过是《中庸》《大学》。"黛玉笑道："你又在我跟前弄鬼。趁早儿给我瞧，好多着呢。"宝玉道："好妹妹，若论你，我是不怕的。你看了，好歹别告诉别人去。真真这是好书！你要看了，连饭也不想吃呢。"一面说，一面递了过去。林黛玉把花具且都放下，接书来瞧，从头看去，越看越爱看，不到一顿饭工夫，将十六出俱已看完，自觉词藻警人，馀香满口。虽看完了书，却只管出神，心内还默默记诵。

宝玉不喜欢读的是《中庸》《大学》，珍爱的是《西厢记》，他认为："真真这是好书！你要看了，连饭也不想吃。"形象地描述了这部书的艺术感染力。黛玉读后的感觉进一步印证了这一点："自觉词藻警人，馀香满口。虽看完了书，却只管出神，心内还默默记诵。"正所谓馀音绕梁，不绝如缕。

宝玉有不同于纨绔的儒雅。他并非不学无术的人，从小"聪明乖觉，百个不及他一个"，大观园题咏，他出口成章，高雅脱俗。作者在小说中借助形象和细节,描绘了宝玉的种种愚顽和不肖、种种痴心和无奈。然而,又担心读者误会宝玉,于是又塑造了薛蟠这样一位出身相似,却个性迥异的纨绔子弟,以其粗俗的丑态,衬托宝玉带给人的脱俗美感。

宝玉的字写得很好,连黛玉都想求他的墨宝。小说第八回写:"一时黛玉来了,宝玉笑道:'好妹妹,你别撒谎,你看这三个字那一个好?'黛玉仰头看里间门斗上,新贴了三个字,写着'绛云轩'。黛玉笑道:'个个都好。怎么写的这们好了?明儿也与我写一个匾。'宝玉嘻嘻地笑道:'又哄我呢。'"

宝玉的对联题得很好,贾政的清客们"都忙迎合,赞宝玉才情不凡"。小说第十七、十八回写:"前日贾政闻塾师背后赞宝玉偏才尽有,贾政未信,适巧遇园已落成,令其题撰,聊一试其情思之清浊。其所拟之匾联虽非妙句,在幼童为之,亦或可取。即另使名公大笔为之,固不费难,然想来倒不如这本家风味有趣。更使贾妃见之,知系其爱弟所为,亦或不负其素日切望之意。因有这段原委,故此竟用了宝玉所题之联额。"

宝玉的诗词曲赋,也值得称道。如《四时即事》诗,是宝玉刚进大观园所写的一组清新的四季歌。第二十三回写:"因这几首诗,当时有一等势利人,见是荣国府十二三岁的公子作的,抄录出来各处称颂,再有一等轻浮子弟,爱上那风骚妖艳之句,也写在扇头壁上,不时吟哦赏赞。因此竟有人来寻诗觅字,倩画求题的。宝玉亦发得了意,镇日家作这些外务。"由此可见,宝玉这位"荣国府十二三岁的公子"还是小有才名的。此外宝玉的《咏白海棠》,虽非佳篇,但不乏佳句,如"出浴太真冰作影,捧心西子玉为魂",借花写人,道出了宝钗和黛玉的冰心玉骨。再如他的长篇诔文《芙蓉女儿诔》,采用了楚辞骚体的形式,内容上也体现出"诔缠绵而凄怆"(晋代陆机《文赋》)的特点,堪称《红楼梦》中的《离骚》。

需要解释的是,宝玉在大观园诗社的同题吟咏中,为何每每"压尾""落第",甚至交"白卷子"呢?宝玉"压尾"在第三十七回咏白海棠时,书中写：

> 李纨道："若论风流别致，自是这首；若论含蓄浑厚，终让蘅稿。"探春道："这评的有理，潇湘妃子当居第二。"李纨道："怡红公子是压尾，你服不服？"宝玉道："我的那首原不好了，这评的最公。"又笑道："只是蘅潇二首还要斟酌。"

宝玉自己落后毫无怨言，但对黛玉位居第二却不愿接受。他请求大家对"蘅潇二首还要斟酌"，意在为黛玉讨回第一的名次。宝玉"落第"在第三十八回咏菊时，宝、黛、钗、探春、湘云共写了十二首咏菊诗，怡红公子名下有《访菊》和《种菊》两首，书中写李纨的评判是黛玉的三首位列前三，"宝玉听说，喜的拍手叫'极是，极公道。'"然后很淡定地主动服输，笑道："我又落第。"他不认为自己的诗不好，只恨敌不上黛玉《咏菊》中的"口齿噙香对月吟"。宝玉另一次"落第"在第五十回"芦雪广争联即景诗"中，李纨笑道："宝玉又落了第了。"宝玉笑道："我原不会联句，只好担待我罢。"李纨笑道："今日必罚你。我才看见栊翠庵的红梅有趣，我要折一枝来插瓶。可厌妙玉为人，我不理他。如今罚你去取一枝来。"众人都道这罚得又雅又有趣。宝玉欣然从命，回来遵命还写了一首七律诗。只是他提出了一个请求，不希望限韵。书中写："宝玉道：'姐姐妹妹们，让我自己用韵罢，别限韵了。'众人都说：'随你作去罢。'"于是，他一挥而就写成了《访妙玉乞红梅》。宝玉交"白卷子"在第七十回填写《咏絮词》时，大家拈阄，宝玉拈得了《蝶恋花》。书中写"宝玉虽作了些，只是自己嫌不好，又都抹了，要另作，回头看香，已将烬了。"限时已到，宝玉自己交了白卷，但见探春只写了半首《南柯子》，他提笔续道："落去君休惜，飞来我自知。莺愁蝶倦晚芳时，纵是明春再见隔年期！"结果众人夸好。

宝玉在诗社活动中，很有绅士风度，对自己的落后并不在意，但愿意林妹妹夺冠,愿意帮探春补写,还愿意与妙玉打交道。这些行为可以说是宝玉"女儿论"的集中体现,而在水做的骨肉中,他尤其偏爱几位聪明清秀而又高雅脱俗的女子。此外,宝玉在限定时间、限定文题、限定诗韵的创作中,即使是诗词等他喜欢的文体,也难出佳作。这反映出宝玉不愿受拘束,只适于自由发挥型的创作。所以,让宝玉在诗社同题吟咏中甘居人后,其实出于作者构思上的精心安排。

从上述写字、对联、作诗等方面的种种创作才能可见,宝玉并非不学无术的纨绔子弟。贾宝玉的祖上,宁、荣二公(第五十三回曾写有"宁国公贾演、荣国公贾源")创下的贾家基业,素有"贾不假,白玉为堂金作马"之称,足见其显贵。宝玉是荣国公之后,而且,小说中强调,在荣国公的众子孙中,宝玉是最像他爷爷的人。第二十九回写贾母一行人去清虚观打醮,即请道士设坛念经做法事。作者借当日荣国公的替身张道士之口,描述了宝玉与国公相像这一细节:

张道士道:"前日我在好几处看见哥儿写的字,作的诗,都好的了不得,怎么老爷还抱怨说哥儿不大喜欢念书呢?依小道看来,也就罢了。"又叹道:"我看见哥儿的这个形容身段,言谈举动,怎么就同当日国公爷一个稿子!"说着两眼流下泪来。贾母听说,也由不得满脸泪痕,说道:"正是呢,我养这些儿子孙子,也没一个像他爷爷的,就只这玉儿像他爷爷。"

贾宝玉有着高贵的出身和美好的资质,而且承载了家族的期望。然而偏是这个众人期望最高的贾府未来继承者,却"古今不肖无双","于国于家无望"。《红楼梦》第二回写了贾府的盛况,也强调了它面临的危机:"如今生齿日繁,事务日盛,主仆上下,安富尊荣者尽多,运筹谋画者无一;其日用排场费用,又不能将就省俭,如今外面的架子虽未甚倒,内囊却也尽上来了。这还是小事。更有一件大事：谁知这样钟鸣鼎食之家，翰墨诗书之族，如今的儿孙，竟一代不如一代了！"在这关系着贾家存亡的两件大事中，最为重要的是后继乏人。能持家、继业的子孙自然要被祖辈刮目相看了。宝玉"像他爷爷"，起码在外表上与那些不肖子孙不同，因而得到贾母加倍的宠爱。可是宝玉并不看重与生俱来的荣耀，他的言行屡次令家长们失望。"纵然生得好皮囊，腹内原来草莽"，"无故寻愁觅恨，有时似傻如狂"，说到底，宝玉不过是个"行为偏僻性乖张"的"混世魔王"。

曹雪芹口口声声称宝玉"纨绔""膏粱"，实际上是正话反说。在贾府，若论"无能""不肖"，书中还有更粗俗的"呆霸王"薛蟠可作宝玉的陪衬。小说第二十六回写了呆霸王薛蟠闹出的一个白字笑话："薛蟠笑道：'你提画儿，我才想起来。昨儿我看人家一张春宫，画的着实好。上面还有许多的字，也没细看，只看落的款，是"庚黄"画的。真真的好的了不得！'宝玉听说，心下猜疑道：'古今字画也都见过些，那里有个"庚黄"？……众人都看时，原来是'唐寅'两个字，都笑道：'想必是这两字，大爷一时眼花了也未可知。'"众人说薛蟠在字形上花了眼，是给他留面子，谁知这位呆霸王又补了一句："谁知他'糖银''果银'的。"一个纨绔子弟的形象跃然纸上。薛蟠的无知无识，以及流氓成性等表现反衬了宝玉的风流儒雅。此外，《红楼梦》还有更妙的一笔。"薛蟠起初之心，原不欲在贾宅居住者，但恐姨夫管约拘禁，料必不自在的；……谁知自从在此住了不上一月的光景，贾宅族中凡有的子侄，俱已认熟了一半，凡是那些纨绔气习者，莫不喜与他往来，今日会酒，明日观花，甚至聚赌嫖娼，渐渐无所不至，引诱的薛蟠比当日更坏了十倍"（第四回）。表面看来，宝玉不仅"天下无能第一"，而且"古今不肖无双"，既无能又不肖，堪称无可救药的顽石。实质上，他的无能是无为，他的不肖是不俗。不肖的本意是不像，除不肖子孙之意外，在小说中还有与众不同的意味。作者以薛蟠的近墨

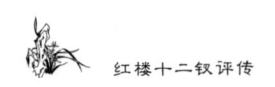

者黑写出贾府子侄们的大不肖,就此,宝玉的不肖便显得有一定思想深度了。

然而,宝玉如此清雅脱俗,他的父亲为什么对他那么不满呢?甚至训斥他:"你如果再提'上学'两个字,连我也羞死了。依我的话,你竟顽你的去是正理。仔细站脏了我这地,靠脏了我的门!"(第九回)宝玉所感兴趣的是无拘无束、独抒性灵的诗词曲赋,这与明清两代科举所要求的内容是背道而驰的,只能算是杂学、偏才,与举业无关。《儒林外史》中,写当时只看重四书五经、时文八股,所以在清朝科举考场上考官周进的眼里,满腹诗才的魏好古不如文字不通的范进。而宝玉将所有与仕途经济相关的事一概斥责为"混账",自然也为封建卫道士们视作"异类"而大加贬斥。其实,宝玉有点生不逢时,要是在唐朝,他或许会像王维(开元九年进士,20岁)、白居易(贞元十六年进士,29岁)一样通过好诗而一举成名。而在宝玉所处的时代,不会时文八股之类"文章"的人,与薛蟠那样的白字先生是一样为仕途和时人所蔑视的。

宝玉结局

关于宝玉的结局,说法不一,即使在出家的问题上存在共识,但对过程的理解也有区别。目前主要有两种说法:一是后四十回中所写的。即宝玉婚后去参加科举考试,中举而后出家。第一百十九回的回目是"中乡魁宝玉却尘缘",写宝玉参加乡试,考完后便走失,家人接到他中了第七名举人的喜报时,也意识到他的出家。第一百二十回写宝玉在雪影里"光着头,赤着脚,身上披着一领大红猩猩毡的斗篷,向贾政倒身下拜"。又在一僧一道"俗缘已毕,还不快走"的催促下了却尘缘。贾政回家后,"王夫人便将宝钗有孕"的消息告诉了他。从宝玉中举和有子这两件事来看,对朝廷他尽了忠,对家庭他尽了孝,可谓忠孝两全之后他才出的家,简直是实现了儒生们所向往的功成而身退的理想。这对《红楼梦》的悲剧意义自然是有所削弱的。

另一种说法是脂批的暗示,即宝玉后来贫穷并出家。脂砚斋的批语告诉我们,曹雪芹的原著在八十回后有许多人物的结局与现在能看到的后四十回不同。用俞平伯先生《红楼梦辨》中的话来说:"这个证据在戚本的评注里,评书人在八十回书以外,胸中另有一个'后数十回',故每每征引。"说宝玉贫寒不堪的证据是第十九回"袭人见总无可吃之物"一处脂批云:"以此一句,留与下部后数十回,'寒冬噎酸齑,雪夜围破毡'等处对看。"说宝玉出家为僧的证据是第二十一回的一大段脂批:"然宝玉有情极之毒,亦世人莫忍为者,看至后半部,则洞明矣。此是宝玉三大病也。宝玉看此为世人莫忍为之毒,故后文方有'悬崖撒手'一回。若他人得宝钗之妻,麝月之婢,岂能弃而为僧哉?玉一生偏僻之处。"(见戚序本,庚辰本批语略异)类似的情节,在1987年版的电视剧结尾处亦有所表现。

宝玉是生不逢时的,他生得早了一些,哪怕到了民主革命时期,他也许会成为自觉倡导自由、平等、博爱的先行者。他的父亲贾政却生得晚了一些,哪怕在《三国演义》里,甚至在《水浒传》中,他都会成为忠臣义士。然而,到了《红楼梦》里,父子俩都面临着前所未有的尴尬。鲁迅曾说,宝玉"爱博而心劳,而忧患亦日甚矣"。宝玉的命运悲剧是由两种无法调和的矛盾造成的:其一是个人意愿与家庭希望的矛盾,因为他生在侯门之家,却痛恨等级制度;其二是个人理想与残酷现实的矛盾,因为他空存博爱理想,却无力拯救现实。宝玉在那个时代的处境是"前不见古人,后不见来者"的,只能"念天地之悠悠,独怆然而涕下"。

主要参考文献

一点说明:限于编辑设定的体例,也限于本书文体的特点,正文没有注释。因而,笔者将行文中所参考的书籍、论文及作者等内容借此加以交代。在下面的书目中,我在写作中常置于案头的几部书还应多说几句,谨向作者致意。

文中写到人物身份和结局时,对判词和《红楼梦曲》的解释,除了看蔡义江先生的《红楼梦诗词曲赋鉴赏》,主要还参考了我的博士导师张俊先生参与校注的《红楼梦》。北京师范大学校注本1987年的出版后记曾有这样的记载:"我们的校注编辑工作,是在启功教授的具体指导下进行的。……其中张俊同志自始至终负责注释编写和定稿工作,用力最多。"这个本子的注释,诗文、史料征引丰富,尤其是对一些朝章典志、风俗习惯的解释,翔实可靠。从1987年至今20年过去了,每一个词条的注解,那样耐心细致,丝丝入扣,仿佛在洗涤着我的浮躁。

文中涉及人物性格命运的问题时,除了看王昆仑的《红楼梦人物论》,还主要参考了业师张锦池先生的《红楼十二论》和《红楼梦考论》。尤其是对小说中描述较少,但学术争论较多的人物,如贾元春、秦可卿、妙玉等女子的论述,还有如对巧姐的评价等。张先生的分析辩证而全面,逻辑缜密,入情入理,20多年前大学课堂上的情景如在眼前。有些问题真是直到我当了多年教师的时候,始品出其中三昧。

此外,16位人物插图后面所题的诗词,源自清代《红楼梦》刊印本上的绣像题咏。这些诗词始见于程甲本,即乾隆五十六(辛亥,1791)年初刊本。这一组题诗字体不一,有些草书、篆字不易辨认。我曾将程甲本、程乙本、东观阁本,以及《妙复轩评石头记》《增评绘图大观琐录》等带有相同插图(字体略异)的版本互校。需要说明的是,程甲本上的绣像题咏将香菱、袭人写在一处,词调题"调寄系裙腰",下面的篆字章题"维三春即",妙复轩本有异,作"石榴裙",本书依妙复轩本改作"石榴裙"。

[清]曹雪芹　脂砚斋重评石头记:甲戌本　北京图书馆出版社　2004
[清]曹雪芹　脂砚斋重评石头记:己卯本　沈阳出版社　2006
[清]曹雪芹　脂砚斋重评石头记:庚辰本　沈阳出版社　2005
[清]曹霑　北京师范大学藏脂砚斋重评石头记　北京图书馆出版社　2002
[清]曹雪芹　戚蓼生序本石头记　人民文学出版社　2006
[清]曹雪芹　蒙古王府本石头记　书目文献出版社　1986
[清]曹雪芹　清乾隆舒元炜序本红楼梦　上海古籍出版社　2007
[清]曹雪芹　杨继振藏本红楼梦　沈阳出版社　2008
[清]曹雪芹　石头记　中国艺术研究院红楼梦研究所、苏联科学院东方学研究所列宁格勒分所编　中华书局　1986(2003年重印)
[清]曹雪芹　卞藏本红楼梦　北京图书馆出版社　2006
[清]曹雪芹　郑振铎藏石头记残抄本　国家图书馆善本部
[清]曹雪芹　甲辰本红楼梦　书目文献出版社　1989
[清]曹雪芹、高鹗　程甲本红楼梦　北京图书馆出版社　2001
[清]曹雪芹著,陈其泰批校　红楼梦:程乙本　北京图书馆出版社　2001
[清]曹雪芹、高鹗著,东观主人评　新增批评绣像红楼梦　北京图书馆出版社　2003

冯其庸主编，红楼梦研究所汇校　脂砚斋重评石头记汇校　文化艺术出版社　1989

[清]曹雪芹著，高鹗续，中国艺术研究院红楼梦研究所校注　红楼梦　人民文学出版社　1990；并按2008年第三版校对。

[清]曹雪芹著，启功主编　红楼梦：校注本　北京师范大学出版社　1995

[清]袁枚　随园诗话　人民文学出版社　1960版，1999重印

一粟编　古典文学研究资料汇编·红楼梦卷　中华书局　1963

顾平旦主编　《红楼梦》研究论文资料索引　书目文献出版社　1982

朱一玄编　《红楼梦》资料汇编　南开大学出版社　2001

吕启祥、林东海主编　红楼梦研究稀见资料汇编　人民文学出版社　2001

北京国学时代文化传播有限公司研制　国学备览　北京：首都师范大学出版社　2006

张锦池　红楼十二论　百花文艺出版社　1982

王蒙　红楼启示录　生活·读书·新知三联书店　1991

赵冈、陈钟毅　红楼梦新探　文化艺术出版社　1991

鲁迅　中国小说史略　齐鲁书社　1997

张俊　清代小说史　浙江古籍出版社　1997

冯其庸　曹雪芹家世新考（增订本）　文化艺术出版社　1997

张锦池　红楼梦考论　黑龙江教育出版社　1998

王国维、蔡元培、胡适、俞平伯著　红楼梦评论，石头记索隐，红楼梦考证，红楼梦辨　岳麓书社　1999

宋淇　《红楼梦》识要　中国书店　2000

蔡义江　红楼梦诗词曲赋鉴赏　中华书局　2001

王昆仑　红楼梦人物论　团结出版社　2002

余英时　红楼梦的两个世界　上海社会科学院出版社　2002

刘世德　红楼梦版本探微　华东师范大学出版社　2002

沈治钧　红楼梦成书研究　中国书店　2004

曹立波　红楼梦东观阁本研究　北京图书馆出版社　2004

胡文彬　红楼梦与中国文化论稿　中国书店　2005

郑铁生　刘心武"红学"之疑　新华出版社　2005

蒋和森　红楼梦论稿　人民文学出版社　2006

周思源　周思源正解金陵十二钗　中华书局　2006

林冠夫　红楼梦版本论　文化艺术出版社　2006

何红梅编　红楼女性　中华书局　2006

韦奈　我的外祖父俞平伯　团结出版社　2006

张爱玲　红楼梦魇　北京十月文艺出版社　2009

中国红楼梦学会　话说《红楼梦》中人　崇文书局　2006

曹立波　红楼梦版本与文本　中华书局　2007

周汝昌　红楼梦新证　棠棣出版社　1953；上海三联书店（影印）　2008

陈文新　《红楼梦》的现代误读　齐鲁书社　2008

段启明　红楼梦艺术论　白山出版社　2009

张书才　曹雪芹家世生平探源　白山出版社　2009

宋广波编　胡适批红集　北京大学出版社　2009

曹立波、周文业主编　一百二十本《红楼梦》版本研究和数字化　首都师范大学出版社　2011

[清]曹雪芹著,[清]程伟元、高鹗整理,张俊、沈治钧评批　新批校注《红楼梦》　商务印书馆　2013

张俊、武静寰　宝黛爱情描写在中国小说史上的地位　红楼梦学刊　1982(2)

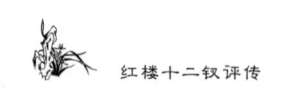

潘禾婴　湘云散论　红楼梦学刊　1996(4)

邹玉义　《重修大同镇城碑记》考辨——曹雪芹祖籍辽阳的又一权威史证　红楼梦学刊　2003(2)

吕启祥　秦可卿形象的诗意空间——兼说守护《红楼梦》的文学家园　红楼梦学刊　2006(4)

曹立波　《红楼梦》立体式网状结构模型的构建　红楼梦学刊　2007(2)

曹立波　《红楼梦》秦氏病重情节的诗意空间　红楼梦学刊　2007(6)

张庆善　百年红学的启示　红楼梦学刊　2008(5)

张书才　曹雪芹生父新考　红楼梦学刊　2008(5)

曹立波　《红楼梦》中元春形象的三重身份　红楼梦学刊　2008(6)

孙伟科　红学中人物评价的方法论评析　红楼梦学刊　2008(6)

储著炎　百廿回本《红楼梦》第八十五回《蕊珠记》考论　红楼梦学刊　2010(2)

周舒　妙玉的"妙常髻"——《红楼梦》后四十回对妙玉形象的补充　收入曹立波、周文业主编　一百二十本《红楼梦》版本研究和数字化　首都师范大学出版社　2011

曹立波　《红楼梦》版本修订中的优化倾向——以"十二钗"为观察对象　红楼梦学刊　2011(1)

曹立波、曹明　《红楼梦》后四十回中的雪芹残稿和程高补笔　红楼梦学刊　2016(5)

曹立波　生日与《红楼梦》婚恋故事的艺术构思——从芒种饯花与怡红寿宴谈起　红楼梦学刊　2016(6)

《红楼十二钗评传》十年增订版题跋

《红楼十二钗评传》自2007年刊行,至今已经十年了。2012年,基于此书的视频课程《红楼十二钗评讲》,入选国家级精品视频公开课。我曾采撷书中的人物,应邀到京城内外做过60多场讲座。讲台上下的互动、网络书信的交流,使我收获了许多红学同好的反馈,也引发了一些思考。尤其是在文学视野之下,针对这部小说的悲剧主题和虚构艺术,以及小说修订的次数之多和版本的差异之大等问题的讨论心得,在这一版的修订中也有所增补。今将修订和交流过程中的几点体会略记于此。

一 悲金悼玉《红楼梦》

《红楼梦》是一部怎样的悲剧?作者在第五回《红楼梦引子》中曾云:"开辟鸿蒙,谁为情种?都只为风月情浓。趁着这奈何天,伤怀日,寂寥时,试遣愚衷。因此上,演出这怀金悼玉的《红楼梦》。"这里,"怀"字,甲辰、程本作"悲",似在突出金玉良缘的悲剧色彩和抒情主人公的悲悯情怀。这首曲子具有点题的作用,不仅在伤怀宝黛钗的婚恋悲剧,也可以从广义上看,在悲悯众女子们的青春、命运和婚姻爱情。

王国维认为《红楼梦》是一部彻头彻尾的悲剧。其"彻头彻尾",不仅

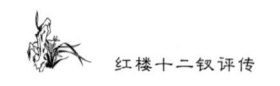

有如泣如诉般的悲惨,还有如花如诗般的凄美。

《红楼十二钗评传》看待红楼女子,在悲剧艺术的层面考虑得更多一些。元、迎、探、惜四位公府千金,有进宫墙者的宫怨,入空门者的绝情,庶出者的身世叹惋,买卖与包办婚姻之下的哭诉,四类女子富有典型意义,成为家族末世各类小姐命运之悲的集中写照。十二正册中的三位贾府媳妇,凤姐、李纨、可卿,可以说是才、德、貌各有千秋,不失为封建世家少奶奶的艺术画廊。曾经大权在握的王熙凤,虽然可以恃强逞能、谋财害命,但在当时的现实中,她没有去违犯夫妻纲常,对"国舅老爷"的奉承、对平儿的拉拢与欺凌,足见其在丈夫和侍妾之间的角色意识。她既"泼辣"也"泼醋",小说里所揭示的这位女强人的"辛酸"值得同情。李纨是唯一居住在大观园里的少奶奶,从居所来看,与豆蔻年华的怡红快绿不同的是,稻香村颇为另类。大观园中的"稻香老农",是牧歌式的贞节牌坊,李纨应是物欲横流的贾府中的一件清雅的装饰。但这位二十几岁的寡居女子,门前无任何是非,物质待遇优厚,精神枷锁也同样沉重。她只能潜心教子,于己则心如槁木,甚至连戴花的权利都被剥夺了。曹雪芹在判词和《晚韶华》曲中已点明了她所付出的"美韶华",以及留得虚名"枉与他人作笑谈"的五味人生。李纨的不幸,应是她没有意识到自己的不幸。秦可卿是贾府的重孙媳妇,她与贾蓉的结合,是贾母在为儿孙择偶问题上浪漫理想的体现,即"不管他根基富贵","只是模样性格难得好的"。就这样,寒门薄宦出身的秦可卿成了宁国府的长房长孙媳。在那个社会,女子改变自己"穿衣吃饭"的温饱问题有时会靠婚姻,但到了夫家,尤其是大家族中,想提升自己的地位,一般要靠两方面因素:一是子嗣,所谓"母以子贵",二则娘家的势力。当得知自己病重不育,弟弟秦钟无心学业且在学堂闯祸时,种种打击,让她病入膏肓。作者对秦可卿之死的构思,据脂批透露,相关情节曾有过改动,由"淫丧"改为病逝。无论是何种死因,这样"兼美"的女子过早地辞世,本身就蕴涵一种红颜薄命的感伤，更何况是在全家老少异口同声的赞扬中，这位心性要强的、能为贾家瞻前顾后的美少妇撒手入黄泉。作为贾府草字辈长孙媳的秦可卿身后无子，进而丧命，使得本来就后继乏人的贾府，又痛失一位"可齐家"的裙钗。

　　王国维指出："善人必令其终，而恶人必离（罹）其罚，此亦吾国戏曲小说之特质也。《红楼梦》则不然……"的确，《红楼梦》的人物评价体系不同于传统的惩恶扬善。这一点应从两个方面看：首先，红楼人物没有从善恶的角度去简单分类，即使写婚恋故事，也并非"假拟出男女二人名姓，又必旁出一小人其间拨乱"。黛玉没有和知己从恋爱走进婚姻，宝玉在英雄救美方面也显得无可奈何，这与崔莺莺、张生等婚恋主人公相比，落差较大，而喜剧与悲剧的不同，也由此显现出来。即使第九十七回写了"林黛玉焚稿断痴情，薛宝钗出闺成大礼"，宝钗也非比"其间拨乱"的小人。小说同情失意者，也没有去鞭挞得意人。挖掘貌似得意者的失意，探究宝钗、袭人、李纨、可卿等女子潜在的悲苦，是领会小说悲剧意蕴的难点。再者，小说中的主要人物也都"是那正邪两赋而来一路之人"。若羡慕黛玉的"真心真意"，必须接受妹妹的"含酸""嗔怪"；若仰慕宝钗的"心地宽大"，需要接受姐姐会给人"心里藏奸"的感觉。凤姐更是让读者爱恨交加的圆形人物，善与恶在她身上似乎找不到边界。阅读《红楼梦》，是将自己置身于一个"体仁沐德"的温柔乡，置身于一个诗意芬芳的女儿国，去倾听深闺中的哭诉，去感受"以乐景写哀"的意境，进而去品味"千红一哭，万艳同悲"的美学价值。

二　披阅增删几载成

　　《红楼梦》第一回中出现曹雪芹的名字，是与"披阅十载，增删五次"相关联的。句中的"披阅"，同"披览"；指翻阅书籍或文章的意思。"十载"

和"五次"两个数量词可以说亦虚亦实,意为曹雪芹在十年间反复增删、数易其稿。所以,《红楼梦》在构思和成稿过程中发生过变化,表现在不同章回之间,也在不同版本之间。基于写作和修订中的困难,作者难免在人和事的前后照应上有所疏忽。

读《红楼梦》既能感受到写人、写事、写诗的沁人心脾,也偶尔会挑出长篇巨著中间的鲁鱼亥豕。我们不应把小说中写得好的归功于曹公,而疏漏之处却归罪于他人。其实,有人常指责后四十回,指责程伟元和高鹗在刊行时把前八十回也加以妄改。殊不知在那些早期的残抄本中,前八十回本身也有一些照应牵强,甚至自相矛盾的地方。比如,同在庚辰本中,秦钟的家境,第八回写他家连"二十四两赘见礼"都需要"东拼西凑",到了第十六回却写他魂魄离身时,"又记挂着父亲还有留积下的三四千两银子"。凤姐的文化水平,时而目不识丁、粗话连篇,时而又能流畅地朗读书信。诸如此类的问题,我们如果把读书拟想成一种写书的体验,去尝试对成书和修订过程的理解,也不失为一种艺术享受。

《红楼梦》中的矛盾文字或疏漏之处显示了小说动态的成书过程。修订的优化原则是突出主要人物和主要矛盾,主要人物即贾宝玉和金陵十二钗;主要矛盾即家族、婚恋和人生的悲剧。如,让凤姐的女儿只保留一个,并列入正册。在第二十二回生日宴会的寿星由"老太太和宝姐姐"两个人改为宝钗一人,情节重心逐渐集中于婚姻悲剧的主角薛宝钗。而在灯谜的补写上,也体现了修订思想的变化。联系后文来看,第二十三回集中于黛玉,也使得"怀金悼玉"的意蕴,前后映衬。关于史湘云,作者在创作初期考虑过她,但在第十八回群钗集会的时候她还没有出现,说明起初是想写她与宝玉有过青梅竹马的关系,但后来为了突出林黛玉与贾宝玉的木石前盟,就把相关构思删掉了,让史湘云回到了叔叔家,以至于第二十三回大观园分配馆舍、第三十七回成立诗社都没有湘云的名字。这一点,从湘云的叔叔史鼐、史鼒的版本异文中可见一斑。但从史湘云这一人物在黛玉之才、宝钗之情等方面的间色作用来看，依然是不可或缺的。

巧姐与大姐的名字同时出现、贾母和宝钗的生日在同一天、史湘云和林黛玉幼年都曾在贾母身边等现象，说明小说的初期构思和后来的改稿之间发生过变化。至于秦氏姐弟之死的寓意，到底是"苦孝"还是"戒淫"？黛玉对宝玉的劝勉，究竟是爱意还是"势欲"？版本之间的差异、前后文之间的差异，都会导致不同的理解。我们不妨从小说的修订过程入手，理解作者、修订者为了突出主题，而对书中文字进行的调整。值得重视的是，在调整过程中因疏忽大意而留下了疏漏的痕迹，是带有"化石"意义的，值得珍视。

人们常指责《红楼梦》后四十回对科举的态度与前八十回有天壤之别。其实，随着年龄的增长，宝玉由少年到青年，他对科举时文的态度有一个从叛逆到接受的变化过程。如果将明清两部家族题材的世情小说相比，《金瓶梅》写了西门家族兴盛的过程，从西门庆二十七岁到三十三岁，6年的时间，叙述近百回的世态炎凉，西门庆经历了金、瓶等的阶段，由暴发到纵欲而亡。同样是6年的时间跨度，从十三岁写诗到十九岁中举，宝玉也经历了一番由自然属性，向社会属性转化的成长过程。贾宝玉不能只停留在"愚顽怕读文章"的"顽童闹学堂"之懵懂时期。他的书法"绛云轩"斗方得到黛玉的欣赏；他的诗词匾联得到了父亲的首肯，"贾政闻塾师背后赞宝玉偏才尽有，贾政未信，适巧遇园已落成，令其题撰，聊一试其情思之清浊"，结果是新园"竟用了宝玉所题之联额"（第十七至十八回）。就此可以看出，宝玉的学习能力是很强的。两度春夏过后，在第七十三回写了宝玉为了应付贾政的问话，对课业情况进行了阶段性总结，他从四书、五经、古文、时文八股等几个方面分头加以梳理。四书里的"学""庸""二论"（《论语》的上下两本），宝玉"是带注背得出的。至上本《孟子》，就有一半是夹生的"。五经里，宝玉"常把《诗经》读些，虽不

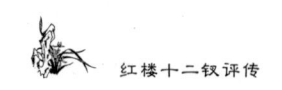

甚精阐,还可塞责"。至于古文,"左传""国策""公羊""谷梁"汉唐等文,"虽闲时也曾翻阅,不过一时之兴,随看随忘,未下苦工夫,如何记得。这是断难塞责的"。最后,谈到宝玉心中的时文八股,先是表达反感:"更有时文八股一道,因平素深恶此道,原非圣贤之制撰,焉能阐发圣贤之微奥,不过作后人饵名钓禄之阶。"接下来,作者也细致描述了宝玉对时文中某些内容还是肯定的:

> 虽贾政当日起身时选了百十篇命他读的,不过偶因见其中或一二股内,或承起之中,有作的或精致、或流荡、或游戏、或悲感,稍能动性者,偶一读之,不过供一时之兴趣,究竟何曾成篇潜心玩索。

时文中也有精致、流荡、游戏、悲感的文字,使宝玉"稍能动性",也表达了作者对时文并没有全盘否定。假如我们只能确定前八十回是曹雪芹的文字,那么,这位才华出众的文学家毕竟没有生逢废除科举的时候(1905年),他的生活时代是18世纪。前八十回中写黛玉之父林如海是"前科的探花",写贾政"自幼酷喜读书,祖、父最疼,原欲以科甲出身",写贾珠"十四岁进学"……书中主要人物与科举还是有联系的。与《儒林外史》的作者吴敬梓一样,尽管深谙八股取士的弊端,但他们的文学积淀中依然离不开"四书""五经"、古文时文等科举必读书的影响。在这样的前提下,《红楼梦》后四十回出现谈论时文的情节,并不显得突兀。随着宝玉年龄的增长,从相当于现在的初中到高中的年龄,一个男孩子的学习态度应该有变化。从第七十三回来看,宝玉对科举必读书的学习还是入门的,无论主观态度如何,但客观上他还是一直在学的,厌学不等于弃学。

我们目前尚无确切的资料证明高鹗是后四十回的续作者,但是从程甲本上程伟元和高鹗的序言,以及程乙本上二人的《引言》中可以确定他们的修订工作。吴贵夫妇的增设、柳五儿复活和一些回忆性文字等迹象表明，后四十回中存在疑似程高补笔的成分（参见曹立波、曹明《〈红楼梦〉后四十回中的雪芹残稿和程高补笔》，《红楼梦学刊》2016年第5辑）。

　　后四十回的情节中，对前代作品有继承，也有创新。以前看到香菱在后四十回的遭遇时，我们容易觉察到夏金桂毒害"秋菱"而咎由自取的情节，与关汉卿《窦娥冤》中张驴儿害人不成，反毒死父亲的戏文有些相似，也由此为第一百零三回"施毒计金桂自焚身"这一情节的因袭古人缺乏创新而感到遗憾。第八十五回"贾存周报升郎中任"的情节，写了贾政荣升，加之黛玉生日，凤姐说："不但日子好，还是好日子呢。"贾母对黛玉说："你舅舅家就给你做生日，岂不好呢。"又写王子腾和亲戚家送过一班"新戏"来贺喜。出场的第三出戏"众皆不识"，听见外面人说："这是新打的《蕊珠记》里的《冥升》。小旦扮的是嫦娥，前因堕落人寰，几乎给人为配，幸亏观音点化，他就未嫁而逝，此时升引月宫。不听见曲里头唱的'人间只道风情好，那知道秋月春花容易抛，几乎不把广寒宫忘却了！'"这里的《蕊珠记》，经我校博士生储著炎考证"它是根据元代吴昌龄的杂剧《辰钩月》改编而成，是为了'花朝节'而新打的节令戏。"（《百廿回本〈红楼梦〉第八十五回〈蕊珠记〉考论》，《红楼梦学刊》2010年第2辑。）从"新打"的意义来讲，后四十回的情节设置还是不乏原创意义的。

　　迄今，我们还不能单纯地用"续书说"或"全璧说"去概括《红楼梦》后四十回和一百二十回本。不过，以科学的态度，从诗意的角度去欣赏《红楼梦》这部小说，则是红学同好们共同的心愿。

三　掩卷曹侯还若往

　　"传神文笔足千秋，不是情人不泪流。可恨同时不相识，几回掩卷哭曹侯。"乾隆时期爱新觉罗·永忠这首《因墨香得观〈红楼梦〉小说吊雪芹三绝句》,是《红楼梦》小说问世以来,较早的读后感,也是一首信息量丰富的诗篇。绝句道出了四层深意,自后向前依次是:作者是曹雪芹,是与自己同时代的人,书里书外产生了共鸣,小说的永恒价值首要的是传神文笔。

诗中称雪芹为"曹侯",侯字应是古时士大夫之间的尊称,犹言"曹君"。与建安三曹的称王道侯,还不一样。不过,由敦诚赞美曹霑的诗句"少陵昔赠曹将军,曾曰魏武之子孙",我们会想到才高八斗的曹子建,想到《洛神赋》中的佳句:"凌波微步,罗袜生尘。动无常则,若危若安。进止难期,若往若还。"婀娜的洛水女神"若往若还"的仪态,如秋水伊人,生动传神。这篇赋的研究者,虽然也考索女神的生活原型,也曾有"感甄赋"的传说,但是两千年来的读者,更多的阅读感受,还是洛神之美。《红楼梦》又何尝不是如此呢？文学经典的意义,应该在于穿越时空的艺术魅力。无论是《洛神赋》外的曹侯与甄妃,还是《红楼梦》外的曹侯与贾府,如果过度追究对应关系,或许影响审美效果。

那么,《红楼梦》中到底有没有与曹寅、曹雪芹家世相关的事情？如果有,又如何看待这些"本事"与小说的关系呢？《红楼梦》有些人物,有些情节是有曹家的影子的。这方面,前人的关注也较多,比如贾母、贾政等形象的生活原型问题。我近年的心得是,李纨和贾兰的形象,以及有关孙绍祖出身的情节中,流露出与曹雪芹的祖辈、父辈相关的信息。这种看法,源于两篇论文披露的文献资料和新的考证成果。

关于曹寅的祖父曹振彦的任职情况,胡适在《红楼梦考证》中只写其"原任浙江盐法道"。邹玉义《〈重修大同镇城碑记〉考辨》介绍曹寅祖父"曹振彦随多尔衮平定姜瓖叛乱后,留在山西做官。顺治七年任山西吉县知州,顺治九年任大同知府。"(《红楼梦学刊》2003年第2辑)在任大同知府时,曹振彦为修城做了大量工作,到他十三年离任时,大同恢复了府城的形象。他再度擢升任职浙江。值得注意的是,曹雪芹高祖的军职、大同等信息，出现在了迎春的夫婿孙绍祖的家事中。即第七十九回所写："这孙家乃是大同府人氏，祖上系军官出身，乃当日宁荣府中之门生，算来亦系世交。"这里，"大同"和"军官"等词语与曹振彦的信息相呼应。需要说明的是，小说中的"大同"与"金陵""扬州"等地名一样，都曾是曹家祖上任职或居住过的地方，它们仅成为作者构想艺术情节的地理背景资料。而"军官出身"，还成为贾政对迎春这桩婚事不满的理由，因为"并非诗礼名门之裔"。《红楼梦》在此没有炫耀家史，只是讲述了中山狼"全不念当日根由"的劣迹，本来孙家"希图荣宁之势"拜在门下，却反说成"当日有你爷爷在时，希图上我们的富贵"。迎春遇人不淑，也反映了当时社会包办和买卖婚姻，给一位千金小姐带来的不幸。写孙绍祖的忘恩负义，烘托了世态炎凉，也讽刺了贾赦贪图钱财、趋附权势的择婿标准。与元春的进宫墙、惜春的入空门等特殊境遇相比，迎春的婚姻悲剧，更带有普遍意义。

　　关于曹雪芹的生父问题，胡适考证贾政是曹頫，"贾宝玉即是曹雪芹，即是曹頫之子"。其实，曹頫是由曹寅的侄子过继为子的，如果雪芹是曹頫的儿子，他便不是曹寅的嫡孙。还有一种看法认为曹雪芹是曹颙的遗腹子（冯其庸《红楼梦》前言），但在曹颙之子曹天佑与曹雪芹之间是否能建立起联系，还缺乏直接的证据。张书才的《曹雪芹生父新考》（《红楼梦学刊》2008年第5辑）认为"曹雪芹的生父乃曹寅之长子曹颜"，他在"康熙五十年三月因意外事故卒于京城"，曹雪芹为曹颜的"遗腹子"。其实，无论曹颜还是曹颙，作者为"遗腹子"的考证结论如果成立，则曹雪芹应是曹寅的嫡亲孙子。如果生父为曹寅的长子曹颜，雪芹为遗腹子，这似乎可以解释贾珠、李纨、贾兰的问题，那么贾兰身上应有作者的影子。这样可以解释书中对遗孀李纨形象的尊敬和呵护，含有对寡母的尊重。另外要考虑到的是，如果曹雪芹把自己的真实身世付诸贾兰，艺术的构思则倾注于宝玉形象上；那么，一个生活原型便对应了两个艺术形象。

同样的道理,关于过继给曹寅接替曹颙做江宁织造的曹𬱖,具体指向《红楼梦》中的哪个人物?至今说法不一。周汝昌认为是贾政,贾母与贾政之间存在"一层微妙的过继关系"(周汝昌《红楼梦新证》);赵冈则认为是贾琏,理由是:"贾琏是贾赦的次子,但是却始终住在贾政家中,夫妇两个都在为贾政管理内外家务。"(《红楼梦新探》)也许,作者把曹𬱖这样一个与自己关系密切的本族长辈的素材进行了艺术加工,在小说中多个男性角色身上有所体现。上述某些曹家家世资料与小说人物对应时呈现出的复杂现象,说明生活原型和艺术形象之间是一对多,或多对一的,而不是简单的一一对应的关系。

一些源于生活真实的"本事"只是小说的背景,而不是小说的主体。小说的文学性需要将熟悉的生活素材进行一番"陌生化"的处理,经历化实为虚的过程。宛如酿酒一样,把作为原料的粮食,加以发酵,提炼出新的成分,也呈现出新的形态。从粮食到美酒,是一种脱胎换骨的变化;从生活素材到小说中的情节和人物是一种艺术的升华。

四　秋棠染鬓十年情

"十年辛苦不寻常"的是红楼一梦,也是这本评传。在书稿的撰写、刊行、讲解过程中,结识了许多红学同好,尤为难忘的几位女子,或"小才微善",或大仁大爱,让我在梦里梦外,饮仙醪、品香茗,沁芳滴翠,悦性怡情。

十年前从秋到春,红袖云集,帮我攒垒《红楼梦》人物事例的"梦甜娇"三钗,如今已成家立业,相夫育子。还有一位宝玉般"爱博而心劳"的才子,2007年入学就来选修我的《红楼梦》导读课,记得课上有几位同学买了新书《红楼十二钗评传》,我承诺发现一处错字赠送一本书,以鼓励同学们为头版挑错。志刚同学仔细阅读了全书,写出好几页修改建议,从本科到硕士,他一直关心着此书的修订。十年来,从清明到芒种,每个春天,我都把《红楼梦》导读实践课选在北京植物园曹雪芹纪念馆里上,十届学生的笑靥,仍如春花般清新。

十年不长,尤其在90多岁的老人眼中。可就在我起笔写后记,谈到中关村的名媛李佩先生时,1月7号还在感念,到1月12号便成悼念了。李佩先生1998至2011年主办中关村大讲坛,我有幸受邀,于2009年秋至2011年春,先后讲过四次红楼人物,从林黛玉、薛宝钗、王熙凤,到贾宝玉。讲述的人物都是李佩先生打来电话建议的,每次先生来电,无论多忙,都会欣然答应,认真准备。不仅仅因为自己是中科院家属、中关村邻居,更因为自己对郭永怀烈士、对李佩先生的敬仰。难忘第一次讲座时李佩先生那藕荷色的唐装、乳白色的围巾,还有认真听讲后思路清晰的总结词。不能忘怀的是她送给我的讲座费是以送一本红楼新书的形式,把钱放在信封里,写上"谢谢曹老师"或者"曹立波同志,谢谢您"几个字,清雅而又温馨。后来才通过知情人了解到,每次讲座费的几百元中,多半是李佩先生自己出的。我以此推想,她主持的中关村大讲坛有600多场,为那么多内容广博的讲座,岂不是每一场都会专程去买一本相关内容的新书?多么可敬而又可爱的老人!年寿有时而尽,荣辱止乎其身,能活在别人的记忆里,历久弥新,她的精神远远超越了百岁芳华!那每一次电话,那每一个信封,那每一本书,那藕荷色的唐装,那乳白色的围巾,仍在眼前。李佩先生的多次邀请给我很大鼓舞,能与郭永怀、钱学森的同行,与中国科技界的精英,一同赏析红楼人物,让我深刻体会到《红楼梦》亦能在科学与人文之间搭起心灵交融的平台。

这十年我似乎体验了林黛玉在十个章回期间,相继辞母别父的心路历程。想到初读《红楼梦》,便想到了父亲。记得刚上大学第一学期寒假时,我从哈师大图书馆借来了全套四卷竖排版的《红楼梦》,是人民文学出版社的程乙本,因为时间是1982年1月,而该社以庚辰本为底本的新书是1982年3月问世的。我废寝忘食、囫囵吞枣地看了一星期,当时父亲带着疑惑的神情问我:"这么早就开始看《红楼梦》了?"画外之音,带有儿童不宜的意味。后来,当这部书成了我必须做的和愿意做的事情时,父亲还是十分支持的。我两次搬家都是老爸特地赶到北京帮我整理书架的,一箱箱上架、一排排归位,一忙就是半个月。虽然没有劳累之怨言,但他对十几种版本占着空间还是不解地问:"都是一样的《红楼梦》,买那么多套干啥呢?"父亲的嗔怪中,并没有让我回答的意思。

与红学相关的事情,父亲还是尽心尽力的。2001年春天,为了写北师大藏《脂砚斋重评石头记》的查访录,我特去拜访了周汝昌先生。除了畅谈抄本的问题,周先生对我的姓氏兴趣较浓。问我们曹家是哪里人?我告诉他祖籍在"直隶省保定府饶阳县北官庄"(这是祖上闯关东之时的记载,时期约在1850年前后,上限约在清嘉庆、道光年间,下限是1913年废保定府时)。2001年5月30日,周先生电话建议我父亲再去河北,把调查做得更仔细一些。希望对饶阳、灵寿、宁晋三地进行重点考察,因为皆与宋代开国元勋曹彬有关。曹彬有七个儿子,名字都是斜玉旁的,第三支曹玮,是曹雪芹的宋代祖先。第五支曹玘,女儿嫁给了宋仁宗,后称曹太后;儿子曹佾,即传说中的曹国舅。父亲冒着暑热前去查县志,访乡民,拓碑帖,考察曹姓家世,得知饶阳县城的"北官庄"距西南大曹庄曹国舅当年的居处不足5公里,饶阳北官庄的曹姓与我们的家族是一脉相承的。记得《红楼十二钗评传》的初刊跋文撰写时,恰逢2007年清明,我写下了哭祭母亲的文字。而今,父亲鸿图大人(1938—2014),亦在两年前最冷的季节仙逝了。人活七十,在今天已算不得古稀了,怀母悼父,难免叹惋。当我渐知天命,也开始知晓生死之间的距离没那么遥远,所以对有形世界的去留,也少了一丝伤感。

《红楼梦》是滋养心灵的补品,隔空神会的阅读心得是一种精神享受。对生活的体验越丰富,对这部书的感应就越深切。如果自己在生活中扮演过某一角色,与书中人物的心理距离会越来越近。呼唤纯洁爱情的时候,自然彷徨着宝玉的彷徨;遭遇职场挫折的时候,或许呐喊着探春的呐喊。当孩子处于青春期,叛逆厌学又不得不面对考场的时候,从逼迫儿子到说服自己,也许你会理解贾政的苦衷。当母亲有必要过问儿子与什么样的女生交往的时候,也许会读懂王夫人的心思。说不完的情淡情浓,恰如开不完的春柳春花。《红楼梦》有歌咏青春恋情的诗篇,有演绎中年苦恼的戏曲,也有描绘神仙老太的画卷。十年后,如果再传红楼人物,我将会关注贾母,写她的银发红菊,随意诗书。写她藕榭近水,雅听戏彩斑衣;芦亭依山,乐赏红梅白雪。

综述上文,凑成一绝:

悲金悼玉《红楼梦》,披阅增删几载成?掩卷曹侯还若往,秋棠染鬓十年情。

曹立波

2017年元夕

中关村1号雨人轩